◆
东方时空
◆
焦点访谈
◆
新闻调查
◆
实话实说
◆
时空连线
◆
百姓故事
◆
生活空间
◆
东方之子
◆

【典藏版】

从改变电视的语态开始

孙玉胜

著

人民文学出版社

图书在版编目（CIP）数据

十年：从改变电视的语态开始：典藏版／孙玉胜著．—2版．—北京：人民文学出版社，2021
ISBN 978-7-02-016654-1

Ⅰ.①十… Ⅱ.①孙… Ⅲ.①电视新闻—新闻工作—研究—中国 Ⅳ.①G229.2

中国版本图书馆 CIP 数据核字（2020）第 187494 号

责任编辑　杜　丽　温　淳
装帧设计　刘　远
责任印制　徐　冉

出版发行　人民文学出版社
社　　址　北京市朝内大街 166 号
邮政编码　100705
网　　址　http：//www.rw-cn.com

印　　刷　北京新华印刷有限公司
经　　销　全国新华书店等

字　　数　377 千字
开　　本　710 毫米×1000 毫米　1/16
印　　张　31.25　插页 2
印　　数　1—10000
版　　次　2012 年 5 月北京第 1 版
　　　　　2021 年 2 月北京第 2 版
印　　次　2021 年 2 月第 1 次印刷

书　　号　978-7-02-016654-1
定　　价　108.00 元

如有印装质量问题，请与本社图书销售中心调换。电话：01065233595

目 录

前　言　朝发夕至　路上十年 · 001

第一章　用兵早晨 · 1993 · 001
　　太阳每天都是新的 · 003
　　设计早间 · 010
　　从"新太阳"到"东方时空" · 020
　　"特区"里成长 · 027
　　改造我们的语态 · 041
　　理想者部落 · 050

第二章　移师晚间 · 1994 · 065
　　开赴黄金地带 · 067
　　真诚守望来者 · 076
　　事实中的深度 · 084
　　监督的力量 · 094

舆论生态平衡 · 105

第三章　我看电视 · 1995 · 117
　　从远处看 · 119
　　从近处看 · 132
　　过程与悬念 · 143
　　建立媒体权威 · 152
　　建立媒体尊严 · 164

第四章　另类实验 · 1996 · 173
　　引进"谈话" · 175
　　谈话的风险 · 183
　　谈话为什么被忽略 · 192
　　走向"调查" · 201

第五章　感悟直播 · 1997 · 213
　　香江遗憾 · 215
　　澳门拾遗 · 228
　　锁定主体 · 235
　　动魄瞬间 · 243
　　前方记者 · 251

第六章　事件突发 · 1998 · 263
　　见证突发事件 · 265
　　前沿接触 · 273
　　发,还是不发 · 284
　　快反与引导 · 294

第七章　再看电视·1999· 309
　　家用媒体 · 311
　　技术媒体 · 324
　　主持人媒体 · 334
　　制片人媒体 · 349

第八章　意外发现·2000· 361
　　频道专业化能走多远 · 363
　　付费电视意味着什么 · 371

第九章　时空改版·2001· 383
　　艰难调整:定位《生活空间》· 385
　　千期改版:打造"新闻杂志" · 395
　　二次改版:"时空"150 分 · 405
　　三次改版:《时空连线》《面对面》· 419

第十章　检讨十年·2002· 429
　　现在开始播报 · 431
　　评论:内容还是形态 · 443
　　不可失落的新闻性 · 450
　　远去的"线人" · 458
　　直播未来 · 470

后　记 · 480
修订版后记 · 482
典藏版后记 · 484

十年
Ten Years

1995年作者因创办《东方时空》《焦点访谈》当选为"中国十大杰出青年"。接受媒体采访时作者正与主持人聊天,背景为《焦点访谈》演播室。

摄影 中新社记者蒲莉

前　言　朝发夕至　路上十年

一年之计在于春,一日之计在于晨。

这句从小学老师那里听来的古老谚语用在中国电视上是贴切的,尤以近十年的电视改革为甚。

2003年春天,《新闻联播》中的会议新闻明显减少和变短了;从3月20日开始,央视破天荒地对突发事件——伊拉克战争进行了长时间的直播,而5月1日开播的新闻频道进一步引起海内外舆论和观众的关注……这些变化无疑都是新一轮电视改革开始的标志。

历史总是惊人地相似。整整十年前,也是一个春天,央视从1993年3月1日开始设立早间新闻,从而实现每天十二次的新闻整点播出;而5月1日开播的《东方时空》则被广泛认为是这一轮电视改革的发端。

如果再前溯十年,1983年,同样还是在春天,3月31日,"第十一届全国广播电视工作会议"在北京召开。电视作为一个独立的媒体应该是从这次会议开始的,因为前十次的类似会议的会标上还没有"电视"二字。就是这次会议出台了一项对中国电视具有深远意义的重大举措——四级办电视,由此,各级电视台风起云涌。

历史还可以继续前溯,而且仍有巧合和相似:1973年5月1日,彩色电视在中国正式试播;1958年5月1日,中国第一家电视台诞生。中国电视发展史中呈现出这种"季候特征"和"五月现象"颇耐人寻味,但本书的目的不在于叙述历史,而在于叙述"历史"中的实验和发现。

中国电视的第一轮改革应该以1983年为"元年",这不仅仅因为前面提到的那次会议改革了电视发展体制,而且改革也体现在了电视节目上。著名的电视系列片《话说长江》、轰动一时的杂志节目《九州方圆》都是在这一年播出的;历时二十年的央视"春节联欢晚会"也创办于这一年。1983年、1993年、2003年,以往的电视改革不仅明显具有发端于春天的"季候特征",而且还有着十年一轮的"周期特征"。

前一轮改革开始时我还未出校门,但我有幸成为第二轮改革的参与者和见证者。与上一轮改革不同,始于1993年的新一轮改革不仅发端于春天,而且发端于早晨、发端于新闻。决策者当时选择早晨,一是为了填补一个泱泱大国国家电视台没有早间节目的空白,二是敏感的电视新闻改革由于早间节目影响小而可降低风险。因为长期以来人们一直认为电视的黄金时段在晚上,甚至在白天,而不是早晨,否则央视就不会在建台三十多年之后仍然还是每天上午8:00才与观众见面。

现在看来,当时我们对电视的了解是多么肤浅,对电视观众的需求是多么冷漠。十年前,谁都不知道当《东方时空》偶然闯入早间的时候,其实已经一脚踏进了一块富饶的处女地。这块土壤在我国电视界直到今天还是相对安静的,因为大多数电视台目前仍然把目光紧紧地盯着晚间。殊不知国外早已将早间时段称为"战斗的早晨"和"疯狂的早晨"。我曾看过一项资料:美国的晚间电视节目排行榜第一和第三的年收入差别大约是一千五百万至一千八百万美元;而早间节目的排行第一和第三的收入差别则是1.5亿美元。如果一家电视台早间节目的收视率提高一个百分点,则意味着增加七千万美元的年广告收入。正因如此，美国几大电视网五十多年来不惜投入重金"逐鹿早间"，可谓"一日之计在于晨"。还有资料显示，在电视发达国家，近年来包括晚间在内的电视观众整体上是下降的，而只有早晨的观众是增加的。从这个意义上说，尽管每天四十五分钟的《东方时空》每年已有近两亿的广告收入，但就整体的中国电视而言，早间节目仍然是有待开发的富饶之地，真正的竞争也许还没有开始呢。

回望1993年以来的电视新闻改革，总有"十年之计在于晨"的感慨。从表象上看，这不仅仅是因为目前的《焦点访谈》《新闻调查》《实话实说》《面对面》等晚间名牌栏目以及敬一丹、白岩松、水均益、方宏进、王志、董倩等一大批标志性主持人都与早晨的《东方时空》有关，而且还在于确保这些栏目和主持人成功的运作体制——"制片人制""主持人制"和"第二用工制度"等，也都是在《东方时空》实验的。作为自始至终的参与者，我认为当年无论是早间栏目的创办，还是运作体制的改革，其成功的深层原因更在于《东方时空》实验了一种新的电视理念——重新检讨我们与观众的关系，重新认识电视的"家用媒体"属性及其特有的传播规律。甚至可以进一步直白地说：始于1993年的电视新闻改革在理念上是从实验与电视观众新的"说话方式"，也就是新的电视叙述方式开始的。比如，叙述的态度应该是真诚和平和的；叙述的内容应该是观众关心和真实的；叙述的技巧应该是有过程和有悬念的；叙述的效果应该是具有真实感和吸引力的……

有人说，新闻是历史的第一次草稿，所以我们更新电视新闻的叙述方式其实就是在改变对历史的记录方式。当我们不是把新闻理解为"碎片"，而是理解为"历史"时，"跟踪新闻，全力跟踪新闻""接近现场，第一时间接近现场""报道事实，更深入报道事实"就不只是我们眼下的职业操守，而是神圣的职业使命。我至今仍深信：理念与激情是一切电视栏目成功的最重要因素。

朝发夕至，路上十年。

上一轮电视新闻改革始于早晨而没有止于早晨。曾有人问："《东方时空》十年来生生不息的生命力究竟何在？"我认为就在于其理念不断创新的实验性特征。那么《东方时空》以及后来的《焦点访谈》《新闻调查》《实话实说》《时空连线》和后起之秀《面对面》等栏目都实验了什么呢？其始终倡导的精神和诉求又是什么呢？实验有成功，也有遗憾和教训，这就是我想告诉读者的，也是写作此书的目的。当然，十年的实验并非仅仅局限于这些栏目本身，还包括其背后的运作过程和体制。

三个"十年"的电视改革为什么都发端于春天？其中最重要的一个原因就是：近几十年来新一届党的代表大会都是在秋冬之际召开的，新的领导集体主张的新的宣传政策由提出到具体体现在电视节目上需要一个过程，所以，新的电视改革总是在春天开始萌动、生根、生长。十年的实践证明：成功的电视新闻改革和新栏目的创办每次都是自上而下的决策结果，新闻性栏目就更是如此，这是写作本书的前提。

电视是制片人媒体，制片人是那些标志性品牌栏目和主持人的第一"制造者"，其中许多制片人的专业理念和操作水准都在我之上，没有他们的智慧与创造就没有实验和发现的基础。

纵观十年，最令人欣慰的是人才的集结与成长。由于实验了一种开放式的"吐故纳新"机制，才使专业的人才资源有了广泛的社会性和竞争性，从而让那些心怀理想和追求的年轻人投奔而来。十年来，他们在使自己成为优秀的主持人、记者、编辑和摄像的同时，也把一生最好的年华献给了观众，献给了自己所钟爱的电视新闻职业。他们来自四面八方，有的辞去公职，有的背井离乡，有的两手空空只身漂在北京。好在这里始终是一个渴望每一位优秀者加盟，始终为与"英雄"失之交臂而惋惜的地方。

十年前，这些满怀理想与激情的年轻人聚在一起，吸引他们的是创业；十年后的今天，凝聚和吸引人才的基础仍然是创业——是一种创新机制使得这个集体充满活力。尽管创业的过程充满艰辛，但我的同事们却用激情和意志矗起了一座理想的山峦。他们用自己年轻的感受、独特的视角、开放的理念，阐释着属于这个时代的精神追求，宣扬着他们对生命意义和人文精神的理解。这一群志同道合的年轻人，为了追求一种不平凡的生活，为了给自己的青春和理想一个有分量的交代，义无反顾地走进了一个他们认为能够放置自己生命中最好年华的地方。

我曾任新闻评论部主任四年多，最令我骄傲的是，我曾提议并主持起草了评论部部训："加入新闻评论部是我们自愿的选择，我们愿意为中央电视台的荣誉和尊严尽职尽责。在这里，我们崇尚求实、公正、平等、前卫。"我至今清楚地记得那天傍晚，在北京西山宾馆的一个会场里，大家集体通过这个部训时的气氛：郑重、神圣而充满激情。这个部训后来成为新闻评论部特有的部门文化的灵魂。多年里，新闻评论部乃至新闻中心的许多同仁都在为自己的理想和中央电视台的荣誉尽职尽责，甚至付出了巨大的牺牲。他们始终令我欣赏和尊重，因为电视记录的每个画面、情节、事件和故事都出自他们之手，他们是一切优秀节目的原创者。

本书叙述的是十年中的事，但不是十年史，它只是一个新闻改革的参与者、见证者身处其中的观察、体验与感悟。它叙述的是一些电视新闻改革事件以及新栏目实验和大型特别节目运作的过程、背景、追求和检讨，还有我对一些电视理念的注释和解读，而这些理念和解读必定也受历史环境和个人认识水平的局限。

朝发夕至，路上十年，坚定写作的目的是为了来者，勇往直前而不重蹈覆辙。

2003 年 5 月

第一章
用兵早晨・1993

"风萧萧兮易水寒",写这些字句的时候,真的像在立一个置之死地而后生的字据,满心悲壮。

太阳每天都是新的

> "台里要上一个早新闻专栏。""台里决定把早间时段开辟出来,已经物色了几个人,由你来牵头负责。"

1993年2月11日,除夕。电视里嘹亮的钟声在房间里回响,春节晚会的主持人高亢地朗诵着:"年年新桃换旧符",宣告中国人概念中的一个旧年已经结束。人在此时一般会有豪情生出来,当时我脑子里浮上来的一句话是:"太阳每天都是新的"。

第二天果然是一个难得的大晴天。

1992年,我参与拍摄一部大型电视系列片,在广东街头一本杂志上看到了这句广告语:"太阳每天都是新的"。多年来,每当默读着这句古老的希腊谚语时,内心都会充满创业的激情。

1992年春天,邓小平旋风般视察南方几个标志性城市之后,央视决定拍摄一部大型电视系列节目,以反映改革开放的成就,方向最后确定在了广东。原因是广州一家杂志社的一位作者送给当时的新闻中心主任章壮沂一套电视系列片脚本,反映广东改革开放成就。经请示,时任中央电视台台长的杨伟光决定成立摄制组拍摄这部系列片。

我被抽调到摄制组时,刚任采访部副主任半年。其他编导还有崔屹平、王益平和汪文斌等人。

临行前,台领导说:"对节目的要求就是:深刻、权威、大气。"

三月下旬,章壮沂带领我们一行七人来到广州。

广州的报栏里到处可以看见关于小平南巡的报道:"……南国春早,一月的鹏城,花木葱茏,春意荡漾……"三月的羊城也和"一月的鹏城"一样,花开得热腾腾的。在城市各处,我们见到了小平南巡时种过的那种高山榕,长长的根须几乎垂到地上,让人感喟这个物种不容置疑的生命力。

坐在出租车上,还可以听到广播里念那篇著名的《东方风来满眼春》:"……跨进新年,深圳正以勃勃英姿,在改革开放的道路上阔步前进……"那时的广州真是一个繁忙的城市,随处可见黝黑的南方小伙儿,英姿勃勃地在海珠广场一带阔步前进,往某个工地赶着,急匆匆撕扯着叫不出名字的吃食,边走边嚼。这个城市由于充满希望而繁忙,由于繁忙而透出勃勃生机。

摄制组刚一成立,就对如何拍摄这个系列片产生了很大的分歧。无论在宾馆还是在路上,我们几个几乎天天都在争论,争论的焦点是:那个作家写就的脚本根本就不适合拍摄一部有影响的电视片,事实和观点都很陈旧,我们究竟应该因循这样的脚本完成任务,还是应该另起炉灶?另一个焦点、同时也是一个很要命的问题就是:如果另起炉灶,应该采用什么形式拍摄?

80年代的电视可以说是"文学电视"或者叫"作家电视"的时期。许多作家"触电",介入电视专题片的写作,每部专题片的解说词都几乎是优美的文学作品,甚至不用做任何改动就可以直接出单行本,成为畅销书,因此许多电视节目的演职员表中都有"撰稿"这个称谓。由于"撰稿"

中的很多人还都是颇有影响的知名作家,所以排名往往很靠前。由此可以看出当时做节目的时候对"稿"的重视,甚至依赖——当然,现在在大多数节目后头,"撰稿"这个工种已经被"策划"取代了。对这两项工作的不同理解,我将另寻篇幅探讨。

"作家电视"时期出现过不少好作品。例如《话说长江》《让历史告诉未来》《迎接挑战》《运河人》等等。

这些电视作品由于在写作上突破了原来的口号式的假大空,观点鲜明而不生硬,大量引入事实、故事、细节,好看而耐人寻味,一经播出立刻引起观众的极大兴趣。在记忆中,《迎接挑战》似乎是根据托夫勒主持的电视片《第三次浪潮》编辑的。当时我正在上大学,教学楼的走廊上贴着《迎接挑战》的解说词,我一字不落地一气读完。这种电视形式后来逐渐演化为"政论片"这一较为成熟的电视形态。这种形态曾在一段时间里推出了许多有影响的好作品,也成为一段时间内最主流的电视表现形式。但是这种形态的图像语言基本是以文献资料的汇编为主,而且都是主题先行的,节目质量主要依赖于作家的写作水平,画面语言则排在第二位。

我们所争论的这个脚本,从表现形式上看是一个典型的"作家电视"台本,但即使用"作家电视"的标准去衡量它,这个脚本无论事实还是观点都显得过于陈旧了,没有超越一个普通电视编导的写作水平。如果要依赖这部脚本拍摄系列片是很难形成影响的,这是大家一致的意见。

第二个问题的争论就更加激烈:

"这个节目要给人深刻的启示,要让观众看到广东的今天就是他们的明天",在这个问题上,我不愿意让步。

崔屹平坚持说:"更重要的是,我们要让观众看到一个生动、真实的广东!"

王益平总是乐呵呵的,说话不如崔屹平利落,但是温和的口气中表现出来的立场坚定,一点不逊崔屹平:"其实,我们还是应该用纪录片的方式表现广东的改革。"

汪文斌跟我一样也是学经济的,此前他做了一个反映河南郑州几家商场竞争的"商战"节目,颇有影响。经验和长项会影响人的观点,他的观点显然是要把这个系列节目拍成专题片。

争论的时候,章壮沂一般是沉默着同时沉思着。他不轻易插话,因为他握有关键一票,他的插话意味着决定。

就这样,"两派"之间的观点水火不容。一派观点是:尽管原来的脚本基础不好,但要反映改革开放这样的主题,要体现权威、深刻,以及要形成对其他地区的借鉴意义,就必须使用专题和政论片的手法,在此基础上再通过采访获得鲜活的事实和故事——我和汪文斌是这一派的坚持者;另一派由崔屹平和王益平组成,他们坚定不移地坚持纪实风格。当时他们俩刚从《望长城》剧组出来,还处于纪实创作的兴奋之中。

《望长城》被业内视为我国第一部运用纪实手段拍摄的电视系列片,当时播出后引起轰动,观众反应热烈,我也被深深地吸引。但我当时的看法是:《望长城》这样的文化历史题材,用电视纪实手法拍摄是可以的,但如果用同样的手法拍摄"改革开放"这样宏大的政治主题也可以吗?我表示怀疑。早在1987年,我就曾向当时的经济部主任张长明建议:用政论片的手法拍摄一部电视系列节目,纪念改革开放十周年。建议被采纳了,这部六集系列片于1988年1月1日在中央电视台黄金时间播出,取名《时代大潮》。尽管名字不能免俗,但那是电视中第一部全面反映和总结改革开放进程的节目,播出时也引起了广泛关注。我是前三集的撰稿,我当时很自得的就是这部片子赢得的诸如"大气、权威"之类的评价,我认为这样的效果正是我们所选择的表现形态带来的。

摄制组在广州的几天里,这种争论一直持续。二比二,打成平手,难以达成共识,而且谁也不肯让步,以至于摄制组迟迟不能开机。

这样僵持下去不是办法。到达广州的第七天,章壮沂宣布暂停在广东的前期采访,摄制组收拾家当,打道回京。

其实,我们之间的冲突反映着电视形态创新过程中从业者电视意识和电视理念的差别与冲突。激烈的争论虽然一度影响了节目的进程,但是这种争论最终影响了我们对电视的认识。

回到北京,争论还在继续,但天平已经悄悄发生了变化。变化的原因在于《望长城》这样的纪实风格确实让我看到了事物的鲜活和真实,这比过去偶尔看到的外国电视新闻节目更有现场感。

人喜欢看真实的、不加修饰的东西,这是天性;观众已经越来越多地要求用自己的眼睛去评判屏幕中所展现的一切,这样的要求没有理由被忽视。

1997年年底,央视新闻评论部一位编导曾经在内部的一次业务研讨会上呼吁:"像爱护眼睛一样爱护你拍到的现场,像呵护孩子一样呵护你发现的细节——这是一种'电视文明',是对观众真正的尊重",这样的呼吁赢得满堂喝彩。

现在,我们的一些专栏节目中已经较少犯那种低级的错误:比如画面上出现了载歌载舞的镜头,解说仍在喋喋不休地转告:"欢乐的人群在尽情地舞蹈",而现场的歌声观众却一点也听不到。现在我们很多具有一定业务素养的编导和摄像,都已经知道要尽量摒弃"你现在看到的是一头牛"这种画蛇添足、对号入座式的解说;都知道不能让冗赘的解说挤掉了宝贵的现场声音和环境声音;都知道不能依靠解说而要通过镜头来完成对人物所处环境的交代;知道记者的讲述或解说词的转述不能替代对事件发生现场的细节捕捉;知道在设计和选取镜头的时候尽量展示画面的视觉环境……这一切成为常识,因为纪录性的镜头和过程化的电视表现手段已经深入人心。

但是远在1992年的时候,还没有人来跟我们说这些。

当时只有一部《望长城》。

没有人质疑《望长城》的大气,也没有人否认这部纪录片的深度。也就是说,由于《望长城》选择的表现手段是客观表现,于是编导的意图、节目要表达的主题变得无须告白。深度与大气,这些在当时需要费力追求的东西，在这里却通过另一种表达方式不求即得。

也就是在这个期间，我从一本在广州街头买来的杂志的封底上，再次看到了那句话："太阳每天都是新的"。

我想：一切崭新的东西都是最有魅力的，我们也许可以试一下吧？我给章壮沂讲了我的想法。章壮沂一直在听，几乎没有说话。在二比二的情况下，任何一方的一点让步都会使天平迅速倾斜。最后，这位把我从经济部调到新闻采访部的老主任的手在桌上重重一拍，仿佛在表示他的最后"拍板"："就用纪实的手法拍这个重大的题材！"

掷地有声表态之后，章壮沂又很郑重地补充说明："同时也要求这种风格能够全面体现节目的深度，我们不能是搞纯粹的自然记录。"

问题解决了。

剩下的问题风卷残云。

摄制组立刻返回广东，于是，在广州、深圳、惠州、湛江等地经常能看到双机拍摄的中央电视台摄制组的身影。1992年的整个夏季，摄制组在广东度过。崔屹平和王益平如鱼得水，他俩一直沉浸在创作的兴奋中。

那个夏天已经过去十年了，但我至今记得一段素材：一天下午，一行人在一个普通人家进行采访，摄制组的到来惊动了大摇篮里熟睡的婴儿，年轻母亲抱起孩子轻轻地拍着，嘴里喃喃地说："不怕，不怕。"——按照过去的习惯，这样的片段是无用的。但是，后来，崔屹平和王益平将这段素材处理成了这个系列片的片头，年轻母亲哄孩子的声音形成一种特殊的效果，使得这个片头有别于当时所有的电视片。那天，"二平"兴奋地请我过去看这个片头，我赞叹不已。它可以让人立刻想起那句著名的激励着改革脚步的话："胆子再大一点。"

胆子再大一点，步子再快一点，思想再解放一点，这样的话时时让人有一种激动，想立刻"投身改革的大潮"。但是，当时的我怎么也想不到，几十天之后，我就真的加入到中国电视新一轮改革的浪潮当中。

1992年秋天，摄制组回到北京，迅速进入后期。节目计划在1993年元旦播出。10月,我开始为"二平"编好的前几期节目撰写解说词。10月下旬的一天早上,新闻中心主任章壮沂把我叫到中心办公室,办公室有些拥挤,但是洒满阳光。他说:"你坐。"那个堆得乱糟糟的办公室里实在没有什么合适的地方可坐。章壮沂站着跟我说了一个改变了我人生轨迹的决定:"台里要上一个早新闻专栏。"他告诉我:"台里决定把早间时段开辟出来,已经物色了几个人,由你来牵头负责。"

走出章壮沂的办公室,我来来回回地咂摸章壮沂带有点江苏口音的"早间"两个字。

脑子里浮现出来的是露水清凉的林荫道,筒子河边悠闲散漫的西皮二黄,急匆匆挤地铁上班上学的男女老少,热气腾腾的大饼油条……早间,太阳应该是温暖而不耀眼的,云彩和鸽子应该是生动而充满灵气的,空气应该是湿润而让人兴奋的,一切都应该是崭新的……

但是,我脑子里的大饼油条很快变成一个巨大的问号:早间播出,会有人看吗?尤其像我这种宁肯将早晨吃饭时间用于睡懒觉的人。这个崭新的栏目会有让人兴奋的结果吗?这个早上播出的栏目应该是个什么风格?

想着想着已走到机房,我坐下来继续写《广东行》的解说词。

1993年元旦,《广东行》如期播出。

设计早间

　　他说："真的不好意思和外国同行说，我们一个泱泱大国的国家电视台居然没有早间节目。"

　　中央电视台第一套节目开播于1958年5月1日，当时的呼号还是"北京电视台"。但直到90年代初，第一套节目每天的开播时间都是早8:00。全国人民上班的时候咱的节目也开始上班了。这与一个国家电视台的形象和地位很不相称。

　　美国CNN(美国有线电视新闻网)24小时播出，ABC(美国广播公司)、CBS(哥伦比亚广播公司)的早间直播节目都是从早上6:00开始。那时，新上任的杨伟光台长到国外考察了一圈回来之后，备受刺激，他说："真的不好意思和外国同行说，我们一个泱泱大国的国家电视台居然没有早间节目。"他下决心要改变现状。

　　目前，圈内人士和学者一致共识：中国电视新一轮的改革发端于中央电视台的早间节目，特别是以《东方时空》的问世为标志。现在看来，之所以在1993年会出现这个带有新闻改革标志色彩的新栏目不是偶然的。马克斯·韦伯的理论说：透过任何一项事业的表象，其背后都有一种时代精神的力量在支撑着，这种精神力量与社会的文化背景有着内在的渊源。我们的俗话说得更简洁明了：天时、地利、人和。

1992年小平南巡之后，改革开放的潮流再次席卷中国，尽管这些改革主要发生在经济领域，但是改革的气氛和精神不能不影响到其他领域，其中当然包括新闻领域。新一轮电视新闻改革正式提到议事日程上来，正是党的十四大以后。

杨伟光最早从相关座谈会上领略到了改革的气息，启动了过去曾经两次动议但都未能实现的早间节目计划。前两次计划之所以没有成功，是因为那时的计划都是自下而上的，而这次改革之所以能引起跟进效应，主要在于这是一次自上而下的改革。这次改革从一开始就得到了中央的支持。

1992年11月初，央视确定了改革时间表，第一套节目播出时间自1993年3月1日起，由早上8:00播出改为早上7:00播出。在新增的一小时节目中，7:00—7:20为新闻节目，7:20—8:00为专题节目。最初的节目设想极为简单：二十分钟新闻之后的专题节目是以包装旧节目为主，更确切地说，四十分钟专题是用于填空的，最后叫做《东方时空》的这个被标注上了新闻改革符号的栏目，和它的创办者一起，经历了一个由外而内向电视本质"进化"的过程。

从筹备组建立到正式运作，我们首先就把重新包装旧节目的设想否定掉了。因为大部分电视节目是有时代感的，是易碎的，越是贴近新闻的节目，它表现出来的脆性就越强。许多电视节目当时看很受观众的欢迎，是因为它处在一个沸腾的新闻事件之中，世易时移，几年之后，哪怕几天之后再反过来看，它就有可能已经变得黯然失色。

观众兴趣的转换非常快，重新包装旧节目"以飨观众"，这种思路过于保守了。更何况，当时的北京电视台已经率先创办了一个全新的早间节目《北京您早》。包装的想法其实是对"早间"时段在认识上存在局限的一种表现:"反正也没有几个观众看","反正也没几个观众认真看",我们就用点剩饭剩菜打发他得了——如同我们对早饭的认识,就连号称最讲究的上海人,也不过是杂七杂八剩汤剩水的一碗泡饭就把早晨给"囫囵"了。"早餐吃好"的观念,那是渐渐富裕起来的人们慢慢才认识到的。

白岩松时常讲起自己走进电视走上银屏的一段故事。白岩松当时是背着中央人民广播电台的领导悄悄在电视台帮忙,干的是不用抛头露面的策划。有一天制片人时间劝白岩松出镜,白岩松很有顾虑,时间说:"你怕什么,节目早上 7:00 播,谁看你啊?"也是出于对早间节目没人看的放心,白岩松大摇大摆地走上了屏幕——他的成名恰恰证明"早间节目没人看"的错误观点是如此的经不起实践检验。

在我正式接手早间节目筹备组的时候,有几个人已经到位了,他们是新闻中心《观察思考》组的童宁、新闻中心业务秘书孙克文和总编室的梁晓涛等人。筹备组之所以由新闻中心和总编室联合组成,是因为该小组的主要任务是把以往电视台已经播出的节目重新包装,制作成每天的四十分钟专题,在早新闻之后播出。而以往播出的各类节目作为资料均由总编室管理,台里决定早间节目筹备组有总编室的人参加,会让栏目组在使用旧节目时,在工作程序和环节上都更加方便。这样的考虑是有道理的。

传统思维是可怕的,我们对早间节目的设计一开始就陷入了传统思维的泥潭:早间节目应该具有服务性。定位在服务性是没有错,但当时只是狭隘地认为,服务性就是生活中的柴米油盐酱醋茶。对于什么是服务并没有一个准确的理解,大家习惯性地认为《为您服务》就是服务,媒体所应给予观众的服务就是教人做饭做菜,帮人寻医问药,给人介绍小窍门、小绝招和生活常识……总之就是婆婆妈妈。最早的早间栏目设计就这样图解着"服务"二字:"投医问药""消费指南"等十几个栏目;许多栏目一周一次,内容几乎涉及生活服务的各个方面。

照这个思路,做好了算是《为您服务》的早间版,不可能有所突破和超越。因为在时间和人员的制作水平上,我们拿什么和当时家喻户晓的《为您服务》相比呢？其次是:如果做这样的定位选择,就只能选择寂寞,因为服务节目本身很难产生轰动效应。电视节目要想吸引关注,就得具有这样几个手段:娱乐化、社会化、新闻化。纵观所有成功的栏目和节目,无出其外。

当时《东方时空》的口号是"让中国的电视观众每天早晨一起来,就想打开电视机"。而要做到这一点,前提得是一打开电视机,观众所能够看到的节目是足够新鲜的。我们要有让人眼前一亮的东西,把观众从懵懵懂懂的半睡眠状态中唤醒并使其迅速兴奋起来。

传统公式被打破了,方案被再次推翻。虽然还没有新的方案出台,但我们的想法是:不要做一个替代别人的栏目,而要做一个别人无法替代的栏目。

时光过得飞快,转眼离台里确定的3月1日开播的日子只有不足三个月了。11月中旬,一切还在混沌之中,但生活服务的栏目定位被否定之后,一个大的方向已经确定下来:我们的新节目绝不能远离新闻,而且板块不能太多太杂,每天播出的栏目如果不一样,很难形成规模,很难培育固定的收视群体。

但横亘在面前的还有一个山一样重大的问题:具体到操作层面,我们究竟拿什么内容来填充这四十分钟？远方是敞亮的,而眼前却是模糊的。创业的乐趣也许正在于从无序中寻找头绪,于纷乱中探寻规律,在未知中发现新的大陆。

突破是从检索当时的电视栏目还缺少什么开始的,这在后来成为一种习惯,成为创办新栏目时首先考虑的问题。

第一个空白是人物。什么是"人物"？我们的理解从起点上就是准确的:不是为完成采访而说话的"工具",不是某一种因节目需要而出现的"身份",而是有血有肉的、有个性、有真正的喜怒哀乐的活生生的人！

其实,"人物"在国外已经是比较成熟的节目形态。早在1948年,CBS就推出了《本市名人》,这就是后来名噪一时的《埃德·沙利文》节目。1978年1月,英国广播公司BBC播放了十五集电视系列节目《思想家》,以人物访谈的形式系统介绍了当代哲学研究的进展。这个节目以其不同寻常的严肃性,一改电视媒介浅薄、浮躁、幼稚的社会形象,成为电视媒介在理性叙事领域中的一个典范作品。《思想家》的出现使评论家们看到了电视媒介的传播潜力,声称"这个节目恢复了我对电视的信念"。

人物是可以而且足以同时承载理性与感性的,从人物切入是一个巧招。

当时我国的电视新闻几经改良和努力,亦有所进步:增加了播出次数,增加了信息量,开辟了系列报道,特别是后来还曾出现过像《改革在你身边》《弹指一挥间》等许多颇有影响的节目。但当时的新闻还都是以主题性为主,只是在报道中增加了信息量和细节,但此时新闻总体上都远离新闻事件和新闻人物。如果说新闻事件偶尔还有所涉及的话,比如渤海沉船事件、大兴安岭火灾等,而新闻人物则更少,更谈不上栏目化,所以在早间板块里开办一个新闻人物专栏是最早确定下来的一块。

其次确定的目标是社会新闻。这几乎是当时的电视新闻的一个禁区,更不用说焦点、热点和难点问题了。而且当时考虑这个栏目时,形态的追求是第一位的,这就要使现场报道栏目化,至于这个栏目后来有了舆论监督类报道,那还是后话。

在当时的中国电视新闻改革中,现场的使用只是在个别的报道中。但传统的思维和力量仍在牢固地统治着新闻的采访和制作。客观地说,增加新闻的现场感也是决策者的意愿,以至于为了改造新闻的面貌,有关部门还专门为"现场短新闻"设立了一个全国性的奖项。即使在这样的倡导和鼓励下,传统报道方式的改革仍然进展缓慢。新生代记者还没有发挥作用的空间。

这样,早间节目第二个板块方向又确定下来了:这就是形式上以现场报道为主,内容上关注社会生活,视点由居高临下的教导式变为以平视的方式报道真正为观众所关注的问题。

新闻中心主要集中在央视的二层,这里有自编机群、直播机房、新闻演播室和各部门的办公用房。央视的大楼是1986年开始启用的,但图纸却是70年代末开始设计的。而这期间正是央视在改革开放背景下发展飞快的时期。因此大楼从启用那天起就已经处于饱和状态,二楼有三间透明房间,原用于陈列展品。说它透明是因为这三个房间靠走廊的墙是透明的玻璃,1989年中央电视台成立新闻中心时,将第一间玻璃房辟为新闻中心主任和副主任办公室。1989年秋天,新闻中心成立新闻采访部经济组时又占用了第二间,我当时就与其他十一位同事在此办公。早间节目筹备初期,没有固定办公室,大家都在打游击式地临时聚会。1993年年初,经再三请示,台领导下决心把最后一间玻璃房中的展品转移,临时借给了早间节目组。那意味着如果早间节目办不下去,就要将办公室交回台里。

早间节目的创业就是在这不足二十平方米的透明临时办公室里开始了。初期的条件除了这间办公室外,别的什么也没有,办公用品都是借的,更不用说秘书和经费了。这间办公室的真正意义在于它为筹备组提供了一个交流智慧的空间,早间节目的最后方案就产生于此。办公室是公共的,这里没有属于个人的办公桌,只有四个长餐桌拼成的一个"平台",与其说是办公室还不如说是会议室,属于个人的只有自己的智慧和热情。

我经常拿着一个大大的塑料夹子在这里和大家完善栏目方案,所有台领导批示过的文件和材料都在这个不值钱的夹子中,其中许多复印件至今保留在我的办公室里。

筹备的气氛一直是民主的,有时是激烈的争吵,以至于经常有其他部门的同事探头看看究竟。主持策划会,我主张大家积极发言,关键是是否有创意和智慧,当一个设想提出后,我习惯于用否定法去否定它,即便我提出的设想也是如此。当这个设想大家已经没有理由否定时,设想就可能成为成功的创意了,好的创意都是群体智慧相互激荡的结果。

12月初,早间节目雏形渐渐清晰了:首先是就开辟一个人物栏目和关注社会的现场报道栏目达成了共识;其次是办一档服务性的生活栏目以增强观众的贴近性——人的思维惯性是何等顽固,虽然我们已经认识到生活服务性内容不能成为整个早间节目的主体内容,虽然已经明确了栏目的定位,但仍然认为它应该是早间节目的重要内容,只是将其缩编成一个小栏目,对这个栏目从定位到内容到叙述风格的修正,是《东方时空》开播半年之后的事情了。第四个版块是在当时广播已经盛行点歌的背景下,我们设计的一个点歌栏目,也可以说,如果包装旧节目的话,只有过去播出的一些歌舞节目最值得利用了。

除此之外,我还建议应该增设一个纯欣赏性的栏目,如服装表演、汽车大赛等等,而且还心血来潮地将其命名为《现代时空》,后来进入实际操作的阶段我又把这个栏目给撤销了,原因十分简单:四十分钟由五个栏目构成实在是太多,更重要的是《现代时空》这样的栏目根本没有办法批量化生产。

栏目的结构与轮廓已大致成型,但也仅此而已,每个栏目的目标定位、形态定位和内容定位还都不清晰。就在这个期间,有两个人的加盟使得早间节目更具实力,他们是时间和王坚平。

时间,1985年毕业于北京广播学院,分配在央视社教部,后任央视社教中心社会专题部副主任。我一直认为,时间是一个很职业化的电视人。他对电视有着独特的思维方式和悟性,天分极高,但有时说话随意。毕业后,他的几部作品颇获好评,如《回延安》等。1992年年初,时间由社教部调到新闻采访部经济组,当时我是这个组的副组长,我筹备早间节目的时候,他仍然是经济组的一名记者。对擅长专题节目的时间来说,采访新闻却是他的短项,因此时间是我在考虑早间节目方案实施时的第一个人选。

与时间的谈话再简单不过,我问他:"愿不愿意到早间节目来?"

他说:"干什么?"

我说:"让你负责一个人物的栏目。"

他说:"哦,行,我来。"

于是他就来了。

在此后的十年中,他为《东方时空》做出了贡献,他不仅使《东方之子》具有了专业品质,而且《东方时空》后来的周年特别节目大多是由他负责的这个栏目组承担的,也是他最早向我提出了实验谈话节目的建议,催生了后来成为中国谈话节目开山之作的《实话实说》。

生于苏州的王坚平原来是《观察思考》栏目组的编辑,在他来早间节目组之前我们交往并不多。《观察思考》是央视最早的评论性节目,虽然经历了三起三落,虽然这个栏目的影响始终未能与人们的期待成正比,但那里却积蓄了一批当时在电视界颇显功力的精英分子。有一天,正当我发愁谁来负责那个"点歌"栏目时,王坚平找到了我,他听说了早间节目里有一个歌曲栏目,表示很感兴趣,想过来干。我当时只知道他在《观察思考》做过几个好节目,但不知道他喜欢流行歌曲,而且由于喜欢已经有相当的积累和研究。他当时很谦虚,并没有提出什么要求和条件,我当即就说:"这个栏目就交给你了。"

王坚平的加入,彻底改变了这个小栏目的命运,是他把当时最前卫的MTV介绍给了我,不仅在中国最早使MTV栏目化,而且最早使本土制作的MTV系列化,最早使原属纯文艺节目的MTV,由于与前后板块的组合,体现了编辑思想,从而成为"电视杂志"中的一部分。

我对流行歌曲了解甚少,对歌星的了解就更是一个巴掌数干净了所有知道的名字。记得当时《东方时空》快要开播时,我问坚平前两天的MTV播什么,他说第一天的歌是杨钰莹的,第二天是一首台湾的郑智化的歌,我一听吓了一跳,台湾的"政治化"歌曲怎么在我们这里播出?坚平说:"你别紧张,'郑智化'是一个人名。"孙克文在旁边笑个不停。

现在观众对电视中的 MTV 已经熟视无睹,但是这个小栏目在当时却是早间节目中最有亮色的,因为过去中国观众很少能在一个固定栏目中天天看到这样的东西,中国观众"太缺这一口了",以至于那时很多中学生为了看早晨的 MTV 而上学迟到。

王坚平是一个真诚深邃的人,对电视有着执着的追求,但同时也是一个很善于挑战生活的人。1996 年,《东方时空》音乐节目取消后,他参与筹备策划了另一个大型栏目《新闻调查》。2000 年,他辞职下海去了"银汉公司"。多少年来,进出评论部的人来去匆匆,但有几个人的离开,我内心是充满惋惜的,遗憾的是我没有给出令他们不离开的充分理由。王坚平是其中之一,还有夏骏、刘春……他们不仅离开了评论部,而且离开了电视台。

早间节目轮廓渐渐清晰,整体由四个栏目构成,一是人物,二是音乐电视,三是生活服务,四是社会新闻。

栏目初步确定下来,接下来就是选将了。

已经明确的是时间负责人物,王坚平负责音乐电视。但生活服务和社会新闻这两个栏目由谁负责呢?当时我是筹备组组长,童宁和梁晓涛是副组长。

已是 12 月中旬,离正式开播的 3 月 1 日只有两个月了,其间还有工作效率很低的元旦和春节,两个栏目的负责人一时还没有人选,我决定让童宁兼管社会新闻栏目,梁晓涛临时负责生活服务栏目,孙克文负责统筹和串编。

元旦过后的一天中午,我与童宁一起去食堂吃饭,中途碰见了社教部的张海潮,好像童宁事先和他沟通过,张海潮见到我后半开玩笑地对我说:"我到你们那去吧。"我也随口说:"可以啊。"我以为他只是见面打招呼说说而已。没想到两天后张海潮打电话给我又谈及此事,这一次我十分认真地说:"你赶紧来吧,我这里正有一个栏目缺少负责人呢。"之后不久,张海潮加盟早间节目,接替童宁负责社会新闻板块的筹备。张海潮在社教中心是科技节目的编导,他制作的反映科技工作者的专题片《共和国之恋》,当时曾给观众留下深刻印象。他的加盟对《焦点时刻》这个栏目来说像是一场"及时雨",而这个栏目的成长也体现了他新闻方面的悟性。

由于没有合适的人选,梁晓涛一直兼管着那个生活服务类的小栏目,直到《东方时空》开播两个月之后,他调任动画部副主任离开早间节目。梁晓涛走后,卢望平代理负责了一段时间,之后,陈虻正式出任这个栏目的负责人,他彻底改变了《生活空间》栏目的走向,并在几年之后为这个栏目赢得了一致的业内认可和相当高的社会声望。

几年之后,当中央电视台的早间节目《东方时空》已经成为一种现象,《焦点访谈》《新闻调查》相继挺进晚间黄金时段,"南方之子北方之子人丁兴旺;小焦点小调查遍地开花",各地模仿克隆的同类节目风起云涌,《东方时空》的子栏目《实话实说》也树大根深自立门户的时候,我看到了一位初到评论部的新编导写在自己简历上的一段小诗,用非常清新的语词,描述着他对《东方时空》片头那只逆风飞翔的白色鸽子的印象:

　　……
　　夜之精灵　清晨的精灵
　　穿透夜色的水莲花样的翅膀
　　鸽子羽翼丰满地飞来
　　向天空　解释飞翔
　　……

从"新太阳"到"东方时空"

> 为了给台长留下选择的空间,我们的报告在"太阳城"之后又加上了一个备选的名称——"东方时空"。

"孩子"就要出生了。1993年1月底,大家开始集中精力构思未来栏目的名称。我在那一段时间里对这个问题特别兴奋,脑子一有片刻的清净就开始思索新栏目的名字。我认为:这个栏目取名叫"新太阳60分"比较合适。

早间和太阳是分不开的,阳光灿烂的清晨,这个名字会给观众一种清新美好的印象;"60分"代表栏目的时长,按照最早的设计,早7:00播出的二十分钟新闻也算早间节目,当时在国内按节目时长命名的栏目几乎还没有。更主要的原因是,我一直在心里记着那句名言"太阳每天都是新的",这句话总能带给人深深的冲击和心灵的震撼,我们当然希望把这样的激情也传达给观众。

我把这个想法跟大家说了,同事们都很兴奋,几乎没有反对的声音。我也颇为这个名字获得出乎意料的效果而得意。接下来,大家开始为四个小栏目取名。思维敏捷的童宁说:"我看可以来个'太阳系列',每一个小栏目都和太阳有关。"他的提议立刻得到肯定的回应。于是,人物栏目被定为"太阳之子",生活服务栏目被定为"太阳家庭热线",音乐电视被定为"新太阳金曲榜",社会新闻栏目被定为"太阳扫描"……很漂亮很齐整的一个"太阳系列"。

早间节目初创的时候,我们还没有一台电脑,所有的报告都是我手写的,我对创业初期的一个深刻印象就是没完没了地写各种各样的报告和请示,有时候一天写好几个。

栏目名称确定之后,第二天我就赶写了一个报告给台里,说明了未来早间节目总栏目名称,报告很快批了下来,中心主任和台领导都同意以"新太阳60分"来命名未来的早间节目,我立即让孙克文着手五个栏目的片头制作。

一切紧张有序,节目和片头进展顺利。

2月中旬,央视准备就早间节目出台举行新闻发布会,准备全面推介"新太阳60分"栏目,我字斟句酌地推敲了新闻发布稿:

中央电视台新栏目——《新太阳60分》

1993年3月1日清晨7:00,伴随着冉冉升起的朝阳,一个崭新的电视节目将走近你我的生活。这就是中央电视台新推出的早间节目《新太阳60分》,它是中央电视台对各界观众的新奉献。《新太阳60分》的开播标志着中央电视台向世界级电视台奋斗的步子又迈进了一大步。

《新太阳60分》的名称是几经斟酌,最后敲定的——它来源于"太阳每天都是新的"这一格言,寓意着中央电视台和全国的改革开放事业就像早晨七八点钟的太阳蒸蒸日上。

《新太阳60分》每天早晨7:00在中央电视台一套节目中首播，并分别在第一套节目的上午和第二套节目的下午重播，尽量使作息时间不同的观众都能有收看这个节目的机会。

《新太阳60分》采用综合板块的形式播出，主持人全部启用荧屏新秀，将给观众带来全新的感受。《新太阳60分》节目总长六十分钟，内容突出新闻性、社会性、服务性以及娱乐性，满足观众不同层次的需求。

创办早间节目是中央电视台酝酿已久的构想，但这次具体实施却时间紧迫，我们深知，将要升起的《新太阳60分》难免初生的幼稚和学步的蹒跚，因此，衷心希望业界同仁和各方有识之士毫无保留地提出你的见仁见智的意见，让《新太阳60分》更快地成熟起来。我们更由衷地希望各界观众提出建议和要求，因为《新太阳60分》最终是属于大家的。

然而，属于大家的"新太阳"没有能够按时升起。

2月中旬，开播在即。杨伟光台长突然叫我到他办公室去。上楼的时候我心里有一种不祥的预感。

杨伟光的办公室在十五楼，屋里电视机正开着。

杨台长说："你们是否考虑换一个名字？"他用遥控器关了电视，屋里立时显得特别安静，他慢慢地说："'新太阳'也许会让人误会，人家会说：'难道还有老太阳吗？'"杨台长广东口音的普通话听起来慢而和善，但我只觉得两耳轰鸣浑身冒汗。3月1日就要开播了，此时换名，新片头根本来不及制作。更关键的是：我心爱的、每每想到就会让人兴奋的名字要瞎了，这个好听的名字要夭折了！

我跟杨台长做着最后的努力，极力地解释："这个名字来自古希腊的一句谚语，用在早间节目真的是非常贴切，怎么会误会呢？如果怕有人误会，我们就在栏目片头把这句话打出来，就打在屏幕的右上方最醒目的地方，这样就不会有人误会了……"

没等我说完,杨台长慢慢地说:"你们回去再考虑一下吧,至少再取几个备用的名字,有备无患嘛。"

我从杨台长的办公室出来,心灰意冷,耷拉着那双看不见的理想的羽翅,"铩羽"而归。节目还没开播就遭遇如此打击,未来栏目的命运还不知怎样。杨台长虽然没有把话说死,但我从他平常的脾气判断,"新太阳60分"已经是一个被"盖棺"的名字了。

回到玻璃房我跟大家说了台领导的意见,在座的童宁、孙克文等人都傻了眼,一片惋惜之情立刻主宰了全房间。

三天之后,杨台长通知我栏目更换新的名字。如果新片头来不及制作,3月1日就先开播二十分钟的新闻节目,其余的四十分钟节目用老节目垫上,新节目推迟到5月1日开播。

栏目改名是对大家情绪的一次全面打击,在此之后的几天里,我几次召开新栏目名称的策划会都无果而终。大家想了几十个名,可是都觉得不如"新太阳60分"响亮。"新太阳"成了笼罩在玻璃房间里的一道浓重阴影。

也许是因为那年是毛泽东一百周年诞辰的缘故,大家一直不能从"太阳"情结中走出来,最后大家选定的名字是"太阳城"。为了给台长留下选择的空间,我们的报告在"太阳城"之后又加上了一个备选的名称——"东方时空"。对"时空"二字我也一直情有独钟,因为它给人无限的想象,"现代时空"那个小栏目取消时我就感觉很可惜,这次把这两个字又派上了用场。将其作为"太阳城"的替补。报告打上去之后,台领导和广电部领导都在"东方时空"四个字上画了圈。早间节目名称就这样定下来了——其实它只是一个替补者。

总栏目的名称确定之后,四个小栏目名称也相应调整,"太阳之子"变成"东方之子";"太阳家庭热线"变成"生活空间";"新太阳金曲榜"变成"东方时空金曲榜";"太阳扫描"变成"焦点时刻"。

在确定"东方之子"时我有些犹豫:因为如果叫"东方之子"就只能做

成正面人物,这就限定了人物的选题范围特别是一些新闻人物的进入,我征求时间的意见,时间说:"咱们是新办栏目,叫'东方之子'听起来比较响亮,这本身就可以吸引人接受咱们的采访,否则别人还不知道咱们是干什么的,联系采访难度会特别大。"我没有反对,因为我觉得时间说得也有道理,就这样确定了《东方之子》栏目。

数年后,事实证明我们当初的担心并不是多余的,"浓缩人生精华"的《东方之子》虽然号召力很大,许多节目制作精良,探及心灵的访问也很出色,但栏目名称的限定性太强,主要问题就在于:难以兼顾新闻人物,因为一些人可以是新闻人物,但并不能成为"东方之子"。

2000年《东方时空》改版,试图取消《东方之子》,改叫《面对面》,目的是想稍微远离原来的"分量性人物"的限定,放宽栏目名称对选题的约束,从而使这个人物栏目更能对准真正活跃在新闻核心的人物。然而这次改版只持续了半年,《面对面》又恢复为《东方之子》。

2000年的这次改版显示,当初作为"创新"符号出现的《东方时空》,经过七年日复一日的"热播",被观众从接受到喜爱,从喜爱到不容更改,习惯一旦形成,变革的阻力随即产生。有时候想:尽管出于善意,我们想让观众看到更高质量的节目,但如果违逆了观众的收视习惯,结果就有可能是费力不讨好。

传统思维习惯就像一个被理智深埋在地下的魔瓶,一旦有出头的可能,爆发出来的力量将是惊人的。栏目定位模式被打破了,但传统思维的痕迹最后还是在小栏目中被保留了下来。这种方式最终体现在了开播节目的编排上,并直接影响到节目的收视效果——尽管每一块材料都是在创新的技术标准下精挑细选出来,但当天节目却出乎意料地走到了"创新"的对面。

1993年5月1日,《东方时空》开播。

早晨6点多,整个栏目仅有的三十来人几乎都聚集到了二楼新闻播出机房。早晨7:20,新闻节目结束,一个全新的早间栏目与观众见面了。

九年之后的年终联欢会上,新闻评论部的同仁们自编自演了一个节目来纪念这个开播时刻,敬一丹字正腔圆地朗诵:"开播了、开播了、开播了!激动人心的一刻到来了!《东方时空》晨曲像一声清新嘹亮的号角,唤醒了沉睡的观众……"朗诵的调门很高亢,好像十分兴奋的样子,我的同事们都笑了,我也笑了。但我相信,1993年5月1日的早上,收看《东方时空》首播节目的观众其实并不多,因为此前中国人还没有早上打开电视机的习惯。

中国家庭的客厅中央是一个颇耐寻味的地方,这个位置是神圣的。千百年来,这里摆放着家中最值得敬重的东西:牌位、尊者塑像、恩人雪中送炭留下的纪念物、某一幅或者特别昂贵或者特别特殊的图画……后来这里摆的是象征着权威的收音机、电视机……中国家庭的习惯,早上再匆忙,早餐也是要长幼有序地坐好,迅速快捷地吃简单的餐点。在1993年之前的早上,端放在"堂上"的电视机一般要被一块绒布蒙着,神圣地、安静地待在大厅正中,等到晚饭的时候,一家人围坐上来,由家里年龄最小的成员掀起绒布,一大家子开始了相同的娱乐,边吃边看……家家如此,大同小异。

现在"堂上"的这个位置一般是一大堆音箱中一个薄薄的纯平背投什么的,没人会拿一块红布将家里值钱的纯平彩电包裹起来了——第四媒体之所以没有成气候,从这个位置也可见一般:计算机从来就没有堂而皇之地被摆放在"中堂之上",哪怕是短暂地占据,也没有。在早餐的时候把那块绒布掀起来,这个习惯还是在《东方时空》开播一两个月之后渐渐养成的。1993年的报纸上,我看到过这样的评价:"中国人早上最熟悉的音乐可能要数《东方红》和第五套广播体操——中央电视台的早间节目《东方时空》,使一些人早上起床要伴着电视里的晨曲洗漱了。"

早间节目第一天播出时,一年一度的全国新闻部主任会议正在西安召开。刚过8:00,当时还是新闻编辑部副主任的李挺给我打电话说:"这里开会的同行对《东方时空》评价不高,觉得除了'音乐电视'之外没有什么新意。"这个评价出乎我的意料,因为事先我预审了一些节目,总体感觉应该是一个全新的栏目。但为什么产生这样的反馈呢?我速速反思了一下,问题可能出在节目的编排上。

那天是"五一"劳动节,打头炮的栏目《东方之子》采访的是济南钢铁厂厂长马俊才;《东方时空金曲榜》是杨钰莹的《谁也不知道》;《焦点时刻》采访的是影星下海现象;《生活空间》是"夫妻关系大家谈",讨论男人该不该留私房钱。因为赶上了劳动节,于是就想到劳模;安排劳模也应该,但又偏偏是一个劳模厂长。虽然对厂长的采访使用了纪实手法,但是在那个许多记者热衷于追逐企业家的年代,观众很容易忽略我们在节目风格上所做的努力,而将这个人物访谈混同于一般的企业宣传。

也正是这一刻,我想到了一个问题:《东方之子》应少采访企业家,再加上后来出现了有人想拿钱上《东方之子》的事儿,我干脆定了一条规矩:凡是有企业背景的人物,不经批准一律不采访。这个规矩后来成为评论部一条纪律,延续至今。并不是说企业家不能成为"东方之子",而是在早上用十分钟时间大谈他的企业,观众不喜欢。

看明白一个东西需要距离。十年来,反思得最多、遗憾得最多的就是《东方时空》的首播节目。每一次的反思都让人更坚定一个想法:创新时最大的障碍,往往就是内心深处看不见的思维习惯。

"特区"里成长

"五分钟"？然后"其他的一切就不管了"？！

2001年下半年，我代表中央电视台参加在新加坡举行的亚洲大专辩论会。这是中央电视台与新加坡新传媒集团合作举办的一个项目，每两年交替主办一次。

代表中国参加辩论赛的武汉大学代表队运气不佳，在决赛中输给了马来亚大学，原因是他们抽签抽到的辩题是："钱是万恶之源"。这本身就是一个不成立的题目，再加上一些小的失误，武汉大学没有几个回合就败下阵来。用中国话辩论，中国的代表队竟然输给了外国人，"这说明华语离开母国同样精彩"，我鼓励着胜利者与失利者。仿佛是一种征兆，武汉大学在前一轮的比赛中就是以"不以成败论英雄"的辩题胜出的，因此对武汉大学来说，"亚军同样是一个很好的结局"——我继续鼓励我们的辩手。

"钱是万恶之源"，这的确是一个难以成立的立论和规则，可学生们不仅要自圆其说,还要辩出水平。我深知这其中的困难与痛苦,对那些血气方刚的大学生来说,这种痛苦也许是巨大的,但它毕竟只是一台节目一个游戏。在现实生活中,不能自圆其说的规则比比皆是,所以需要改革。

比如大家都公认的一个不合理现象:公务人员出差,几乎没有一个人可以在有关财务规定内入住与其身份相符的客房。过低的差旅费报销标准与宾馆、招待所较高的实际收费标准严重脱节。按照能够报销的住宿费标准出差,住不起起码的招待所;按照现行的伙食补贴标准,吃不起起码的一日三餐。于是,几乎成为惯例:上级人员出差费用由下级或企业买单,出差的人只支付住房费中符合报销标准的那部分,超过部分由下级单位支付;用餐费一律由下级接待单位支付;有的人出差则带着企业老板一起走,负责报销标准以外的一切费用开支……差旅费支出出现了严重的倒挂,出现了向下属机关单位和企业转移的现象。于是,几乎所有的单位都有一项名为"接待费"的经常性开支。

面对这样的规则,出差的人只有两种选择:要么突破规定,要么违背纪律。既然人人都不能遵守,这样的规则还有多少意义?规则已经遭遇现实,但是规定从不改变。

对于新闻界来说,这样的规定成为有偿新闻孳生的原因之一:对方承担经费要比自己到财务部门报销超支账目时编造各种理由简单得多,于是有人接受了采访"对方"的资助。更重要的是,这种规定是对新闻制作的一种制约:新闻要讲时效,但按照当时的规定,厅局级以下的人不能坐飞机,如果从广州坐火车回到北京,至少需要四十小时。两三天的火车晃晃荡荡回到单位,还有什么新闻时效可言?况且,很有可能还有另一项任务需要记者赶赴另一个地点完成,眼见飞机速来速去而不能上,这影响了整体的效率。

电视台其实并不缺少这些经费,只是由于规则的存在而不能开支。诸如此类的规则过去还有很多,要按电视新闻规律进行运作,困难重重。这些规则制约了电视节目的发展,也影响着员工的积极性。

《东方时空》作为"特区"进行实验的内容之一,就是要找到一个能合理合法地规避这些规则的办法,从而调动节目创作者的热情。后来之所以把《东方时空》视作电视节目及管理运作体制改革的标志性栏目,正因为它首先是管理及运作体制改革的产物。这是电视台决策者的初衷。

在新加坡期间,我拜会了新传媒的高层管理者,咨询新加坡电视改革的问题。

新传媒的前身是新加坡广播电视机构,属国有媒体,而且全新加坡只此一家。2000年,新加坡广电体制开始改革,改革的举措一是把新广机构企业化,变为新传媒集团;二是打破垄断,允许新加坡《联合早报》创办电视台。

接待我的是新传媒集团人力资源部的经理,我问他:新传媒企业化后如何协调企业与员工的积极性?作为国有媒体,新加坡广播电视机构原来所有经费都由政府拨给,电视台不必为盈利而负责;但企业化以后情况就完全不一样了:电视台要改变过去不计成本、效率低下的问题——这对一个国有机构来说可能只是一个工作作风和责任感问题,但对于一个企业来说就是生死问题——这个问题怎么解决?

人力资源部经理的回答让我很吃了一惊,他告诉我:直接见效的办法就是"让广告收益与栏目互动"。而这正是十年前,中央电视台给《东方时空》的改革政策。

早在酝酿早间节目筹备时,台里就决定用这个节目实验一种新的体制。当决定让我来负责早间节目筹备组时,杨伟光说:"给你两项政策,一是经费包干,二是节目你把关,要变'新华体'为'中新体'。"虽然这些都是口头表达,但是台里的改革决心已经足以让人感受到前所未有的力度。

在随后的几天里,我一直在思考一个问题,台里对早间节目将要实行的特殊政策,也就是改革措施,究竟应该叫什么?最顺理成章的就应该叫"承包",但我不想用"承包"二字概括将要来临的电视体制改革。作为现代传媒的改革,理应有一种不同于"农村土地承包"和企业改革初期的"包字进城"的理念和方法。当时百思不得其解,没办法,最后我们还是把"承包"写进了报告中,写了一份"关于《新太阳60分》节目申请承包的报告"。

后来的一些研究文章对《东方时空》的"承包制"赞誉有加,说我们"第一次把'承包'的概念引入电视栏目",其实我并不满意这个提法。

这项改革后来逐渐变成了更符合电视特点和规律的"制片人制",并从一个早间栏目发端,在短短的时间内普及到了国内几乎所有的电视媒体。更让很多人感到不可思议的是,"制片人"只是《东方时空》在开播时偶然引进的一个概念。

几经折腾,我终于在旧资料中找到了这份十年前写的"承包方案"(全文附后),这就是后来的评论部几百号人生存的"法律依据"。十年后反复阅读这些发黄的文件,感慨颇多。

就是在这个方案中,我们第一次提出了"要改变中国电视观众早晨不愿意打开电视机的习惯"。这句话后来被很多人和很多媒体转述、引用,几经辗转,演变成为:"《东方时空》改变了中国人早上不看电视的习惯。"

让中国人看早间电视,这个目标在《东方时空》开播后几个月就实现了,但从现在的角度看,当时这个方案还是有很多风险的。后来的实际运作证明,不到一千万的承包经费要想每年制作三百六十五小时的节目是根本不可能的,即使可能也难以保证节目的质量——两年后《东方时空》每年的实际开支接近四千万。

写这个方案时,早间节目还没有完全定型,样片还没有制作,很多的变化根本无法预料。子栏目《现代时空》撤销了,其内容与《家庭电脑》合并成为《太阳家庭热线》,后来又演化为《生活空间》。每一次变化都经历过磨难。就是在这样的基础上,我们还在"承包方案"的惩罚条款中写道:"如果《新太阳60分》编辑组未能完成承包指标,如超支和减收,则由台里对其工作人员实行惩罚,具体办法除行政方面的批评处分外,经济上要扣除每人月工资的50%,扣除期为一年。"当时中央电视台职工月平均工资大约是一千元左右,一年下来不足万元,如果真的扣除50%,吾辈将无法向家人交代——即使如此,为了能使"承包方案"顺利通过,我们还是把当时认为最严厉的惩罚条款白纸黑字地写在了报告中。

"风萧萧兮易水寒",写这些字句的时候,真的像在立一个置之死地而后生的字据,满心悲壮。推己及人,我不想让今天有创业热情的人承担过多的压力,他们承担的压力应该只来自节目。

其实,之所以将这样的内容写出来,除了因为要拿到可以相对有权自主支配的九百零四万七千元的节目经费外,更主要的还是对早间节目的广告收益没有信心。当时预测,早晨每分钟广告仅为一千三百元,这个数额只是2002年广告价格的1/70。

报告打上去以后,一直没有回音,根据台领导意向拟就的方案却迟迟得不到批复,这只能说明一个问题:对于这次改革,台领导也在反复权衡,慎之又慎——改革需要时间,我们在耐心地等待。面临重大决策,思考的时间往往和日后的成功成正比,思考时的慎重往往能够预警将来遭遇的麻烦。

离规定开播已经不到一个月了,各栏目负责人每天都像热锅上的蚂蚁,走来走去,人人脸上透着焦急。不断有人问我:"栏目还办不办?""没有经费节目怎么运作?""还有一个月了!"我又何尝不是天天在掐着指头数,还有一个月了!而一旦节目"亮相"之后,那就等于是开始了一场没有尽头的奔跑——机器设备、舟车行宿、人吃马喂,哪一个环节缺得了钱?筹备组运作已经快三个月,我们除了那间临时的办公室外,一分钱经费也没有见到,为日后栏目运作储备节目的当务之急也无从下手。

情急之下,我又写了一个紧急报告:《关于早间节目急需解决的三个问题》。三个问题的第一个就是:暂借二十万元启动经费,承包方案批准后如数归还。这个报告很快批下来了。台长杨伟光和主管财务的副台长于广华批准计财处暂借二十万元给早间节目。这就是《东方时空》最早的启动经费。

借钱办节目，这在中央台恐怕也是破天荒头一回。

栏目开播一个月后，《东方时空》用其广告收入还清了这二十万元借款。

元月下旬了，关于承包的报告还没有批下来，主管新闻的副台长沈纪与我一样心急如焚。一天，沈纪副台长打电话给我说："你们那个报告写得复杂了些，而且经费如何运作也是一个大问题。台里的想法是，能否就给你们五分钟广告时间，其他的一切就不管了。五分钟广告时间里，你们能挣多少就花多少。另外，经费运作由中电公司来进行，你们重新交一个报告给台里。"

"五分钟"？然后"其他的一切就不管了"？！

九百零四万七千元的运作经费，那是我们的"最低生活保障线"——为了让台领导认可方案，我们已经把经费预算掐了又掐，一项一项都精减到了不能再减的程度，如今一分钱也不给了，我们别无选择地只能"白手起家"。

其实，这第二个方案应该是让人兴奋的，这才叫承包。今天，远离风险之后我们能够看得很清楚，这是一个更大胆、更信任早间节目的方案，在这样的"特区政策"中，台里对《东方时空》的未来前景做出了更高估价。在原来的方案中，我们提出了广告收入"五五分成"的问题，而如果按照后一方案，广告收入将全部由栏目组支配，我们得到的空间更大了。只是，早间节目的压力也更大了。在原方案中，我们谨慎地认为早间节目的广告收入不会超过三百万，节目预算是九百多万，所以我在方案中提出了不足部分由台里补贴的办法。按现在这个政策，台里将不予一分钱拨款，所有节目经费都将来自广告收入，而广告能否卖出价格，当时是一个谁都无法预料的变数。

没有人能给我们承诺，一切变得不可预知——当时我想：至少有一点是我们自己可以把握的,那就是用以吸引广告注意的节目质量。于是,我连夜又写了第二个方案,第二天一上班,没来得及打印就交到了台里。这个方案比上一个方案简单多了,全文不超过六百字,报告的第二部分是承包内容,主要是:

一、节目制作以及围绕节目制作所需经费,由"新太阳60分"节目组自行解决。以节目养节目,时间定为一年,经费来源以广告收入为途径。

二、广告由未来广告公司代理。

三、"新太阳60分"节目组保证节目在3月1日开播,全年播出量为三百六十五小时,节目的影响要逐步扩大,争取办成我台的名牌栏目。

2月2日,央视总会计师贾文增批示:拟同意试行一年。

2月3日,杨伟光和于广华分别批示同意。

把复杂的问题简单化,往往是解决问题的最好办法。

新的方案把超支如何、减支如何、增收如何、减收如何这些复杂的指标全部简化为五分钟的价值,进一步理解就是广告与栏目互动。正是这项看似简单的承包方案,拉开了央视节目制作体制改革的序幕。可以说,没有这个政策就不可能有生机勃勃的《东方时空》,以及后来的《焦点访谈》《新闻调查》《实话实说》《现在播报》……

从"试行一年"这个条件看,当时的台领导对此项改革是有压力和顾虑的,而且按照传统的思维,这次改革很有可能根本不会出台。"传统"也许会这样"思维":五分钟的广告收入由栏目组支配,难道他们不会把这笔钱乱花了吗?他们不会把经费都装到个人的腰包里去吗?但我认为,决策者在这项决策上显示出一个勇于承担责任的大手笔,他们没有把自己的思维封闭在传统思维中,而是算了一笔大账:台里不花一分钱办了一个早间节目,难道不值得吗?至于经费如何管理、如何使用、如何分配,完全可以通过确立制度来制约,何况还有法律的防线呢。

以制度约束人,以制度确保信任,这是一种科学的态度。

事实证明:台里的改革决策是英明的,《东方时空》从第二年就开始每年向台里上交结余,十年累计上交广告收入超过十个亿。而按当时台里"早间节目挣多少花多少"的口头承诺,《东方时空》根本花不了这么多钱。后来的《焦点访谈》等栏目运作模式都是如此。

拿到台里的批文,我开始考虑五分钟广告的运作问题,也就是如何才能把五分钟时间变成钱,变成可以使用的节目经费。按照台里的规定,五分钟广告由刚刚成立的央视未来广告公司代理。

接下来的很长一段时间,广告问题占用了我很多的时间。未来广告公司目前早已成为中国十大广告经营公司,但其刚起步代理《东方时空》广告时还基本是一种官商做派。那时我们双方在二楼的玻璃房中没少争吵,首先是广告价格的问题。由于央视原来没有早间节目,更谈不上早间广告,所以广告价格没有参照系。未来公司当时的经理主张价格低一些,这样容易拉到广告,他提出的价位是 1500 元/30 秒;而我认为广告的价格确实不能太高,否则无人问津,但也不能太低,不然会影响栏目的品质,因为价格是价值的反映。由于"未来"只是代理公司,五分钟广告经营权实际上是在栏目组,所以,经过反复斟酌,我把三十秒钟的广告价格确定在 2500 元,每一个标版是 1500 元。

与未来公司争论的另外一个问题是:五分钟广告未来公司是否应该保底?也就是五分钟广告时间填不满的话由谁来负责?未来公司的经理说:"我们能拉到多少就是多少,不可能把五分钟时段都承包下来。"对此,我坚决反对,我说:"你们如果不能保底,我只能找另一家能保底的代理公司,而且他们的代理费还比你们低,服务还比你们好。"我自己知道,这只是一种激将法而已,未来公司代理早间节目的广告是台里定的,我无权终止其合作,同时这位经理也答应他们将尽力而为。

4 月中旬,广告依然惨淡,栏目快开播了,我们却只有两分钟的广告。

代理公司要求降低价格,并说如果坚持原价五分钟广告肯定填不满。我心理的压力也已经接近极限,但我仍坚持不能降格以求,我知道市场的规律是买涨不买落。我给自己预留了最后的退路:如果开播后广告仍无起色,那时候再降低门槛。5月1日《东方时空》开播时,广告不到三分钟,无奈之下,剩余的两分钟广告时间只能依赖临时延长其他节目来确保四十分钟节目的完整。一个星期之后,情况迅速好转,不仅在一个月内填满了广告时间,而且未来公司还央求我能否再给他们一分钟的广告时间。

接下来的境况是创办《东方时空》几年来给我印象最深的,那就是不断地提高广告的价格:5月14日到7月中旬,早间节目的每三十秒广告由原来的两千五百元提升到三千五百元。我现在还记得,那个时候我们与客户签的合同期限统统限定在两个月以内,因为这样我们就可以不断地提价,不断地与客户签订新的合同。在一年时间里,早间节目的每三十秒广告价格由最初的两千五百元增加了十多倍,最后接近三万元。我就是在那个时期充分体验了广告与栏目互动的快乐。当时对于栏目的评价有两个指标:一是领导、观众以及其他媒体对于栏目的评论和关注,还有收视率的提高;另一个就是广告价格的节节上浮,二者交叉互动上扬。广告费的增加可以对节目进行更多的投入,如无线话筒的增加改变了录音技术条件,也提高了节目的质量;秘拍设备的使用使我们的节目能够记录下许多鲜活的过程,而这些过程为《东方时空》节目增色不少。

节目质量提高之后,随之而来的影响就是广告应接不暇,甚至出现了客户排队的现象。

后来,《东方时空》的栏目广告转由广告部经营。如果说当初的放权启动了一个生机勃勃的栏目,那么后来的收权又体现出一种规范和科学。我是学经济的,我深知一个媒体的广告经营宜集中不宜分散,这是公理和铁律。但我认为,即使广告由一个统一的部门来统一经营,一样可以实现广告与栏目的互动。比如栏目广告增加的部分可以与栏目分成等等。新加坡的新传媒目前实施的办法就是如此,由一家完全由政府拨款的传媒经历企业化改革之后,媒体增添了活力。现在,作为一个早间节目,《东方时空》每年的广告销售收入近两个亿,这种情况已经持续了好几年。

与"新传媒"的同行探究媒体的运作与管理机制等问题时,很多次让我想到:我们曾经的探索还在继续,后面要走的路很长,没有任何问题会不经努力就自然而然地迎刃而解。

【附】

中央电视台关于《新太阳60分》节目申请承包的报告

一、关于《新太阳60分》

中央电视台的奋斗目标是建成世界级大电视台,但我台目前尚无早间节目,而一些地方电视台分别早已先行一步,这与我台的地位极不相称。因此,经台编委会研究决定,新闻中心和总编室联合开办我台7:00至8:00早间节目,并于今年3月1日开播。此节目定名为《新太阳60分》(太阳每天都是新的,每天七八点钟的太阳蓬勃向上,中央电视台的事业亦应如此。)

节目将以全新的面貌,采用综合板块的形式制作和播出。栏目结构如下:

新闻(含天气预报)20分钟

新太阳金曲榜8分钟

太阳之子8分钟

现代时空3分钟

家庭电脑5分钟

太阳扫描9分钟

片尾2分钟

广告5分钟

节目总体时间为60分钟,节目内容以新闻性和服务性为主。

我们有充分的信心改变中国电视观众早晨不愿开电视机的习惯,并使《新太阳60分》节目的质量不断提高,逐步办成我台的名牌栏目。考虑到此节目播出时间的特殊性(早晨播出)和人员异常紧张的现状,我台应对这个节目实行经费承包的特殊政策。

二、关于《新太阳60分》的承包方案

(一)承包理由:

1. 由于受中央事业单位财经制度的影响,我台节目制作费用的使用一直是困扰我们的一个难题,并因此影响了编辑记者及制作人员热情的发挥和工作积极性的调动(诸如飞机票、出差住房标准及补助标准等在实际执行中都较难与实际情况相吻合),难以鼓励工作人员创作好节目。

2. 为办好《新太阳60分》节目,新闻中心和总编室在保证原有工作正常完成外,还需投入大量人力物力和财力,按电视台目前状况估算,自办一小时节目每年需要预算1000万左右。而就人力来说,除新闻中心和总编室能抽调一些固定人员参与此节目采编制作外,还要大量借用台外人员、合同制人员和实习人员等。更重要的是,利用目前社会上电视设备闲置的状况,可直接面向社会,使之按我们的要求制作节目。而这正是世界电视的发展规律和潮流。

(二)承包原则

在节目上,坚持四项基本原则,遵循电视规律,满足观众需求;在经济上,遵纪守法,不违反台里规定的政策;在分配上,打破大锅饭,奖优罚劣,鼓励办好节目。

(三)承包内容

1. 电视台对《新太阳60分》实行定收定支、定额补贴、超收提成、减支奖励、超支惩罚的承包办法,承包期为一年。一年内《新太阳60分》编辑组制作365小时的节目。

2. 《新太阳60分》创收渠道

① 5分钟广告收入:237万元/年(按每分钟广告1300元计,每天广告收入6500元)

② 标版收入:54万元/年(按每个标版每天300元计,共5个栏目,每天收入1500元)

创收收入共计:291万元/年

3. 经费支出分类

① 借调及招聘人员的工资支出

根据目前电视台状况,平均每天参与一小时节目制作的人员,除15人左右为本台固定编辑制作人员外,需向社会借调和招聘100人左右。按每人月工资300元计,全年需经费36万元;此外,我们估算这100人中,将有一半人员,即50人左右,需向其所在单位支付其工资数额400%的费用,即每人每月1200元,共计为72万元。此项合计为108万元。

② 借调及招聘人员的补贴及奖金

借调及招聘人员除向其支付工资外,还应给予一部分劳务和奖金(如加班等情况),以保证其积极的工作状态。按每人每天10元计(这已是相当低的数额),100人全年需支出约40万元左右。

③ 差旅、交通、食宿等费用

每天60分钟节目按1.2万元计算,全年共需经费438万元。

④ 购买节目费用

按每天购买12分钟节目(总节目量的20%),每分钟节目为400元计,全年共需经费175.2万元。

⑤ 稿费、演播费

为提高节目的权威性和可信性,我们拟请专家、学者及有关名人到节目中来发表见解,需支付稿费及演播费,按每天600元计,全年共需经费21.9万元。

⑥ 片头设计费用

60分钟节目共有子栏目6个,加上总片头共计7个片头,按每秒

2000元,片头总长90秒,共需经费18万元。

⑦ 制景费用

约需20万元。

⑧ 必要的设备购置费用

为提高节目质量,需购置一些设备(如无线话筒等),全年约需经费50万元。

⑨ 租车费用

为保证节目拍摄与制作的正常运转,要有充足的交通工具作保障,我们估算最少需要4辆车,按每辆车每月7000元计(因车辆需昼夜运转),4辆车全年共需经费33.6万元。

如上支出总费用一年共需904.7万元。

(四)承包外费用支出

1. 定额补贴

《新太阳60分》播出时间为早晨7—8点,为保障播出,每天早晨值班人员约为55人(新闻中心和总编室领导加工作人员),根据台里有关决定,值班人员除每人每天享受10元补贴外,还应额外给以补贴,即定额补贴,定额补贴按每人每天20元计,全年共需经费约40.2万元。

2. 设备租用费

《新太阳60分》承包期内,应无偿使用台内设备。但由于此节目需用设备量非常大,如果台里不能确保设备的使用(根据目前台内设备状况,多半难以保证),则需外租设备。我们估算至少需外租3套前后期配套设备,按每套设备1000元/天计算,三套设备全年共需费用为109.5万元。

3. 租用办公地点费用

《新太阳60分》编辑组按栏目共设6个小组,以两个小组一个办公室,外加总办公室,共需4间办公室。如果台内能确保办公地点,则无须外租办公地点费用;但如台内不能保证办公地点则需外租。我们认为,在台里保障一间办公室的情况下,至少还需租用3间写字间,按每套写字间每天600元计,全年共需经费65.7万元。

（五）奖惩措施

1. 奖励

① 支出

上面我们提出的承包方案,一年需要经费904.7万元(未包括设备租用和办公地点租用费用这两项未定费用),如果《新太阳60分》编辑组全年的实际支出少于此数,则其差额按50%返回《新太阳60分》编辑组,用于工作人员的奖励和节目的再生产。

② 收入

承包方案中规定年创收额为291万元,如果《新太阳60分》编辑组实际创收额超过此数,则其差额按50%返回编辑组,也用于工作人员的奖励和节目的再生产。

2. 惩罚

如果《新太阳60分》编辑组未完成承包指标,如超支和减收,则台里对工作人员要实行惩罚,具体方法除批评外,经济上要扣除每人月工资的50%,扣除期为一年。

（六）其他

1. 台里应免费为早班工作人员提供值班宿舍。

2. 台里提供一部分无线工具和为办公室安装一部长途直拨电话。如果外租办公地点,请安装台内分机电话。

以上为承包方案,请审批!

改造我们的语态

> 这个规矩白岩松印象深刻,事隔八九年之后,他在接受采访时说:"我当主持人是从不许叫'老师'开始的。"

三四十岁的人容易被这样的新闻语言带进一种怀旧情绪中:"金秋十月,丹桂飘香,天南地北祥和欢乐,华夏儿女喜庆佳节。北京各大公园彩旗飞舞,花团锦簇,宫灯高挂,人流熙攘,充满了喜庆祥和的节日气氛……"如果不做解释,单从这一段文字上甚至都很难判断这究竟是哪一个年代、哪一个佳节的纪念文章。这样的语句、用词和调式都太有时代特点了。

很长时间以来,"拽大词""高八度""排比句"串缀起来的新闻稿,成为事件"重大"的一个典型标志,人们从不同的传播工具中听到看到读到的东西,会有惊人相似的语态。这种"高调"的新闻文体被统称为"新华体"。很长时间以来,"新华体"象征权威,象征可信度,被视作无坚不摧的"利器",安全、简单、好用。其实"新华体"与新华社是两回事,它是我国新闻媒体在那个特殊年代中打磨出来的一种通用的新闻写作体式。这种体式表现在影视节目中,就是那个时代我们在电影院里经常看到的《新闻简报》及与其一脉相承的"电视新闻片"。模式化的文体,把新闻写作这种创造性的工作变成了简单劳动。这种文风甚至在当下的电视新闻节目中仍有残留。我曾在2002年年底一次审节目时对一些编辑记者感慨:有些记者才二十多岁,他们出生在改革开放的年代,但为什么他们在做节目时使用的一些新闻语言会那样陈旧老套呢?他们并没有经历过那个需要用套话来表述思想的年代,这似乎是一个无法解释的现象。

早间节目筹备初期,杨伟光和沈纪等台领导提出了明确的节目要求:早间节目要开拓创新。随着筹备工作的深入,他们又提出:要"变'新华体'为'中新体'"。

同样是国庆报道的"重头文章",同样是描述天安门广场"焕然一新的面貌",我注意到中新社的一篇题为《北京漫步:不识今日长安街》的新闻特写。我想,其中有我们要找的一些东西,文章是这样开头的:"一位公派到美国的朋友近日回北京公干,笔者接机回城途经长安街时,朋友连连惊呼:不识今日长安街。不错,不用说离开两年的朋友,许多老北京近日到长安街都有耳目一新之感……"

文章接下来先说"长安街的建筑",然后说"长安街那醉人的绿",还有"洗尽铅华之后,没有了广告的路边风景",还有"长安街的照明"……如数家珍,透着自得,透着家常,因而显得亲近可信。

在过去的新闻语态中,好像只有把新闻写得不像平时说话,才会给读者以"权威感"——这里头有一个误解,我们的读者真的认为,只有不像说话的文章才是权威大气的文章吗?

几十年来,电视也追求权威、大气,而人们同样习惯性地认为"权威"和"大气"来源于播音员"庄严"的语气和新闻稿宏大、抽象的用词,就像"新华体",字正腔圆中丝毫不透露宣讲者的态度,居高临下的语态中保持着一种既定的距离。这样的播报方式成为模式。模式是有用的也是有害的,有用之处在于:模式便于操作,模式提供依据,模式划定边际和外延;有害之处在于:模式限定思维,模式使得人们不由自主地走进习惯,模式成为一种无声的力量,让有的人不敢逾越,有的人懒得逾越。

我理解的"变'新华体'为'中新体'"就是要降低电视媒体说话的口气,尝试一种新的语态,也就是新的叙述方式,而之所以要从早间节目开始,是因为早间节目影响小,更便于降低实验的风险。而对电视而言,新的叙述方式不仅仅是指电视节目解说词的写作文风,更重要的是如何用其特有的语言吸引观众,而这些改变首先必须从转变态度开始。

90年代初,"信息"的概念被人们接受了;90年代末,"信息到达"的观念被越来越多的人重视起来。媒体渐渐意识到:不仅要加大投入丰富传播的内容,更要付出成本追求传播的效果。然而什么样的效果才是符合观众胃口的?怎么样才能收到媒介期待的传播效果?这是一个系统工程。

起步之初,人们只是意识到这是一件重要的事情,也只是把它当做一件事情开始操办,局限于当时的认识,虽然还没有多少人意识到要通过时段分析、观众构成分析、频道整体分析……来建立一个获得传播效果的评价体系。但我们已经知道,我们不是命令别人看节目,而是请人看节目,请人看节目就要有好看的节目,所以直到今天,我还时常把专业而复杂的电视节目判断标准简化为"好看"还是"不好看"。

《东方时空》的探索,也是从非常具体的地方开始的:语言特点。

"真诚面对观众"不仅仅是一句口号,不仅仅宣扬着我们的态度,它也是一种可以指导节目操作的方法提示。"真诚面对"的前提其实很简单,就是要像说话一样地说话,要给信息传播带上强烈的个性色彩,传播者与观众必须首先建立起一种"与话双方"的平等,平等之后才有可能建立亲近感。传播者应该是一个个性鲜明的人,他的思想、智慧、才情和价值观念会通过哪怕是纯粹的、对事件的叙述传达出去。当时业界一致认为：通过个性化的语言对新闻信息进行处理，是适应大众需求的。《东方时空》在新闻节目上开了一个先河：主持人在讲述中表达观点，在角色感上，"他们更像是邻家的兄弟，像一个朋友，他们以聊天拉家常的方式，把自己亲历的新闻事件转述给观众"——从后来的观众评价中不难看出，观众们注意到并褒奖了我们在这上头所做的努力。

《东方时空》一亮相，就给观众一种耳目一新的感觉，可能正因为观众从严肃了十多年的屏幕上，看到了民间话语的鲜活、幽默、趣味，口语化的表达既概括精练，又带着世俗生活的具体语境，让人感到随和、亲近、心领神会。新闻节目中采用这种人际交流的口语化方式，拆除了媒介和观众之间的界线和戒备，使新闻的接受有了人际交流的角色认同和情感互动的愉悦。在我们追求的叙述性的语言中，哪怕是评论性的段落，也要格外注重新闻事件的过程和细节，注重矛盾的冲突和悬念，注重人物的内心冲突，展现人物的性格特征，真诚地关注人物的命运和结局——这就是新闻的人格化。

正是这些真诚、平和的态度中，融入了讲述者的新闻激情（我使用"讲述"而不是播报，因为这个词汇是最准确的），融入了他们独特的气质和与众不同的个性，这样的表达方式使观众深受感染。

不少关注电视新闻改革的专家在文章中也提出这样的看法："20世纪90年代，中国电视向大众传媒本质回归，最显著的特征之一就是它的平民化。它比任何时候都注重考虑大众的接受心理，尊重大众的审美趣味。"这些研究者也注意到，电视语言风格的变化是从"非黄金时段节目"开始的："……在一些边缘时间，如早晨、午间、晚间新闻里，传播态度由庄重严肃到轻松亲切，传播话语由书面宣讲的形式渐变为口语化、个性化……"

对电视的这些理解，我是逐步感悟的。在大学期间从未学过新闻采访和写作等方面的课程，连最接近的一门功课《大学语文》都没有学过，电视的知识就更少。记得刚到电视台的时候，广播学院、电影学院分配来的同事们喜欢津津乐道地扎堆说"蒙太奇",我一度以为是哪个外国记者的名字。好在那时电视节目的起点很低,而且在视听手段的要求上主要以"听"为主,也就是以文字语言为主。好的电视节目往往是以选题的角度为主要评价依据。像"现场采访""纪实拍摄""效果声""同期声"等原本应该属于电视特有语言的这些东西,当时并不被重视。所以在1987年上半年,严格说来对电视还没怎么入门的时候,我拍了一条反映当时中国计划经济弊端的新闻《一条马路隔断两个企业的产需联系》,还获得了当年中国电视新闻的特等奖。

从操作层面来说,我至今没有亲手拍摄过一部纪实节目。但自从参与《广东行》摄制组,并经历了那一场争论之后,我深深地被这种最能充分体现电视优势的电视语言形态所征服。正是这种形态所表现出来的现场感和真实感彻底改变了我的理念——应该用这种方式改变我们沉闷的、新闻简报式的传统新闻节目。

机会来得很快,在章壮沂办公室的那一次谈话之后,我开始负责早间节目筹备组。非常幸运的是,开播前后陆续加盟《东方时空》的几位制片人如童宁、时间、王坚平、张海潮、陈虻等,都是新的电视表现形式的探索者和实践者,他们在许多方面都做得比我更职业。可以说,没有他们的贡献,就不可能有《东方时空》起步之初的职业化基础,就不会有日后的成长和壮大。

作为每天播出的日播栏目,《东方时空》从表面上看有两个特点:一是尽管当时中国电视还未引进"电视杂志"这个概念,但它已经是一本"杂志"了。从筹备到开播,我们一直称它为板块节目,这种板块结构的栏目在《东方时空》之前,电视台也曾经使用,如《九州方圆》等,所以严格地说,作为"杂志性栏目",《东方时空》并不是中国电视的开先河者。第二个特点是栏目彻底的"主持人化",在每天播出的四个小栏目中,除《焦点时刻》外,每个栏目各有自己的主持人,而《焦点时刻》则以记者报道的形式在现场完成节目的导入。电视栏目主持人化也不是《东方时空》的首创,但《东方时空》的主持人与以往电视栏目主持人的不同之处在于开始使主持人记者化。

当时有观众说:"看完《东方时空》就像刚从南方的早市上拎回一条扑腾着的活鱼、一捆绿油油的青菜。"——如果初试早间的《东方时空》因其内容上的贴近而赢得观众的认可,我认为,较之内容上的突破,《东方时空》话语的亲切和传播方式的鲜活才是让观众惊喜的真正原因。

《东方时空》在表达和叙述上的突破在于,表达与叙述的态度变得真诚、平和,表达与叙述的内容变得真实、鲜活,表达与叙述的手段变得更遵循电视规律。这就是《东方时空》十年不变的电视理念。这些理念现在已经无须做更多的解释,但在当时,由于在这些理念指导下的《东方时空》确实与过去的节目形成反差,所以观众和专家学者总是把"平民化"与《东方时空》相联系。我认为,这是对我们最好的评价。有人说,态度决定一切。当我们拥有了一种真诚的态度时,把过去居高临下教训人的电视节目在形式上变得尊重别人、贴近生活、关注百姓,其实并不十分困难。

《东方时空》一直在强调真诚和平民化,但令我没有想到的是开播初期的《东方时空》有时过于谦卑了。《东方时空》开播时,全体人员平均年龄不到三十二岁,像白岩松只有二十五六岁,《金曲榜》的施翌好像大学还没毕业,另外还有一些刚刚大学毕业的编导和《焦点时刻》的出镜记者。一天在审节目时,我突然发现,他们在采访中几乎都将采访对象称作"老师"。我看了以后很不舒服,我说:"是应该给别人以足够的尊重,但主持人和记者出镜采访时代表的不是个人,而是电视台。"当时我立了一个不成文的规矩:采访中不要使用"老师"这个称谓,除非采访对象真的是一位老师。这个规矩白岩松印象深刻,事隔八九年之后,他在接受采访时说:"我当主持人是从不许叫'老师'开始的。"

事实证明,真诚与平和并不一定要从卑躬开始。

作为电视叙述方式的突破,有一点是容易被专业电视人忽视却十分重要的因素,这就是一批报人和非专业人才的介入。而这个时期的报人介入电视但并不操纵电视,或者说他们并不给电视编导写一个需要按图索骥去完成图解工作的台本,而只是成为节目创作中的一个重要元素。例如,《东方之子》栏目中,像胡健、刘爽等主持人都是报社的编辑或记者,白岩松出身于《中国广播报》,《焦点时刻》的主力编辑盖晨光、水均益、李媛媛等都来自新华社和报社。另外,遇到特别节目时还有很多报人参与幕后策划。报人和其他媒体人才的介入之所以在《东方时空》的编辑制作和叙述方式中不可忽视,就是因为他们的到来,使电视中"听"的语言变得丰富生动并富有文采。更重要的是,他们为电视增加了智慧,提升了电视的思想含量和文化品位,而这正是传统电视节目中所缺少的。

从职业的角度上看,《东方时空》是较早将纪实风格栏目化的,它使电视节目的制作回归到了它的本质。而《东方时空》的成功也正是通过将纪实性采访、纪实性拍摄、纪实性报道进行潜心的、专业的编辑制作,才使其有了令人信服的真实性。自《望长城》和《广东行》这两个纪实风格的系列节目之后,每天一期的《东方时空》迅速在电视业内制造了"纪实效应",并逐渐形成一种职业共识。大量纪实风格的优秀栏目和节目在一些电视台应运而生,一时间,"纪录片""现场报道"和"纪实手法"成了电视界的流行。

电视表达和叙述方式的纪实性使得节目发生了整体变化。后来出现的谈话节目《实话实说》和娱乐益智类节目,其实也源于电视理念的这种变化,因为这些栏目展示的,同样是一个个纪实的谈话现场和游戏竞技现场。

但是后来矫枉过正地出现了"非纪实不电视"的现象。一些自我陶醉的纪录片导演开始走向"自说自话",他们完全忽视节目的故事性和主题关系,完全忽视一般观众对电视节目的"阅读习惯",以为只要舍得花时间舍得用带子,把看见的东西全过程地拍下来就是制作电视节目的最好方式,甚至是唯一方式。简单的长镜头拍摄,不假思索的同期录音,无逻辑的堆砌式剪辑……这种"庸俗纪实风"最后几乎沦落为"玩技巧",对纪实手法的肤浅认识导致一些创作者在拍摄过程中迷失自我。

我对这种方式的滥用是坚决反对的。为纪实而纪实的跟风,使纪录片一度走进了窄胡同。压根儿不管观众看不看得下去,拍出来的节目冗长乏味,抽象费解,可就是这些平淡无奇的节目,经过创作者自己的解释就有了这个"性"、那个"化",动不动就上升到人类学、社会学的高度,甚至变成了包容深刻内涵的哲学"作品"——纪录片似乎成了"玄学",成了需要观众去费劲地"悟"才能理解的"谶语"。纪录片被架上了神坛。后来大家明白,正是这种神化和滥用伤害了纪录片。

针对这种电视过多展示过程的表现方式,90年代后期出现了一种很时髦的电视形态:"报人电视"。用专家的话说,"报人电视"是指"正在或曾经从事报纸业务的人员参与电视节目制作而产生的新的电视节目形态,也指虽没有参加过报纸实践但能够理解报纸特点的电视从业人员,有意识地借鉴报纸经验所开发的新的电视节目制作方法"。

简单地说就是"读报电视"。这类节目信息量大,新闻含量也足,片子里充满对比和冲突。解说词是连续、完全可以独立成篇的文章,节目一般是报纸新闻专题或新闻特写的电视翻版。

和80年代后期出现的"作家电视"不一样,"报人电视"的主力军是一些报社的记者编辑,他们密切接触社会,有新闻敏感和传播意识。另一个不同之处在于:作家们热情寻找脚本中的"张力",而报人们却在热情寻找新闻的"卖点"。但二者也有相同之处,这就是:他们都把文稿,也就是"听"的元素放在首位。如果说"作家电视"是制造了电视人对文稿和脚本的依赖的话,"报人电视"就是报人对电视的直接操纵。"报人电视"更有极端之处,他们甚至明确主张电视节目不用或尽量少用同期声。

"报人电视"赢得过赞扬的声音,说它是"近年来中国电视节目创作走出的一条新路",是"中国电视人对世界电视的贡献",是"电视媒体向平面媒体学习的一次不约而同的集体的行动"。当然也有反对的声音:

"如果应当提倡'报人电视',那么是不是也应当提倡'广播人电视''电影人电视''杂志人电视''音乐家电视'和'美术家电视'?"反对者认为:电视节目形态不能书面化、文字化、报纸化,这种强加于电视的、避电视之长扬电视之短的模式绝不是电视本身。两边的声音都很高亢,但声音高亢从来不是判断真理的标准,观众能否接受和喜爱,才是决定电视手段应否取舍的最后标准。

"报人电视"现在几乎消失了,触电的报人要么已被电视同化,要么退居幕后策划,即使仍然存在一些早期的报人和电视合作的模式,这种模式也已经非常边缘化。

我倒认为,各种节目形态之间不必相互否认。孰优孰劣,判断的标准和权力应该交给观众。更何况节目的不同表达方式增加了电视节目的多样性,正是因为一段时期内多种表现形态的共生才丰富了电视的生态环境。电视发展到今天,从当初形态的多样性演变为后来工种的多样性,这个结果又成为建立电视分工合作这个"生态链"的基础,产业化的大合作得以实现。电视从业人员也正是在对这些长长短短的节目形态的取舍选择中渐渐成熟起来。但是有一点始终不能忽视:电视作为独立的媒体是有其传播和制作规律的,对其内在规律的认识、理解、利用和挖掘,是我们制作一切优秀作品并寻求可持续发展的前提。

理想者部落

> 我喜欢评论部的一些同事用"延安"和"深圳"来比喻当时的《东方时空》，它形象而准确。

1984年，我大学毕业。我的理想是到北京工作，但宣布分配方案时，我的情绪并不是很高："孙玉胜，广播电影电视部中央电视台。"系党总支书记庄重而有节奏地宣读着全班四十多人的未来去向。当时的毕业分配还没有什么"双向选择"的说法，每一个毕业生的命运都在党总支书记念出的几个字里被定位了。同学们的理想大都一样，就是去国家部委工作或者从事理论研究，没想到却这样阴差阳错地分到了过去几乎没有什么了解的电视台。当时，电视在社会上还没有现在这样的影响，电视工作是一个很少被人当做理想的行当。

而这个时期其实正是中国媒体实力大调整的前夜。

当时并不知道，自己已经被命运一把推到了正酝酿着巨大变化的风口浪尖，就这样懵懵懂懂地走进了一个即将迎来黄金发展阶段的事业。

就是在此后短短的两三年里,电视超越广播成为第一强势媒体。再后几年,平面媒体进入白热化的改革和竞争阶段,一些报刊的影响又超过了广播。

这样的竞争后面,是各媒体共有的进步和共同形成的中国传媒业的繁荣。

1984年我入台时,央视职工只有一千人左右。从1983年起,央视开始大规模进人,每年都招入各专业大学生一百多人。这种情况一直持续了四年,之后也一直保持每年几十人的吸纳量,由此可以看出央视在80年代中后期事业扩张的速度。

但即使如此,1993年创办《东方时空》时,拦在我们面前的最大障碍仍然是人的问题。毫不夸张地说,我们已经到了捉襟见肘的尴尬境地:台内应到位的几个人已经全部到位,但是单靠这几个人怎么撑起一个小时的节目呢?由于早间节目不是黄金时段节目,没有人能够对栏目的前景予以承诺,所以早间节目对台内职工并没有多少吸引力,没有多少人愿意离开安逸稳定的原部门,到这个注定要起早贪黑的栏目来。

《东方时空》人才的聚集从一开始就面向了台外和社会。办法不是我们拍脑袋想出来的,是形势逼人逼出来的。

这扇大门一旦打开,才发现众多的精英其实已经在央视周围徘徊多年。他们年轻、激情洋溢、对电视充满热爱,他们积蓄多年的创造力急需一个地方施展、释放……我们缺的正是这样的人才,而这些人不缺少才智,只是缺少机会。

有人说:当年的《东方时空》就像电视界的延安,一种强大的感召力让年轻知识分子从四面八方云集而来;也有人说《东方时空》更像是电视界的深圳,新一轮新闻改革的实验就是从这里开始的。

"延安"和"深圳",看上去是两个无论从地域还是从时代都没什么可比性的城市,但用它们来比拟创业时期的《东方时空》却是非常准确的。延安和深圳千差万别,却有一点相同:它们都象征着阳光灿烂的未来和希望,它们是理想者的天堂。

　　让人敬佩和感慨的是:七八十年前生活在上海、北京等大城市的青年知识分子,放弃了都市的安逸生活,风餐露宿千里跋涉奔赴延安,这需要怎样的勇气和魄力?几十年后,一大批青年知识分子也是这样毅然地放弃都市生活南下深圳,而那时的深圳只不过是一个拓荒中的工地。

　　西行和南下的年轻人是两代人,但他们都是理想主义者。理想是对未来希望的一种自我选择,勇敢选择了自己人生道路的这些年轻人,他们走在路上的神情是一样的:一门心思地前行、前行,精力充沛,不知疲倦,目光专注,生机勃勃。

　　理想者们有着一样的精神特征:如果说工作着是美丽的,那么理想者是动人的。怀揣理想的人有一种心无旁骛,甚至义无反顾的神情和身形,他们将自己的整个身心和禀赋都一股脑儿地投入到心爱的事业中,他们那种"我在路上,路在前方"的执着和忘我,会深深感染和打动身边的人。对理想者而言,没有什么比精神的舒展更珍贵的了。在属于理想者的精神家园中,困难的境遇是暂时的,追求是永恒的;艰辛的现实是眼前的,未来是永恒的——对他们来说,只要精神的待遇比肉体要好,生活的磨难就不难承受。因为有更值得在意的未来,所以他们对于眼前的得失不计较、不拘泥、不苟且,不轻易颓丧,不轻言放弃。

　　时至今日,我始终欣赏和尊敬这些为了一线希望付出全部努力的年轻人。

　　据说,当时的中宣部部长丁关根是在杭州主持召开的一次座谈会上,表示了他对《东方时空》的关注。那时的《东方时空》刚刚开播不久,他周围的一些年轻人向他推荐说:"中央电视台的《东方时空》很好。"他连续看了几天之后,在座谈会上表达了对这个初生栏目的褒奖。几乎与此同时,另一位中央领导在接受采访时对记者说:"你们《东方时空》很好,一看就是一批年轻人办的栏目。"很多观众也有同样的评价,他们在来信中写道:"从《东方时空》栏目透出的活力,让人看到了编辑记者们的朝气。"

观众的判断十分准确,这里的确是一个年轻人的精神圣地。大家从五湖四海云集而来,都有一个共同的理想,就是要在这个"特区"中实验并创造中国最好的电视节目。

1993年年底,我被评为广电部十大杰出青年,颁奖后的一个座谈会上,我说:"给年轻人一个舞台,他们不会让人失望。"我们也的确没有让人失望,1994年和1996年,《焦点访谈》《新闻调查》《实话实说》相继问世。

我喜欢评论部的一些同事用"延安"和"深圳"来比喻当时的《东方时空》,它形象而准确。在这里,大家除了青春和理想之外,还拥有两样珍贵的品质,那就是激情和理念,而这正是一切优秀栏目背后最重要的精神因素。

观众看到的是《东方时空》的青春和朝气,但观众却不了解这些年轻人为此付出了、放弃了甚至牺牲了什么。我总感觉,早期的《东方时空》更像是一个"理想者部落",虽然大家不是以血缘联系起来的氏族关系,但都是相互推荐而来的,有着千丝万缕的"人际血缘关系",比如时间与崔永元是大学同学,就把崔永元拉了来帮忙;崔永元又把自己的师弟白岩松介绍给了时间;张海潮和盖晨光熟悉,就把盖晨光拉进了《焦点时刻》,而盖晨光又曾经与水均益是同事,于是水均益又走进了《东方时空》……学希伯来语出身的盖晨光原是新华社编辑,新闻嗅觉敏感,《焦点时刻》早期的"24小时等着你"就是他提出来的。盖晨光后来是社会新闻部主任。

十年来,每当回忆创业的情景,我总是对那些初期进入《东方时空》,特别是开播之前加盟早间节目组的年轻人充满敬意,因为当时的一切都是混沌的,电视台对他们没有任何承诺,一个早间的栏目能有多大影响更是个未知数。他们仅凭一种理想就落脚在了这个陌生的临时机构里,成了我的同事和部下,他们的勇气和所付出的代价令我感动。

张恒原来是中央人民广播电台播音部的播音员,开播前就来到《焦点时刻》。当时的《焦点时刻》只有出镜记者而没有主持人,但是作为《焦点时刻》的标志,他代表这个栏目参加了《东方时空》首播节目,作为主持人之一与观众见面。其他栏目的代表是:《东方之子》的胡健、《生活空间》的李平、《东方时空金曲榜》的施翌。

在我的记忆中,张恒是第一个宁肯辞职也要来《东方时空》的中央其他媒体的正式工作人员,况且他当时还有一份让很多人羡慕的工作:中央人民广播电台的播音员。记得他与我谈及工作的问题时没有提出任何要求,只是说他已经结婚,现有一间住房是原单位分的,如果辞职把房子交了,两口子就只能轧马路了。但他随后补充说:"即便如此,我也不会离开《东方时空》!"我为张恒的勇气和决心所感动,也为他付出这样的代价而不安。我随即打电话帮助他寻找到广电部有关方面的人,恳切地说:"电视台也是广电部的一个单位,张恒的房子能不能保留?哪怕只是暂时保留,好让他有一个栖身之所。"那位朋友还真是帮忙,几经斡旋,张恒夫妇的小房子算是保住了。不久之后,他辞职离开了中央人民广播电台。

后来《焦点访谈》开播时,张恒主持了第一期节目《'94国债发行第一天》。

随着《东方时空》的壮大,像张恒这样为理想而放弃"公职",毅然加盟这个"理想者部落"的人越来越多。我至今为能在张恒最困难的时候曾经帮他一把而感到欣慰,因为他毕竟是由于投奔我们才做出如此牺牲。但后来随着越来越多的类似问题的出现,单靠个人的力量要保障他们的利益已不现实,这个问题应该在体制和制度层面上得到解决。

早期加入《东方时空》的另一支主力就是地方台同行。央视的国家台地位是众多地方台同行所向往的。记得还在筹备时期,有一天,当时的新闻编辑部地方组组长陈征向我推荐说,安徽电视台的戴鸣和包爱军很想到早间节目来工作。我知道这两个人是安徽电视台新闻部的主力记者,何况那时正值《东方时空》就要开播。我立即约他们来北京面谈。谈话是在央视二楼那个玻璃房中进行的,整个谈话过程简单而明快。我答应为他们保密,等他们回去做台里的工作,我同时说:"我们以借调的方式给安徽台发函,你们来北京后一切待遇和住房的问题由我们来解决。"

我是希望他们越快越好。几天之后,戴鸣给我来电话说:"我已经做好台里的工作,可以马上过来。但台里说一次走两个人不行,所以包爱军可能来不了了。"随后,包爱军向我表达了惋惜之情,从他的口气中我感觉得到:他内心是深深向往这个地方的。

戴鸣很快来到了北京,我把他分到了《焦点时刻》,他很快成为这个栏目的主力记者。

大约一年半之后,突然有一天,张海潮打电话给我,口气很急:"有个事情想跟你说一下。"海潮从地下室机房匆匆来到二楼,一见面他就说:"戴鸣可能得了肾衰竭,现在正在等待确诊。"

我一听脑袋都要炸了,当时的第一反应是:一旦真的确诊,我们怎么向安徽台和戴鸣的家属交代?我对海潮说:"让戴鸣尽快找最好的医院,不要再安排任何工作。"

几天之后,戴鸣的诊断结果出来了:就是肾衰竭。张海潮立刻安排他住院。但后来戴鸣表示要回安徽台养病,我说可以,并与张海潮商量:戴鸣在养病期间一切待遇不变。

几个月后,回到安徽的戴鸣给我来电话,说他已经做了手术,摘除了左肾,但恢复得还好。电话这边,我的耳朵在听戴鸣讲话,心在流血。我们真是对不起他和他的家人。我一边安慰戴鸣安心养病,一边说医疗费用由我们来考虑。戴鸣说在安徽他可以申请公费医疗,我说那我们就承担所有的补助和其他费用。我只能说这些,因为我也只能做到这些。

又过了一段时间,戴鸣来到北京,很真诚地跟我说:"我不想给你们再添负担,不能为《东方时空》工作了,在北京待着心里不踏实,我回安徽去了。感谢《东方时空》在我生病期间给了我很多帮助。"

我当时说话的口气像是诀别:"你对《东方时空》贡献很大,我们永远不会忘记你。你可以先回安徽养病,什么时候想回来,随时欢迎。有什么

055

困难可以直接跟我说。"

他说没有。

戴鸣个子高高的,不善言辞,《焦点时刻》许多出色的报道出自他手。

回到安徽后,戴鸣逐渐康复。他现在已成为安徽台一个类似《焦点访谈》栏目的制片人。直到今天,每当见到安徽台的领导我都会问起戴鸣的情况,他是我难以忘怀的一个为《东方时空》做出牺牲的青年。

戴鸣生病后,一个问题立刻引起了我的注意,那就是这些临时工作人员的医疗费用如何支付?虽然我们手里掌握着节目经费,在这笔经费中是不允许支付医疗费用的。戴鸣在北京开销的医疗费就使我伤透了脑筋,再加上同仁不断地出差,有的记者甚至已经回到首都机场了,又接到新的任务要赶赴另外一个地点。天上地下地奔波,出门在外的记者们要担当很大的安全风险。他们可以不怕艰苦不怕劳累,但是谁来承诺他们的安全?一旦发生哪怕是小小的意外,我们又何以担当?

意外还真的发生了:1996年11月,《焦点访谈》四组记者谢子猛到东北拍摄一个粮食专项款被挪用的事件,在采访途中突遇车祸住进医院。汽车是在冰雪路面上打滑之后正面撞在树上,谢子猛头部受伤,额头上划出一道长长的口子——不幸的消息报到我这儿,我除了心疼,最为难的就是:怎么向小谢的父母交代?谢子猛是他们的独子,二十出头,平时看上去就跟个大男孩似的。现在突然出了这么大的事,我于情于理都应该登门探望,但是如果我就这么贸然地去了他家,他的父母还不定把事情想得有多严重!想来想去,我最后和李媛媛商量了一个办法:为了避免他的父母受到惊吓,先让谢子猛从东北打个电话给父母报个平安,电话里就简单说是住院了,等我们去了再跟老人详细解释和道歉。因为已经听到了儿子的声音,他的父母在见到我们时果然很平静,同是新闻工作者的这对老夫妻反过来安慰我们:"没事,不要紧,全当是经受一次锻炼。"他们的通情达理让我深深感动。

一个星期后,谢子猛康复出院,回到北京就紧急编辑,1996年12月7

日,节目如期播出;朱镕基总理在看完节目后做出重要批示。1997年,谢子猛采制的这期节目《巨额粮款化为"水"》获第七届中国新闻奖一等奖(《巨额粮款化为"水"》,编辑谢子猛,摄像杨明泽,主持人方宏进)。

就在戴鸣住院和谢子猛受伤的事件发生之后,我下决心要为所有在《东方时空》全职工作的人上医疗保险和人身意外伤害保险,这是我们从制度上为这些理想者建立的第一项保障。

没想到三年之后,这一项保障还真派上了用场。《焦点访谈》两位记者又一次遭遇险情,两位记者从火海中死里逃生。

1999年1月,《焦点访谈》记者刘涛和吕少波赴山西一个贫困县采访。当他们奔忙十天结束采访乘车返回北京时,祸从天降。山西到北京的公路有80%以上是山路,崎岖险峻。当小车行至河北省易县盘山路,当地个体运输户驾驶的一辆大卡车违章强行超车,猛地斜横在了原本不宽的盘山路上,旁边就是山崖,刘涛他们乘坐的小轿车别无选择,生生撞了上去,一头顶在大卡车中部的油箱上——撞上油箱,非死即伤,这是车祸中最危险的一种情况,小车顿时被火焰吞噬。后来得知,这辆卡车的油箱被司机改装成了一百五十公升,几乎就是一个巨大的汽油弹。撞车的一刹那,卡车满箱的汽油从注油口喷出,随即变成灼热的油火,扑进了轿车里,司机和坐在后座上的刘涛、吕少波顿时被包围在火海中……幸亏好心的农民及时把他们送到了当地的一家驻军医院。刘涛右臂粉碎性骨折,桡神经系统完全烧伤;吕少波的脸上、手上严重烧伤。几天后我见到他们时,两个小伙子被烧得面目全非,浑身绷带地躺在病床上。

后来我在北京积水潭医院听他们俩说,就在车里的人逃出来几十秒钟后,事故现场响起一声声的爆炸,火焰蹿起几丈高,方圆几十米的事故现场成了一片灼热的火海……后来我还看到,一台七八公斤重的摄像机,已经被烧成了薄薄的纸片状的残骸……刘涛告诉我,经历这一次车祸,他记忆中最深刻的东西竟然是感动,因为在他们满脸是血浑身是伤的时候,当地农民是那么焦急。农民们听说烧伤的是《焦点访谈》的记者,立即开始拦车，农民拽住一个司机，说如果不救《焦点访谈》的记者，就把司机和他的汽车一起推到悬崖下……刘涛说，这些细节他终生难忘，他说做一个"访谈"记者，"做鬼也光荣"。刘涛、吕少波两个都是性情中人，开朗快乐。他们这次事故的医疗费用没有像戴鸣那样让我们难以处理，因为保险公司派上了用场。

这是一个特殊的群体，从一开始它的构成就是独特的，临时人员远远多于正式的，而且前者是后者的十几倍，这是央视甚至整个中国电视界都绝无仅有的一个非常另类的机构。当然，这种情况目前在电视台已经不新鲜了，到2002年，为电视台工作的临时人员已经多达四千六百多人。

在这样一个重要媒体工作，却与这个媒体没有任何的法律契约关系，而且这样的员工占到绝大多数，这是一个让人非常难以轻松的问题。在这个群体中，我不愿意使用"临时"和"正式"的概念来区分他们。在每周一次的例会上，我总是刻意回避着这两个概念。如确有正式职工必须知晓的事情，比如评职称、涨工资等，我们总是采取单独通知的办法来解决。

在那个庞大的群体中，有很多人说是临时的，其实已经不是临时的，他们已经在这个地方工作了将近十年，岁月令他们从二十出头变成了三十出头、从三十多岁走到了四十多岁……可以说正是这些"临时"的"打工者"们，用自己生命中最好的年华，为央视铸造了《东方时空》以及后来的《焦点访谈》《新闻调查》《实话实说》这些品牌，我们没有理由不善待他们。

也许正是身处这样的群体之中，我十分反感那些动辄以"正式"身份居高临下慢待这个"临时"群体的人，那些鄙夷的口吻和目光实在是没有道理。我的"临时"同事中，不乏名牌大学的学士、硕士甚至博士，虽然他们中也有人犯错误、有缺点，但是在正式人员中这样的错误也不鲜见。一个有个性有创造力，同时勤奋敬业并富于激情的"临时人员"，总比一个不犯错误但却慵懒散漫、坐而论道一事无成的"正式人员"强得多。更何况，"临时"与"正式"的鸿沟是客观造成的。

所以,当我面对这个群体时,总在反复倡导一个理念,就是平等。我们这个群体实在是太特殊了,我想只有平等才是这个团队具有凝聚力、感召力和战斗力的最重要因素。这个理念后来写进了新闻评论部集体通过的部训之中,这个部训的全部内容是:"求实、公正、平等、前卫"。

倡导平等,首先是工作权利和机会的平等。按照国家新闻出版署的规定,新闻记者外出采访是必须要有采访证的,没有相应的证件就等于剥夺了一个记者采访的权利。栏目一旦开始运作,这个问题马上就横亘在我们面前,特别是具有舆论监督特点的《焦点时刻》《焦点访谈》的记者,外出采访时经常会遇到被人扣留,或者向电视台打回电话,核实采访记者身份的尴尬事。

这些人没有电视台正式发放的证件,有一个临时证件也只是供出入电视台大门之用。申请记者证需要得到新闻出版署的批准,这是那个时候根本没有希望解决的问题。

迫于无奈,我想出了一个权宜之计:我们自己制作临时采访证——虽然这个想法在思维方式上和别人私刻"萝卜章"是一样的,但是这个"临时证"绝不是"假采访证",它后来得到了台里的正式认可。它的正面用黑体字正正规规写着:"东方时空采访证件",背面做了几条说明。经过请示中心和台领导同意,我们这个证件交到台保卫处备案。也就是说:拥有这个证件就拥有了中央电视台授予的采访权利。这个证件后来随着我们事业的发展不断演化,先是扩大为"东方时空—焦点访谈采访证件";后来又演化为"新闻中心外出采访专用证件",最后演化为"中央电视台外出采访专用证件"。使用的范围不断扩大,每一次扩大我都很感欣慰:又有更多的人获得承认,他们正在不计名分地为央视尽心工作着。

接下来是待遇的平等。经常有人问我:"听说你们那里连临时工都挣多少多少钱?"遇到这样的情况我总是压下心里的愤愤不平,我总是冷冷地说:"同工同酬不是劳动法规定的吗?"我至今不能接受那种"连临时工都……"的口吻。我不知道为什么总有人提这样的问题,其实台里正式职工的收入一直在不断地"小幅度上涨",平均收入水平已经远远高于我的那些"临时工朋友们",但仍然有人不能接受作为"临时工"的这些人能从台里拿到稍微像样的报酬。

我倒觉得,一个临时人员,只要他在为台里全职正常工作,就没有任何理由比一个同样岗位上的正式职工挣得少。收入的差别不应该以临时或正式的身份来界定,区别的标准和依据应当是业绩、岗位实际贡献等。不仅如此,真正的平等应该是临时人员比同样水平和贡献的正式职工收入更高才对,因为他们没有任何福利、住房和医疗保障。正式职工台里还是有定期的福利待遇的,如劳保用品,节假日还有廉价的食品供应,虽然没有多少钱,但在这个特殊的群体里,这可是区别身份的标志。新闻评论部成立后,由于原《观察思考》和《今日世界》的合并,正式职工比原来多了不少,这种区别看起来也更明显了。为了消灭这种不平等,我与袁正明和张海潮商量:取消正式职工在台里的劳保和诸如"鱼票""鸡蛋票"这样的福利待遇,统统折合成人民币发给大家,钱很少,但是部里对所有员工一视同仁,执行同一标准。在《东方时空》以及后来的新闻评论部,正式人员和临时人员发放工资和奖金的标准几乎是完全一样的,真正做到了奖优罚劣、同工同酬。

平等是我们极力倡导的一种理念,我们拼命想营造一种能与理想者相对称的氛围。让这个小环境更具有文化气息,更利于保护和激发创造力,我们要对得起他们的这份理想……否则是不负责任的。

在新闻评论部的一次年会上,我曾用马斯洛的"需求层次论"来说明评论部对各位同仁所能创造的感召力。我说:"评论部不是想要解决大家的温饱问题,这是人的最低层次的需求。更何况,有些人如果不来这里从事自己心爱的电视事业,也许办个公司能够生活得更好。评论部想为各位提供的是发挥个人价值和塑造自我尊严的空间。这是人的最高需求,这种需求获得满足的可能性对每个人都是平等的。"

平等的意识在生根,也在发挥独特的作用。但有时这种平等并不是一个部门所能左右的。

张洁是《东方之子》的出色编导,来自云南楚雄,后来成为《新闻调查》制片人。在我看来,张洁应该算这个"理想者部落"中的典型代表之一。他心地宽厚,为人真诚,对创造有着执着的追求。难缠的乙肝曾复发多次,有几次我都以为他要被击垮了,但他却顽强地挺了过来。他制作的《新闻调查》节目《生命》曾获亚广联新闻大奖。记得 1994 年下半年,张洁打电话给我说:"我跟你反映个问题,对这个问题我思考再三,现在还是想壮着胆子跟你直说。台里正在组织电影观摩,但却明确写着'临时人员不得进入',我感到很心寒。"我听得出张洁在强压着心中的不快,而且我相信他是三思之后才给我打电话的,"你们总是说'平等',我们连受教育的权利都没有,还谈得上什么'平等'?"张洁有些激动。我说:"如果确实如此,的确不公平,我先了解一下。"

电影观摩是由台团委组织的。放下张洁的电话我马上打电话给当时的党办主任南玉敏,说明了张洁反映的情况。南玉敏一听首先就道了歉,她非常郑重地说:"你向张洁解释一下,团委的出发点并没有歧视临时人员的用意,只是因为剧场有限,所以才写了'凭正式工作证进入',但这样确实不妥,我们马上改正。"

我与南玉敏通完电话后马上打电话给张洁转达了党办的歉意并告诉他这个情况将很快得到解决。

十年弹指一挥间,我经常沉醉在《东方时空》《焦点访谈》《新闻调查》和《实话实说》创办初期的氛围中。在理想之光的照耀下,同事之间的关系变得极其简单,判断标准只有两个:人品和水平。在这里,坐而论道、坐享其成、吹吹拍拍、尔虞我诈没有市场。这样的风气是一个群体创造力与凝聚力的源泉,所以我一直努力把这种传统保持下来,直到离开评论部。之后,袁正明、梁建增他们继续为此努力,正气在制度的保护下张扬,"理想"这一株珍贵的苗木,在评论部人一脉相承的呵护中日益健壮。

我对那些与我共事多年的同仁们始终心存敬意,他们中的很多人为了走进这里曾经放弃很多东西。特别是早期投奔《东方时空》而来的年轻人,背井离乡在北京重新开始了集体生活。早期《东方时空》组在一个地下室开辟了集体宿舍,《焦点时刻》在电视台附近租了一层廉价的旅馆做宿舍,《生活空间》则在北医三院附近租了民房。工作和生活条件都拥挤不堪。因为要赶时效,《焦点时刻》的记者夜里加班,经常睡在走廊里,地下室机房的灯光常常与朝阳相辉映……这就是创业阶段"理想者部落"里的工作和生活。尽管创业的过程充满了艰辛和无奈,我的这些同事们却用激情和意志在中国电视界矗立起了一座理想的山峦。他们用自己年轻的感受、独特的视角、开放的理念,全新地阐释着属于这个时代的精神追求,宣扬着他们对生命意义和人文精神的理解与感悟。这一群志同道合的年轻人,为了追求一种不平凡的生活,为了给自己的青春和理想一个有分量的交代,义无反顾地走进了一个他们认为能够放置自己生命中最好年华的地方。

1994年5月,我对前来采访的《人民日报》记者赖仁琼说:"大家都很年轻,对电视有着近乎狂热的追求,否则谁能把休息和睡眠降到极限还毫无怨言呢?"

十年来曾与他们同行,我是幸运的,也是幸福的。

十年
Ten
Years

《东方时空》第一张全家福。当时大家的平均年龄与现在的网络媒体人十分相似。

第二章

移师晚间·1994

"创业",这两个字任何时候一想起来都会让人兴奋不已。梅地亚谈话的第二天,我提前结束病休回台,报到上班。

开赴黄金地带

> 在二楼的一个小餐厅里,临三环路一侧的小桌旁,我们坐了下来……谁也不会想到:在这个冷冷清清的地方确定下来的一切,会是日后那般红红火火的《焦点访谈》《新闻调查》《实话实说》的基础和雏形。

人生的魅力在于永存希望,而希望就意味着总是面临很多选择。如何选择在于自己的判断力,而不同的选择往往指向不同的人生际遇。

1993年9月初,我就面临一次对自己的未来或许会产生深刻影响的选择。

从5月1日《东方时空》开播,大家就像上满了发条的钟表不停地运转着。十年来回忆那段往事,最强烈的感受是疲惫。《东方时空》开播的头半年,新栏目刚刚问世,一切从零开始。关键是那个时候栏目组只有我一个人有审片权,日常的管理需要投入精力,没完没了的问题需要打报告请示解决,四个栏目每期节目都需要审看。特别是《焦点时刻》,由于当

067

时要求节目追求新闻时效，编导们紧急采访熬夜制作，我当然得连夜审看。我告诉张海潮，节目什么时候编出来，就什么时候打电话给我，早一分钟审看，编导就可以早一分钟回去休息，所有赶节目的人都可以早一点解脱，否则编导和制作人员都得耗在机房。

那个时期，我经常在午夜或者凌晨6:00到台里来看节目。

长期以来，十二指肠溃疡一直缠着我。每次胃病发作都与熬夜和疲劳有关。我一直小心翼翼地呵护着这个胃，但9月初的一天傍晚，我始终担心的事情还是发生了——胃病复发，消化道大出血，不仅便血，而且呕血。这是从1984年大学毕业以来最严重的一次出血。

午夜，我躺在人民医院急诊室的过道里。

不断有领导和同事来看望，见到我面色苍白，他们都很担心，但我知道，只要到医院了就不会有生命危险。

第二天，我住进北京人民医院消化内科病房。当天下午，外科的主任来到我面前，关心地说："这病要治得彻底才好，转到外科去吧，赶紧切了，床位我给你安排好，明天让家属来签字，后天手术。"外科主任说得很亲切，也很轻松，因为在他看来，给一个胃病患者切掉三分之二或者四分之三的胃体并不是什么大不了的事。我目光呆滞地看着外科主任，尽管对手术也有思想准备，但这么快就要面对手术还是让我有些惊愕。外科主任看我没什么反应，继续用他职业化的经验和语言说："十二指肠溃疡出血如果抢救及时是没什么危险，但这要视不同情况而定。像你这种职业，外出采访必不可少，出血的时候如果在北京，及时治疗，没有问题；但如果你出差在外，特别是偏僻的地方，出血得不到及时的抢救，那就难说了……"外科主任最后扔给我一个结论："要么马上做手术，要么改行，稳定规律地生活。"

静静听着外科主任的分析，我觉得这是一个非常中肯的建议，其说服力令人难以拒绝。我不可能改变我的职业，所以只能选择手术。于是我说：同意切除，这就给家里打电话，准备手术。

外科主任轻快地走了,我心里紧张而沉重。这么多年、这么多次发病都挺过来了,而这次我的胃终于保不住了。不过想起那个主任如此轻松地说"切了"的神情,再想想他列举出的一长串成功的病例,我在心里给自己讲着"忍痛割爱"的故事,渐渐地就平静了下来。我心里开始盘算:什么时候手术、怎么和家人还有单位打招呼、如果顺利什么时候上班、上班第一件事就是……

　　第二天上午,我从心理上和手续上都已经做好去外科病房的准备,没想到消化内科的主任到我的病房里来了。我跟她说了外科主任的建议和我不打算改行的决心以及准备转病房接受手术的事情。内科主任认真听着,脸上略带微笑。等我说完,她扔出的一句话却让我猛一激灵,她说:"外科总是想切掉别人的东西,我看你的病根本不用手术。"

　　怎么两个主任说得完全不一样?我该听谁的?我有点丈二和尚摸不着头脑。我把外科主任的分析一股脑儿倒给了内科主任,然后我说:"外科主任说得也有道理。"内科主任说:"几年前,这样的分析是很有道理的,但是近几年医学发展很快,像你这种病靠药物是完全可以治愈的,只要你好好配合治疗。"内科主任斩钉截铁继续说:"手术是没有办法的办法,过去没有有效药物,只能手术,现在治你病的药多的是,干吗非要手术呢?"

　　我突然觉得,内科主任就像我的亲人,她说的比外科主任有道理多了!我当即表示:"不做手术了,再给我一次机会,我要好好配合你的治疗!"

　　就这样,我的胃至今完好,而且从那次生病以后再也没有复发过。

　　多年来,我总认为这是我的一次重要选择,因为后来我知道,就在我权衡是否手术时,台领导正在酝酿央视第一套节目黄金时间创办焦点和热点类节目的重大改革。

　　10月下旬的一天,我还在家里养病,忽然接到沈纪副台长的电话,问我身体如何,什么时候上班。我听出来沈台长不仅仅是在问寒问暖,我说：

"再有几天，大约 11 月初就可以上班了。"

"既然这样，有个事想跟你谈一下，你什么时候方便？"

"随时都可以。"

"那就下午两点在梅地亚大厅吧。"

放下电话我外衣都没顾得上穿就出了门，我意识到沈副台长要谈的事情一定挺急。

下午两点，我在梅地亚咖啡厅见到了沈纪。寒暄两句，他开门见山地说："台里决定在每晚《新闻联播》之后开办一个新闻综述性栏目，准备在《东方时空》基础上把《观察思考》和《今日世界》合并起来，组成一个新的部门，台里决定由你牵头负责组建这个部门。"

沈纪副台长原是中央人民广播电台新闻发稿室主任，1985 年调任电视台任台长助理，后又兼任新闻中心主任，90 年代初任中央电视台副台长。沈纪经历很多坎坷，这样的经历反而使他身上有更多的谦和和宽容。他和蔼可亲、风度翩翩、说话严谨、思维敏捷，是我一直都很敬重的领导和前辈。创办《东方时空》时，沈纪已经是五十多岁的人了，但他的思维很现代也很超前，我们这些年轻人很愿意与他相处。

90 年代中期，每年的三四月份是央视节目调整季节，这已成规律。记得当时沈纪告诉我：新的栏目将在 1994 年的 3 月或 4 月开播，栏目的长度大约为十五分钟，运作体制按《东方时空》的模式执行。整个谈话中我一直在认真地听，很少插话，说到这儿我问了一句："新的部门叫什么名字？"沈纪沉思了一下说："还没有具体的名字，叫'新闻综述部'或者'新闻评论部'都行。"我说："能否叫做'时事新闻部'？"因为我不想叫"新闻评论部"，更不想叫"新闻综述部"。沈纪说叫"时事新闻部"容易与已有的"时政组"混淆，不过当时他也没有坚决否认，让我等台里商量一下再说。

从梅地亚出来，我开车回家。深秋的北京已有凉意，但那天下午阳光明媚,透亮的空气中润染着一抹暖色。我庆幸自己没有选择外科主任的方案,庆幸自己的胃正在安安静静地康复,否则现在我可能还躺在病床上,那个"割爱"手术让我失去的不仅仅是大半个胃,也许还会让我失去一个令人激动的创业机会。

"创业",这两个字任何时候一想起来都会让人兴奋不已。

长安街上车流如织,我小心翼翼地注视前方,心里想着《东方时空》《观察思考》《今日世界》,想着那个即将诞生的、叫做什么"热点"或者"焦点"的新栏目,还有那个即将组建的、还不知道叫什么的新部门。

不久之后台里决定,这个新部门叫"新闻评论部"。

当时确实没有什么更专业的名字来命名这个部门。后来的新闻评论部由于拥有了《东方时空》《焦点访谈》《新闻调查》《实话实说》这些品牌栏目而在业界享有美誉。但现在看来,这个名称其实正是电视机构延续报业思维来设置电视运作部门的最典型的例证。因为"评论"二字后来为中国电视新闻节目类型的界定带来了不少的误会——此话后文另议。

梅地亚谈话的第三天,我提前结束病休回台,报到上班。在新闻中心每周一次的例会上,宣布由我负责组建新闻评论部,将原来挂靠于新闻采访部的《东方时空》组和直属新闻中心的《观察思考》组,还有隶属新闻编辑部的《今日世界》组划归新闻评论部。台里希望新成立的评论部尽快拿出十五分钟节目的策划方案,争取3月1日开播。同时宣布,新闻采访部副主任袁正明协助我筹备新闻评论部和新栏目。

袁正明,1983年从北京广播学院毕业后曾留校任教两年。如果我记得不错的话,他应该是央视第一个具有硕士研究生学历的部门主任,理论功底很深,很有激情,曾任《观察思考》组组长,1992年任新闻采访部副主任。我当时是主任,我俩算是老搭档了。八届人大一次会议闭幕后,由他主抓的"新部长"系列报道曾开电视新闻中政府高官报道之先河,开播之前,我给这个系列报道起名《走马上任新部长》,播出后反响不错。

有袁正明的协助,我很踏实。

受命之后,我和袁正明马上面临的一个问题就是:如何组建一个有朝气、有凝聚力、更有创新精神的评论部?多少年来,一些单位的机构分分合合又合合分分,这很正常,但往往是分得容易合得难,即使合了也容易貌合神离,面和心不和。所以,自沈纪副台长跟我谈话那天开始,我脑子里就一直在琢磨怎么组建一个真正同心同德的集体。

这个集体应该能够极大地激发人的"活性",在这个集体中,因为摩擦和内耗已经减少到最小,所以它的生产力和创造力得以放大到最大——我构想这个新的部门至少要有两个特征:一是要把原来三个组的人尽快地融合到一起,绝不能有亲疏远近甚至有不同的帮派。根据我的观察,一个部门或单位的风气是有传统的,而这种传统是有继承性的,一个不合作、相互诋毁、相互猜忌,甚至到处写告状信的部门风气是很难改变的,所以我想象中的那个评论部首先必须要有一种平等和公正的氛围。二是这个部门必须要有竞争,我们要的团结同心绝不是那种"你好我好大家好"的平均主义和毫无意义的一团和气。没有竞争就没有进步,没有压力就没有动力,没有良好的激励机制,就不会有源源不断的优秀节目。

我们要致力于构建一个理想的、"零内耗""零摩擦"的"同心团队"。而这样的理想,前提是建立一种合理的、科学的,还得是切实可行的制度。

几天之后的一个晚上,我约袁正明谈谈新部门的机构设置和制度建设。为了图清静,我们俩到了央视附近的新兴宾馆。在二楼的一个小餐厅里,临三环路一侧的小桌旁,我们坐了下来。正是吃饭时间,但餐厅十分冷清。我们将在这里最后敲定三组合一之后的部门格局和制片人人选。当时我们谁也不会想到:在这个冷冷清清的地方确定下来的一切,会是日后那般红红火火的《焦点访谈》《新闻调查》《实话实说》的基础和雏形。

我和正明推心置腹地谈着未来评论部的机构、管理和节目,权衡着各种利弊,不断优化着制片人的格局,我们有诸多共识和相同的理念。最后,我们决定:评论部将分成四个记者组和一个编辑组,将现有的《观察思考》组一分为二,构成记者一组,制片人张步兵;记者二组制片人梁建增;记者三组由原《今日世界》组就地改编,制片人李小平;记者四组即为《焦点时刻》组,制片人张海潮;另外在四个组之外单设一个编辑组,负责节目的整体统筹管理,由孙克文任制片人。

布局完毕,只是在《焦点时刻》是否参与晚间节目制作这个问题上,我和正明反复权衡,谈了很长时间。如果不参与,很可能会出现选题撞车问题;如果参与又怕《观察思考》和《今日世界》的人有意见,为什么《焦点时刻》可以横跨早晚?是不是我们有什么偏向?最后我们还是决定让《焦点时刻》也参与晚间节目的制作,目的是为了加强竞争,同时也让《焦点时刻》的报道风格能够影响原《观察思考》和《今日世界》,能够一定程度地带动采访风格和编辑习惯的改变。

新兴宾馆临街的小餐厅里,我和正明构想着未来,越来越多的共识让我们两个人都激动不已。未来将要创办的晚间节目已初见雏形,仿佛一个已经看得出五官眉目和性格特点的婴孩,只是他还没有名称。评论部的未来就这样确定下来了,我和正明走出新兴宾馆已是深夜11点多。

那个晚上,满天星斗月正明。

1993年12月2日,新闻评论部正式成立。

1994年4月1日19:38,《焦点访谈》开播,第一期节目由张恒主持,编导戴鸣,题目是:《'94国债发行第一天》。

多年之后,我从办公室抽屉里翻出了当时经常随身携带随手记事的电子记事簿,想从中查找一些当年的痕迹。由于存量有限,这个小玩意我已经好几年不用了。当我重新换上电池,打开记事簿,切进"备忘录"时,清晰的文字立刻显现出来,丝毫没有因为时间的流逝而模糊:

"15分钟"报道形式:

    1. 调查分析式

2. 跟踪采访式

3. 快速反应式

4. 访谈述评式

"15分钟"之内容设定：

热点问题、热点人物、社会事件、社会问题、国际事件、国际问题、重大政策出台与背景分析、改革开放新现象与新问题。

"15分钟"之采访编辑原则：

1. 不以反对派、在野党之身份或持不同政见者之目光来观察社会、分析问题、采访事件、制作节目；更不能"过把瘾就死"。

2. 本节目不回避矛盾与问题，而这正是我们报道之主体，但出发点应该是积极的，要建设而不要破坏。

3. 此节目具有强烈新闻性，选题、采访、画面、编辑，节目制作必须符合电视新闻规律。

这是我能够找到的关于这个晚间评论栏目创办时期最早的文字记录。很有意思，当时由于连个名字都还没有，我把这个新栏目很亲切地叫做"15分钟"。从操作层面来说，这也是关于这个晚间节目的原始设计。十年过去，尽管在节目表现形式上、报道内容方面这个栏目已经有了不断的探索和丰富，作为中国新闻舆论监督旗舰的这个栏目，有些节目的监督力度、监督范围、监督的级别和敏感程度已经远远超出当初的设想。但是关于栏目的态度和原则始终未变，这正是这个栏目得以生存并不断赢得声誉的前提。

这个节目的设计时长是十五分钟，后来广告部从中切去两分钟，所以这个节目开播时的实际长度是十三分钟。当时中国电视频道和栏目就像国企的产品一样，普遍缺少包装和推荐意识。借鉴一些境外电视的经验，我决定在十三分钟节目时间里拿出十二秒制作一个栏目形象广告，置于正式节目的片头之前，目的是通过这种强化性的提示，与观众建立一种定期的约会。

"时事追踪报道,新闻背景分析,社会热点透视,大众话题评说——每日请看《焦点访谈》"——我喜欢这四句话,不仅仅因为欣赏自己的作品,更因为《焦点访谈》开播之后,我越来越经常地在各种场合听到观众在熟练地念叨这四句话——我们天天向观众表述着这个栏目的宗旨、定位和目标追求,观众因为熟知栏目的品性而更加认可和亲近栏目,这本身就是拉动收视的一个重要因素。

这四句话在节目开播六周年的时候,浓缩为"用事实说话"。

截至2003年5月1日,这个被《纽约时报》评价为"每天吸引三亿人"的栏目,共播出节目3260期。

真诚守望来者

> 笔试的全部内容就是这么一道题,因为我知道,很多人很有电视创造的天赋,但他们往往不知道宋徽宗的年号和同时期世界其他国家发生了一件什么事情。

2000年春节之后的全台工作例会上,央视郑重宣布:"按照中组部、人事部和广电总局的有关规定,中央电视台将实行'全员聘任制',所有原有的电视台正式职工,将与现在的招聘员工一样与台里签订聘任合同,每两年续签一次,协议将在3月底之前完成。"

奇怪的是,这项涉及全台几乎所有职工命运的重大改革,并没有引起职工过多的反应,甚至连议论的都很少。也许是因为招聘制在央视已经试行了八年,这是一项水到渠成顺理成章的改革;也许在很多人看来,正式宣布的聘任制和过去没有什么本质区别,自己并不会在改革中受到什么影响,这项改革进行得顺利、正常,异常地平静。

这让我想起了《东方时空》和《焦点访谈》早期的实验。

目前中央电视台里为各个部门全职工作的人员有上万人,除去新影厂、中国国际电视总公司等部门,编辑、记者、工程技术人员和行政管理人员等不下六千人。他们的组成情况极为复杂,以至于某部门的员工花名册上用英文字母表明员工工作状态,"正式 A""台聘 B""部聘 C""借调 D""实习 E"……而且后面还要加注不同的备注说明才够用。

央视职工大致分为:正式职工、招聘职工、临时职工,在临时职工中又有三种情况:一种是没有任何挂靠单位的临时打工者,这部分人的人数最多;第二种是有单位,而由央视采取发函借用的方式借到央视有关部门工作的;第三种是各个院校和各地方台来的实习生。

长期以来,中央电视台一直是一个壁垒森严的单位。在计划经济时代,人员的补充只有上级下达大学毕业生指标这一主渠道,另外还有个别由外单位调入和复员军人的接纳。随着央视作为国内第一传媒地位的确立,进入央视在很多人看来仿佛象征着走进一种风光和荣耀,当然还有事业上的空间和机会,所以通过各种关系拼命想挤进中央电视台的人不计其数。过去电视台也有临时工,但那时候的临时工主要是一些服务岗位,如一些后勤人员等。

《东方时空》的开播,打破了这种传统的用工制度,许许多多怀有电视梦想的年轻人开始以临时的身份在此创业,成为独特的"电视打工族"。由于他们大都居无定所,而且其中很多人没有北京户口,所以他们通常戏称自己是"流浪北京""漂泊北京"。从人事关系上看,他们也是临时的,但又与传统意义上的"临时工"有本质不同。这些"漂泊者"大都受过良好的院校教育,有着良好的职业素养,他们所从事的工作一般不是辅助性岗位而是节目创作的主要岗位。我一直有一个简单的方法判断他们的能力:如果没有一定的实力和信心,他们不敢轻易走出安逸稳定的原单位,跻身人才济济的北京,寻求自己未来发展的机会。所以我一直不愿意用"临时工"这个有着约定俗成的轻慢含义的称谓来称呼他们,但有时在区别身份时又没有更准确的概念使用,我会特别认真地称他们为"临时工作人员"。虽然叫起来啰唆一些,但是听着比"临时工"显得庄重——不管怎样,"临时"二字难以去掉。我深知:他们中有很多人并不喜欢这个称谓,但是没有办法,这是客观存在。

令人费解的是:当时一些已经习惯于传统体制的人,打心眼里就是将这些优秀的人才与过去洗洗涮涮的临时工"一视同仁"的。

"招聘"如今已是电视台一项正式运行的人事制度,但最早我们提出"招聘"的想法,只是情急之中的一个权宜之法——只有用这个办法招揽外面的人才,才能把节目播出撑下去,把节目质量提上去。

1993年岁末,当创办晚间节目的计划提到议事日程上来的时候,我们思考的第一个问题就是如何着手人才的准备。此前我们已经意识到《东方时空》靠"面对面传播"招揽人才的缺憾——所谓"面对面传播",就是靠同学朋友之间相互介绍,后来的由于相信了先来的,就抛家舍业地跟来了。这样的方式的确使我们得以聚集一批优秀分子,但是这样的操作很难超越一定的圈子,熟人介绍熟人的方法,天长日久会不会形成同事之间人为的亲疏远近?会不会给工作带来一些不必要的麻烦?

我想,应该有一种更广泛、更科学的方式,使卓越人才能够更便捷地加盟初生的新闻评论部,而来到这里,被敬重与被重用的理由应当是公平的、公开的、简单而直接的。

以当时中央电视台已经形成的号召力,这一点肯定能实现,我这么想。就在这时,《观察思考》栏目组组长张步兵跟我说,他们想登个启事招聘几个人,我说,你们的想法很好,但别着急,招聘还是由部里来统一组织。

经请示中心和台领导,我们决定以《东方时空》《观察思考》《今日世界》三个栏目的名义登报公开招聘工作人员——之所以不以评论部的名义,主要是考虑到评论部刚刚成立,还没有形成什么号召力,虽然《观察思考》和《今日世界》两个栏目马上就要离开荧屏,但观众并不知道荧屏后面风起云涌正酝酿着的变化。

我们选择的媒体是《中国电视报》《人民日报》和《北京晚报》，报名时间是 1993 年 12 月 26 日——时至今日我才注意到，这个日子是毛主席的生日，是圣诞节的翌日，是元旦的前几日……这个日子在后来被附会出很多很深的含义，但那时我们确定这个日子实在没有什么特殊的考虑，想好就干，只想尽快。

启事见报了，我与袁正明相当有把握地估算着，至少应该有二百多人报名吧。

我仔细阅读着报纸上的每一个字。这个启事是我起草的，字斟句酌，上面的话我已经很熟悉，但我还是像阅读自己的作品第一次变成印刷文字的文学爱好者那样，反复看着报纸上的这些字。我有一种隐隐的激动，我相信，因这些文字，有人要走进我们了，那些优秀的、胸怀理想与抱负的人们，会把这几行字看成命运为自己敞开的机会之门。此刻，在报纸的那一端，他们也许正和我们一样，心里有着隐隐的激动，在仔细阅读着这些文字。

而当这些优秀的人们走进我们的时候，他们和我们，都注定要有让人兴奋的改变。

12 月 26 日，我早早地来到梅地亚二楼多功能厅，评论部秘书刘晓燕带着几个人，头一天就把多功能厅简单布置了一下，用小牌子规定出来"报名区""咨询区""初试区"。多功能厅里安静、空旷、井井有条。初试的考官就是各个栏目的制片人。

8:30 左右，报名者陆续来了，他们填完表，小心地绕过报名区的牌子，安静地等待着下一个程序。我在打量着他们，我知道，他们也正打量着我们。

9:00 刚过，人多了起来，一个小时前还显得有点空空荡荡的多功能厅拥挤起来。十多分钟后，多功能厅显然已经不够用了。用桌椅隔开的各个区域里挤满了人，填表的、向考官提问题的、被考官提问的、互相提问的……大厅里人出人进人头攒动人声嘈杂。

按照我们的考试设计,整个招聘考试将分为三个阶段:报名时考官对应聘者提一些简单的问题算是初试,初试合格者可以当场拿到第二天上午 9:00 参加笔试的通知,第二阶段的笔试合格者将在几天之后接到通知参加面试,面试合格者就可以来试用了,试用期是三个月。

考试结束我们汇总表格的时候,知道那一天共有四百多人走进了梅地亚多功能厅,这个数字远远超过我们的预想。在四百多位报名者中,有三百多人参加了笔试。笔试的题目是我出的:"请你根据《观察思考》《今日世界》《东方时空》栏目的选题范围,确定一期适合电视报道的选题。并根据你所报考的专业的特点(编辑、记者、摄像),制订出详细的报道计划。"笔试的全部内容就是这么一道题,我没有按照常规设计一些文史知识类的题目,因为我知道:很多人很有电视创造的天赋,但他们往往不知道宋徽宗的年号和同时期世界其他国家发生了一件什么事情——也许就因为一个莫名其妙的宋徽宗,我们就失去了一个未来能为我们的事业奉献大智慧创造大效益的精英。我们需要的是有活力有创意有进取精神的人才,而不是咬文嚼字坐而论道、寻章摘句皓首穷经的"腐儒"。我们不愿意因为这种刻板的知识类的题目(更准确应该叫"常识类题目")的障碍,"别"掉了一些优秀的却不擅长死记硬背的人才。

我们在尽量地广开才路,生怕错失贤良。

笔试的结果很快出来,在三百人中我们给一百二十八人寄送笔试合格参加面试的通知。

面试在梅地亚二楼的一个会议室进行,主考官是时任副台长沈纪。其他依次是新闻中心副主任阎连俊、编辑部主任盛亦来、人事处处长王晞建、采访部副主任张玉山、编辑部副主任李挺,另外还有我和其他几位制片人。由于会议室不大,所以考官们的座位被摆成了一个马蹄形,长条桌上面铺着白布,房间的中央放着一把椅子,应聘者将要坐在这把椅子上接受马蹄形排开的考官们的审视和问询。

这个场面我记忆犹新,因为当时我就深深感到,在这种极不对称的格

十年
Ten Years

1994年，央视在中央媒体率先开辟第二用工制度，通过社会招聘快速实现员工整体年轻化和专业化，目前这种新型用工规模仅在央视就已超过八千人。图为第一次招聘笔试现场。

局中,应聘者其实是处于绝对弱势的,进门就是一个下马威,心理上的压力可想而知。在这种状态下能够有条不紊地回答一个个问题是多么的不容易!好在我们一个个都和颜悦色,特别是一头花白头发的副台长沈纪宽厚慈祥,和每一个人的谈话都同样地真诚亲切,相信这位始终带着微笑的主考官给应聘的人缓解了许多的心理压力。

一天面试的结果:一百二十八人中我们选中五十人,第二天我们就向这五十个人发出了到评论部工作试用的通知。许多人在接到通知后打来电话咨询:试用期满后是否解决北京户口?能否调入中央电视台?回答只能是否定的,因为我们一个刚刚起步的栏目怎么可能做到这些呢?一些应聘者就是在这个时候退却了,因为他们都有正式的工作,拥有待遇不错的岗位,他们再三权衡之后难下决心,或者不愿意冒这样的风险。所以,在我们选中的五十人中,只有三十多人死心塌地地走进了新闻评论部,开始了他们的试用期。

耐人寻味的是,就在他们试用期满的那一天,中央电视台下发了《中央电视台关于从台外聘用人员暂行规定》,我记得很清楚:文件编号是"电视人字(1994)第32号"。

这份自发布之日起就已经开始实施的《暂行规定》共分九项,其中"被聘用人员待遇"一项中共十四条,主要说明聘用人员具有与正式职工一样的学习、工作、福利、休假等权益。其中第12条规定:聘用人员可以被聘为处级(含处级)以下各类职务。因为按照当时的规定:中央电视台局级以上干部的任免必须通过广播电影电视部,台里没有人事任免权。也就是说,中央电视台是从制定招聘制的第一天开始,就在自己能够自主的最大范围内,给予了招聘者以平等的待遇,这样的待遇不仅止于眼前的工作机会,还包括他们未来的事业空间和发展方向。

几年以后,当我们招聘进来的这些年轻人日益成熟,已经具备相当的职业素养和管理才能,当他们中的优秀者真的走上了管理岗位,当这样的制度保障着他们与"正式职工"同等的事业发展的时候,我从心里深深地感激当初制定和推行这个制度的决策者们。

1994年元旦刚过,我们决定对第一次面试合格的三十多人进行系统培训。他们中绝大部分来自中央人民广播电台、新华社、首都各个报社,他们没有任何的电视经验,因此培训是十分必要的。经过三天的培训,"黄埔一期"的应聘者开始了三个月的试用期。后来,他们之中有的加盟了《东方时空》,有的参与了《焦点访谈》的创办,也有一部分或由于原单位不放或由于我们在试用期间不满意而离去。

中央人民广播电台的法展当时就是由于原单位不放而无奈告别了我们,但几年之后,他还是来到了他最想来的地方。法展现在已是《焦点访谈》的主力记者之一。2002年,他制作的《焦点访谈》节目《河道里建起商品楼》获得电视新闻最高荣誉:中国新闻奖。这些通过招聘加盟央视的创业者们,为创办初期的新闻评论部做出了巨大贡献。目前在新闻中心,许多聘用人员已经成长为制片人,如《焦点访谈》制片人孙杰、柏杨、翟树杰,《东方之子》制片人张朝夕,《新闻调查》制片人张洁,《面对面》制片人赛纳、王志,《纪事》制片人周兵等。

自1994年3月1日发出《聘任人员暂行规定》之后,电视台在1994年6月又举办了一次面向全社会的全员招聘考试,地点仍然是梅地亚多功能厅。

1994年11月,中央电视台与第一批招聘人员签订了具有法律契约作用的聘任书,一个新的时期正式开始了。

当我们还在把"招聘"当做一种公开延揽人才的方法进行运作时,央视的决策者们已经在考虑如何将其变成一种制度来改革传统的人事体制。这就是号称"中国第一媒体开辟第二用工制度"的用人渠道,这是一项全新的用人制度,它给央视的发展和未来带来巨大的活力。后来,中央电视台的这项改革得到人事部和中组部的认可和表扬,据央视内部数据记录:到2002年止,央视正式公开招聘各个岗位员工六百九十人。

事实中的深度

> 所谓深度就是对事实的占有。作为记者,你获得事实越多,你离深度越近。

2003年元旦过后不久,《焦点访谈》播了一期很有影响的节目:《追踪矿难瞒报真相》。有观众在来信和电话中说:"揭开盖子的事实让人触目惊心,这是《焦点访谈》历史上最有深度的调查","我们又一次看到了这个栏目的锐气,看到了记者的坚韧和勇敢,还有什么比生命更值得媒介关注的呢?"……这些评价让我重新思考一个对评论部来说早已不新鲜的问题:深度是什么?为什么这个节目会让观众如此强烈地感受到一个本应是专家们讲评节目才说的评语:"有调查深度"?

在林林总总的对"深度"的定义中,我注意到一个很具实践指导意义的表述:"深度来源于事实。"我想,这应该是一个最基础的认识:深度不是艰深的话语和生涩的表达,而是观众所感受到的深刻。

其实,如果用院校习惯的"述"与"评"的比例来分析节目,《追踪矿难瞒报真相》这期节目并没有多少"评"的段落,由于《焦点访谈》时长的限制,记者曲长缨差不多是满满当当地,甚至是紧紧巴巴地用满了13分钟,展示了一个艰难曲折的记者取证和调查过程,调查也只是证明了这些证据的有效性。在当天的节目中,由于一切都还在黑幕中,依靠记者的力量还没有办法做出调查结论。

  这个调查的起因其实很简单:从2002年12月上旬以来,《焦点访谈》不断接到观众来电,反映12月2日上午,山西临汾尧都区的阳泉沟煤矿发生了一起很严重的瓦斯爆炸。事故发生后当地一些人没有如实向社会公布死亡人数,当地既不让新闻单位介入,也不让死者家属相互接触,其中也许存在严重的瞒报。来信来电很密集,《焦点访谈》决定做个调查。究竟能查到什么谁也没有底,记者曲长缨在当地雇了一辆出租车悄悄进入出事现场。阳泉沟瓦斯爆炸已经过去十多天了,出事的矿井早已封闭,矿工们也被遣散回家。记者此行收获并不大,只是找到了当地安监部门的负责人,了解到这次事故发生的原因是矿主违反规定,没有安排专人监测瓦斯和打开井下风扇。如果依据这些事实做节目,充其量能做成一期谴责矿主不负责任、安全设施不完备、由于疏忽造成悲剧的很平常的节目。甚至还很可能由于事件的"不够典型"而导致这个选题被放弃。然而曲长缨没有放弃,他一直在四处搜寻和打听——没有轻信表面的证据,没有让那些显而易见的表面事实给轻而易举地糊弄过去,这恰恰是一个优秀记者与一个普通记者的区别。

  这一次山西之行最有效的信息是记者在往返途中获得的,一些矿工家属和当地的老百姓都表示:他们听说死的是三四十人。然而在尧都区安监局、市矿山救护大队的报告上和主管副区长的汇报中都清楚地写明,事故死亡人数是八人。矿难发生时在现场的矿主和矿长的说法也与安监局完全一致。谁在撒谎?为什么会有这样的反差?矿难中到底死亡多少人?如果那些白纸黑字的报告结论中有人作假,证据是什么?这是我审这个节目时看了开头两三分钟后,在内心里提出的第一个设问。而节目的深度正是由此开始。

由一个非常简单的判断可以帮助编导获得证据：参照的标准就是那个官方出具的"死亡名单"，只要记者的调查能够证明还有名单以外的人在此次矿难中丧生，那份名单就会露出马脚。而只要对那份名单进行证伪，一系列的问题就会浮出水面：为什么那么多的人为谎言做注解，为矿主打掩护？

带着重重疑问，元旦过后，记者二进阳泉沟煤矿。曾经是一个个活生生的生命，他们的活动不会不留痕迹。由于心里装着对"名字"的关注，这一次记者在死亡现场很有收获：曲长缨在一个破旧的工棚里的杂物堆中捡到了一个身份证，名字不在名单上；在黑乎乎的矿工宿舍的床下捡到了一个破破烂烂的通讯录，通讯录主人的名字不在死亡名单上；还有路过矿区时一个过路人念叨出来的几个死难矿工的名字，也是死亡名单上没有的……就是循着这样一些蛛丝马迹，记者开始了几乎是两眼一抹黑的调查——记者发现通讯录上记录的电话大部分是安徽界首的，于是凭着这一点线索记者来到安徽，在界首通过派出所记录在电脑中的常住人口登记表上找到了那位通讯录的主人，看到了那一对哀伤的父母，死者父母亲口证实：他们的儿子死于"12·2"矿难；记者凭着那张残破的身份证碎片找到了河南上蔡，此次河南之行，记者不仅找到了另一名不在死亡名单上的矿工的家人，向他们了解到矿主恐吓死者亲属，连哄带吓最后"私了"的全过程，而且还证实了与他同去打工的另一名矿工也死于阳泉沟"12·2"矿难，这名死者的家人在阳泉沟煤矿无奈接受了矿上的"封口钱"……记者经过行程三个省历时半个多月的多方取证、艰苦调查，一个个被掩盖的生命浮出水面。在安徽、河南、四川等地矿工家属和公安机关的协助下，共找到了死于这起事故，却不在死亡名单上的六个人：

安徽省界首市陶庙乡前吕村的吕世文
河南省沈丘县冯营乡小高营村的高凤新
河南省上蔡县韩寨乡石桥村的邱梅松

河南省商水县胡吉乡康老村的康雷

四川省北川县内古镇茶房村的陈伦兵和周丛友

……

当节目最后在屏幕上静静地滚上这几行文字的时候,也许很多观众的心都会被震撼。这每一个名字后面都曾经有过鲜活的生命和灿烂的梦想,但是它们差一点被撕成碎片扔进重重黑暗。这个长长的死亡字幕记录着记者的调查轨迹,也撕开了一个精心编织的骗局。

死亡名单上,鲜活的生命只剩下蛛丝马迹,生命的消失变得这样的轻而易举,而那些把玩着别人生命的人,面对记者质询的时候,竟然是冷静的、沉着的、不动声色而且无动于衷的……观众从节目中读出了这些深刻的内涵,但是这些感受与评价没有一个字留在节目中,节目只是留下了一个环环相扣的调查过程和记者奔走呼号的艰难跋涉。

我为如此草菅人命的行为所震惊,也为记者如此深入并锲而不舍的调查精神而骄傲。我当时只提出了两个需要强调和展现调查过程的地方:一是死亡时间,要交代清楚不同的死者是同在 12 月 2 日这一天上午死亡的;二是死亡地点,要交代清楚不同地区找出来的遇难矿工是同在阳泉沟煤矿打工的。只有这两个问题的调查过程展现清楚了,事实的交代才是闭合的,事实的结论判断才是唯一的。强调这两个重要的细节,可以使节目的调查显得更深入、更严密,观众也会更信服我们所提供的事实。

从这个节目中,我们可以继续探寻一个问题:如何获得深度?如何表现深度?这里面其实有一个简单而实用的操作方法:对已知信息进行证伪。记者面对一个选题的时候,其实就已经在面对一个早已展现出来的事实,或者叫做"浅表事实"。好的记者不会按照这些浅表事实去按图索骥,更不会走到这些表层事实面前就停止了脚步,把别人交给我们的说法作为结论向观众交代。记得还是在《东方时空》的早期,《焦点时刻》曾做过一个"劣质课本进课堂"的节目,记者展示了课本印刷粗糙、缺页、字迹不清以及书后的答案错漏百出等问题。记者跟踪到印刷厂,印刷厂的厂长面对记者居然哭穷似的说:"原因是我们的印刷设备太落后,没有钱更新改造……"记者的提问就此打住了,没有再前追一步。我在审节目时说:"为什么不追问?难道答案错误也是设备的问题吗?"分明是不负责任的态度和利欲熏心的行为,却被厂长一句"设备落后"给搪塞过去,记者的采访停留在了表层而没有深入。其实这样的停留对节目和栏目都是有伤害的。对节目而言,记者错过了一个挺进事实深处、获得节目深度的机会;对栏目而言,我们的节目没有对对方的狡辩提出质疑,而是将之作为一种说法交代给观众,在观众看来,这就已经是栏目的态度和立场了。

相反,一个善于发现的记者会从这些表层事实中首先建立一个调查的基础和标准,曲长缨的采访就是如此:公布的死亡名单不是八个人吗,这就是我们调查的起点和挺进事实的依据,是记者需要时时用自己的调查发现来比对的标准。只要能够发现起点之后的事实,能够查出第九个死者,而这个"第九名"不在死亡名单上,这就证明了在浅表事实以外,一定还存在新的、值得深入探究的事实——那个用来作为调查基础的标准被击穿了。记者证伪调查过程的本身,就是一个获取事实并接近深层事实的过程。

对"浅表事实"进行证伪以求得报道的深度,这既是一种选题类型,也是一种操作方法。

在矿难瞒报事件中,是我们的记者发现了标准以外的异常,这样的异常提醒了行政和法律力量的关注,在行政手段和法律手段介入之后,那些被人竭力掩盖的深层事实水落石出。

到底是谁策划了这起瞒报事件?是谁为这起矿难的瞒报出钱消灾?是谁偷偷安排了遇难矿工的火化?为什么层层的监管部门视而不见?为什么一个漏洞百出的死亡名单会得到有关部门的认可和采用?……这些问题单单依靠记者的调查,依靠新闻媒体的力量是难以做出结论的。但正是由于这个节目的深度和力度,节目播出后立即引起了国家安全生产监督管理局和最高检察院的重视。很快,阳泉沟矿难瞒报事件进入司法程序,行政主管部门介入,彻查安全生产中的行政责任问题;高检介入,调查这起恶性事件中存在的权钱交易与职务犯罪。

后来的调查结果表明,在这起事故中,死亡人数至少有三十一人。涉案的矿主等三十多人被刑事拘留,八人被逮捕,案件目前仍在调查中。

对浮出水面之后的这些事实,记者还在锲而不舍地跟踪调查,相信只要有新的事实支撑,这个追踪的节目仍然不失震撼人心的深度。

应该说,面对生命这样一个主题,只要你有相应的事实支撑,什么样的节目表述都会是有深度的。我们可以回过头去对这样一个已经完成的选题进行一番操作前的设计,寻找另外的几种节目实现方式,可以比较一下它们所达到的"深度"。

那些曾经鲜活的充满梦想的生命,就在一阵爆炸中被葬送了,如果我们的节目去展现这些生命存在时的生活轨迹,比如记者去追述北川县的两个生龙活虎的小伙子,让观众看看他们是怎样满怀憧憬地相邀着走出四川盆地,走进在山西阳泉沟附近开得热热闹闹的小煤矿,他们是冲动而懵懂的,他们想到的是"干活""攒钱""成家""立业",但他们的知识和经验还不足以判断哪些小煤矿是私挖乱采的非法矿,他们的力量和优势还不足以让他们提出能够保障自己生命安全的要求,他们走出乡村的梦还没有开始就破碎了……这样的节目也会很打动人,也是有深度的。

当事实的获得走向深入时,节目的深度也会相应地被提升:后来记者发现这样的死亡是严重的责任事故造成的,于是节目展现的是矿主对矿工生命的敷衍和轻率,展现他们不负责任、不讲职业道德的"恶性牟利",节目的深度会得到进一步的开掘。

再往事实深处走,为什么这些恶性牟利的行为会失去监管、为所欲为、一路绿灯?其后面原来还有监管部门的责任,不仅仅是失职,而是官商勾结、权钱交易。记者在调查中又获得了新的事实:阳泉沟事故的发生是由于查禁不力、明查暗帮,事故发生之后,相关管理部门甚至主动"替人消灾",参与瞒报造假、掩护非法矿主、伙同矿主威吓死者家属,甚至,帮助矿主修改矿工花名册、销毁火葬场尸体焚烧的记录……有良知的观众都被震惊了：在这些罪恶的勾当中，那么多年轻的生命就这样被垃圾一样地掩埋了，就只剩下一些灰烬中没有烧完的身份证碎片、现场打扫时没有被扔掉的通讯簿、路人口中几个没有被淡忘的名字……而节目所达到的深度不是记者论证出来的，是那些循着碎片般的蛛丝马迹所进行的调查一点点发掘出来的，是观众在事实的讲述中自己感受出来的。

挖掘深度的方向可以不是唯一的，但无论节目制作者选择了什么样的方向来寻求节目所要达到的目标深度，都必须首先寻求支撑这个深度的事实与证据。我们由此可以得出一个简单的结论：所谓深度就是对事实的占有。作为记者，你获得事实越多，你离深度越近。

提到报道的深度，或者"深度报道"，至今还有人认为报道的深度是一些艰深的阐述和引经据典的议论。其实，这是一个极大的误解。深度报道"深"就深在以事实的讲述和事实中疑问的解开为核心。

杜骏飞、胡翼青所著《深度报道原理》一书中提出，新闻事实不仅仅是具体的新闻事件本身，更重要的是新闻事件与社会、新闻事件与人的关系，"深度报道的指向是社会关系的总和"。他们在书中提出了一个新的新闻接近事实的基础追问：

发生了什么事件？（What happened?）
谁对这件事负责？（Who was responsible?）
他们为什么做这件事？（Why did they do it?）
是什么促使他们做这件事？（What impelled them?）

这些基础追问中，当涉及的问题从事件发生到原因追寻的时候，报道已经在走向深刻。而当对原因的追寻不仅仅停留在当事人的个体原因（他们为什么这样做），而且更关注导致当事人动机的动因和环境因素：是什么使他们这么做。此时的追问已经不仅仅在追究单体的事件，而是在追究关系，追究这一事件与其他事件的关联——至此，"背景"这个因素被引入节目中。应该认识到,"事实""原因""关系""背景"这些元素与节目的深度是不可分割的。

报道的深度是每一个报道者所追求的,但深度究竟从哪里来？我想,第一来源于事实,第二来源于事实表述过程中的真实感,第三来源于事实背景的建立,或者叫做"对事实关系的建立"。

《追踪矿难瞒报真相》这个节目已经能够透视事实的力量,能够清晰看出事实的阐述过程是怎样形成深度的,那么深度源于真实感应该做何理解呢？

一般的批评类节目、监督类节目容易让观众产生真实感,因为这类节目都是从疑问进入,从质疑的态度进入的。但是有一个现象让人深思:在不少栏目中,那些正面报道、典型人物、先进典型的报道收视率普遍要比监督类、曝光类节目低。为什么会出现这种情况？很多人会轻易地原谅自己,认为这样的选题天然优势不足。可是能不能再问一下自己:为什么这样的选题天然优势不足？是观众不喜欢看美好的人与事物？还是我们对这些人物与故事的讲述没有让人信服？其实我相信编导记者们的故事选择都是从真实出发的,但是那些真实材料的组织和罗列有时候却走向真实的对立面,让观众感觉到不可信。一些很好的典型为什么在报道后形成不了"典型效应"和"典型力量"？这在很大程度上取决于记者的叙述方式,传统的方式经常把典型类型化。典型应该是有个性的,是具体而生动的,而一旦将其类型化,就会使报道陷于概念,流于套路和口号。这是一些典型报道不具感召力和吸引力的重要原因。

《焦点访谈》的编导们曾经讨论过一个很有价值的问题:"真实"与"真实感"究竟为什么会产生距离？我们承认,在职业化的环境中,没有哪一个编导出门就想造假,但是主观意愿的真实和客观效果的真实感中间有天壤之别。

如何摆脱出发点与结果的偏差？《焦点访谈》的从业者们已经在实践中触及了这个方法论层面的问题,他们提出,记者在采访出发前需要完成的几个"自问":你的态度是质疑的吗?你对人物做出的评价与判断是有事实支撑的吗?你的情绪表达是有事实铺垫的吗?你的细节与事实是连续完整的吗?通过这些"自问"我们不难发现一个共同的节目指导思想:质疑的态度和调查的手段。材料的堆砌是不会有深度的,真正的深度在于你选择了什么样的事实片段,选择了什么样的细节用以指代人物。当拿到选题的时候,你首先要问,这个人物都说是好人,究竟有多好?哪些事证明他的好?你的态度是质疑的,质疑之后的事实才是有真实感的。不要害怕质疑,当设问完成之后,质疑被解答之后,人物的形象也就建立起来了。观众也就一步步接近了这个先进人物的闪光人格。

无论监督类节目还是所谓的"正面报道""真情故事",不是选题决定了谁有深度,谁天生就没有深度,而是节目表述的真实性规律是否被遵循。质疑的态度和调查的手段并不是只对监督节目、曝光节目才有用的,它是一种理念与方法,它有时同样适用于那些"正面"选题,这里所说的"质疑"不是说要去直接质疑你的采访对象,而是质疑自己的表述方法和目的是否使节目有了真实感和可信度。

我们一定要让所报道的典型生动、真实起来,只有真实和生动,才能建立可信度,而只有可信才能可学,只有学习开来,才能发挥典型或榜样的力量。《新闻调查》对河北"黑脸姜瑞峰"的调查,就是从质疑开始的,那期节目让观众看到了一名秉公办案、嫉恶如仇的共产党纪检干部的鲜活形象。

真实的表达是一个栏目必需的品质,但仅有真实是不够的。阿诺德·汤因比曾在他的《历史研究》一书中提出:"精神的表达要置于真实的表达之上。"如果借用这句话来理解新闻栏目的精神定位,那就是栏目除了要讲述具体的内容之外,还要在客观公正的前提下负载深厚的精神内容。这句话在我看来有着双重含意:首先,精神的表达不能是虚妄的、不可捉摸的,它需要以真实的表达为载体,在真实的表达中得以实现;更重要的一层含意是,作为精神表达的载体,真实的表达绝不是目标,在真实之上还应有更高的目标地：精神。只有将精神的表达视作栏目表达的终极追求，新闻事实才不会成为碎片，表达的过程才因此成为一个有灵魂、成体系的完整表达。对一个栏目而言，除了要进行前文所说的目标定位、形态定位和内容定位之外，还应当对其进行精神定位，精神定位指的是贯穿一个栏目始终并通过每一期节目做出具体表达的精神追求。这就是为什么同样在对新闻事实进行表达，有的节目平淡无味，而有的节目却震撼心灵。精神，在这里的另一种理解就是栏目的品质。

　　深度不是说出来的，深度是从让人信服的事实中来的，深度还是从事实关系的梳理中结构出来的。

　　提到结构，其实我们就已经提及了一个很深入人心的概念：背景。从业者已经相信：背景能够引领报道的深度和方向，但是在过去的很多理解中，"新闻背景"与"新闻事实"似乎是两回事，它是一些数据，一些过去的事情，一些藏着掖着的动机与目的——其实在我看来，背景是事实的一个组成部分，它是事实间的关系，是事实存在的那个环境，是粘在事实后面的那个东西，是更多的事实。

　　为什么背景的阐述会引发报道的深度和方向？那些研究"深度报道"的学者们认为：从认知规律来看，人们在接受外来信息时，不是让各种信息杂乱无章地进入大脑，而需要组织、分类、评价、判断。但这种思维过程不是抛开其原有的关于事物的整体认识去简单地"就事论事"，而总是将个别事物置于事物整体的认识结构和认识框架之下进行定位、"释义"和理解的。

　　我认为，最高境界的追求深度的操作方法，也就是获得更多的事实，并建立事实存在的背景，从背景中去寻找新的事实关联和对事实的解释。利用事实表达来达到理性的深度，这种做法是符合电视传播规律的。

监督的力量

"即使金子做的也要炸掉。"

回首往事,人总是对起点处的事情记忆最深。

1994年3月初,晚间节目的筹备工作基本结束,又该是给孩子起名字的时候了,我们决定把这个新栏目命名为"记者视点",以强化在这个栏目中记者在新闻事件报道和评论过程中的行为。

报告打上去一直没有回音,几天后,沈纪通知我:台里决定不叫"记者视点"而叫"焦点访谈"。对"焦点访谈"这个名称,我们参与晚间节目筹备的人都不太接受:一是"焦点"二字与《东方时空》的《焦点时刻》重复,观众很容易混淆;另外,"访谈"是一种采访方式,不能体现栏目的特征和个性,而且以一种采访方式命名栏目,日后会不会成为拓展报道手段时的限制?

确定"焦点访谈"名称的时候,台里正在外边开会,我找到杨伟光台长,陈述了相关理由并请示:是否可以换一个名称。杨伟光说:"你们再考虑一下,我看还是叫'焦点访谈'好。"第二天,我还不死心,又去找杨台长试图说服他同意另选他名。这一次杨伟光很严肃地说:"不要再找了,就叫'焦点访谈'!"后来我才知道,究竟叫什么名字并不只是杨台长个人的意见——这个栏目从诞生之前,就已经是一个备受各级领导瞩目的"红孩儿"。

如今,《焦点访谈》早已声名赫赫,家喻户晓,很多地方的"焦点"也渐渐成为一种固定的节目形式。由于它目前无可替代的社会影响,很少有人再动心思要改它的名字,但是直到今天我仍坚持当年的看法:这个栏目应该有一个更好、更准确的名称。

2001年11月中旬的一天,下午四点多,我照常坐在新闻评论部位于央视七楼的一个办公室里,我那时每天都在这个时间审看将于当晚19:38播出的《焦点访谈》节目。寒暄之后,记者法展开始给我读主持人将要在演播室里说的节目导语:"在我身后的画面上,你可以看到一排排盖得很漂亮的商品楼,但是你猜它盖在了什么地方呢?……"法展一边念着节目导语一边把带子推进编辑机舱口,我知道,这个节目是他们紧张采访紧急赶制出来的,记者放带子之前喜欢和我说一句玩笑话:"带子刚编出来,糙点。"为的是解释画面和声音的一些缺陷。

画面上,一群白色的小楼静立在河滩上,楼群建得考究精美,由于周围没有其他建筑物的阻挡而显得格外华美壮观。法展的画外音平实而有节奏:"'我把长江送给你',这是武汉市一家今年才落成的住宅小区'外滩花园'的广告语。走进外滩花园的销售部,你还可以看到其他颇能打动人心的广告,比如:'我家就在岸上住''近水楼台先得月'等等。这些广告可不是吹牛,'外滩花园'的每一个住户,真的都是一打开窗户就能够看到美丽的长江……"画面上,楼群不远处的长江看上去安详美丽,成为这个小区独有的水景——原来,整个"外滩花园"就是这样明目张胆地建在了长江武汉江段最狭窄的河道里。由于这样得天独厚的地理位置,这里的房子每平方米卖到三千多元,这已经是武汉市价格最高的房地产项目,是普通市区商品房的三倍以上。就是这样的房价,"外滩花园"还是销售得非常顺利,不少人竞相购买,也许某些武汉人对长江太有感情了。

长江武汉江段是整个长江中下游最狭窄的江段之一,武汉市也因此屡屡遭受洪水的困扰。1998年大洪水退后,武汉市的工作中心和重点就是清理河道、加宽江堤。但是明明白白地,这个扎眼的白色楼群就这样矗立在长江干堤外的河道上,而且在江堤上开了一个大大的口子,做了这片"豪宅"的大门。

尽管审片时常常会看到一些触目惊心的目无法纪的行为,但我很难做到司空见惯。这一次看到的现实还是让人难以平静——热热闹闹地挖地、盖楼,大规模地广告宣传,大张旗鼓地卖楼……庞大的建筑群就这么明目张胆地坐落在相关部门的眼皮底下,而在此后相当长的一段时间里,一切都好像很顺理成章,方方面面相安无事,仿佛什么异常的事情也没有发生。接下来的记者调查循序渐进,事实交代得清楚扎实:首先是商品楼是否有合法手续;它的所谓"合法手续"与1998年颁布的《中华人民共和国防洪法》有关规定的矛盾如何解释;其次是武汉市有关部门是怎样地"层层把关"而后批准了这个项目……记者在节目中说:"……武汉市水利部门虽然依据1984年颁布的地方性法规,批准开发商在长江河道上建房,但是他们也知道,这个地方性法规和最新颁布的《防洪法》冲突,所以特别获得了湖北省水利厅的批准;那么省水利厅又依据什么批准他们在长江河道上建房呢?"

看到这儿,我身体前倾,更加聚精会神地注意着每一个画面和每一句解说词,因为我知道,节目最让人提心的地方到了,真正的较量开始了——过去我们的批评性节目很少涉及省级政府。接下来是记者采访湖北省水利厅有关负责人,这位负责人解释说:他们批准的依据是"特别情况"的补充条款,但是当记者追问:"这个小区特别在什么地方?"的时候,负责人沉默不语。

记者提出了一个观众看到这里就一定会提出的问题:"面对这样的事实,人们不禁要问:湖北省水利厅这样审批长江河道里的建设项目,真的是合法的吗?"是否合法记者说了不算,得由权威部门做出的法律解释为依据。记者向水利部长江水利委员会咨询有关法律问题,同时向观众交代:"长江水利委员会是水利部授权管理长江全流域的机构,他们应该是最具有权威性的。"记者问长委会的总工程师王生福:"按照现行的法律规定,这样的生活小区能建造在这个位置吗?"这位权威专家断然表示:"不能!按照《河道管理条例》和《防洪法》的规定,长江外滩一般是不允许盖建筑物的。"王生福强调了审批的问题:"按照审批程序,可以说它是不符合程序的。"

……

1998年7月,我曾坐镇湖北荆州二十多天协调抗洪报道。看到节目中那波光粼粼的江面,我立刻想起1998年夏天那条桀骜不驯气势汹汹的长江。但是很快我就回过神来面对这个刚刚看完的节目。我十分清楚:判断一个节目是否可以播出,不能凭主观意向和个人情感。这个节目编得很流畅,只有个别地方需要调整,我提出了很具体的修改意见。这将是一个力度空前的节目:这个造价四亿多人民币的"外滩花园"显然是违法的,但它却是省政府批准的,也就是说,比之一般意义上的"违法建筑"而言,"外滩花园"正是由于得到了审批程序上的违法批准,才得以一路绿灯,这也才真正是我们舆论监督指向的重点——而舆论监督到这样的级别,过去的《焦点访谈》还没有过先例。

我面临选择:播,还是不播?

审看间里很安静,记者和制片人们在等着我发话了。我盯着已经没有画面的屏幕,犹豫了一下说:"按我说的修改,明天再看一遍。"

说是修改和再看,其实是想有更充分的时间来全面权衡这期节目的命运。

一个如此大规模的违法建筑居然通过层层审批矗立在了河道里,而且业主已经入住,节目播出之后的观众反应和社会反响是可以预见的。但购房者、开发商、武汉市和湖北省政府的反应会是怎样?节目会带来负面效应吗?如果有负面的影响又会是来自哪方面呢?这些都是《焦点访谈》必须考虑的因素。当天晚上和第二天上午,我脑子里反复思考着这些问题。首先是严格地检索事实:几个关键的事实片断不断地在眼前回放:商品楼建在河道里;开发商有各种批文;武汉市和湖北省有关部门越权审批违背《防洪法》;"长委会"工程师强调审批不符合程序……归根结底:长江河道里不能盖这个建筑!事实链条是完整而连续的。判断事实是否准确还有一个问题需要考虑:在审批权上,"长委会"与湖北省是否存在争议?如果这种争议确实存在,并且双方各有依据和理由,那这个节目也是不能播出的,因为这样的各执一词又各有道理,将使得我们用以判断是非的标准变得模糊和不具唯一性。这就需要更高层次的权威出来表态,做出法理解释。我再一次在脑子里回放了一遍记者采访湖北省水利厅有关负责人的片段,这位负责人说:他们审批的依据是"特别情况",而后他自己也难以自圆其说,究竟河道里这片漂亮的商品楼"特别"在什么地方,他的躲闪和无言以对,足以说明这个依据和理由是不能成立的。至此我心里有数了:节目的事实没有问题。

接下来是对节目播出效果的判断,我反复问自己:在这一事件中施害者是谁?利益被伤害的又是谁?这样的事件究其性质是偶发的还是典型的?这件事值得监督吗?政府能承受吗?问题能解决吗?……这些问题一个个被解决了,我感到自己正接近一个让人轻松的判断:

其一,党中央和国务院反复强调、多次重申要依法行政,商品楼建在河道里,审批者显然没有依法行政,这样的事件是党中央和国务院不愿意看到的而且肯定是反对的。

其二,'98洪水涛声在耳。人们,尤其是武汉市民对当时的境况记忆犹新,如果开发商都在河道里建造"水景房",受益的是那么一小部分人,但对于广大市民来说,就意味着隐患在不断地增加,而且扒开堤坝做大门这样的做法,显然是置大多数人的安危与利益于不顾,反对的声音是强大的,也是正义的。这样的意见肯定也曾经向当地政府反映过,但显然过去的反映都成徒劳,因为小区仍然施工不误直至入住,他们的意图无非是想尽快把生米做成熟饭,以为既成事实就可以逃脱责罚。如果我们的报道能够警醒世人,消除人患的威胁,这个监督就善莫大焉。

其三,经过将近十年的舆论监督探索和实践,我们可以得出一个规律:只要我们的监督是从事实出发,从善意出发,相关政府部门应该是有承受能力的,如果问题能够得到解决,我们可以再追踪,详细报道政府及其相关部门查处问题的决心、举措和力度,表现政府及其相关部门的成熟与自信。

想到这里,我的心里有了勇气。

第二天下午四点,修改过的节目送到了审看间,审看结束时我能够感觉到记者和制片人们都在看着我。我又盯了一眼已经定格的画面,小心翼翼地提笔在播出单上签了字,记者和制片人们匆匆离去。

此后的四个小时,我一直在等待着。

2001年11月19日,《焦点访谈》播出了这期节目,题目是《河道里建起商品楼》,当晚8:00至翌日凌晨,我没有接到任何有关节目的电话。

20日上午,我接到新闻评论部分管《焦点访谈》的副主任关海鹰打来的电话:"……昨天晚上的节目引起国务院总理朱镕基高度重视,朱镕基已经分别给水利部和湖北省打电话,要求严肃查处,并说这些建筑必须炸掉,朱镕基说:'即使是金子做的也要炸掉。'"关海鹰很慢很详细地叙述着他了解到的信息,最后他补充说:"水利部的人已经去湖北了。"关海鹰是《焦点访谈》最早的制片人之一。访谈开播初期,他做了不少介于法律与道德之间的节目,效果不错,被我称为"阿关模式"。

放下关海鹰的电话,我心中的一块石头落地了。如此有力度的批评性节目能得到如此积极的回应,这说明我们一些政府部门对舆论监督已有相当的承受力和自信心。这在几年前是不可想象的。甚至一些长期在

099

国外的归国留学生说:"如果不是亲眼目睹,他们不相信中国还有这样的电视节目。"

由于节目的播出,这个严重违反国家法律的建设项目已经被责令拆除,此后《焦点访谈》持续关注这一事件,对湖北省和武汉市两次爆破炸除"外滩花园"事件都以反馈追踪的方式予以报道。应该说,是这三次播出才完整实现了《焦点访谈》舆论监督的职能。这期节目获得2001年度中国新闻奖一等奖。

节目播出半年之后,我在一本传播学杂志上看到了专家学者关于这个节目的评价:"……《河道里建起商品楼》这个选题是体现《焦点访谈》栏目品质和树立栏目形象的重头节目,体现了舆论监督的力度和深度。因为有这样的节目,我们应该给予这个栏目更多的信心和爱心……"《焦点访谈》继《东方时空·焦点时刻》之后发展到今天,不能不说她是中国民主法治进步的一个标志,这也是当年美国国务卿奥尔布赖特访问《焦点访谈》的主要原因。因为舆论机构自身并无行政的力量,所以舆论监督的力量是无形的;但也唯其无形,所以无处不在。或者说,正因为日益发达的舆论监督环境让人们在社会生活中时时都能意识到舆论监督的眼睛,但舆论监督的力量是通过整个社会的舆论监督意识实现的。

因为"舆论"本身是一种客观存在,它应当理解为"舆论评价"而不是"舆论审判"。舆论的力量只是一种间接力量,它能否作用于被监督人,能否影响被监督事件的发展,那得看整个社会是否有一个良好的"信息采信"系统和"舆论征用"环境。换句话说,新闻媒体本身是不能独立完成监督的,一个社会的监督手段也不能是唯一的,除新闻的监督外,还应有行政的监督和法律的监督。"舆论"只有与法律的力量、行政的力量接通之后,才能切实有效地作用于社会。

自栏目创办以来,《焦点访谈》所披露的事件中,大多数都引起了中央和省部委领导的重视,不少陈案积案疑难案常见案等等,都在中央领导的直接重视下得到解决。《焦点访谈》选题涉及的诸多问题:农民负担、

十年
Ten Years

节目播出画面截图。

形式主义、公路三乱、地方保护、药品造假、国储粮造假、棉花掺杂使假、环境资源破坏、挪用贪污……都是从节目调查揭露问题开始,最后经行政和法律手段得以解决。走到今天,《焦点访谈》并没有直接担负那些本属于行政系统自身应该具备的行政职能,而是以自己翔实深入的调查,成为行政与法律进入的向导。

2002年,国务院办公厅正式开设了《焦点访谈》督察情况反馈机制,就中央领导同志每一次对《焦点访谈》做出的批示以及批示后的督察情况进行跟踪反馈,以国务院的名义,运用行政的力量向有关职能部门行文,组织各职能部门组成督察小组,对被监督事件与人员进行正式的行政范围的调查和查处,而后视调查情况将一些涉及法律问题的案件移交司法部门处理。2002年当年,《焦点访谈》报道的事件中,有41起被纳入国务院督察反馈机制。调查进入得迅速而深入,查处力度大。有学者和专家将这种机制视作"新闻史上具有重要意义的举措",我认为,这样的机制使舆论监督能够与行政的力量、继而与法律的力量相接通,监督的落实变得制度化和常规化了。

这样的例子在《焦点访谈》的历史上不胜枚举:

《焦点访谈》对建水县建新街"仿古街毁掉真古建"的问题进行报道后,立即引起国务院高度重视,国务院领导责成建设部部长汪光焘对此事进行调查,国务院稽查组迅速赶至建水县进行专项稽查。

《焦点访谈》在"关注商品房系列节目"中以《没准的承诺》为题曝光了一个商品房项目中,开发商通过虚假广告严重侵害消费者利益的问题。节目播出后,建设部组织稽查组先后三次会同当地有关部门,对违法事实进行了彻查。经行政部门查实才发现这个项目的问题还不仅仅是一个虚假广告欺骗消费者的问题,其背后,既有参与这个项目的开发建设单位、销售单位、设计单位、施工单位、施工监理单位存在违法违规的问题,更有政府主管部门审查不严、监管不力、放任失职的问题,正是这些环节的层层"失守",才导致一个坑害消费者利益的楼盘能够开工建设并最后上市销售。正是由于行政部门的深入调查,才使这起事件背后的那些违规违法部门和当事人受到了严肃查处。我始终认为,《没准的承诺》这个节目给观众带来巨大震撼的,不仅是我们披露事实的那期节目,那期节目像是一个提示和向导,观众的震撼更来自水落石出之后那个触目惊心并大快人心的督察结果。

监督类节目的作用在于它通过对事实的深度关注,能够及时向社会提出一个强烈的、有效的警示信号,形成舆论的力量,而后舆论的力量与行政、法律相结合,良好地作用于社会。

2002年9月中旬《焦点访谈》以《洗不掉的恶行》为题,报道了河北宏宝药业公司涂改过期药品生产批次和时间的违法问题。这起故意制售假劣药品的事件震惊了全国也引起中央领导高度重视,国务院已经明确指示监察部、公安部、国家药品监督管理局组织力量,把这个案件一查到底,依法严惩,坚决打击犯罪分子。之后,国家药品监督管理局召开紧急会议,部署查处工作,同时派人员到现场进行督察。节目播出的第三天,新的《药品管理法实施条例》正式实施,这个法律成为打击非法制售假劣药品的有力武器,在更大程度上确保人民的用药和生命安全。河北宏宝药业的假劣药案也因此被列为《药品管理法实施条例》正式实施后查处的第一起重大案件。该企业最终被吊销药品生产许可证和所有的药品生产批准文号,成为建国以来第一个被强制关闭的正规药品生产厂家。法网恢恢,在法律面前药品企业以次充好、投机取巧,无异于玩火自焚。

有人将舆论的力量称为"第四势力"或者"第四权力",在这样的表述中,舆论甚至可以独立于法律和行政机构而独立行使自己的权力。而在我看来,在我国,夸大舆论监督的力量是不严谨的,这样的不严谨会直接影响舆论环境的建设。舆论监督的力量是巨大的,正是由于其力量的巨大,我们才不能不牢牢把握其作用力的方向,因此,我们的舆论监督从一开始就有"中国特色"。舆论监督的出发点应该是善意的,监督的目的是为了促使问题的解决而不仅仅是"为了曝光而曝光"。十几年前,很多人把舆论监督报道视为"给政府难堪和抹黑",而今天,舆论监督已经成为政府工作的一部分,甚至国务院还专门建立了相应的督察机制。之所以有这样的变化,就是因为我们所确立的舆论监督的目的是为了解决问题而不是激化矛盾,而这也正是党和政府的工作目标之一。正是由于这种目标的一致性,才使近十年的舆论监督得以存在,力度不断加大。舆论监督的对象总是以"稳定"为由,要求《焦点访谈》不要播出某期节目,但多年的实践证明,播出节目不仅没有引起不稳定,反而由于播出促进了问题的解决,进而维护了稳定。《焦点访谈》的生存与成功,显示了政府的成熟与自信。正是有了这种自信,才有了宽松的舆论环境。一个制约机制完善的社会,法律、道德、制度和舆论之间既分别承担着属于自己的那一部分职责,又共同完成着社会约束的神圣职责:社会中那些存有恶念的人会因为法律的惩戒而不敢为恶;因为道德素养的自觉而不愿为恶;因为制度的健全周密而不能为恶;那些人还因为无处不在的舆论监督的眼睛会将自己的社会行为置于阳光之下而为恶不长。

舆论生态平衡

《焦点时刻》早期的偷拍设备很简陋,就是将一个掌中宝装在一个手提包里,包的前端挖一个圆洞透出镜头。为防止镜头反光被人发现,摄像会将一只黑色丝袜蒙在镜头上。

在《焦点访谈》舆论监督力度日益醒目的时候,我经常地听到和看到关于"焦点"类节目如何防止"话语霸权"倾向的讨论。这样的讨论是有价值的,一个处于强势的媒体,怎样才能够不把所谓的强势放在语气上,不在采访中甚至节目中出现那种高人一等的自我意识,这是栏目表达自己品质与品位的注意事项之一,也正是我们所强调的"文明法则"之一。

在听到对《焦点访谈》的善意提醒之后,我曾经对各类电视节目中可能出现的"话语霸权"的"临床表现"进行过一番观察和归纳,我发现,"话语霸权"的"临床症状"大致有三:一是话语权垄断——盛气凌人,断章取义,强加于人的同期声剪辑;二是结构垄断——按照单方面的需要结构双方谈话内容和通过调整谈话篇幅表达主观判断;三是背景信息垄断——将某些已知的背景信息故意隐瞒,只说其然,不说其所以然,而交代事情来龙去脉的背景信息有可能影响观众对事物的判断。记者必须引以为戒,这既是个人的道德修养,也是职业品质,更是电视台的纪律要求。

舆论,作为建设社会文明的一种手段和辅助环节,首先应当以文明的手段和行为来约束自身。文明和自律不仅仅是为了利他,也是保证自己健康生长所要遵循的一个自然规律。

2002年年初,《新闻调查》曾经做过一个环保节目,关注了紫茎泽兰和水葫芦等生命力极强的外来植物,由于没有其他物种的制约而迅速蔓延,它们的自由疯长影响着周围的生态环境,于是人类开始寻找种种方法剿除它们——紫茎泽兰和水葫芦的命运很像一个关于生命的寓言:膨胀至极,就是衰亡之际。处于强势的物种应当记住这个寓言。当我们像常春藤一样坚强攀升的时候,不要变成失去制约而疯狂生长的紫茎泽兰。

正常的、有活力的舆论生态,应该有利于培育平衡,培育理性,而这一份理性的平衡应该是从媒体自身开始的。一个文明社会,包括发布舆论的媒体自身所需要的舆论生态环境,都应该是健康的、良性循环的、物种多样性保存良好的。这样的舆论环境才能为社会提供冷静的参考,提供思考的可能和选择的空间,而不是运用一种"强权语言",罗织为自己观点服务的片断事实。中国的市场在成长,中国人的舆论环境、公民心理都在成长,舆论应该有助于建立判断标准,建立公共秩序,建立健康的心理成长的环境。

在我所经历的十年新闻改革的探索中,有太多的例证用以说明舆论建设是怎样地推进着法律的完善,促动着制度的建设,呼唤着道德的回归;同样多的事实也足以证明,这些进步是怎样形成着一个适宜舆论生长的"绿色舆论生态环境"——毕竟,舆论的力量要通过舆论之外的力量去表达。

如果以《东方时空》和《焦点访谈》为范本,研究舆论监督的实际效果,也就是学界喜欢说的"监督到达率"的问题,我更愿意从源头上研究一个更具现实意义的问题:《东方时空》《焦点访谈》究竟是如何将过去紧闭的、至少是虚掩着的监督之门推开,并借此获得了成功?

回答这个问题,首先必须引入一个新概念:"舆论生态平衡"。

时下有不少学者把自然界中的"生态"这个概念引进到社会科学的研究中,从而衍生出"社会生态""舆论生态"这样一些概念。我想,如果这些概念科学的话,就必然地还存在一些相关概念,如"社会生态平衡"和"舆论生态平衡"。

"社会生态平衡"是指一个社会的政治、经济、文化(包括新闻舆论)的发展达到相互协调、共生互动的良性关系,任何单方面的突进和滞后,都会首先使自身陷入险地,反过来也会使社会发生动荡,失去平衡。在这方面,国内外均有无数事例可以证明。从这个意义上说,新闻改革的进程必须与社会的政治、经济和文化发展保持协调与适应。新闻改革的单独推进不仅会使社会失去控制,而且最终也将使新闻改革的探索变成没有根基、缺乏后援与呼应的"孤军",最终倒退和失败。如果不幸出现这样的退败,社会在此结果上形成一种新的平衡,而新闻改革要想突破这样的平衡重新寻求改革的契机,空间会更小,难度会更大,时间会更长。

作为新闻改革标志的《焦点访谈》《东方时空》和《新闻调查》《实话实说》能有今天的社会影响,正是因为这些栏目的探索始终没有超越社会发展进程,没有出现过不顾后果、不负责任的"跃进"。这些作为新闻改革成果的栏目,始终是与中国的改革开放大局相协调的。可以说,新闻的繁荣,正是中国经济和政治体制改革的成果:《东方时空》的创办,是小平南行讲话和中共十四大"解放思想"的直接产物;江泽民"三个代表"重要思想的提出和社会主义市场经济与法制、道德建设的进步,为《焦点访谈》加大舆论监督力度提供了思想基础,而舆论监督力度的加大,又直接将那些违背"三个代表"要求、不遵守市场经济秩序、违反法律和道德规范的行为置于舆论监督的阳光之下,媒体实现自身监督职能的同时,也在帮助社会完善着其制约机制,在同步实现着公民的知情权——这样的实现从另一个角度促进了社会的进步。

1998年,《焦点访谈》对309国道山西段交通民警乱收费的报道曾经使全国公路乱收费的现象得到有效遏制,这样的监督既维护了广大群众的利益,又促进了经济的发展。

中国电视新闻最早出现批评性报道是在1979年7月,当时的王府井停车场,经常能看到一些公家小汽车带着一些干部家属到王府井百货大楼买东西,这个不易被人注意的现象中透露着问题,而且是最能引起观众共鸣的:隐性特权。

这个节目的记者是张长明和王纪言。张长明副台长直到现在还对那期节目的许多细节记忆犹新。他回忆当时用了两盒胶片,编了两分多钟,审了两个多月,播出后收到七八十封观众来信。张长明认真地告诉我:这些信他至今还保留着。

自那以后,电视台新闻部成立了评论组并开办了《观察思考》栏目。《观察思考》也曾播出过不少有影响的节目,但始终没有形成规模,而且时起时落。今天看来,原因是当时有些节目超越了社会发展的进程,人们还没有足够的舆论监督的承受能力。

如果说"社会生态平衡"还离我们较远,那么"舆论生态平衡"就是我们必须思考和面对的一个问题。电视新闻改革,特别是其中舆论监督节目能发展到今天,其实就是"平衡"的结果。我认为"舆论生态平衡"至少应该包括三层含义,这就是:"结构中的平衡""动态中的平衡"和"选择中的平衡"。

结构中的平衡指的是一种总量平衡——不同选题内容在播出总量上既无"不及"也无"过",它是一种在调度中实现的控制的艺术。

自1994年4月1日以后,央视第一套节目中就有了两个"焦点":一个是《焦点时刻》,一个是《焦点访谈》。"焦点"在电视新闻中的解读应当是指"人们集中关注的现象、事件和问题"。我们的报道就像照相的

"聚焦"过程,使这些现象、事件和问题因为被注视而变得更加清晰。在许多观众看来,"焦点"差不多就是"监督""批评"和"曝光"的同义语、代名词。其实,这并不是我们的本意,舆论监督只是"焦点"节目的功能之一,而不应该是其全部。据新闻评论部统计:《焦点访谈》在批评监督类节目最多的年份和季节,其比例也没有超过播出节目总量的22%。

虽然这个比例不高,而且即使再高一些也不会出问题,但如果这个栏目百分之百都是这样的节目就有问题了,我们除了批评的,还应该有表扬的,还应该提倡新闻性的选题。这样的比例有客观的原因,应该说更多的还是一个栏目自身成熟之后所做出的选择。在一些评奖会和专家研讨会上,《焦点访谈》常常要回答来自专家的各种质疑,比如:《焦点访谈》栏目选题的标准是什么?"新闻事件"和"新闻故事""真情故事"和"典型人物"该不该进入《焦点访谈》这个以舆论监督为特质的栏目的视野?

我们每一次都在认真地回答着这样的问题,因为我们深知,《焦点访谈》已经不是一个简单意义上的电视栏目。一方面,它肩负着沉甸甸的舆论导向使命,它要符合政治和政策导向的要求;另一方面,它承载着厚重的观众期待和观众对媒体的正义寄托,它要完成自己的社会职能;同时还有作为一个电视新闻栏目所定义的属性,它要符合新闻传播规律和电视表现规律,它还要在这些规律的约束中参与同类和不同类栏目的竞争,要运用这些规律形成自己的表达风格从而形成稳定收视……这些内容就是决定这个栏目生存的决定性因素,《焦点访谈》要在这样的环境中生存和生长,它必须熟练掌握一整套符合自己生存发展意愿的原则,接受"物竞天择、适者生存"的政治遴选、社会遴选和受众遴选。

其实,这套原则首先就是结构中的平衡:栏目内选题均衡分布的原则。

"平衡"不等于"平均",不是说"批评性节目""表扬性节目"和"中性节目"以及"快速反应节目",一天一个,轮流坐庄,平均摆放就完了。达到这个平衡的前提是:清晰划分进入"焦点"节目的选题类型;界定这选题的属性和向观众表述时的语态；分布这些选题的位置，并使之与同一时期栏目播出的其他选题、其他新闻媒体的传播内容形成有效互动，以增加单个节目的冲击力。在平衡的过程中，同样可以形成对某一个节目的重点表达，可以形成对某一类选题的强调。

以《焦点访谈》为代表的舆论监督节目，其结构的艺术表现在选题呈现出鲜明的"季候特征"。就像自然界动植物的春生、夏长、秋收、冬藏一样，《焦点访谈》通过不同类型选题的季候性分布表达着一个栏目的生命力和竞争力。形成规律的是，《焦点访谈》第一季度明显产生大量的"新闻人物"和"真情故事"；第二季度末和第三季度相对集中地安排"正面人物"和表现有关部门查处力度的"配合性节目"；而往往产生有力量的监督类节目都在第四季度，第四季度的节目中常常有个性鲜明的一个个"行动型记者"的敏锐发现和精彩的调查过程。《焦点访谈》中获得中国新闻奖和中国电视新闻奖的优秀节目，都大致出现在第四季度。

准确把握"选题的季候特征"意义重大，因为这其实就是达到结构平衡的一个法则和依据，是我们寻找和确立新的发展空间的重要依据——关于《焦点访谈》选题的季节性特征是一个内涵丰富的大课题，这里不做专门的论述。

结构中的平衡还有另外的表现方式，如在《东方时空》的节目设置中，每天播出的《东方之子》和《焦点时刻》之间就保持了一种有效的平衡。此外，上升到"生态链"中更高一级来看，一个频道和一个电视台的节目设置、分工和功能实现等，都处处体现着这样的结构平衡。

"动态中的平衡"是指我们的舆论监督应该是渐进的而不是急躁的。新闻改革不能逾越社会的经济、政治发展状况与进度。简言之，就是审时度势，舆论监督要想有所作为，必须在大环境大背景发展变化的动态过程中抓住机遇，乘势而上。

创办于1978年的《新闻联播》收视率一般稳定在30%左右，据央视索福瑞调查统计，虽然每晚19:00的开机率是21:00开机率的一半，但其收视率却是后者的十倍。《新闻联播》之后的节目历来是央视仅次于"联播"的黄金时段,但1994年《焦点访谈》开播之前,这个时段的栏目影响还不是很大。当时,最有影响的栏目要数《观察思考》,其次是《今日世界》《体育大世界》《人民子弟兵》等等,这些栏目都是周播的,由于一天换一个栏目,所以这个时段一直没有形成整体和规模效应。

尽管如此,央视在电视新闻改革的第二步就决定改造这个时段还是需要勇气的。一是要取消一直居于收视排名前几位的《观察思考》和《今日世界》,二是要把《人民子弟兵》等其他五个栏目移至21:00之后。更重要的是要在这样一个黄金时段创办一个以焦点、热点、难点问题为内容的节目,一旦出问题,其负面影响将是不堪设想的。当时决策者之所以有魄力做出这样的改革决策,主要是因为经过《东方时空·焦点时刻》十一个月的成功实验之后,他们认为在晚间创办这类节目的时机已经成熟。如果成功,其促进新闻改革的正效应也同样是难以估量的——后来的事实证明,决策者的判断及时而准确。

那么,《焦点时刻》究竟实验了什么呢?

可以说,1993年5月1日《东方时空》开播时,其中的《焦点时刻》并不是从批评、监督和曝光开始的,而是以现场报道这样的方式从强化节目的社会性和新闻性起步的,真正的舆论监督报道是在100期之后。

所谓的社会性是指《焦点时刻》的选题要从宏观宣传转变为接近社会、贴近观众、关注群众关心的现象和问题。如"高考专家谈93高考"曾连续播出三期,极大地吸引了考生及家长,其间电话不断,一些媒体还跟进刊登了相关的报道内容。

所谓新闻性是指《焦点时刻》变过去"经验化和综合化"的单一报道方式为跟踪新闻事件,最大限度地提高其时效。这个问题后文将有篇幅涉及。

这两点,从《东方时空》前半年的播出目录中看得十分清楚,但从十年的历程来看,《焦点时刻》以及后来的《焦点访谈》在社会性方面不断得

111

到强化,从开始的"软性社会现象"报道到逐渐走向批评、曝光报道,而且批评、曝光的范围、领域、级别也在不断扩大和提高,新闻舆论监督的功能得到前所未有的也是创办初期始料未及的发挥。这是中国新闻改革和社会进步的重要标志。

开播初期曾经有人断言:鉴于如此大的工作量和如此多的临时人员,《东方时空》坚持不了三个月——但事实是在开播三个月之后,这个初生的栏目才渐入佳境。

1993年8月8日,《东方时空》播出一百期。我们决定以特别节目的方式纪念这个日子。特别节目播出了两个人物:一个是白岩松在青藏高原上采访的流动电影放映员赵克清——在《东方时空》首次评奖中,刚出道的白岩松因为这个节目获最佳主持人奖。他后来回忆说真正让他"在心中归属电视"的,就是这次采访得到了认可。另一个人物是上海音乐学院附中的范大雷教授,在两个人物之后是一个"百岁老人和百日婴儿",这个段落创意平凡,一般人都能想到。值得一提的是特别节目最后的压轴:"洋河污染导致大片农田绝收"。这个节目报道的是位于张家口市的洋河污染,致使当地蔬菜烂根,水稻不能抽穗,农民丰收无望,苦不堪言。记者章伟秋在这期节目中表现出来的敏锐与正义给观众留下深刻印象。

节目中,市里的环保负责人说污染源来自上游的宣化,但宣化农药厂拒不承认,章伟秋来到市政府,市府办公室负责人打着官腔:"张家口有十二个市长,十二个秘书长,但你没有事先约好,所以不能安排。"节目中记者并没有与这个负责人直接对质,因为他的话听来也有他的道理,我非常欣赏的是之后章伟秋站在市府大门口的一段现场报道,这几句话显示出记者对于评论分寸的掌握,显示出一个优秀记者现场评论的功底:"从上午8:20我们就到张家口市政府要求采访市长,但直到中午12:00市政府办公室的负责人还是不知道市长去了哪里,他说地市合并工作很忙,但我们认为老百姓吃饭的事情也很重要。"在现场,章伟秋镇定、从容、犀利的语言脱口而出。直到今天,这个节目中记者在现场的状态和表现都堪称经典。

这个节目获得了1993年中国电视新闻一等奖,对《东方时空》而言,这个节目的意义不仅在于它是我们获得的第一个中国新闻奖,更重要的是,它是《东方时空》第一个批评类节目。以致记者在报道结束时还拍了与老乡告别的镜头,并体现在了节目中。

《东方时空》在播出一百期时才开始有批评和曝光类节目,它说明这个栏目的试验性是由浅入深的,因为"洋河污染"这样的节目与开播时的"影星下海"这类节目已经相去甚远,难以相提并论。

说来也巧,对"洋河污染"的监督和对"长江河道盖楼"的监督都与水有关,但这两个节目远隔十年。十年间中国电视新闻舆论监督的力度是逐渐加大的,舆论监督的领域是逐渐延展的。

"洋河污染导致大片农田绝收"涉及的张家口市只是一个地级政府,而"河道里建起商品楼"却是湖北省政府批准的;洋河污染是属于环保题材,这种题材目前已很难构成"硬焦点",而"河道建起商品楼",舆论监督的剑锋直指违法行政,这是典型的"硬焦点";"洋河"节目播出后并未引起有关部门的重视,问题也没有得到很快解决,舆论监督的推动和促进并不是十分明显的,而"河道建起商品楼"却是在播出当晚引起了中央领导的高度关注,两个月后,造价四亿多元的违规建筑被爆破拆除。

从"洋河"到"长江",央视的焦点节目就像阿迪力高空走钢丝一样,是在不断的动态平衡中走过来的。

"选择中的平衡",指的是节目对事实的选择,以及这些事实与观点之间的关系,是"述"与"评"的平衡关系。

还是在《焦点访谈》创办的初期,我就提出要"多报道、少评论",其实这就是一种选择中的平衡。我一直坚持一个观点:中国电视新闻还只是处于报道阶段。分析与评论的时代还没有完全到来。

此前的《观察思考》曾三起三落,尽管这种起落与社会大环境有关,但与制作者的选择也有关。这就是栏目的制作者总是在观察上有过于主观的思考,总是先知先觉地要替别人得出一个结论。这远不如对事实的客观报道来得容易和安全,事实可以是千差万别的,但背后的评论和结论也许是相同的,相同的评论和结论会使栏目选题穷尽,而由于事实的千差万别,所以选题的来源得以保障。

《焦点访谈》六周年时,其栏目标语由原来的四句话简练为一句话:"用事实说话"。由于简练,它更像一句口号和标语,更清晰也更有号召力。对事实的选择是央视"焦点"节目得以成功的最根本原因。在近十年的播出中,至今没有一个当事人能就我们报道事实的真实性与我们对簿公堂。所以选择真实的事实是一切新闻节目,尤其是焦点类节目的生命,记者在选择事实时必须经得起对方的质疑,经得起时间的检验,必须做到"铁证如山"。因此,记者为了获取事实,在节目中也渐渐摸索出一整套有效获取事实证据的采访手段:其中就包括"隐性采访"。

隐性采访是在公开场合拍不到真实事实的情况下,采访者不易被对方发现的一种偷拍方式。

《焦点时刻》早期的偷拍设备很简陋,就是将一个掌中宝装在一个手提包里,包的前端挖一个圆洞透出镜头。为防止镜头反光被人发现,摄像会将一只黑色丝袜蒙在镜头上。现在的偷拍设备已经很先进了,有纽扣式的、眼镜式的,有在帽子上的,有在小包中的,信号还是无线发射的,隐蔽性很好。

相对人的意识而言,技术的问题总是相对简单一些。我们说到"选择中平衡"还包括选择事实的态度和目的应该是善意的。比如选择事实报道的目的是要促进问题的解决而不应该仅仅停留在让采访对象难堪,让当事人和当事部门出洋相;选择题目时要考虑地区和行业的平衡,不要让观众觉得媒体在"盯着一个地方不放",这样的集中曝光是不是有其他什么背景?认为某一个地区和某一个行业在不断地出问题——这个意识与"动态平衡"相关:我们的报道如果过于集中,就会形成一种整体评价,形成一个定义性的印象：这个被监督对象（地区和行业）被予以"整体否定"了，尽管我们的单个节目都是"对事不对人"的，但是如果相对集中的监督，就会客观产生一种媒体不应有的针对性。

  此外，报道的时机、报道的力度和密度等诸多因素都应保持均衡。平衡是一种总和关系，是一种选择和把握，是一种态度与方法。"结构平衡""选择平衡"和"动态平衡"三者间也是密切关联的，它们通过一个个具体的节目、通过长期的栏目运作体现出来，从而成为媒体清醒了解环境、清晰判断自身的文明生存方式。

  新闻改革要继续前行，就要使其舆论生态环境始终保持这样的平衡。

第三章

我看电视·1995

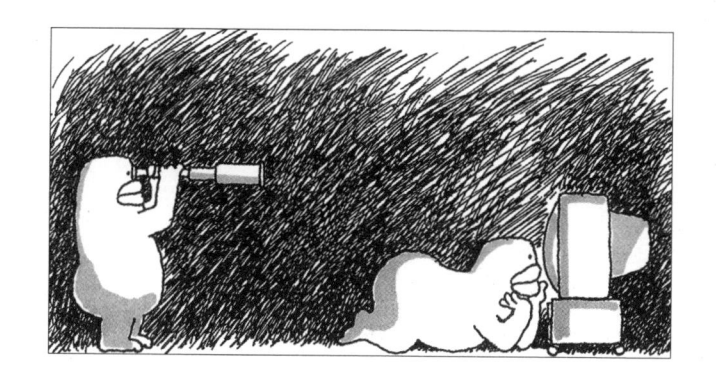

自从做新闻评论部主任之后,历经新闻中心主任,我最怕接上午 8:00 和晚上 8:00 的电话,上午的电话可能意味着《东方时空》出了问题,而晚上的电话则可能是《新闻联播》特别是《焦点访谈》有了什么不妥。

从远处看

> "从远处看",看到的其实就是现场。

从业近二十年,对 Television 一词早已经熟视无睹,那不就是我们天天看的电视吗?但直到 2001 年年底,看到《电视的真相》一书时,我才恍然大悟:原来"Television"(电视)一词的词根来自希腊语,"tele"有"远"和"远处"的意思,而"vision"有"视"和"看"之意。这样理解,Television 的原意应为:"从远处看"。由此引申,电话(Telephone)的原意应为"远处的声音"和"从远处听"。

文化的差异和时间的流逝常常使现代人习惯于接受了既定的概念,而不去探究其演进的历史渊源,我们认知的"电话"和"电视"就是如此。但我们与一般的"电视产品消费者"不一样,职业的电视从业者不能对自己日日面对的问题熟视无睹,不能不去考察这两个概念背后隐藏的秘密。从"Television"一词中,我至少可以解读出这样几个原本属于电视本质的要素:一是同步,二是现场,三是真实,四是过程。

直到现在，我们打电话都是同步的，受话双方可以同时听到"远处的声音"，尽管这种声音可能有万里之遥。随着技术的发展，通话的方便性大大提高：由定点到移动，由有线到无线，由可听到可视，甚至现在还有了专门用于电视报道的可视电话（Videophone）。但对电视而言，其历程就没有这么简单了。在电视发明的早期，电视都是直播的，也就是同步的。据说20世纪30年代英国人发明电视并进而建立电视台时，能给观众看的就是直播的街景、街上的行人、来往的车流，偶尔还有一些突发的现场，比如城市某处的火灾等。但这时的电视只是将直播功能视作一种展示和表现的手段，并没有将其视为报道的手段。直至60年代，这种状况才在欧美的电视节目中得以改变。

半个世纪以来，电视节目制作与播出技术不断进步，开始的电影胶片拍摄与播出在70年代逐渐被电子录像的制作与播出取代。但是不管节目的制作播出技术如何演进，在国外一些大的电视机构中电视的直播功能一直在被强化，以至于2001年9月11日，全世界十几亿人，几乎是在同一声惊呼中，目击了恐怖分子的第二架飞机撞向世贸中心一号楼，以及世贸中心的双子座是怎样在世人的注目中轰然倒塌——因为在第一架飞机撞击二号楼的二十分钟之后，美国几大电视网均同时开始直播报道这一世纪初年的人间悲剧。

由于电话是同步的，因此我们在接听电话的时候能够大致判断出对方所处的环境，也就是"远方的声音"所发出的那个现场。可以在这样的同步交流中感受到对方所处的环境：他是在个人空间，还是在公共场所。因为在通话时，现场背景声也会同时传送到对方的耳朵里——只是在日常生活中，很多人并不是很在意对方的现场。但如果我们把电话作为一种报道手段，就马上可以感觉到那个现场的存在，而且能够捕捉到那个现场中同步传送过来的声音信息。美国CBS第一代电视节目主持人默罗过去是一位广播记者，他曾以希特勒德国轰炸伦敦现场的报道闻名全美。当时默罗站在一座大楼的楼顶，用嘶哑并有些颤抖的声音向广播听众报道说:"我们可以在近处听到大炮的声音了,探照灯正大致朝着这个方向移动。你将听到两下爆炸声——听,来了!这是在空中爆炸,不是大炮发出的轰响。我们可以想到在几分钟之内,这一带可能会散落一些弹片……来了!一直在逼近。现在探照灯光几乎就在头顶上搜寻。你立刻就会听到更近的两下爆炸声,听,来了!那么剧烈的、无情的爆炸声……"默罗使用的就是现在经常使用的电话报道,当时每一位听众都能同步听到默罗在现场听到的爆炸声。在默罗的另一则报道中,听众还能听到伦敦市民慌乱进入防空洞的脚步声,听众完全可以通过这些"现场同期声"感受到那个战争现场的存在。

  2002年3月27日晚,阿富汗突发6.4级地震。一个举世瞩目的战地,在遭遇"人祸"时又遇天灾,阿富汗地震就不仅仅是一个区域性的事件,而成为一个有公共关注度的重大新闻。当时正在喀布尔采访"我国援助物资运抵阿富汗"的《东方时空》记者张泉灵敏锐地发现了地震的新闻价值,她和摄像康锐急行二百多公里,在第二天进入了位于阿富汗东北部的地震现场。由于当地采访条件的限制,张泉灵向国内发回的第一次报道就是电话采访。由于没有直接可见的画面,所以在国内演播室与前方记者连线的时候,记者所处的采访环境,她在报道中的语气是紧张还是沉着等等,这些"场信息"对观众来说都是重要和有效的。当张泉灵在电话中告诉主持人,她所处的位置是一个临时救助场所时,观众能清楚地听到嘈杂的背景声特别是救护车鸣笛的声音。回国之后张泉灵告诉我,就在他们进行现场报道的时候,喀布尔发生余震,康锐手里的摄像机都被震掉了。如果当时记者能够充分使用这些现场声,强调并解释这些声音在现场的含义,那么电话报道的现场感会更强,也会更有感染力。

  电视直播时,那个同步的现场更加一目了然。由于电话和电视所能听到和看到的是现场,而且这种现场与时间的进程是同步的,所以我们会深切地感受到电话,特别是电视传送的内容是真实的,在直播中,这种真实更是毋庸置疑。

"从远处看",看到的其实就是现场。电视对现场的展现不仅缩小了世界的距离,更可以让观众感受到麦克卢汉提出的"地球村"概念的准确。

由于电视是线性播出,拍摄的又是不确定性极强的现场,再加之观众是坐在家中看电视,不像在影院里看电影的观众那样对时间有着苛刻的要求,所以电视是非常适合表现过程的。每一次通过电视参与了"现场"之后,观众都会更加深刻地认知电视表现过程的魅力,这也正是电视媒体独具特色的优势所在。我们来比较一下这样两个给观众印象极深的过程:1997年9月英国BBC直播戴安娜葬礼和2002年5月末美国几大电视网直播"世贸废墟清理完成"的纪念仪式,两场直播中都出现过没有任何解说的"安静的过程"。"葬礼直播"中,全世界二十五亿观众耐心地看着戴安娜的灵车徐徐走过伦敦市中心五六公里的送殡路线;"世贸废墟清理完成仪式"的直播中,灵车和载有世贸大厦一段九米钢梁的卡车行进的过程同样安静和缓慢,但正是这样的过程让观众充满期待。

当我们注视和思索"Television"和"Telephone"这两个词汇,进而从这些概念的原意中解读出"同步""现场""真实"和"过程"这些基本元素时,我们其实已经更深、更近地走入了对传播规律的理解。对电视而言,这四个元素是最本质的,对这四个元素的认知与开发,是电视节目能否吸引观众的核心问题,新闻节目、娱乐节目、谈话节目概莫如此。

梳理从前,我们自身亲历的许多探索,其实就是在探寻这些元素在电视传播过程中的表现方式。从某个角度来说,十年的电视新闻改革,表现在节目形态上,似乎就是接近、再接近这四个元素的过程。

中央电视台的前身是北京电视台,创办于1958年。当时的电视传播形态与国际其他电视机构早期的传播形态一样,处于简单原始的"直播时代"。由于录像技术、摄录设备还没有发明和引进,所以除一些新闻片使用胶片拍摄之外,其他电视节目都是直播的。据《中央电视台发展史》记载,中国的电视直播是从电视剧和体育比赛开始的。1958年6月,北京电视台试播一个月后,先后于6月15日直播了中国第一部电视剧《一口菜饼子》,于6月19日直播了"八一"男女篮球队和北京男女篮球队的友谊比赛,后者是中国电视的第一场户外现场直播。

如果说直播电视剧是迫于技术无奈的话,直播体育比赛则是符合电视规律的。体育比赛离政治较远,所以体育比赛从开始到现在都一直坚持直播,即使"文革"期间和中国经济最困难的时候,体育赛事的直播也基本没有中断。这种体现电视本质和最接近国际化的节目形态,在体育节目中一以贯之地坚持了下来,在四十多年的中国电视史上是绝无仅有的。但在其他领域,特别是在新闻节目中,直播不仅没有得到完善和开发,而且在相当长一段时期内,这种方式一直处于停滞的状态。

早期的中国电视除直播一些体育比赛之外,也直播了许多重大事件,如1959年首次直播了国庆十周年的天安门阅兵式和盛大的群众游行。1961年6月30日直播了庆祝中国共产党成立四十周年大会,此外诸如毛主席在天安门接见红卫兵以及外国元首访华欢迎仪式等活动也都在直播之列。但据央视资深电视工作者章壮沂和张家成回忆:那时的电视直播叫"实况转播",直到80年代中期,"实况转播"这个概念才逐渐被"现场直播"所取代。虽然在今天看来,"现场直播"这个概念比"实况转播"更接近国际化,但我认为"实况转播"这个提法在当时还是比较准确的,因为这个概念反映了那个年代对电视功能的理解和使用。在那个时期,从业者对直播的理解只是停留在展示和表现方式的认识阶段,也就是说,我们的前辈们只是把当时的现场同步展示给观众,而没有现场的报道。章壮沂说,遇到重大事件的直播,有时没有任何电视台自己的声音,只能转播;有时即使有自己的声音,也只是播音员在直播开始之前说:"我们现在开始转播……"之类的一两句开场提示;结束时一般说:"……实况转播就到这里,谢谢收看。"直到90年代初期,在直播两会开幕式时,直播前后的格式仍大致如此,不同之处仅仅在于播音员的新旧交替。

真正把直播作为一种报道手段是90年代后期,特别是1997年香港回归七十二小时直播报道。

在现场直播中,前方记者和演播室主持人的设置使电视有了自己的视角和观点,特别是与事件相关的细节和背景的报道更强化了电视媒体的权威性。自1997年之后,央视的现场直播报道有了相当大的进步,不仅有香港回归、澳门回归、国庆阅兵和迎接新千年这样的重大事件直播,而且还有重庆綦江虹桥垮塌案和张君系列杀人案的庭审直播。同时还有钱江潮、抚仙湖水下考古等自然与人文方面的直播。无论是直播的范围还是直播的手段乃至直播的操作水平,都有了相当的拓展和提高。

走进"报道时代",电视直播与过去的实况转播不同,它越来越将事件置于电视媒体的报道之中,越来越将记者在现场的行为作为电视表达的手段,甚至是结构主要内容的框架元素,而不是只关注那个"未经解释"的现场。

尽管在电视诞生的初期是以直播真实场景开始的,但其后的相当长时期,电视基本是以播出娱乐节目为主。直到60年代末和70年代初,美国几大电视网的新闻节目也都在半个小时左右,而大部分时间段是被好莱坞电影、电视剧,特别是虚拟家庭情景的肥皂剧所替代。即使目前,美国几大电视网黄金时间排在前二十名的节目仍以电视剧等娱乐节目为主。

娱乐节目是电视媒体的重要内容,也是不可替代的,这与电视媒体的家用属性有密切关系,与电视本身的功能定位有密切关系,电视媒体是应当具有娱乐功能的。但自20世纪80年代起,电视重新开始了回归真实的漫漫征程。其表现不仅仅是新闻频道、新闻杂志、探险和发现类节目的迅速增加并得到观众的广泛认可,更重要的是,即使过去的一些纯娱乐节目也在走向真实,出现了所谓的"真人秀",而且火爆异常。电视的这种回归真实的现象颇值得我们认真思考和探讨。其实,这种现象既是电视节目制作手段的本质回归,更是人们对真实的苛求,特别是在全球一体化的今天,这一点尤为重要。随着互联网传输技术手段和设备的改善,网络的视音频内容将有突破性进展,现在电视媒体在同一时间还只能报道一个新闻事件,而宽带网络有可能同时有若干新闻事件供网民选择。即使同一新闻事件现场,也许有若干网民从不同角度上网发布更多的细节和观点,像英国发明的"老大哥"这样的直播"真人秀"节目(这种节目已经上网),或其他真实场景中的悬念和故事,甚至突发事件现场的披露,将成为未来互联网的重要卖点。

对网民来说,"我就是现场",甚至"我就是媒体"的局面已经初现端倪。尽管现在网上内容还有不少虚构的成分,但视音频直播的发展将改变这一切。正像电视的真实是对印刷媒体的革命一样,网络的视音频内容也许会使互联网走向真实和权威。

真实的世界才是最精彩的。

2001年7月,我国曾引进播出了在美国异常火爆的《幸存者》,但播出之后的反应出乎引进者的意料,那就是这个节目在我国并没有引起预想中的轰动效应。有人说这可能是由于文化的差异,但这不能解释为什么同样的版本在同样的文化环境中,港台地区却赢得极高的收视率。直到2002年4月,这个连续节目重播时,我才发现其中存在着一个不容忽视的问题,这个问题也许就是症结所在:《幸存者》节目在中国内地播出时是配音的,由于重新配音改变了原来的音效比例,损失了原有的现场环境声,特别是当事人语言的原生态,这种方式破坏了节目的真实性,使得它看上去更像一个制作不甚讲究的国外电视剧译制片。

今天的观众,有时候仅仅为了欣赏演员在原创表演时声音的情绪和语气,就宁可选择没有经过翻译配音的字幕原版——看故事片尚且如此,更何况"真人秀"呢?这个节目受到的损失也带给我很多思考:既然我们做的是"Television"的工作,就应当更深地走进"Television"的本意,还原本应属于它的东西。失真,乃电视之大忌。

"从远处看",在这个对电视的原始注解中,似乎还有更深一层的东西:无论电视还是其他媒体,都要同样地遵循新闻传播的规律。而由于今天的新闻是"远距离传播"的,很多跨国界和跨种族的观众在"从远处看"我们的节目,由于他们在文化背景、政治立场、知识结构,甚至生活习惯上的种种差异,有可能导致新闻传播过程中有一些东西被衰减或被放大、被扭曲或被误解、被忽略或被强加⋯⋯怎样尽可能地减少"传播"与"到达"的距离?我认为负责任的态度和方法应该是正视并重视传播过程中产生的落差,而不是忽略这一部分"远处的观众"。

《焦点访谈》过去曾经用四句话表达这个栏目的定位:"时事追踪报道,新闻背景分析,社会热点透视,大众话题评说"。几年后,时任新闻评论部副主任的梁建增跟我商量,想用一句话概括《焦点访谈》的追求。记得他当时准备了四五句话供我选择,其中就有"用事实说话"。梁建增表示他倾向于这句话,我当时有些犹豫,因为我担心别人会误解:你用事实说话,别人就不用事实说话了?现在看来,一句话要比四句话好,"用事实说话"这句话不仅是栏目的定位,更是栏目的追求。如果记者时刻用这句话警示自己,电视新闻节目的舆论监督报道就会更注重证据,事件报道就会更注重人与细节,正面报道会更注重避免概念化、空泛化。

但同样是对事实的报道却能体现不同的立场及其背后的政治、社会及文化背景,这种背景是一种力量,每个把关者的判断都受这种力量的支配。

2002年7月,"亚洲新闻论坛"在新加坡举办,我代表中央电视台参加。

这届论坛的主题是反恐报道。会议的第一个程序是由穆沙拉夫发表电视讲话。这位处于反恐最前沿的总统的一个比喻让我印象深刻,他说:"⋯⋯恐怖主义就像一棵大树,现在我们只是把树叶摘掉了,但是树根还没有刨出来,"他接着说,"恐怖主义根源不是宗教信仰问题,而是政治、经济和利益的冲突。"穆沙拉夫讲话结束后,会议主持人首先让我谈谈关于反恐报道的看法,我说我同意穆沙拉夫的看法,中国有句话叫"老鼠过街人人喊打",恐怖主义现在就是"过街老鼠"。我说:"中国是恐怖主义的受害者,这种受害不仅仅表现为在以色列发生的自杀性爆炸和菲律宾绑架案中都有中国人死亡,更重要的是中国也存在'东突'这样的恐怖组织。"——当时美国和联合国都没有确认"东突"为恐怖组织——我接着说:"根据中国中央电视台《新闻调查》的报道,'东突'组织所使用的手段与国际恐怖组织使用的手段极其相似,如恐怖训练、暗杀、爆炸等等。而且有充分的事实证明,'东突'与本·拉登的基地组织有密切关系。但令人不解的是,一些国家对待恐怖组织的标准却是双重的,一些西方媒体同行在报道中甚至把'东突'形容为一种宗教和文化信仰。"

会议主持人是来自 ABC 的著名主持人,他追问我说:"你认为媒体应该怎样为恐怖组织做一个统一的定义?"我说:"统一的标准不应该由媒体去建立,去定义,而应该由国际社会去定义。"新加坡《联合早报》第二天对我与穆沙拉夫的讲话给予重点报道。其实我当时只想说明这样一个道理:面对同样的事实,由于观察的角度不同,取舍的标准不同,报道的结论可能完全相反。当时时间有限,这个问题我无法展开,我真想就这个问题与西方同行好好交流交流,因为西方记者对中国有太多的误解甚至偏见。

我相信机会还是有的。

第二天,会议安排我发表主题演讲,命题是"加入世贸组织和成功申办奥运对中国媒体的影响"。演讲结束在回答代表提问时,一位德国女同行提出了"北京关闭网吧是不是在封锁新闻"的问题,这又回到了头一天涉及的新闻媒体如何处理新闻事实的问题上。我回答说:"除了一些恶意丑化中国的报道之外,我相信大多数西方记者对中国的报道是有事实根据的。我们也主张新闻报道要用事实说话。但对事实报道涉及两个不可回避的问题,一个是事实的选择,当记者面对众多线索和事实时,记者选择的取向是什么;另一个问题是由事实得出一个什么样的结论。中国关闭网吧是事实,但由此得出中国在进行新闻封锁则是完全错误的结论,因为二者根本没有必然的联系。"

会场异常安静,我继续说:"前不久,北京市有一家叫'蓝极速'的网吧失火导致二十多人死亡。北京市在调查中发现,全市两千多家网吧中90%未经注册和消防安全不合格。为确保消费者人身安全,中国政府决定在全国范围内对网吧进行治理整顿,重新登记,取消非法网吧。这些都是事实。"我说,"不知道欧洲的实际情况怎样,但至少我在欧洲一些国家的街道两旁没有看到像中国有那么多的网吧。只要记者深入采访,不能不发现中国都是一些什么人去网吧消费。中国的网民发展很快,每年增加50%。很多人家里有电脑,办公室更是如此,所以要用互联网看新闻在办公室和家里都很方便。而去网吧的人大多是未成年的孩子。为了逃避家长和教师的监管,他们到网吧是为了玩游戏或浏览不健康的内容,所以中国整顿网吧是为了安全而不是为了封锁互联网上的新闻。"

翻译张欣毕业于北京外国语大学,经过其精心的翻译,我的演讲达到了目的。会后,许多人表达了认同感。

其实新闻记者和媒体对新闻事实的处理,不仅受政治的社会的文化的因素影响,同时也受不同的电视传播理念的影响。很多时候,我们没有办法对节目涉及的事实作出节目之外的解释,传播效果很大程度上取决于传播者是否通过节目本身传达了有价值的事实,是否传达了丰富的、具有说服力的事实背景。要考虑到有越来越多的观众正"从远处看"电视,对他们来说,解释是会有差异的,而事实及其背景本身是既定的和真实的——这正是观众得出正确判断的依据。

回忆新加坡之行的演讲,最让我感慨的是我又一次感受到事实的力量。对那些被说服的听众而言,他们是由于了解而理解,由于认知而认可。

但并不是只有那些外国的观众,那些在地理概念上远在千里的观众才会与我们存在距离。距离产生于不解,而对电视机前的每一位观众而言,在接受信息、了解事实之前,都与事实有着不小的距离;观众在"未知的远方"观察事实,那么怎样才能让这些"从远处看"的观众更少障碍地

十年
Ten
Years

《东方时空》开播一千天时，台里在北京展览馆举办了一场观众日活动，场面火爆。"从远处看"的老百姓对一个早间栏目如此喜爱，完全超出想象。

十年

Ten Years

杨伟光台长在观众日开幕式上讲话。1991—1999年,他以其卓越智慧、创新精神和改革勇气领导央视进入第一个黄金发展期。

了解事实真相,进而理解传播者的立场呢？换句话说,观众在远方,媒体作为观众的代言人走近了事实,进一步地了解了事实,我们由此形成了一个阶段性的判断,甚至已经形成结论。但是应该怎样表达这些观点？应该怎样阐述自己的判断？是简单直接地告知概念和结论？还是通过丰富的事实与背景的展现,来伴随观众完成整个的认知过程？

毋庸置疑,真正的捷径是后者,只有完整的事实和深入的背景才能把观众带进新闻深处。当"远方"的观众自己完成了"从了解到理解,从认知到认可"的过程之后,"传播"与"到达"的距离就不远了。

从近处看

　　在长安街的一个禁左路口,警察拦住了我,我摇下车窗一边把驾驶证递给警察,一边十万火急地说"节目出事了,一会儿来找你"。随后一脚油门狂奔而去。

　　与电视的英文原意不同,电视台的节目部门一般都是从近处看电视的,他们总是节目的第一个观众,负责节目播出前的最后把关。但从近处看电视并不像普通观众看电视那样轻松,电视台的节目播出是有严格程序控制的。非新闻性节目一般都是由节目部门主管把关后提前数小时甚至二十四小时将播出带送至播出库候播,而新闻性节目则由节目制作部门随时直送播送中心,但必须在规定的播出时间前送达。按播出机房的播出设计,不管是新闻性节目,还是非新闻性节目,如果播出前十分钟没有把磁带放入录像机内,播出机房就发出警告音,提示值班人员待播的节目没有到位。由于《焦点访谈》等新闻性节目时效性强,有时候甚至提前两分钟才送到三楼机房。时间一长,播出机房的值班人员对《焦点访谈》

的送带时间都已经习惯了,并没有谁大惊小怪,只是如果提前十分钟机房报警时,他们会主动与《焦点访谈》编辑部打电话询问何时送节目过来。尽管偶尔也有险情,但从未影响节目正常播出。

1995年1月初的一天,情况变得十分火急。

我刚回家,边吃饭边准备看将于19:38播出的《焦点访谈》。半年多来我很少在家看《焦点访谈》,那天还是因为妻子生病我才早回去了一会儿。《新闻联播》最后一条国际新闻结束后,李瑞英和罗京从容回述着当天的新闻提要,就在这时,《东方时空》一位女编导的电话打了进来,她急促地告诉我:由于疏忽,值班编辑忘了将当天的《焦点访谈》播出带送播出机房,现在播出带还锁在那位编辑的抽屉内。而编辑赶过来最少需要四十分钟,三楼播出机房的人都炸了锅,报警声响不停……这个电话如雷轰顶,竟然会有这样的"疏忽"! 我一边告诉这位女同事赶紧到三楼播出机房借以往播出的一期《焦点访谈》垫播,一边扔下饭碗冲出家门,开着车疯狂地往台里赶。

欲速则不达,在长安街一个禁左路口,警察拦住了我,我摇下车窗一边把驾驶证递给警察,一边十万火急地说"节目出事了,一会儿来找你"。随后一脚油门狂奔而去。在倒车镜里我看到那个警察在远远地向我喊着什么,早就听不见话的内容了,但我能看得见他的愤怒。

十分钟后,当我冲进二楼新闻评论部编辑组办公室时,《焦点访谈》已经用一期重播节目垫播三分钟了。由于时间太紧,这期访谈节目播出时间延后了五分钟。也就是说,一向在《焦点访谈》之后播出的《科技博览》,那天被提到访谈之前播出。这是《焦点访谈》遇到的第一次,也是唯一的一次播出事故,但它足以令人终生难忘。当天晚上我就做了一个决定:从今以后,值班编辑和值班主任必须在《焦点访谈》播出之后才能离开电视台。这项规定直到现在还在执行。

这一次事故出在播出程序,但对节目负责人来说,最关注的还是节目内容本身。

自从做新闻评论部主任之后,历经新闻中心主任,我最怕接上午8：00和晚上8：00的电话,上午的电话可能意味着《东方时空》出了问题,而晚上的电话则可能是《新闻联播》特别是《焦点访谈》有了什么不妥。十年来,《东方时空》《焦点访谈》《新闻调查》《实话实说》得到许多赞誉和褒扬,但作为一级负责人和把关者,如履薄冰战战兢兢的情绪始终伴随着我们。一个节目能不能播出?播出后会产生怎样的效果?从哪个角度做节目更有新闻性、更有吸引力而且更具社会效益?如何把握这些栏目的走向和优势……这些都是时刻面对并要做出选择的问题,把关人特别是最后的把关人决定着节目的命运。

传播学的奠基者之一、大众传播研究关于"控制分析"的心理学家库尔特·卢因(Kurt lewin)首创了"把关人"这一理论。这个概念是在现代传播学诞生时即被提出的,说明这是一个传播业中基本的、显而易见的但却是不可回避的问题。对这个问题的探讨,虽然怀特·施拉姆和普尔顿等人的研究角度和研究层次不同,但显然他们基于这样一个事实关注着这个问题:新闻媒体在处理新闻的过程中,每个阶段和环节都有把关人,从超越可能传播的新闻中进行选择,决定取舍。在新闻制作中判断哪些事实需要简化,哪些事实应该放大,这些行为直接影响着受众对信息的理解,把关人决定着信息的质量所在,掌握着信息的流量、流向以及解释信息的权力。这些"把关人"包括记者、编辑、节目制片人和制作人等等。也就是说,在新闻或信息处理过程中,每个环节上的每个人都是把关人,因为必须经过他的选择判断才能进入下一个环节。与此不同的是,我们把最后的把关人逐渐独立出来,并赋予他终审的权力。在电视栏目和节目结束的演职员表上,这个最后的把关人就是监制或总监制。其实监制就相当于传播学当中另外一个概念的守门员,他最终决定着节目能否与观众见面以及如何见面。严格地说,监制的功能是从制片人功能中分离出来的,所以有些节目至今还是制片人做最后的把关人。

无论是"把关人""守门员"还是"监制",从字面看都是被动的,而且在电视节目实际运作过程中也是如此。比如一个节目或栏目受到好评,甚至获奖,它首先体现为是记者编辑制片人的作品;而一个节目如果受到广泛批评,则首先体现为最后的把关人的责任。也就是说,电视节目的微观管理就是要使节目的策划者和创作者(编辑、记者、主持人等)及制片人与最后的把关人之间建立和谐默契的关系——一个电视栏目或节目成功的奥秘也许正在这里。

我曾做过记者和制片人,现在是《东方时空》《焦点访谈》《新闻调查》和《实话实说》的总监制,历经参与创办和把关这些栏目,一个深刻体会是:要使一个初创栏目成功,最好策划者与审查者是同一班人马,至少是策划者、创作者、制片人和最后的把关人之间形成共识,否则就没有共同的评价体系和判断标准,从而使栏目很难准确定位,很难形成合力推出精品,更谈不上创造品牌。因为如果出现这种状况,创作者会感到有劲用不上,把关者则会感到创作者采访编辑不到位,两头都很累。

把关者作为节目的第一观众,其角色和功能都是双重的,他既要从社会、政治和文化的角度判断一个节目播出的社会效果,同时也要从职业的角度判断这个节目是否已经具备了可以播出的专业水准。在实践中,这些判断并不是很容易把握,有时甚至还需要勇气。

2002年8月初《东方时空·时空连线》制片人刘爱民给我看一个节目,节目由白岩松主持采访,探讨的话题是如何看待儿童的见义勇为。话题源于这样一个新闻故事:丁中兴是湖南衡阳外国语学校初一学生,2000年7月11日,他在抢救一个落水小学生时英勇牺牲,当年只有十三岁。两年来,尽管湖南衡阳市已先后追认丁中兴为"英雄少年""优秀少先队员""文明少年标兵"等八个称号,但他的爸爸丁清桃最后的愿望是追认丁中兴为"烈士"。丁中兴已经牺牲两年了,丁清桃仍然在为孩子争取"烈士"称号而四处奔走,申报材料由衡阳民政局报送湖南省省民政厅,经过慎重研究后民政厅未批准丁中兴同学为"烈士"。这个节目的选题报来时我已经意识到了此题的敏感性:如果节目倾向于丁中兴应该被追认为"烈士"，那我们就是在鼓励和提倡儿童见义勇为奋不顾身；如果节目倾向于不追认丁中兴为"烈士"，则很有可能与社会一贯倡导的道德方向相矛盾。

我认为这的确是一个应该讨论的问题，我叮嘱刘爱民一定要请民政厅的人做嘉宾，节目不要去鼓励儿童见义勇为。节目做得比想象的好，短片很有节奏，清晰叙述了事件的来龙去脉。节目体现了一个重要的主题：对丁中兴同学的精神予以充分肯定，但不鼓励儿童效仿；两位嘉宾的意见也都非常中肯，他们认为不鼓励儿童见义勇为的原因是儿童还没有这种行为能力。时任中国青少年研究会副会长的陆士桢说：当代社会应该普及的一个理念是"儿童权利"，我们不应该提倡让儿童去承担他们本身不能承担的义务和不能承担的一种行为。

节目的制作是符合标准的，我签了字。

节目播出后立即引起热烈反响，一天里，评论部几部电话响个不停，许多观众对节目不鼓励儿童见义勇为的主张提出质疑，甚至有的家长在电话里很不客气地诘问我们："孩子看完节目后直接问我，以后遇到这样的事我是否应该去救人，作为父母我应该怎样回答呢？"我们耐心地解答着观众的疑虑，这样的质疑和反诘是意料之中的。

孩子的行为是感人的，但是孩子的牺牲更让人心痛。我们不主张儿童见义勇为，并不是要否定这种精神，而是更主张将这种精神化作每个公民的行动，但这种行动应该属于成年人，儿童遇到这种危险情况最好是呼唤大人来救人，否则很可能造成另外一个家庭的不幸。几个月之后，不幸果然再次发生：2002年12月，内蒙古再次发生了十三岁儿童救落水的孩子不幸牺牲的悲剧。

《东方时空》以它一贯的前卫精神向孩子家长及社会传播了一个明确的信息和新的理念："儿童权利"，但这个理念的普及需要一个过程，我们做好准备为自己的节目承受观众的质疑。

1994年9月1日，《焦点访谈》第一个献给教师节的节目令我至今记忆犹新,原因不仅在于其独特的报道角度,更在于这个角度的难以把握。

这一年的教师节,中国青少年基金会把五十二位希望工程园丁奖获得者请到了北京。获奖者都是来自贫困地区的民办教师,从服装和那一张张饱经风霜的脸上可以看出他们与城里人的反差,但更大的反差还不在这里。为了表示对这次活动的重视,接待单位将这五十二位教师全都安排在北京饭店,午餐和晚餐都是由这些酒店安排的高级宴会。这期节目的专业水准就体现在,记者方宏进和李媛媛没有简单地把采访化作一次对贫困地区教师的关怀,而是敏锐地捕捉到了这样一个问题:来自贫困地区最基层的民办教师,在北京受到了国宾级的礼遇,但这种礼遇使他们产生了巨大心理落差。令人心酸的一幕是北京贵宾楼饭店一次晚宴上,记者对老师的采访:一位来自辽宁的、四十多岁的女教师对李媛媛说:"吃了今天的饭我很激动,也很难过,这桌菜要用好多钱。"李媛媛问:"你知道是多少钱吗?"记者看到老师没有回答就告诉她说:"是两千元。"表情迷茫的这位乡村教师缓缓地说:"这是我两年的工资。想到家乡的孩子们穿得破烂不堪,中午吃的是白菜红薯和玉米饼,看这桌菜我非常感慨。"另一位中年老师说:"这桌菜是一个班二十几个学生一个学期的学杂费。"又一位女教师说:"这桌饭吃剩了都要扔掉,如果把这些剩下的东西带回去给孩子们吃他们会很高兴。"老师双眼湿润声音哽咽,李媛媛见状转身走开了,但那位我记不清名字的优秀摄像,此时并没有关机,而是把镜头拉开,镜头中可以看到这位老师在用纸巾拭泪。餐厅里回荡着《一路平安》的音乐,其他老师都表情沉重……这么多年看了无数期节目,但每当想起这个段落,我的心都为之颤动。

节目使在场的每个人都为之动容,但一个把握的难题是:如果从这个角度播出这期节目,会让人感到接待单位费力不讨好,好心没有得到善意的回应。大家把目光转向了当时《焦点访谈》的最后把关人、副台长沈纪,审看间内鸦雀无声——每遇敏感问题,审看间就是这样的气氛。只见沈副台长沉默着吸了两口烟以后,提笔签了字。这意味着节目可以播出,但他要对后果负责。

节目播出后不仅没有受到批评反而好评如潮。我事后问沈台长为什么敢播这个节目,沈台长说:"浪费之风是我们反对的,也是中央反对的。"在那样一个时期能播出那样一个节目,我至今都佩服沈台长的勇气。舆论监督报道就是在承受压力的同时,一步步走向深入的。

1997年年初,《焦点访谈》播出了"罚要依法",披露在309国道山西长治路段上警察乱罚款的事实:面对司机的求情,一个戴墨镜的交警大声呵斥司机,同时罚款在瞬间层层加码:"二十!四十!"节目播出后不久,时任国务院总理的朱镕基在一次会议上重复了那个警察的话并予以怒斥。节目编导再军后来在一次接受采访时曾经说:"我记得很清楚,节目编完后,新闻中心主任孙玉胜提出要预审节目,这是正常审片没有的程序。孙玉胜看完节目后既没有表态,也没有流露出兴奋,更没有提什么修改意见,一言不发地就走了。作为被审片的编导我心里很紧张。"

再军的紧张是有道理的,我当时一言不发其实也是因为紧张,我担心的是,这个有分量的节目能否播出。因为在1997年制作的这个节目,还是《焦点访谈》第一次对头顶国徽、身着制服但却违法乱罚款、欺负老百姓的执法者进行监督。这是第一个"重量级的监督",此前这样的节目是要冒"破坏干警形象"的风险的。

2002年4月,《新闻调查》制片人张洁将一本印刷不是特别精美但十分专业的书转送给我,书名叫《上市公司虚假会计报表识别技术》。就是为了写作这本专著,作者在调查中发现并触摸到了一个巨大的谎言的内幕,并最终戳穿了那个所谓的"蓝田神话"。翻开首页,几行工整的楷体字映入眼帘:"赠孙玉胜先生,我衷心感谢你",落款是"刘姝威"。我与刘姝威从未谋面,是3月23日播出的《新闻调查》使我认识了这位"与神话较量的人",看到了一个中国知识分子的良知。给处于弱势但却代表着正义的人以舆论的支持,是《新闻调查》《焦点访谈》《东方时空》和《实话实说》义不容辞的责任。这些节目一旦播出都会产生强烈反响本在意料之中,但节目播出之后许多人问我的一个问题却出乎意料:"这个节目有什么背景吗?"当我回答没有什么背景时,他们总是会跟一句"你们够大胆的"。许多观众在网上说:"真没想到《新闻调查》敢播出这样的节目。"其实别说观众,就是《新闻调查》的制片人和编导们也没曾想到我能同意把这个节目播出去,这个节目他们原本只打算做一个新栏目实验版的样片。

《与神话较量的人》我近距离看了三遍。3月初看第一遍时,我就觉得《新闻调查》应该播出这个节目,尽管当时这个节目涉及了《金融内参》的保密,涉及刘姝威与蓝田纠纷的敏感性,涉及不正当权力在威胁社会主义市场经济健康发展等重大问题,但是把关的难点还不仅仅在这里,按《新闻调查》及《焦点访谈》等调查类节目的一般规则,话语权的平衡是必须要考虑的一个问题,也就是说,在矛盾、冲突、纠纷中,媒体要给当事双方以平等的说话机会,力戒一家之言,否则人们将失去判断事实的标准,产生误导。而"与神话较量的人"恰恰是刘姝威在一言堂,那么尽管刘姝威的良知、勇气和社会责任感令人敬佩,但她叙述的内容是事实吗?这是一个不容回避的,也是关系节目命运的问题。最终促使我对刘姝威叙述的真实性做出结论性判断,有三个间接因素:一是证监会在刘姝威与蓝田发生纠纷之前已经对蓝田进行调查;二是各银行均停止了对蓝田的贷款,虽然刘姝威发表在《金融内参》上的文章中呼吁银行停止向蓝田贷款,但各银行同时停止向蓝田贷款这样的决策是不可能根据刘姝威的一家之言就能出台的,停贷本身可以证明蓝田肯定存在某些严重问题,而且金融单位和主管部门已经掌握其事实;三是蓝田公司总裁瞿兆玉接受了有关部门调查,此后其继任者因涉嫌提供虚假财务信息被拘传。

经过两次微调,这期《新闻调查》于2002年3月23日21:15在央视一套节目中准时播出,节目播出后的一个直接结果就是:湖南洪湖法院于3月24日通知刘姝威,对她的起诉已经撤销。我无法知道刘姝威听到这个消息时的心情,但我相信她一定会想起在最危险和最困难的时期,那位曾到她家寻访的110队长的话："正义终将战胜邪恶。"2003年年初，刘姝威被评为"感动中国十大人物"。

曾有人说："新闻是历史的第一次草稿。"我喜欢这句话。正因如此我格外欣赏1996年《新闻调查》开播时的那句栏目标语："正在发生的历史，新闻背后的新闻"。为了历史的真实，我们就应该报道真实的事实，这是一个新闻记者的神圣使命和基本职业准则。

对事实的把握，有几个要点：一是事实的选择，二是由事实得出什么样的判断，此外还有一个重要问题，那就是事实链的完整——舆论监督报道更是如此。

2001年年底，《焦点访谈》的一名记者用秘拍的手法制作了一期关于天津一个机动车检测场乱收费问题的节目。乱收费的基本情况是验车场逢车须修，修车的理由皆为刹车不灵和气缸不清洁导致尾气不合格。而且该验车场规定：要验车必须在本厂维修，否则不予检验。而维修费大都在一千三百元左右。如果用户直接付钱，那么不修车也可以拿到验车合格证。情况虽然如此，但要制作《焦点访谈》必须有事实证据，而且这些证据应该是经得起质疑的。这是《焦点访谈》几年来播出这么多批评报道而从未引起法律诉讼的一个重要原因，我们强调要用完整的事实说话。

我初次看这个节目时的感觉是：节目所获得的事实经不起质疑。比如记者没有拍摄到完整的检测流程和每个环节的收费过程。更重要的是，我们如何证明所拍到的被收费验修的汽车原本是合格的，只是验车场为了乱收费而进行不必要的维修呢？

我要求他们重新修改并进行必要的补拍。我建议他们先设一个"套"，设定一个悬念和一个标准，具体方法就是找一辆进入维修期的机动车，将其先在一个权威的检测部门进行检测，证明车辆的各项应检指标是合格的，拿到一个权威的标准。再将它开到那个乱收费的验车场进行检测，检测结果将是一个悬念，同时也是一个巨大的"套"。如果验车场真的是乱收费，它肯定钻进这个套，将其入套的过程拍下来，那就是最具说服力的、不容置疑的事实。事实证明,这个套的确成就了这期节目,成为这期节目最大的看点。这辆尾气排放本已合格的面包车在那家乱收费的验车场被测出尾气排放的指标是七千多,接下来就是收费清洗。而天津机动车检验中心权威专家说:汽车尾气如果超过两千就不能开了,超过七千难以想象。

在我的印象中,我们的电视节目"设套采访"是时任《焦点访谈》制片人赵微的"杀手锏"和"拿手戏",她用这样的方法制作了许多好节目,可称为"设套专家"。用这种技巧,她获得了许多普通记者得不到的一手事实,这里的"设套"是指一种采访技巧而非违反职业道德的人为陷阱。

从把关者的角度反观记者和编导制作节目时常犯的毛病,主要是用概念而不是用事实说话,讲意义多过讲信息和讲故事。

当我对中外电视新闻节目运作方式进行比较时,发现一个问题:国外的电视媒体在同一新闻现场是不会有重复设备出现的。也就是说他们绝不像中国新闻现场那样有众多的报道组在现场采访,最多时可达七八个,甚至十几个摄制组在一起。在一个新闻人物的嘴巴前可以看到几个同一家电视台的话筒。但另一个更大的不同是:虽然国外电视台大多只有一个摄制组在现场,但利用这些素材编发新闻时,不同栏目或不同时段都有不同的角度。也就是说,虽然电视素材是单一的但角度是多样的;而中国的电视台则完全相反,虽然在新闻现场的设备和摄制组很多,但编发的新闻甚至专栏节目都大同小异。也就是说,我们的设备是多套的,而节目的角度却是单一的。比如当《医疗事故管理条例》于2002年9月1日开始正式实施时,电视记者大多关心其意义,比如医院对患者权利的保障,而很少有人关注这部法规正式颁布以来医院和各地医学会都做了哪些准备,也没有新闻涉及医学会的功能与角色等角度。与半年前这个法则正式公布时的新闻报道相比,记者关注新闻的角度并没有什么变化。还有当"世界数学大会"在北京召开时,大多数电视记者关注的是这次大会的意义、规格、参加会议的数学家,而很少有人关注当时我国是怎样申办这次所谓数学奥林匹克会议的？竞争的激烈程度如何？与谁竞争？竞争成功的原因？记者只关注江泽民为两位数学家颁发菲尔兹奖，而根本忽略了菲尔兹是何许人也，这个奖项由来如何……我们的记者就这样习惯于报道大家一眼就能看到底的事实——这当然是必不可少的，但这只是及格标准，优秀的记者不仅要看到事件的表层事实，更重要的是发现更多的不易发现但又是人们极为关心的事实。

　　同一事实存在不同的报道角度，只有发掘更多的事实，才能获得更新的角度。今天，在一个台内，在一个频道内，栏目与栏目之间也在激烈地竞争。其实栏目与栏目之间最大的差别，不仅仅是获得事实的内容上的差别，而更是对于事实的评价角度和切入角度的差别，前者的差别已经越来越缩小了，后者的差别在实践中还没有被普遍地注意到。

过程与悬念

> 其实,关于足球魅力的说法各有道理,但我认为是电视直播创造了这种效应。

即使不是球迷也不能不被2002年世界杯大赛的气氛所感染,我就是如此。不仅仅因为中国队首次加盟这一次"世界大战",而且由于电视的介入,由于电视充分展示的那些"制胜的瞬间"和"有争议的瞬间",使世界杯变成了一个全球性的"狂欢节",一个全球参与的"世界论坛"。

我曾反复问过很多人这样的问题:"在诸多的比赛中,为什么只有足球能够成为全球关注的焦点?"答案各不相同。有人说,因为足球是最大众化的运动,只要有一块草坪一个球就可以玩起来;有人说,足球运动是最有美感的,特别是球星的魅力,这是吸引很多人看球的重要因素;还有人说是因为足球的难度大,其他的大球都用手,唯有足球不能用手,观众愿意看到难度大的比赛。时任体育中心主任的马国力告诉我,足球的魅力在于它竞争的激烈和场上的变化无常,他说:"足球比赛的变数可能大到你根本无法预测每支球队的命运。"

在这个问题上马国力是专家,他说的的确不错。这届世界杯从预选赛开始就冷门迭爆,场上风云变幻让很多专业评球的人都在感叹"世事无常"。给我印象最深的是爱尔兰对德国那场球,我是被楼下球迷的欢呼声拉扯着断断续续看完这场比赛的。我聚精会神地看了比赛的结局:在比赛还有八十秒就要结束的时候,被人们普遍认为毫无生还希望的爱尔兰队进球了,那一瞬间,一个球队的命运得以改变……就在我思考"足球魅力从何而来"这个问题没隔两天,上届冠军法国队居然被淘汰出局!荷兰、伊朗、法国、阿根廷、葡萄牙……随着球迷眼中的巨星相继陨落,马国力的观点一次次被证明着。

其实,关于足球魅力的说法各有道理,但我认为是电视直播创造了这种效应。原因很简单:难度、激烈和变数都使足球的悬念增大,悬念越大,过程就越有看头;球星的临场表现进一步使过程变得跌宕起伏充满美感——而电视的优势和魅力正在于过程的展示,特别是同步展示。

过程和悬念是密不可分的,二者互为前提:没有悬念的过程平淡无味;而失去悬念之后,过程本身就只能是一种用以欣赏的表演。如果连"欣赏价值"都不足以支撑全过程,这样的过程就会变得冗长乏味,难以忍受。所以人们宁可熬夜看直播,也不愿意转天再舒舒服服地看赛况录像。因为比赛的结果意味着悬念的释放,而悬念一旦被释放,过程就失去了意义——当足球比赛胜负的悬念解开之后,仍有欣赏价值的就只剩下"射门集锦"了。稍加分析我们不难发现:"射门集锦"恰恰是过滤了"过程"的瞬间高潮。同样,没有过程的悬念也是不吸引人的,过程的存在支持着悬念的延续,失去过程的承载,悬念就"悬"不起来了。试想,如果有一天国际足协规定:足球比赛压缩掉满场跑来跑去的九十分钟,直接用点球决定胜负,我们的电视也仍然是直播,胜负的或然率仍然很高,但恐怕也难以形成今天的足球现象——那还不如在啤酒吧里看人砸飞镖呢。

体育比赛是游戏,游戏就必须有悬念,悬念关注的是结果,但拿来给人看的是过程,电视节目的规律就是如此。

《开心辞典》从一开办就有不错的收视效果,有人把它的成功归因为"观众喜欢益智类节目"。我一直认为这样的结论是一个误解,有一篇评价《开心辞典》的文章标题起得很好:"与'益智'无关"。《开心辞典》被认为是娱乐益智类节目,因为节目的核心是选手回答主持人提出的问题,这些问题具有知识性,所以这个栏目被定义为是益智的。但这种益智类节目过去我们也有过,从20世纪70年代开始的名目繁多的知识竞赛节目也很益智,那么为什么知识竞赛节目渐渐被淘汰,被遗忘,而二十年后的《开心辞典》却迅速火爆起来?是因为节目设计了令人目眩的大奖?是节目主持人魅力非凡?我觉得这些因素也许是节目成功的原因之一,但究其根本,我还是愿意从"过程"与"悬念"的关系来寻找答案。

《开心辞典》的过程是闯关,悬念是胜出者可以得大奖,奖品是价值不菲的实物,这是过去的知识竞赛节目所没有的。但是这个悬念并不是节目好看的根本因素,因为这个大奖其实只相当于国外《谁想成为百万富翁》这类节目的千分之一,而且还远远不如一些国内地方电视台的奖金数。

《开心辞典》的魅力在于把悬念过程化了。

按照节目设计,所有的选手要看见最后的大奖都要先闯过四关,过关靠的是正确回答问题,一个错误就会葬送自己的"前程"。而从电视的角度看,问题的提出相当于制造了悬念,对这个问题经过判断、分析、选择,最后做出回答就是过程。在过去的知识竞赛节目中,主持人提出问题后选手立即抢答——遗憾也就在这里:设计的抢答规则使得这个过程被无限地压缩了,选手一旦回答,无论对错,悬念就被瞬间释放。问题又重新开始——相当于下一个队员要开点球了——在这种速战速决的"抢答模式"中,抢答器叮咚作响,看似热闹,但究其悬念的生死而言,现场其实是过于平静和仓促了。而《开心辞典》的选手有很多选择,可以打电话求助,可以让现场的观众帮忙,也可以选择降低答题的难度,这些设计都使悬念被不断地过程化,而好看的就是这些过程。由此可见,早先知识竞赛类的节目并没有按照电视的规律进行设计,没有用过程去抓住观众对悬念的好奇,所以它当然地不如《开心辞典》吸引观众。

《开心辞典》的方法是选优闯关,英国有一个叫《最弱环节》的节目则是选劣淘汰。节目设计大致是九位选手轮流回答主持人提出的不同问题,回答正确就得到奖金,回答错了就扣掉奖金。这些奖金在节目开始时是归选手共同所有,但每轮问答之后,要确定一个最弱环节并将之淘汰。淘汰谁,由选手自己投票,被提名最多的选手当场离开,如此循环直至两人对决,胜出者获得积累的全部奖金。选手回答主持人提问的过程吸引人,而决定谁是最弱环节并将其淘汰的过程更令人关注。

其实无论选优还是选劣,目的只有一个,就是把悬念过程化,用悬念"揪心",而用过程"抓人",节目的魅力由此而来。至于选择的标准,那并不影响观众收视的兴趣。但是这种娱乐节目的过程一旦被格式化、标准化,无数次地重复就会使悬念淡化,甚至令观众失去兴趣,所以,格式化和标准化的过程是需要不断更新置换的。

"真人秀"节目正风靡世界,类似《生存者》的节目在中国也有了不同的版本,但大多数不是很成功。其实所谓的"真人秀",就是制定一些规则,由参赛的人按照这些规则进行真实的竞赛,而不是由演员按照脚本表演竞赛过程。从这个定义来说,体育比赛就是最原始的"真人秀"。二者的不同之处在于:运动员不是为了完成电视节目才比赛的,电视的角色退后成为一场"真人秀"的记录者;而在"真人秀"节目中,电视是站出来,它在台前充当着规则制定者,胜负判断者的角色。"真人秀"的游戏规则是完全按照电视规律设计的,所以对普通观众而言,这些节目要比体育比赛更好看,《生存者》的收视率就是明证。

国外将《生存者》这样的节目称为"野外生存纪实性节目",这种游戏节目与传统游戏节目不同的是,导演把游戏的空间由室内移到野外,游戏的内容由一般的机敏反应和体力竞争改为在野外的生存能力的竞争。

《生存者》的第一版(也就是澳大利亚版),就是把自愿报名并经过层层筛选的两队选手空运到澳大利亚的荒漠中,每队选手大多十七八人,两队队员要为生存而战,比如取火、猎食等等,同时两队还要按照规则进行比赛。被击败的队必须由自己的队员投票选举,将最差的队员淘汰出局。几十天的野外生存过程由若干台摄像机全程记录,最后按阶段编辑成若干期节目播出。

这种"真人秀"节目一经推出,立刻火爆异常。虽然这类节目不断受到道义和人性方面的谴责,但从专业的角度看,这种节目最大的卖点是:按设计规则,通过真人参与和现场纪实的方法,把完整的生存和竞赛的过程记录下来。《生存者》有纪录片的魅力,因为记录的过程和参与者的状态都是真实的;同时它又有游戏节目的优势,因为事先预置的巨额奖金将落谁手就是一个巨大的悬念。这个终极悬念再加上每场比赛谁将获胜,谁将被淘汰这些"阶段性悬念"(或者叫"推进性悬念")使每个过程都十分诱人。

从"世界杯"到"开心辞典"再到"生存者",这些节目的成功再一次证明:对"同步""现场""过程"和"真实"这四个电视最本质的元素如何充分开发,是电视从业者面临的一个基本任务,也是节目能否成功的关键所在。特别是如何将其中"过程"与"悬念"有机地结合起来,更是我们在设计节目时应当优先考虑的问题。

尽管如此,"足球赛""开心辞典""生存者"毕竟都是游戏节目,由于游戏是人为设计的,所以一旦结果出现,悬念就得以释放,过程就变得没有多少价值。与此有着本质不同的是真实的电视节目,特别是电视新闻节目,有些新闻事件虽然结果已经大白于天下,但其过程和过程中的诸多细节仍然有待记者去发掘。例如成克杰已经过审判并被执行死刑,这个结果已经于当天公布,但悬念并没有因为这个结果的公布而被完全释放。成克杰是如何由位高权重的副委员长堕落为阶下囚的?他的犯罪过程和在他的人生轨迹中哪些事件成为"转折性事件"?其中能够勾勒出一个

147

怎样的过程？这些仍然是具有强大新闻魅力的悬念。这样的节目也更具教育和警世的意义。

　　电视传播的影像有许多瞬间令我终生难忘，而这些影像由于其过程被完整展示而显得格外震撼人心：2003年元月，美国"哥伦比亚号"航天飞机空中解体以及前些年美国"挑战者号"航天飞机在空中爆炸的过程，法国协和飞机拖着长长的火尾一头栽向地面的过程，"9·11"美国世贸大厦被飞机撞击的过程，半小时后世贸大厦坍塌的过程……这些过程不管重复多少遍，它都能对观众形成强烈的感官刺激并借此引发不同程度的心理震撼。那么这些图像背后又有着什么更鲜为人知的过程呢？过程的原因、背景、细节，特别是过程中人的体验、感悟和心态都是观众所关心，记者所应发掘，电视所擅长表现的内容——也就是说，过程背后仍有隐藏着的悬念与过程。遗憾的是，在传统的电视新闻节目中，我们过于注重概念和结果，而往往忽视了过程的存在和对其应有的挖掘，我们因此浪费了很多的新闻资源。

　　1991年7月，全国电视新闻年会在内蒙古海拉尔市举行。那是我第一次参加这样的年会，当时我是新闻采访部经济组的副组长。会议的主题是研讨经济新闻报道。会议召开时，1990年度的中国电视新闻奖评选刚刚揭晓，其中的两条新闻引起我注意，一条是山西电视台选送的《治理整顿中两个商厦出现不同景观》，获一等奖；另一条是广东电视台选送的《白云机场发生飞机相撞事件》，获三等奖。结合这两条新闻，我在研讨会上呼吁电视新闻报道要符合新闻规律。据我所知，《治理整顿中两个商厦出现不同景观》这条新闻，山西台从策划到播出历时三个多月，送审一次修改一次。报道的事实虽然没有什么不准确，但如此长的制作周期，精雕细刻的制作方法，我个人并不赞同，我总觉得它似乎已经违背了新闻的规律和时效性原则。《白云机场发生飞机相撞事件》报道的是一架被劫持的飞机降落白云机场时与地面三架飞机相撞。由于广东电视台新闻部事先已得知飞机将要降落，故提前派记者赶赴白云机场，拍到了飞机降落,飞机冲出跑道,撞向停机坪上其他三架客机的全过程。随后,记者还拍到了机场方面的整个抢救过程。新闻是当晚播出的,能拍到事故发生的过程,特别是撞击之后的抢救过程,这本身就具有很大的新闻价值,但这条新闻只得了三等奖。我在发言中说:"抛开具体获奖的合理性不予评论,我们必须反思过去电视新闻理念和评价体系,不能沿用专题片的方法采访和评价新闻,电视新闻应该在时效性和新闻性上下功夫。我们需要深度报道,但是深度报道不应该是'几个月磨一条新闻'。"当时我的呼吁只是想呼唤一种新闻态度:对新闻中什么是最有价值的东西,我们应当有一种新的、符合新闻规律的认知。

1995年,《东方时空》《焦点访谈》相继问世,还是在一年一度的新闻部主任年会上,与几位地方台的部主任又聊起此事,他们一致认为:实践证明我在海拉尔会议上的观点是正确的。

时至1998年,中国电视新闻界的理念和实践都在发生变化。这年的9月10日,上海电视台在虹桥机场同样拍到了一个震撼人心的过程:当天晚上19:38,东方航空公司586航班正常起飞前往北京。这架型号为麦道110的客机升空后,机长发现前方起落架有问题,事后调查结果认为是一个螺栓脱落造成起落架舱盖无法打开。机长发现问题后立即向虹桥机场塔台报告并采取一系列措施试图把前起落架放下来,但一切都是徒劳的,飞机在机场上空盘旋,地面的救援工作在紧张进行,人们在跑道上铺盖了厚厚的泡沫垫以备客机迫降使用……三个多小时后,586航班在燃油即将耗尽时被迫降落。由于前起落架还是无法打开,机身着地时摩擦出刺眼的火花,但这架载有一百二十人的麦道客机最终停了下来。由于有三个多小时的准备,上海电视台和东方电视台记者拍下了完整的飞机迫降过程和地面救援过程。画面极具冲击力。第二天,上海两家电视台以及中央电视台均对这一突发事件进行了报道。迫降成功,人员安全疏散,这似乎是一个很好的结果,事件的过程也似乎结束了,但恰恰相反,对《东方时空》一期特别节目来说,这还仅仅是开始——新闻的魅力正是在于当别人都已经熟视无睹的时候,敏感的记者还能发现新闻的角度和关注点。《东方时空》关注的焦点就是在飞机迫降的整个过程中,地面塔台是怎样指挥的,机长在空中是如何处理的,乘客面对突如其来的事故和那个难以预测的结局,心态是怎样的……

  这些都是悬念,都是观众迫切想知道的。《东方时空》节目的着眼点也正在于此。其实,节目也很简单:就是把586航班的塔台指挥员周礼国、机长倪介祥以及乘客王安宁请到演播室,主持人是白岩松。节目以客机的相关图示画面和上海电视台拍到的迫降过程中的段落作结构;白岩松的采访就是从不同的角度提问,让三位被采访对象叙述各自不同的亲历过程和心理变化过程。但正是他们叙述的这些过程和心理变化牢牢地抓住了观众,让人体会到过程中的惊心动魄。

  与几年前的白云机场事件不同,这个节目获得当年的中国电视新闻专题一等奖。

  电视节目对于过程的展示目前通常使用三种手段,一是现场纪实,二是当事人叙述,三是情景再现。其实对电视新闻节目来说,最不能忽视的是另一种手段,就是记者采访调查的过程本身。一个电视新闻媒体的权威性如何,主要取决于在一些重大事件、热点问题、新闻人物以及某些人拼命想掩盖的事实之后,是否有记者的调查行为,记者是否能够依靠自己的采访调查获取更多的背景和细节,发现更多的事实证据和展示事实的角度。一个优秀的记者,他的每一个逼近事实核心的追问,每一个剥笋式的分析,每一个蛛丝马迹的发现,都会被摄像机记录下来,这些过程就是节目的最亮点。在《焦点访谈》和《新闻调查》中,这样的过程屡见不鲜。

  我曾经看见过一个漫画,画的是端午节吃粽子,剥开一层竹叶没有看见粽肉,剥开一层又没有看见,拳头大的粽子被层层剥下之后,只剩下一个枣核大小的"内容"。漫画讽刺的是时下很多商品"包装大于实质","形式大于内容",我倒觉得如果将其用于比拟我们所说的"悬念"与"过程",还是很形象的——当然不是说你明明只有一个枣核般的悬念,还非得故弄玄虚地设计出冗长的过程来折磨观众,而是把整个的粽子看做一个大大的悬念,我们不是把一个粽肉囫囵扔给观众,而要设计出一个"层层剥离"的过程,让观众在满怀期待的过程中一点点接近那个期待中的结果,那么整个过程都将是有滋有味的。

我们讲述的故事都应该有一个内核,讲述的方法就是把包裹这个内核的东西层层揭开,引领观众一步步接近这个核。在这个过程中有一个很显功力的难点,那就是怎样让观众的兴趣与注意力始终跟着你的意图与节奏行走,而且在行走的过程中,在看见了结论后,仍然是愉快的。

就像在金字塔探秘直播结束时,美国女主持人的那一句惊呼:"还是一道门!"对于石门背后又是一道石门这样的结果,观众并没有感到失望,因为在这个巨大悬念的伴随下,收看的整个过程都是紧张的、愉快的、充满诱惑的,直至解密的最后瞬间。其实对观众来说,金字塔的秘密是什么已经不重要了,重要的是这个过程能更加激发人们对未知的探索与向往。

建立媒体权威

> 舆论的阵地不会坚贞地等待哪一家媒体,我们不占领,就会被别人占领;我们的立场和观点不表达,观众的判断就会被别人的观点和立场所影响,因为有可能别人正为观众提供着判断新闻事态的依据。

"非典"疫情始于 2002 年年底,但真正成为"事件"是到 2003 年春节前后,当各种关于"非典"的流言开始以非正常的方式迅速传播并引发人们心里的惊慌之后。

恐慌的蔓延与流言的蔓延是一个完全同步的过程,越来越多的人通过口头传播、电话、电子邮件、手机短信甚至网络聊天的方式,参与到这个事件中来。现代化城市中发达的资讯系统成为传播各种传言的工具,以至于在几个月后,有人因为散布谣言造成后果而被追究刑事责任。

为什么会有谣言和传言的发生?谣言和传言是有区别的。有些谣言是别有用心的商业炒作,比如卖营养品的号称自己的产品能够增加免疫力,卖绿豆的散布"绿豆汤可以治非典";有些谣言是别有目的的有意为之,但大多数传言是因为人们恐慌了、无助了,不管能不能证实,先信了再说……无论谣言还是传言,都是信息传播过程中出现了扭曲、变异和流失的结果。我们剔除那些别有用心的谣言,只分析那些没有恶意的流言与传言,看看它们是怎样产生又是怎样存在的:人都有根深蒂固的"新闻欲","新闻欲"的驱动就是"欲知道""欲使人知道""欲被人知道"三种心理活动。无论哪一种心理,都会导致人在重大事件发生之时,积极地去了解和传播信息。而如果在这个时候,没有一个权威的声音及时向民众传播权威、真实、全面的信息,以消除人们由于"无知"而产生的恐慌,那么人际传播过程中的谣言就会逐步占据更大的份额。信息的匮乏会导致谣言的滋长,因为处于事件漩涡中的人们(更何况是疫情这样一个与人的生命息息相关的事件),总是要在惊惶中有所把持,主流媒体不能提供依靠,人们只能依靠其他。

很多综艺节目都玩过一个叫做"悄悄话"的游戏:让很多的嘉宾排成一排,一人一个格子站好,然后让每个人都戴上耳机,耳机里音量很大地放着音乐。确定这些嘉宾都听不见现场对话的时候,主持人开始布置题目,先让第一个嘉宾摘下耳机听一段话,要求他传达给后面的人,后面的人再依次地传达下去……结果我们看到这句话像接力棒一样地在嘉宾中传递,每到下一个人就走一点样,传到最后一个的时候已经面目全非。这个游戏每一次玩都会让现场观众乐得前仰后合。

第一次看这个游戏的时候,我想起从部队过来的同事曾经跟我讲过的一个军营中的故事:部队野外拉练,团长走在前头参谋长走在后头,走到一个草场的时候,团长说:"在草地上把包袱放下,歇一歇再走。"这句话被战士们一个一个地往后传,经过十好几种口音的转换,最后传成了:"请参谋长跑步向前,好好研究研究。"于是故事中那个参谋长气喘吁吁地跑到了队伍的最前头……同事跟我讲这个故事的时候,能够绘声绘色地模仿各种地方方言,于是这句话变形的过程就能完整地呈现出来。后来我想,没准"悄悄话"这类游戏就是从这个军营故事演变而来的,因为其中信息流失、变异与损耗的原理是一样的。

为什么信息在传播的过程中会发生这样的变化?日常人们的信息行为(传播行为)都有什么特点?这些特点在怎样地影响着传播效果?这个游戏和这个故事对我们很有启发。

从传播的进行方式看,人的传播行为可以分为自我传播、人际传播、组织传播以及大众传播。

特别值得注意的是在信息传播过程中人的作用:理解、评价、传达。人际传播的过程不可能完全剔除人的影响,正因为有人的因素,人际传播是最不稳定的。传播者的知识、习惯、意见、情感、愿望、观念等等都负载在指令性信息中被传达出去。以服从命令为天职的军人,应当可以看做最忠实的"指令性信息"的传播者了,主观上他绝对不想影响这个指令,不想造成信息的损耗与流失,但是没有办法,他的口音(习惯)、他的理解、他的评价,甚至他潜意识中的情感与愿望,都在参与对这个简单指令的传达,他就这样不知不觉地说走了样。

分析这个游戏和这个故事,其中存在一个有趣的比例关系:在人际传播中,距离越远,误差越大。距离越远,意味着这条传播链越长,由于人际传播的不稳定性,它产生扭曲、变异和信息流失的可能性就越大。试想,如果行进的部队只有三五个人,团长的命令一声既出,后面所有的人都能听得清清楚楚,那么参谋长就不会受这一趟累。

这个游戏和这个故事也向我们这些从事新闻工作的人提出一个警示:要研究人际传播中的特点,要重视其中的问题:由于占有信息的不均等,前排的人占有真实信息量大,后排的依次递减,随着声音的衰弱,渐趋于零。那么怎样避免在传播过程中出现信息的流失与损耗?

首先就是要消除前排与后排的区别,让所有接受信息的人无分后排与前排,让处于后排的受众也能够平等地获得前排所获得的信息量——只有让更多的信息更早地进入大众传播媒体,才能够消除这样的区别。

要变小范围掌握的局部信息为公共信息,并通过公共信息的及时发布,挤占小道消息的传播空间,减少和压缩传播的距离,这就是大众传播的社会意义,大众传播媒体的活力带来信息传播中更多的公平。

在"非典"肆虐之时,人们感慨:"还有一种病毒叫恐慌。"谣言于人心之害有甚于"非典"。广州、香港、北京;城市、农村、学校;社区、单位、公共场所……各种版本的流言给正常的生活带来许多恐慌。谣言说要"封城"了,说高速路和机场都要关闭了,于是人们连夜驱车想从各条路上抢先离开北京;谣言说北京要"戒严"了,于是人们开始抢购食品、日用品;谣言说明天"要用飞机洒农药给城市消毒"了,于是人们不敢出门不敢上班;谣言说"某某超市群体感染、某某写字楼已经封楼",于是新的谣言就演变成了"北京的超市要关门、某某写字楼是毒楼、整个中关村都封了";谣言说喝绿豆汤能治病,于是绿豆脱销;谣言说喝黑米汤能治病,于是黑米脱销……还有鞭炮,还有香烟,还有各种奇奇怪怪的药……

在谣言四起时,对谣言的粉碎和破解是媒体的责任,也是建立媒体权威的一个机会。作为新闻媒体,应该发挥其监测社会环境、解释社会现象的功能,担负起应有的社会责任。在学界研究"非典"事件报道及其社会功能的时候,也有专家重提传播学中关于新闻报道"议程设置"的理论,这个理论认为传媒所关注的问题应与公众关注的问题高度一致,而且应由公众议题决定传媒议题,如果公众关注的问题传媒不关注,媒体就会失去公信力,没有尽到其社会责任。在此期间,有一篇报道很见记者的功力和媒体的品质,那就是北京一家报纸的"到谣言中心击碎谣言",记者对这些谣言所涉及的人、地点和事件进行了逐一的排查,用谣言风暴中心的事实碎解了谣言:

传言一:中关村女职员被盛传得"非典"病逝

调查结论:传闻已病逝的郭小姐日前出现在传闻已封闭的中关村海龙大厦三层,半个多月前,因工作出色被公司调到硅谷电脑城担任分店负责人。本来是一次正常的人事调动,结果竟被谣言传成当事人是因为"非典"离开了海龙大厦,甚至说她已经病逝。面对记者,郭小姐问:"谁说我得'非典'死了?!"

传言二:"史蒂文·沈"称,北京有"一种尚未被确诊的疫情"正在蔓延,已经"夺去了143人的生命"。

调查结论:北京市卫生局局长金大鹏4月13日发布声明,北京从未有"不明疫病"蔓延。3月初,北京出现第一例输入性"非典型肺炎",目前已有8位患者痊愈出院。迄今为止(4月13日),死于"非典型肺炎"的患者总计4人。北京从来没有发生"不明疫病"。

传言三:"国贸中心18层被封闭"

调查结论:该栋楼并没有封闭,该楼层的几家公司仍在正常办公,办理业务的客户也络绎不绝。保安人员在各楼层坚守着自己的岗位,清洁人员在清理大厦的每个角落。

传言四:"招商局大厦15层封闭"

调查结论:招商局大厦物业管理中心的经理耿天舒解释,15层的租户在去年年底就停租搬走了,一直到现在没有人租住。

传言五:"中关村已经被封锁"

调查结论:整个大厦的办公区里的工作人员都在正常办公,一楼的饭店、银行都在正常营业。附近海龙大厦里的电子生意也照样红火,市场前的停车位上午就已经满了。在一层的数码大厅里,商家继续做着各种电子产品的促销活动。

……

只要是谣言都是经不起推敲的,这篇报道并没有太多的评论与注解,只是迎着谣言逆流而上,通过调查的结论一一戳穿了本来就易碎的谣言。这样的调查是权威的,因为它点中的是读者的穴道,那些谣言风暴中心,正是市民心里最大的恐慌所在。而类似的谣言,在过去各种媒体对它们是避之唯恐不及,很少能够进入主流媒体的视野。过去的一种思维定式就是:我们不信谣、不传谣,所以我们对社会上的谣言视而不见听而不闻——作为一种个人行为,这样的无视当然是理智而科学的;但是作为负责任的媒体,应不应该对已经泛滥的谣言充耳不闻不做解释呢?是无视它的效果好,还是迎面击碎它的效果好?结论一目了然。

其实,过去对于新闻发布有时选择回避,是因为延续着一种习惯,而这样的习惯之中存在着一个误解:信息传播是可以控制的,因此对信息要进行选择性发布。但是在选择与控制之时恰恰忽略了一个特点:观众在信息不满足时会做出反向选择,你不说,我就听听别人怎么说——在分析应不应该限制之前,首先应该弄清一个非常现实的问题,那就是在所谓的"新传播时代",信息究竟是不是可控的?

我们先来看看什么叫做"新传播时代",来看看"新传播时代"人的信息行为是怎样进行、怎样完成的。

"9·11"当晚,我的一位同事不断地用短信息向我即时"报道"纽约那边的消息:"飞机已经全部毁坏,机上人员全部死亡","美国已出动直升机在纽约上空搜寻","当地新闻报五角大楼也遭袭击","第二幢大楼很快倒塌"……全是最新的动态消息,我得知这些信息要早于国内的观众,因为这位同事正在上网,而网络的那头,能够目击世贸大楼的地方,一位他并不认识的网友正在用便携电脑一段又一段地写着这些"短消息",一张又一张地在BBS上粘贴着新闻照片;我的同事就紧紧张张地把这些短消息同步发送给他的几十个朋友……这就是我在那次新闻事件中所感受到的一次"民间传播"——实际上这也就是最简单、最常见的"新传媒时代"的立体传播。

在这样一个时代,似乎出现了这样的特征:我们可以控制媒体,但却不能阻隔传播,甚至不能完全控制这种传播产生的效果。此时最好的办法就是让主流媒体的权威声音走向前台。

不得不正视的一个现实就是:当权威的声音缺位的时候,观众掉头寻向了那些有信息的地方:手机短信、亲友的电话和电子邮件、其他媒体……舆论的阵地不会坚贞地等待哪一家媒体,我们不占领,就会被别人占领;我们的立场和观点不表达,观众的判断就会被别人的观点和立场所影响,因为有可能别人正为观众提供着判断新闻事态的依据。

其实,当一个新闻事件受到关注成为热点的时候,往往正是观众最需要新闻舆论的分析、解释和引导来满足自己的新闻欲,同时也建立自己的判断标准的时候。所以媒体往往是在新闻事件中成就了自己并建立起自己的权威。

权威声音缺位的后果,直接伤害的是媒体的权威性。社会上按照一些约定俗成的标准,把媒体划分为"主流"与"非主流"。但哪一家媒体是主流的哪一家是非主流的,并不由媒体自己一厢情愿地说了算,没有哪一家媒体自己就能够把自己定义成主流。谁处于主流地位,那得由观众(听众、读者)的阅读习惯来决定。对电视来说,是观众的收视选择(收视依赖性)在形成主流——重大事件发生时,观众主要向哪里汇聚?哪里占据的收视份额高,哪里就是这个时刻的"主流"。而这样的汇聚不是一时之功,它是观众通过查考媒体在平时面对重大新闻与突发事件的习惯性反应而做出的选择。如果权威声音经常缺位,即使原来曾经是主流的媒体也会沦为边缘。也就是说,谁被观众放弃,谁就失去主流的地位,更罔谈"权威性"。

就在北京各大院校马上要停课、校园里各种传闻莫衷一是的时候,学生们心里既着急又慌张,北京大学的王登峰教授对同学们说:"手机、网络、小道消息,这么丰富的信息,谁来帮助我们分析和证实?你要锁定一个你信任的媒体,因为它一贯地可靠,你可以相信它这一次也是可靠的。这个时候'说什么'并不重要,重要的是看看'谁在说',它凭什么这么说。"

王教授对学生说的这番话对我们也是一种提醒,因为他提示着观众对媒体进行选择时的依据,谁的说法是权威可信的?选择谁作为紧张惊慌时的心理依靠?观众看的是我们平时的"一贯表现"。

大众传播媒体的产生本身就是为了满足人们对信息的巨大需求,所以若能及时利用大众传播媒介向广大受众发送真实、全面的信息,就可以消除受众的不确定度,自然也可以消除人际传播中可能产生的谣言。谣言止于公开,公开必须借助大众传媒。北京和广州的"非典"恐慌都是在持续一段时间之后,随着市政府不断召开的新闻发布会渐渐平息。恐慌生于不解而止于了解,这成为"非典事件"带给整个社会的一个规律和一个共识。

2003年2月25日,就在北京人远望着广州的"非典"恐慌时,北京大学和清华大学的校园里几乎同时发生了爆炸案。

广州和北京都是大都市,信息畅达,但是为什么广州的"非典"疫情在短时间内蔓延为一种遍布几省的恐慌事件,而清华北大的校园爆炸案却在短暂的惊惧紧张之后趋于平息?从两个事件的信息处理方式上可以看出其区别。两件事情的信息传播方式是完全不同的。

广州和北京的疫情在开始时发布的渠道是有障碍的,但信息的控制只能控制媒体传播,并不能控制"民间传播"(人际传播),更不能控制疫情的发展。身边的事实和媒体信息之间巨大的反差,让人们更愿意相信人际传播得到的消息,也就是通常人们所鄙视的那种"小道消息"。这个信道变得比任何时候都发达,并得到了处于新闻饥渴状态的人们空前的信任。

清华、北大爆炸事件的成功处理,其实就是大众传播的成功,同时也是传播效果控制的成功。这次事件中,信息的给予与信息的需求几乎是同步的,而且是等量的。打开电脑,几乎所有的网站都在头版头条对此事件作出报道,信息消除了人们在事件初发时的许多猜测和推论;北京大学党委很快就通告了关于受伤者的身份说明,通过网站、通过新闻发布的方式作出解释和说明;三位伤者中的一位是餐厅管理员,一位是餐厅保洁人员,一位是前来餐厅应聘的北京海淀走读大学学生。下午,校方再次发布伤情动态,称两位伤者已在校医院就治,一位转到校外的北京市第三医院就治;北京市公安局新闻办公室发言人对在场的数十名中外记者披露了警方初步调查进展:在清华荷园和北大农园的爆炸,均为自制黑火药所引起……这些动态信息进一步消除着人们由于对事件的不确定而产生的惊惶。

这些信息的发布都是在事件发生的当天,无论学校还是政府方面,能够得到的信息就是这些了,这些信息尚不完备,爆炸的实施人和爆炸的动机等都还在调查之中,但这些动态信息在一定程度上满足了人们的新闻欲。因此,这个在处理上稍有不慎就有可能引发震荡的案件,并没有在学生中和在社会上引起什么负面影响,关心这个事的人因为得到了想得到的信息而平静下来,一边干着自己的事,一边看看电视翻翻报纸上上网,耐心等待着案件侦破的结果。这个重大突发事件在妥当的处理之中被举重若轻地控制住了。

突发事件考验着媒体的反应能力,同时也给媒体树立影响带来机会。"事件成就媒体"是人们早已公认的"法则",其道理很简单,事件突发,由人的社会性产生的"新闻欲"必然促使人们关心事件的来龙去脉,关心个中缘由,以及事件对个人、环境和社会的影响。在现代社会,人们必然把目光投向他认为最能满足他的"新闻欲"的最好的媒介:谁透露的信息更多,谁报道的事实更有说服力,谁对事件的分析评论更有道理。所以,高度的公众关注度决定,突发事件每次都成为媒体建立权威的最好机遇。因为此时的受众对媒体的"需求值"最大。

人们信赖的是那些反应敏捷、走向深入而且反应得当的媒体。敏捷、深入和得当,具体说就是及时、完整和负责。及时的信息才实用;完整的信息才准确;从需求出发的信息才是对社会负责,了解观众在突发事件中的焦虑并力图消除这种焦虑,尊重观众及时的需求,才能建立观众对媒体的依赖性并固化这种依赖使之更加稳定。

建立媒体权威,其实就是建立媒体在观众心目中的不可替代性。这种不可替代性是通过实力来体现的,实力是权威的基础。媒体必须通过重大事件中的新闻反应表达自己的实力。媒体实力的具体体现,一是到达现场的能力,一是获得新闻资源的能力。

前文已有涉及,一个电视新闻媒体的权威性主要取决于在重大事件、热点问题、新闻人物出现之后,是否有记者的调查行为,记者是否能够依靠自己的采访调查获取更多的背景和细节,发现更多的事实证据和展示事实的角度。实现这样的调查,前提是记者必须在第一时间到达现场,并能够在现场发出声音。"到达现场",可能更多的是依靠财力的支持,而训练有素地"发出声音",则是一个长期建设造就的结果,是记者整体实力的表现。一个媒体如果在重大事件中屡屡缺席,却又想拥有权威的地位实在是难以想象。

并不是所有的媒体都有能力在第一时间到达事件的核心地带,而作为一个权威媒体,不仅应当有能力到达现场,而且还要建立自己发达的资讯渠道,以此来保障对新闻事件的及时了解,保障"第一时间"到达"第一现场"。作为一个权威媒体,还应占据别的媒体难以获得的新闻资源,比如重大新闻的授权发布。重大事件发生之后,政府部门需要寻找一个渠道发布信息,就会对新闻媒体做出选择,选择谁是由媒体先前已经建立的公信度和影响力决定的,而被选择无疑又将提升媒体的权威感,这样的选择对媒体来说既是任务也是机会;还有比如采访的特许,比如某个特定场所的准入等等,这都是一个媒体建立权威的有利条件。

科学地看,建立媒体权威就要建立一种传播效果意识。要从传播的落点上判断新闻,由此提出的一个要求是:要更多地了解并尊重我们的传播对象。毕竟,建立媒体权威不是媒体的目的,建立权威的目的是提升媒体对观众的影响力,放大传播效果。

什么是传播效果?传播效果是传播活动的目的、价值所在,又是评价传播者、传播媒体业绩的重要依据,简单说就是新闻发布之后在观众中产生的影响。传播学非常重视"那一头"的概念。Audience(受众),就是新闻传播的"那一头",这是传播的终端,效果是要通过终端来体现的,这个终端才是目的。

对比非典型肺炎事件,还有一桩一年前发生的事情很值得研究和深思。

2001年年底,差不多整个天津城陷入一场恐慌当中:越来越多的人听说公共场合"有人扎针"报复社会;越来越多只是听说了这个传言的人加入到传播的队伍中:"你听说了么?有人扎针故意传染别人艾滋病……"越说越具体,越听越真实。更为神秘的是:二十多天过去了,媒体一直是沉默的,这个文明的城市几乎成了流言盛行的城市,传言的速度从很慢到越来越快,直至接近饱和,一个办公室就有多个版本,一个人就有一个版本!如此大的一个城市几乎没有几个人没听说过、没议论过、没传播过这个消息。

我们还是来看看稍有点影子的、"被扎针"的人是怎么个情况吧。天津传染病医院发现的最早一例是:一名男子在一家舞厅喝酒醒后"感觉被扎",到医院检查;还有一例是一名妇女在菜市场交钱时发现手背上有一个小小的划痕,她肯定地说不是被菜市场的钩子、竹篮子或者铁丝什么的划伤;还有一例是一位母亲发现儿子小腿上有一处几乎看不见的小伤口,问儿子,儿子对什么时候受伤没有印象,母亲陈述说是"伤口来历不明"……

由于没有任何正式的消息源,城市中的人们既相互传言又到处求证,恐慌心理进一步加剧。市民被扎事件既发生在元旦和春节之前,又集中在人群稠密的商场和拥挤的公交车上,在群众中引起不安的情绪,有的学校老师已叮嘱学生少到公共场所。有关部门的同志在被询问破案及被扎群众的有关数字时,谢绝回答。

又是几天过去了,仍然没有正式的消息源。媒体的沉默感觉是一种讳莫如深的集体的缄默。媒体越是"讳",人们越是觉得其后有"深"不可测的原因,这样的沉默让市民们如堕云雾之中。

1月6日,天津一位很有责任感的记者写了一篇内参:《天津市民多名被扎引起社会全面恐慌》;1月7日,中央领导十分关心人民群众的生命安全,分别做出重要批示;1月9日,天津公安机关将此案作为当年第一号大案,加大警力,开展侦破;卫生部门每天逐级上报被扎市民的例数、时间、地点及症状。直到1月17日晚,天津市通过电视台公开释疑,医院的结果首次披露:天津没有一例由于"扎针事件"感染病毒的报告;1月18日晨,公安机关向各单位发放宣传提纲,做群众的稳定工作,震慑犯罪分子。此后,各个媒体中释疑解惑的报道陆续跟上,市民们知道了科学的原理:这样的扎针即使是真的发生了感染的概率也是几近于无的。

效果非常好,数日没有被扎的报案,社会趋于正常。只是公开解释似乎来得晚了些。此后,一些有影响的媒体相继发出质询:在社会出现异常的特定时期,为什么缺乏一个权威的、主流的、对市民负责任的声音?如果没有中央领导的批示,情况会怎样呢?

其实,在面对涉及生命安全或切身利益的传闻中,公众的心理往往是非常脆弱的。他们最渴望听到权威的声音,渴望从主流渠道获得真相,否则,小道消息只能令惶恐和不安继续蔓延。那位写内参反映情况的记者也在反思这个问题,他说:如果政府有关部门能有足够的"危机公关"意识,对社会传闻反应不是采用"捂"的办法,而是开通信息渠道,早一点出来说话,早一点把事实真相搞清楚,并通报给公众,市民的情绪可能很快就会稳定,"扎针"传闻就不会散播得如此久、如此远。

天津的"扎针事件"让我再次触摸一个简单的道理:知情权与导向其实并不矛盾。新闻媒体最大的责任是什么?是维护党和人民的利益,维护稳定。社会稳定和人心安定,这就是我们最重要的导向,而人心的稳定、人群中的理智、社会行为的井然有序,这些都是要在知晓真相、了解原委之后才能自然产生的——尊重观众的知情权原来可以这样直接地接近我们的宣传目的。

建立媒体尊严

> "我丢了很多东西,连同稳定的工作和户口,现在我的枕头下面除了一堆获奖证书就没有什么值钱东西了……我来到这里是要寻找几样最昂贵、最值钱的东西:正义、尊严、公理和未来……"

1995年4月23日,长沙卷烟厂在《工人日报》上赫然登出一个整版广告:奖励《东方时空》和《焦点访谈》一百万。

当天上午我看到报纸十分震惊,因为此前长沙卷烟厂并未征得中央电视台任何部门的同意,《工人日报》事前也没有任何人和我们沟通过,就直接以广告的方式公开传播了。

这样一个广告的轰动效应是可以想见的。

杨伟光台长、沈纪副台长对此都十分生气,要我立即与长沙卷烟厂交涉此事,必要时与他们对簿公堂。

联系上长沙卷烟厂,厂方的态度同样令人惊讶。烟厂负责人似乎觉得我们在小题大做,有些不解地说:"整天找我们要钱的我们推都推不掉,主动给你们钱你们居然还有意见?真是不可思议。"在他们看来,新闻栏目接受这笔奖励是天经地义的事情,我们应该笑纳,而后感谢和领情。

看到企业并没有什么恶意,而且还涉及另外一家中央新闻单位,此事后来不了了之。一百万当然是分文没花,长沙卷烟厂得了一个便宜。烟厂赚了一次广告效应,报社进账一笔广告费,《东方时空》《焦点访谈》被人使用了一回——我真希望"观众的眼睛是雪亮的",坚信我们没有收受任何不明不白的钱。当然也只能是希望而已,因为一切无从解释。

当时我的态度十分明确:《东方时空》和《焦点访谈》需要社会各界的支持和关爱,但是不需要任何形式的赞助。

还是80年代末期,我出差去东北,在火车上遇见一位韩国老板,闲聊中得知我是记者,不知什么原因,他举起了左手,嘴里的话我半懂不懂,但意思是十分明确的,他比画着说:"中国记者是这个",他掰弄着自己的小指头;"韩国记者是这个",他又掰弄着大拇指。由于语言不通,我无法和他直接交流,但我愤怒的心情溢于言表。至今我还不明白那位韩国老板得出这个结论的真正原因,也许他曾经被某个中国记者给"黑"过。

90年代中期,一位地方台同行给我讲了一个令我至今汗颜和心惊的故事。他说有一天,他们当地一个企业的老板找到我台新闻中心一位编辑,想发一条新闻,酒桌上一番推杯换盏之后,这个编辑给这个老板打了保票,随后是桌下交易。不久,这条新闻果然如期播出了。听地方台同行讲这个故事的时候,事情已经过去好几年了,我无法核实。我不愿意相信这是真的,但是在那个"有偿新闻"几成行业默契的年代,这种情况也不可完全排除。至少当时存在着这样的情况:一条本可以不发的新闻,只要对方提供出差费用,记者就去采访报道,我们的新闻有时候廉价到只值一两张机票钱。

我们的新闻界还曾经暗地里流行过一种很有效的"创收"办法:由于

企业都害怕舆论监督,而媒体都有舆论监督的职责和权力,于是有人在这上面做起了文章:先是到某个企业去"隐性采访",拿到企业存在问题的一些证据,或者拿不到证据就找几个消费者表示一些对该企业不利的看法,之后记者并不急于回单位发稿,而是大张旗鼓地请企业主管领导对这些问题予以"核对"和"确认"——给你看看我手里攥着的把柄。这个时候,企业除了唯命是从还能有别的什么选择? 一边忍痛把大笔的"赞助费""合作经费""采访经费"划过去,一边还要千恩万谢感谢这个记者,感谢这个单位"明事理""讲义气",没有把事情闹大。

听说还有这样一个故事:某个著名的营养品被一家报纸曝了光,竟然先后收到另外好几家报社发来的信函,声称"为了对消费者负责,我们要对产品的质量问题进一步曝光,但曝光之前要与企业核实一下问题",要求企业就质量问题予以答复。企业的答复当然是"好说好说"。于是,本来气势汹汹要"曝光"的媒体,在一笔赞助费进账之后,刊发的文章就变成了"重信誉质量唯上,抓质量重塑名牌"之类的吹捧文章。

有偿新闻一度成为新闻界的一个顽疾。

新闻的采制可以看做"产品"的生产,新闻产品可以在市场上出售,但这并不意味着新闻本身是可以"有价出售"的商品,新闻采制的过程本身是可以买卖的一桩交易。

我国《民法通则》规定,民事主体从事民事行为必须遵循平等自愿、等价有偿、诚实信用的原则,而有偿新闻向公众提供的虚假信息破坏了受众对社会事物的知情权,侵害的是"公平""公知"和"公信",这种行为在本质上较之商品生产中的制假贩假更为恶劣,它是一种更为隐蔽的欺诈行为,而且发生在新闻行业中的制售假冒伪劣,其社会危害更为严重。

为此,中共中央宣传部、国家新闻出版署于1995年年初曾专门下发了《关于加强新闻队伍职业道德建设、禁止"有偿新闻"的通知》,要求维护新闻的信誉和形象。

有偿新闻伤害的首先是受众,但最终失去尊严的是媒体。因此,建立媒体尊严,首先要从经费自立开始。

《东方时空》开播一个月后,广告商纷至沓来,其经费足以应付节目拍摄的一切开支。而不依赖于别人的施舍,这在很大程度上保证了选题的独立性。由于我们没有沦落为食嗟来之食的"饿者",我们有更多的理由选择尊严。

直到今天,仍不时有人找到我说:"能不能上一个《东方之子》,多少钱都可以。"甚至有人说:"那个批评我们的节目就别播了,所有的经费由我们出……"每每遇到这种情况我的心里都充满不能言表的愤懑。以这样的理由要求"播"与"不播",其实就是在直接表达着对栏目尊严的轻慢。说这话的人表面上没有"嗟"我,但是我可以看见他的笑容背后"左奉食,右执饮"的倨傲,我可以看见韩国老板那根难看的小拇指头。

他们不知道,对于《东方时空》《焦点访谈》《新闻调查》《实话实说》来说,这样的时代从还没有出现就已经过去了。这几个栏目走到今天,其中付出的艰辛与成本是巨大的,是无法用几个小钱来交换的。节目和栏目要上台阶,要创新要寻求新的发展,我们缺的东西很多,也缺钱,但是不缺小费。决定节目的播与不播,可以是制作水平,可以是播出时机,可以是舆论环境,甚至可以是我们自己优中选优的淘汰和否决,唯独不是费用。

1995年初夏,《新闻调查》开播。由于有了此前《东方时空》《焦点访谈》开创出来的实践经验,《新闻调查》从起步之日起就尝试了一种非常专业化的节目采制模式:双机拍摄、采编分工、摄录分工、策划先行、编导策划前后方联动……《新闻调查》实行的是编导负责制,编导要对节目的质量负责,同时要对节目的制作过程负责。出差期间,节目编导就相当于一个临时的"摄制组组长",衣食住行,各项花销,都由编导控制把握。

《新闻调查》开播之初,一些地方台的编导来到这个新成立的节目组。他们中有一些人还不太习惯央视评论部记者出差的做派:事无巨细,逢到结账的时候就挺身而出,有时候编辑记者摄像生病了,地方宣传部的人代买药物,摄制组都会坚持一一算清,不给地方增加麻烦——因为这样的麻烦很难说日后不会成为自己的麻烦。《新闻调查》有两个新来的编导,也许是出于为组里省钱的善意,做了一件在他们看来是那么习惯成自然的事情:他们接受了当地的接待,并由地方报销了剧组的差旅费,而且还谈妥了地方为节目"赞助"一笔经费的"相关事宜"。

结束拍摄回到组里,他们兴致勃勃地跟制片人说:"我们没有花制作费……"但是等待他们的不是赞许,而是部内行政手段中最严厉的处罚:除名。当他们俩满心欢喜地认为自己为栏目做出了贡献的时候,他们也许没有意识到:这样的举动已经对这个栏目造成了难以原谅的伤害。因此,尽管我们能够理解他们的良苦用心,但这样的行为无法原谅——节目没有来得及编辑,他们很快离开了新闻评论部。

《东方时空》刚开播不久,我突然发现作为人物出现的企业家逐渐多了起来,而且我本人也接待过询问"多少钱可以上《东方之子》"的说客,这引起了我的警惕。

企业家是我国经济改革的重要力量,优秀的企业家当然应该成为"东方之子"。但是,当时那么多部门和行业每年评选出来的那么多"优秀企业家",究竟要"优秀"到什么程度才能上《东方之子》呢?最早的时候我立了一条"一刀切"的规矩:凡是企业家都不做《东方之子》。我的理由是:电视台还有更适合表现企业家风采的节目和栏目——但是这样也就把一批真正"有分量的人生"、把一批值得"浓缩人生精华"的人物排除在外了,况且我们的本意也并不是要否定企业家对国家经济建设做出的贡献。大约在开播的一年多之后,我对《东方之子》制片人说:凡企业家或者有企业背景的人还是不做《东方之子》,除非他们有极特殊的贡献,有极大的新闻价值,用观众认可的新闻价值来衡量他们。

这条规矩到现在也没有打破。

并不是说这么多年来《东方之子》就没有采访过企业家,但是进入我们视野的"企业家"有一个硬标准:进入世界五百强的中国企业家,按销售额排行中国前十位的企业家,还有就是像柳传志这样的新闻人物。我认为,对一些拼命想挤进《东方之子》的企业家进行控制,维护了《东方之子》的栏目尊严,减少了其商业性,提高了这个栏目的品位,杜绝了有偿新闻的土壤。值得注意的是,现在想上《东方之子》的已经远不止"企业家",还有想通过栏目抬高知名度从而抬升自身市场价值的人,像那些渴望加速成名的二流书画家、二流律师,以及已经自立门户的所谓名医等等。其实,只要想清楚这些人希望从《东方之子》中得到什么,他们想通过这个栏目向观众表达什么……我们就说什么也不能让他们上《东方之子》。

多少年来,中央媒体的记者到地方采访已经形成了不成文的规矩:一是地方单位接待,二是要有相应的媒体配合,对央视来说相应的媒体就是地方台。这个惯例从《东方时空》开始被逐渐打破了,尤其是操作批评报道的时候更是如此。《焦点访谈》的记者到地方采访的惯例是:先找宾馆,再租车,与"线人"接头,开始赶赴第一现场……根本谈不上什么地方单位接待,对于当地政府相关部门,我们的原则是能不打扰就不打扰,那些习惯性的宴请也是能推就推,即使推不掉,赴宴也尽量说服对方由我们来结账。采访是我们的工作,要尽量避免给地方增添麻烦,尽量减少别人因我们的到来而增加工作量。还有一层用意:回避不掉的时候赴宴,也是为了稳住对方,不要因为我们表现出来的态度上的对立,导致采访还没有结束,记者还没有回来,说情的人已经先来了。

还是在《焦点访谈》开播的初期,一天,一位地方台的同行给我打电话说:"有一个节目你们别播了!"口气十分紧张焦虑,我问他为什么,他说你们的记者用的是我们的摄像机,上级领导说是我们"引狼入室",说我们配合你们搞批评报道。如果你们节目播出,我们在地方可就惨了。言之切切,我们不能因为一期节目害了曾经给予我们帮助的人,这期节目只好作罢。

还有一次,《焦点访谈》记者到南方某城市采访一个国有资产流失问题的节目。线索是当地电视记者提供的,访谈记者到后迅速展开采访,一切进展顺利。但突然有一天,记者打电话告诉我:两天来拍摄的素材都被当地电视台给扣了,而且是趁着记者外出采访之际,地方电视台领导指示有关人员在记者不在场的情况下将素材全部拿走了。

我听说后立即打电话找到这位台长,让他立即归还我们的素材。我平时极少与人争执,特别是跟地方台的同行更是没有红过脸,但他的行为确实令人气愤。我在电话里说:"除了司法机关依法办案,其他任何人都没有权力扣留中央台记者的拍摄素材!这种行为发生在同行之间更是让人震惊!"

对方辩解说:"我们是奉命行事,我们也有难处。"几年之后再见面,当事人向我道歉,我也表示理解他们当时的处境。

从以上两件事情之后,我们对记者提出了一个要求:凡是批评监督类的报道,一律不得与地方台联系、合作。这是我们在教训中制定的一项保护地方台同行的措施。我们确实不愿意让他们在这些问题上为我们受过。我们结束采访可以一走了之,他们身处其中,处境和风险都是不一样的。

当然,再完善的法律和规章之下也难免有人擅越雷区偷尝禁果。我不能确保这个环境是一个真空,有百分之百的清廉,但有一点是肯定的:我们在用百分之百的努力维护着这些节目的清白,我们的栏目不允许暗箱交易。

这个年头,多少东西被明码标价摆上货柜了,被典押了,被甩卖了,但总还有一些东西应当被珍存吧?在这个一切价值都被价格化了的商品时代,总该有一些东西是难以标价的"非卖品"吧?比如良心和尊严。

1993年年底,《焦点时刻》记者李媛媛给我讲了她外出采访时的一段经历,让我第一次体会到《东方时空》这个栏目在观众心目中的尊严和地位。李媛媛到山东采访一所中学,有一些中学生由于付不起学费而到医院卖血。问题的焦点是:医院的医生原本知道这些学生未满十八岁,按照有关规定是不能献血的,但医生却抽了孩子们的血。采访完毕后,李媛媛连夜往北京赶,想尽快发出这个报道。回京的列车十分拥挤,李媛媛和摄像只能挤在车厢过道里。李媛媛手里拎着话筒,当时中央电视台的话筒标志还没有统一,话筒上挂着《东方时空》的明显标志——那个大眼睛。一位列车员从李媛媛身边经过,看了一眼话筒,对李媛媛说:"你是《东方时空》的吧?"李媛媛受宠若惊,问她为什么能认出自己,列车员说:"我认识你们的标志,我很喜欢看你们的节目。"李媛媛问她是否能补买卧铺票,列车员热情地说:"卧铺票是没有了,不过你们那么辛苦,就到我们列车员的休息室里睡觉吧。"

李媛媛给我讲述这段经历的时候,我看到她的脸上始终有一种幸福的表情在洋溢着。

在评论部的内部杂志《空谈》上,曾有这样一段话:"……我丢了很多东西,连同稳定的工作和户口,现在我的枕头下面除了一堆获奖证书就没有什么值钱东西了……我来到这里是要寻找几样最昂贵、最值钱的东西:正义、尊严、公理和未来……"2003年年初,当新闻中心主任李挺在一次会议上重复这些话时,在场的很多人都为之感动,其中也包括我本人。

我们都熟悉那个著名的"廉者不受嗟来之食"的故事,但是很少有人知道这个故事的心酸结局:那个"饿者"非常有骨气地"扬其目而视之曰:'予唯不食嗟来之食,以至于斯!'从而谢焉"。但是很快,这个饿者"终不食而死"。他为捍卫自己的尊严付出惨重的代价。值得庆幸的是:我们今天已经走到了一个开阔地带,在这里,坚持人格、追求理想、保护尊严无须付出惨重代价——我们至今傲然站立着,没有因为"不食而死"——这已经不仅仅是一个栏目、一个部门、一个媒体的幸运。

媒体尊严的建立当然要看是否有令人信服的节目内容,但媒体尊严首先应当是媒体中人的尊严。起步之初我们正处在一个有偿新闻泛滥的年代,所以对我们来说,经济地位的独立是获得尊严的第一步,自立才能自强。而只有强者才能真正保护好那个昂贵的尊严。

第四章

另类实验·1996

崔永元转身对大家说:"他做好事做了好多年都不要回报,制片主任在不在?他今天的劳务费就不用发了。"现场立刻一阵会意的笑声。

引进"谈话"

> "我们试了那么多人,大家总觉得不如我们那个策划崔永元。"

1984年,初进电视台,我被分到台人事处工作。在一次关于台内工资改革的座谈会会间休息时,大家聚在一起聊天。时任台长助理的陈汉元刚刚从欧美等地考察回来,他说:"国外现在到处都是谈话节目,几乎每个频道都有。"当时的我对电视还一窍不通,对此心存疑虑:电视节目中最令人讨厌的就是那些冗长的空话和套话,有图像的电视节目还不好看,更别说纯粹的谈话了。由于不是一个主题座谈会,陈汉元当时的感慨并没有得到什么回应,话题很快滑过去了。

"谈话节目"这个概念重新进入思维范围已在十年以后。

1993年年底,一位同事从美国出差回来,给新闻中心带回一些录像带。这是央视驻美国记者站的记者在当地录制的 CBS、NBC 和 ABC 的全天节目,新闻中心为了观摩学习,专门要求驻站记者定期录一些节目回来。我顺手拿了几本 NBC 的全天节目回到办公室,想看看其中的节目形态是否有值得《东方时空》借鉴的地方。

好像没有什么内容与《东方时空》有关,但其中一个很另类的节目引起我的注意:节目开始时是一个长长的移动镜头,摄像机跟随一位四十多岁的男主持人穿过长长的走廊进入演播室,主持人一露面,现场立刻沸腾起来。节目未经翻译,我不能完整听懂主持人在说些什么,但可以看出他的幽默和机智,现场观众不时被调动得前仰后合。在长达一小时的节目中,笑声和火爆的场面不时出现。我当时不知道这就是风靡整个世界的"脱口秀",更不会想到日后我们自己也办起了中国特色的"脱口秀"节目,在每个周末给中国的观众带去笑声和动人的故事。

时间又过去两年。《东方之子》制片人时间跟我说:"国外的谈话节目越来越流行,而且很'火',你不是总主张前卫吗?这就是目前最前卫的电视了,咱们是不是也办一个?"这个想法是够前卫的,在中国开办一个谈话节目,我们有多大的谈话空间?有什么样的观众基础?有什么样的人才储备?毕竟在当时的中国,在大多数中国人的概念中,"电视"与"幽默"无关,"电视"与"谈话"还有着相当遥远的一段距离。

我在认真琢磨着这个建议。见我没有接话,时间又说:"至少可以试验一下。"

《东方时空》和《焦点访谈》相继成功之后,央视的电视改革和创新之风日见强劲。在这种氛围中,要试验一个新节目,我们没有必要在事情没有开始张罗就先在思想上束缚了自己。我让时间拿出一个方案来,用节目说话。

几个月过去,时间没有直接把节目方案给我,而是请了一位台湾来的女导演给我介绍国外谈话节目的几种不同的操作方法。这次谈话照常在梅地亚简陋的咖啡厅进行。我、时间还有他请来的张蕾导演,一边品着冲得很淡的麦氏咖啡,一边谈着那个对中国电视来说还是全然陌生的新品种:"脱口秀",亦即"谈话节目"。在新一轮电视改革的前期,梅地亚宾馆一楼的咖啡厅里诞生了许多令人兴奋的新创意。当张导演谈到谈话节目的几个要素：主持人、观众、嘉宾和乐队时，我忽然想起两年前看过的那个热热闹闹的节目，主持人的机智与观众的热烈，让我如此直观和深刻地理解了"脱口秀"三个字。

那个下午过得很快，走出梅地亚时已近黄昏，那时北京的黄昏常常是混沌的，空气中弥漫着一股非尘非土的燥腥味儿，视距非常有限。

台湾同行很快离开了北京。我决定拿出一笔经费让时间开始实验谈话节目。同时我请时任新闻评论部副主任的张海潮分管这个栏目。

虽然决心已定，但是谈话节目在中国是否有属于自己的生存空间，能否得到观众的认同和喜欢等等，都还是一些未知数，起码在看到样片之前难下结论。但此时的没有结论已不是早先的犹豫和迟疑，更多的是期待。

时间是一位精力充沛的制片人，那几个月，他一边策划试验谈话节目，一边在下大力气提高《东方之子》的品质，同时还在筹备《东方时空》三周年特别节目。

被我耐心等待着的"谈话节目"是在北京一个四合院里诞生的，一切都是白手起家。

那时《东方时空》和《焦点访谈》都在台外办公，更别说这个八字儿还没一撇，又不是奉台里指令创办的新栏目了。人和办公用房都要自力更生。不知什么原因，找来找去，时间他们最后落脚在了北京西单附近的一个四合院里，人员除了《东方之子》的主力编导乔艳琳外也都是新人。西单那个加起来总共只有一百多平方米的小院我去过几次，院落不大但功能齐全，那些与《东方时空》第一次亲密接触的"理想者"们在这里可以整天整宿地谈天说地，饿了还可以做饭，完全是一个大家庭的感觉。对人性、社会、伦理和文化的关注，始终是后来如火如荼的《实话实说》栏目关注的主题，虽然形成这样的栏目文化有着操作和定位上的必然性，但其真诚的态度却发自内心。不知是一种巧合还是时间深谋远虑的追求，我至今认为这样一个"理想者之家"的氛围对后来的谈话节目形成浓厚的人文关怀的氛围有着不可估量的作用,也许正是环境潜移默化的影响,才使这个栏目能够在日后确立了自己平民化的风格和人文关怀的精神定位。直到2002年,崔永元仍然在他所带领的这个群体中倾力追求着一份温暖的"大家庭"理想。

谈话节目的筹备和策划时期遇到的第一个难题就是主持人。也许此前还有许多问题时间他们已经自行解决了,主持人的问题时间跟我谈过好几次,总而言之他们已经面见了视线内所有的主持人和所有人推荐的所有人,但就是没有觅到理想的人选。有一次乔艳琳跟我说:"我们试了那么多人,大家总觉得不如我们那个策划崔永元。"

此前,"那个策划"我只见过两面,他作为《东方时空》百期特别节目的策划曾跟我谈过节目方案。本来谈话的主角应是总编导时间,但忘了什么原因,时间没来,让崔永元来找我谈了节目的创意。那次谈话中,他的清晰而言简意赅的表达给我留下深刻印象,他当时还是中央人民广播电台的一名编辑。

崔永元第二次给我留下深刻印象,是《焦点访谈》制作周年特别节目的时候。1996年3月上旬,《焦点访谈》一周年特别节目的负责人张步兵决定放弃原方案,改由北京驱车南下深圳,将沿途遇到的乱收费现象作为特别节目,纪念《焦点访谈》开播一周年——这就是后来获得广泛好评的《在路上》。创意很好,但是当时距离4月1日开播只有二十多天时间了,在这二十多天中要完成准备、拍摄、制作和播出是相当困难的。为了确保节目能够准时播出,我请评论部副主任袁正明南下督阵,崔永元作为该节目的策划也一路同行。《在路上》特别节目顺利播出的前一天,袁正明在办公室感慨地对我说:"有的电视编导太浮躁,他们应该好好向电台的崔永元学习。崔永元一路采访不停地记,在车上别人都睡着了,而他还在本子上写着东西,对问题的看法就是有不一样的角度和见地。"

做完特别节目,崔永元回到《东方之子》继续做他的策划,帮着时间寻找将要创办的谈话节目的主持人。天下还真有"灯下黑"的事,时间他们骑马找马地忙活着,一直没有找到合适的人选。好在新闻评论部是一个"英雄不问出处"的地方,绝不会让有才华的人在自己的灯下暗淡很久。几经比较之后,时间他们渐渐把这个主持人锁定在了策划崔永元的身上。同样也在为找不到主持人而焦头烂额的"那个策划"崔永元,马上就要披挂上阵,自己出山了。

1995年年末,一场大雪一夜之间让北京变得银装素裹,空气顿时清新了很多。

第二天,张海潮和时间通知我说可以看样片了。

样片是在新闻中心二楼自编机群的一个小房间里看的。编导把带子放进机器时解释了一句"节目有点糙,演播室是临时的"。这是记者编辑们惯用的手法,目的是让审看节目的人降低心理预期。演播室是在北京工运学院(现为北京劳动关系学院)临时租借的,背景很简单,灯光把每位嘉宾都打成了阴阳脸,崔永元看上去更像个大队会计,手在不断地挪移,一会儿左手握了右手,一会儿右手握了左手,似乎怎么握都不自在。观众席也因为灯光不足而显得有点昏暗,但这一切都遮蔽不了节目本身的光芒。

这期节目的题目是"做好事要不要回报",话题确立的诱因是发生在天津的一个真实的故事。一位失主登报承诺,要给拾物归还者一笔报酬,但是面对失而复得的财物和拾金不昧的人时他却食言了,拾物归还者一怒之下把失主告上了法庭。尽管整个节目看起来不是很流畅,但谈话节目的形态已具雏形,谈话现场的气氛、主持人的魅力也已见端倪。崔永元说话的时候听起来好像嘴总是没有张开到位,但与以往的"新华体播音腔"相比,崔永元言简意赅的叙述体更像是在与朋友聊天,态度真诚、言语平和、机智幽默。他说:"天津一位姓林的女士在电影院捡到一个公文包,包里有现金、存折、支票图章,总价值八十万元。几天之后她看到寻物启事,失主愿以一万五千元答谢捡到公文包的人。林女士这样做了,但失主却不愿意付这个酬劳了,于是,林女士就把官司打到了法院。中级人民法院经过一年零八个月的审理，失主支付了八千元，案子结束了。案子虽然结束了，但大家的讨论并没有结束，有人说失主反悔是不道德的，有人说林女士乘人之危索要财物也不符合中华民族的道德规范。我要问现场观众，是林女士做得对呢，还是失主更有道理？"

也许那时的观众还未习惯在谈话节目中说话，甚至从未在电视节目中看到过别人，尤其是身份地位"很一般"的"普通人"在演播室环境中说话，所以，尽管崔永元的设问非常明确，但现场观众席鸦雀无声。持续几秒钟后，崔永元说："原来今天我们请来了一批很沉默的观众。"这就是样片的开头，也是崔永元主持人生涯的开始和中国谈话节目的发端。

接下来的气氛越来越活跃，许多观众的观点截然相反，但是各有道理，以至于请来的乐队都只顾听别人争论而忘了本职工作——用音乐调节气氛。崔永元始终控制着现场谈话，略显吃力，但还算有效。崔永元问乐队的键盘手："你做好事要回报吗？"键盘手回答"从来不要"，崔永元转身对大家说："他做好事做了好多年都不要回报，制片主任在不在？他今天的劳务费就不用发了。"现场立刻一阵会意的笑声。

崔永元目的非常明确地控制着现场的谈话，他以自己的智慧和幽默使话题在轻松愉快中不断推进。嘉宾和观众观点针锋相对，一方认为做好事就要做到底，不应该将失主告上法庭；另一方认为既然承诺就应该讲信誉兑现奖金，双方据理力争，观点碰撞激烈以致水火不容。但整个谈话现场的气氛却在激烈的争论中一团火热、水乳交融。崔永元游弋在各种观点之间，观众在孰是孰非的交替判断中参与了谈话的全过程，并不感到时间很长——而这正是判断一个节目好看与否的最简单标准。

看完样片，大家很兴奋，张海潮笑眯眯地跟我说："这个节目一定能火。"我内心也已经预感到：一个全新的节目形态已经诞生，这符合新闻评论部追求前卫的精神。

由于录制太粗糙，这期样片没有播出。然而几个月后，依据另一事件制作的同一主题的节目险些给襁褓中的《实话实说》带来灭顶之灾。此

十年

Ten
Years

《实话实说》试验阶段录制现场,节目未播出。

事后叙。

　　1996年3月16日,也就是"3·15"消费者权利保护日的第二天,以《东方时空》"3·15"特别节目方式播出了央视的第一期谈话节目。这是《实话实说》栏目的开篇之作,题目是:《谁来保护消费者》。节目中有两个重要人物第一次亮相了:一个是名噪一时的民间"打假英雄"王海,一个是名不见经传的崔永元。节目开播后的反应,崔永远在他的《不过如此》中已经有了详细的描述,大致是大家怎么紧张兴奋,节目怎么深得观众喜爱,我怎么守着电话期待观众夸点什么……他在书中对这段历史的描述我基本同意,不赘述。

　　春节过后很长时间了,谈话节目的名称还是没有确定下来。"孩子"有了,叫什么名字是件难事。不到播出前是不可能确定名字的,这几乎是电视栏目遭遇的"共同命运",《实话实说》也不过如此。一天将午,我刚刚审完一个节目路过电视台二楼咖啡厅,乔艳琳他们几个编导拦住了我,非要将栏目名称确定下来才放我过去。"也该有个名字了。"我这么想着,于是老老实实地坐下来听他们说话:"都有什么好名字可供选择?"他们七嘴八舌地抢着说:"'有话照说''有话直说''有话大家说'……"十好几个,方向倒对,但都不理想,我沉默了片刻说:"叫'实话实说'怎么样?"他们几个有的说不错,有的还在琢磨着,我说:"就叫'实话实说',赶紧制作片头。"

　　我要用栏目的名字去定位参与节目的谈话者在交流中的态度:实话实说。

　　1996年3月16日,《实话实说》播出。

　　2000年12月10日,《实话实说》进入晚间。

谈话的风险

> 崔永元的退出就意味着《实话实说》的一个时代结束了。

《实话实说》开播后在观众和业界不断获得褒奖,但不知在哪个层面也传出《实话实说》是"自由论坛"的议论。也许言者无心,但这正是我最担心的一种定性。有些人还不太习惯在央视的电视屏幕中出现普通人的个性化表达,而且这种表达有时还有对立的观点和多元的声音。好在"自由论坛"的嫌疑并没有政治化的证据。针对"自由论谈"一说,没有严厉的责难落到《实话实说》头上,这个栏目作为另类实验得以存活,这样的结果透露着我们的社会在民主、开放、进步上的清新气息。

"自由论坛"之说很快滑过去了,但谈话的风险并没有消失,而且这种风险自《实话实说》筹备之初就在我们的预期之中。现在看来,这种风险也部分来自我们起初对谈话节目的狭隘理解。

1995年的时候,包括我在内,都一直认为谈话节目要好看,要吸引观众,就必须使谈话具有辩论色彩和对抗性——也就是对同一问题、同一现象和事件要有不同的观点,我们认为,能够把这种观点的交锋过程淋漓尽致地表达出来就是好的谈话节目。

实践走到今天,我们已经能够认识到这只是谈话的一类而不应是全部,但我们一度将其当做全部来理解,或多或少还有着把"谈话节目"当做"大专辩论会"的潜意识,这种理解限制了选题范围,也提升了风险的等级。

在我看来,除了真诚和平民意识之外,崔永元的智慧和才华还表现在两个方面:一个是即兴的幽默,另一个就是其记者经历造就的新闻敏感,而这两方面的结合将使崔永元的风格鲜明并且无人可以替代。很多人幽默但是不具有新闻敏感,而很多具有职业记者素质的人不一定可以即兴幽默。但自《实话实说》开播以来,崔永元的幽默感得到彰显,其新闻敏感的优势却没有得到深度发挥。直到2002年年初,经验的积累使《实话实说》终于有勇气接近新闻类选题时,崔永元却因失眠综合征再次发作而告别了《实话实说》的谈话现场,这不能不说是一种巨大的遗憾。如果《实话实说》能够实现其向新闻化挺进的转变,那将使中国电视新闻叙述和表达方式获得一次新的探索和突破。然而让人扼腕,这样的探索刚刚开始,还未真正来临就已告结束——接近新闻,这本应该是《实话实说》的第三次转折。

对新闻的回避是《实话实说》一开始就确定下来的一种策略,因为新闻类选题很少有对抗和辩论的空间。由于固守一个单一的谈话节目的理念,为了追求观点的交锋和对抗,《实话实说》的出路就只剩了在选题上做文章。《实话实说》开播头三个月,选题都是软性的,除第一期为"3·15"制作的特别节目《谁来保护消费者》具有新闻性之外,其他诸如《鸟与我们》《拾金不昧要不要回报》《广告知多少》《不打不成才》《该不该减肥》等等。《鸟与我们》是说笼养鸟该不该放飞;《为什么吸烟》谈的是吸烟有害健康,但可以提高效率,那么到底应不应该吸烟;《不打不成才》是讨论教育孩子的时候该不该动手打孩子……大都是教育、伦理、公共服务类的题材,节目的出发点基本都是"不同观点的交锋"。

我当时审节目时曾对他们提出要求:"选题要确定在可以表达不同观点,但每个观点都是安全的范围内。"我认为这样可以把风险降到最低点,但实际操作起来并不容易,风险无处不在。1996年6月9日,《实话实说》播出《拾金不昧要不要回报》,这期节目差点使《实话实说》走到终点。

这期节目基本是那个《实话实说》样片的翻版,只是事例由天津的官司变成了北京的故事:讲的是一个出租车司机捡到了一个在那个时代十分稀罕的,当时还被看做身份象征的手机,司机把这个值钱的东西交还给了原主,失主给了这个司机一千元钱作为酬谢。节目请了四个嘉宾坐到演播室讨论"拾金不昧该不该要回报?""这种回报应不应该制度化?"

编导之所以再次关注这个问题,是因为当时北京一家报纸就这个问题进行了一场讨论,而且讨论得十分热烈。这家报纸报道了一个现象:位于西单的北京失物招领处十几年前曾经红红火火,捡到东西的人都把东西送还到这里,而丢东西的人也总是先打电话到这里报失,等待好心人完璧归赵,但这些年来,这里渐渐冷清了,以至于这个失物招领处的牌子虽然还在,但已经没人注意到它的存在,没有什么实际的作用了。

《拾金不昧要不要回报》就是要针对这种现象,在失者与拾者都参与的情况下,请嘉宾和观众讨论如何解决这个问题,需不需要在制度上制定一个措施,让失物有可能尽快归还。嘉宾们建议的具体做法是:失主根据所失物品的价值,给予捡拾者一定比例的奖励,比如10%、15%或者20%。嘉宾们介绍说,这种制度在发达国家已经很普遍,而且据说我国的广州市也已经有相应法规出台……讨论过程中也有反对的声音,但节目的整体倾向是主张出台这样的法规。其实我也持这样的观点,考虑问题总要从实际效果出发嘛,所以节目我是一次审看就放行了。

节目播出后引来了批评。有观众认为节目立意不对,"意图否定中国人拾金不昧的传统美德"。针对这些意见，台领导对我们提出批评，此前《实话实说》就已经受到过台领导的批评，《实话实说》播出《广告知多少》后，台领导转达了本台相关部门的意见，因为在节目中有观众提到现在的广告太多了。但这次的批评却不是转达意见，而是要我们"限期纠正错误"——我深知，这样的"限期纠正"对一个初生的栏目来说意味着什么。

作为整改措施中的重要举措，《实话实说》试图通过再次降低选题的锐度和硬度来规避风险，比如接下来的节目《不打不成才》和《该不该减肥》等都是临时赶制的。但就在我们忙不迭地"整改"的时候，台领导在全台的工作会议上宣布了一个更为严厉的决定：《实话实说》暂停播出，以观后效。会上没有留给我们任何商量的余地，我的内心极其郁闷，但我还是非常庆幸和感谢台领导，没有对出生仅两个多月的《实话实说》宣判死刑，只要活着就有希望，挺过去的磨难就是财富，办法总比困难多，我这么想着，也这么鼓励着《实话实说》的创业者们：时间、乔艳琳、崔永元等等。

但是生存的转机要靠自己创造，磨难也得挺过去才能变成财富啊，今后的《实话实说》何去何从路在何方？那天夜里，我把自己关在审看间，把这期节目调出来一点点地看，一层层地反省：事到如今，我的责任是第一位的，如果我不签字就不会有今天的结局。但我为什么会放心签字？为什么没有预料到观众的反应？观众又为什么会得出那样的结论？那样的结论是节目中客观存在的吗？节目如果存在观点的明显倾向与谈话的严重失衡，那么是在哪里出现了失误，使得抗辩双方都有观点表达的一场争辩变成了结论单一的节目？

道理是越想越明，我渐渐看出问题的根本症结，的确是我们的操作存在失误啊：在谈话节目中，每个人都是有话语权的，谈话的过程，尤其是抗辩性谈话的过程，归根结底就是一个话语权较量的过程，而我们以为只要给予了论辩双方说话的机会，结构就算是平衡的了，立场就是客观的了，但我们忽略了一点:话语权是有级别的——这期节目,恰恰就没有注意话语权的级别问题。这种级别不仅仅简单表现为行政级别,还在于其权威性,如谈话人的经历、谈话人身份与谈话内容的贴近性等等,比如他是旁观者还是参与者？是一个道听途说者还是一个亲历者？这些因素都影响着他的话语权级别。

参加这期节目有四位嘉宾,分别是社会学者郑也夫、经济学者张宇燕、演员方子哥和《中国妇女报》当时的总编室主任高博燕。高博燕曾经组织了妇女报的那场关于拾金不昧的讨论,她的这一身份使得她在这个问题上的话语权级别较之其他人都要高,也就是说,由于高博燕曾经组织过这方面的讨论,所以在大家的心目中她更有发言权。当然最终的结论来源于观众判断,观众自己认为谁说得更有道理,但话语权的级别是影响观众判断的一个条件之一。比如在谈论教育发展方向的宏观话题时,教育部长的话要比一个处长的话更容易被相信,因为部长的话语权级别更高;而一旦具体到儿童教育问题时,一位儿童教育专家的话就要比一般教育研究者的话更具有权威感,正是由于其身份与谈话内容的贴近性使得话语权级别前者高于后者。

还有一点就是主持人的现场控制对话语权的影响:话语权也有少数服从多数的问题,谈话的倾向性和观点所趋向的结论不是谁的声音大、谁的表达好决定的,而是谈话氛围中谈话者所赢得的听众支持决定的,听众在双方的陈述完成之后会倾向于支持谁,主持人是一个重要的砝码。既然我们把谈话现场设定成一个"家庭客厅"的氛围,那么主持人就是主人的角色,论辩双方是"嘉宾",当然就是来到这个陌生场合的客人,还有现场观众,他们的心态与状态,也都是"做客"的心态,他们在心理上是随和的、亲近的、易于接受主持人引导的,那么对我们的"男主人"崔永元而言,不同观点应该如何平衡？即使我们在谈话的现场没有做出结论,但是结论的天平将倾向哪一方？主持人就是控制者,就是导向。

在那期节目的四个嘉宾中,张宇燕和高博燕都主张"拾金不昧需要

187

回报",并认为应该有相应的制度出台,方子哥属于骑墙者,只有郑也夫反对;此外,失主任新民和司机潘宝旺作为当事人也都支持这样的制度建设,无论从话语权的级别还是从量化的比例来看,这期节目的倾向性是一目了然的,而倾向的结论恰恰是与我们的传统美德不一致的,所以批评的意见随之而来。

走到今天我们能够接受:主张拾金不昧的制度化建设其实也是制度本身的与时俱进,因为这样更能解决实际问题,但这样的理念在那时提出来是太早了,就像原来鼓励机组人员与劫机犯搏斗,而后来却强调面对危机乘客安全第一;原来鼓励少年奋不顾身,而现在鼓励没有行为能力的少年应当"奋而顾身"一样,理念的变化需要一个过程。在七八年前提出这样的理念,显然有些"不合时宜",而"不合时宜"对媒体来说也许是最危险的,何况节目本身还存在一个重要的失误:没有把呼吁制度建设和赞许高尚的传统美德统一起来。如果崔永元当时说出这样的语言,也许《实话实说》就不会遭遇停播:"呼吁建设这样的制度并不是要否定拾金不昧的传统美德,拾金不昧无疑是高尚的;如果在回报和奖励的制度建设起来之后,仍然有拾金不昧的人不要求回报,这样的人就显得更加高尚;这样的高尚者越多,我们的社会就越美好……"遗憾的是崔永元没有这样说,更遗憾的是,在录制过程中,也没有人要求他这样说,于是隐患变成了失误,风险变成了危险。

《实话实说》的停播带来的并非只是懊丧,与众多的"把坏事变成好事"的道理一样,值得欣慰,甚至可称为革命性转变的是:时间、乔艳琳以及崔永元等创业者们由此找到了一条生路,这就是摆脱了过去只把谈话节目理解为对抗性和争论性话题的束缚,使磨难真正变成了财富。此后的谈话节目选题范围不断拓展,个案、故事,以及由故事衍生出来的话题……《实话实说》借此实现着自身的第二次飞跃。原来以为观点的对抗是谈话节目的唯一精彩之处,这次飞跃和转折使我们看到了另一片天地:当当事人向我们倾诉一个个悲欢离合的心路历程时,这样的谈话同样是那么具有磁性,谈话的现场是那么容易感染每一位观众,谈话的空间被扩大了,而谈话的风险却被降低了。

1996年8月18日,停播两个月的《实话实说》开始复播,首期节目是《热爱生命》。讲述的是三个抗癌明星:中学教师孙云彩、舞蹈演员于大元、工会干部袁正平,如何以乐观的态度正视现实、面对生活中的困难。从此,《实话实说》一路走到2009年9月26日当晚17:23播出最后一期。

《实话实说》开播于1996年3月,这是中国第一个电视谈话节目,也是《东方时空》第一个周末版节目。多年来,观众对《实话实说》的最大意见是,要看《实话实说》,必须起早贪黑。星期天休息,原本可以晚起的观众,由于喜欢这个节目,而不得不早晨7:20醒来,否则就得晚上11:00看重播。这个在国外属于晚间谈话形态的成熟栏目,四年多以来,一直在《东方时空》的怀抱中,尽管它已长大成人。

2000年年末《东方时空》改版时,正值《体育大世界》退出央视一套节目,腾出一个晚间21:00—22:00的时段,台里决定把《实话实说》放到晚间播出。自此,《实话实说》自立门户,开始在晚间闯荡。

进入晚间前后,《实话实说》的收视率一般是3%~4%,年广告收入五千多万。在同一时段的节目中,它与《新闻调查》一直可交替排位第一名。如果播出时间稳定,《实话实说》和《新闻调查》还可进入一套节目收视排行的前十名。《实话实说》移到晚间有得有失,央视在21:00—22:00时段的播出安排经常是不稳定的,有时是这个时段中的栏目被取消,有时则被推迟到23:00以后。遇到这种情况,《实话实说》的收视率还不如原来在早晨播出时的收视率高,因为早晨稳定,从来没有推迟和取消的时候。

《实话实说》进入晚间后,栏目本身也在调整、提高。崔永元跟我探讨是否可以将《实话实说》的选题,更接近新闻性。我当即表示赞赏和支持。《实话实说》起步选题主要是从社会性、伦理及家庭教育方面的选题入手。因为这类选题具有较强的话题空间,如教育孩子该不该打、吸烟是否有害健康,后来又逐渐增强了一些人文关怀的选题,这是与《东方时空》的价值取向相一致的。有一个节目让我记忆犹新,至今还时常想象那个故事结局究竟是怎样。这期节目名字好像叫"两根稻草",演播室里的嘉宾是一个农村母亲和她的两个女儿,由于贫困,母亲无力供两个孩子都上高中,必须有一个继续上学,另一个回家务农。两个女儿都是亲骨肉,都想上学,实在没办法,母亲把一长一短两根稻草放在一个篓子里,让两个孩子抓,谁抓到长的谁上学。结果是妹妹抓到了那根长的稻草,上了高中,后来还考上了大学。姐姐则在家务农,两根稻草就这样决定了两个人的命运。在崔永元的现场引导下,这个故事讲得一波三折,观众们时而欣慰时而感慨。

谈话的风险来自选题和对选题的把握,但就节目质量而言,更大的风险来自谈话节目对于主持人的依赖性。由于谈话节目本身独特的形态,决定了谈话节目的制作是一次性完成的,之后就只能做减法,或删减或放弃,不可能做加法。这样的一次性决定于节目主持人对于节目录制过程的控制,而事后编辑修改的空间却很小。所以谈话节目比任何节目都依赖于主持人及其对话的嘉宾。2001年年底,《实话实说》做了一期对纳米技术的发展进行讨论的节目,节目请来的嘉宾基本对"纳米产业化"持否定态度,这些嘉宾都是这个领域的专家,谈的都有道理,但我无法判断它们是纳米产业化研究中的一家之言,还是最权威的科学定论。而根据国家已经将其纳入产业化项目的政策判断,专家中肯定还有支持纳米产业化的,但是他们的声音并没有反映在节目中,为了消除节目播出后带来不必要的麻烦和风险,这期节目被我"枪毙"了。而如果是《焦点访谈》或者是《东方时空》《新闻调查》,这期节目的命运就不会如此决绝,因为这些节目的制作都不是一次性的,而是可以改动的,可以增加采访,也可以调整角度,但《实话实说》无法做这样的修改,如果做了就不是原来的谈话节目形态了。

有人说,谈话节目最适合电视,因为其成本最低,这话有道理,但却不全面。其实,有些谈话节目在国外并不都是低成本运作的,目前的某些谈话节目可以低成本运作,但品牌的谈话节目,特别是夜间品牌的谈话节目的成本并不低。成本高的原因在于这类谈话节目对于主持人的依赖,而大牌主持人的价格十分昂贵。在美国,年薪最高的主持人是谈话节目主持人而不是新闻和娱乐节目主持人,如温弗莉和拉里·金。这种现象从侧面证明对谈话节目的成败起决定性作用的正是主持人的表现,主持人的思维和状态直接关系到节目的质量,他的一次性表现使得谈话节目充满风险。

  从这个意义上说,崔永元的退出就意味着《实话实说》的一个时代结束了。

谈话为什么被忽略

在《雕塑家刘焕章》节目中,刘焕章及其妻女都没有开口说话,但解说词却多次以画外音的方式引述或者转述了他们的话,观众是有充分的理由提出这样的质疑:解说词中所引述的语言是真实的吗?如果是未经篡改的,为什么不让刘焕章一家人自己出来说话?

电视节目的创作者有时常犯认识论方面的错误。人的认识是由感性开始的,只有丰富的感性材料才能使认识升华并飞跃到你所期待的理性阶段。但是遗憾的是,我们的电视节目常常跨越人的感性认识阶段而直接向观众传达一些概念、本质和意义,生硬地、直接地、不加铺垫地进入理性和逻辑,并将之视为电视的"深刻"和"有深度"。

电视作为视听传播的工具是向人们传达感性材料的窗口,而感性材料应该是具体的、形象的、生动而具有丰富信息的过程,理性认识应该留给观众,即使需要引导,也应该以感性材料为基本和基础。也许这正是电视媒体与平面媒体的重要区别。无论国内还是国外,自从有了电视以后,平面媒体的同行和一些专家学者就开始嘲笑电视缺乏深度,电视没有文化。但他们往往忽略了一点:虽然同是媒体,但媒体与媒体是不一样的。不同的媒体使用着不同的"语言",不同的媒体运用着不同的传播方式,它们运用不同的手段,殊途同归地深入人心。平面媒体在理性深刻方面具有天然的优势,而电视媒体天生的优势则在于首先为观众提供感性的材料,观众可以在这些材料中得到愉悦,也可以通过这些材料实现认识的飞跃。所以我们不能用平面媒体的深刻标准来要求电视,电视也不要舍近求远地去盲目追求原属于平面媒体的那种理性深刻,这种追求往往以电视丧失自己的优势和特点而告终。

  在一次纪录片讨论的发言中,时任《生活空间》制片人的陈虻说过一句话,让我咂摸很长时间仍觉余味不尽,他说:"我们自己把人和事讲深入了,观众就会觉得我们深刻了。"后来,"一深入,就深刻"的认识被不少老编导认真地告诉了新编导,代代相传,成为新闻评论部血脉相传的一种文化。而电视深刻的前提是,首先让观众感知电视的真实。

  2000年2月,北京依然是春寒料峭,南方的油菜花却已经开满大地,但美丽的面纱下往往隐藏着另一副面孔。此时,《新闻调查》的王志等人正在湖北省丹江口市闵家沟对一个被当地树为楷模但却备受村民质疑的人物进行调查。当事人闵德伟是闵家沟村党支部书记,两年前因病去世,也许闵德伟自己都不会想到,他去世后竟能成为当地村支部书记的楷模,各种媒体竞相宣传,电视台还拍摄了闵德伟的事迹专题片,说闵德伟上任六年就使一个落后村贫困村变成了先进村小康村,农民人均收入由五百五十六元达到了二千七百八十元,翻了五番。但闵家沟的村民却反映:闵德伟的事迹被夸大了,而且有些事迹是子虚乌有。闵德伟不仅不是什么楷模,而且还欺压百姓。大约3月份,记者将制作好的这期《新闻调查》节目交我审看,题目是《典型也能虚构》,调查严谨、证据清楚,不管当地

193

干部如何狡辩,但闵德伟事迹的虚假性是不争的事实。节目令我眼前一亮的是一段资料的使用,这是当地电视台宣传楷模事迹时的一段内容,说的是闵德伟为了帮助乡亲致富,借了五千元钱给村民周永春从事网箱养鱼,周永春对着镜头说:"反正我家里也没钱,最后我是想千方设百计,想搞点事业,搞啥事业呢?我想就搞网箱养鱼吧,最后没有资金,闵德伟把他做木工赚的五千元钱到村里亲自取来借给我,最后我把网箱养起来了,现在我养得毕竟还可以,也带动了我们村里五六户在这个河里发展网箱养鱼。"周永春木讷的表情和左看看、右看看的眼神立即使我想起老台长陈汉元曾描述的被采访对象念摄影师背后墙上事先准备好的稿子的情景,可以判断,这段采访很可能是摆拍的。更有力的证据还是接下来的段落,在周永春家的房前,王志与周永春面对面,王志问:

"闵德伟借了你五千块钱,有这事吗?"

周永春憨笑着说:"说真的,没有。"

王志反问:"你是什么时候开始养鱼的?"

"没有养过。"

"没有养过鱼?可是我们在镜头里看到的那是怎么回事呢?那是怎么拍下来的?"

"说句不中听的,那是政府干部让我说的假话,"周永春顿了一下,记者没有插话,他接着说:"那都是他们编好了让我说的。"

王志再问:"当时网箱养鱼的镜头是在哪儿拍的?"

"在镇政府码头。"

"那个网箱是谁的网箱?"

"不知道。"

这是一段同期声谈话,其真实性不容置疑。

其实,仅凭这个段落就足以粉碎这个假楷模的神话,典型虚构或造假,都是对新闻媒体的伤害,但是处于当时的种种考虑,我最终没有在播出单上签字。

没有想到的是,这个没能播出的节目却成全了另一家中央新闻单位。

这家报社在2000年3月22日以《世纪末弥天大谎》为题报道了这个假典型,而闵德伟的亲属则将《中国青年报》告上法庭,原告认为,"《中国青年报》的文章使闵德伟的名誉受到严重损害,给家属的精神带来极大痛苦。"

2001年的一天,这家报社的副社长打电话给我说,他们目前正在应对这场官司,他希望能得到未播出的《典型也能虚构》的部分录像资料,因为电视的证据要比文字记者的笔记更有说服力。

同行相求,必须鼎力相助。大约半年之后的2002年4月这位副社长告诉我:"我们赢了官司,你们的录像资料发挥了重要作用。"

在"真实"方面,电视具有无与伦比的优势,遗憾的是这种只属于自己的优势被中国的电视忽视了几十年。而如果不是现场同期声录音,没有现场谈话,电视的真实就将大打折扣。电视不是不需要理性思考,但感性的认知是前提。因此,电视创作者的责任不仅仅在于要以职业道德确保内容的真实,而更重要的是要让观众感到真实的存在,这就是"真实感"。谈话是产生真实感的重要元素。忘记了哪位思想家说过,口语的表达最能接近真理。

无论是创作的实践者还是理论的研究者,电视业内有一个基本概念是大家不能回避但又无法说清楚的,这就是"什么是纪录片"？中视协纪录片研究会会长陈汉元感慨:"我与纪录片打了一辈子交道,但都没有勇气为纪录片界定。"而我关心的倒是问题的另一个方面:这就是为什么这个概念如此难以界定,纪录片的历史演进以及形态迥异的多元化也许是重要原因。尽管概念无法界定,但现代的纪录片爱好者和研究者们却越来越有一个共识,纪实是纪录片的一个本质特征。这个共识也许使问题变得更加复杂,如果说纪实是纪录片的本质特征,那么现在许多电视节目都能看到纪实的特征,传统的娱乐节目正是因为引进了"纪实"才有了"幸存者"和"老大哥"这样的"真人秀"节目,所以从风格和摄制方法上来说,我们无法否定这些节目没有纪录片特征。

从这个角度说,纪录片的界定将更加困难。这个问题带给我们的思考也许不是要如何界定纪录片,而是另一个问题:纪实不仅仅是纪录片的基本特征,而是现代非虚构电视节目(包括新闻类和娱乐类节目)的共同特征。因为,虽然不是纪实的就是真实的,但是真实感却来源于纪实,而只有真实才是永恒的。从这个角度上说,观众要求晚会节目"真唱"的呼吁其实是对电视真实的直接呼唤。

纪录片的概念还在混沌之中,我们又面临一个新的更难界定的概念,这就是:"谈话节目"。我们说《实话实说》是谈话节目,而《东方之子》不是谈话节目,因为它是一对一的专访;那么为什么CNN的《拉里·金现场》这种专访节目在美国被视为谈话节目呢?凤凰卫视的《锵锵三人行》也被视为谈话节目。所以如果我们仅以谈话去界定"谈话节目"就会出现困难,原因在于谈话并不是谈话节目所特有的,谈话是一种手段,表现电视真实的手段之一。像《开心辞典》这样的所谓益智类节目,其实就是谈话节目的翻版或者说是谈话节目与娱乐节目的杂交。

对"纪录片"和"谈话节目"难以界定的现象说明了一个重要的问题:纪实和谈话是当代电视的两个最重要的元素,新节目的创造和现有节目的提高都离不开这两大基本元素的开发和组合。因为只有纪实和谈话才能使电视接近真实,而接近真实就是接近观众的心理和电视传播的本质。

谈话不是一个新概念,但是对谈话的使用,不少电视从业者却是经历过一次次全新的认识。《实话实说》的出台和后来的走红,特别是随后在中国出现的谈话节目浪潮,不得不让人反思一个问题:谈话在我们过去的电视节目中为什么被忽略了?

问题的产生与电影对电视的影响有关,但最根本的一个原因可能就是由于对"真实性"的理解不同所致。

无论电影纪录片还是电视纪录片,其诞生之日就是以追求"真实"为其至高无上的使命。即使是我国"大跃进"和"文革"时期拍摄的那些纪录片,你也很难说那些被拍摄的人物和景象是不真实的,严格地说,不真实的是那些被称为解说的声音语言。因为那些解说词缺少真实依据,如此而来就谈不上真实感。

凡是创作总是分不同的流派和风格,早期的电影纪录片大师也是如此,最让我们熟悉并且一看就有血缘关系的是格里尔逊创作的电影纪录片。在整个20世纪的20—40年代,英国人约翰·格里尔逊被专家们称为对那个时代的纪录片最有影响的人物,其创作模式就是"通过解说词把现成的画面素材串联起来,用以体现特定的富于教育意义或宣传目标的主题",格里尔逊主张纪录片要关注现实。

1926年,格里尔逊在《纽约太阳报》撰文,评论弗拉哈迪的第二部影片《摩阿纳》"具有文献资料(记录)价值"。此后他提出了一个对纪录片发展具有划时代意义的论断:"纪录电影是'对现实的创造性处理'",这个论断成为纪录片的经典定义。其实这个定义的一个突出价值就是定义了纪录片的真实原则和现实基础。

叙述更多的纪录片历史在这里也许没有太多的意义,但根据一些学者的现有研究成果看,格里尔逊纪录片风行世界时,正好是我们的前辈开始接触纪录片的时候。前辈们肯定看了不少这样的节目,或许是当时这样的影片最时髦,就像今天的"真人秀"一样更吸引人,或许是格里尔逊关注现实并将电影视为论坛的主张更符合当时的意识形态要求,或许是这种影片在战争年代更具战斗力和鼓动性,所以,诸多的原因促使我们的电影新闻片和纪录片从一开始就选择并恪守了这样一种单一的"格氏"模式,几十年一贯制。更令人不解的是:"二战"以后当这种创作风格逐渐被遗忘时,却是这类影片在中国的电影中盛行的开始,甚至在1958年之后又影响了中国电视二十多年。在这期间,随着摄录技术的进步,同期声和效果声已经被越来越广泛地应用于国外的"真实电影"和大量的电视节目中。但对我们而言,直到80年代初中央电视台播出的纪录片经典作品《雕塑家刘焕章》,虽然解说词已经彻底摆脱了"文革"语言,更从人性的层面去表现这位身居陋室的艺术家,但节目风格仍然是格氏的延续,通篇没有使用刘焕章的一句同期声。这就又回到了本文最初的设问:访问和谈话为什么被忽略了这么多年?这种忽略首先应排除的是技术的原因,也就是说不是因为我们不具备表现同期声的录音设备,因为这样就无法解释为什么电子录像设备(ENG)已经被广泛采用的80年代,我们的绝大部分节目仍然没有改变这个状况。我认为谈话被忽略的一个重要原因是对"真实"的理解,是由于对观众的忽视。格里尔逊和我们的前辈都强调真实,但这种真实观众感觉到了吗?

自20世纪80年代以来,世界各国电视新闻频道迅速增加,热潮还未减退,"脱口秀""真人秀"又席卷全球。这些现象也许并非偶然,其背后是观众追求"真实"的欲望和激情。可以说,中国电视新闻改革的过程,首先是一个电视回归"真实"的过程。

我们过去往往在主体和客体之间探讨真实性的问题,也就是创作者要以应有的职业道德保证自己拍摄的内容不是虚拟的,而是客观存在的。但电视节目如果仅仅停留在道德的层面就太肤浅了,这是我们的电视节目长期不能从陈旧的模式中走出来的一个重要原因。其实,就电视节目制作者来说,这个层面也许就足够了,因为我们没有理由和证据去指责那些以往的内容是不真实的。但如果从电视传播的角度看,我们当然要在主客体之外提出:创作者所要表达的真实性,是观众所感知的真实吗?他们相信了吗?他们能产生共鸣和震撼吗?

"真实"和"真实感"其实是两个概念。

在《雕塑家刘焕章》节目中,刘焕章及其妻女都没有开口说话,但解说词却多次以画外音的方式引述或者转述了他们的话,我们当然不会怀疑刘焕章及其妻女是否真的说过这样的话,但观众是有充分的理由提出这样的质疑的:解说词中所引述的语言是真实的吗?如果是未经篡改的,为什么不让刘焕章一家人自己出来说话?"真实"来自于现场,如事件的现场、谈话的现场和游戏的现场。现场的真实既包括视觉元素,当然也包括听觉的元素。但遗憾的是我们过去把后者忽略了,以至于像伊文斯和怀斯曼这样的大师一直弄不明白为什么中国的纪录片和电影中都不使用同期声,据说当年《雕塑家刘焕章》参加国际评奖落选的原因就在于此。

由于忽视了观众对真实以及真实感和可信性的诉求,当事人、目击者的声音就不再被当做表现和反映"真实"的难得元素,而是可以随意忽略甚至是多余的鸡肋,平头百姓的声音就更不在话下。话又要说回来,过去的节目也不能说一点同期声没有,有时也有人开口说话,但陈汉元曾经回忆说,那时候拍同期声,开口说话的人都是先写好词背下来,背不下来就写在纸上,再将纸贴在摄像师背后的墙上照着念,而即使写下来照着念的词也不是自己写的,写什么、说什么也是由编导决定的。当表达的内容不具有真情实感和真实的语境时,语言,特别是口头语言就会立刻失去魅力和吸引力。

一方面是电视放弃真实、权威这样一些原则,不追求同期声的使用;另一方面是很多节目中即使有人开口说话也词不达意,言不由衷,有还不如没有更流畅。二者互相作用使访谈或谈话在中国电视节目中一直被忽略了三十多年,直到1990年《望长城》的播出,才给电视带来一缕春风。1993年,《东方时空》较早将纪实风格作为栏目一以贯之的诉求。在这种风格之下,现场声、特别是同期声终于作为还原真实的一个标准元素被引进了电视节目中,而且目前已经成为不可忽略的重要组成部分。不可想象,主张"用事实说话"的《焦点访谈》,一旦省略了当事人和目击者的同期声还能令人信服。因此,从某种意义上说,中国90年代初的电视新闻改革过程就是回归真实过程——至少可以说,那一场福荫今日的新闻改革是从增加现场采访、引进谈话元素开始的。

在很长一段时间,我对现场的理解就是事件的现场、纪实拍摄对象活动的现场等等,直到1996年看到《实话实说》的样片和后来的几期节目,我才发现,原来还有一个谈话的现场,这个现场的过程和参与者个性化的口语表达原来是那样的充满魅力和吸引力,更别说其中的智慧幽默和令人感动的故事。

或许电视可以建立起一种属于自己的表达规律：从感性出发，在感性的表达中结束。电视的理性应当是潜藏在感性深处的东西，电视的理性，存在着一个奇怪的"传达规律"：它只有被电视表达本身忽略得越多，才有可能更多地留给观众。

走向"调查"

> 他是通过朋友在香港用家用录像带把每期的《60分钟》都录下来,之后再由别人捎到北京来。

1996年是忙碌的一年。

继1993年《东方时空》开播、1994年《焦点访谈》开播后,经过一年的调整,1996年新闻评论部同时在筹备两个新栏目:《实话实说》和《新闻调查》。另外还要参与筹备"香港回归特别报道"的方案策划。

如果说《实话实说》是计划外的"私生子",那《新闻调查》则是"明媒正娶"的"正果"。1996年年初,央视决定对第一套节目21:00时段进行横向整体改革,改革的重要举措就是通过公开招标的方式确定星期一至星期日的七个栏目,时长为四十五分钟,《新闻调查》就是这次招标的结果。现在看来,这并不是一次彻底的改革举措,因为与21:00时段全国电视竞争的激烈程度和长期形成的栏目结构症结相比,这次改革还缺乏力度。招标的结果基本上是原有栏目格局的调整,改版的栏目多,新办的栏目少。而更大的问题在于,这个时段由于栏目和部门的多元分立,难以形成统一的风格、定位和规模。观众最终由于不能与其建立"约会"而失去期待感。21:00这块收视的高地并未因央视这次改革而被攻克,所以整体收视份额也没有太大的变化。

1996年对新闻改革的决策者和实践者来说,意料之外的是当年的3月31日,杀出了一个"香港凤凰卫视中文台"。如果说1996年央视新闻改革的成果主要体现在《新闻调查》和《实话实说》两个栏目的创办,而凤凰卫视这一次则是在运作一个频道。也许是刘长乐藏而不露、欲擒故纵的深谋远虑,也许是他刚开始时并没有意识到"新闻"对于一个电视台来说究竟意味着什么,"凤凰"进入中国内地之初是以娱乐频道为定位的。但刘长乐的敏感和智慧从一个角度可以看出来,这就是在短时间内对其新闻节目的迅速扩张。几年下来,在新闻的快捷性、评论性方面,已有相当大的进展,特别是其对一系列重大事件的直播,使其影响力和权威性得到不断提升。

1996年之后,中国内地电视新闻改革的进程远不及凤凰新闻节目的扩张速度,2000年,实质为新闻频道的凤凰资讯台开播。2002年,凤凰资讯台获准在内地有限落地。

1996年可以称为中国电视的第一个新闻年。在凤凰掉头转向新闻并以其快速反应赢得节目声望时,内地许多电视台的新闻杂志类节目和焦点类节目也纷纷出台。此时,央视开始探索和实验"谈话"和"调查"节目。央视在这个时期的策略目标是:精品、深度和大台风范,尤其对《新闻调查》寄予厚望。

被称为"调查性纪录片"的《60分钟》是美国CBS的王牌新闻栏目,自1968年创办至今,三十多年来,收视率和影响力经久不衰,这不能不说是个奇迹。其制片人唐·休伊特提出的"把新闻当故事讲"的理念至今被许多人奉为圭臬。很长一段时间,《60分钟》以及与其相似的《48小时》《20/20》等作为电视深度报道最高标志的这些经典栏目,经常被中国同行拿来当做范例,20世纪90年代初更是如此。

中国人从70年代末80年代初开始大规模引进国外的先进技术和设备,而直到十几年之后,中国电视的从业者才开始尝试参考国外电视的节目形态和形式,用以改造我们的电视节目。其实,大部分的电视节目形态和形式就像先进的技术设备一样,本身并没有阶级性,只要需要并且适合,它们就可以为任何人所使用并产生效益。谈话节目是一种形态,在这种形态下,可以把节目做得庸俗不堪,但也可以使其像《实话实说》一样雅俗共赏。我们要防范的不是谈话节目这种形态,而是这种形态下的内容取向。与先进的技术和设备不同的是,先进的电视节目形态和形式过去一直是无偿的,直到90年代末,节目形态才在世界范围内被确认为知识产权的一种,要照搬就必须付费。90年代末,央视开办《城市之间》和《幸运52》,都是购买版权的结果。

1993年以后,我们偶尔能够看到美国CBS的《60分钟》节目。这些节目都是同事之间相互交换的,就像我们十八九岁的时候交换外国小说一样,神秘、稀罕、心怀兴奋与期待。但由于语言不通,开始时只能看热闹,只能通过画面语言去解读节目的内容。

1994年的一天,我第一次看懂了《60分钟》,因为屏幕上有了中文字幕。记得那是一期关于保险诈骗的节目,记者用暗访的方式揭露了一个犯罪团伙如何将一些行将报废的汽车弄到手,之后又如何将其"弄丢",将其撞伤,然后再到保险公司去领取保险金……那真是一个比电视剧还好看的节目。优秀的新闻节目比电视剧好看其实是应该的,比如这个节目,用以支撑节目主体内容的就是那一段连续的、详尽的过程,节目因此一点不缺少电视剧中构成故事元素的过程与细节;比之电视剧更具魅力的是,这里的一切过程都是真实的。有一次我问给我提供节目的张步兵:"你们是怎样把中文字幕加上去的?"张步兵笑着跟我说:"那不是咱们加的,是香港电视台加的。"原来在那个时期,香港的一家电视台已经在定期播出《60分钟》节目,播出时使用英文原声,但加有中文字幕。张步兵告诉我：他是通过朋友在香港用家用录像带把每期的《60分钟》都录下来，之后再由别人捎到北京来。

张步兵是《观察思考》的最后一任组长，成立评论部后任记者一组制片人，他也是《新闻调查》的第一任制片人。由于夜里加班经常睡在办公室的水泥地上，天长日久张步兵不幸患上了腰痛病，有一个时期非常严重，不得不住院手术治疗。

许多同行都看过《60分钟》，所以相互之间经常把《60分钟》的节目来比喻或者证明自己对节目创作的看法，"有朝一日一定要创办一个《60分钟》那样的栏目"，这是许多年轻电视人的理想。1995年4月，《焦点访谈》开播一周年，《中国广播电视学刊》记者采访我时问："从形态上看，《焦点访谈》已与发达国家的电视节目形态很接近了，那么我们的节目水平与世界高水平的节目相比，到底还存在多大差距呢？"我说："差距是相当大的，现在仅仅是形态上的接近，制作水平还相去甚远。打个比方，就像生活一样，我们从农村生活变为城市生活，但城市与城市之间的生活质量仍有巨大的差距。还有一种新的节目形态对我们来说还是一个空白，那就是调查性纪录片，像美国著名栏目《60分钟》和《20/20》那样。如果有条件，我们将尝试那种新的节目形态，它将不同于《东方时空》和《焦点访谈》。"

这样的理想也只有在1995年之后才可能变为现实，一是这时的《东方时空》，特别是其中的《生活空间》已经定型并形成广泛影响，二是《焦点时刻》特别是《焦点访谈》经过一年的运作得到了上至中央领导下至普通百姓的好评。其实深入分析《60分钟》的节目特征，它无非就是用"讲述老百姓自己的故事"的手法，报道着《焦点访谈》的选题内容，这就是所谓的"调查性纪录片"。1995年的时候，这两类人才的锻炼都已臻成熟，所缺少的只是时机和空间。1996年年初，机会来临，台里决定对第一套节目21:00时段进行招标，评论部是这次改革的受益者之一，正在实验中的《新闻调查》获得了每星期五21:00之后的四十五分钟空间。

杨伟光台长、沈纪副台长都格外重视《新闻调查》的出台。杨伟光不止在一个场合说过:"《新闻调查》可以视作央视新闻改革继《东方时空》和《焦点访谈》之后的第三阶段的重要标志。"而我们也是在倾评论部全部主力铸造这个品牌。筹备之初的《新闻调查》由张步兵和王坚平任制片人,部里给了这个新栏目以最大的支持:编导和摄像任他们在《东方时空》和《焦点访谈》栏目中随便挑。于是,新加盟评论部的夏骏、刘春、常江,《东方时空》的张洁、王利芬、呼和、王志、耿志民;《焦点访谈》的胡劲草、栗严、刘昶等等先后来到《新闻调查》,另外还有友情"出演"的白岩松等人。栏目接近开播前,我又请时任评论部副主任并一直负责栏目筹备的袁正明亲临"调查"督战。

1996年5月17日,《新闻调查》正式播出,首期节目为《宏志班》,编导夏骏,主持人白岩松。

七年过去,历经几次调整,一旦能够连续三个星期准时播出,《新闻调查》就可以排在央视第一套节目前十名。而且现在许多同事早已不再言必称美国的《60分钟》,取而代之的事业理想与专业标杆换成了我们自己的《新闻调查》。

在我看来,走到今天的《新闻调查》,其表现方法和叙述方式是可以与《60分钟》媲美的,这个潜心钻研了多年的栏目已经可以毫不逊色地代表中国电视新闻节目的制作水准。运行七年,这个栏目两次荣获亚广联新闻信息类节目大奖。尤其是编导和主持人,不管遇到什么问题、面对什么选题,都镇静从容地采访,有条不紊地叙事,有章有法地编辑,这种职业态度令我佩服,从《新闻调查》中,我看不到弥漫在许多电视从业者身上的浮躁之气。

尽管《新闻调查》大多数节目可称之为精品,而且近一年来伴随《贪官胡长清》《与神话较量的人》《"东突"揭秘》等节目的播出,其影响也在不断扩大,但在我们七年前的预期中,《新闻调查》的影响还应该比现在更大才对。

究竟是什么原因使得《新闻调查》始终没有达到预期的效果？除了不可比的因素之外，播出不准时可能是重要原因之一。据粗略统计，央视调查21:00时段节目，每年平均有三分之一左右是不能准时播出的，而且一旦推迟，就得到23:00之后见了。由早间移到晚间21:00时段播出的《实话实说》最能说明问题，其在晚间时段的收视率从来就没有超过早间时段的最高收视率。收视调查根据电视观众对节目或栏目的忠诚度将之分为"忠实观众"和"随机观众"，但即使是忠实观众，要忠诚到不看这个栏目就睡不着觉的程度，毕竟还是微乎其微。

播出时间的不稳定是影响《新闻调查》预期效果的重要因素，但还并不是根本原因，根本的因素也许就来自《新闻调查》本身的定位设计。

我认为，一个栏目的定位设计大致可以分为三个方面：目标定位、形态定位和内容定位。

目标定位就是将要出台的新栏目是干什么的。《新闻调查》从开始到现在，目标定位应该说十分清晰：就是要把《新闻调查》办成央视最能代表国家电视台水准的深度报道栏目。七年来，这始终是《新闻调查》追求的目标。形态定位就是一个新的栏目将要以什么面孔出现在观众面前，在这个问题上《新闻调查》也没有动摇过。《新闻调查》借鉴《60分钟》"调查性纪录片"的形态，用纪实的方式拍摄，展现对新闻事件的调查和采访过程，把新闻当成故事来讲，事件中应有悬念和冲突，情节应当跌宕起伏。总而言之，栏目的形态定位其实就是个表现方法的问题，这个定位《新闻调查》也是明确的。那么分析《新闻调查》的问题，很可能是出在内容定位上了——内容定位就是一个栏目的选题标准。为了规范《新闻调查》的选题，在栏目创办之初我们就曾提出"三性"问题：《新闻调查》的选题原则应当是具有新闻性、社会性和故事性。将新闻性摆在第一位，是因为这是新闻中心的节目，选题不能脱离新闻主战场，要保持高关注度；社会性是指选题要贴近生活、贴近百姓；故事性是指选题本身要有戏剧情节，要有可供调查展现的张力，要有展现矛盾冲突的空间。

要"把新闻当故事讲",关键是选题本身得有故事化表现的元素,否则岂不变成编造新闻故事了?对于《新闻调查》来说,栏目的内容定位首先必须面对两个变数:一个是数量的问题,一个是选题方向的问题。

数量的问题是指在四十五分钟的时间内究竟讲几个新闻故事?《60分钟》一般是在一个小时内讲三个故事,所以美国人将其称为"杂志节目"。当然一期《60分钟》节目中并不是三个故事平均占用六十分钟,有的故事可能三十分钟,而有的故事只有十多分钟。那么一期《新闻调查》应该讲几个故事呢?如果照搬《60分钟》的模式,这个四十五分钟的栏目只能讲两个故事。但我们面临的问题也许要比《60分钟》复杂:因为当时的《焦点访谈》和《焦点时刻》每期都有十多分钟,而且都已经形成影响,如果在《新闻调查》中讲两个故事,差不多就是将两个《焦点访谈》叠加在一起,如果这样操作的话,《新闻调查》的形态就是《焦点访谈》的重叠,不可能有自己的独立形态,而丧失独立的形态正是一个新栏目最忌讳的。权衡利弊,袁正明、张步兵、王坚平等主张每期《新闻调查》只讲一个故事,我同意了他们的判断——即使现在看来这个判断也是明智的。但就像现代企业生产一样,规模决定效益,如果说《60分钟》相当于一本杂志,而每期一个故事的《新闻调查》只能是一个单行本。《60分钟》每期相当于三个《焦点访谈》组合起来的力量;而《新闻调查》只是一个《焦点访谈》的放大、充实和改造,而且还每星期才播出一次。从这一点分析,过去对《新闻调查》的期望也许是太高了,过去我们一直期望,《新闻调查》的影响应该仅次于黄金时间的《焦点访谈》。

然而这样的选择也充满了风险,因为要将一个新闻事件讲四十五分钟,还要讲得好看、动听、丝丝入扣,这要比一个小时讲好三个小故事难得多。这个难点提示操作者思考另一个问题:如何确定栏目的选题方向?

有人曾把《新闻调查》称为"电视调查性文体",这个评价还是有道理的,《新闻调查》的形态定位与《60分钟》的"调查性纪录片"定位有一点相通,这就是"调查"。"调查性",应该是这两个栏目的共同特征。但问题的关键在于栏目的选题是否具有记者深入调查采访的必要？记者的调查过程是否可以成为节目中不可或缺的组成部分？记者的调查是要论证一个道理，还是要展示更多的不为观众所知的过程和内幕？而这一切都与栏目的内容定位密不可分。《新闻调查》每期节目的"内容数量"问题在栏目开播前就已经解决，而选题的方向问题却始终缠绕着《新闻调查》的创作者们，给他们带来了许多烦恼和痛苦，成为这个栏目长期思考难以突破的一个难解的"死扣"。

选题是以事件为主，还是以话题为主？是多讲道理，还是多说事儿？是以人物访谈为主，还是以新闻故事为主？《新闻调查》一直在其间来回摇摆，两头都难以割舍。令我感到欣慰的是，《新闻调查》终于还是在摇摆间保持着揭秘性选题的大趋势，这样的选题类型是适合电视调查的，电视调查应该解释为"电视记者深入现场对事件和当事人进行深入的采访"。

《新闻调查》首先放弃的就是主题性或者叫做话题性的选题，这类选题更适合于电视专题节目而非电视调查类节目，因为这类选题基本没有可资调查的过程。由于主题的预先建立，它也就失去了调查的必要——你没有必要去论证"商家应当去除商标中的不良文化倾向"，因为结论在调查之前就已经存在，而且经常是不容置疑的正确结论。在主题性节目中，调查的功能被简化了，四十五分钟的忙活无非是在为这个结论找到新的论据、新的叙述方法与叙述结构，而这些都是政论片或者专题片的形态与特征。

2002年9月，《新闻调查》历时半年多的一次调查终于有了结果，9月11日晚上，《"东突"揭秘》正式播出。我认为这是自1996年以来，最能代表《新闻调查》品质的标志性节目。

"东突"的全称是"东突厥斯坦"，是分裂祖国的一个恐怖组织。多数人知道这个组织是因为90年代初，这个组织在新疆策划了一系列公共汽车爆炸事件，但对于这个组织的具体情况了解的人微乎其微。长期以来，

"东突"成为一个讳莫如深的概念,《"东突"揭秘》让观众第一次了解了"东突"的问题在新中国成立之前就已经存在,只是从90年代开始他们加紧了分裂祖国的进程,加大了恐怖活动的频率和级别。从节目中观众可以看到这些恐怖分子如何接受本·拉登基地组织的训练,恐怖手段也与国外恐怖组织极为相似,暗杀、爆炸、绑架等等,触目惊心。由于大多数资料都是第一次公布,调查采访深入而权威,其社会影响是可想而知的。在此之前,这个节目曾放在第四套节目向海外播出,效果良好。无法判断是否与这个节目的播出有关,《"东突"揭秘》在海外播出一个月后,联合国和美国等相继宣布"东突"为恐怖组织,而在几个月前,尤其是在一年前,美国的许多媒体还将中国打击"东突"恐怖犯罪视为中国的人权问题,认为"东突"的存在是人权、宗教甚至文化差异导致的政治组织。在讨论这个节目的选题时,我曾对有关部门的负责人说:如果美国在阿富汗反恐,并在那里成为一种军事存在,而我们还不能借此机会将"东突"让国际社会确认为恐怖组织,那将是一种遗憾,是中国在国际政治上的一种损失。

　　调查的起因是求解。人们总是对自己不清楚而又渴望弄清楚的问题进行调查,以获得清晰的了解和正确的判断,电视调查也应如此。所以我认为,《新闻调查》的内容定位应该是通过调查采访进行揭秘。换言之,《新闻调查》所选题目都应该具有揭秘性,反之就没有调查的必要。据此定位,《新闻调查》经过漫长的艰难的探索之后,又回到了最初的广告语:"新闻背后的新闻"上,需要加注的是,过去《新闻调查》所做的许多"新闻背后的新闻",其实是没有必要调查的"背后新闻"。

　　《新闻调查》的第一个揭秘性调查节目应该算是1998年10月播出的由王利芬采访的《透视运城渗灌工程》,节目披露的是山西运城耗费巨资修建虚假渗灌工程的内幕,形式主义给社会、给党和政府带来的危害令人惊心。其实,所谓"揭秘性调查"并不是指只能暴露内幕,像《贪官胡长清》《目击UFO》《婚礼背后的诉讼》《眼球丢失的背后》《左肾未探及》《探秘传销大本营》……都具有揭秘性和可调查性。

2003年年初,《新闻调查》在内容定位上再进一步,这个在思考中成长的栏目再次做出放弃,这就是放弃了"人物访谈"类型的节目。自开播以来,《新闻调查》做了许许多多人物访谈,大多数效果较好,渐渐成为一种相对主要的选题方向。第一个人物访谈节目是1998年4月17日播出的《从市长到囚犯》。朱振江原为河南省鹤壁市市长,因受贿罪被判刑十二年,他在服刑期间写的忏悔书,可称之为"腐败者的内心独白",这期节目的编导就是现在《面对面》的制片人赛纳。第二个人物访谈节目就是《"黑脸"姜瑞峰》,节目以记者与那位廉政秉公办案、有胆有识的纪委书记的对话为主体,层层推进,探及人物内心。尽管这是一个以对话结构起来的节目,但它的精彩一点不逊于其他的事件性调查节目。还有2002年播出的人物专访《贪官胡长清》《与神话较量的人》等节目都为栏目赢得良好的社会评价。

2002年中,新闻中心主任李挺和评论部主任梁建增提议要上马一个新闻人物栏目,我同意他们的创意并建议把《新闻调查》中的人物访谈类节目分离出来,成为这个栏目的基础。因为姜瑞峰、胡长清和刘姝威等都可以成为新闻人物,《新闻调查》制作这样的节目已经相当成熟。他们接受了我的建议。

《面对面》栏目于2003年元月以《东方时空》周末版的方式与观众见面。首播节目是主持人王志与为《福布斯》编排"中国富人榜"的胡润面对面。

人物专访节目剥离之后,《新闻调查》将在选题上完成彻底的单一定位,其品质将得到进一步提高,如果播出时间固定,我坚信《新闻调查》会比现在更受观众欢迎。

十年
Ten Years

2001年，董倩在浙江镇海就古城拆建问题进行调查采访。多机位拍摄，吊杆话筒拾音是当时乃至当下国际电视媒体新闻采访的最高配置。

第五章

感悟直播・1997

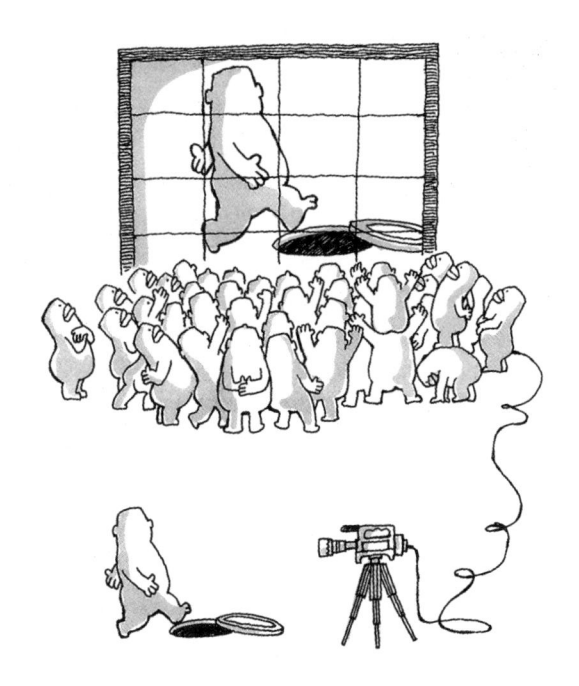

水均益在2003年2月初离开北京,第四次前往巴格达。临行前的一天晚上,我问:"你认为前方记者直播室的表达,是把完成稿烂熟于心背下来,还是只有提纲和关键词,通过现场临时组织语言表达效果更好?"水均益毫不迟疑地回答:"后者、后者,最爽的就是后者。"

香江遗憾

"可控,是直播报道的关键,而可控的阀门和手柄就是演播室。"这是香港回归报道留给我们的血的教训。

1997年7月5日,参加香港回归报道的"主力部队"返回北京。虽然有鲜花和掌声,但我知道,其中大部分同事与我一样,是带着巨大的遗憾告别香港的。我们的心理很复杂:一方面为能参与这样一次洗雪百年国耻的重大报道并完成了直播任务而自豪;另一方面却为没能达到预期的七十二小时直播效果而懊丧。在此之前,我们虽然不知道一场理想的大型直播报道应该如何操作,但央视香港回归的直播效果显然不尽如人意。这其中应该懊悔与自责的那些片段,显然不是用"电视是遗憾的艺术"就可以解释和原谅的。

对此,我们都心知肚明。

万事开头难。在香港回归之前,央视建台将近四十年,严格说来还没有过真正意义上的直播报道。过去只有仪式类或竞赛类的实况转播或直播，而很少有集演播室主持人和现场记者为一体的直播报道。这次一直播就是七十二小时，面对的事件又是如此重大，压力可想而知。

由于题材重大、政治性强，又没有任何经验可以借鉴，央视很早就启动了对香港回归直播报道的筹备。台里当时提出了一个口号："在第一时间报道所有的重大事件"。台里如何决定对香港回归进行连续直播，原因我不清楚，只记得大约是在1996年8月初，我奉命设计节目方案。先是说要连续直播四十八小时，一个月后增加到七十二小时。不管是谁最先提出，这都是一个有魄力的、后来对央视产生深远影响的创意。

香港回归直播不仅是央视第一次如此大规模的直播报道，而且难度也是最大的，因为这个项目涉及两国三方。1997年6月30日24:00之前，这里还是英国人的天下；而7月1日0:00之后，中国将在这片土地上恢复行使本来就属于自己的主权。

据说英国方面曾提出，政权交接仪式由香港电视机构或英国BBC提供公用信号供CCTV使用，对此动议中方立即说"不"。政权交接仪式既然是两国的事情，中国政府作为其中的一方，必须要有对等的、代表自己国家的电视信号。所以，CCTV的电视转播从一开始就代表国家和政府，是中英双方谈判的一个组成部分。例如，7月1日0:00之前港英方面如何对CCTV直播的各项工作予以支持，0:00之后香港特别行政区如何给BBC的报道提供方便等等。

1996年国庆前夕，我开始正式投入节目方案的初始设计。但当时除了知道中英双方将在7月1日午夜有政权交接仪式，第二天香港及北京将分别举行一个庆祝大会之外，其他的议程我们一无所知，而这些活动全部加起来也不会超过几个小时。因此，虽然启动较早，但直到1997年元旦来临前夕，节目方案并没有什么实质性进展。所能策划和设计的就是：分别从香港的历史、文化、经济、政治，特别是中英谈判过程等方面确定一系列专题片，以填满剩余的六十多个小时。七十二小时香港回归直播从一开始就是一个在时间总量上以专题片为主要内容的方案。之后,虽然我们尽一切可能使能够直播的内容不断增加,但这只是在"专题片思路"这个基础上的结构调整,总体格局直到最后也没有实质性变化,一些长篇的专题节目仍然过多,时间过长。从某种角度上说,这是我们走向作茧自缚的第一步,而我们自己却全然不知。

随着政权交接日期的临近和谈判的进展,中英双方各自关于香港交接的各项活动日趋明朗并就绪。就6月30日和7月1日而言,英方撤离香港的象征性仪式是从6月30日下午开始的,这就是港督彭定康于16:30在港督府举行的一个告别仪式。军号声中,米字旗徐徐降下,于是我们在直播中看到了那个经典的画面:当一个士兵将刚刚折好的英国国旗递给彭定康时,双手接旗的彭定康瞬间将高昂的头颅低下了——对这个画面中英两国的观众一定有着截然不同的解读。英方告别香港的终结仪式是在威尔士亲王大厦,也就是英军司令部附近的添马舰完成的。7月1日0:15,查尔斯王子率彭定康等英方高级官员从香港会展中心大会堂的中英香港政权交接仪式现场出来,直奔添马舰。添马舰是填海造地而成的一个不大的军港,在此前的十几天,英国皇家游轮"不列颠尼亚号"携两艘军舰"添咸号"和"波士富号",由英国本土出发来到香港,就停靠在这里。按英方计划,查尔斯王子一行将从海上撤离香港,途经菲律宾时再改乘飞机回国。按港英政府提供的时间表,这项最后的告别仪式不超过十五分钟。但那天夜里,也许是查尔斯王子和彭定康流连难舍,这项活动持续的时间远远超出了我们计划播出的时间。对初次尝试大型直播报道的我们来说,这真是"害人不浅"。

随"不列颠尼亚号"离开香港的还有自1841年英军驻守香港以来剩下来的唯一的一支海军舰队。说是舰队,其实只是三艘巡逻舰,分别是"孔雀号""蒲乐福号"和"薛达灵号"。在离开香港前的6月30日上午,三艘巡逻舰还象征性地环港岛巡逻一周,桅杆上挂着舰队退役的旗帜。7月1日凌晨以后,这三艘巡逻舰驶向茫茫的菲律宾海域并交给了菲律宾海军,因为早在几个月前,菲海军就买下了这三艘巡逻舰。

对中方来说,开始接管香港的标志性活动就是6月30日上午10:00在深圳同乐军营举行的驻港部队离营欢送仪式——同乐军营也是驻港部队入港前的司令部所在地。而标志性的收篇之作应算是7月1日上午10:00在红磡体育场举行的香港回归祖国及特别行政区成立庆祝大会。其间,中方的活动还有:江泽民、李鹏乘专机抵达香港并参加香港政权交接仪式,威尔士大厦中英防务交换仪式,香港特区成立暨特区政府宣誓就职仪式,香港特区立法会会议等。7月1日之后的主要活动还有:中央政府向香港特区政府赠送紫荆花雕塑揭幕,外交部驻香港特派员公署开署,香港庆回归焰火晚会等等。

香港政权交接仪式是中英双方唯一一个联合举行的大型活动,也是所有仪式活动的重中之重。地点是在新落成的香港会展中心新翼的五层。相信全世界八千多记者云集香港主要是奔此而来。中央电视台在现场有十一个机位,与英国BBC的机位不仅数量相同,而且位置完全一样。因此在现场的任何一处,直播摄像机都是成双成对的,从双方的机位布置上就可以看出对等的原则。

会展中心新翼是专门为政权交接仪式而建的香港地标性建筑。还在土建和装饰期间,我就曾多次来过这栋七层建筑。政权交接仪式在五层,特区政府宣誓就职仪式在三层。

6月30日,通向新翼的所有过道都已进行管制,没有特别通行证不得入内。那天上午,我最后一趟去了位于五层的政权交接仪式现场。身处会场,目视前方,四根静立着的旗杆引人注目。因为两个时代的划分就将体现在这四根旗杆上旗帜的瞬间变化上。对这个过程的表现如何,将是直播成败的关键所在。

那天晚上,我在位于现场百米之外的央视香港新闻中心的演播室里盯着节目播出。仪式开始后我一直比较着我们送过来的信号和英国BBC的直播信号。由于是同一时刻,甚至是同一机位在并肩作战,所以二者更有可比性。整个仪式下来,虽然在色彩、节奏和镜头组合上不能不承认与 BBC 相比还略逊一筹,但我们的直播也相当成功,降旗和升旗过程的处理没有任何失误,也不存在什么遗憾。

我们与世界大台的真正差别并没有表现在仪式的直播上。尽管政权交接仪式的程序设计比较复杂,但新闻中心对此类直播已有相当的经验。真正的挑战和难关是对驻港部队入港过程的直播。

除政权交接仪式外,部队入港是国内外关注的另外一个焦点,也是中国对香港恢复行使主权的重要标志。一百多年来,在这片土地上手持武器的军人都是外国人,而我们中国自己的装甲运兵车、轻型坦克、上千人的部队将首次越过粤港分界线,和平地通过边防和海关进驻香港。这仿佛就是一个流动的亮点,将吸引无数观众的视线。

最初设计节目时曾设想在三军进驻时同时直播,就是对已经在深圳驻扎一段时间的驻港部队,包括海、陆、空三个军种的入港行动全部进行直播。但信号传输难度太大,最后决定空军和海军入港时只直播出发和到达,另外在部队直升机上和海军舰艇上分别派有记者全程录像。也就是说,我们将全程直播的只是驻港陆军部队和海军地面部队的入港过程。即使如此,其难度也是前所未有的。

难度之一是地形复杂。由深圳同乐军营到香港威尔士亲王大厦约 40 公里。按有关方面提供资料,部队行进速度以 30 公里/小时计算,到达目的地大约要一个半小时。其中新界段多山,而港区则高楼林立,另外还有两座隧道,复杂的地形使移动中的信号很不稳定,传送十分困难。

难度之二是这场直播从一开始就注定是一次性的,在此之前不可能有什么演练,甚至象征性的演练都不可能。唯一可供借鉴的就是北京每年一次的马拉松长跑转播。于是我请体育部每年都搞马拉松转播的导演哈国英出山,担任部队入港转播车上的直播导演。但事实证明部队入港并不是马拉松比赛,毕竟马拉松比赛我们已经有了十几年的直播经验,它的路线、时间、有可能发生的变化都在控制之中,而部队入港的直播方案一切都是纸上谈兵,未知的和未定的因素太多了。

难度之三是直播相关事项协调的艰难。部队入港之前,香港是英国人的天下,大部分准备工作不在"本土"作战,而要征得港英当局的支持。一场直播的筹备有时要"两国三方"协调才能进行。

难度之四是直接影响着直播成败的信息严重缺乏。部队入港是严格的军事秘密,何时出发,走什么线路,这些关系到直播线路设置的重要事项,不到最后时刻我们是不可能知道的。面对所有这些难度,首先承受压力的是丁文华,因为他负责为部队入港直播提供技术支持和设备保障。丁文华后来回忆说,无论在香港、深圳、北京还是任何一个地方,只要看见香港回归的倒计时牌他就发慌。

为确保直播效果,丁文华首先想到了直升机。其作用一方面是可做信号中继,另一方面就是航拍部队行进过程。为此,他专门从加拿大订购了专业航拍的设备——陀螺仪。用这种设备航拍的图像既清晰又稳定。央视拥有专用航拍设备就是从那时开始的。此后的几年里,这些设备参与了澳门回归直播、钱江潮直播、两次三峡工程大江截流直播等一系列重大活动。地面上随部队同行的则有一辆转播车和一辆前导车——所谓前导车就是由一辆越野吉普改装成的小型转播车,上面载有可升降的摄像机,因为它过去总是用于直播马拉松比赛,丁文华称之为"前导车"。另外还有一辆从"八一"电影制片厂借来的敞篷红旗轿车,这辆车进入香港时,曾因为邓小平坐过而成为香港媒体关注的亮点。

驻港部队如何入港一直是中英双方谈判的焦点问题之一。英方认为:中国驻港部队应在6月30日24:00以后进入香港;而中方则认为,香港的防务不能出现真空,7月1日0:00开始,驻港部队必须履行防务职责。24:00和0:00,其实只是一个人为的概念,对于时间来说它们就是一个点。但这个时间点事关国家尊严,意义非同寻常。用后来战士们的话说:"我们已经被人家统治了近一百年,难道还要在别人手里多统治一分钟吗?一秒钟也不能等!"为此,驻港部队必须在7月1日0:00之前在军营就位。

6月底,有关方面通知我们,驻港部队将分两批进驻香港,第一批为先头部队,于6月30日晚上21:00从皇岗口岸越过分界线进入香港;第二批为主力部队,将于7月1日上午6:00由文锦渡口岸进入香港,主力部队进入新界粉岭时还有香港群众的欢迎场面。同时我们还接到一个指示:部队入港不做全程直播,但要直播出发、过关、到达以及新界粉岭的群众欢迎仪式。现在想来,幸亏当时没有全程直播,否则后果不堪设想。

还是在筹备部队入港直播的早期,按节目设计,需要一位随军记者随时报道部队进程,这将是一项艰巨的任务,这个记者必须有机敏的观察能力和即兴而又准确的表达能力。我们想来想去只有一个人最合适,这就是白岩松。事实证明我们真是选对了人,在先头部队入港的正式直播中,车过管理线的特写镜头和白岩松的现场报道差不多是那天晚上政权交接仪式直播前最精彩的段落。

但最可贵之处还不在这里。

驻港部队的日程及可直播的活动一经明确,央视七十二小时直播中的节目表就可以尘埃落定。所有的直播活动都是有时间长度的,按这些活动的既定时间,再加上预计的演播室主持人谈话和记者的现场报道时间,剩下的再把已经入库的、时间已定的广告、片头和专题节目的时间加上,播出表就已经跃然纸上。播出表一旦形成,它就是直播操作的依据。但直播香港回归给我的深刻教训就是:千万不要相信那些活动主办单位信誓旦旦告诉你的时间长度,如果你真的以此为准操作直播,只能带来混乱和无序。而我们所有人当时对别人提供给的时间都深信不疑。任何一个仪式或活动,只要它还没有进行,其时间就是一个变数,而我们的错误恰恰出在将其视为一个定数了。

更糟糕的是演播室的设计。

在七十二小时直播整体方案中,我们设计了两个演播室。总演播室设在央视二楼新闻中心的二百五十平方米演播室。考虑到香港是政权交接的第一现场,因此在香港会展中心设计了分演播室。6月30日晚上直播了十几个小时之后,我发现,两个演播室的设计就像两个人在同时拉一个打了死结的绳子的两头,越使劲就越吃紧。由于功能不清,遇到特殊情况时不知道应该由谁来救场,直播的失控就是必然的了。而更深刻的教训是,由于我们把所有未进行的活动和仪式的设计时间当做了一个定数,因此七十二小时播出表就像是一个既定不变的日常频道:主持人在演播室的语言都是有稿子的,演播室时间是确定的,专题片和所有活动的时间也是确定的,完美的播出计划似乎就只剩下执行了。后来的事实无情地告诉我们,这是一个一厢情愿的计划。问题的关键不在于别人向你承诺了什么,而在于直播的设计者和操作者本身缺少甚至根本就没有连续直播的经验。

七十二小时连续直播是从6月30日上午6:00开始的。那天早晨,我提前一个小时就来到位于会展中心三楼的演播室,在为世界八千多记者准备的巨大的新闻中心里,央视的新闻中心是最大的,也是最早启动直播的。整个上午和下午十几个小时的直播,无论是北京部分还是香港部分都很顺利——但就在这表面的顺利中,潜在的危险正在到来。

节目的第一次无序和失控发生在晚上20:00,白岩松在管理线完成那段精彩的现场报道之后。按计划,越过管理线的驻港先头部队应前行一百多米后在香港一侧的落马州口岸办理入关手续。有关方面给出的时间是十五分钟,白岩松的报道就是按这个时间准备的。但没有想到入关的手续一办就是四十多分钟。白岩松准备的报道早已说完,而恰恰就在这时香港演播室与白岩松失去了通讯联系。我们能听到白岩松的报道声,而他却听不见演播室的呼叫。好在白岩松悟性高,只要前面的摄像机对着他,他就不停地说话,把看到的和想到的都说出来,也不管是不是在直播,准备的内容说完了就即兴说,尽管即兴表达的内容并不十分精彩。当时白岩松可以为避免"言多必失"而沉默,但如果他沉默,节目就只能在沉默中失控,那无形中多出来的二十分钟将会变得更加漫长。演播室这边，水均益该说的话也已经说完，演播室失去了原本应有的应急功能和控制力。而在此之前，我们对演播室应有的这种功能一无所知，只知道演播室主持人可以承上启下地串场，所以为演播室准备了长度卡得可丁可卯的串词。

节目的第二次失控是在零点的"香港政权交接仪式"之后。按计划查尔斯王子和彭定康一行应于午夜0:15到达添马舰并登上"不列颠尼亚号"皇家游轮告别香港。港方预先告之的时间是十五分钟。让观众耳闻目睹英国人消失在大海的夜色中，这是我们的计划。为此我们还专门安排记者章伟秋在添马舰进行现场报道。演播室主持人水均益的主持语和章伟秋要报道的内容都已确定，只待英国人上船起航回家了。但没有想到，英国人并不急于回家，他们在添马舰上又搞了一个告别仪式。这已是一天来他们在香港搞的第三次告别仪式了。结果，这次活动持续了一个多小时，水均益和章伟秋要说的话早已说完，我们只能静静地看着英国人在那里没完没了地告别，因为其他任何资料都没有准备，演播室再次对节目失去了控制。水均益干着急但不知道说什么好，因为我们事先规定，主持人说什么都必须先有稿子，生怕哪句话说不对出了政治问题。

直播者的心理有时就像赌徒，总是期待下一分钟能出现自己想要的结果。赌徒输赢的是金钱，而我们押出的则是万金不换的节目时间和播出效果。那天晚上我的心理就是如此，只想看到英国人赶紧上船起航回家，但现实是残酷的，节目就在这期待中一分一秒地在失控状态下播出，只有画面，没有任何有效信息，报道者与观众一样都成了看客。我们最终没有熬过英国人，只能转向其他报道了。

这个情况如果出现在现在，几乎就不是什么问题：我们可以先把信号收到演播室，让主持人和嘉宾聊几个相关话题，或者先垫播一个其他节目，待英国人离港时再把画面切过去并加以说明……非常简单就可以不着痕迹地处理过去，但就是如此简单的操作，当时却让我们万分难堪。直到今天，那些失控的段落还时常在我脑子里拉洋片似的过来过去。

第三次失控出现在第二天，也就是7月1日的早晨。清晨的深南大道上人山人海，各界群众要在这里夹道欢送驻港部队进驻香港，天上浓云密布时而夹有小雨，地上欢声笑语热气腾腾。尤其是我们设的第一个报道点——深圳大剧院广场上更是锣鼓喧天。早上五点多，信号已经传到香港演播室，看到这架势我真担心人多、背景声音杂乱而影响记者报道的效果。当时之所以选择这里作为第一个报道点，是因为那幅著名的小平画像就立在广场的西北侧，非常有历史感。5:45，直播信号切到了白岩松，第一报道点的报道任务顺利完成。白岩松要马上转移到几公里以外的文锦渡口岸，在那里乘上那辆敞篷红旗车，以目击的方式报道主力部队过关情况。

早晨6:00，驻港部队的海陆空三军按命令正式开始进驻香港。直播中我们看到海军从深圳妈湾港出发，陆军也离开营房，但空军的直升机却没有按时起飞，因为当时香港正是雷雨交加，不具备飞行条件。驻港部队的直升机在机场待命，但我们的直升机如果同样待命，观众就看不到航拍的部队行进的画面了。更重要的是，如果直升机不起飞，其他直播电视信号将失去中继，这就意味着整个驻港部队入港的直播都将泡汤。这时，香港演播室里格外紧张。嘈杂中，丁文华抱着对讲机用哀求的口气请求航管部门允许央视的直升机起飞作业。也许是丁文华的哀求感动了有关部门，央视的直升机迅速升空并将画面送回了演播室。于是，观众看到了就像一条长龙缓缓通过文锦渡海关的驻港部队，看到了深南大道上浩大而热烈的群众场面。

但这是一次冒险的飞行。机长柳军健和陈奎元都是大校军衔，有二十多年的驾龄，当时中央电视台有三个人在飞机上，他们是导演何绍伟、航拍陀螺仪操作手王军和负责微波传送的林辉。他们后来回忆说，直升机沿深南大道飞行几分钟之后就进入了聚卷云区，闪电也近在咫尺，他们试图在云隙间穿行，但眼见缝隙很快就连为一体，他们被淹没其中。地面不断报告他们的左前方和右前方都有雷区。直升机好不容易飞到香港粉岭上空,雷雨越来越大,董建华正在粉岭向驻港部队赠匾,导演何绍伟从政治的角度对机长柳军健说:"我们还是返航吧,我们牺牲了事小,但万一飞机掉下去会成为大事被炒作,对国家影响不好。"柳军健听罢当即掉头飞了回去。

飞机一落地,技术员王军抱着陀螺仪痛哭不已。养兵千日用兵一时,准备了几个月,最后却因为一场大雨前功尽弃。

直升机返回地面后,白岩松敞篷车上的信号就失去了中继,所以部队过文锦渡海关后再也没有看到白岩松,更没有见到他所随行的部队的行进过程。直到他到达威尔士军营,与正在那里直播的翟树杰会合才出现在屏幕上。

新界粉岭是直播部队入港后的第一个报道点,按计划这里将有香港群众欢迎驻港部队的活动。入港过程的信号中断以后,香港演播室只好将信号切到了新界粉岭,此时大雨倾盆,而老百姓已经在雨中站了至少两个小时。

由于是突然将信号切入,粉岭的现场报道记者何昊没有丝毫准备,只好把本应一会儿才说的部分报道内容提前说了一遍,而此时离部队到达还远着呢。何昊说:他当时听不到节目声,也不知道自己什么时候该说,什么时候不该说,原来还准备有提示卡片,但大雨把卡片浇得模糊一片什么也看不清了。老百姓在雨中等待着,而我们的节目没有任何解说,节目再次失去控制。十几分钟之后,部队终于进入了粉岭直播系统,雨也越下越大。

我在演播室眼见着粉岭传过来的画面质量越来越让人担忧,这是微波信号的雨衰现象。只见丁文华举着对讲机,边咆哮边哀求着对粉岭负责微波的技术员喊叫:"我求你了,把功率推到最大!"其实,此时技术员已经将功率推到安全的极限,再大就可能使转播设备全部报废。我们眼看着监视器上的信号渐渐变成了黑场,直到两分钟后才恢复正常……丁文华的喊叫声直到今天仿佛还在耳边。

远离了香港的繁荣和喧嚣,香港直播室的嘈杂和许多瞬间也留在记忆深处,其中有令人兴奋和骄傲的,也有令人遗憾甚至捶胸顿足的。而对一个专业人员以及管理者来说,反思后者比总结前者更重要。

在从香港回来的一次总结会上我说:"可控,是直播报道的关键。而可控的阀门和手柄就是演播室。这是香港回归报道留给我们的血的教训!"这是我在那场七十二小时直播还未结束时就已经悟出的一个道理,现在看来这个道理是如此简单,甚至不能称其为道理。

十年

Ten Years

1997年6月30日午夜，香港政权交接仪式开始前，李瑞英与北京总部最后一次连线报道现场情况，她提示期待已久且屏住呼吸的亿万电视观众，历史时刻即将来临。

澳门拾遗

> 它几乎使香港的遗憾得到了完全的弥补。

2002年岁末,第一场大雪过后,北京阳光明媚。

一天下午,央视总工程师丁文华在我的办公室里聊起了直播的话题,他感慨地说:"有一天我过深圳罗湖口岸,看到香港回归倒计时牌上出现'15'那个数字时,我都不敢看,心惊肉跳的。而澳门回归前的十五天,我已经成竹在胸,一切就等开始了。"的确,从香港回归到澳门回归,时间只有两年多,但我们自身应对直播的素养已不是当初。成长的不仅仅是我们几个人,两年间,央视走过了让人欣慰的一段长长的专业实践之路。

新世纪来临之前的几年里,丁文华任央视播送中心主任,我任新闻中心主任。我们总是在新闻事件,特别是一些政治事件直播时打交道。

在我看来,丁文华是典型的"需求学派"。他的理念是:"节目的需要是技术事业发展的拉动力,所以技术要为节目服务。"他坚持这样的理念并将之付诸行动。丁文华经常主动为节目部门创造需求。他向新闻中心推荐使用的DSNG(移动式数字卫星传送系统),彻底改变了新闻直播的时空条件限制,大大加强了直播报道的机动性。DSNG是一种小型便携的直播设备,有了这个小东西之后,指哪儿打哪儿,在任何地方都可以第一时间播发新闻。丁文华因此赢得了编导们的敬重——我把电视解读为一种"技术媒体",有很多根据来源于丁文华的理念与行动。

那天下午,丁文华跟我说:"真是打从香港回归之后,我们才知道什么是直播,才知道该怎样搭建一个技术平台。"我和他都认为,直至今天,对重大政治新闻事件的直播,要数澳门回归做得最好。其实从香港回来,丁文华也在反思香港的教训。

多点报道是国外经常使用的直播报道方式,这是为了增加观众的期待感并及时了解有关动态。香港七十二小时直播报道中我们曾设了三十多个报道点,遍及驻港部队在深圳和香港的主要军营。7月1日那天,驻港部队入驻最后一个军营——赤柱军营时,我们都进行了现场直播。此外,在主要口岸,各主要仪式和活动的现场都有远程单边记者的报道。这些被丁文华称为"野点"的报道给直播增色不少,但在香港回归时也带来了不少问题,有时甚至导致失控,失控的原因从技术上说主要是通讯和音频出现了问题。

大家都知道,图像是电视区别于广播的一个重要特征,但就电视直播报道而言,特别是对大型的连续直播报道而言,问题往往不出在图像,而容易出在音频和通讯上。1998年6月29日,美国总统克林顿在北京大学演讲时,就是由于音频问题,使得观众听不清北大学生的提问和克林顿演讲的中文同声传译。

所谓失控是指:直播者对正在播出的节目资源失去有效的组织。观众有时看到的可能是长时间没有声音的画面,甚至干脆就没有有效画面;有时看到的是记者的语无伦次,不能实现有效报道,甚至与导演失去联系。失控的播出就像放羊一样,只能走到哪儿播到哪儿。

直播很过瘾,也很有成就感,因为我们可以让亿万观众同步看到正在

229

发生的新闻事件。但每遇到节目失控的那种焦急难耐的心情是无法用语言形容的。特别是当关键时刻与前方记者失去联系时，真有呼天抢地之感。这种现象在香港回归七十二小时直播中曾多次出现，但在澳门回归四十八小时直播中已经完全看不到了。丁文华自豪地跟我说："澳门回归直播中，我们的通讯做到了畅通无阻，与香港回归有本质的区别。"

1999年是另一个"新闻年"，也是新闻中心面临最大挑战的一年。3月份，北约开始轰炸南联盟后来将我驻南使馆夷为废墟；3月底、4月初央视三次直播重庆綦江虹桥垮塌案庭审过程；4月末直播昆明世界园艺博览会开幕式和开园式……更重要的是国庆五十周年天安门广场阅兵及群众游行、澳门回归和迎接新千年这三场重大直播，这些重大事件都集中在了第四季度。还在年初，我就与新闻中心其他两位副主任分了工，李挺负责筹备国庆五十周年天安门阅兵直播，张宁负责澳门回归直播前方节目的筹备，我负责迎接新千年的直播筹备及澳门回归的后方播出。

1999年12月17日，我和负责播出策划的张文华带着已经调整修改无数遍的播出方案赴珠海，与澳门回归直播团队进行最后一次"打合"。"打合"这个词是总导演何绍伟最早使用的，不知是他的母语——粤语，还是他从什么地方学来的，反正过去在普通话里我没听说过，但大家都觉得很形象、很准确，就慢慢叫开了。所谓"打合"，其实就是前方报道和后方播出双方认真核对最后的操作细节，并由此建立一个实际操作中的规则约定。其中包括可能出现的突发情况处理等，等于是一次"纸上演练"。所以，经过双方共同"打合"的方案就相当于直播中的"宪法"，前后方各环节必须共同遵守。后来何绍伟才告诉我说，"打合"这个词来源于日语，它在日语中就有"讨论"的意思。他在与日本同行的多次合作中，觉得这个词挺传神，就用上了。

四十八小时的方案"打合"一遍已经是凌晨两点多。第二天早上，我和张文华拎着"打合"过的方案，登上了飞往北京的航班。

飞机上，我迷迷糊糊地闭着眼睛，想着刚经过"打合"的播出方案，想着每个可能出现问题的段落和细节。香港回归直播报道中惊心动魄的片段时而浮现,但我坚信"香江遗憾"不会重新留给澳门。重复过去的错误将是最大的悲剧。

回到北京,我马上召集新闻中心负责直播总播出的新闻编辑部主任范昀、社会新闻部主任盖晨光、地方新闻部主任陆伟昌等人开会,就"打合"方案进行最后的准备和协调。香港回归直播之后,经过两年的经验积累,我相信四十八小时的直播不会成为问题。但我关心的是一项马上就要付诸实施的实验——强化演播室的控制力。这曾是香港回归直播中最令人心痛的一个环节。

还是在澳门回归直播方案筹备的早期,新闻中心副主任张宁和负责具体直播方案策划的何绍伟曾跟我说,澳门回归不准备在澳门设演播室,而由北京演播室进行总体播出控制。这是一个不谋而合的设计,它说明对香港回归直播的反思不仅停留在痛心疾首,而且已经从认识进化为行动。这种框架设计是澳门回归直播成功的第一步。应该感谢张宁,他们在出发的第一步就找准了制胜的关键。

接下来就是如何确立北京演播室和主持人功能了。这既是一种实验,也是一次探索。电视离不开主持人和播音员,而主持人和播音员则离不开演播室。就目前的中国电视来说,直播节目还不普及,因此各电视台除了在演播室录制完整的文艺演出之外,大部分演播室都用于节目的串场包装,也就是电视栏目的开头和结尾。即使直播状态下的《新闻联播》,播音员也只是看着提示器念出新闻的导语。由于经过专业训练的播音员语速都差不多,所以根据字数就能够精确地计算出一段既定的口播新闻稿的播出时长。如一篇二百八十字的稿子大约需要一分钟,依此类推。

而香港回归直播报道的教训就是,我们把演播室和主持人的功能只是简单地理解为专题片和新闻节目的串场,稿子事先写好,再根据稿子的长度确定主持人需要的时间。然而,大型直播报道毕竟不是专题片和新闻播报,二者最大的区别是大型直播报道的不确定性。例如每项直播活动都有可能因为各种因素而造成时间的变化。为了确保这些不确定因素能及时得到处理,保证播出的连续性和安全性,就必须有一个环节对所有的节目资源进行总体控制和调度,这就是演播室和演播室主持人。所以对大型直播节目来说,演播室不能仅仅是串场和解说,还必须具有灵活性、机动性和调节功能。如果说现场的事件直播和预先制作好的专题片等内容在时间上是一个定量,演播室则应是一个变量,演播室必须具有弹性,否则就失去意义。只有赋予主持人这种功能,他们才能在演播室里从容应对各种不确定因素。

自1997年之后,在一些非政治性新闻事件的直播中我们已经赋予了主持人这种功能,但在政治性新闻事件的直播中,主持人只能看着提示器念稿子。澳门回归时我决定做一次实验,就是让主持人摆脱提示器。主持人要有稿子,但不能依赖于稿子,必须有自己发挥的空间——否则怎么实现演播室的"弹性",实现其"控制阀"和"手柄"的功能呢?而一旦赋予主持人这样的功能,就要求主持人必须具有良好的新闻发现、新闻敏感和即兴表达的能力。

尽管给主持人以自主空间,但显然主持人也不能信口开河,说话要有依据。为此直播负责人范昀决定专门组织一个策划组,为主持人搜集和提供相关资料。而且根据四位主持人不同时段的不同播出内容分门别类地为他们提供各种背景和问题。从播出效果看,主持人表达的从容和镇定,与他们事先了解了大量的背景、手头拥有大量的资料是分不开的。

根据两年来的直播实践,主持人在演播室对直播节目进行有效整体控制和调度,光靠主持人本身是难以完成的,因为主持人的独角戏再精彩,时间长了也显得单调。所以大型直播报道中最好能有嘉宾或者是双主持人。嘉宾的存在不仅在于演播室多了一个角色,关键是主持人和嘉宾可以形成一个访谈甚至是谈话节目段落,可长可短,收发自如。在此前的三峡工程第一次截流直播中,演播室的三峡工程专家陶景良和重庆綦江虹桥垮塌案庭审直播时演播室的建筑学家侯雪光、法学家陈卫东等,都给观众留下深刻印象。但对政治性新闻事件的直播来说,我们从来没有勇气做这样的实验和探索。

事情总要有开始。范昀和张文华开始物色适合在四十八小时澳门回归直播中做嘉宾的人选,几经周折,他们把目标确定在了澳门大学的刘伯龙教授和当时在澳门政府供职的穆欣欣,还有来自军界的宋丹身上。经过请示,他们最终成为央视第一场政治新闻事件直播中的嘉宾。四十八小时下来,三位嘉宾的侃侃而谈及丰富的澳门知识给观众留下深刻印象。整个直播报道的成功,与主持人功能的拓展、嘉宾作用的发挥是分不开的。

转眼间,澳门回归直播已经结束多年了,直到今天,我仍认为那是央视对重大政治性新闻事件连续直播最成功的一次。从规模上看,除了香港回归直播七十二小时,就是澳门回归的四十八小时直播了。接下来,这个记录又被2003年3月下旬开始的"伊拉克战争"直播打破。可以说,澳门回归的每场重大活动、每个"野点"上的记者报道、每个专题节目的制作以及演播室话题都可称精品和典范。它几乎使香港回归直播的遗憾得到了完全的弥补。澳门回归的直播报道是完美的,以至于许多观众和同行认为有些段落不像直播而像录播。在我看来,澳门直播表现出来的前所未有的从容,是央视政治性直播报道走向成熟的标志。

几年后,我见到当时负责主持策划的张文华写的一篇文章,他说:"在直播状态下,主持人成了'安全阀',或者说是一种最重要的备播手段,可以随时对特殊情况做应急处理,节目临时调整也更加灵活。在节目的设计方案中,要直播江泽民主席的车队途经友谊大桥,但在江主席离开澳门机场前往友谊大桥的途中,其中一段没有直播信号支持,也无法垫播别的节目。这时,主持人登场了,对江主席车队经过的沿途风光做了生动介绍。在车队驶上友谊大桥、直播信号切进时,又立即对友谊大桥的相关背景做了解释。整场直播严丝合缝,信号调控挥洒自如。"

其实,当时与主持人共同合作的还有嘉宾刘伯龙,他是澳门大学的教授,许多背景是他介绍的。这种情况在香港回归直播时处理得就不好。当时江泽民的专机在雨中降落于香港启德机场后,不知什么原因,机舱门迟迟不开,持续二十多分钟,直播没有任何解说,我当时的感觉是,我们把观众晾在了电视机前。

还记得澳门回归直播开始的头一天下午,我在策划组对主持人白岩松说:"这么重要的直播让主持人脱稿,让演播室使用嘉宾,对咱们来说都是第一次,一定要把握好,否则就没有第二次了。"他爽快地对我说:"你放心,我明白。"这样的尝试是有一定风险的,但时至今日我更加认为这样的尝试有必要、有价值,因为电视是"主持人媒体",我们要让主持人拥有本来就应属于他们的"主持人主权"。

1999年12月21日上午9:00,四十八小时直播终于落幕。白岩松、方宏进、敬一丹一一与观众告别,之后是上千人的字幕,令人感慨万千。我轻轻对身旁一直注视着播出信号的赵化勇台长说:"我们又完成了一件大事。"他感同身受地表示赞成。

片尾徐徐走完,我走入演播室与主持人拥抱、祝贺。这一场直播内容丰富而且衔接自如,它检验着我们在香港回归直播之后两年多的探索。

而此刻,新千年正等待着我们去迎接,那将是央视第一场跨国界、跨文化的大直播。

锁定主体

> 第一次演练的结果使我们明白:对移动对象的直播,时空错乱是大忌。

我对直播表现主体的认识主要来自于1999年最大的一场直播——国庆五十周年天安门广场阅兵和群众游行。

迄今为止,这是央视有史以来少见的难度大、程序复杂的一次直播。在现场共设机位三十三个,分成五个直播系统。其难度不仅来自现场场面宏大、政治性强,而且还来自直播对象——军队和群众队伍的移动性。对以移动对象为主体的新闻现场进行直播我们过去很少经历,可以类比的活动就是马拉松比赛了,但马拉松比赛也有其不可比性:长跑运动员虽然也是移动的,但这样的直播不是政治性的,而且长跑和阅兵的直播主体移动规律也完全不同。与这次直播真正相同的事件是1984年国庆三十五周年阅兵和群众游行,那一次央视也进行了直播,但当我们想求教于方家时,前辈们却都已退休。

有人说电视是遗憾的艺术,这句话用于描述电视中的直播节目可能更为准确。在过去直播的一些遗憾和误操作中,每一点遗憾都成为后来的经验,每一次误操作都成为后来的教训,为此我们应格外尊敬那些探路的先行者。所以直播组在第一次演练出现问题之后,我曾让这些编导们请教过那些已经退休的前辈们。

国庆三十五周年直播的录像带导演组看了好几遍。在那个缺乏直播经验、技术条件有限的年代里,央视的先行者们能把阅兵部队和群众游行完整地转播下来已属不易,更何况这场直播中还留下了一个经典场景:无数的中国电视观众就是在那次节目中看到了由北大学生打出的那幅著名的标语——"小平您好"。但那次直播留下的遗憾也不少,这些遗憾留在了前辈们的记忆中,也记录在了磁带里。

最大的遗憾就是在表现阅兵部队时,中景和全景多而特写少,特别是动作的瞬间变化没有得到应有的强调。受阅方队持枪上肩的动作,领队甩头敬礼的动作,方队由平步走变正步走的动作……这些瞬间本来是阅兵过程中最好看的,是观众看着觉得最"提气"的,但是很少有特写表现。也就是说,我们只是让观众看到了这个事件的整体和过程,没有让观众看到他感兴趣的局部和瞬间。而这正是我们这次直播所要突破的,增加的那些机位就是为了解决这个问题。

这的确是一场浩大的直播。

天安门广场上有十多万学生作为城楼观礼的背景在不断变换着图案。正式仪式包括:贾庆林宣布鸣礼炮,七百名护旗手由人民英雄纪念碑出发至升旗区升国旗,江泽民主席由西向东检阅受阅部队,江泽民主席在天安门城楼发表讲话,江泽民主席等党和国家领导人检阅由十七个徒步方队和三十五个车辆方队共一万四千人组成的受阅部队分列式,最后是五十万群众参与的欢庆游行。

根据如此庞大的现场和复杂的程序设计,遍布天安门城楼、天安门东西华表之间和东长安街上的三十三个机位被划分为A、B、C、D、E共五个系统。A 系统位于城楼下东西华表左右,主要负责阅兵分列式和群众游行;B 系统位于天安门城楼上,主要负责广场全景和领导人近景;C 系统位于广场,主要负责护旗手行进及升旗过程;D 系统设在两辆红旗敞篷车上,负责移动拍摄江泽民检阅受阅部队;E 系统是分别位于人民大会堂和历史博物馆上的三个制高点,负责广场和天安门城楼的全景。其中 A 系统由九个机位组成,是机位最多的一个分系统。五个系统分别切换后将信号送回位于央视八百平方米演播室的总控制区,由总导演沈忱和陈征二次切换,再将信号送入播出系统播出。

根据国庆三十五周年直播的经验,在直播中最精彩、画面最有感染力但同时也最让操作者感到惊心动魄的就是部队分列式正步通过天安门城楼接受检阅的瞬间。这不仅是因为拍摄对象是移动的,而且十七个方队是连续的,动作快、时间短、稍纵即逝。

对移动对象的直播难度一开始就预料到了,但后来的事实证明:我们对其难度的心理预期还远远不够。

8 月 17 日,训练近一年的阅兵部队将在天安门进行第一次彩排,这也是 A 系统第一次演练。彩排在夜里进行,提前一个小时,东西长安街已被交通管制,临时架设的照明设备把天安门前的长安街照得如同白昼。阅兵部队的彩排基本成功,但电视直播的演练结果却令我失望和担忧:我没有料到我们对直播对象竟然那么陌生,这种陌生感不消除,直播就将是危险的。直播非常残酷,任何一点闪失都会在镜头前被放大,都会作为历史记录留在磁带中,让我们的后人为我们惋惜不已——更何况,如此重大的事件,直播中根本就不允许有任何闪失。第一次演练后,李挺继续负责直播方案的具体策划和实施,而我则紧紧盯住 A 系统不放,直到直播完毕。A 系统导演吴芳说:"那次直播使我们学会了很多东西。"——这也同样是我的感受。

初次演练的一个重大问题就是时空问题。

阅兵部队共有十七个徒步方队、二十五个战车方队、二十九种武器装备,空中还有一百三十二架战鹰编成的十个空中梯队。受阅方队按时间顺序由东向西行进,通过天安门城楼时接受城楼上江泽民等党和国家领导人的检阅,核心阅兵区是在东华表到西华表之间,距离为九十六米。也就是在这个区域,受阅官兵方队依次要由平步走变正步走并向江泽民主席敬礼,这是阅兵直播的核心内容。两个方队之间的间隔时间大约三十三秒钟。进一步解释就是:我们必须在三十三秒内完成一个方队的表现,否则就会出现时空错乱。比如说:阅兵部队按陆、海、空及民兵方队顺序行进,如果在海军方队经过阅兵区的三十三秒内再切出前头已经走出核心阅兵区但仍在行进的陆军方队的镜头,就会令观众误以为陆军方队仍在接受检阅,而按照真实的时空顺序,正接受检阅的应该是海军方队。不仅如此,这种切换的另一个后果是每个方队的表现时间变得不一样了。在平均的三十三秒内,如果多切了海军方队的镜头,陆军方队的时间必然被压缩,而这样的增减也许会带来节外生枝的误会。当然,这些道理我们都是后来才明白的。而在8月17日演练时,导演只是看见什么精彩就切什么,结果时空大乱,第一方队有时切在了第六方队之间,海军方队有一分钟,而陆军方队则只有十几秒。

　　第一次演练的结果使我们明白:对阅兵这样的移动对象的直播,时空错乱是大忌。而要保证时空顺序的清晰、准确和连续,就必须在规定时间内表现瞬间变化的主体,稍一疏忽,表现主体就变化了。"表现主体"这个概念我就是从那次直播领悟到的。但随后的两次演练事实证明,光明确表现主体并不能解决所有问题,下一步的核心问题是:如何才能把主体的时空运动过程、主体的特征和细节、主体与环境的关系,展现得充分、及时而且丰富多彩。

　　9月初的第二次演练虽然解决了时空错乱的问题,但全景与特写、士兵动作细节的微观表现与方队整齐划一的宏观表现这些矛盾依然存在,形成不了有效组合。第三次演练时虽然调整了机位,但根本的问题仍然没有解决,因为A系统里找不到任何一个镜头能完整而清晰地展现一个由数百人组成的方队的整体,而这不仅仅是一个镜头丰富问题,更关键的是,这个全景镜头还具有解释性作用,它可以作为一个方队区别于另一个方队的"标点符号"。否则十几个方队依次走过去,除了着装的差别之外,观众从屏幕上很难区分他们的界限,总感觉是眉毛胡子一把抓,缺少每个方队行进过程的段落感和完整性。

第四次演练时,我离开 A 系统的转播车爬上了天安门城楼。我在 B 系统导演霍燕的身后,看她由 B 系统几个机位拍摄的阅兵方队通过天安门的行进过程。按系统分工,部队依次通过天安门时,主要由 A 系统完成,B 系统切出的画面只是补充,它的大部分机位在此时是闲置的。演练时即使明知道自己的信号使用不多,但霍燕仍认真地调机切换着每一个画面。无意中,我突然看到两个镜头,这是 A 系统苦苦寻求但无论如何也拍不到的:一个是排在分列式最前面的仪仗大队在八一军旗引导下,向天安门核心阅兵区走来的一个镜头。画面的左前景是东华表,仪仗大队就是从上有蹲兽、云板、身刻蟠龙图案的华表后面渐渐走出来的,历史与现代在这个画面中得到完美统一。另一个镜头就是我们在 A 系统中反复调整和寻找的那个符号性的全景镜头——数百人组成的方队成菱形囊括其中,清晰明确、整齐划一。我兴奋地告诉霍燕:这两个机位 A 系统一定要用,而且要让它发挥最大作用。就是在那次演练的总结会上,我弄明白了直播主体的表现问题,尽管在此之前我对此已经有所感悟。

十几年来,央视所操作的所有新闻类直播大致可分为三种类型:一是仪式类直播,如"两会"及"十六大"、香港政权交接、国庆五十周年阅兵等活动;二是竞赛类直播,如世界杯、奥运会,以及亚运会中的各种比赛,这类直播都是体育中心操作的;三是探索类直播,如"钱江潮""抚仙湖水下考古""老山汉墓考古"等。其实还应该有第四种类型,那就是突发事件类直播,但直到 2003 年 3 月之前,这一类直播对央视来说还是待开发的处女地。此后的伊拉克战争结束了央视没有突发事件大规模直播的历史。

无论是仪式类、竞赛类,还是探索类和突发事件类直播,我们都是观众在现场的代表。直播者追求的不仅仅是让观众与我们同步看到现场,而且还要让观众看到最值得关注的焦点,这个焦点就是直播的表现主体。"两会"期间,政府总理的记者招待会是每年都要直播的。记得1998年3月直播朱镕基总理第一次记者招待会时,我跟导演沈忱说:"要多用朱镕基的镜头,因为他才是直播的主体。"即使记者提问,朱镕基总理反应的表情中也有信息量,所以总理答记者问时,除了提问的记者,不应该过多地出那些无关紧要的席下记者的反应镜头,而应更多地锁定表现主体——当时备受瞩目的总理朱镕基。而对于2003年的"两会"直播而言,需要表现的直播主体就应该是同样备受瞩目的新总理——温家宝。在直播中,随着程序的变化和事件的发展,直播的表现主体也是不断变化的,而且有时候还是多元的。比如在江泽民乘敞篷车由西向东检阅受阅部队时,表现主体就是江泽民和排列整齐的受阅部队。

　　与一般表现主体不同的是,受阅方队是移动的,移动是有过程的。表现过程的机位很多,但在瞬间(三十三秒)内要调动众多的机位表现同一主体是不可能的,而且也没有必要。于是我提出:在固定段落内,在表现主体明确的前提下,首先让不同的机位保持功能单一并持久有效,之后在最佳时机、最佳景别、最佳角度、最佳机位的原则下完成最佳组合。

　　例如在表现航空兵方队时,城楼上B系统高角度的全景最佳;前排两个士兵甩头向天安门敬礼时,位于西华表旁吊杆机位的特写最佳;士兵提枪上肩的动作,由位于东华表下的轨道车机位取中景表现效果最佳;只要这三个机位确保了,再加上其他两三个机位就可以完成最佳组合。三十三秒内,航空兵的行进过程、动作特征和细节等都展现无遗。此外的几个机位由于功能单一,而能够保证画面长时有效。导演只需把握时机完成组合,从而免去了临时调机、变换景别的忙乱。即使调机,也只是个别的调整。

　　9月底,当最后一次演练结束时,对阅兵和群众游行的直播,我和导演吴芳、切换穆莉都已经成竹在胸。那些惊心动魄的"三十三秒"永远定格在了记忆中。它们让我彻底领会了如何应对一场并非由你自己控制和彩排的直播主体,以及如何表现它。

2000年,在直播钱塘江大潮时,有一个镜头令我难忘,这就是浩浩荡荡的"一线潮"逆水而来,它几乎是垂直经过我们设在镇潮塔下临时演播室的落地玻璃窗。镜头是以主持人方宏进的背影为前景,潮水由左至右涌过画面。这个镜头在几次演练时都切出来了,但真正播出时却没有用上,至今我想起这个极富冲击力的画面时都遗憾不已。

直播主体一旦明确,就需要下大功夫去表现它。视点越独特,其表现力和震撼力就越强,钱塘潮直播就是如此。

钱塘潮又称"海宁潮",是杭州湾钱塘江的涌潮,成因是钱塘江入海口独特的喇叭口形状。每年农历八月十八日是传统的观潮日,因为这一天的江潮是一年中最蔚为壮观的。如今海宁县已经将传统的观潮日现代化为"观潮节"。其实,钱塘潮天天有月月有,所不同的只是潮大潮小。钱塘潮的确壮观,涌潮隆隆而至,排山倒海,如雷贯耳,有如千军万马奔袭而来。但对大多数人来说,观看钱塘潮时局限太大,因为从涌潮形成到二次回头潮结束,途经八十多公里、历时四个多小时。千百年来,人们都只能在一个点上观看,从时间上说只能看到了涌潮的瞬间,从空间上说只能看到整个涌潮的局部,或"交叉潮",或"一线潮",或"回头潮",或"二次回头潮"……没有人能够见其全貌,见其全程。

电视直播的魅力就在于始终把钱塘潮的运动及变化过程作为直播主体予以表现,而且为了给观众提供独特的表现视角,我们还动用了直升机。虽然钱塘潮年年有、月月有、天天有,但历代观潮人都无法从空中俯瞰眼下的世界奇观。更让我感到惊喜的是专家们的意外收获。林炳尧是钱塘江管理局的高级工程师,钱塘潮的研究专家,也是我们直播的特约嘉宾。根据他的研究,钱塘潮中的交叉潮有时能形成,有时不能形成,但他始终无法归纳其规律,弄不清这种变化的原委。在直播前几次的演练中,林工经常能看到直升机航拍提供的画面,正是这个从未获得过的视角,让林工发现了其中的奥秘:原来"交叉潮"是每次都能形成的,只是有时它形成于入海处,远离江岸,所以人的肉眼难以发现罢了。没想到我们对直播主体的充分表现居然帮助专家解开了一个自然之谜,这也算是直播中的一个意外收获。

直播主体这个概念看似明确,但有时又会变得模糊。在云南抚仙湖水下考古直播时,身着潜水衣的考古工作者和我们的摄像在水下的动作舒缓、浪漫、极富美感,但我们不能忘记,观众更感兴趣的是那神秘莫测的湖底洞天以及可能在瞬间发现的人类文明遗迹,后者才是表现的主体,我在现场这样提醒直播导演。

熟悉你所要直播的事件的程序,将其分解为若干段落,明确每个段落的表现主体,使用"五个最佳"原则——这就是我历经几次大型直播之后的感悟所得。还有一个提醒:对新闻性直播而言,千万不要迷信看似精确的、标有分分秒秒的分镜头本。即使这个脚本存在,也必然是以上诸多原则的注解,而不是想象中的,甚至是闭门造车的编撰。

动魄瞬间

> 第二天午夜的直播非常成功,跟拍和用长焦镜头拍到的北京大学生高擎火炬迎面跑来的画面让我在直播屏幕前久久注目,有多少观众为之感动与震撼不得而知,但我是其中之一。

1997年上半年,当我正全力以赴参与筹备香港回归七十二小时直播节目的方案设计时,《生活空间》制片人陈虻却在精心筹划另一件事:首届北京国际纪录片学术会议——由一个小小的栏目四五个人的努力,竟能成功组织一次国际性会议,我一直觉得这是一个壮举。

会议开幕式结束之后,我兴奋地由二十一世纪饭店沿三环路开车回电视台,张海潮坐在我的旁边。我们大致聊着世界、国际、新世纪等乱七八糟的话题。也许是突发奇想,也许是刚刚完成香港回归七十二小时直播还意犹未尽,也许是刚刚结束的开幕式给人一个清晰的"国际概念"……反正不知从何而来的灵感,我对坐在旁边的张海潮说:新世纪来

243

临时我们可以搞一个大型直播,按不同时区进入21世纪的时间为线索,提前三个小时,再延后三个小时,可以直播三十个小时,到时可以把记者派到一些主要国家作现场报道。张海潮听完也兴奋起来:"这个主意太好了!"——张海潮也参加了香港回归直播报道,所以他和我一样,也是一听见直播就兴奋不已——电视台很快到了。

就是从那时起,"跨世纪直播"一直是评论部向台里申报的一个年度大型项目。1998年,这个项目被列入1999年央视重点节目计划,台编委会委托新闻中心和评论部负责这个项目的具体方案策划。但现在看来,这个项目在立项之初只是停留在兴奋和想象而已,立项时并没有真正从现实条件上考虑它的操作性。如果不是后来出现的奇迹,它根本不可能变成真正的"相逢2000年"二十四小时大型世界性直播节目。仅靠一个国家电视台的力量,要想直播分别位于二十四个时区的世界各主要国家进入新世纪的盛况,这怎么可能实现呢?

与1999年相比,尽管2000年同样是历史长河中时间链条上的一个普通环节,但数字逻辑跨越两个千年的变化,令全世界的人们对于即将到来的2000年充满好奇、期待、想象和希望。而对于中国人来说,2000年恰逢龙年,可称之为整个中华民族的"本命年",所以在人们心目中更觉千载难逢。

不知上一个千年来临时人们的心态如何,但那个时候的世界肯定不会如此国际化,不会引发如此大规模的兴奋。翻开历史记载,那时的中国正处于北宋时期,虽然社会稳定、经济繁荣、科学发达,但那时的中国人还没有使用公元纪年,不会有千年的概念。那时,整个欧洲还处在中世纪的摸索中,兵荒马乱,战事频发……而美洲和澳洲则与世隔绝,正静静地度过它们的"原住民时代",偶尔为了某块领地的权属,部族间的争端会演变为一场血腥杀戮。上一个千年很有可能是在集体无意识中悄然转换的,这一点通过人们关于"世纪始点"的争论可以得到证明。还在两年多以前,日本东京、法国巴黎、美国纽约都相继立起了21世纪倒计时牌,但越到临近2000年时,世纪的始点却变成了一个有争议的话题:21世纪究竟是始于2000年,还是始于2001年?世界权威天文学家最后的解释才使人明白:原来各国人们从1999年开始迎接新世纪其实是个误会。但兴致勃勃的人们也不甘心放弃,于是聪明的现代人就把迎接新世纪变成了"迎接新千年",各国依旧忙碌着自己的迎接方式。我总觉得,人们对于"2000"这个数字的好感,胜过"21世纪"这个概念。

1999年年初,新闻评论部开始着手"迎接新千年"大型直播节目的筹备,继而成立了由时任新闻评论部副主任梁建增牵头的一个策划小组。梁建增原是《观察思考》组副组长,善于发现和总结。成立评论部时,他出任《焦点访谈》记者二组制片人,后来在一个关键时刻,我调其出任记者四组制片人,记者四组承担着《焦点时刻》和部分《焦点访谈》节目的制作,是评论部当时最重要的一个组。"迎接新千年"是他策划的第一个,也是难度很大的一个大型直播项目。

上半年过去了,梁建增及策划孙杰报给我的方案上,可供直播的活动只有两项:除了正在兴建的中华世纪坛将有大型庆祝活动以外,就是天安门城楼上将有编钟演奏。新千年的第一缕阳光是要直播的,但地点还没有确定。最早我曾以为应该是黑龙江的漠河,因为那是中国版图的最北端,但后来才知道,决定第一缕阳光的不仅仅是经纬度,而且还取决于海拔高度和实际地形。以至于2000年年底,吉林的延边和浙江的温岭为谁将看见新世纪中国的第一缕曙光争得不可开交。除国内的世纪坛、天安门城楼和未定的新千年曙光之外,其他的国际内容就只能依靠派往海外的记者和专题节目片构成二十多个小时的直播了。而这注定是一个充满诱惑却不可操作,即使操作也不可能十分精彩的方案。

事情的转机出现在1999年下半年。进入7月份,中央电视台相继收到发自英国BBC和美国MTN的两份信函,内容都是邀请中央电视台参加他们的迎接新千年二十四小时直播活动。原来,就在我们孤军奋战时,英国的BBC和美国的MTN(新千年直播联合体)比我们更超前,思路更开放,他们是通过联络不同时区的主要国家和地区参与,采用信号共享的方式完成迎接新千年的全球大联播。在亚洲,在东八区,中国的北京时间是最具代表性的,所以 BBC 和 MTN 都十分看重中国的参与。当时两家公司正在竞争,中国加入哪一方将会增加哪一方的砝码。

至此,二十四小时直播方案才变得现实而可行。接下来就是选择哪一家作为合作伙伴的问题了。

大约在 9 月初,中央电视台最终决定参与 BBC 组织的联播。这是一项明智的选择,因为事后不久,梁建增和具体负责策划的孙杰就得到消息:美国的 MTN 已经破产解散了。10 月,由评论部负责具体策划的二十四小时直播方案初具雏形并正式报台里开始运作,节目名称为《相逢2000》。随后,央视成立了以张长明副台长为主的组织运作机构,其他部门也相继参与进来。一切进展顺利,11 月底,我请时任新闻中心副主任的李挺接手负责《相逢 2000》的二十四小时播出。李挺曾任新闻编辑部主任多年,天天与直播新闻打交道,播出经验丰富,香港回归七十二小时直播就是由他在后方负责播出。《相逢 2000》的播出是迄今央视直播节目中最复杂的:有国际公用直播信号,有赴海外记者发回的直播信号,有全国数个城市庆祝活动的直播信号,另外还有演播室主持人和各种长短不一的专题片需要及时插播。鉴于这种复杂性,我请经验丰富的李挺继续操刀。

在 BBC 的全球直播方案中,各地 2000 年 1 月 1 日零点和清晨日出时的节目都被作为公用信号供给世界各国参与直播联合体的成员使用,因此这两段节目的设计就相当重要,它将代表一个国家的形象和一个电视机构的节目制作水准。

零点的节目早已确定:直播北京市将在新建成的中华世纪坛举行联欢庆祝活动,点燃世纪圣火。世纪坛就在央视大门口的东侧,仅隔一条马路,所以这里将是央视在台外最近距离的一次直播。然而不曾想到,这次最近距离的直播却因其变故成为筹备时间最短的直播,其中许多惊心动魄的瞬间令人难忘。

中国迎接黎明的直播节目由时任《生活空间》制片人的陈虻负责策划设计。陈虻是纪录片专家,却是直播的生手,但当他把策划方案向我汇报时,我坚信这是一个很好的创意,因为我在其中看到了文化的魅力。在讨论方案时,我对建增和陈虻说:"也许你们会创造一种新的直播形态,那就是'文化直播'。"这个方案选择了五岳之尊的泰山日出和天涯海角的三亚日出做直播点,以表现辽阔的东方古国对千年黎明的期待。

三亚的直播点设计了一个具有东方仿古味道的水漏。主持人敬一丹将海水盛满水漏时,它会滴滴答答地漏水,下面有一个器皿,我们的先人就是根据水漏滴出的水来计算时间的。在水漏的旁边是一场沙滩现代舞表演,日出时,埋伏在海沙中的身着动物图案的现代舞演员开始翩翩起舞。泰山日观峰上是一口大钟,日出时会有一对母子撞钟,声音悠扬。不远的"东尧观顶"前,一位白发苍苍的老人身着中式白色缎衣,轻盈而平和地舞着太极拳,直升机上的一台摄像机将由老者的特写缓缓拉开,直至其消失在泰山群峰之中……

12月下旬的第一次演练中,这个由三亚和泰山对切的黎明节目已见成功的雏形。我很兴奋,但美中不足的是,钟声似乎有些问题,总感觉这钟声缺少想象中的悠扬之美。我打电话到前方一问,才知道这个大钟上有一条裂缝。当时我一听就火了,不分青红皂白地冲着电话大声说:"怎么弄了一口破钟上去?马上把它换了!"对方也许被我吓着了,半天没有声音,最后说:"我们想办法。"过了一会儿,陈虻从三亚给我打来电话说:"主任,那是泰山附近能找到的唯一一口大钟,是用直升机把它吊到日观峰上去的,费了很大的事儿,他们的手都冻僵了。"这次轮到我没话了,我深深地自责,不应该对已经在风雪中工作了好几天的同事发火,他们已经尽到了最大的努力。

一天后,泰山上的编导告诉我,他们已经尽其可能地对大钟上的裂缝做了修补。直播那天,极富穿透力的钟声荡漾在山谷中,也阵阵回响在我

247

的心里。世界上许多事情并不可能完美，但只要尽心尽职就不应该受到指责。

那天，BBC完整地将这段节目送进了公共信号里，许多国家的观众不仅看到了中国的黎明，也听到了来自这个古老国度的回响在古老山崖上的嘹亮钟声。

最大的变数却发生在我们的最近处——央视东门外世纪坛，本以为是最让人省心的一段直播，没想到却在临近千年时骤生波澜。由于是北京的活动，所以世纪坛的直播一直由北京电视台在筹备，而我们原来的方案也是以北京电视台的直播信号为主，央视只在现场架了四个机位，主要是确保中央领导的活动，特别是江泽民主席讲话。总导演为新闻采访部的沈忱，切换导演是霍燕。

12月23日左右，世纪坛直播整体方案基本"落听"，节目和人员也都基本就位。就在此时，中央电视台突然接到指示：为确保党和国家领导人集体出席世纪坛活动，尤其是江主席的讲话直播成功，特别是考虑到这次活动将参加全球联播，因此世纪坛的直播改由中央电视台为主。这种变化就意味着央视要全面接管庆祝仪式的直播。此时满打满算，距1999年12月31日也只有七天时间。如此一来，央视的机位将由四个一下增加到十六个。当时澳门回归直播刚刚结束，许多人和设备还都在澳门。由于这段信号将送到BBC供全球使用，就更使这次直播意义重大。节目部门在全力以赴，技术部门的设备也在日夜兼程地赶往北京。

12月30日晚，所有参加庆祝活动的上千人聚集在世纪坛进行整体演练。我一直在世纪坛旁边的转播车上。因为十六个机位除了三个制高点上的信号直接回演播室外，其他十三个机位的信号都要通过这台转播车把信号送回台里。也就是说，世纪坛的庆祝活动直播效果如何，就看这台转播车了。其中万一发生失误，不仅是政治性的，而且是世界性的。

我注视着整个的演练过程，四十分钟下来我头皮发麻，全身冷汗淋漓，因为如果按此直播，别说代表什么国家电视台了，甚至及格的水平都不够。由于对程序不熟,在演练中几个主要环节出现重大失误,只听有人唱歌但演员一个镜头都没出来;北大一男生手擎火炬点燃圣火,而火炬手的画面几乎没有……

演练结束,我和负责此次直播的庄殿君(时任采访部副主任)召集全体导演和摄像开会,问题必须当夜解决,第二天就要正式直播,已经没有任何演练的机会了。我说:"我们要明确每个机位的功能,先把整个活动程序分解成若干个段落,之后再明确每个段落的表现主体,并按这些主体确定最佳机位、最佳角度、最佳景别和最佳时机,最后完成最佳组合。总而言之,要明确每一个段落的表现主体以及通过哪几个机位的组合对其更有表现力。"按此方法,在唱歌表演这个段落中,解决演员的图像问题就变得十分简单,只要在十三个机位中找出一个最适合表现演员的机位就可以了。这个摄像的职责就是在这个段落中,始终使这个机位的表现主体处于最佳景别之中,供总导演随时使用。这个日前在国庆五十周年直播时悟出的道理今天在这里派上了用场。

在北大学生擎火炬入场的段落中,手持火炬的学生应该始终是表现的主体,此时只要根据这几个最佳原则,明确哪个机位盯住学生入场,哪个机位盯住学生转身致礼,哪个机位盯住学生奔向圣火途中的移动过程,哪个机位盯住点火的瞬间……此时每个机位的功能都是单一而且是始终有效的,导演可以随时切换组合。只要这四五个机位保证了,就可以使直播拿到及格分。再加上其他具有表现力的机位组合,就可以拿到"良好"或是"优秀"了——所以有人说好的摄像是直播成功的一半。

而在此前我们熟悉的方法中,对成功起着一半影响的摄像元素是被淡化了的:只有总导演想出火炬手的镜头时,才指令摄像给火炬手镜头,并指示切换导演切出这个画面。总导演的意识敏锐和意图明确是95%以上的决定性因素,否则总导演一个人面对十几个机位,一时疏忽就可能错过最佳表现时机。更由于未经反复演练的直播中处处险滩,情况瞬息变化,经典镜头稍纵即逝。即使总导演的意识非常敏锐和明确,他及时捕捉，给出指令——摄像接受指令，表达到位——切换导演领会无误，反应迅速……但这些环节的合作与衔接也需要时间，而直播中最致命的恰恰是时间的同步，微小的时间差就有可能错失精彩瞬间。因此这种方式成功的前提是必须经过反复的演练，总导演对直播事件的程序十分熟悉，摄像与切换对总导演的意图心领神会，多方配合默契才有可能奏效。就是从这次直播之后，我彻底放弃了要求导演预先写出完整的分镜头脚本的直播理念，因为这种方式在表现变幻莫测的直播主体时并不实用。

那天晚上的会一直持续到凌晨四点。我离开会议室后，几位导演和摄像仍在讨论如何应对即将开始的一场遭遇战。此时我已坚信我们不会败下阵来，因为我们曾用同样的方法解决了类似的问题。

第二天午夜的直播非常成功，摄像王威的斯坦尼康跟拍和摄像于殿云用长焦镜头拍到的北京大学生高擎火炬迎面跑来的画面让我在直播屏幕前久久注目，有多少观众为之感动与震撼不得而知，但我是其中之一。这个画面曾被后来的新闻与专题反复使用。

火炬上的火种引自北京周口店古人类遗址，火炬手脚下是记载中华文明大事的青铜甬道。

1999年的最后一个午夜，我是在嘈杂的导演台前度过的。当完成直播走下那辆央视最现代化的数字转播车时，人类已跃入新的千年。有人说电视是20世纪改变人类生活最伟大的发明，这一回，它让全世界同步看到了手擎火炬奔向未来的中国青年，这个连续的镜头就像一段永恒的慢动作令人终生难忘。

前方记者

在现场的前方记者应该是演播室主持人放出的风筝,收放自如。但早期我们并不明白这个道理,在那时的一些直播报道设计中,前方记者就像承包商,承包一段公路,盈亏自负;或者是像铁路警察各管一段,不管突发什么变故,也只有自己"死扛"。

有人说,中央电视台搞香港回归直播,相当于一个运动员没有参加亚运会就直接参加奥运会了,这个比喻有道理,尤其对于前方记者来说就更是如此。

与过去实况转播的最大区别在于,香港回归现场直播加入了记者元素。在香港回归直播报道中,我们把在事件现场进行直播报道的记者称为"前方记者",这个称谓一直延续至今,并成为直播报道中不可或缺的一种形态。

如果把香港回归比作奥运会,那么我们的前方记者不仅没有参加过亚运会,甚至就根本没有参加过运动会。因为此前中国的电视记者从来就没有在直播状态下对观众说过什么。直播中甚至一度出现演播室主持人水均益在驻港先头部队入港时连续呼叫白岩松而没有应答的几个场面,其实当时白岩松压根儿就与演播室失去了联系。这种情况在目前的直播中是不可能出现的,因为现在那些训练有素的演播室导演除非明确确认前方记者已经完全具备直播状态,否则根本不会要求演播室主持人与前方记者对话,不会冒险将直播的风险转嫁到没有做好准备的记者身上——但在香港回归直播报道时,我们所有人都是"初试演兵场",对这些操作规律一无所知。

香港回归报道中,重要事件现场的记者多点报道曾给直播增添了不少亮色,但大多属于事件正式开始之前的递进式报道。如白岩松在驻港部队同乐军营的报道;柏杨在港督府的报道;王志在会展中心的报道;翟树杰在威尔士亲王大厦的报道;章伟秋在尖沙咀的报道……均很成功。这些报道都经过了多次演练。我们原来以为记者现场报道就是如此简单而容易,但一旦事件真正开始,前方记者现场报道的难度就出现了。当发现所看见和所体验到的现场已完全超过既定的想象时,现场记者显得有些不知所措,这些紧张和局促直接反映在了现场报道的语言中。以至于香港回归直播结束,我们回到北京时,听到了"一根又一根""一圈又一圈""一人又一人"的笑话。我尽量不把这样的"段子"理解为恶意的。对那些身临现场并高度紧张的记者来说,某些报道语言的确不够恰当、不够精彩、不够到位,但他们都是无辜的,因为当初我们这些直播方案的策划者和操作者们就没有做出充分的预案提供给前方记者,没有向现场报道提出应对变化的任何要求。前方记者们就像一个个从来没有机会练习刺杀的战士,直接被推到战场的最前方参加肉搏。

我就是从那时意识到直播状态中的记者的目击报道水平亟待提高——这是一个我们过去从未有过体会的问题。

在重大新闻事件中,是否有记者在现场是衡量一个媒体实力和权威性的重要标志。正因如此,香港回归中国时才有八千多名记者云集香江。也正因如此,中央电视台在香港回归中才在重要事件现场安排了二十多名前方记者,对一系列重大事件进行现场直播报道,他们无疑都是体现央视实力和权威性的重要符号。但我们的记者在从事重大新闻事件连续多点报道之前,却跳跃了一个必要阶段的锻炼,这个阶段甚至到今天仍然是国内电视新闻节目的一个缺失,这就是日常新闻直播报道中的连线报道。

90年代初开始的央视新闻改革中,增加现场报道是一项重要举措,尤其主张本台记者手持话筒在现场开口说话。但这只是在录播状态下,从体现权威性和现场感的层面强调的新闻报道形式的变化。作为一种现代化的电视新闻报道形态,直播状态下的连线报道是必不可少的——而这个阶段的跳跃,正是记者得不到有效锻炼的重要原因。

"9·11"事件发生时,美国各大电视媒体的电视记者均在二十分钟内站在了曼哈顿现场。现代通讯技术和电视设备早就可以支持记者在任何一个地方进行现场直播报道。这种报道对境外电视媒体来说是一种常态,他们的日常工作就是直播状态下的现场报道,天天如此;而对我们来说则是一种特殊状态,显得格外隆重。所以,香港回归直播时我们的前方记者在没有经过任何常态锻炼的状态下,就投身到了重大事件的连续性直播报道中,因此留下了很多教训和遗憾。

在现场的前方记者应该是演播室主持人放出的风筝,收放自如,演播室主持人应当与之相互交流并随时对其进行有效控制。而在我们早期的一些直播报道设计中,前方记者就像承包商,承包一段公路之后,盈亏自负;或者是像铁路警察各管一段。前方记者报道的段落由记者自己完成,不管前方突发什么变故,也只有记者自己在前方"死扛",主持人有劲使不上。香港回归直播报道出现的几次失控都是由此而来。用水均益的话说,我们是在用"新闻联播的方式"做事件性连续直播。所谓"新闻联播的方式"是指播音员在直播《新闻联播》时,由于每条新闻的时长是既定的,所以在直播状态下的《新闻联播》每天都可以做到严丝合缝。但事件性直播由于时间不确定,在这种情况下要做到严丝合缝就像是在压沙求油。

也许正是香港回归报道留下的"血的教训"鞭策着我们迅速成熟起来,两年之后的澳门回归直播报道与香港回归直播报道相比,前方记者的直播报道已发生质的飞跃。如记者柏杨在澳督府报道末任澳督韦奇立离开澳督府时,柏杨就掌握了许多相关背景,而背景的准备和现场的观察,正是前方记者必须具备的素质。与柏杨相同,水均益在机场直播中国政府代表团抵达澳门机场的报道准备得也很充分。如欢迎人群构成中的学生来自哪些学校,江泽民一行要入住的饭店等等。但现在回头去看由于领导人专机抵达以及机舱门打开的时间比预计的后延了二十多分钟,此时水均益即使准备得再充分,也难以招架一下子多出来的将近半个小时的长度。水均益完全处于孤立无援的状态中,就像香港回归时,水均益看到孤立无援的白岩松的状态一样。其实这时的前方记者都渴望能有人帮他一把。但节目预先的方案设计是"承包制",这段内容是由谁负责,谁就只能硬撑着。水均益事后跟我说:"当时我只准备了八分钟的内容,但发挥一下对付十五分钟没有问题。而那天的延时一下子就延了二十多分钟将近三十分钟,心里越来越紧,就希望演播室能救我一下。"无援的水均益只能对一些背景资料进行不断地重复。而柏杨在澳督府的二十分钟报道背景翔实,但也略显过长。如果把前方记者视作放出去的风筝,主持人与前方记者就要建立一种交互关系,前方记者报道过长的段落,应该用主持人提问和演播室交流来分解。前方记者看似在现场,但其局限性很大,直播时他几乎全部的注意力都在对付那个黑洞洞的镜头,而不可能有余力顾及其他。演播室的主持人接话或与之交流,其实就是给前方记者一个缓冲的机会——但是这些都是直播者后来才悟出的道理。

什么样的记者才是一个优秀的"前方记者"呢?

这是一个简单而又一言难尽的问题。

既然出镜记者或前方记者是电视新闻节目主持人的摇篮,那么是不是可以用主持人"三位一体"的标准来判断前方记者的水平？这就是：魅力、表达能力和发现能力。央视目前有十四个驻海外记者站，遍布欧洲、亚洲、北美洲和澳洲，三十多名记者除王晓琨和顾玉龙曾报道科索沃战争而知名度较高外，驻日本东京的孙宝印也给观众留下深刻印象。他虽然未因突发事件频频出镜，但许多电视观众知道他的名字，其知名度远远超过其他记者，这不能不承认魅力的力量。孙宝印在赴日本之前曾是《东方时空》的记者主持人，其表达能力和发现能力都是出色的。无数的经验证明，并不是一个经常出现在报道里的人就会给观众留下良好印象，观众是否记得住他(她)，关键是他(她)说的内容是否能够吸引观众。

用"三位一体"的标准要求前方记者也许标准过高了，而且这个标准仍然是抽象的。尽管目前我们仍然没有使"连线"直播在日常节目中完全常规化，而且在一些直播特别报道中"前方记者"也只具有五六年的历史，但透过诸多前方"探路者"的实践，我们仍然可以概括几个具体的问题供未来的连线直播常规化和那些准备出镜的"前方记者"参考。

第一是现场。现场是"前方记者"存在的理由和定义性的内容，如果说前方记者是一个媒体进入新闻报道的符号，那么现场就是所报道的新闻事件的符号，它是一个与"前方记者"共生的概念。前方记者行动的活性、存在的价值、报道的魅力都是在现场中形成的。为什么你的报道更权威、更真实、更有看头？因为观众在后面，你在现场，所以你看得更清楚。在一场直播报道中，如果前方记者离现场的核心较远，从某种意义上讲，就会造成直播现场气氛不浓，缺乏热度，缺乏报道的穿透力。这也正是当美英联军对巴格达形成合围之时，水均益、冀惠彦、杨小勇等几位记者冒着生命危险重返巴格达，冲进核心战区的原因。现场不仅是前方记者获得信息资源的一个富矿，更重要的是，只有活跃在现场，记者才能采集到自己独特的事实和角度。我们不是不可以在直播中转播其他电视机构采制的新闻内容，但是应该认识到，所有的新闻采访都是有角度、有选择的。独立的事实可能是真实的，但是事实的集合未必是客观的。如果没有自己的发现角度,就会对新闻事实失去选择的主动性而受制于别人的信息集合,被别的报道角度所影响。

　　无论仪式类、事件类还是发现类直播,每一个新闻事件都有最具代表性的典型现场,或者叫做"标志性现场"。记者到前方,不是到达一个面,而是要到达一个点,就是要到达这个具有指代意义的标志性现场。比如抗洪报道的标志性现场是荆江大堤;香港回归直播报道中政权交接仪式的标志性现场是会展中心升降旗仪式现场;三峡直播的标志性现场是大江截流工程中最后一辆运输车辆卸下阻流石块的工地;伊拉克战争直播中,随着战况的发展,每一天的标志性现场都在变化,开战前的经典现场是萨达姆总统官邸,空袭开始最有战争气氛的现场是那个以清真寺为背景,能够看见巴格达市区的高楼,而美军进入之后的现场就是危险重重的巴格达居民区……我们看到这样一些优秀的现场报道:当记者要报道轰炸给平民带来灾难时,他选择的报道现场是美军堆放炸弹的一个基地;当记者要报道陆军动用兵力时,他选择的现场是坦克和机械步兵师行进的烟尘滚滚的公路。如果是电话报道,则应尽量选择一个具有声音标志的空间作为报道的现场。

　　记者的讲述点评着现场的动态,现场的画面印证着记者的观点,互为补充,互相丰富,电视的冲击力由此形成。从这个意义上我想说,不善于发现标志性现场、不善于利用现场信息的记者不能算一个优秀的前方记者。标志性现场既考验着前方记者的发现能力,也考量着这个记者的即时表达能力。

　　第二是情绪和状态。没有激情,对新闻报道不兴奋的记者,制片人是不会让其做"前方记者"的。因为报道需要活力和力量,但在几年的运作实践中,我们目前的"前方记者"往往不是缺乏兴奋,而是兴奋过度变成了亢奋。在国人习惯中,不知从什么时候开始,许多人一遇到采访话筒就下意识地提高声调,总是喊着说话,有些记者也是如此。如果把电视理解为"家用媒体",我们实在不应该对家人喊着说话。记者要做的是语气平和,言简意赅,用语准确。有同事给我讲过一个故事,说是在一次大型直播特别节目中,一个记者做现场报道,记者手持话筒越说越激动,越说语速越快,越说嗓门越高,以至于别人根本无法听清楚他究竟要表达什么。不知这个故事是否属实,但这种现象的确存在。所以一个好的"前方记者"首先要控制自己的情绪,有话好好说,沉着平稳地说。成熟的前方记者是情绪饱满但不急不躁,稳如泰山,这也是权威媒体的形象所在。"亢奋型"记者大多由于压力过大和激动过分所致。因此成功的记者首先应该是对新闻现场,尤其是难得的新闻现场既兴奋而又从容,而不是毛手毛脚地"快速喊话"。我曾与水均益探讨过这个问题,他颇有感慨地说:"记者往往把直播看得太重,越想越重要,总是先把自己'搞大了',先架起来再说话,因而情绪高昂语调高亢。"我和水均益的共同结论是:直播报道由于稀缺而变得珍贵,由于机会难得而使我们的记者失去了平常心。

第三是准备和表达。CNN 的记者和主持人韩玉花曾在清华大学的一次讲座中讲过一个故事:"狡猾的 CNN 是这样测试主持人的:直播间里有提示器,一个新人来试播新闻,读着读着,主控里的人突然把提示器关掉。这时候大多数人的反应是'啊'的一声叫出来了,而有经验的人则把事先准备在手中的一份稿子挪过来继续播报。"韩玉花说的就是主持人的准备,但对主持人和前方记者来说,应准备的还远远不止这些。

需要前方记者出镜直播报道的事件一般都是重大的、重要的或观众普遍关注的事件。这种事件大致分为两类:一类是预发的,另一类是突发的。对中国的电视记者来说,"前方记者"大多在预发新闻现场出镜直播,而对突发新闻事件进行直播只是刚刚开始,所以中国观众很少看到电视记者在突发事件现场进行目击式直播报道。这是对前方记者更高的要求,它需要记者有更为敏锐的观察发现和判断的能力。

前方记者对预发新闻事件的案头准备最重要的是内容。针对直播画面,记者与观众的不同在于二者掌握的"信源"不同。如果"信源"完全重叠就没有设立前方记者的必要了。比如观众已经看到了天安门广场正在升旗,而前方记者却报道说"升旗手正在升旗",这就是与观众同信源的废话。

"信源"在这里应该是指信息的来源。记者的文案准备必须超过观众仅从画面就可以解读的信息。而这正是香港直播的教训之一。与港督府降旗的报道不同,柏杨在对澳督府的降旗报道中做了大量的案头准备,如降旗仪式分几个环节,各环节间如何衔接,澳督府主要官员和三个降旗手和号手的姓名、年龄,并且事先通过照片认识了他们。此外他还了解了警察乐队及其指挥的背景以及将演奏的曲目等。柏杨后来对我说:当时他去了无数趟澳督府,几乎了解了澳督府及其降旗仪式的所有背景资料,这些信息都是观众从画面上无法解读的,而前方记者就是要用这些信息丰富直播报道,使现场报道成为一种不可或缺的直播要素。

水均益的"国际形象"大多源于他在伊拉克、南联盟、耶路撒冷等重大新闻现场的报道。多年来,水均益对重大新闻现场充满向往而不顾个人安危的职业精神和职业行为时时感动着我——就在我写这段文字的时候,水均益正和他的伙伴们工作在战火一点即着的巴格达。水均益认为:一个好的前方记者必须要有充分的准备,否则就会由于"缺料"而失去自信,不自信的记者是很难给观众以信任感的,要不就是呆若木鸡,要不就会慌里慌张。在那些国际新闻现场,水均益经常与世界级的电视大台并肩作战,如CNN、BBC、APTN(美联社)等。根据他的观察,这些著名的电视机构每遇到重大新闻事件,总是有一个出镜记者在前方报道,其实这个前方记者身后还有一个小组在为他提供各种支持,其中就包括文案,特别是各种信息搜集和支持。1998年,伊拉克第一次武器核查危机期间,央视的五人报道组与CNN报道组住在一起,有时也工作在一起。CNN的报道人员有十二人,出镜的虽然是CNN国际首席女记者克里斯蒂·阿蔓波,但在她身后有三个报道组、两个助理编辑为她搜集信息,阿蔓波只是站在镜头前的一个出色的表达者。

前方记者文案的准备不可能是闭门造车,记者必须深入前方诸环节及环境,了解更多的情况以备直播时使用,而这是需要"公关"能力的。在前方,记者必须迅速与各层人士广交朋友,否则你就不可能获得更多的信息,柏杨在澳门回归时与澳政府特别是澳督府的许多官员混得很熟,而水均益在那些国际事件现场也是如此。伊拉克第一次武器核查危机爆发时,1998年年初,联合国秘书长安南飞抵巴格达。此时水均益已在巴格达多日。一天,水均益看到安南身边的一位新闻发言人是东方女性,他判断不是日本人就是韩国人或中国人。水均益抓住一个机会挤到那位女士身边,试探性地用中文说:"请问你是中国人吗?"对方显然一下认出了他,也用中文说:"你是中央电视台的吧?"不知是不是那次相识起了作用,在稍后的新闻发布会上,面对大厅里的各国新闻记者,安南在入口旁径直走到水均益的面前接受采访,随后掉头回去了,其他记者见状一下将水均益围个水泄不通,问刚才安南说了些什么。

　　由于工作的原因,我们自己也时常要面对一些演讲,据我本人的经验,每次成功的演讲都是那种胸有成竹、只有提纲和关键词而没有成稿的时候。一旦有了完成稿,就会离不开它,只能宣读,即使离开也是死记硬背。但在口语表达中,背稿的痕迹是蒙不过观众的,观众会从记者的语言组织过程中一目了然。

　　与演讲一样,前方记者的报道也是一种口语表达,所以直播时记者的表达是一个重要问题。

　　水均益在2003年2月初离开北京,第四次前往巴格达。临行前的一天晚上,我与他探讨前方记者的表达问题,我问:"你认为前方记者直播时的表达,是把完成稿烂熟于心背下来,还是只有提纲和关键词,通过现场临时组织语言表达效果更好?"水均益毫不迟疑地回答:"后者、后者,最爽的就是后者。"前方记者的表达应该是口语化的,在这种表达中观众能一眼看出他是在背词儿,还是在把自己听到和看到的事实自然地讲述出来,这两种表达的区别传播给观众的直觉是电视是否有交流感和亲切感。有人说:"采用谈话的格式即意味着电视新闻稿是为耳朵而写,而相反，报纸显然是为眼睛而写。"但是报纸是可以重复阅读的，而广播电视却只能听一遍，因此，电视的新闻稿必须写得简单明了，必须用简洁、明快、果断的语句，把思想快速表达出来。

当记者把观众当做一个交流的自然对象时，就不会使用华丽的辞藻、空话连篇的语言，而应该是把自己充分准备和认真梳理的信息、故事甚至分析、判断、评价与观点清晰而准确地告诉你的交流对象。但也正像演讲一样，虽然不能过分依赖稿子，但开头的语言是需要精心设计的，因为只有开头抓住观众，你的话语对象才会对接下来的内容感兴趣，才会留意你究竟要给自己看什么，你究竟要说什么。水均益一行到达巴格达之后，《东方时空》于2003年2月10日开通了《直通巴格达》。对一个新闻事件作如此规模的连续报道，这在过去是少见的，而且使用的是目前世界著名的电视机构普遍采用的连线方式。在这些节目中，我们及时听到并看到了在即将来临的战争风暴中，伊拉克政府变幻莫测的态度，"宰牲节"时巴格达百姓的心态，联合国武器核查小组一波三折的核查过程，新闻大战中的记者状态……

水均益在报道中分析这些事件时，就像是一位见多识广的朋友在与你我交流，其中没有背词儿的生硬，没有套话和空话，没有如临大敌的夸张的语调与神情。

我曾在一次电话里跟刚刚到达巴格达的水均益说："你现在见到的许多东西对我们和观众来说都是新闻，千万不要熟视无睹。"

十年
Ten
Years

1998年12月17日，美英联军向伊拉克首都巴格达的多个目标发起代号"沙漠之狐"的空袭行动。图为水均益在巴格达报道美军战斧巡航导弹轰炸萨达姆总统府的情景。这是中国记者首次以直播的方式出现在战争现场。

第六章

事件突发·1998

9点刚过,他接到了那个红机电话。

见证突发事件

> 有些新闻看似突发,其实是有其预发征兆的。记者要时常提醒自己:"什么是新闻?什么正在成为新闻?什么将会成为新闻?"

对于新闻记者来说,1998年可以称为"突发事件年"。

1月10日11点58分,天寒地冻的张北、尚义发生6.2级地震;

2月,伊拉克第一次武器核查危机爆发,新闻中心水均益等多名记者曾于2月、11月和12月三赴战云密布的巴格达;

最炎热的7、8月份,滔滔洪水如脱缰的野马难以驯服,长江流域的湖北、湖南、江西,以及嫩江松花江流域的黑龙江、吉林等地相继告急;

与此同时,另一路记者董志敏、张传昌则疾驰金边报道内战多年后的柬埔寨第一次大选……

虽然经历突发事件本来就是新闻中心必须时常面临的职业要求,我们应以职业的态度泰然处之。但是直到今天,回想起那一个个惊心动魄的瞬间,我还是会有身临其境的感受。尤其是在此之前1997年年初发生的一次突发事件,每每想起来都会让人惊心。

1997年2月19日,央视工作年会在北京顺义培训基地召开。这是一次例会,与以往的会议没有什么区别。但是就在这一天,一位老人的生命走到了尽头。这位老人改变了1978年之后中国的命运,并因此成为举世瞩目的风云人物。

工作会议召开的当天晚上,大约9点刚过,时任新闻中心副主任的李挺打来电话,电话那头他急匆匆地说:"上级通知记者去解放军总医院,现在两组记者都已经出发,你赶快通知台领导。"由于是手机通话不便多说,电话很快挂断了,但我已完全听明白"两组记者赶赴解放军总医院"意味着什么。李挺是一位有良好新闻感觉的人,他说从下午开始他就有一种无名的预感,所以晚饭吃了一会儿他就提前与客人告别回到了台里。9点刚过,他接到了那个红机电话。

在听李挺说话时,我只觉得心跳加快,血直往头上涌。

收起电话,我一步三个台阶地跑下楼去,在一楼的多功能厅里找到了杨伟光台长。杨台长当时正手持话筒在说着什么,我匆忙走上小舞台小声对他说:"上级通知记者去301医院了,可以肯定,小平去世了。"也许是突如其来的信息太让人震惊,杨台长愣了几秒钟,立刻放下话筒冲出多功能厅。后来有同事跟我说:"当时看到你和杨台长说话的表情,我们许多人都在猜,肯定是出了大事。"

我们连夜往回赶。将近23:00时,杨伟光和我回到了央视二楼的新闻中心。此时,时任广电部部长的孙家正、副部长田聪明、中宣部副部长徐光春等领导已来到电视台,围坐在本来就不很宽敞的新闻中心主任办公室。后来,中央人民广播电台前任台长安景林、国际台前任台长张振华也陆续来到央视二楼等待指示并确认怎样向国内外的观众和听众发布这条重大消息,以及怎样把第二天的娱乐类节目调整下来。那天晚上,央视的新闻中心其实成了广播电视的新闻中心。

午夜左右,我们拿到了《告全党全军全国各族人民书》、"邓小平治丧委员会名单"及小平遗像照片。编辑开始打字将这些稿子录入电脑。当时的电视设备还不像现在这样可以用扫描的办法,在几分钟内将其变为电视新闻播出用的文字。如果按照现在的操作,那天的发稿时间至少能提前一个多小时。23:40 左右,我紧紧盯着中心办公室里已经调到美国 CNN 频道的电视机。已经零点了,CNN 还没有发布这条已被境外媒体关注了很长时间的消息。大约 1:00 左右,CNN 有了反应:"据没有证实的消息,中国的邓小平已经去世……"消息十分简单。凌晨 2:00,中央电视台中断正常节目,播出了一个特制的《重要新闻》的片头,十秒钟后,罗京开始向全国电视观众播出《告全党全军全国各族人民书》和"邓小平治丧委员会名单"。在播出名单时,由于有些字电脑里没有,而造字又来不及,只能使用汉语拼音临时代替。这是过去从来没有过的。(后来节目重播时进行了重新制作,将拼音更正为汉字。)

在接下来的几天里,我陪着杨伟光台长几乎每天都到中南海参加时任中办主任曾庆红召集的会议。因为治丧过程的许多活动安排都需要考虑电视的特殊要求,如 2 月 25 日的小平遗体火化,以及 2 月 26 日邓小平追悼大会直播等等。

2 月 25 日是小平遗体火化的日子。早晨,我与新闻中心的几位时政记者来到位于解放军总医院的小礼堂,这是临时安放小平遗体的地方。礼堂中,一些老同志正在与小平遗体告别。我望着那位仰卧在鲜花丛中的伟人,不知为什么,当时脑子里闪出了两个概念:"物质"和"精神"。物质可以转化,但精神将永存。

此时,礼堂内外央视的记者都已各就各位。当我见到八名礼兵抬着小平灵柩走出礼堂及为小平送行的党和国家领导人时,我再次从院里撤到了解放军总医院的西门口。大门两旁已站满群众。我看到了敬一丹在门口正准备采访制作当天的《焦点访谈》。不一会儿,灵车驶出医院大门,北上二百米后左拐,沿长安街驶向八宝山。党和国家领导人一路护送。车队驶出解放军总医院西门口后,一群身着白色制服的医生和护士拥出大门,每个人都泪流满面。离去的车队意味着一位改变了亿万中国人命运的人将与我们越来越远,他将消失在我们的视野里,却永远不会在人们的心中消失。没有邓小平,像我这样的中学生就不可能凭考试成绩进入大学,加盟央视,进而作为一名电视记者目睹眼前的一切。那天晚间审看新闻时我才知道,沿途送别小平的群众有十万之多。

　　小平逝世是突然的,但早在半年多以前新闻中心就根据台领导指示责成新闻采访部常备两个时政摄像组值班,以应对突发事件。此外,已安排有关编辑整理小平生平的有关资料,以备急时之需。当然这些都是在秘密状态下进行的,怕的是走漏风声被一贯善于捕风捉影的境外媒体所利用。其实,据美国CNN的一位负责人讲,他们做准备的时间比我们更早,甚至更细致。现在看来,也许当时这个问题太敏感,让我们不敢轻易触碰。否则如果我们事先准备得再周密和具体一些,对小平逝世的电视报道也许效果会更好。特别是《焦点访谈》可以做得更深入,更具感染力,而不是简单地采访一些群众反映。

　　有些新闻看似突发,其实是有其预发征兆的。我因此主张记者要时常提醒自己:"什么是新闻?什么正在成为新闻?什么将会成为新闻?"

　　在实践中,这三个问题时常被电视新闻从业者所忽略。由于运作体制的原因,或者由于个人无意识,或者是一种集体无意识,有些新闻时常漏过,而所有的环节却不自知;有时正在发生的新闻我们也熟视无睹;有时对本已预知的突发事件我们却并未给以应有的、充分的重视和关注……以至于事件当头时才仓促上阵,忙于应对而不是胸有成竹地打有准备之仗。现代新闻的竞争日益要求媒体和记者不仅要敏感地发现,快速地跟踪反应,将新闻敏感强化为一种意识,更关键的是要能将之转化为一种下意识。而只有具备这种下意识和潜意识,才可称得上职业化的记者和编辑。

　　作为一场重大突发新闻事件,央视的'98抗洪报道是成功的,反思其原因,就在于对这起渐进的突发事件,新闻中心一直在跟踪并始终把握着准备工作的提前量。

早在这年的6月中旬,长江沿线一进入警戒水位,新闻中心的记者就立即开赴一线并陆续发回报道。7月初,当时的水利部部长钮茂生的一句话引起媒体的高度警觉,他说:"我们过去总说'狼来了','狼来了',今年'狼'真的要来了。"正是根据他这句话的提醒,新闻中心开始筹备成立"抗洪报道指挥部",并请时任播送中心主任的丁文华开始着手办理直升机航拍事宜。一般情况下,动用直升机从申请到获准大约需要一个月时间。恰好就在我们申请直升机一个月后,长江防洪形势急转直下,中央于8月7日召开了著名的"8·7会议",就是在这次会议上,中央做出了"抗洪是全党全军全国人民的头等大事"的决定;也正是从这一天开始,各新闻媒体均将自己的"优势兵力"派往长江沿线,展开了一场新闻大战;也正是在这一天,丁文华的部下办理完了动用直升机航拍的全部手续,随时准备起飞。8月7日傍晚,根据台里的部署,我把新闻评论部《东方时空》栏目的编导何昊叫到我的办公室,我告诉他:"立即赴九江和武汉,准备航拍灾区。"何昊是一位优秀的编导和摄像,1997年长江三峡工程第一次实施截流时,就是由他和播送中心的王军担纲航拍任务。如果这次不是在7月份就开始办理相关手续,观众就不会从空中看到大堤上红旗招展和"千军万马战犹酣"的抗洪现场全貌,就看不到在汪洋般的洪水中,我们的钢铁战士赤膊上阵封堵九江决口的壮烈场面。而这些深深印入人心的画面,成了人们对'98抗洪记忆中的经典。

抓住新闻线索,跟踪新闻事件发展进程,尽早做出突发事件的应对预案,选择好介入的角度和时机……这应该是新闻媒介和新闻记者必备的职业素养。我因此而格外赞赏《东方时空·焦点时刻》盖晨光和水均益他们提出的那句口号:"24小时等着你"——而对一些没有追求的记者来说,等待的不是新闻的发生而是事件的结束,甚至是一张花里胡哨的请柬。

突发事件有的是有前兆的,而有的则完全看不出任何蛛丝马迹。就像美国的"9·11"事件一样,恐怕除了策划这起事件的恐怖组织外,其他所有人都蒙在鼓里。这样的事件最能检验媒体及记者的新闻敏感和快速反应能力。

自新中国成立后,每当遇到大的灾害,灾区老百姓最先看到的总是解放军战士。但对河北张家口地区张北县大河乡的灾民来说,他们从废墟中爬出来后最先看到的外来者是中央电视台的记者:李景芳、徐汝惠和董东。

1998年1月10日11时58分,河北省张北、尚义地区发生6.2级地震。国家地震局很快发出消息。几分钟后,央视《新闻30分》立即予以播发。与此同时,制片人李毅迅速通知李景芳、徐汝惠和董东,马上赶往灾区。之后,李毅打电话告诉我张家口地区地震了,已发消息并派出了记者。我至今记得当时我心里几近感激的那一种激动。当时我正开车行驶在二环路上,我为拥有如此行动迅速、反应敏捷的记者而自豪。

李景芳等三人已在赶往张家口的路上。他们一路走一路打听,夜里十点多才赶到震中之一的张北县大河乡。从此图像新闻源源不断地自张北、尚义经张家口回传到中央电视台。

半个月后的春节前夕,我和新闻中心综合部主任郭书兰赴张北慰问前方记者。由北京出发,一路上不时能看到载有各种救灾物资的卡车向同一方向行驶,供救灾用的临时路标也非常明确,五个小时就到了张北。我们在冰天雪地中直奔大河乡。地震中,大河乡有三分之一的民房倒塌,但我们到达时,灾民们都已经住进民政部门提供的帐篷里,帐篷里还有火炉,可以取暖做饭,而且解放军战士仍在村里忙碌着帮助抢建民房。

这真是一片贫瘠的土地,虽有冰雪覆盖,但土地里到处都是火山岩状的石头,当地宣传部门的人告诉我,这种土地只能种莜麦,产量极低,即使没有天灾,老百姓也只能勉强维持温饱。零下三十多度的户外,风卷残雪呼啸着,当地把这样的天气称为"白毛风"。我们的二十多名记者就是在这样的条件下采访工作的,记者武伟在一次采访报道中差点把耳朵冻掉了。那天晚上,我与记者们互相敬了许多当地的一种烈性白酒,我真诚地想从内心深处慰问这些"前方将士",结果我酩酊大醉,但是我心里十分明白,没有他们的付出和牺牲,就没有电视新闻的快速与权威。

然而当时我不曾想到,与半年后的抗洪报道相比,记者在张北、尚义灾区付出的艰辛,仅仅是一场新闻大战的前奏而已。抗洪期间,新闻中心前期采访部门三百多名记者在灾区,其中张景芳、张涛患了血吸虫病;伍杰从大坝上摔下,腿骨骨折;牟正蓬患急性阑尾炎,被送到监利医院手术;王丽丽流产;孙朝中心脏病突发,险出生命危险……这是新闻中心损失最惨重的一次报道。

除了慰问记者,张北之行还有一个意外收获:《东方时空》终于找到了建立《东方时空》希望小学的校址。

1997年年中,孙克文和何绍伟负责具体编辑的《焦点外的时空》由生活·读书·新知三联书店出版,出人意料的是那些本是在评论部内部刊物《空谈》上发表的文章居然吸引了许多读者。我们因此获得了一笔不小的版税。这是新闻评论部出的第一本书,意外的收获令我们很兴奋。我与袁正明、张海潮商量,是否用这笔版税建一所《东方时空》自己的希望小学,以纪念《东方时空》开播五周年。两位主任一致表示同意。1997年年底,五周年特别节目交由当时《东方之子》的制片人时间负责制作。两个月下来,时间为建《东方时空》希望小学选了不少地方,但均不理想。那天,我从大河乡返回张北县城的路上看到天苍苍野茫茫的窗外和帐篷里无家可归的灾民和孩子,我顿时想起了"希望小学"。我立即打电话给时间,告诉他:"校址就选在张北地震灾区吧。"时间说:"这是一个好主意,我马上派人去张北。"我转身对张北宣传部的张部长说:"我们决定在这里建一所《东方时空》希望小学。"

现任《东方之子》制片人的张朝夕是《东方时空》五周年特别节目的编导,他带着摄像机很快来到张北开始拍摄并寻找具体的建校地址。他们最后选择了海流图乡河东村,这个有两千多人口的河东村距离张北三十多公里,校舍在地震中被毁。春节过后,我二赴张北,与张海潮、时间最后确认校址。河东村村委会主任带我们看了村边的一块农田,他说这十五亩地是我们最好的地方了。初春的坝上依然天寒地冻白雪茫茫,农田的远处有一片杨树林在寒风中抖动,村主任指着杨树林说,那边积雪的地方是一条小河。当小河开始流淌起来的时候,我们的学校开工了。当年8月,新学期来临前,河东乡的孩子们告别简陋的地震棚搬进明亮的《东方时空》希望小学。这样的小学《东方时空》后来又建了四座。

前沿接触

> 现在是十一万官兵上堤,这是解放军自渡江战役以来最大规模的一次集结。

长江长城,黄山黄河,千百年来都是中华民族的象征和骄傲。

但是1998年的7、8月间,长江却成为悬在千百万人头上的一条"害河"、一把利剑。尤其是8月16日之夜,人们仿佛看到了这把利剑清晰的光影。而那时,我正在剑的垂直下方——湖北荆州。在那个多雨的夏季里,这一天的确是悲壮而惊心动魄的。

万里长江险在荆江,就是因为从荆江段开始,滚滚长江脱离了群山的束缚,进入没有任何自然屏障的广袤平原。

1998年长江防洪局势的转折点应该是十天前的8月6日,这一天,一向被视为长江洪水晴雨表的沙市水位达到44.68米,超过历史最高水位。而四十四年前的1954年荆江分洪时,其水位是44.67米。8月7日,党中央召开紧急会议,决定积极做好分洪准备,在沙市水位超过44.67

米、争取45米、上游继续来水的情况下,授权防总适时分洪。会议同时决定:"抗洪是当前的头等大事。"当天晚上,分洪区的湖北荆州市公安县代县长程雪良中断正常的电视节目反复向全县父老乡亲发出通告:"立即行动起来,按指定地点进行转移,准备分洪。"县长的表情严肃、悲壮、疲惫而无奈。

8月8日,长江第四次洪峰通过沙市时,水位达到44.95米。上午10:00,朱镕基总理抵达沙市视察荆江大堤的安全。他告诉当地的官员和群众:"如果洪水继续上升就要分洪,所以一定要做好准备,有备无患。人员要全部安全撤离,万一分洪的话,人都在里边我们不能开这个闸啊!谁敢开这个闸啊?里边还有千百万人!"朱镕基发自肺腑的同期声记录在了央视时政部记者的磁带中。

好在第四次洪峰只差0.5米没有达到中央确定的争取水位45米,分洪命令没有下达。8月15日下午,在荆州我接到了两个重要的信息:一个是湖北电视台副台长梁家新和新闻中心副主任徐立新告诉我"要分洪"了。根据湖北抗洪前线指挥部的信息,8月16日要分洪,因为当时沙市水位在上涨,而且上游仍在下雨。

分洪是为了确保武汉三镇和江汉平原八百万人口的生命安全。这里是中国中部最发达的地区,但对分洪区的公安县几十万老百姓来说,分洪则意味着家的毁灭和财产的损失,而他们原本就不富裕。

而对突发事件进行直播,在中央电视台历史上将是第一次。当时的技术条件并不成熟,没有微波通信,仅有的一套DSNG(数字卫星传输系统)只能在荆州待命,因为荆州相当于央视在抗洪前线的"新闻中心"。由于分洪地点距离荆州有几十公里,其间还有一个拥挤繁忙的渡口,图像资料要几个小时之后才能传回北京,因此如果直播就只能依赖电话连线。

当天晚上,我召集会议对第二天将要进行的分洪直播做了分工协调。评论部张恒、张涛等主动提出要守在炸坝现场,负责炸药装填和起爆画面的拍摄,此外,军事部副主任赵元贵以及湖北电视台新闻中心副主任徐立新赴分洪闸现场,负责新闻报道,特别是要拍到闸门提升的关键性画面;《焦点访谈》记者刘涛等负责拍摄部队对分洪区百姓的最后清查——当时上级已经明令分洪时整个分洪区内不得留下一个人;时任《新闻30分》制片人的李毅在分洪区内的高地上负责电话直播报道;而我则坐镇荆州宾馆,负责前线报道的协调以及与央视总部的联系。我告诉各路记者:"在安全的前提下,尽量坚持到底。分洪和炸坝现场的记者如果来不及撤离就留在大坝上,我到时会通知在武汉待命的 CCTV 专用直升机去接你们。"包括新闻采访部、军事部、社会新闻部、地方新闻部及新闻评论部的《东方时空》《焦点访谈》和《新闻调查》在内,新闻中心当时在荆州的记者有四十多人,第二天全部各就各位。

16 日上午,沙市水位 44.70 米,再次刷新历史纪录。

16 日下午,中央政治局再次召开紧急会议,决定"继续严防死守,同时撤离分洪区内所有群众"。会议结束后,副总理兼国家防汛指挥部总指挥温家宝立即飞往沙市,全权处理危急关头的长江防洪局势——分洪,还是不分洪。

16 日下午 16:00,沙市水位达到 44.86 米,台里决定,如果分洪就打断正常节目进行直播。我给手机充电并给荆州宾馆打招呼,确保我房间的电话畅通。后来我的一位同事告诉我说:当他们接到通知准备分洪直播时,他们在演播室看到了我的照片,照片的下方写着:前方记者 · 新闻中心主任 · 孙玉胜。

16 日下午 18:00,沙市水位 44.95 米,一个小时后,我来到荆州的抗洪指挥部,我想再次确认今晚到底是分洪还是不分。但努力是徒劳的,我得到的答复是:一切都要等温家宝副总理到来之后才能决定。我在那里看到了新闻采访部负责水利报道的记者刘东华,此前温家宝五次来荆州视察她都是随行记者,这次由于已在荆州,刘东华就地在等温家宝副总理的到来,以便及时往回发消息。指挥部的人告诉我们:温家宝副总理到达后将直接赴荆州宾馆开会,于是我们又赶紧回到了荆州宾馆。在回去路上，我听到收音机里正打断正常节目播发荆江分洪的一个紧急公告："……接上级通知，今晚准备分洪，分洪指挥部命令荆江分洪区内所有人员在今晚21:00之前务必撤离，特此公告。"车上人都闭口不言，心都悬在了嗓子眼，只听车轮在泥泞的路上沙沙作响。

16日晚21:00，沙市水位45.02米，第一次超过了国务院分洪争取水位。

16日晚22:00，沙市水位45.04米。五分钟后，温家宝副总理这个月第六次飞抵沙市并直赴荆州宾馆。荆州宾馆里云集了中央的、湖北的、荆州市的最权威的水利专家。23:30左右，会议还在进行，我将一沓稿子交给刘东华，这是我为直播写的稿子，我让刘东华交给水利部的专家看一下，别在事实和口径上出问题。午夜24:00，会议还没有要结束的意思。此时我真的就像热锅上的蚂蚁，焦急万分。因为我必须把是否直播的准确消息告诉台里，以便总编室安排节目。按一般正常播出，央视第一套节目到午夜一点多就结束了；如果确定直播，总编室就要安排后续节目，以便等待直播的开始。大约0:30，我们在荆州宾馆会议室门外接到准确的消息：你们今晚安心睡觉吧，就是分洪也不会在夜里。我的第一反应是先打电话到北京，告诉台里可以解除直播准备状态。但另一个电话我犹豫了半天：是否打电话通知前方各个点上的记者让他们撤离现场？撤出来，他们可以早点休息；但一旦撤出来，如果突然宣布分洪，记者就再也无法及时进入现场；而如果不撤出来，记者们势必要在雨中再熬几个小时。那天夜里的雨一直下个不停，仿佛把天都下漏了一样……我抬头看着什么也看不见了的天空，权衡再三，把心一横：再坚持几个小时，天亮以后再说。

直到今天，每当想起这个暴雨如注的夜晚我都会感到内疚，真对不起那些在雨中挨到天明的同事们。

分洪是抗洪的一种方式，所以荆江大堤在修建时就建有二十多个闸门以备分洪使用。分洪区以公安县为主，荆江主动分洪会淹没大半个公安县，但会大大减轻下游大堤的压力。否则一旦溃堤，武汉乃至整个江汉平原就将一片泽国。平时分洪闸的前面有一道子堤挡着，分洪就是要炸掉挡水的子堤，开闸向分洪区内泄洪。

记者张恒是主动要求去爆破现场的，他回忆那是最令他难忘的一次采访，他说平生第一次看到TNT炸药是橙黄色的。张恒和张涛在16日下午17:00就到了现场，进去的路上拥挤不堪，路面雨水面已经浑然没有什么界线，老百姓推着车、赶着牲口逃难般地往外涌，而只有他们开着一辆三菱吉普往里走。到达现场，他们看到一个工兵连的战士正在往水泥竖洞中放炸药。总共有二十多吨。每个洞里都放好了雷管，电线也同时引到了六百米开外的一个小树林里。此时他们眼前的焦点就是爆破连长手边的那把闸刀。连长在等待上级的命令。张恒说，他们当时弄了些碎纸塞到耳朵里，怕爆破的时候声音太大。而工兵们说，如果爆破，按现场的距离，不管塞什么耳朵也都会被震出血来。

赵元贵和徐立新在不远处的泄洪闸现场。午夜时分，雨下个不停，又没有灯光，他们所能做的只有在黑夜中慢慢等待"提闸"的人们早点到来。下半夜，雨下得更大，眼看就要坚持不住了。他们此时发现了一辆被遗弃的手推车，车上有一块毡布，他们揭开毡布发现里面都是老百姓养的鸡，鸡屎味儿很大。顾不了那么多了，俩人一躬身钻到了毡布下，挨到天明……

这就是那个风急雨骤的"8·16"之夜。

第二天上午我们才知道，温家宝副总理是与每个水利专家都进行了单独谈话，持续到凌晨4:00多，最后决定：不分洪，挺过去！

8月17日上午9:00，第六次洪峰通过沙市，水位为45.22米。此时，几乎所有抗洪官兵、老百姓和电视记者都在荆州大堤上。

十天前的8月7日下午，台领导从中宣部开会回来传达指示：要加大抗洪报道的力度。第二天，我登上了去湖北武汉的飞机，来到荆州。

遇有突发事件，首先要在第一时间把记者派往现场，但有记者在现场如何发现新闻是另一个问题。我相信那句话：我们缺少的不是新闻，而是发现。

一个记者进入一个陌生的新闻现场，首先是要熟悉和了解这个你将要与之打交道的环境和事件演进的过程。

到达荆州市后，先期在这里负责采访协调和组织的社会新闻部副主任李毅、湖北电视台新闻中心副主任徐立新、荆州电视台新闻部主任蒋经涛跟我谈了一下当前的抗洪报道的情况。我随即让蒋经涛找来前一周的《湖北日报》和《荆州日报》，了解当地媒体正在关注什么，看看他们已经报道了什么，其中与中央媒体报道的差异是什么，哪些地方、哪些方面是报道的重点，哪些现象、哪些典型值得深入挖掘……总而言之，要找到一切能令你眼前豁然开朗的事实、线索，哪怕只是蛛丝马迹。

还是出来之前，我就感觉：虽然前方记者们很投入，很拼命，也很辛苦，但是许多新闻报道都缺少新的信息、新的角度和新的发现。有些新闻只是人物和地点不同，表达的主题相同、表述的语言也差不多，属于单一层面的简单重复。问题的关键是记者往往忘记了观众，忘记了现场记者应该是替观众发现新鲜的事实和现象并告诉他们。

第二天，我去沙市水文站。在水文站我看到了一张1954年洪水与1998年洪水的比较图。自抗洪以来，不断地有人把1998年洪水与1954年洪水相提并论，但从未有人进行过深入的比较。从那张比较图形中可以一目了然：与1954年对照，1998年洪水达到警戒水位的时间、前四次洪峰形成的时间、洪峰之间间隔的时间、洪峰流量等一系列重要数据两个图形几乎完全一样。乍一看，两年的图形分明就是一张，其中的各种数据曲线几乎是重合的。相隔四十四年，两次大洪水的数据竟有如此相似，真让人感喟历史的巧合。我心里一动：这种巧合应该是有规律的，这个巧合本身就应该是一条新闻。当天晚上回到驻地，我让记者就此拍了一条新闻，在第二天的节目中播发。

8月13日，我从荆州出发经监利去洪湖，看望在那里工作了将近一个月的孙朝中等记者。在去洪湖的路上，徐立新无意中说，1954年洪水的一个险段就在监利，当时的一段堤坝后错了一米多，差点决口。我当即就要求到大堤上去看一看。我们登上1954年出现险情的那段监利长江干堤。人只有置身于现场才能感受到那种别人无法感受的气氛,此时的监利大堤上,近在咫尺的洪水对人心理产生巨大压迫,站在堤上才能感觉到汹汹洪水已经兵临城下——记者就是要把这种氛围表达给观众。几天来我一直对记者出镜的有些现场报道不十分满意。我总觉得缺少现场感,缺少观察和事实。长江大堤在监利段共有140多公里。泥污不堪的大堤上是用沙袋垒起来的子堤,浑浊的江水顺着新垒起来的子堤的缝隙向外渗流。此时长江已经处在最高水位,而新的洪峰还没到来,如果没有这些子堤,洪水早已漫过长江大堤了。当地人把这种状况叫做"子堤挡水"。危险除了水已到子堤之外,还有一个重要因素就是,现在的大堤与堤外的平原已经形成三四米的落差。一旦子堤不保,这里就会出现"悬壶高冲"的惨状。为什么这个地带很重要?中央要确保呢?就是因为子堤的外边就是广袤的江汉平原。

说来也巧,我们在大堤上只待了半个多小时,眼看着风越来越急,浪也越来越大,抗洪民工的喊叫声也越来越高,险情迫在眉睫。我让身边扛着摄像机的成建平立即开机拍摄。循着喊声望去,只见一些农民正在搬附近一家民房旁边堆放的芦苇上堤抢险。我问徐立新:"老百姓的东西能随便拿来用吗?"徐立新说,根据《防洪法》,关键时刻老百姓的任何东西都可以被征用。再往前看,一些农民正在砍大堤外挺拔的杨树,"也不能为了抗洪而毁林吧?"我再次问徐立新,他说:"这些是专门用于抗洪的防护林,平时种着就是为了紧急时使用的。如果防汛指挥部下令砍伐这些防护林,说明情况已经相当危急。"再往前走,我们看见一长队军车开来,一批批战士从车上跳下来,记者成建平把这些零星的现场景象还有农民与官兵急促的喊叫声一一记录下来。我当时就想今天发现的这些情景能编一条不错的新闻。几天前徐立新无意中提起一个数字,这个数字当时曾给我以心里震动并一直在我脑海里挥之不去,这就是,如果荆江大堤溃口,九个小时后洪水将直达武汉市区。我让徐立新再次核实了这个数字,把它用在了新闻里。第二天,《8·13监利保卫战》这条新闻在《新闻联播》中播出。此新闻获当年中国电视新闻二等奖。在我的记忆中,支撑这条新闻的有四个发现是新鲜的:一个是老百姓的个人物资被征用;一个是防护林被砍伐;还有一个是我们跟踪拍摄到一个抢险的小战士,他从堤下取沙,爬上三十多度的陡坡之后,把沙袋垒在子堤上,再回到他刚才取沙的位置,总共只用了两分钟,而当时他身上的负荷量是四十多公斤;最后一个发现就是那个至今令人记忆犹新的数字——一旦破堤,洪水将在九个小时内直逼武汉。

在新闻事件现场,记者有时不善于发现有价值的现象和事实,尽管这些现象和事实就在他们的眼前或嘴边。他们有时好像有两套判断系统,获知是一套,而表达是另一套;采访发现的是一个过程,而叙述报道的却是另外一个过程。这个问题的表现就是有时候记者明知一些事实和信息对这条新闻很重要,但在写作时就是不把这些事实和信息用在新闻里。

大约是8月18日晚上,一直在荆州负责报道部队抗洪情况的央视军事记者找我,说8月16日和17日部队十几万人全在大堤上,连炊事班都搬到大堤上去了。但他们发了一条新闻回去,台里没有使用。我知道他们说的这次部队动作是发生在第六次洪峰到来前后——也就是那个惊心动魄的"8·16"之夜。这次行动几乎可称为抗洪官兵的最后一搏,虽然当时洪峰已过,但我知道如果没有部队,长江大堤是不可能安然无恙的。我说:"这条新闻应该没有问题,你们把稿子给我看看。"我一看,台里不发此稿也有道理,因为稿子根本没有把部队在这两天临危受命、力挽狂澜、最后一搏的壮烈气势表达和凸显出来。我把几路军事记者叫到房间,问他们这两天究竟看到、听到了什么?他们为了说服我,你一句我一句地抢着、相互补充着说:8月16号军委副主席张万年打电话给广州军区司令员陶伯钧,任命他为湖北抗洪的所有部队的总指挥,并说要多少兵就给多少兵,目的就是要确保长江大堤的安全。陶伯钧接到命令后就从武汉赶往荆州,在路上他打电话给济南军区副司令裴怀亮,任命他为石首段总

十年
Ten
Years

《8·13监利保卫战》节目播出截图。

十年
Ten
Years

1998年特大洪水不仅长江告急,而且嫩江和松花江也告急。央视向两个灾区共派出数百名记者、编辑、主持人和工程技术人员,是当时央视历史上最大规模的一次报道行动。图为白岩松在松花江大堤上采访救灾解放军。

指挥;任命某空降兵军长马殿胜为洪湖段总指挥;任命广州军区副司令员龚谷成为监利段总指挥。现在是十一万官兵上堤,这是解放军自渡江战役以来最大规模的一次集结。

听着听着,我很快被这些军事记者打动了。打动我的不光是这些记者在大堤上摸爬滚打的辛苦,而是他们七嘴八舌叙述的内容。透过他们提供的信息,观众完全可以看见一场震撼人心的"战事",可以看见在一个非常时期,运筹帷幄的将军们如何指挥千军万马应对一场特殊战争的特殊手段与过程。我坚信,能打动记者的事实一定能打动观众。可惜的是,在原来的稿子里这些内容不仅没有得到凸显,甚至根本就没有得到表达。也许是旁观者清,我安慰那些满身泥土的军事记者说:"其实你们刚才说的不仅是最好的新闻事实,而且直接就是最好的新闻语言。"我提笔开始为这条新闻重新撰稿,把刚才他们告诉我的那些事实统统写到稿子里,而且让他们反复核实了每个细节。

第二天,这条六分钟的新闻特写《生命之堤 50 小时保卫战》在《新闻联播》里完整播出。后来军事部副主任赵元贵告诉我,不少人跟他说,这是抗洪报道以来对部队最有气势的一篇报道。

第一时间接近新闻现场是记者的天职,但在新闻现场需要有新的发现。这种发现包括发现新的线索、新的事实、新的角度、新的背景、新的分析和评论。

20 世纪 70 年代初,两位年轻的《华盛顿邮报》记者伍德沃德和伯恩斯坦历时二十个月的调查,使"水门事件"由小变大,并最终导致尼克松下台。伍德沃德和伯恩斯坦的这个调查成为新闻报道的经典范例。但这个调查的起因仅仅是两位记者在"水门盗窃案"现场发现了两个疑问:为什么从五个窃贼身上搜出的美元是连号的?为什么警察局还没有发出通知而五个嫌疑人的律师就预先到了现场?就是这两个被其他众多记者忽略的线索使伍德沃德一举成名,尽管那些记者也同在新闻现场。

发,还是不发

> 对突发事件的处理,在诸多情况下,发比不发好,早发比晚发好。其中的道理很简单:发布是主动的,解释是被动的;按照人的一般认知与接受规律,发布是被信任的,而解释总是被怀疑的。

作为实践者,对"突发事件"做理论上的定义也许是困难的,但我们可以把突发事件做不同的分类。电视媒体所接触的突发事件大致包括:

群体事件,如"法轮功"分子围堵中南海事件;

外交事件,如北约轰炸我驻南使馆事件、南海上空中美撞机事件;

疫情,如2003年春节前后从广东开始,后来在全国二十六个省市都有发现的非典型肺炎;

自然灾害,如张北地震、长江洪水;

恶性犯罪及事故,如张君抢劫银行、南丹矿难;

国际事件,如伊拉克武器核查危机、美国"9·11"事件以及"哥伦比亚"号航天飞机失事；

此外还有事关家庭和生命的一些意外事件,如中学生出走、幼女坠落井洞等等。

在这些事件中,除群体事件、外交事件仍需慎重处置外,对其他突发事件,近十年来新闻开始有了不同程度的介入,经历了由不发消息到发消息,再到如何发消息,甚至如何及早发消息的过程。

当回忆1998年夏季在荆州和江西九江抗洪前线耳闻目睹的一切时,我联想到1976年的唐山大地震。同样是夏季,同样是一场危及百万人生命安全的危机,但在1976年那一场更为惨烈的灾难中,几乎没有发现电视新闻记者在现场的身影,当然也就无法用电视特有的语言记录那一段震惊中外的历史。

2003年元月中旬,我打通了时任中央电视台新闻部主任、现已七十九岁的夏之平老人的电话。夏老早年间做过播音员,如今声音依然清脆。夏老告诉我:"地震发生在凌晨,整个城市被夷为平地,死亡二十多万人。由于场面太惨,上级不让发电视图像消息,但领导们又想看看现场情况究竟如何,所以电视台就派出刘效礼等记者到唐山拍了一些资料,作为内参上报给中央领导。"夏老回忆说,即使后来中央代表团赴灾区慰问和解放军抢险救灾的新闻,也只让报纸发消息,而电视新闻片都已经编好了也不让播发。几十年过去了,提起这段往事,夏老对当时没有发出去的电视报道依然充满惋惜,这也许已经成为一位尽职敬业的老电视工作者心里一段永远无法弥补的遗憾。

现在看来,当一个国家和民族面对如此灾难时,电视报道不予跟进是不可思议的。当时选择不发,其损失不仅仅是剥夺了电视观众了解地震现场情况的权利,而且失去了一次极好的激发人们爱国热情和民族精神的机会。历史反复证明:这种热情和精神在国家与民族遇到内忧外患时,是最容易被激发和升华的。'98抗洪就是如此。在这次抗洪中,央视除先后派出七百五十多人次在一线采访外,还七次动用卫星地面站和一架装备有先进航拍设备的直升机及大量便携式数字设备。抗洪报道历时四个月,记录了抗洪救灾的全过程。那段凝聚"伟大抗洪精神"的历史被数千小时的音像素材完整地记录下来,保存在了央视的资料库中。

社会在飞速变革,各级政府对突发事件的态度和新闻媒体的报道方式也应该与时俱进。

对许多人来说,近一两年的矿难事件似乎有频繁爆发的趋势。单就2003年1月份而言,就有1月11日死亡三十多人的黑龙江宝兴矿难、1月24日死亡十九人的河南焦作矿难。上推至2002年,有12月22日死亡十一人的甘肃白银矿难、12月16日死亡二十六人的吉林万宝矿难、10月31日死亡四十四人的山西吕梁朱家店矿难、10月29日死亡三十五人的南宁二唐矿难、6月20日死亡一百二十四人的黑龙江鸡西矿难、6月22日下午震惊全国的山西繁峙矿难……尤其是繁峙矿难,矿主为瞒报死亡人数而将三十多名遇难矿工尸体或弃于井下不予处理,或焚尸灭迹逃避责任。当这样的恶行被媒体披露出来时,人们对于矿难的关注已不仅仅是关注安全生产这一个层面。

矿难频繁爆发与及时报道,给观众的印象好像突然之间矿难增多了,死亡人数好像也在大幅度地增加。但国家安全生产监督管理局有关负责人在接受媒体采访的时候说:2002年与往年相比,尽管死亡人数增加了2%,但煤炭行业的百万吨死亡率却比往年下降了20%多。人们之所以感觉矿难突然增多了,是因为过去的矿难很少报道。这位负责人的说法应当是真实权威的,但是他的话也的确耐人寻味:矿难实际发生的数量与人们的心理感觉有那么大的反差,是因为矿难事件的报道出现了变化,过去是不发消息,现在是凡遇特大矿难都有报道。频繁的报道也许会一时给人很大的冲击,对数字的增长有一些误解,但报道是为了把安全问题置于阳光之下,目的就是要警示管理者:重视人的生命,规范生产,降低隐患。

这样的变化似乎始于2001年夏天。这年的7月17日,广西南丹县大厂镇龙泉矿冶总厂所属的拉甲坡矿发生特大透水事故,大量涌入的水在瞬间淹没了相邻的七个矿井和正在里面作业的八十一名矿工。这就是震惊全国的"7·17"矿难。之所以震惊全国,不仅在于矿难死亡人数众多,更在于矿主黎东明及南丹县委书记万瑞忠、副书记莫壮龙、县长唐毓盛、副县长韦学光等人竟放弃抢救并合伙向上级政府瞒报了这次特大事故。瞒报的直接原因就是这些县领导曾分别接受过矿主黎东明等人的巨额贿赂。

2001年12月8日,《新闻调查》播出了《南丹矿难内幕》。虽然当时事故已经过去将近半年,但审看这期节目时,我的内心仍为之震撼。一些人为了继续当官和发财,可以如此蔑视生命,那可是八十一条生命!令我震撼的还有,网络媒体的力量以及它对传统媒体的影响。

据记者为期五个月的跟踪调查和对黎东明、万瑞忠、唐毓盛等人的采访,这些丧尽天良、灭绝人性的家伙本以为经过周密部署,一场特大透水事件可以完全消失得无影无踪,矿主黎东明可以继续发财,县委书记万瑞忠等人也可以继续当官食赂。因为在此之前他们已经严令矿工不许说出事故真相,密令矿长立即拆除抽水设备、清理事故现场并拿出几百万现金安抚了遇难矿工家属。但据万瑞忠回忆:真正让他害怕的是事故发生后的7月22日,就在这一天"网上有东西出来了,好像是网易、搜狐还有广州的大洋网都出来了,这个时候我已经感到特别害怕了"。

让万瑞忠感到恐惧的是隐瞒的罪恶似乎已经露出了马脚。万瑞忠再次要求黎东明严格控制矿区,追查走漏消息的源头。矿上气氛骤然紧张,上百人的护矿队伍在矿区昼夜巡逻,不允许任何矿工与外界接触,否则就棍棒伺候。然而就在这种情况下,仍然有人给广西电视台记者打去举报电话。此时矿难发生已经过去一个多星期。

由于不断接到举报,再加上连日来网上消息的披露,广西电视记者赶往南丹展开调查。广西电视台的这期节目我是2002年8月在长沙评选中国新闻奖时看到的。记者调查很深入,目击者、死者家属及其保留的遗物等证明着"7·17"矿难背后有一个巨大的黑幕。广西台的这期节目做好后并没有马上播出,而是作为内参报送给了区委书记曹伯纯,曹伯纯就是根据这个节目作出判断:现在不是死没死人的问题,而是死多少人的问题。网上的消息由此得到证实。广西区党委和政府将事故上报中央,中央及广西迅速组成调查组进驻南丹,真相由此被揭开。事隔半个月之后,广西电视台制作的这个节目终于播出,其影响可想而知。

"7·17"事件的曝光再次提醒我们:由传统媒体首发新闻的时代已经结束,现在已经有许多新闻开始在网上首发后才进入传统媒体。或者说,有许多线索首先在网上传播而后才能成为传统媒体报道的新闻。当年克林顿与莱温斯基性关系的披露不就是首先来自网络么?"7·17"矿难南丹瞒报死亡人数的事件也是如此。作为电视新闻专题,广西电视台的这个节目获得了中国新闻一等奖。节目获奖当之无愧,但这个节目背后有很多值得思考的东西:

第一,这个节目没有及时播发,这我非常理解,因为面对如此重大的事件,媒体的压力是巨大的,更何况,在此之前广西曾两次派调查组到南丹调查,结论都是没有人员伤亡。

第二,如果这个节目不以内参的方式报给区委书记曹伯纯,曹伯纯如果不拍板彻查这一瞒报的恶行,那么黎东明、万瑞忠等人仍将逍遥法外。已拥有亿元个人财产的矿主黎东明将有机会积累更多财富,而县委书记万瑞忠也可能得到进一步的提拔,尽管他们的财富和宝座下面滴着血,但无人知晓……

第三,面对网络时代,如果主流媒体视而不见,不参与,不调查,不发布报道,不公布真相,那么最终受益者是谁?受害者又是谁?死难者家属首先是受害者,因为矿主忽视了他们的亲人的安全,在这些亲人遇到危险时,矿主没有组织营救而是拆除了抽水设备,让井下的工人失去了最后一线生还的机会;社会也是受害者,如果黎东明得不到惩罚,他可能会继续置矿工的安全于不顾,令更多的百姓死于非命,而他只需要掏出九牛一毛的一点钱"了难"就行了;还有万瑞忠这些掌握权力的人,一旦他们"安全"了,有机会得到进一步的提拔,对社会的伤害将进一步放大,他们的权力越大,社会上不安全的地方就越多。除此之外,还有一个看不见的受害者那就是社会公平。惩恶扬善是最简单最基础的社会公平原则,社会中的善恶正是通过这样的张扬和惩戒得以此消彼长,如果黎东明、万瑞忠等人的恶行不受到惩处,他们继续以"事业有成、本事大,能干大事更能捂住大事"的社会形象逍遥着,他们的负面影响是无法估量的,他们的行为和结果会影响一种社会规则,甚至会动摇很多人的道德准则和社会信念。对原本守法经营的矿主和清正廉洁的官员来说,会深深地感受到社会的不公平——而社会公平一旦受到伤害,修补的成本将是巨大的。

最后一层伤害与我们的新闻媒体密切相关:如果作为主流媒体的广西电视台不介入、不参与报道、不采访调查,而由着网络任意传播,伤害最大的可能是当地的党委和政府。因为老百姓会由此得出结论:他们对此视而不见、官官相护、权钱交易……否则为什么作为喉舌的主流媒体不予报道和解释?而这正是网络时代与传统媒体一统天下时代的差别。

这种差别可以简化为:遇到突发事件,主流媒体是发,还是不发?

我个人的感觉,正是从南丹事件开始,传统和主流媒体开始打破惯例,对一系列突发事件,特别是诸多性质恶劣的特大矿难事故予以了及时充分的跟踪报道。最明显的例子是南丹事件整整一年后,当山西繁峙发生比南丹更恶劣的焚尸灭迹瞒报事件时,主流媒体很快就予以跟进。而不像南丹事件那样,主流媒体对事件的报道是在半个月之后才见天日。山西繁峙事件的报道从矿难发生到瞒报的事实被揭露,到有关部门调查介入,再到潜逃责任人的抓获及判刑,整个过程都体现了国家及当地政府对安全生产的重视,对生命的关注以及对犯罪分子的惩处,播出效果相当正面和积极。

舆论监督也许正在发挥作用,据最新统计,2003年1月1日至2月7日,煤矿死亡事故发生两起,死亡三十五人,同比减少四起,人数减少八十四人。而且这两起事故,媒体都予以了及时报道。

早期的传播学有"枪弹论"之说,它是指受众接到信息后就会像枪弹击中靶心一样应声倒下,被信息给"征服了"。如果承认这个说法有道理,那么接下来的一个问题就是:"谁先击中受众?"虽然"枪弹论"概念在现代传播学中已经被丰富和发展了,认为受众并不是完全被动的,但这种概念至今仍在发生,这就是我们经常说的"先入为主",尤其是对政府和媒体来说,对新闻事件我们是"发布"还是解释?发布是主动的,而解释是被动的。

1994年3月31日,美丽的千岛湖波平如镜,一眼望去景色宜人,与往日没什么两样。然而一起惨剧正在这个美丽的湖面上发生。在一艘名为"瑞海号"的游船上,三名罪犯为抢劫财物,把游客赶进船舱,并放火焚毁游船,造成三十二名游客和船员死亡。因为其中有二十四名台湾人,事涉两岸关系,当时各种媒体一律没有发布消息。而且面对蜂拥而至的台湾记者,当地政府也缺少应对的经验,案件处理情况发布得很不及时。本来,千岛湖上发生的只是一起情节恶劣、性质简单的刑事犯罪,但由于发布得不及时而造成一些海外媒体议论纷纷,各种猜测和谣言四起,变成了讳莫如深的"千岛湖事件",这起事件又被"台独"势力政治化,一度造成两岸关系的紧张。四年后的1998年,又一起涉台刑事案件发生在辽宁省鞍山市海城县。犯罪分子因经济纠纷绑架并杀害了台湾商人林滴娟。现任央视海外中心新闻部主任杨刚毅曾赴海城报道这起涉台事件,他跟我说:"与千岛湖事件相比,林滴娟事件的新闻发布做得及时而且到位。当时在海城有时一天有好几次新闻发布会,从遗体处理到犯罪现场调查,再到犯罪嫌疑人抓捕等进程始终向媒体做动态发布。几十名台湾记者很满意,其主流媒体报道一直将这个事件定性为刑事案件,而没有被别有用心的人将其政治化。"

当面对突发事件设问"发,还是不发"时,其实我们是在探讨突发事件中政府与媒体的关系与行为。对政府来说就是对其控制的消息,是发布,还是封锁,以及如何发布和封锁;对媒体来说就是报道与约束,以及如何报道与约束。

依据另一个标准,突发事件还可以被分为"敏感的突发事件"和"一般性突发事件"。像群体事件、外交事件、疫情等可称为"敏感突发事件";而一些恶性犯罪和突发事故、自然灾害等则可视为"一般性突发事件"。在一般性突发事件中,政府对所控制的消息进行发布应该符合"即时即地原则"和"递进式原则"。"即时即地原则"是指:消息应及时地在事发当地向媒体发布。比如广东省出现的非典型肺炎及与之相伴生的社会恐慌的征兆时,如果能够在广州即时即地发布消息,这样的恐慌就不会蔓延和扩大。而正是在政府的新闻发布会之后,广州市民的情绪迅速稳定下来。

"递进式原则"是指不要等到将事件完全调查清楚之后再向新闻媒体发布消息,而是在动态过程中发布消息。这两个原则在"千岛湖事件"和"林滴娟事件"的对比中其效果的反差能够看得十分明显。

在突发事件中,政府与媒体其实是一种相互需求的关系。媒体需要政府提供消息,这些消息是媒体生存的"食粮";政府则需要媒体传播政府所需要发布内容。而且政府发布消息的"即时即地原则"和"递进式原则"正好符合媒体的传播规律,这就是新闻传播时的时效性和连续性(或称流动性)。

2003年4月底,当北京因非典型肺炎出现类似的恐慌时,同样是官方的信息发布使抢购风潮只持续了两天就平息下来。5月初,由海南匆忙进京临危受命的北京市代市长王岐山在接受央视《面对面》主持人王志的采访时对北京老百姓说:"你们的市长愿意把事实告诉你们,"他说,"面对老百姓的恐惧心理,政府要一边说一边做,我需要通过媒体把我的想法,实际上是中央、市委、市政府和我们广大干部现在日夜所做的这些事情,把真相告诉市民,你们(电视台)是我和市民对话的最好的渠道。"这位看上去果断干练、雷厉风行的市长说的其实就是信息的发布态度,这种态度的转变是一种难得的进步。

过去我们总习惯于将事件调查清楚之后才发布新闻，以图后发制人，而对媒体来说，事件的阶段性发布正好符合新闻报道的递进规律。在网络媒体日益发达的今天，我们必须用最快的速度将事实射向"靶心"，哪怕这时的事实只是简单而不深入的"阶段性事实"。政府阶段性地把最新消息提供给媒体，这个递进过程也是媒体利用这些消息控制受众的过程，因为受众要了解事件的最新进展，要了解事件发生的背景和原因。对媒体和记者而言，他们需要不断地被"喂"才能"吃饱"。而对政府来说，对突发事件的处理，在诸多情况下，发比不发好，早发比晚发好。其中的道理很简单：发布是主动的，解释是被动的；按照人的一般认知与接受规律，发布是被信任的，而解释总是被怀疑的。所以，相对解释而言，发布的效果要好得多。在过去的经历中，还找不到由于消息的发布及时而引起事件更加恶化的先例；相反，由于发布不及时而引起猜测、误会而最终被迫做出解释的情况时有发生。由于发布不及时，人们怀疑政府后来公布的伤亡人数；由于发布不及时，天津的"扎针事件"和广东的非典型肺炎事件曾一度引起社会的恐慌。其中的一个问题是，在我们的观念中似乎总是把"突发事件"等同于"敏感事件"，而未将突发事件中的"一般性事件"剥离出来予以相应的处置。在信息不发达的过去，对突发事件中的敏感事件隐而不发是为了一种稳定；而在信息化社会，对这种事件不予发布，其结果恰恰走向了稳定的反面——恐慌。或者说，发会引起一定的恐慌，但不发则可能会使蔓延开来的恐慌失去控制。

发布和报道是突发事件中正常的政府行为和媒体行为，但对一些极其敏感的突发事件，比如那些涉及国家安全、公众利益和社会稳定的突发事件，控制和约束也是政府和媒体应有的正常行为。"9·11"事件发生后，美国就禁止美国之音播出本·拉登的讲话，上次海湾战争期间美国也曾严格对媒体封锁消息。俄罗斯的一位安全专家曾说，俄罗斯之所以能够成功处理"莫斯科剧院人质事件"，第一就是及时封闭现场，同时封锁和过滤消息。据说，在事件期间，曾有两家电视台被关闭。这位专家比喻说:"政府处理敏感的突发事件就应该是'黑箱作业'。"但他同时强调:也要给"黑箱"留一个孔,也要给媒体以信息,当然这些信息是经过过滤的。他说最可怕的就是没有消息,没有消息比"走漏消息"更容易失控。因此,政府对此要调控自如,既要控制敏感地区和敏感消息源,比如特种部队的行动方案和营救办法等,同时也要组织消息发布,引导民众。而对媒体来说,也必须有自我约束机制,对突发事件中不利于社会稳定、国家安全和公众利益的消息坚决不发,尽管其从职业角度判断这个消息具有巨大的新闻价值。

媒体应该在突发事件危及公众利益的时候发挥积极的良性的作用;既然观众在使用媒体,政府当然也能够而且应该主动地使用媒体。使用媒体是一种技术,更是一种艺术。

快反与引导

> 这时水均益告诉我:"学术界正在讨论一个概念,叫做'单边主义'。"我立即抬头望着小水。

2001年4月1日,星期日。沉浸在大礼拜闲暇之中的人们谁也不会料到一起外交事件正在南海上空酿成:美国海军一架EP-3侦察机在海南岛东南一百零四公里处撞毁我一架军用飞机并未经允许降落在海南岛陵水机场。外交部发言人朱邦造就此发表讲话:发生这一事件的责任完全在美方,中方已经就此向美方提出严正交涉和抗议。

一场突发事件的快速反应报道就此拉开帷幕。

当时的评论部主任梁建增、副主任关海鹰迅速组建了"快反部队",以应对突如其来的"焦点"报道。在其后的半个多月里,我一直与这支"临时部队"在一起。那场"难忘的战斗"让我体验了"快反编辑部"的主要功能不仅仅在于是否能及时跟得上新闻事件,更在于对事件进程的把握和引导。

突发事件的发展轨迹和方向是什么？这是"快反编辑部"首先必须把握的,只有把握这个线索,才有可能把握新闻报道特别是深度报道的脉搏。"撞机事件"从一开始就沿着两条清晰的线索在发展:第一是我军飞行员王伟的生与死,这既是党和政府关心的,也是全国人民关注的;第二就是揭露美国的霸权主义逻辑,这是一个主权国家面对如此霸道行为所必然发出的正义之声。

在近二十天的时间里,《焦点访谈》沿这两条线索交叉采访制作了八期节目,分三个阶段播出。其中许多节目是头天晚上策划,确定选题,第二天一大早出发采访,下午制作,晚上播出,整个采制过程十分紧张,但组织有序。有一次,三楼播出机房已经告警,时任广电总局副局长的吉炳轩看完了最后一帧画面,那期节目是踏着倒计时送进了播出线(每遇重大事件,总局领导总是亲临一线)。

4月10日,《焦点访谈》播出了"王伟,你在哪里",节目全面叙述了以海军为主,各有关部门相配合全力搜救王伟的过程,此时王伟已经失踪十天。之后,"快反编辑部"开始策划两期节目,一期节目是请空军某研究所研究员、航空救生专家毛守金谈歼-8飞行员的跳伞求生过程。如:为了飞机在低空时确保飞行员跳伞安全,飞行员在弹出飞机机舱时首先是以极快的速度冲向上空,以赢得主伞打开的时间和空间,这种冲击速度有可能使人头晕,如果在受伤的情况下还有可能休克;飞行员向上冲到一定高度之后,什么时候主伞自动打开,什么时候飞行员的座椅自动脱落落入水中,在水中如何割断主伞,如何给救生筏充气……每个环节,毛守金都讲得清清楚楚。他告诉记者,即使这些程序全都操作无误,飞行员海上救生的安全性也不是百分之百,言外之意整个降落过程随时都有危险存在。

另一期节目仍然是围绕搜救设计的。《焦点访谈》请来军事医学科学院研究员、饮水卫生专家晁福寰和交通部救助打捞局局长宋家慧,讲述逃生者在海上生存的极限问题。晁福寰在接受水均益采访时说:人落到海里,除了鲨鱼袭击和溺水等一些伤害之外,还存在一个最大的威胁,就是海水的浸泡。她介绍说,海水水温一般在二十五至二十六度,与人体体温至少有十度的差别,这种情况会使人体热量散失,当人的中心体温降低到二十四度时就会危及生命;体温在三十度时,虽然不会有生命危险,但人会昏迷,基本丧失自我保护的能力。这位专家还告诉水均益,逃生者如果没有足够的淡水补给,当他摄入的水分达不到排出的水量时,人体就会处于脱水状态,脱水一旦达到人体重量的15%就会危及生命。飞行员在海上每天将丢失身体水分的2%—3%,按此估计五至八天就会达到15%。宋家慧局长则认为,海上搜救一般是三至四天,这个时间是有科学依据的,根据特殊情况,搜救一个星期就算是较长的时间了。

当时策划这两期节目的目的是要为观众提供足够的知识和事实,让观众自己得出一种判断:王伟已无生还可能。因为当时遍及二十八万平方公里海域搜救王伟的行动是人民海军历史上出动兵力最多、规模最大、搜救面积最广的一次海上搜救,它牵动着全国人民的心。停止搜救如果没有足够的舆论支持是不负责任的,提供这些基于科学的事实,使其成为观众自己的判断依据,将有助于形成舆论,而这种舆论对政府即将宣布停止搜救是一种必要的心理准备。

在这期间,《焦点访谈》制作的另一期节目更具引导效果,它使一个纯粹的学术观点和学者意见迅速成为一种社会舆论。

在对"撞机事件"的报道中,揭露美国霸权主义是必不可少的主题,但根据美国在国际上的一系列"世界警察"行为,霸权已不是一个新题目,他们可以到一个主权国家抓走这个国家的总统,可以按自己的意志划定一个主权国家的禁飞区,可以废止刚刚签订的《京都议定书》,可以任意轰炸一个主权国家,可以以使用旧地图为由轰炸我驻南使馆……在这次"撞机事件"中,《焦点访谈》做的第一期节目就是《霸权的行径》。但是,对美国在这次事件中体现的霸权心态和行为的揭露不是一期节目就能完成的,对这个问题的报道显然需要不断深化和凸显。

大约是4月6日晚9点多钟,我与"快反编辑部"的关海鹰、水均益、魏驱虎等人开会策划第二天的节目,我说:"再做反霸权的节目一定要有新意,要结合这次事件看出霸权主义的新表现。"大家沉默不语,都在想着这种新表现究竟应该如何概括。虽然我一时也抒不出头绪,但我相信新的事件总应有新的特点。而这些"新的特点"对观众来说就是一种新的信息。要想让观众接受并更多地支持一个已有的观点或主题,我们必须提供给观众新的事实,因为这是刺激观众重新思考这个老问题的新由头,是促使观众更多地认同这个观点的新依据。在节目中创新并不是媒体从业者要标新立异地表达自己,而是从传播效果考虑,要赢得观众首先要尊重观众,没有新的内容提供给观众,主题就失去了提出的理由。

这时水均益告诉我:"北京大学国际关系学院副教授朱锋说,学术界正在讨论一个概念,叫做'单边主义'。"我立即抬头望着小水,他继续说:"美国原来与苏联争霸,现在苏联没有了,美国就想独霸。美国原来还有所顾忌,现在是肆无忌惮,很多事根本不把联合国放在眼里,整个就是单干。"听到这里我对小水说:"这就是新表现,把'单边主义'这个观点放大,再加上一个'双重标准',就是明天的节目内容。"在第二天的嘉宾访谈中,朱锋和中国社科院美国研究所的所长王辑思、清华大学国际问题研究所副所长阎学通等人对"单边主义"进行了准确而深刻的解读,对美国的一系列"单边主义"行为做了深入剖析。这期节目一经播出,"单边主义"立即成为一个新词语得到了广泛引用和认同。

事件还在持续中,一种新的舆论已经诞生了。

"撞机事件"的报道对节目来说是一次快速反应,但它并没有因为快速反应节目的周期短就降格以求,对"撞机事件"的"快反"完成了一次从播出效果出发来组织报道的实验,在这个实验中,让我思考最多的问题就是如何引导舆论。

我们常说新闻媒体具有反应舆论、引导舆论的社会功能,那么寻本溯源,究竟什么是舆论呢?

"舆"有车厢之意,从这个意思引申开来,舆论首先应当具有公共性。卢梭认为:舆论是"公意","公意是公共意见的最大公约数"。按照《辞海》的解释,"舆论是公众对共同关心而又有争议的问题所持的大体一致的意见","它是行动的先兆和政治的晴雨表,可用以预测社会动向,是调节决策科学化的有力杠杆。它对人的行为有支持和约束等影响,有多样性和变动性等特点"。在这些解释中,应当提示两个注意点:一是"公众意见",二是从"争议性"到"大体一致"。

《辞海》把舆论形成的过程划分为四个阶段:个人意见—公开争论—社会反映—支配行动。

学者也对舆论的形成过程进行了阶段划分:意见酝酿—意见表达—获得多数—形成舆论。

这两种划分是有其共同性的:"个人意见"与"意见酝酿","公开争论"与"意见表达","社会反映"与"获得多数",字面上看表述不同,仔细体会实质相通。只是在专家的划分中,"支配行动"被看做是舆论形成之后对人的思维和行为产生的影响。

我同意对舆论的形成做过程化的划分,无论将舆论对行为的影响置于舆论形成过程中,还是置于其后,划分这几个阶段最大的意义在于将"意见"和"舆论"区别开来了,这样的区别提醒我们:"意见"是属于个体范畴的,而"舆论"是属于群体范畴的;那些起初属于个体范畴的"意见"慢慢积累起来,不断扩张自己的影响,获得越来越多的认同之后,就会形成"舆论"。由此提示一个规律与原则:从"舆论"及其形成过程和影响社会行为的基本原理来看,新闻媒体对舆论的引导功能应当尽量地前置,不仅要从结果上去"反映舆论和引导舆论",而且在"舆论"形成之前的初始阶段就应该介入,去引导和影响"意见酝酿"与"意见表达"。因为对"意见"的引导要比对已经形成的"舆论"的引导更省力气、做功更大、效果更好。如果说"意见"是溪与渠,"舆论"则是江与河,是开渠引水容易还是力挽狂澜容易?结论是一目了然的。

这是一个重要的意识:舆论导向应该是对舆论形成全过程进行的建设性的、"线性"的引导,这样的引导效果不是一蹴而就的,而是累加的。

在本书第三章《建立媒体权威》一节中,我曾经提到过一个"悄悄话"的游戏和一个军营中的故事,说的是参加游戏的人在将一句话向后传达的时候,话语信息不断地被扭曲、被损耗,最终产生变异,对比话语的起点与终点,会发现它已经被扭曲得面目全非。这个游戏和这个故事其实表达着一种警示:意见在传达的过程中会产生变异,尤其是单向的传达,变异的可能性更大;而传达的变异最后变成了意见的变异,并最终影响人的行为,"参谋长跑步向前"不就是一种意见和行为么?

我们其实可以分析一下那个游戏之所以能产生效果的原因:为什么观众会发笑(这里的观众既包括现场的,也包括电视机前的观众)?因为观众与参与游戏的人处于不同的信息获得阶段,或者说出于不同的舆论形成阶段:由于观众已经听见了主持人的话,所以观众是经历了"主持人引导"的人。主持人在现场对观众传播那句话,这既是一个意见交流的过程,也是一个引导的过程,观众已经是没有意见分歧的"多数";而参加游戏的人尚处于舆论形成的初级阶段,他们在人际传播的过程中听取别人的意见表达,之后再向后面的人表达自己的意见……他们的意见异于"多数人"(观众)的意见——而多数人的意见,正是衡量正误的标准,它就是在演播室这个场合中的"舆论"。所以那些心里已经明白了的"多数人",看见那些"个体"在标准之外混混沌沌地摸索,不得其门而入,"多数人"居高临下地发笑了——当然,这样的笑是善意的。

其实这个时候,只要有一个声音把那句话高声喊出来,让参加游戏的所有人都能够听到正确的答案,传播过程中产生谬误的可能性就会被消解,这个游戏顿时就会失去效果。而这句提供正确答案的话,既可以看做是媒体在参与意见的表达,也可以看做是媒体在意见表达过程中对舆论进行的有效引导。在演播室里,只有将这个"正确的声音"及其判断事实隐去才能完成一个游戏,但在现实生活中,这个"正确的声音"及其判断事实必须被及时传播放大才是媒体的责任。马克思认为,媒体活动的目的就是"经常而深刻地影响舆论"。

由这个游戏我们是不是可以得出一个结论:媒体越早介入,越早提供正确的引导,误解就越少,共鸣性就越高,影响力就越大。

在舆论形成阶段的划分中,我最为看重的是"获得多数"之前的"意见表达"阶段。我认为这其中还包含着一层"意见交换"的内涵,因为没有什么个体意见是一经表达就能够马上获得多数的,意见表达之后,还有一个说服、争议、判断、接纳的过程,"意见表达"其实就是一个说服与被说服的过程,是一个吸纳与放弃的过程,是有理战胜无理的过程,是做出判断的过程。在这个过程中,意见实现了相互交换和相互影响,在交换中参与表达与交流的"个体们"求同存异达成共识,最后是被淘洗过的某一些意见获得多数形成舆论——这个过程是媒体进行舆论引导时最应予以重视的环节。

一些研究者发现,舆论在实现其支配人的行为这一属性之前,人们还是会习惯性地向大众媒介寻求信息用以比照自己的判断。

2000年上海市曾经做过一个主题为"传媒力量与当代青年"的《青年发展报告》,该报告的研究成果指出:人的成长过程其实就是一个不断趋于社会化的过程,在此期间,大众传媒与家庭、学校、同辈群体、公众意见一起,成为影响个人社会化的五个最重要因素。报告比较了这五个因素对人的社会化所起的作用,家庭、同辈群体对个人社会化的影响是深刻和持久的,但它们带有"社区性";而大众传媒面向的是社会公众,它的影响是广泛的,带有"社会性",特别是在"大众社会"中,大众传媒的影响不仅是广泛的,而且是巨大的。大众传媒不仅可以反映和引导社会舆论,影响受众态度,它的影响力还可以渗透到一般的社会心理以及个体思维和行动过程中。

应该提示的是,这个学术报告是将"公众意见"与"大众传媒"分立的。这个报告对我们的提醒在于,如果大众传媒能够影响公众意见,那么它将和公众意见一道形成合力,联手成为影响人的社会行为的因素之一;如果它不能有效影响公众意见,那么它们的影响力就只是五分之一。

分析那些成功的舆论扩散过程就会发现:公众中的每一个个体都经历了知晓、说服、决策、确定行为等多个环节,先参与舆论的形成过程,继而选择舆论、接受舆论、支持舆论,直至形成舆论行为的庞大主体,而正是这样的群体在对社会生活产生影响。舆论是在扩散的过程中干预社会行为的,这也就是在突发事件中进行"早期"舆论引导价值最大、效果最好的道理所在。

舆论的扩散过程是指舆论如何在一定的社会范围内传播、放大并从个人态度转变为社会意识的过程。正因为存在一个如此复杂的形成和扩散过程,所以还应注意舆论的另一个特性:多样性和变动性。多样性和不确定性决定了有些舆论是正确的,而有些舆论是不正确的。

舆论不是一次形成的,舆论在最后"获得多数"之前,经历过一个梯次上行的过程。按我的理解,任何舆论获得的多数都只是一个相对多数,也就是说,任何舆论都是有范围限定的,在这个地方赢得支持、获得多数的意见,也许在更大范围内,在新的信息进入之后将被要求重新进行意见表达、意见交换和重新争取多数。如果把舆论的形成过程看做是"正确舆论"和"错误舆论"的对弈过程,舆论的形成过程是有梯次的:先是舆论自身形成,而后是舆论与舆论间的较量。

在非典型肺炎引起全国关注的时候,有一个城市的操作办法很能说明"舆论对弈"的问题:杭州并不是重点疫区,但杭州在4月中旬开始对全城进行药物销售控制,治疗咳嗽和发烧的药物不能在药店中购买了;当4月19日杭州刚刚出现报告病例的时候,市委做出更有力度的决定,对患者所在小区"在水一方"的整栋楼进行隔离。可以想象,在这个区域内,舆论很难在市委做出决定的瞬间马上达成统一,市民对这样严厉的隔离是有争议的。从舆论研究的角度看,杭州市此时形成了两种舆论:市委由于对疫情掌握得清楚全面,又广泛听取了专家组的意见,所以一致通过隔离的决定,赞成隔离的舆论获得了多数;而当时非典型肺炎还没有被列为全国甲类传染病,由于各种原因,市民对这样的决断也许还不十分理解,意见分歧也很正常,于是出现了一种对立的舆论。"非典"传播的严峻性容不得这两种舆论慢慢完成意见表达、意见交换的过程再去指导行动,隔离的决定是连夜下达、连夜实施的。翌日,杭州市再通过广播、电视、互联网的渠道去"争取多数",通过杭州网以及其他的网站收集群众反映,当时的市委书记王国平上网与五十万杭州市民直接交流,他在网上被称为"游侠书记",他在BBS上发帖子讲述市委隔离决定的必要性和具体安排,进一步实现着意见的表达。就在杭州实施整楼隔离的几天之后,卫生部宣布非典型肺炎为甲类传染病,北京等地相继对发现病例的楼区进行隔离,每天的疫情动态发布向市民通告着新的信息与防控知识……市民们通过电视、报纸看到了这些动态事实,杭州市委的隔离举措很快赢得舆论支持,市民们意见达成一致之后,开始在小区内开展隔离互助,"非典时期的非常生活"变得温暖人心、感人至深。

  在这个过程中,我们看到了初级的舆论是怎样形成的,小范围内的舆论是怎样完成更大范围的表达与交换的,动态信息是怎样影响新的舆论形成的……提出"舆论的梯次上行"这个概念,我的目的仍然是要提醒媒体的作为:在舆论的梯次上行过程中,媒体要及时到位,通过提供动态事实参与到舆论的对弈过程中去,为正确的舆论助力。

  此消彼长,正因为有一些舆论最后"获得多数",那么在这个舆论形成的过程中,还有一些不确定性大而实证准确率低的舆论灰飞烟灭了。这就是为什么有些舆论来不及传播就夭折,而另一些舆论则能在相当广泛的社会范围内扩散开来,完成它的全过程的原因所在。媒体在舆论形成过程中大有作为的正在于此:使尽可能多的正确舆论走完全程,而尽可能早地使错误舆论趋于完结。

  意见的表达是一个心理过程,表达意见的主体是在变动中的主体,因此公共意见的表达和交流具有累积性、普遍性及共鸣性。舆论的形成是一个分析判断的过程,这种分析判断在信息时代不仅是快捷的,而且是多渠道的,因而是复杂的。所以,在现代社会更需要舆论引导,更需要在舆论形成之前为大众提供权威、准确、客观的分析判断依据——事实。

"引导"不是"领导",舆论引导是要参与舆论过程的,它应该是平等的、亲和的,而不是居高临下地"带队"和"领路"——至少引导者的态度不应以领导者自居。从这个角度看,舆论引导就不仅仅是在结论形成之后带动舆论,而且媒体要参与舆论的形成过程。媒体不能到舆论大势已定的收官阶段才去发挥作用,而应当在布局阶段就参与舆论,参与的方式是尽可能多地提供有效事实。

舆论的引导应当是一种"开放的引导"而不是一种不能吸纳新的信息,不能实现自我完善的"封闭的引导"。所谓开放式的引导是指媒体通过不断提供信息与事实,提供判断依据,提供对事实的各种分析来影响公众,其开放性还体现在舆论梯次上行的过程中,媒体能够通过提供新的动态事实参与到更大范围的舆论形成过程中;而封闭式的引导是指媒体只提供观点和结论,只是直接地支持或批驳某些已经形成的舆论。由于封闭式引导提供的是结论,因此当事件发生变化时,这样的引导很容易变得被动——偌多的实践证明,开放的引导能够更快、更持久地赢得多数。

这是媒体参与并引导舆论需要寻找的发力点,也是舆论导向的艺术所在。

不知道"记者是无冕之王"的说法是否与伏尔泰的思想有关,据说伏尔泰曾说过,人们把公共意见叫做世界之王,舆论就是世界之王;黑格尔也曾经认为,公共舆论是一支巨大的力量。舆论是一种力量,这种力量通过新闻媒体的表达与传播不仅会被释放,而且会被放大。因此,媒体表达什么舆论,以及如何表达就变得格外重要。因为没有哪一个人在施发某种力量的时候会不考虑用力的方向,这就是我们所说的导向或引导。如果把舆论的形成看成一个过程(它客观就存在这样一个过程),媒体的引导功能首先是"表达什么舆论,如何表达",但这只是一种结果式的结论性的引导,媒体引导功能的深刻性和参与性也许就在于过程中的引导,这就是通过不断传播新闻事实影响个人的判断。如果我们传播的事实是及时、准确而且是有说服力的,它肯定能获得多数人的赞同,由个体意见变为群体意见,社会舆论由此而形成。这种舆论一旦形成,再经过传播将成为一种巨大的力量。舆论的多样性和变动性决定,舆论是可以通过媒体进行引导的,而且舆论也是可以改变的,但就新闻传播的目的而言,改变舆论和建设舆论的成本和效果大不一样——这些问题过去也许被我们忽视了。

舆论应该具有相对性,也就是舆论形成是受时间和空间影响的,但媒介特别是现代媒介的介入,制约舆论的形成和影响范围的时空被大大压缩了。与此同时,同样是现代媒介的介入,使突发事件的传播速度被大大提高了,直至可以全球同步直播。本来只是一个很小地域被议论和关注的事件,经过各种媒体的传播迅速成为全省、全国甚至全世界议论的中心和关注的焦点。本来只是一个地域性的舆论,经媒介放大立刻成为更大范围的舆论从而影响更多人的思维和行为。正因如此,对突发事件而言,媒体介入越早,越有利于在过程中引导舆论的走向和效果。

例如1998年抗洪期间,历时两个多月的"新闻会战"正是由于媒体介入得早,电视才利用消息、专题、新闻特写、特别节目、现场直播等各种手段记录并传播了一个个历史瞬间、一个个经典故事:分洪区舍小家保国家的普通农民们,冲锋舟上专注地巡视着四周唯独忘记了自己的战士们,树枝上挂了一宿的将军们,簰洲湾坚守几十个小时最后牺牲自己保住了人民的英雄们,九江大堤上把身体当了麻袋包的干部群众们,源源不断从四面八方运来被褥衣服药品食品的后方亲人们……这些信息不仅给全国人民以强大的信心,而且直接为"爱国主义"和"民族凝聚力"的形成提供了依据,它让中国人看到了那个本来属于精神领域的"民族精神",原来是那么具体、形象、可知、可感。抗洪报道又一次让国人为自己的祖国骄傲,因为我们的同胞是历经磨难而信念愈坚的、饱尝艰辛而斗志更强的,而这所有的结论与判断,是观众们从大量的新闻事实中自己得出来的——把一场突发的灾难变成了弘扬民族精神和爱国主义的机遇,这就是引导的艺术和舆论的力量。

舆论的导向其实是传播过程中一种内在的、共生的属性,它伴随着传播的整个过程,甚至包括受众自觉进行的二轮传播和最原始的人际传播。道理非常简单:任何一种对象性的表达都是有目的的,而通过表达来接近目的,就是导向。没有目的,当然同时也没有导向的表达我们也能够想得出来,那就是念念有词的自言自语,只是这样的表达已经不是对象性表达了。

我没有做过这样的统计,但是可以不夸张地估计,至少有很多人,在听到"导向"这个词的时候,会下意识地想到"被动""约束""管制""压力"等等。为什么本应该是新闻传播过程中一种内在属性的"导向",却被很多人看成是外来的、被动的?这个现象我注意了很长时间,我认为只要我们是尊重新闻规律的,是注重传播效果的,就不能不讲导向或引导。

我们看到有的境外中文媒体经常打出这样的字幕:"以上纯属个人观点,不代表媒体立场",其实,这种"客观"的背后同样是有引导和力量存在的,为什么选择这个嘉宾而不是别人?为什么选择这个话题而不是其他?在剪辑制作过程中不同观点的比例是如何结构的?这其中其实都有倾向性,只是,从观众接受媒体影响的习惯上看,媒体把自身"打扮"得越客观,其传播和引导的效果往往就越好。

很多人有这样的误解,好像只有我们才讲导向,好像在"自由的西方新闻"中,导向和引导是已经灭绝的恐龙。事实绝非如此,美国媒体不也是将"9·11"事件引导成一场空前的美国式的"爱国主义教育"吗?美国政府一些高级官员胸前那枚国旗徽章就是在那时候别上去的。西方学者自己提出的一个观点倒很能说明问题:"'新闻自由'不过是'新闻相对自由'的省略语。"

2003年春天,突如其来的"非典事件"也许对我们的启发更大。关键时刻当主流媒体不介入的时候,谣言就可能借助现代化的手机、互联网等形成舆论,这种舆论必然影响人的行为,于是2月份广东出现抢购风,迅速波及其他省份,长达一个星期,媒介报道政府新闻发布会后,事态逐渐平息。4月,北京同样由于"封城"谣言引发抢购风潮,但北京的抢购仅仅持续了两天,原因就是政府通过媒介及时发布信息而未使谣言形成舆论。一个多星期和两天,社会付出的相对成本是大不一样的。所以对于突发事件,媒体介入越早,不仅越有利于引导社会稳定,而且越有利于社会成本的降低。

2003年5月,正当"非典"肆虐大江南北之时,央视最先以滚动字幕的方式披露了另外一条震惊中外的消息:我海军一艘常规动力潜艇在内长山以东我领海进行训练时,因机械故障失事,舰上七十名官兵全部遇难。与这场灾难同样引人关注,特别是引起境外舆论关注的是:中国政府是主动发布这一不幸消息的。这种鲜有的发布行为和媒体报道体现了中国政府的开明和对生命的尊重。而现在我们可以设想,如果这条消息不主动发布,在信息高度发达的今天,这起事件也会经由其他渠道传播,而且很有可能传播得面目全非,直至形成负面的舆论,那时再出来解释,不仅仅是被动的,而且会严重伤害党和政府的形象与声誉。如果真是如此,不仅引导的难度增加了,而且社会所要承担的代价也会比事件本身大得多。

相反,潜艇事件的公开报道直接推动了"建设我强大海军"的舆论的形成,我看到很多网民发出了这样的呼吁。

能否对突发事件做出快速反应已经不是一个技术问题,经过多年的考验,只要报道需要,电视的快速反应能力是成熟的,而且可以立即产生效应。在"撞机事件"的操作中,一项实验结果就是:只要当天上午10:00之前确定选题方向,制作一期《焦点访谈》节目在晚上播出是可能的,而且可以确保质量。而是否要对突发事件做出反应,这才是问题的关键。

十年
Ten
Years

1999年5月8日，以美国为首的北约悍然用导弹轰炸了中国驻南斯拉夫联盟大使馆。图为《焦点访谈》记者王卓在现场采访拍摄。

由于突发事件的演进和影响具有很大的不确定性,再加上人们获知信息的渠道和判断不同,此时的舆论是复杂的、多意的,所以这时的舆论更需要引导。由于这种需要是迫切的,所以此时的引导价值最大、效果最好。

　　2003年5月9日,国务院总理温家宝签署了国务院第376号令,公布实施《突发公共卫生事件应急条例》,这个旨在我国建立"信息畅通、反应快捷、指挥有力、责任明确"的应急条例显然具有很强的针对性,但其意义是长远的。在我看来,这只是针对突发公共卫生事件的机制建设,那么应对恐怖袭击和其他涉及有关民生、社会和国家安全的突发事件也应有完善的预警机制和应对机制。

　　在这样一个机制中,新闻媒体应如何反应快捷、引导有力?这是我们面对的新课题。

第七章

再看电视·1999

不要小看这一场笑声,正是这样的笑声成就了《实话实说》,使得它有别于一般的谈话节目。

家用媒体

> 观众舒服地歪在客厅沙发上，或者靠在床头看电视，在这样的环境和心态下，难道有人会愿意请一个"家庭德育教师"，站在自家客厅里，甚至是站在自己的床前来教训自己吗？

曾经有专门研究收视行为的学者对一定范围内的城市居民做过一个调查：你回到家中第一件事情干什么？回答是千奇百怪的，但其中40%以上的人在第一个答案中选择了"打开电视"；75%以上的人在前三个答案中选择了"打开电视"。由此可见，"看电视"已经成为人们，尤其是城市里的人们一种生活习惯，是人们在家中的一个"标志性行为"。

因此我常常想提示我的同事们重视一个还没有被真正重视起来的问题：电视是一个"家用媒体"，或者说，电视具有"家用属性"。家庭的结构、功能与这个小环境中的人际关系，家庭中特有的经济行为、情感交流、教育活动、休闲活动等不同的习惯，都与电视媒体密切相关。人在家庭，应当是媒体从业者对电视观众的最基本的理解和认知,一切的传播设计与传播目的,应当以这个认知为前提,以这样的理解为起点。

电视机和音响、空调、加湿器等不同功能的"家用电器"一起,散放在起居室的各个位置。"看电视"这个行为本身已经成为日常生活的一部分,它往往成为一种生活背景,伴随聊天、接电话、做家务等活动同时进行。由于是在家中,一切都是自由和随意的:没有人要求你必须正襟危坐才能开空调听音乐,也没有人能够要求你应该怎样严肃庄重地看电视,遥控器就在手里,大奖赛、电视剧、整点新闻、汽车广告,还有那些满场哄笑的娱乐节目……

电视收视调查的对象也是家庭。目前在央视索福瑞的调查方式中,无论是"日记法"还是"测量仪法",都是以家庭户及四岁以上的家庭成员为单位的。在一些发达国家,经久不衰的肥皂剧的场景也是家庭。而且与其他印刷和广播媒体不一样,大部分观众只能待在家里看电视,因为目前绝大部分的电视机是不能随身携带和移动的。

电影是在技术上和电视最接近的媒体,但从观众参与的方式看,大多数电视的收视经验与电影是明显不同的。电影观众更多的是专心地欣赏,而电视观众更多的是把看电视当做一种消遣,二者的区别就在于电视是家用的,而电影只能在影院里欣赏。有人会说:电影压缩成为VCD、DVD或录像带之后不就可以在家里欣赏了吗?我倒觉得,当观众通过电视机收看VCD、DVD时,这样的"电影"其实已经成为一种类型的电视节目——也就是说,电视是以其传播和收看的方式,而不是以其播放的内容来分类的。

由于收视行为发生在最有归属感的家里,所以电视观众并不像电影观众那样在乎时间。正因如此,电视台的节目每天都播出十几个小时,甚至有些频道是二十四小时播出。仅中央电视台每年就播出七万多小时节目。但电视观众并不像电影观众那样忠诚,他们虽然不计较时间,却计较节目,尤其是当他们面对几十个甚至上百个频道选择时,他们就越离不开那个对电视传播者来说几乎是生死攸关的遥控器。这样一来,什么节目安排在什么频道、什么时段播出什么节目就显得格外重要。

作为电视从业者,认识电视的"家用媒体"属性,根本的目的就是要研究那些我们为之辛辛苦苦的、绝大部分时间是在观众家中播放的电视节目,研究这些节目如何才能吸引观众并建立起与观众的约会。这取决于我们对传播对象——那些在家庭环境之下收看节目的观众感同身受的了解。

《东方时空》创办的早期我们曾提出一个口号:"节目是否好看,回去问问你的家人。"然而在很长的时期里,我们对电视媒体的这种家用属性认知相当肤浅,甚至根本不予理睬。

现代传播学认为:传播的主体正在由传播者本位向接受者本位转化,它要求传播者必须考虑受众的实际需求是什么。这是传播理念的一种进步。我却认为:就电视媒体来说,传播的两端,也就是电视制作者和电视观众之间存在着互动和互制的关系。

互动性是指:观众的需求决定电视媒体的节目供给,如精品化、多样化、专业化、对象化以及我们已经深深接受的贴近性、故事性、娱乐性等等。同时,电视节目的供给也创造着观众的需求,如《东方时空》的出现,创造了中国观众一种早间收视的习惯与需求,从而改变了人们早晨只听广播的习惯。针对报界当时的评价:"《东方时空》改变了中国人早上不看电视的习惯。"这种说法,我曾经说过:"中国人不是天生的早上就喜欢听广播不喜欢看电视,而是此前我们的电视从业者没有真正满足过电视观众的这种需求。"当我们意识到一个个忙碌的家庭成员,在早上的时候他们的眼睛是那样"休闲",东瞧西望没有什么东西可看,我们应该有一种焦急:那是一种巨大的资源浪费。

互制性是指:什么节目能够锁定观众手中的遥控器,这是观众的权利。由于电视是呈线性播出的,所有的节目随着时间的流逝在一一地消逝,所以观众的收视行为具有唯一性、排他性。看一个节目就意味着对其他节目的排斥和制约。同时,电视媒体对观众也不能一味迎合,如色情、暴力、低俗等等——这不仅仅是电视的社会责任和道德约束,也是电视的家庭属性所要求的。教育学有一个理论是:"家里的孩子不会堕落。"——借鉴这个观点来研究传播行为,就是说,对于共同完成收视行为的家庭成员而言,家庭是一个有着很强的道德规定性的"公共"场所。如果遵循电视所具有的"家用属性",我们就应当更深刻地理解社会学意义上的"家庭"的含义,在这个人们心目中最有安全感的环境中,所有家庭成员所能接受的信息应当是有"级别限制"的,只有尊重和不侵略这个社会场所中的道德约定性,我们的媒体才能真正地完成自己的道德建设,才会真正地成为"大众媒体"。

今天的媒体竞争日趋激烈,电视的低俗风正在蔓延,有人视之为一种竞争的手段,其实如果对电视的家用属性有更深刻的理解,就应当意识到这样的竞争手段实在是一种短期行为,因为它是有违电视的家用属性中特定的社会约定性的。一个有责任感、有长远眼光的媒体应当有这样的认识境界,并自觉建立相应的自我约束机制,不是观众的任何需求我们都能够满足的,或者说,不是任何观众的收视需求我们都应该冒着违背电视家用属性的风险去满足的。

一旦把电视媒体理解为家用媒体,我们随之应当发生的根本性转变就是传播态度和传播理念。观众是舒服地歪在自家客厅的沙发里,或者是靠在床头上看电视,在这样的环境和心态下,难道有人会愿意请一个"家庭德育教师",站在自家客厅里,甚至是站在自己的床前来教训自己吗?强硬的、居高临下的传播态度在这样的环境中显得滑稽和不合时宜。这一点今天我们已经有非常深刻的认识,但在过去很长一段时间,我们却充当着那个滑稽的角色而不自知。

广播是电视媒体的近亲,这不仅仅是因为二者共同的产生基础都是无线电技术,更重要的是,广播也属于家用媒体,尤其是早期的广播更是如此。

十年
Ten Years

　　1923年,在电视诞生之前,美国无线电公司的总经理戴维·萨尔诺夫就曾经设想过一种叫做"radio with pictures"(带图像的收音机)的美妙东西:"……当所有的住所不仅安装上收音装置,而且还配备有反映生活情景的屏幕时,那将多么惬意啊!不妨想象一下你的家庭,全家人坐在舒适的房间里聆听演员对白的同时,还可欣赏他们的动作,他们的一招一式、一颦一笑,那会给我们带来多大的享受!"仅在十年之后,这位广播公司负责人的想象就变成了现实。家里原来摆放收音机的位置被电视机取代了,电视成为一种家用媒体。广播和电视共同的家用属性,使幼年的电视从成年的广播那里移植了很多节目内容,如谈话节目、娱乐竞猜、情景喜剧、新闻报道等,都是广播节目的电视版。这些节目虽然几经电视改造已看不出多少广播的痕迹,但实际上早期的电视肥皂剧、脱口秀、娱乐竞猜等节目都是广播电台的原班人马在操作的,从主持人到编导都是如此。甚至当美国CBS著名的广播员爱德华·默罗由广播转向电视时,他干脆就把原来的广播节目《现在请听》改成了《现在请看》,其实就是对广播节目家用属性的继承和扩大。

　　而中国的电视就没有这么幸运了。幼年的中国电视除了继承了广播居高临下的传播态度之外,基本上没有借鉴到广播的内容,原因是我们当时并没有把电视看做一种家用媒体,而是当做了影院的电影。或者说,当时操办电视节目的人们并没有对电视本质原属的家用性质予以正视,没有家庭聊天式的谈话节目,没有朋友聚会时的娱乐竞猜节目,更没有以家庭为背景的喜剧连续剧(肥皂剧)和贴近社会、贴近观众的新闻制作与播报方式。居高临下的播报态度和过度依赖电影语言的理念,使中国电视越来越背离其家用属性,根本谈不上亲和力和吸引力。

　　广播天生就是电视的兄长,作为传播态度的变化,中国的广播媒体是早于电视媒体的。广播中很早就有了直播,有了观众点歌,有了与观众的交流谈话,中央台的《午间半小时》以贴近观众和贴近生活而引起轰动时,电视仍处于变革的前夜。

态度决定一切,广播如此,电视更是如此。中央电视台第一个贴近百姓家庭生活的栏目是《为您服务》,那是在1990年推出的一档节目,转变的只是传播的态度,但这个栏目一亮相就那样受观众的欢迎,主持人沈力的知名度不亚于现在的敬一丹、王小丫。而现在看来,像这样的服务性节目能产生这样的轰动效应,真是一个奇迹。

电视媒体的家用属性决定电视是"平民化的"而不是"贵族化的",电视对象是"大众的"而不是"精英的"。这一点正是《东方时空》成功的深层原因。我们可以设想:一个人以领导身份在台上做报告提要求,和一个人以朋友的身份到家里做客,两个情形下的心态绝对是不一样的。意识到这样的区别,我们就应该把自己定位为走进观众家中的一个朋友,充其量是一个见多识广的朋友,以客人的身份在人家的客厅里讲述着自己的见闻,讲述着一些真实而新鲜的事情,偶尔带进去一些见解。

寻找到这样的身份自知和角色定位,我们会更加清楚应当用怎样的语态说话:如何告诉观众我们所知的新闻和故事,如何让他们高兴和快乐,如何让他们相信并接受,如何帮助他们解决生活和工作中的烦恼和困难,如何与他们分析真善美和假恶丑……而这一切都离不开真诚的态度。《东方时空·生活空间》在几经改版不能成功的情况下,一旦以真诚和平民化的态度对那些曾经是"最不引人注目"的百姓生活予以关注后,立刻就能引起轰动。这一变化被人注意了,而引起这个变化的转机被人们解释为"内容选准了",其实我更愿意人们将之理解为"态度找对了"。

人对需求的多样性选择似乎是一种本能,当然前提是人们是否具备进行多样选择的条件和机会。末代皇帝溥仪在其自传中说:他每顿饭至少都有几十甚至上百道菜可供选择。而且他当时还居然认为:宫廷外所有的老百姓可能也和他一样,天天如此。其实老百姓何尝不愿意有多种菜肴可供选择?只是物质条件决定他们只能清汤寡水,但这并不能说明他们没有这样的需求。据说中国广播传输网络的数字改造已近尾声,改造后的有线电视网传送节目的数量将是目前的四至六倍,可以达到一百五十个频道以上。随着频道的增加,电视观众的进一步分化已是不争的事实。有人说是文化的多元化促使观众需求多样化,这种观点不无道理,但我认为更重要的是,中国家庭的结构变化和收入变化成为观众分化的物质基础。

社会经济的发达和个人收入的增加首先使三代甚至四代同堂的家庭解体,青年人从传统的大家庭中分离出来以后,整个社会的家庭结构日益小型化。这种结构的变化必然使电视的观众分化,老少三代或四代同看一个电视节目的时代已经改变了。此外,家庭收入的增加使住房条件大为改善,一个家庭可以拥有两台、三台甚至更多的电视机。同一家庭电视机数量的增加,打破了原来电视收视排他性的限制。这种变化使家庭成员作为电视观众被进一步分化,每一个人都可以面对多种选择而不需要排斥他人,所以电视观众的分化其实就是家庭结构和家庭成员收视习惯的分化。

但无论这样的分化如何进行,电视媒体的家用属性不会改变,观众仍然没有离开家庭这个特殊的收视环境。当我们从家庭的角度研究电视媒体时,在中国至少有三种家庭成员应当引起我们的特别重视:这就是农村家庭、家庭中的老年成员与非上班族。中国拥有十三亿人口中,至少有九亿在农村,而我们的电视却越来越表现出都市化、贵族化倾向。此外,中国已于90年代末步入了老龄化社会,中国将拥有世界上最庞大的老年群体,而我们的电视从业者却呈现出越来越年轻化的倾向,他们集体无意识地在制作节目时忽略了老年观众的存在。这些问题似乎都有待频道专业化来解决,但这是需要建立一个新的、适位于专业频道运作的盈利模式之后才能被电视媒体关注的对象化群体。因为目前的电视盈利模式只能使频道和栏目日益追求大众化和收视率,而无暇也无意关注农村家庭和家庭中老年成员的收视需求。这里需要澄清的一个概念是:将农民或老年观众作为对象性目标是指电视节目的制作和编排要充分尊重他们的收视心理以及精神文化需要,要依据他们的生活规律而设计,并不是指给农民看的节目和频道就只反映农业生产、农村生活、农民面貌；给老年人看的节目就只反映老年人的衣食住行和喜怒哀乐。农民也向往现代生活，老年人也会喜欢白领丽人。需要作为对象特点重视的是，他们都有不同于一般观众的生活方式和生活规律，传播的对象性很强，例如老年人习惯早起早睡，对他们来说早晨的时间更为黄金；而对年轻人来说，当然晚上的时间更值钱。

明确了电视的"家用属性"，就更应该从家庭的概念出发去理解"时间"和"时间段"。比如对时差的重视，美国电视机构根据东部时间和西部时间差，把重要新闻错开播出。而同样疆域辽阔的中国，东部和西部时间相差三个多小时，但我们在重要新闻的播出安排上并没有考虑这样的差异性。晚上22:00，大部分的东部家庭和北方家庭已经洗洗涮涮准备就寝，而新疆的《新闻联播》却是22:30才播出的。考虑时差，其实是对不同地域人们生活起居习惯的尊重。

中国实行双休日工作制已经四年多了，闲暇时间的增加改变了人们的生活方式和起居安排。西方对于闲暇的研究已经成为一个独立的学科盛行起来，我国的社会学者也开始了这方面的研究，但是"闲暇"同新闻传播究竟有什么紧密关系？"假日电视"与普通工作日的电视节目究竟应该有什么不同？假期中的家庭，其收视习惯的改变对于电视节目，尤其是新闻节目的安排究竟提出了怎样的、新的需求？这些问题本应当成为课题被从业者深入研究的。

不管家里的电视是否打开，几十个频道每天数十个小时的电视信号都会源源不断地输送到观众的电视机里。时间在流逝，节目也在依次消失，一旦错过栏目的固定播出时间，而电视台又不安排重播，那么观众将永无机会与此节目见面——不可重复阅读是电视传播的基本规律。据说在VOD(视频点播)业务前景并不看好的情况下，SVOD(预约视频点播)业务目前正在北美悄悄红火，甚至被认为是"未来美国付费电视业增长的关键驱动力之一"。与VOD不同，SVOD不是将新节目提供给观众，而是将电视台已经播出的优秀节目,如电影、电视剧和专业频道的其他优秀节目储存在服务器中,观众可以随时点播,而不必非得固守电视台的节目播出时间表。由于 SVOD 中的内容都是已播出的节目,其成本远比 VOD 点播低得多,所以十分利于推广,可谓薄利多销。虽然 SVOD 收看模式已经被看做是对电视传播规律和电视阅读规律的一次革命,将有利于更多的电视观众收看优秀电视节目,但它毕竟刚刚开始,对中国的大多数观众来说,收看以传统方式播出的电视节目的习惯还将继续维持。既然如此,我们就不能不考虑观众在家里的作息规律,每当我们遵循这些规律进行节目调整时都会取得意想不到的效果。

1993 年,当中央电视台决定为中国的电视观众提供早间节目的时候,谁也没有想到早晨的《东方时空》每年可以为央视赚得近两个亿的广告收入,并引领了中国电视新一轮的改革。1995 年,当央视决定改造并开发午间时段的时候,也不可能想到《新闻 30 分》在每周由央视索福瑞进行的收视调查报告中,可以在一套的五十多个栏目中排名前六位。1999 年当央视决定改造晚间 21:00 时段新闻时,更没有想到《现在播报》能杀出央视的晚间收视低谷,一跃进入前十名,有时甚至进入前六名。

翻开央视索福瑞媒介研究公司提供的《每周收视调查报告》,在其第三页下方固定位置刊有"一周开机走势图",其中一段曲线十分清晰:以 21:00 左右为顶点的一个正抛物线(此时开机率在 80% 左右,这意味着观众人数大约是九亿)。这个较规则的抛物线的起点在 18:00 前后,消失于 24:00。从家用媒体这个概念出发,这条抛物线中有两个时段充满诱人的变数:一个是 21:00—22:00 时段,这是一个群雄逐鹿的高地。高地充满诱惑也充满风险,此时的开机率最高,但竞争也最激烈,获胜需要有杀手锏。另一个是 18:00—19:00 时段,这个时段最大的不确定性是究竟它是属于孩子的还是属于成人的?

从那条美丽的曲线可以看出:尼尔森和阿比特伦等调查公司对全天节目播出时间的阶段划分标准是科学的。这个标准把 18:00—19:00 称为"傍晚";把19:00—20:00称为"准黄金时间";把20:00—23:00称为"黄金时间";把23:00—23:30称为"深夜"。按照这个标准,中央电视台《新闻联播》和《焦点访谈》相当于是把黄金时段提前了一个小时,仅这一个小时,每年的招标广告收入约是全年广告总收入的40%左右。但遗憾的是,在黄金时间核心的21:00—22:00,也就是一天中开机率最高的时段,央视却不占优势。据一项调查,这个时段央视的收视份额大约为23.5%,比其前一个小时即20:00—21:00下降了将近四个百分点;比19:00—20:00下降了大约50%。更值得重视的是,这个时段的占有率甚至比其后的22:00—23:00时段更低将近三个百分点。21:00—22:00时段应当是含金量最高的收视富矿,如何开采,如何出奇制胜,如何创造高地效应、提高自己的占有份额是央视及其他卫视必须面对的现实。

　　1994年,《焦点访谈》开播并很快形成影响,这曾对地方电视台的节目编排形成不小的冲击。因为长期以来,地方电视台的新闻都是安排在《新闻联播》之后播出的,由于《焦点访谈》的开播,各台的收视率均受到不同程度的影响,而且有很多本地观众向当地电视台建议,地方新闻播出的时间最好能够与《焦点访谈》播出时间错开。那个时期,许多电视台从善如流,纷纷将固定多年的本地新闻播出时间改为18:30左右,撤下了原本在这个时段播出的儿童节目。那时,许多地方电视台主管新闻的副台长见到我都会开玩笑说:"你们《焦点访谈》抢了我们的时间和饭碗。"但正应了那句话:"无心插柳柳成荫",地方新闻移到18:30以后,收视率反而都比原来提高了,而且目前已经成为与央视在这个时段竞争观众的一个法宝。虽然收视率的提高原因是复杂的,但时段因素显然是不可忽视的。

　　中国是八小时工作制,一般都在17:00以后下班,中小城市职工18:00之前基本可以到家。即使是在上海、北京、广州这样的大城市,由于中国特有的单位制度,宿舍大多都在单位附近,所以大多数人18:00之前也能够到家。1997年由于筹备香港回归特别节目,我曾在香港待了不短的时间,香港电视给我一个很深的印象就是:在那样一个交通十分拥堵的城市,其主要新闻播出时间也是在 18:00(亚洲电视台),或者 18:30(无线电视台),这比我们的《新闻联播》早了一个小时,而香港人的工作时间与内地基本相同。由此我开始关注一个重要的问题:主要电视媒体晚上主要新闻的播出时间。观察了很长一段时间以后我发现:除了美国的 NBC 和 CBS 以及日本的 NHK 的主要新闻都是 19:00 播出之外,美国的 ABC、FOX、英国的 BBC、日本的四大商业电视等主要新闻的开播时间都在 18:00 或 18:30。而且即使在 19:00 播出主要新闻的 NBC、CBS 和 NHK,他们在 18:00—19:00 时段也没有安排儿童节目。只有中国的一些电视台比较例外。这就提出了一个问题:18:00—19:00 时段究竟是属于成人还是属于儿童?

从一般的家庭生活规律判断:如果是学龄前儿童,其收视时间是自由支配的,不一定非得安排在 18:00—19:00 之间让他看电视;如果是上学的儿童,这个时间正是做作业的时候,一般家长可能不会让孩子坐在电视机前而是坐在书桌前。由此似乎可以得出结论:这个时段是属于成人的。这项推断可以由一组数字来证明:根据一项调查,在 17:00—19:00 时段,四至十二岁儿童的收视行为中,四至六岁儿童的指数远远高于六至十二岁儿童的指数。这是一个和现实一样冰冷的数字。我们一厢情愿为儿童制作和安排的电视节目,其实只有少部分没有上学的孩子能够收看,大部分孩子在家长的严格看护之下,正在专心地写作业,偶尔从邻居小弟弟的家里听到熟悉的"小神龙",心里信马由缰一下,走走神而已。既然如此,我们是不是可以拿出另外的一个时段,让那些未上学的儿童享用,而在周末拿出更多的时间,让七至十二岁的儿童安心地看电视呢?解决这个问题最好的方法就是频道专业化。

不可否认,电视的接收也开始走出家庭。比如越来越多的白领在办公室看电视,在新加坡还出现了公共交通工具上的移动电视,另外还有专门为专业人士提供的财经、机场等频道……电视一旦走出家庭,就具有了完全不同于家庭收视的特点,如移动电视更注重欣赏性而不是叙事性,财经频道的黄金时间在白天的股市开盘期间及其前后,而不在晚上……但这些变化都还刚刚开始,还没有形成收视行为的主流,还不足以动摇电视的家用媒体属性。目前以及此后很长一段时间,电视仍然是家用媒体,它必须遵循家庭的规律和家庭的习惯。我们的节目设计、制作、播出安排,都离不开观众在家中的收视心理及其行为规律。

十年
Ten Years

2000年,《东方时空》筹备七周年特别节目,这也是央视第一次将互联网引入传统电视节目制作。图为主持人正在讨论如何与网民面对面。

技术媒体

> 我转身跑出机房冲到演播室，将半页纸交给了白岩松，并告诉他节目结束时把大意表达一下。当我走出演播室时，克林顿回答的最后一个问题已经接近尾声。

1998年6月，美国总统克林顿访华。根据双方制定的日程，6月29日克林顿要在北大演讲，中央电视台进行现场直播。

美国的"牛气"体现在各个方面：在东道国演讲，扩音系统却要由美国白宫办公厅提供并控制。不仅在中国，美国总统在世界各地的演讲都是如此。但美方承诺可以分配给东道国所需要的声音线路。也就是说，这场直播的视频信号由中央电视台提供，而声音信号却只能由美方在现场提供。

这场直播从一开始就不顺利。按预定时间，主持人白岩松几句开场之后将窗口交到了北大演讲现场，但克林顿迟迟不到现场。让我们如坐针毡的是,一旦把窗口切到北大演讲现场,声音就不由我方控制了,那次直播的现场画面在无任何解说的情况下延续了将近半个小时。

这种情况在过去的直播中也曾经出现过,我们通常称之为"失控"。每逢此景,我们就只能在演播室机房里干着急,一分一秒烤炙人心。

这种情况在后来的直播中被彻底改变了。为了应对临时的变化,后来的直播在前期设计时,都会尽量给演播室主持人设计更多的穿插语言,介绍背景或者点评细节;会预先制作一些短片,根据需要随时插播;会尽可能设计演播室嘉宾,随时展开演播室谈话……直播节目走向成熟的标志之一,就是节目设计者能够以多种手段应对不测。

"无声"的半个小时后,克林顿终于在北大校长陈佳洱的陪同下步入现场,演讲开始了。但就在克林顿演讲了几句话之后,我们就发现了一个技术问题:克林顿的英语声音很清楚,而中文翻译的声音却很弱,再加上美方翻译的中文表达水平有限,使得原本就很弱的声音在不连贯的表达中听起来非常吃力和费解。

声音是美国人送过来的。按美国白宫的规则,总统一旦开始说话,他们就不允许任何人动任何一根线,而他们送来的却是一路错误信号,我们要的是中文声,他们给的是英文国际声。

好不容易挨到克林顿演讲结束,更糟糕的事情又发生了。克林顿演讲之后是回答学生提问,由于同样的技术原因,学生提问的声音比克林顿讲话的中文翻译声音更弱,别说远远达不到播出的技术标准,就是费力听也只能听出个大概。正在紧张时,有个朋友的电话打了进来,很神秘地跟我打听:"你们是不是故意让人听不清克林顿演讲的中文翻译和学生提的问题?"

这样的探问立刻提醒了我,本来是技术的问题,弄不好会让观众产生误解,认为我们出于什么不可言说的目的有意为之。中央电视台还不至于做这样的手脚。

学生的提问还在继续,时间已经不多了,我觉得应该对观众做出解释,是美国方面的技术原因使声音听不清楚,从而消除不必要的误会。于是我抓过一张废纸撕下一半,飞速写了几行字,大意是:"由于美方的技术原因,有些提问听不清楚,请观众原谅。中文翻译也是美方提供的,由于语言习惯不一样,有些听不太懂。看来,美国还需要更多地了解中国,这种了解也许需要从语言开始……"写完之后我转身跑出机房冲到演播室,将半页纸交给了白岩松,并告诉他节目结束时把大意表达一下。当我走出演播室时,克林顿回答的最后一个问题已经接近尾声。三十秒钟后,画面切回演播室,白岩松流利而准确地表达了上述意思,而且比我写的更精彩,更令人信服。白岩松话音一落,我的心里踏实了许多。

白岩松的话不多,但这几句话后来引起了细心的外国记者的注意。美国一家媒体在第二天的报道中说:"中国中央电视台主持人不客气地嘲讽了美方的中文翻译。"

这场不能让观众满意的直播给我印象很深,我常常记起那位朋友在直播时打来的电话和他神秘的探询。应该说,电视从业者还是相当重视技术的,但也许这样的重视与应有的重视程度仍然存在距离。印刷媒体一旦从印厂出来就立即解除了技术设备的束缚,而电视节目不仅在采集和制作阶段受技术制约,在传播和接收阶段仍然被技术牢固地控制着;技术的故障会影响到播出的中断,技术的原因会使传播的效果产生偏差,甚至引起误解。

换句话说:电视是一个技术媒体。因为任何媒体都没有像电视这样依赖于技术。技术不仅是其得以存在的前提,更影响其传播的内容质量和方式。就中央电视台而言,正是由于1996年购买了DSNG(数字卫星传输系统),才使央视可以在任何一个地方进行直播报道,新闻时效得以大大提高。尽管目前由DSNG支持的现场直播,特别是多点现场直播还没有成为我们新闻报道的日常形态,但其对电视新闻传播的影响是显而易见的。

我们对电视技术特别是新技术的认知,决定着电视节目的制作形态、运作方式及传播效果。电视是这样地依赖着技术,技术是这样地控制并影响着电视。

近十年来,以数字技术为基础的电脑以及连接电脑的互联网所代表的网络技术在创造和引领着所谓的新媒体,并不断"卷入"越来越多的人对媒体的"参与"。为了更深刻地理解现在的受众是如何并以怎样不同的状态"卷入"和"深度参与"不同的媒体,我探寻于这两个概念的发明人,那个著名的又让人很难理解的麦克卢汉。

很多人认为媒体最重要的不是"形态",而是"内容",但麦克卢汉却在1964年提出了这样的观点:"对媒体而言,重要的不是内容,而是媒体本身,是媒体的形式规定着媒体的内容。"他认为:"传播样式的变化可以改变人们的感觉,可以改变人与人的关系。"

当人们一次又一次目睹新技术的发展带动节目形态创新的时候,当人们享受着新技术创造新媒体的传播方式、新媒体的出现又改变并创造新的生活方式的时候,人们会更加深刻地理解为什么麦克卢汉会说:"人和技术都是渐渐地创造出全新的人类环境,'环境'不是被动的包装,而是能动的过程。"此时学界有人重新回过头去认真打量这位先哲,郑重地提示着还在争论的人们:"应该以他的基本哲学主张为基础,重新审视多媒体、网络媒体时代,并重新做出评价。"媒体以内容为王,但内容的传播却受到媒体技术形态的规定。

麦克卢汉的著作就像一部天书,我曾经努力想借这些翻译过的文字触摸这位"媒介理论宗师"的思想脉络,但都以失败告终。单就他的"冷热媒介"的概念,就足使人如堕五里云雾中。麦克卢汉根据清晰度的高低把电影定义为"热媒介",把电视定义为"冷媒介",热媒介由于清晰度高而不需要"深度卷入"和"参与";冷媒介由于清晰度低,而需要深度卷入、积极参与、填补信息。电视之所以成为目前如此被大众广泛关注和参与的媒介,麦克卢汉的这些概念似乎为我们提供了权威的理论解释。

但这位费解的预言家却进一步说:电视是冷媒介,而收音机是热媒介;手稿是冷媒介,印刷品反而是热媒介……麦克卢汉划分冷热媒介的标准究竟是什么呢?我一度认为,会不会是翻译过程中产生了什么误读?按我的理解,如果要以传播效果为依据做出"冷热"划分,根据有目共睹的实际,似乎更应该把电视而不是广播称为"热媒介"才对。而如果根据清晰度来划分冷热媒介,那么高清晰度电视普及之后,难道人们就不会对电视"深度卷入和参与"了吗?我相信在接触过麦克卢汉媒介理论的人中,像我这样因缺少悟性而读不懂"天书"的人不在少数。

但这一切都不足以削弱人们对这位先知先觉者的敬佩,因为后来的实践一再证明着这位"传媒时代的预言家和祭司"那种过人的洞察力。

也就是这位天才的学者在三十九年前提出了至今令人叹为观止而且感同身受的概念:"地球村"。这个概念诞生于20世纪的60年代,那时的交通工具、信息传播和世界一体化规则还远不如现在发达,像通信卫星等许多技术甚至还没有进入人类的想象,但天才与凡人的区别也许就在于此,他们能够在与芸芸众生一样的混沌中透视初露端倪的未来。

现在,只要技术条件具备、政治环境许可,我们可以看到地球任何一个角落发生的任何一个事件,甚至这样的"看见"会是同步的。我们不是已经同步看到了美国"哥伦比亚"号航天飞机空中解体和"9·11"世贸大厦被撞坍塌、戴安娜葬礼现场、海湾战争、香港回归中国和精彩纷呈的世界杯足球赛了吗?我总认为在面对空间和时间意义上的"地球村"概念时,人们能够产生那般深刻的认同和共鸣,电视的功劳是最不可忽视的。特别是在新旧世纪交替的时候,全世界都在期待新千年来临的那一刻,"地球村"概念尤其震撼人心。为了这一刻,包括中央电视台在内,全世界共有四十七个国家和地区的电视机构进行了全球联播。这是世界电视媒体一次史无前例的合作,它让不同国家和地区的观众可以同步目睹由于时区不同而先后进入新千年的那一个个经典瞬间。人们看到巴黎铁塔的彩灯、伦敦的穹顶、华盛顿时代广场的狂欢、悉尼大桥的焰火和北京世纪坛前欢腾的中国青年……世界真的变成了一个村落,这些瞬间就像发生在自家客厅的窗外。

所以,与其说是电视拉近了观众之间的距离,还不如说是现代技术改变了世界,因为电视就是一个技术媒体。如果没有通信卫星、没有跨洋光缆和电子工程技术的发展,就不可能有今天这样的影响全球共同视线的电视新闻事件,就不可能有像迎接新千年这样的"全球一体化"的电视现象。

从技术的角度观察或定义电视是技术媒体的逻辑似乎是简单而明确的,但我们显然不能简单地只从技术的角度去理解电视是技术媒体,更重要的是从电视、媒体的角度去认识电视技术,只有这样我们才能抓住本质,看到技术是如何改变了电视节目,以及如何影响着电视与观众之间的关系。

我们把在一个固定频率中稳定播出的整套节目叫频道,把在频道中每天固定时段播出的节目内容叫栏目。无论对电视还是对观众而言,"频道"和"栏目"这样的概念似乎早已成为毋庸解释的常识,电视台的播出时间表提前一周就告知观众了,观众根据各自的爱好,在固定时间选择固定频道,准时收看固定栏目,这种现象被称为电视与观众的"约会关系"。但有谁设想过:电视为什么能够与观众建立这样的稳定关系?"约会"的前提是"我能找得到你",是什么条件使得观众总能够如愿找到他所期望的节目?换句话说,是什么支撑着电视频道或栏目的稳定运行?"频道"的英文翻译是 Channel。Channel 在英文中有"河床、水道"之意:固定的河床中流淌着来自固定水源的河水,从不间断,生生不息。那么是什么使得电视这个 Channel 中流淌着的水能够源源不断?

这种约会关系建立的前提依赖于 20 世纪一项最重要的科技发明,这项发明就是 1959 年美国安培公司研制开发的四磁头录像机。这是一项在电视史上具有革命意义的技术发明,这个技术不仅使电视从演播室走向社会,而且使电视的频道化和栏目化成为可能。

早期的电视制作有两种方式：一种是用电影的方法把拍摄的胶片通过冲洗之后再经过电子扫描播出；另一种方式就是通过摄像机直接把信号传送出去。前者不能直接播出，后者不能记录和重播，因此早期的电视台都是每天在一个固定时间播出几个小时的节目。如中国的第一家电视台，也就是中央电视台的前身北京电视台，在1960年以前每星期只播出两三次节目，之后的很长时间虽然每天播出节目，但播出时间每天不超过四个小时，遇到一些重大事件则只能随时直播。因此早期的电视就像一条干涸的河床，节目不能保证源源不断，大部分时间处于"断流"的状态，那时的电视是不可能实现频道化和栏目化的。

录像机的出现结束了原始直播的一次性问题，节目内容可以被记录、被重播，素材可以被复制重复使用。

通常来说，一个电视频道一般只有三分之一至三分之二的图像是首播的，其余部分都是重播、复制或再利用。正是因为有了录像技术，才使电视频道能够连续播出十几个小时，甚至实现二十四小时连续播出，这才有了频道和栏目，才有了电视与观众的约会机制，观众就像听惯了广播和读惯了报纸一样，也能够在固定的时间找到自己所期待的内容了。

如果说录像技术的发明使电视观众固定化了，那么这项技术对电视的另一项改革则是使其变得权威、可信并真正成为一种新的新闻媒体。

一项调查表明：中国的受众是从20世纪80年代末开始把电视作为获知新闻的第一选择的，而这个时期正是便携式新闻采集设备（ENG）在中央电视台大规模使用的时期。ENG使电视新闻采访变得快捷而方便，但电视优势超越广播不仅仅是由于ENG的出现使新闻变得迅速，更重要的是ENG使电视变得更加真实和更具参与感，这种优势目前正在被扩大和延展。世界范围内的风起云涌的"真人秀"和互动电视的浪潮自不必说，录像技术的小型化和家庭化使每个人都可能成为"记者"和"编导"，而这些"非全职记者"他们有时候更有可能拍到真实瞬间。2001年，法国协和飞机拖着长长的火尾栽到地上的画面就是普通游客拍到的；

"9·11"事件一周年的时候，凤凰卫视制作了一个纪念性的节目，其中大量的画面都是从"民间"搜集到的，是千百个目击者从自己当时所处的角度拍摄到的与众不同的灾难瞬间，这些画面从无数个角度记录了那个历史时刻。

录像技术的微型化改变着电视的表述内容，同时也改变着电视获得事实的手段：微型化的秘录设备使《焦点访谈》的记者可以获得显性采访或者公开化采访所不能得到的新闻事实，从而使许多内幕和真相大白于天下。"秘拍"，或者叫做"隐性采访"，如今已成为最富表现力的电视手段之一。

不仅电视的真实性、参与性和权威性离不开技术，电视的丰富性同样离不开技术。电视的丰富性对技术的依赖绝不仅仅指技术的进步使得频道资源变得更丰富（原来只能传送一套节目的频率现在可以通过数字压缩技术同时传送六至十套节目），而且技术的使用还使电视观众被不断分化。

1972年11月开始运作的美国HBO（家庭影院）彻底改变了电视节目与观众的关系，因为HBO结束了观众无偿收看电视的历史。对一向重视收视率的电视台来说，"订户数"变得比"收视率"更为重要。对电视观众来说，只要支付费用就可以有更丰富、更个性化的选择，这就是现在中国电视从业者刚刚开始认知的付费电视。而付费电视的实现必须依赖电视加解扰技术的成熟：要想让观众必须付费才能看到电视，就必须先对播出信号进行加密控制，而观众付费后予以解密，解除控制。所以电视加解扰技术一方面必须使加密具有足够的深度不易破解，而另一方面又不能影响图像的质量。这项技术成为有偿和无偿电视的关口，也是电视由大众化时代走向分众和小众化时代的分水岭。与其他电视台只从广告商口袋里掏钱不一样，HBO是先掏用户的口袋、再掏广告商的口袋。一项资料表明，在2001年美国有线电视业四百八十多亿美元的收入中，广告收入是30%多，而付费收入是66.5%。

电视加解扰技术改变的还不仅仅是掏谁口袋的问题,更深层的改变是:只有付费电视才能使频道专业化走向分众和小众时代,因为这个时代的电视盈利模式已经完全摆脱追求收视率的大众化广告盈利模式,这是一个被我国的电视从业者长期忽视的问题,它将成为后文要深入研究的内容。

每一次技术的进步都深刻影响着电视事业的发展。电子技术作用于摄录像设备(ENG),大大缩短了胶片摄影无法比拟的制作周期;微波和卫星传输系统在重要新闻事件中的使用加速了"同步传播"的进程;现在,无论是在专业领域还是在民用领域,一个崭新的 DV 时代已经来临。DV(Digital Video 数码影像)产品从各个方面超越了传统的模拟摄像机,从家用电器一跃成为炙手可热的 IT 产品。国内一些著名的传媒机构举办的 DV 影像大赛和独立影像节,正在培养出一个业余的但是热情很高的专题片和纪录片从业者群体,这个群体的人数在不断地增长。DV 不仅培育了一个崭新的 IT 产品市场,更有潜力的是它培养出了一种民间影像的崭新文化。DV 的出现,绝对不仅仅是拍个卡拉 OK 家庭晚会和烛光晚餐、宝宝秀,参与电视台的几个自拍活动那么简单。DV 在影响并改变着观众对于传播的习惯,过去的观众都是被动的,电视里放什么就看什么。DV 时代不一样了,想做什么,自己去拍;想表达什么,自己去拍!DV 这个小小的活动影像的表达工具已经被越来越多的人所掌握。在新闻现场,经常可以看到手持 DV 的新闻记者频繁出现;在日常生活中和没有新闻记者的突发新闻现场,往往都有不止一台 DV 从远近不同的角度在同时记录,中国申奥成功、中国男足世界杯出线……更多的 DV 发烧友记录下了这些历史的瞬间——"平民影像"的时代已经到来了,DV 让大众和专业之间不再有那么清晰的界限。

改变还不仅止于此,有人说:今天的传播已经进入了"新传媒时代"。一位 IT 投资公司的首席执行官曾对所谓的"新传媒时代"的特点作出这样的判断:内容生成的"即时性",越来越多的内容的生成和传播的过程正在重合起来;内容获取的"即地性",人们可以在任何地方以任何手段获取即时信息;内容传播的"互动性",内容的接收方对接收的内容有更多的选择权;广告投放的定向性,广告商可以更有效地针对个人目标客户推送广告……而这一切的核心只有三个字:跨媒体。也就是说,一切以技术为基础的改变都不是孤立地发生在某一个媒体内部的,对观众而言(准确一点应当说是受众,更准确一点应当说是"参与传播的那一方"),这些发生在各媒体中的技术事件,只不过使得自己对于信息的接收与使用更加便捷、更加丰富、选择性更强而已。

我们目睹着一次次的"技术事件"是这样造就了新的电视理念,从而深刻地影响着电视发展的进程。可以不夸张地说,技术就是电视的第一推力。这样的推动不仅仅是"物理的",也是"化学的":技术的支持成为电视发展的强大外力,同时技术的发展与创新也深刻改变着电视观念和观众的需求,改变着电视传播与接受的旧有规律。作为从业者,不能只是简单地适应技术,而要积极地利用这样的改变。

主持人媒体

> 白岩松在两分多钟内用了二十几个"不行"来评说中国足球："没钱的时候不行，有钱的时候也不行；业余的时候不行，职业化以后还不行；穿红衣服不行，穿白衣服也不行；苏永舜不行，戚务生也不行；中国教练不行，外国教练也不行……"

如果我们认同电视是一个"家用媒体"，就应该认同另一个与之密切关联的概念：电视同时还是"主持人媒体"。

电视是在家中轻松收看的，是用来娱乐与交流的，所以它需要主持人，需要通过主持人对观众的吸引力和亲和力来实现电视与观众之间的交流——谁在说话？对于舒舒服服坐在家中看电视的观众而言，不是"电视台""电视机"或抽象的"电视节目"，而是电视中活生生的、个性鲜明的人。我曾与白岩松聊起过这个问题，他说：电视传播和其他媒体的传播，最大的区别就在于电视传播中有看得见的主持人因素，它是一种真正的人际传播。而在所有的传播方式中,人际传播最少界限,最易达到效果。正是主持人的存在使媒体与受众的传播还原到了人际传播的原始阶段,主持人成为电视表达亲近性和实现交流感的一个载体。

电视作为进入家庭的传播载体,如果没有交流感,节目就不具备亲近性,而栏目与栏目之间、频道与频道之间的竞争,越来越需要这样的亲近性。

与其他媒体一样,电视强大的传播效益可以使一个新闻人物一夜之间功成名就,轰动一时。但与其他媒体不同的是,电视在使别人成名的同时,也在制造自己的名流和明星,这就是电视节目主持人。美国的"电视节目主持人之父"克朗凯特虽然在主持广播节目时已小有名气,但如果不介入电视,他就不可能成为影响美国政策的人,就不可能使其主持的越战和"水门事件"报道产生广泛的影响。虽然报纸有主笔或撰稿人,广播电台也有主持人,但任何媒体都没有像电视媒体这样依赖主持人。在美国和欧洲,电视节目主持人的年薪可达上百万甚至上千万美元,每当新的节目季及主持人聘期到来之前,大牌主持人的任何动态及其背后的争夺战都是媒体的热点新闻。

电视制造了这些明星,反过来又离不开他们,甚至不惜重金维持与他们的契约,或挖别人的墙脚,因为主持人就是影响,就是收视率,电视就是主持人媒体。电视越发达,对主持人的依赖也就越强,尤其是大众化(而不是分众化和小众化)时期的电视更是如此。

在"内容为王"的铁律下,虽然不能说观众都是冲着主持人才看电视的,但电视媒体的家用属性决定着,电视观众希望看到他们喜爱甚至崇拜的人像朋友一样走进他们的家庭。更何况主持人有时就是内容的表达者,是内容的一部分,这是电视与电影的重要区别。

2002年9月初,崔永元因长期失眠不得不抱病休养,引起了媒体的许多关注和猜测。我的判断是:如果崔永元真的不能重返演播室,那么《实话实说》的一个时代就将结束了。新的主持人虽然也会让人接受,但收视率的波动是必然的。因为依据"主持人媒体"这个观念来分析《实话实说》，更换主持人对于一个谈话节目不仅仅是一次"变脸"，伴随原主持人共生的许多定义性的东西都将发生改变，它已经不是原来那个意义上的《实话实说》。新的主持人应该给《实话实说》注入新的内涵。

《新闻站》是日本朝日电视台的一个著名电视新闻栏目，其主持人久米宏在日本家喻户晓。1999年，当久米宏退出《新闻站》时，这个在日本收视率最高的电视新闻栏目的收视率受到严重影响，直至久米宏返回后，收视率重新回升。

这些主持人的去留之所以直接反应在收视率上，是因为他们的个性特征已经成为这些节目的组成元素，难以置换，不可替代。从这些现象中我看出这样一个规律：电视节目主持人的个性特点正越来越深刻地影响着节目。

白岩松认为：主持人不同的个性特征是电视在多元文化背景下呈现出来的传播的多元性。个性化的表达使电视节目的包容性增加，扩大了节目在人群中的接受范围。我同意他的观点，不同个性的主持人吸引着不同的人群，而从总体上看，当一个电视媒体中各具特色的主持人越多，它对各类观众群的普适性就越强。虽然众口难调，但是这个媒体中不同风格的主持人适应着不同口味的电视观众，每一个主持人节目的针对性增加了，对观众的吸引力提高了，电视媒体追求传播最大化的原则才能够实现。

主持人的个性化还有一个功能，那就是电视与观众之间的亲近感得以保留。主持人的存在降低了电视台改革的风险。电视节目的改版是经常进行的，那么怎样保证改版后的节目能够保持原有的吸引力，不流失观众呢？主持人是一个重要因素。主持人是节目的品牌，品牌意味着产品质量的稳定性。只要牌子在，产品的品质就被观众信任着。以这个观点反观2000年《东方时空》第三次改版，当时之所以让一些观众感到不适应，原因之一，可能就是由于观众一下子看不见了自己熟悉的那些知名主持人,观众对栏目的亲近感没有得到延续,仿佛一下子走进一个陌生的花园,不是因为这里没有风景,而是太多的陌生的东西让他们无所适从。

由主持人个性带来的栏目的亲近性让我重新思考一个更具体的问题:对同一个栏目来说,我们是否应该集中力量重点塑造一个品牌?因为人对于品牌的认定不会是变幻不定的,观众对于栏目性格的接受也不会是错综复杂的,不会今天接受你四平八稳,明天喜欢你尖锐犀利。有的栏目几年过去没有产生大牌主持人,原因之一,也许就是因为它使用的主持人太多了,观众难以通过某一个个性化的面孔去指认节目。也就是说,我们三天两头换来换去的主持人虽然都各具特色,但是我们没有给予观众一个清晰的、对栏目具有指代意义的品牌形象,我们把力量给用散了。

这个遗憾在后来创办的一些新栏目中得以弥补,比如水均益与《世界》、王志与《面对面》。

电视是主持人媒体,但并不是说什么样的主持人都可以成就电视。接下来的一个问题就是:什么样的主持人可以成为电视明星,进而可以成就电视? 也就是说,什么样的人、通过什么途径才能成为出色的电视节目主持人?

中央电视台的主持人大赛每两年举办一次。大约是 1997 年,新闻评论部几个栏目的主持人都已经家喻户晓,那届主持人大赛颁奖时,节目导演请我做嘉宾,要我对新闻类节目主持人进行点评,我在点评时谈到一个逻辑:"从记者到名记者再到主持人。"这个理念得到北京广播学院叶凤英教授的赞同。那次节目中我第一次面对观众、专家和获奖者谈了我对新闻节目主持人的看法:"一个优秀主持人的外在标准应该是具有个性、魅力和激情。而内在的标准是主持人要具有良好的职业敏感能力,也就是发现能力,还要具备出色的写作能力和表达能力。"其实如果把内在和外在的标准糅合在一起,这个标准还可以简化:优秀的电视新闻节目主持人应该是集合魅力、表达能力和发现能力的三位一体。

如果把三位一体的主持人的"魅力"放在三角形的顶角,那么"发现能力"和"表达能力"就是这个三角形的两个底角。如果把"主持人魅力"看做是一辆汽车飞驶的前轮,"发现能力"和"表达能力"就是支撑它并给予它动力支持的两个平衡的后轮。

我将一一解析这三样东西。先来看看主持人的发现能力是怎样支撑着主持人魅力的:

同样的时段、同类的节目、同样的频道,甚至同一栏目的不同主持人,为什么有些人的表达言简意赅,很精彩,很有吸引力;而有些人的表达却言之无物,很平庸,甚至俗不可耐?背后的主要因素是主持人发现能力上的差别。发现能力的高低是主持人发生分化的一个分水岭。有的主持人即使拥有绝对的空间,但由于缺少发现的能力,他也只能平铺直叙,甚至只能依赖编辑。其实发现的能力就是职业的敏感,就是要发现新的新闻事实、新闻角度、新闻背景,发现新闻中值得追踪的一切蛛丝马迹。只有长期的采访经历,主持人才能准确判断什么信息值得放大,什么信息应该放弃;采访对象透露的什么问题值得穷追不舍,打破砂锅问到底,什么话语应该及时打断,免得偏离主题;同样的事实从什么角度分析更与别人不同,更有利于深入挖掘;事实与背景之间存在什么关系,由此可以得出什么样的结论等等。这些都需要职业化的发现能力。主持人的发现能力是职业化的,这是新闻节目主持人为什么只能在记者中产生的重要原因。

崔永元的魅力在于幽默,特别是他的即兴幽默。而要找到"抖机灵"的时机和材料是需要发现能力的。在《实话实说》的《熊猫教授》那期节目中,有观众问出生于广东的熊猫专家潘文石:"广东人什么都吃,越珍贵的东西越喜欢吃。潘教授是否能到广东去做做老乡的工作,让他们少吃珍贵的野生动物?"把熊猫当孩子一样热爱的潘文石笑着说:"这个事情要慢慢来,广东人各种各样的东西都吃,只要天上飞的不是飞机,地上跑的不是汽车,海里游的不是轮船,他们都吃了。"他下意识地用了一个专业概念说:"这也是广东人在进化过程中的一种生存本能,是一种适应。可是广东人就吃不了馒头,因为他们的消化系统不适应……"崔永元立刻发现了"进化"这一谈话中的"兴奋点",待潘教授谈完如何建立保护动物和环境的主动意识之后,崔永元慢慢地说:"有人担心,广东人要是再进化,连天上的飞机都吃了。"潘教授和现场观众立刻笑声一片。不要小看这一场笑声,正是这样的笑声成就了《实话实说》,使得它有别于一般的谈话节目,使得它的现场不再是一个枯燥的说理的现场、争执的现场和辩论会的现场。崔永元的这些机敏的捕捉和发现,举重若轻地软化了很多的说理段落,使得节目意趣横生。

1997年的一天晚上,《东方时空》企划组的编辑让我看第二天早上的《面对面》,那时候《面对面》还不是现在的长篇人物专访,而是为《东方时空》总主持人设立的一个言论空间,时长大约2—3分钟。就是那期节目,白岩松在两分多钟内用了二十几个"不行"来评说中国足球:"没钱的时候不行,有钱的时候也不行;业余的时候不行,职业化以后还不行;穿红衣服不行,穿白衣服也不行;苏永舜不行,戚务生也不行;中国教练不行,外国教练也不行……"我不懂足球,但我觉得他说得痛快。我佩服白岩松的发现能力,而且把这些问题组合在一起,本身就是一种发现。有些事实和现象早已存在,只是没有被发现而已,新闻就是如此。现在不是缺少新闻,而是缺少发现。

说到表达的能力,表达能力是不能独立于发现能力自己存在的,也就是说,我们认为有魅力的表达同样来源于敏锐的捕捉和机智的发现。

主持人是栏目和电视媒体的代表者,也是表达者,因此表达的能力如何成为衡量主持人的一个重要标准。好的主持人首先必须要有表达的欲望,他要有把自己获知的信息、故事和分析传达给观众的意愿和激情;其次是主持人的表达应该比别人更好听、更富感染力和吸引力;再次是表达的主动性和控制权。同样是表达者,记者、主持人和播音员之间的重要区别就在于:前者的表达是主动的,拥有表达的控制权,而播音员和一部分司仪型的主持人则完全是被动的,表达的控制权掌握在导演和编辑手中,他们的表达只能是念稿子串场和串片。现在看来,表达的主动性和控制权是名记者和名主持人之所以成名的重要因素。刘仪伟主持的节目虽然只有五分钟,但他在这五分钟里的表达是主动的,他有表达什么、怎样表达的控制权。王小丫在主持《开心辞典》前也主持过《经济半小时》等栏目很长时间,但并没有充分展示其风采和水平,而她在《开心辞典》中的考官角色却使其迅速成名,其中一个重要原因就是前者的表达是被动的,而后者的表达是主动的,是有控制权的。在《实话实说》栏目中,崔永元的表达就更具有主动性和控制力。设想如果剥夺了主持人的这种主动性和控制权,崔永元的机敏、真挚、魅力和风采根本不可能得到展示和表达。主持人只有在拥有表达的主动权和控制力的前提下,才能展示其个性和水平。不可想象,如果表达的语言都不是自己的,那么主持人的个性又靠什么来展现呢?我们之所以说对人物的采访和新闻事件的报道是造就主持人的良田沃土,就是因为记者或主持人在采访时是有主动权的,提什么问题,从什么角度提问题,什么问题需要追问,这些表达的主动权和控制权都在他的手中,我将这样的主动权和控制权统称为"主持人主权"。

1996年,《东方时空》第一次改版时,设立了一个小栏目《面对面》,就是力图让主持人拥有"主持人主权",后来的实践证明这个目的达到了。1997年香港回归、1999年澳门回归,这两个重大事件央视都进行了直播,直播中都在演播室设立了主持人。香港回归直播时,由于缺少经验、更由于播出安全方面的考虑,主持人所要表达的内容都事先写好了稿子,届时主持人只需把稿子背出来或看着提示器念出来就行,主持人基本没有表达的主权。这种状态不仅不能使主持人发挥个性,同时从某种程度上也失去了设置演播室的意义,演播室的应急功能不能有效发挥。1999年澳门回归直播时,演播室不仅设置了主持人,同时还从澳门请来两位嘉宾,增加了演播室的机动性。这一次主持人手中也有一个稿子,但主持人拥有表达的主动权和控制权,他(她)可以根据前后节目和突发的变故进行主动的表达,而且对嘉宾的现场采访权也掌握在主持人手中。白岩松、敬一丹和方宏进在澳门回归直播中充分地展示了各自的魅力,整个四十八小时直播节目显得格外流畅和鲜活。当时有媒体评论说:"通过澳门回归直播,我们看到了主持人的魅力。"

主持人需要有"主持人主权",但是这种权力并不是绝对的,它必须服从栏目和节目的设计程序。赋予主持人主权的同时还要求主持人具有"把关人"意识,负起社会和政治责任。因为在直播节目中,一旦把谈话的权力交给了主持人,演播室谈话内容就基本由主持人自己控制和决定了。现场的把关者再多,也只能从大处把握节目的走向和谈话内容的详略,根本无法控制每一段话的具体表达方式。因此主持人表达能力的提高不仅需要知识、经验和写作基础,同时也需要良好的新闻素质和政治素质。主持人需要"主权",但不需要"霸权"的存在,我一年前曾看过一篇文章——《拉里·金:淡化主持人形象》。文章说:"在拉里·金面前,仿佛没有摄像机镜头,他说的是他想说的,而非刻意要向观众传达什么;他问的是他想问的,也非刻意要让观众知道什么。"不要向观众刻意展示自己,这是对主持人的一个重要提醒。

终于说到那个一言难尽的"主持人魅力"。

魅力似乎是最说不清楚的东西。不同的人个性不同,魅力也不一样,但这却是评价主持人的一个重要指标,也是电视之所以成为主持人媒体的一个重要因素。魅力就是吸引力,电视节目使用主持人,不惜代价培养主持人,想尽办法猎用名主持人,就是因为优秀的主持人比一般人更有吸引力,他们传达的信息、情感和思想更有可信度,更具感召力。有人抱怨甚至指责现在的主持人都是俊男靓女,没文化、没水平。其实年轻不是缺点,漂亮更不是缺点,关键是这些俊男靓女是否有魅力,特别是持续的魅力。如果成熟的男女没有魅力,还不如俊男靓女有朝气有活力,看着让人觉得赏心悦目。对主持人的魅力评价是见仁见智的,最终检验的权力在观众。我发现似乎有这样一个规律:一个主持人如果经常出头露面,而在半年到一年之后,仍不能获得大多数观众的好评,那么这个主持人就有可能是平庸之辈。刘仪伟在一个教人炒菜做饭的栏目中尚可以得到观众的

341

认同,更何况,刘仪伟的那个《天天饮食》栏目每次播出仅有五分钟,而有的主持人在很好的栏目,该栏目又在很好的时段,本人又拥有很多出镜的机会,却只能混一个脸熟而得不到好评。

每当与外国同行谈起央视的几位知名的新闻节目主持人白岩松、崔永元、水均益、敬一丹、方宏进时,他们都很难相信一个早间节目的主持人能在观众中产生这样的效应,也许这就是魅力的力量。据说当年美国著名电视主持人克朗凯特退休时,CBS曾就"由谁接任克朗凯特"的问题,在马奇德和丹·拉瑟两个人之间犹豫了很长时间。两个人都很有实力,都做过多年的记者。决策者最后决定启用丹·拉瑟,因为大多数人认为丹·拉瑟更具男子汉魅力,对女性观众更有吸引力,而这些观众正是电视新闻争夺的潜在群体。

我们不妨把主持人分为"偶像派"和"实力派"。"偶像派"属于青春漂亮充满活力,能够有效控制节目进程和气氛的主持人,这种主持人比较适合主持娱乐节目;"实力派"是那种反应机敏、善于发现、表达到位、采访和分析深刻,能够创造性地控制节目进程的主持人,他们适合主持电视新闻专栏节目、谈话节目和电视直播节目。电视新闻节目和谈话节目似乎更需要实力派的主持人,因为有实力才能有更持久的魅力。

在主持人的遴选中,形象问题是不可回避的,并不是什么相貌的人都可以做主持人,但这个因素绝不是什么决定性因素。丹·拉瑟接班的问题似乎说明,相貌这个因素有时候还起着重要作用。但我想,相貌绝对不是CBS确定主持人的前提条件。即使丹·拉瑟的男子汉形象决定了他的命运,但这也是在一个重要前提下的选择:丹·拉瑟已经具备主持人的实力,从相貌上选择他只是优中选优而已。如果仍然坚持我们过去比较习惯的"俊男靓女"的标准,白岩松和崔永元都不会有今天的成就。记得2002年新闻评论部年会上,把白岩松第一次出镜的录像当做一个节目展示给大家看时,所有人都哄堂大笑。新闻中心主任李挺说:当时允许白岩松出镜真是需要勇气。在一次座谈会上,一位中央领导笑呵呵地对崔永元说:"你的节目很好,但我原来看你笑觉得很别扭,我总感觉你的嘴和鼻子不在一条直线上。"崔永元机敏而幽默地回答:"现在也不在一条直线上,只是您看习惯了。"是个人魅力使他们逐渐赢得观众,进而打破了中国电视一贯严守的主持人必须是俊男靓女、发言必须正襟危坐的传统。

构成个人魅力的因素是复杂的,个性、人品、修养、激情、真诚和亲和力等等,都可以使人具有魅力。而对作为公众人物的主持人来说,尤其需要强调的是真诚。真诚是一种态度,是一种意识。在日益喧嚣的社会转型期里,真诚更是一种值得弘扬、倡导和鼓励的风气。一个缺少真诚态度的人不可能有传播者必须具备的社会责任感。在这方面,敬一丹是最令我尊敬的。

发现能力、表达能力、个性魅力,这些造就主持人的因素都是社会学意义上的概念,不是生理学的概念,它们不是与生俱来的。那么这些能力打哪儿来?这就是我更关心的一个问题:优秀的电视新闻节目主持人是院校专门培养出来的吗?回答也许是残酷的:不是。它们只能来源于主持人职业生涯中一段不能缺省的经历。

截至 2002 年上半年,中央电视台拥有在册的主持人超过四百人。瞬间成名的效应使电视节目主持人日益成为一个让年轻人趋之若鹜的行业。有些电视台有的栏目一天播一次,但有五六个主持人;有的栏目一周播一次,也有三四个主持人。有人估计全国各类电视节目主持人超过万人。更值得关注的是,全国数十所高校都设有主持人专业,每年毕业生达千人。仅北京广播学院每年就有主持人专业毕业的本科生和大专生二百多人,而且各院校招生规模仍有扩大的趋势。中国现在似乎进入了一个盛产电视主持人的时代,但现实的需求却表现出一个尖锐的矛盾:所谓的"主持人过剩"其实只是"相对的过剩",各个电视台、各个栏目对于优秀的主持人仍然是求贤若渴、虚位以待,好的主持人仍然紧缺。

2001 年央视主办的业余主持人大赛,前十名获奖者中,只有一个人的学历有主持人专业背景,他就是杨春,而杨春在做《新闻调查》主持人之前曾在新华社音像部做过多年的采访记者。许多院校现在是将播音与主持设在同一个专业，其实这是两个截然不同的职业，而且从电视新闻实践的情况看，新闻播音专业的学生要转行从事新闻节目主持人职业，虽然不是没有成功的先例，但他们要比采访记者更难适应。二者的区别首先是培养的途径不同，一个学生只要天生丽质并端庄大方，再加上播音的专业技能训练就可能成为一个优秀的新闻节目播音员。好的播音员很可能在其毕业之前就一目了然了，但新闻节目主持人却只能来自优秀的新闻记者和编辑，至少要有这个阶段的锻炼。

正如院校中不可能设有"经理专业"和"部长专业"一样，优秀的电视新闻节目主持人也不应该产生于某个院校的某个专业中，而应该和经理、部长一样，通过实践的检验来选拔，看其是否具有相应的能力，这个能力在于实践的结果而不在于学历出身。央视新闻评论部的白岩松、崔永元、水均益、方宏进以及王志、董倩、张羽等都是如此，敬一丹虽然是播音专业的高才生，并获得了硕士学位，但自从进入央视第一天起，她就是参与前期采访的记者，并于1990年主创了《一丹话题》栏目。

横在播音员与主持人之间似乎有一条鸿沟，这就是对采访和评论的控制能力。实践证明，提高这种能力的唯一方法是从做记者开始，这是每个电视新闻节目主持人都不可逾越的发展阶段。

《东方时空》和《焦点访谈》从一开始就在贯彻这个理念："记者——名记者——主持人——名主持人"。也就是说，新闻节目主持人必须来自优秀的新闻记者。《东方时空》于1993年开播时，并没有设固定的总主持人，因为当时还没有发现谁能够胜任这一岗位。主持人的孵化和遴选需要一个实验的过程，实验首先在《东方之子》和《焦点时刻》两个栏目同时进行。《东方之子》以人物访谈为主，《焦点时刻》则以报道事件见长。实验的结果证明，人物采访和事件报道才是成就新闻节目主持人的最重要的良田沃土。甚至可以这样说，采访是新闻主持人的生命之源，失去采访，就是明星陨落的开始。

实验是大胆的,而且不拘一格。由于心情急迫,求主持人若渴,可以说《东方时空》开播的头几年是一个主持人的"普选时代",所有的记者都拥有同样的机会。如果没有这个时代,白岩松、水均益和崔永元也许目前仍然与主持人这个行业无缘。实验的大胆还在于,那时在《东方时空》出头露面的人几乎没有一个是电视台的正式职工。《东方之子》栏目的出镜采访者,那些来自报纸的、电台的编辑记者和学术机构的专家学者们,甚至在此之前都是从未与电视打过交道的"外行"。值得注意的一个现象是,经过一年多的实验,专家学者类的出镜记者们都慢慢地淡出了主持人角色,也许是由于无暇顾及电视,也许是由于不适应电视工作的节奏和要求。最后坚持下来的是《工人日报》的胡健、《中国青年报》的刘爽、中央人民广播电台的白岩松几个人。这个现象再次证明:电视新闻节目主持人的主要来源是新闻记者。

许多人急于求成,总想很快坐到主持人位置上并迅速成名。其实踏踏实实做几年记者并不耽误时间,而是积蓄职业实力。对新闻节目主持人来说,这一点显得尤为重要,因为一旦上路就很难塌下心来去接触那个属于记者的心态和世界。在过去的主持人人选中,我十分在意他们是否具有记者的经历,特别是报社、电台和通讯社记者的经历。我总觉得这些媒体的记者职业化程度更高、更踏实,采访更深入。媒体的特征要求他们必须天天写作,而写作是主持人锻炼表达能力的基础。美国等电视发达国家,早期和现在的许多新闻节目主持人都来自这些媒体。如美国的老牌主持人克朗凯特,以及目前三大电视网和CNN的著名主持人丹·拉瑟、汤姆·布罗考、彼得·詹宁斯和拉里·金、温芙瑞,他们都有广播电台的经历和背景。日本TBS的筑紫哲也则不仅有朝日新闻社的经历,更有丰富的报纸杂志经验。

我曾和中国国际广播电台的李丹台长探讨过主持人的英文称谓问题。李丹告诉我,在英文中"主持人"一词有好几种翻译,在国外的电视媒体中,不同节目类型的节目主持人是有不同称谓的,最常用的就是anchor man。像《60分钟》的那些大牌主持人丹·拉瑟等都被称为 anchor man。英文中 anchor 指的是锚、锚的固定装置,那么我们是不是可以由此推测,最早把主持人叫做"anchor"的时候,其实是强调着他对节目所起到的平衡稳定的功能,演播室组织嘉宾采访时是需要控制话题方向的,像我们的《时空连线》《新闻调查》和《面对面》等节目,主持人应该是对采访进行驾驭并实施有效控制的人,他们就像稳稳当当的"锚的固定装置"一样,作为一个铅坠,使得节目公正持中、不偏不倚,所以,anchor 还有一个意思是"可以依靠的人"。anchor 同时也指在接力赛中跑最后一棒的人,这个意思好理解,因为电视节目制作的最后一个环节就是播出,主持人就是对电视生产流程而言的"最后一棒"。

但是在《实话实说》这样的谈话节目中,作为主持人的崔永元就不应该称作 anchor,而应该是 host。host 是"主人、东道主"的意思。谈话节目中,演播室就像一个客厅,宾朋满座济济一堂,主持人应该是一个组织嘉宾谈话的东道主,那么作为 host 的主持人,他最重要的功夫就应该是亲和并能有效调动大家谈话的情绪。

还有一个称谓是 news reader,从字面理解,它的意思就是"读新闻的人",也就是我们所说的"新闻播报者"或"新闻播音员"。因为新闻播报的最主要功底是流利而准确地认读新闻稿件,他的工作以及功能就是 read(读)。

辨析这些称谓中细微的差别,有助于我们更清楚地理解不同节目类型中主持人不同的功能与职责。

电视新闻节目主持人的实验已经持续了十年,并产生了成果,出现了一批国内知名的主持人,但我总感觉他们都还是人在旅途。中国目前还没有出现克朗凯特、拉里·金、丹·拉瑟、詹宁斯、布罗考这样的世界级新闻节目主持人,也没有像久米宏这样的在亚洲具有影响的新闻节目主持人。真正具有国际影响力的电视新闻节目主持人,在中国还没有诞生。

要诞生具有国际影响的电视明星,除主持人的个人奋斗和相应的空

十年
Ten
Years

二十多年已过，仿佛一切就在眼前。

间环境之外,还要有机制的支持。例如我们说优秀的节目主持人产生于优秀的记者,但在记者中我们现在尚未建立首席记者制和资深记者制,主持人中心制也只在实验之中。更重要的是,电视明星制虽然已经初露端倪,但目前仍未来临,因为,中国的电视节目主持人还没有价格。尽管越来越多的人已经意识到,在好的主持人身上加大投资有时候比在节目上投资更省力、更便捷、更有效,因为一期期节目是单体的,而主持人是一贯的,对主持人的投资是一种长线投资,但实践中真正在主持人身上集中力量、下大功夫的实例还不多。

　　我和白岩松聊到主持人的魅力以及成长环境等问题时,他做了这样一个总结:好的主持人应该被观众的眼、耳、口、心四个器官接受——眼,观众对主持人的认可首先是接受了主持人的形象;耳,观众是通过听去认识主持人的,比外形更重要的是,观众更注重主持人在说什么;口,观众如果接受并认同了主持人的表达,就会成为信息的二轮传播者,他会用自己的口去放大你的节目影响;心,这是一个综合指标,观众真正接受这个主持人是由衷地、打心眼里去接受他进而喜爱他信赖他的。

　　此说,我同意。

制片人媒体

> 我脑子里飞快地闪了一下:制片人?是否可以叫这个名称?

十年的实践,我越来越相信:电视是一个制片人媒体。这不是由名称,而是由制片人的功能决定的。

十年前,除了电影、电视剧和电视的一些特别节目外,电视新闻栏目中还没有制片人一说,《东方时空》引入制片人这个概念其实十分偶然。

《东方时空》筹备后期,栏目的主要结构已经确定,接下来就应该考虑组织结构了。按传统的办法建立组织结构并不难:把四个栏目分成四个小组,外加一个编辑组负责节目的串编和统筹。刚开始时,我也是按照这样的行政管理办法运行的,五个小组很快都有了组长。但一直以来我始终在思考一个问题:应该把节目管理和传统的行政管理分离,或者是由单一的行政管理过渡到以节目创作为主的管理。后来我是按照第二个思路操作的,因为我发现在现行的体制下,没有行政权的人说话很难有权威。要让一个负责栏目创作的人成为核心,首先必须赋予他行政的权力。

但是这个核心人物应该叫做什么呢?

中国播出的电视节目有一个明显的特征,那就是在每个栏目的后面都有一串长长的职员字幕表,不管栏目大小都是如此。在国外的电视中,电视剧或一些大型节目后面也有字幕,但他们的新闻节目后面的字幕就不像我们的这样冗长和繁复。

这种现象早已引起观众的不满,为此,央视还曾在三年前专门就此问题下发过文件,要求各个部门控制演职员字幕名单,严格按照节目时长按比例出字幕,三十分钟节目滚屏字幕不能超过三十秒、十五分钟节目不能超过十五秒……冗长的片尾字幕当然应该压缩,但这也算是一种中国特色。在国外,职业人员的创作价值能够通过报酬体现为利益的获取,所以并不太需要其他的名分;而我们给予职业人员的报酬有时候并没有能够充分体现其价值,于是字幕中的"名义"就体现为其劳动报酬的一种补充。例如一个出色的编导,他在中央电视台的年薪可能是五六万元,而他为境外电视机构工作,年收入有可能达到几十万元。体制造成的利益落差,我们只能以额外的方式予以补偿。

此外,我认为这种现象存在的合理性还有一层:我们是一个以社会效益为第一传播目的的媒体,这样的环境下,公布职员字幕的意义在于一种责任的明示,相当于印刷媒体"文责自负"的意思。当然它同时也是另一种方式的提醒和公示:榜上有名者要货真价实,要对得起自己的身份。

"名不正则言不顺,言不顺则事不成",我们得找一个合理的称谓,来定义一个栏目的负责人,这个称谓既是平时的管理者,又要能够体现在屏幕上。究竟叫什么好?我脑子里不断转着各种称呼,也时常与童宁、梁晓涛、孙克文、时间、张海潮等人商量,我们总不能把"组长"打在字幕上吧?首先想到的是"总编"和"主编",但又感觉有些别扭,电视台台长是台里的总编,在栏目中称"总编"有些乱套;"主编"比"总编"要好一些,但又觉得太报社化……一连几天都没有找到更合适的名称。

突然有一天,我看到一部电视剧后面的演职员表,几乎是在最后的位置上飞过去"制片人"一行字,我脑子里飞快地闪了一下:制片人?是否可以叫这个名称?

按照过去的习惯,只有电影、电视剧、大型制作和特别制作的系列片中才有"制片人"一职,将"制片人"用在新闻性栏目中是否合适?能体现我们对栏目创作核心人物的定义吗?观众能理解吗?会产生歧义吗?几经权衡,我觉得没有比"制片人"更能体现我们所需要定义的那个栏目管理者了。就这样叫!我把纸上原先写着"组长"的地方全部改成了"制片人",在《东方时空》,这就是栏目组负责人的职业称谓。

"制片人"这个概念就这样被偶然引进了我们的电视新闻栏目中。一年之后我才发现,"制片人"这个概念在西方,特别是在美国电视业中早已被广泛使用了几十年。美国电视机构中有栏目制片人、系列节目制片人、助理制片人、执行制片人、新闻制片人等不同职能的制片人。

有趣的是,我后来知道,在美国电视新闻节目中引入"制片人"这个概念也是偶然的。

据说,在电视中第一个使用"制片人"这个概念的是美国CBS《60分钟》制片人唐·休伊特。在创办这个世界著名的电视新闻杂志之前,唐·休伊特负责CBS新闻节目的播出,他发现在导播与编辑之间缺少一个环节,这就是在播出时,应该有一个人来确定播出顺序,这个协调导播与编辑的角色叫什么呢?唐·休伊特搜肠刮肚,最后从好莱坞借用了一个概念,把"制片人"这个称谓引进了电视。

从此,什么新闻将成为本次新闻播出的头条等重要问题就由新闻制片人来确定了。

制片人这个概念在电影中是对出资人或投资人的称谓,一旦被引入电视后,这个概念就被泛化了,成为电视栏目或节目管理者的称谓。在电影厂,制片人不是创作、组织和支配的中心;而在电视机构,制片人不仅是栏目和节目的管理者,而且更重要的是,他是栏目和节目创作的核心。

"制片人"这个概念被我们偶然引进电视栏目之后,"组长"这个称谓就从早间节目消失了。我当时是把制片人分为两级:总制片人和制片人。《东方时空》第一任总制片人是我、童宁和梁晓涛,制片人分别是:《东方之子》制片人时间、《东方时空金曲榜》制片人王坚平、《生活空间》制片人陈虻、《焦点时刻》制片人张海潮,编辑组组长孙克文为"节目主编",在电视栏目中出现"主编"的称谓,应该说也是从《东方时空》开始的。

尽管《东方时空》是第一个引入"制片人"概念的电视新闻性栏目,但概念并不重要,重要的是赋予制片人什么样的功能和内涵。

中国的改革从1984年开始由农村转入城市,首先是从"放权"开始的。因此,"扩大企业自主权"是当时城市改革的主要思路。但十分有意思的是:很多企业家抱怨,当地政府领导拼命请求中央放权,但许多权力下放后就被地方政府截留了,根本到不了企业的手中。所以,放权的改革经历了相当长的过程。

我当时就面临这样的问题:在不违反财经规定和相关法规的前提下,电视台已经把经费管理权下放给了我,那么是将权力集中在总制片人手中,还是将其分散到下一级的制片人手中?我必须做出选择。

电视台节目经费管理体制是预算制,原来的流程大致如此:栏目负责人首先要做一个节目预算,预算经过主任批准后上报到计财处。计财处按照惯例一般要削掉三分之一左右,余下的就是节目经费。节目制作期间所有开支必须符合预算要求,预算中的项目额度不能相互置换,例如,预算中如果交通费用有结余,但食宿费用超支,不能用交通费用补贴食宿费用。

由于这种运作程序几十年不变,所以节目或者栏目的负责人在做预算的时候就编造各种理由提高预算,有意将计财处可能要削掉的部分先体现在预算中。如此这般,计财处按惯例削掉一部分预算后,这个结果其实正是节目负责人上报预算时想要得到的。一旦预算批准,节目或栏目负责人就按照预算开支,报销的程序仍然是:首先由这个负责人将票据整理清楚,请组长或部主任签字,再到计财处平账。

我在电视台工作十多年,做过编辑、组长和部门主任。在我的经历中,没有不批的预算,没有不报的经费。也就是说,无论组长、部主任还是计财处,都难以准确核算节目负责人按已经批准的预算进行的开支——其中即使有不合理开支,节目负责人也早通过各种办法将其置换为合理项目。做预算的、批预算的、为报账虚构各种合理开支的……大家都在为一个程序、几张报表忙活着。

谁都知道,没有不批准的预算,没有不报销的开支,而在这个看似严格完整的程序中,主任履行的功能仅仅是"签字"而已。这样的现实已经说明:节目经费使用权在说法上是掌握在部主任手中的,其实早已经下放到了节目负责人的手里。与其明处摆着的是一个徒有其名、名存实亡的"程序",暗里实用的是一个约定俗成、心照不宣的"惯例",不如把一切摆上台面,名正言顺地领钱,合理合法地用钱,遵章守制地管钱。这种节目经费管理的现实告诉我:在正式建立的实验性体制中,还不如明确地将节目经费管理权下放到节目或栏目负责人也就是制片人的手中,同时也将责任一并委任给制片人。当责权都到位之后,如果栏目办不好就换制片人,因为权力和责任必须是平等的。

首先条例合理,而后责权明晰,最后制度完善。按照这个思路,我将《东方时空》全年经费做了一个详细的划分:首先扣除公共开支部分,也就是总制片人必须控制的部分,然后按照栏目定位、拍摄难度、制作周期等因素,给各栏目确定了年度经费总额,只要不超出这个总额并且符合有关规定,制片人有权力支配其权限内的一切开支。日常栏目的经费开支,制片人即有权签字报销,我不再过问;特别节目经费由总制片人批准,制片人支配。总制片人再不用事无巨细地去和制片人一笔笔算小账,我只关心一个结果:栏目的品质和影响力。

权力下放之后,为了控制各栏目人员和设备的膨胀与浪费,我又制定了一个补充规定,对各栏目进行人员定编和设备定量,各个栏目如果要增加定编定量之外的人员和设备,必须征得总制片人同意。

这样一来,制片人就有了人员使用权、经费使用权和行政管理权,真正成为栏目创作、组织和支配的核心。

我国电视机构的内部管理机制是计划经济时代形成的,也就是完全按照媒体的政治文化属性将其视为行政事业单位,其财务体制至今仍按国家事业单位的统一政策来执行,而忽视了媒体的产业属性。由于体制和机构是与行政管理一脉相承的,所以在电视机构中也就有了部、处、科、组的级别。而事实上,电视机构的内在运作规律与一般的行政单位运作规律是存在很大区别的。

我曾研究过电视媒体的盈利模式问题,对这个问题的深度介入让我有很多发现:当下时髦的"文化产业"和由此演化出来的"大众商业文化""媒体产业"这些概念,最早却是由当代西方马克思主义学者提出的,如霍克海默和阿多诺等。他们从批判的角度提出这个概念的不合理性,他们批判当代商业文化的负面效应,批判"文化工业"是一个"走向商品化、走向流程化、走向消费标准化的文化产业"。在他们看来,文化和艺术是不能也不应被复制的,而后工业时期的资本主义国家,连文化都可以批量生产、用以赚钱,"大众商业文化在给人们以娱乐和愉悦的同时,真正的目的和效用却是使人们忘记了现存统治秩序的非人性",他们斥责影视工业和大众商业文化是"欺骗和奴役大众的文化产业"……从这些言论中我们不难看出这些学者是反对文化产业化的。

时代在变,社会在变,世界在变。今天,"文化产业"已经是社会主义中国的一项产业政策,媒体产业和媒体经济学的研究也越来越热火朝天。电视具有产业属性,电视是可以创造经济价值的,对于这样的观念,中国传媒界不存在争议,有目共睹,中国电视已经在这样的环境中受益多年。

当我们从产业的角度看电视时,电视频道依次播出栏目的形式就像一个大工厂,在源源不断地将其制造的文化产品推向市场。如果把频道比作工厂,那些不同的栏目就像工厂中不同的车间。车间负责人叫做

"车间主任",栏目负责人的职业化名称是"制片人"。目前,国内外电视媒体皆如此。

电视频道每天是线性播出的,栏目是构成频道不间断播出的基本元素,所以,不管电视台的内部管理机构和管理层次如何划分,但电视栏目构成频道播出基本元素的功能是不可替代的。有竞争力的频道首先必须确保其大部分的栏目有吸引力,而一个电视栏目的优劣在很大程度上取决于这个栏目的组织者和支配中心——制片人。

所以说电视是一个制片人媒体,电视机构一切改革的落脚点就应该是调动制片人及其所属人员的积极性,从而创造出优秀的栏目。

其实,一个制片人对栏目的控制和管理,远比行政机构一个处长或者报社一个部门主任的管理复杂得多,因为电视栏目和节目的生产有许多工业化的特点,环节多而复杂。

迫于播出的压力,制片人首先必须确保产品,也就是栏目和节目的质量,其中包括导向是否正确?选题是否准确?采访是否到位?编辑技巧是否娴熟?表达方式是否符合电视规律和观众的需求?产品指标是否达到诸多的视音频技术指标等等。每个环节都决定着栏目的质量,制片人必须不断提高产品的成品率和优良率。

第二,制片人必须执行生产的标准化。如栏目的定位、风格、形态、时长等等,必须是统一的、标准化的,这是此栏目区别于彼栏目的重要特征,现实中这个问题常常被忽视。其实,一个栏目的选题方向、切入角度、叙述方式和叙事节奏等诸多因素都应有自己的标准,因为这个标准同时也是栏目中每一个生产者进入操作时需要了解并共守的准则。

第三,制片人必须坚持均衡生产,控制节目的批量和规模,否则就会造成停播或者浪费。从传播的效果看,电视节目的生产要有计划性、季节性和适宜性。什么时间、什么形势下播出什么样节目,这些都是生产均衡的重要因素。

第四,制片人必须考虑如何对节目资源进行有效开发和对节目经费进行有效控制,什么节目多投入,什么节目少投入。当然此前还应对经费投入进行准确的效益评估,投入多的节目要对栏目产生什么样的影响,要达到什么样的播出效果,这些预期是经费分配的依据和理由,否则就将影响节目的批量和均衡。

第五,制片人必须具备开拓创新的前卫意识,不断借鉴国内外优秀栏目的经验,有效判断栏目新的卖点和播出效益的增长点,不断调整、改革,从而使栏目与时俱进,保持活性。

第六,制片人必须不拘一格、广开才路、唯才是举、用其所长,让优秀分子加盟其中,让滥竽充数者得以淘汰,从而保证一个良性竞争的内部环境。

第七,电视改革必然要由单元栏目的推进过渡到整个频道的协调发展。在这种情形下,制片人虽然仍是一个栏目的创作核心,但不是一方盟主或诸侯。制片人必须要有合作精神,从而打破封闭的藩篱。

电视是制片人媒体,明确了这一点之后,再来思考对制片人自身管理的问题就显得格外重要,这是我们的电视机构必须面对的一个问题。目前我国许多电视台都在推行制片人制,但大多缺少对制片人管理制度的建设和深入研究。

比如制片人的产生:是行政任命? 是民主选举? 还是竞争上岗? 制片人的评价体系如何建立? 如何界定制片人的权力与责任及相应的激励机制和约束机制? 如何使制片人更趋职业化而不是将其异化为一种待遇、一个级别? 这些制度都亟待完善。

特别是最后一个问题,其发展的趋势是当初建立制片人制时所始料不及的,那就是在电视从业人员中出现了将制片人视为个人价值实现与否的标准。无论什么工种,无论多么优秀的编导、记者、主持人,好像只有做了制片人,个人价值才算得到了承认,否则就有失败感。这也许与中国传统的"学而优则仕"的官本位有关,也许与制片人"一言九鼎"的地位有关,但我认为这不是我们所应该倡导的价值判断体系。电视机构为什么会出现观念如此陈旧的评价标准呢？社会上有谁拿什么行政级别去衡量评价张艺谋的价值和米卢的价值呢？这种评价体系的改变也许有待职业化明星制的建立，而明星制建立的前提是必须使明星有价格，价格是价值的体现：郝海东的价值体现为他的六百万的转会费；李响的价值体现为她的一百五十万的转社费；米卢的价值体现为他上百万美元的年薪和奖金；姚明的价值体现为他四年一千七百八十万美元的新秀合同……我认为今后电视从业者的价值实现也都应当更加市场化，名编导、名摄像、名主持人都应体现出相应的价格来。如果这种评价体系不改变，大家只能都往一个窄窄的桥上挤，结果只能是制片人的人数越来越多，制片人、副制片人、执行制片人，不行还可以增加几个平行运作的组，再增加几个制片人……因为我们准备提拔和需要提拔的"制片人"太多了。还有一个问题，目前不少电视台都出现了"制片人终身制"的倾向，谁都不想得罪人，制片人只能上不能下，人头只有增没有减。现在制片人制正在业内广泛推行，但作为完善的制片人制，必须有效控制这个制度的上下端口，这就是"制片人准入制"和"制片人退出制"。否则，电视也许会变成只进不出的、制片人扎堆的、让人啼笑皆非的"制片人媒体"。真要走到那一天，那也将是制片人制本身的悲哀。

既然赋予了制片人这样的功能，也给予了制片人与其功能相适配的权力，制片人中"人"的问题就相当重要了，也就是说，制片人应该是一个什么样的人？

一个优秀的制片人应该具有前卫的电视理念、求实的工作作风、公正的处事原则、平等的为人之道。

记得陈虻刚刚担任《生活空间》制片人的时候说过这样的话："如果说文如其人，那么做节目就首先要做人。"2002年年初，在央视工作年会上，崔永元作为《实话实说》制片人在大会上做栏目管理经验介绍的发言，他也谈道："做栏目首先要做人。"我非常赞同他们的观点，他俩是我多年的同事和部下，因为我对他们的了解，我认为他们有资格说这样的话,有资格对编导提出这样的要求。许多出色的制片人个性有差异、学历背景和年龄都不一样,但他们应有共同的品质特征:正直、真诚、智慧,他们应当具备带领一个栏目一个集体"天天向上"的人格魅力和职业素养。

我与陈虻、崔永元在这个问题上有共同的认知,既然电视是制片人媒体,那么制片人首先应该做"人",因为制片人的品行和取向将影响甚至决定栏目的品质。

尽管一个人的品行始终影响着他的取向,但在制片人的品行和取向中,我认为取向比品行更为重要。我们是在建设一种制度,而不仅仅在评价一个好人。身为制片人,他不一定是剪辑功夫最过硬的编导,不一定是画面感觉最到位的摄像,不一定是语言表达最精当的记者……但是他的业务素养应该足够鉴定这些业务表现的优劣和高下,他应该始终倡导这样的业务追求,他能够让优秀的编导、摄像、主持人因为出色的业务表现受到及时的表彰。身为制片人,他不可能是一个道德完人,他也会有这样那样的毛病,但是他会建设一个制度,用制度的力量奖勤罚懒、抑恶扬善——一切因为制片人个性因素产生的不稳定,交由制度去稳定它,使得一个节目组的氛围健康向上。好的制度可以保证环境中的付出得到认可,善良受到保护,正气得以张扬。

制度建设是其根本,但在制度之下仍需要道德建设。

几年前,江泽民主席访问欧洲五国,我率新闻中心十名记者随团报道。在波恩,德国总统赫尔左克设晚宴款待江主席一行。晚宴地点设在一座老城堡,由于天气炎热,城堡中又没有空调,每位客人都汗流浃背,但赫尔左克的晚宴致辞仿佛清风流入中国客人的心田。赫尔左克演说开始的部分大意是:我们知道苏格拉底和孔夫子大约是同时代的人,虽然他们天各一方,但他们却同时探讨了同一个问题。对这个问题,苏格拉底主张法律,而孔夫子却主张道德,尽管他们的主张不同,但却在向同一个中心靠近:这就是人与社会的关系。接下来赫尔左克由人与社会的关系引申到了国家与世界的关系,他认为不管各个国家的主张有何不同,但都应靠近一个共同的中心,那就是世界的和平与进步。一个国家不应该用不同的标准干涉另一个国家,赫尔左克接着说:"早在几千年前,中国的孔夫子就说'己所不欲,勿施于人'……"赫尔左克的致辞赢得中国客人的热烈掌声。

我对赫尔左克的演讲至今记忆犹新,这几乎是我听到的外国元首最富文采、思想和友爱的演讲。几个月后,我见到了当时外交部新闻司司长陈健,与他谈起赫尔左克的演讲,他与我有同样的评价。

也许赫尔左克是进行了深入研究之后才从浩如烟海的孔子语录中撷取了这样一句话,也许是他的敏锐,于无意中切中儒家文化最具教化意义的一个焦点。孔子"己所不欲,勿施于人"的思想,其实正是"忠恕之道"最核心的操作规范。子贡曾经问孔子:"有没有一个可以终身奉行的字呢?"孔子回答:那不就是"恕"吗?"己所不欲、勿施于人","忠恕违道不远,施诸己而不愿,亦勿施于人"。"恕"的字面理解是"如心":以己之心,度人之心,我们自己不愿意被误解、被羞辱、被剥夺……所以我们不能对他人做这种事。"恕"道在今天已经被简化到只剩两层含义:善意与宽容。我觉得这样的简化是有道理的,恰恰是这两样东西,在我们的事业中起着积极的作用。很多时候,人们不是不了解已经发生的伤害,不是不知道正在酝酿的一些小伎俩,但是他能够泰然处之,一笑置之,因为他善意地理解了别人的处境,他因为了解这些行为发生的缘由,所以宽容了那些已经发生的伤害。

其实我所强调的制片人的为人,应该是一个基本的"正人"为人之道。"己所不欲,勿施于人",应当是我们加诸自己的一份提醒、一个命令,眼里有他人,心里为别人着想,因为人的尊严都应该得到平等的尊重。我们对制片人提出的这一要求,不仅仅是一种道德要求,更是一种职业素养和职业要求。

在此后的一次评论部年会上,我提醒各位制片人要记住一个硬标准,并将之当做"岗位规范"来理解,就是这句至理名言:"己所不欲,勿施于人。"

第八章
意外发现·2000

"观众日"那天,我静静地趴在北展二楼的扶栏上,望着展厅里发生的一切,望了两个多小时。我在不远处注视着我的同事们,我以这样一种方式与他们共享成功。

频道专业化能走多远

> 专业频道不专业的现象在阳光卫视中再度上演，
> 这是一种悲剧，还是一种必然？

在"分众"时代，我们所看到的中文电视中唯一一个名副其实的分众化专业频道——"阳光卫视"最终没能挺过2002年。在这年的第四季度，以"文化历史"为定位的阳光卫视也开始有了娱乐节目和电视剧。专业频道不专业的现象在阳光卫视中再度上演，这是一种悲剧，也是一种必然，我的第一感觉就是"逼上梁山"。

2002年9月，在网上看到一条消息：阳光卫视的吴征宣布要对其频道的内容进行调整，同时他认为阳光卫视的盈利模式存在问题。消息当时没有说阳光卫视将如何调整，但两个月后，阳光卫视中出现了娱乐节目和韩国电视剧。文化历史的定位有品位，也很诱人，但在市场的竞争中，有时理想主义是要付出代价的。当这种代价能够承受时，行为是高尚的，而当自身不能承受这样的重负时，这样的付出就是盲目的。

阳光卫视是我很喜欢的一个频道,其中《人生在线》《未解之谜》等栏目曾经播出了许多颇有文化品位的节目。但早在吴征宣布对阳光卫视进行调整的半年前,大概是2002年4月,我就曾在《现代传播》杂志上断言:"除非出现奇迹,否则阳光卫视不可能在中国赚钱。"我的依据是:"单一的广告盈利模式对大众化的电视频道是适合的,而对专业化频道特别是分众和小众化的专业频道却是错位的。"这是我三个多月的研究结果。那篇题为《电视盈利模式的错位——频道专业化与付费电视》的文章发表之后,效果出乎我的意料,许多电视台的同行告诉我:他们那里许多人都在复印传阅这篇文章。时任浙江电视台副台长施泉明说:"你的文章第一次在深层次上解释了目前业内在电视频道专业化方面的种种困惑。"在我看来,阳光卫视如果在目前中国的电视市场上依靠广告盈利,它必须继续向大众化靠近,而这与其最初的定位是相悖的,分众化时代已经来临,但就电视而言,分众化的盈利模式还不存在。

阳光卫视的调整再次证明了我的一项结论:中国电视频道专业化进程将相当缓慢。中国的电视媒体不可能进入像"历史""发现"这样的分众化专业频道,更不可能进入像"机场""钓鱼狩猎"这样的小众化频道,否则就将步入雷区,付出沉重代价。现在有些地方台开办的少儿频道就有这样的危险,除非他们承担起非盈利的、公益的或是公共的义务。这是由目前我国电视媒体单一的广告盈利模式决定的必然结论——尽管我是电视频道专业化的坚定支持者。

频道专业化进程与电视盈利模式存在着因果关系。

对于这个问题的发现源自我的一次工作变动。

2000年中,刚任中央电视台副总编辑不久,台里决定由我分管中央电视台网站。当时网络的泡沫还在继续放大,大家都认为第四媒体已经诞生,在高薪的诱惑下,一些传统媒体的优秀人才纷纷投身到一些知名的商业网站,甚至还有学者开始探讨在第四媒体的竞争下,传统媒体是否会消亡等问题。走在北京街头,随处可以看见那个红色的狐狸尾巴和那只大睁着的红色眼睛的广告。那时我还兼着新闻中心主任一职,每次值班《新闻联播》时,栏目开播前都可以看到"炎黄在线"的广告——《新闻联播》前,那可是一个专属于有钱企业的广告时段。此举可足见网络经营者对自己未来收益的乐观预期,那时的一些网络精英就像影视明星一样被媒体追捧着。

我对"cctv.com"充满激情。当时原人民日报网站更名为"人民网",新华社网站更名为"新华网",相形之下"中央电视台网站"越来越显得土里土气。"中央电视台网站"也该有个像样的名字了。这个名字应该是现代的、大气的、明确的、与众不同的,这是我为栏目命名的一般原则。几经推敲,我觉得"央视国际"比较好,我向赵化勇台长建议将cctv.com的中文名字确定为"央视国际",赵台长批示"同意"。正像为许多栏目取名字一样,我为"央视国际"的更名成功无比快乐,但面对新媒体的成长,伴随网络媒体的并不总是快乐。

当我去了位于北京梅地亚五楼的cctv.com几次之后,一个冰冷的问题开始困扰着我:网络媒体如何挣钱?如何收回成本?如何盈利?在市场的法则下,这个问题是不可回避的。尽管网民在不断增加,网络的内容也越来越有吸引力,但是这些变化似乎并未让人看到盈利的前景。我越来越感觉到人们对于网络媒体的要求就像一个饥肠辘辘的食客,面对丰富的自助午餐,饭菜可口,选择性强,如果免费他可能立刻动手,而如果要付钱他也许掉头就走。更要命的是,"餐厅"的盈利不是靠食客的付账,而是靠矗立在餐厅周围的那些广告牌,虽然这些广告牌有些霸气,甚至有碍观瞻和方便,但食客们并不在意。因为午餐是免费的,他们只需绕过林立的广告牌就可以坐在自己的桌前,很多人甚至看都不看它一眼。

网站特别是商业网站的内容基本是"免费午餐"。媒体的广告收入应与其知名度和受众数成比例互动,而网络媒体为什么打破了这个规律呢?这是我发现的第一个问题。

对这个问题的更深入思考使我有进一步的发现:网络媒体不能盈利

并不是管理者不想盈利,也不是他们不尽力,而是目前网络媒体的盈利模式决定的。因为靠广告盈利,网络媒体在可信度及空间和时间的强制性上都不如传统媒体,所以广告模式并不是网络媒体的优势。付费模式适合网络媒体,但是如果真的要付费点击,还有多少人愿意上网呢?网络媒体的诞生以及迅速扩张,其前提就是自由而免费的链接和浏览。因此我认为:网络媒体在寻找到适位的付费盈利模式之前,只能是传统媒体的延伸和整合,而不可能成为独立的第四媒体,因为它还没有使其内容独立的盈利资本——尽管我们现在已经越来越离不开网络媒体。2001年开始逐渐被手机用户熟悉并习惯,到2002年开始大量涌现的"短信"业务,使网络媒体开始走出盈利模式的误区。有数据表明:2003年国内三大门户网站"正在享受苦尽甘来的'幸福时光',但他们第一季度收入中仍来自短信业务"。原因其实很简单:短信是付费的而不是免费的。

有好的内容而不能盈利,在媒体成长以"内容为王"的公理和铁律下,似乎是不可思议的,但如果从网络媒体广告盈利困难的现实反观传统媒体,这个问题也同样存在,这就是电视频道专业化。

频道专业化目前在我国遇到了一个尴尬的问题:一方面从实践者到理论者,一切有识之士都认为频道专业化是电视媒体发展的必然趋势,但另一方面却是专业频道不专业。不管决策者如何下定决心走专业化之路,但反过来没有几个频道可以仅靠这个决心的支撑就能够专下去。众多频道半途走出了自己的专业追求,正是由于盈利模式的制约:当广告是唯一的盈利手段时,频道经营者需要考虑的就是如何吸引广告,而广告商对于频道的关注绝不会取决于频道的专业化水准,而是这个频道能拢住多少观众?观众的人数成为决定广告流向的决定性砝码——正是广告的诱惑使得这些本来决心要"专业"下去的频道最终失去了自我,掉头走向"大众"。

"千台一面""专业频道不专业"的确是业内,甚至是观众眼中见怪不怪的一种电视现象。那么究竟是什么原因使中国两千多家电视台在形态上大同小异,数千个电视频道在节目内容上个性少而共性多呢？尽管一些电视台主观上在按专业频道设计,但客观上专业化程度很低,一些电视台甚至名义上是专业频道而实际上是变相的准综合频道。这种趋同性可以从一些电视台所属各频道之间的栏目形态、内容取向、风格定位等诸多特征上一目了然。例如,《南北笑星火辣辣》《真情对对碰》等栏目不是出自湖南卫视频道,而是出自湖南经济频道；又例如,许多电视台都设有财经频道,但目前中国还没有一个财经频道能与 CNN 的财经频道（CNN-fn）相比,相差之处不在于内容的采访制作水平,而在于频道结构的栏目设置和内容的对象性。CNN 财经频道的观众对象是投资者,而我国电视台财经频道的观众对象却大都是消费者和投资者,且以消费者为主,而几乎每个观众都是消费者。这样的观众定位很难使我们的财经频道专业化。目前欧美甚至我国港台等地的电视频道专业化程度已经很高,"国家地理""科学探索""历史"这样的专业频道我们已经不陌生,美国还有"电视指南频道""气象频道""机场频道"等等。

也有人认为,中国电视出现上述现象的原因是主观因素造成的,比如缺少专业电视人才、电视策划者和决策者缺少办专业频道的决心和水平……我认为实际情况并非完全如此,从客观上说,各个电视台的决策者都明白频道要专业化、对象化、个性化,而且这些决策者大都是业内精英,有丰富的实践经验,那么究竟是什么影响着我国电视频道的专业化进程呢？

主要症结就在于媒体的盈利模式。

媒体盈利基本上有两种模式,也就是媒体的两次销售。

媒体的第一次销售是销售载体。如印刷媒体第一次销售的是报纸或杂志本身,它们都有定价；广播电视第一次销售的是频道或节目,它们也都是有价格的。媒体第二次销售的是读者或观众,也就是发行量或收视率,具体说就是广告。但从历史上看,印刷媒体最先盈利是靠第一次销售,而电视媒体最先盈利是靠第二次销售。在国外,无论是印刷媒体还是电子媒体,两次销售都是同时存在,有时是合并使用。

我国印刷媒体的盈利模式与国外基本相同,而电视媒体的盈利模式与国外差别很大。这就是,我国的电视媒体只销售广告(收视率)而不销售电视频道(载体)。据统计,目前国内各电视台95%左右的收入来自广告。例如,中央电视台2000年总收入为57.4亿元,其中广告收入为53.6亿元,占总收入的93%以上。

广告收入基本上是与收视率呈正向互动的,而收视率又与大众化密切相关。这就是说广告商投放广告要看收视率,收视率的提高必须使节目大众化,而大众化与专业化背道而驰。

这就是我国电视频道不能专业化的根源所在。

我们主观上是想办专业频道,但媒体使用的却是大众化(广告)的盈利模式。这种错位而单一的盈利模式导致了一个悖论:要频道专业化就可能影响收视率并降低广告收入,而要增加广告收入就必须使节目大众化进而提高收视率。大众化的结果致使各频道都追求综合化或准综合化,频道由此而雷同。

例如,地方的电视频道许多都有新闻节目、娱乐节目、影视剧节目、体育节目等等。因为一旦没有这些节目,频道就无法提高收视率,就无法吸引广告。

频道专业化是国内外电视媒体发展的潮流。这个理念已在我国电视节目制作者、策划者、决策者之间形成广泛共识。央视总工程师丁文华英文很好,有一天我问他一个问题:"专业频道的英文是什么?"这位一向精通中外电视术语的总工程师竟一时语塞,他愣了半天才说:"我好像真没见过这个词儿。"这真是一个有趣的问题——目前整个业内都没有发现与"专业频道"相对应的英文词语。境外的中文媒体有称主题频道(THEME)的,但并无"专业频道"之称。特纳国际亚太有限公司的梅燕女士告诉我,她也曾经遇到过如何把中文的"专业频道"翻译为英文的困难。她说"专业"一词在英文中只是指学科的门类,用于电视频道会使人产生误解。梅燕女士无能为力最后只好将"专业频道"简化为"频道"。她说,美国只有频道之称,而并不把频道分为综合频道和专业频道。我认为,不管国外如何划分频道类别,我国使用"专业频道"和"频道专业化"这样的概念是准确的。一是"化"本身是一个过程,目前我们正处于这个过程之中。二是用"专业"一词可以更准确地表达电视频道细分的总体状况和形态。这里的"专业"一词不是指科学的门类,而有"专门""专用"和"专题"之意。专业频道至少可以从两个层面来理解:一是类型化,一是细分化。

根据目前国内外电视频道的现状和形态,除地面(无线)电视的综合频道之外,我暂且把电视专业频道分为三个层次:第一是大众化专业频道,如新闻、电影、电视剧、娱乐、体育等频道。第二是分众化专业频道,如财经、历史、探索、国家地理等频道。第三是小众化专业频道,如机场、高尔夫等频道。由于这三种专业频道的价值和受众面不一样,其收视率和占有率大致呈依次降低的趋势,广告价格和份额也依次递减,这体现了供求关系决定价格的市场经济规律。当然,专业频道的价格也不仅仅取决于广告的多少,它还取决于频道本身的价值,如电影频道的价值就很高,这样的频道在付费电视系统里即使没有广告也有很好的盈利空间。目前,我国能盈利的专业频道都只能停留在第一个层次,如 CCTV-2 经济生活服务频道、CCTV-3 综艺频道、CCTV-5 体育频道、CCTV-6 电影频道、CCTV-8 电视剧频道等等。这些频道都可以通过广告盈利,至少有盈利的潜力,因为它们都是大众化的。

在美国黄金时间前二十名排行榜中,除了电视剧、娱乐节目、体育节目、真人秀和新闻之外,其他节目不可能入围。

业内对频道专业化的方向坚定不移,中国出现"专业频道不专业"和"千台一面"的现象是由于盈利模式造成的,但为什么国外的专业频道能运作成功呢?我的结论能得到国外的例证吗?就在我的研究一度陷于停滞的时候,一位朋友偶然推荐了一本书为我提供了鲜活的例证而且坚定了我的信心。

　　这是一本一眼看上去并不夺目的书《走向信息网络社会——美国有线电视50年》,由中国广播电视出版社出版,发行二千五百册,但我总觉得这是一本被业内同行忽视了的著作,因为作者托马斯·P.索斯威克在这本文字优美而资料性又很强的著作中告诉我们许多秘密,我们从中可以发现:像美国的"发现"和"历史"等专业频道本身是与有线电视密切相关的,可以说,没有有线电视就不可能有专业(主题)频道。原因是这些专业频道都是有线电视发展到一定阶段之后的产物。而我们现在用无线电视办专业频道和在有线电视中免费提供专业频道的方式也许是一个天大的误会。

　　这个误会不化解,中国的电视频道专业化进程就不可能走得太远、太快。

付费电视意味着什么

> 我没有想到会在这里与人谈到这个我一直在思考的话题，其收获甚至让我们觉得旅途的艰辛也有所值。

广告作为改革开放的产物走进观众视野已经二十多年，虽然他们中不断有人抱怨电视广告太多，但大多数观众都已接受这样一个现实："广告时间是观众收看免费电视节目应该付出的代价。"而对电视来说广告则是自己生存发展的经济命脉。作为国有媒体，中国各级电视台的收入都来自商业市场而不是政府拨款，这在全世界都是少见的。

广告是合法收入，智慧和劳动所得当然是多多益善。在可以预见的将来，广告仍将是电视媒体收入的重要来源，而且仍然会随着 GDP 的增加而有很好的增长空间。但同样毋庸置疑的是，绝大多数广告主愿意"傍大众"而并非甘心与"分众"或者"小众"亲密接触。这也许就是"凤凰中文"与"阳光卫视"的区别。不管将广告的"细分化"和"目标化"理论说得多么天花乱坠，都不能解释为什么中国电视"千台一面"，为什么

"专业频道不专业",以及为什么阳光卫视开始由分众向大众游移的现实问题。虽然不能说分众化和小众化内容就一定不会有广告跟进,但只依赖广告收入是不足以完全收回成本或盈利的,这不仅是一个被业内人士忽略的问题,而且还是一个误会。

奥地利维也纳被称为美丽的音乐之都,但我并未对此有具体的感受,尽管我们曾在那里停留了三十六个小时。

那是一次疲劳的旅行。

2002年11月,我随同广电总局副局长胡占凡率领的一个代表团访问格鲁吉亚、西班牙和葡萄牙。出师不利,由于奥地利航空公司的班机设备故障,首先让我们在首都机场多待了十八个小时,等我们赶到奥地利首都维也纳时,由维也纳飞往格鲁吉亚首都第比利斯的航班早已出发,下一个航班在三十六小时之后,由于没有签证,我们只好滞留在机场的一角。音乐之都的美丽无法欣赏,而维也纳机场的繁忙却给我们留下深刻印象。因为透过那个不大的候机厅的窗户刚好可以看见飞机的起降。百无聊赖中我计算着:飞机起降频率最短时只有几十秒钟,就跟演奏大师弹钢琴一样,紧张而有节奏。待在机场的这三十六小时,三顿饭都由机场提供。由于饭菜是免费的,所以没什么选择,只能给什么吃什么——在现实生活中,免费往往意味着主动权的被剥夺。

由于在路上浪费了五十多个小时,原本计划对格鲁吉亚的三天访问只能改成一天半。一天半里,只有三件事令我印象深刻。一是我到这里才得知斯大林出生于格鲁吉亚,格国目前还保留了一个颇有规模的斯大林纪念馆,纪念馆的旁边停放着斯大林当年乘坐的火车专列。二是谢瓦尔德纳泽总统在会见胡占凡副局长时,我看到这位苏联解体前的风云人物已经步履蹒跚,现出老态来。三是格鲁吉亚电视台设备陈旧,有个机房弹痕累累,他们说那是十年前内战时留下的纪念。格鲁吉亚电视台的台长恳请中国能把淘汰的电视台设备援助给他们。

参观格鲁吉亚电视台之后再参观西班牙和葡萄牙电视台,仿佛分别进入了两个世纪。这种差别不仅仅体现在电视设备和技术上,而且体现在理念上。当格鲁吉亚国家电视台还在为广告收入发愁时,西班牙和葡萄牙的电视同行们已经在大谈付费电视——我没有想到会在这里与人谈到这个我一直在思考的话题,其收获甚至让我们觉得旅途的艰辛也有所值。

索吉有线电视网是西班牙付费电视的开创引路者,创办于1993年,订户超过二百万。索吉有线与美国CNN合作在西班牙开办了CNN加二十四小时新闻频道(CNN+),新闻的主要内容是关于西班牙的报道,而国际新闻则主要来自CNN总部的共享系统。我们在西班牙期间正值"威望号"油轮泄漏事件,CNN+播出的内容大都是关于这个事件的直播报道。目前CNN+是西班牙最有影响的电视新闻频道,而且属于付费电视。1997年索吉有线开办了数字卫星直播平台,使付费电视频道由早期的三个频道扩充为五十多个频道。我们参观了这家西班牙国内付费电视最大的业务提供商的总部。西班牙语的CNN+的制作与播出就是在这里,规模不小。据介绍目前其拥有各类制作人员四百多人。

"付费电视意味着什么?"座谈时,索吉有线电视公司一位年轻的负责人提高语调向我们提出了这个问题,我立即竖起了耳朵:"付费电视就意味着质量和选择。"他缓缓地说,在免费时代是频道决定播出什么,而付费电视则是用户决定频道播出什么,服务和频道质量好才能取得成功;选择就是内容丰富,为用户提供更多的频道,如:新闻、电影、儿童、体育、音乐、民族频道等。他自豪地说:"西班牙'索吉有线'仅少儿频道就有七个。"无独有偶,几天之后我们参观葡萄牙有线电视公司时,一位负责人同样告诉我们:在他们的五十多个付费电视频道中,分别有七个新闻频道和纪录片频道。

西班牙和葡萄牙的付费电视都在有线网或直播卫星数字电视平台上,其盈利模式主要是用户的订购费。西班牙"索吉有线"的一位高级负责人说,2002年以前,付费电视平台基本没有广告收入,预计2003年可能开始有广告客户,长期以来,公司的收入主要来自订户的增加。而葡萄牙有线电视公司负责人则介绍说,公司收入主要来自付费业务,占总收入的53%,而在付费电视收入中,40%来自七个被称为高级频道的专业频道,如体育、儿童、电影、成人、民族等,其中的儿童频道是他们用葡语翻译的迪士尼儿童频道,电影频道则来自"好莱坞"(Hollywood)和"二十世纪福克斯"(Twenty Century Fox)。

在西班牙索吉有线电视网中有一个专业化程度较高的"钓鱼狩猎"频道,节目内容主要来自法国,但也有本地化制作。我问:"这个频道有广告吗?"回答是:"没有广告,但仍然可以盈利,主要收入就是在西班牙有四万个订户,每户每年的订购费为五十八欧元。"公司另一位负责人说:"根据一项国际惯用的调查方法,只要全国人口中有5%以上的用户对相关频道内容感兴趣,这个频道即使没有广告也可以依赖订户的付费盈利。"只是5%的用户感兴趣,而实际的用户数可能大大低于这个数字,这是一个多么小众化的数字啊!

付费电视意味着什么?我反复琢磨着这个问题。

付费电视决定着电视频道专业化的进程,这是我在国内三个月的研究结论。如果不是付费电视,西班牙和法国就不会出现"钓鱼狩猎"的小众频道,我为我的研究结论在西班牙得到印证而欣慰。

在《电视盈利模式的错位》一文的读者中,有人认为我主张让中国的观众付费才能看电视是不现实的,其实这是一种误解。第一,正是由于现在拓展付费电视的难度很大,我才得出中国目前非大众化电视频道的专业化进程将十分缓慢的结论。二是即使付费电视政策出台,也不可能使目前已经长期免费提供的节目重新收费。额外的需求才应支付额外的费用,这是基本的法则。

需求创造财富。付费电视必须是新频道的提供,例如:儿童频道、足球频道、纪录片频道以及细分化的老电影频道、动作电影频道、流行音乐频道等等。在西班牙和葡萄牙的付费电视中,他们都有足球频道。

西班牙索吉有线的那位年轻的经理说,付费频道意味着质量和选择,其实这句话还可以进一步简化为"质量",我指的是:"质"和"量"。

电视走向付费后才真正具有了一般商品的特征,这就是它真正具有了二位一体的价值和使用价值。而且只有实现交换(用户付费订购),其价值才能真正实现。

在现代社会中人们不仅对物质产品的需求是多样化的,而且对包括电视节目在内的文化产品的需求也是多样性的。这种多样化的需求是电视频道专业化的市场前提。但是免费电视时代由于广告的大众化法则使这种需求无法变为现实。以至于不少电视从业者只见树木不见森林,只知道电视频道专业化是大势所趋,而不明白这种趋势背后的机制和制度。这种误会使中国的电视频道专业化长期追逐大众而不是分众和小众,最后导致出发点与落脚点背道而驰。

在我看来,专业频道首先出现在市场经济社会中是有其必然性的。"没有商人是为了高尚的目的生产面包",美国、英国、西班牙和葡萄牙的电视节目提供商和运营商对"专业频道"提供节目是为了赚钱与盈利,而不是为了精神文化的普及。从这个意义上说,商业目的,而不是公益目的,才是频道专业化的第一推动。但是从盈利出发,生产出有价值有品位的电视产品来,不就在客观上起到了精神文化普及的作用了吗?如纪录片频道。这是一个十分耐人寻味的问题。

电视付费的"质"首先应该是在功能上是适销对路的,传播行为必须由传播本位变为受众本位,真正了解观众的额外需求是什么,并在法律、政策及媒体道德许可的范围内予以充分满足。从这个意义上说,从现在开始,电视媒体新开频道似乎不应该再停留在免费时代,否则将影响付费电视的另一个概念,那就是"量"。

付费电视必须具有足够量的选择,才能吸引用户打开钱包。这种选择大都是捆绑式的,少则五六个,多则五六十,甚至上百个。而如果现在许多新开频道仍走免费之路,势必影响今后付费频道的量的选择——这也许是一个战略问题,我们自身就面临选择。从现实看,中国的付费电视从一开始就将是困难的,这种困难不仅在于网络的互通互联,还在于最适合付费的频道,如电影、电视剧、体育频道等等,我们已经免费多年了,而在国外,要让这类频道免费播出那是不可思议的。世界上第一个付费频道就是电影频道。在美国,其实免费频道就是那三大传统电视网及公共电视频道,其他大多属于有线和卫星付费电视。而更深层次的问题是:这个"量"不应该是滥竽充数的,而必须个个货真价实,必须有令人满意的"使用价值"。中国观众肯付费购买的频道是什么呢?这是一个有待认真研究的问题。

中国电视盈利模式的转型期应该开始了,否则将影响电视频道专业化甚至整个电视事业的进程。

现在我们再来看看那位对这个问题颇有见地的托马斯先生给出的一些警示,这些警示虽然我在《电视盈利模式的错位——频道专业化与付费电视》一文中有所提及,但在这里我想把它当做一种强调。

美国涌现出大量的专业化频道是在70年代末、80年代初。专业频道之所以产生于那个时期是因为有线电视由小镇进入大城市之后在这时具备了大发展的几个前提。一是通信卫星出现后,由卫星发送的信号同时把不同地区的小有线网联成了大的有线网。二是技术上有了巨大突破,可以用一根同轴电缆传送五十套以上的电视节目,使得频道资源迅速增加。三是有线电视得到了经营额外付费电视的政府许可。额外付费电视就是,除有线电视的基本业务付费之外,用户如需要另外的频道服务需要另掏腰包。

由此可见,开办专业频道没有以上三个条件是不可能的。前两个条件我们都不陌生,但后一个条件我们还没有真正认识和理解。

托马斯说,80年代初期,美国三大广播网看到有线电视发展红火也想在有线电视系统办自己的频道。第一个尝试的是哥伦比亚广播公司,于1981年10月开办了有线电视文化频道,而且在开播时还举行了一场特别盛大的晚会。频道内播出的节目也都精制、完美。但不到一年,在亏损了大约三千万美元之后这个文化频道就关张了。步其后尘的是全国广播公司,只是其经营时间更短(仅九个月)就以失败而告终。

托马斯得出结论说,"地面(无线)电视网历来是鼓励在节目提供上大量花费,然后完全靠广告获得经营收入。这个常规对有线电视来说行不通"。"有线电视的优势在于双重收费模式"。托马斯说的双重收费模式是指,专业电视频道要靠用户的额外付费和广告来同时盈利。

这一教训对我国的电视媒体来说应该是相当深刻而耐人寻味。

但托马斯也告诉我们了一个同样耐人寻味的成功案例。这个成功案例就是专播探险纪录片的"发现频道"。发现频道由亨德理克斯于1984年创办。频道开办初期每况愈下、岌岌可危。但后来在四家有线电视网组成的财团向"发现频道"注资后,奇迹出现了,原因是他们找到了一个很好的盈利模式。这就是:用户的所付费用可以维持"发现频道"的所有运营开支,广告则体现为利润。

根据美国有线电视专业频道的运作经验教训来分析我国的频道专业化前景,可以得出这样的研究结论:在中国的付费电视出现之前,中国的电视频道专业化不可能有长足发展。即使已有的专业频道,如影视剧、体育、娱乐、新闻等频道也是大众化的。分众化,甚至小众化的专业化频道对中国观众来说只能是想象而已。由此可见,在免费电视中,有些栏目自己把自己架在空中,实在不是明智之举。

付费电视能否确立和实现不仅关乎电视频道的专业化进程,而且直接制约电视媒体自身的发展。

媒体经济学或媒体产业化研究是时下的热门话题,国内外的诸多资本也在关注媒体市场的动向。尤其是一些合资媒体的成功和电视媒体广告效应的巨大诱惑,更使人们认为媒体是暴利的行业。甚至有人断言,"媒体是大投入大产出,小投入不产出"。但近一年多来的实际运作情况并非完全如此,至少电视媒体的情况不是这样。例如,湖南经济频道的

《南北笑星火辣辣》销售得不错，但湖南电广传媒号称投入八千万巨资制作的《财富中国》，据说2001年回收资金还不到一百万。北京银汉传播公司的起步投资比北京光线制作公司的起步投资大得多，但其经营效果远不如后者。而就光线公司本身而言，几十万元起步经营的《中国娱乐报道》（娱乐现场）曾经红红火火，但其再投入更多资本制作的《中国网络报道》等节目并不能盈利。印刷媒体的情况似乎好一些。新创办的《中国娱乐信报》和《京华时报》等都经营不错，前景看好。但我认为，社会资本介入印刷媒体的情况之所以好于电视媒体主要原因是印刷媒体已经打破垄断，而且政策相对宽松，更重要的是印刷媒体不仅仅是依靠广告这种单一的模式盈利。

有资料表明，在中国期刊的总收入中，87%是发行收入（销售载体），广告收入只占13%。报纸的发行收入比例虽然不可能这么高，但其至少也能回收相当的成本，加上广告就可以盈利。火爆的《体坛周报》走的就是高价发行之路。而电视媒体的情况则完全不一样，无论是媒体自己制作节目，还是社会制作公司提供的节目都只能依赖广告盈利。从这一点分析，像《财富中国》和《网络报道》这样的非大众化栏目想靠广告盈利是错位的，出现经营困难完全在意料之中。

20世纪80年代初，美国广播公司和W集团有线电视公司曾合力对特纳有线电视新闻网发起攻击并相继开办了两个新闻频道。他们的想法是利用美国广播公司新闻部的新闻采访能力，会同一批地方地面电视台为这两个二十四小时有线电视新闻频道制作节目。一个频道每半小时播出不断更新的新闻，另一个频道则把专题节目和深入报道合在一起。这些节目免费向全部有线电视系统提供，还按照每个订户五十美分给签约的有线电视系统发奖金鼓励。但在特纳的强力竞争下，美国广播公司和W集团在不到两年的运营中亏损了一亿多美元。托马斯说，两个频道都免费向有线电视网提供节目，但他们不可能销售出足够量的广告来维持庞大的节目制作费用。特纳则相反，他有每个订户的收视费和广告费两个收入来源,所以他能打败比他强大的对手。梅燕女士说,在CNN各频道的收入中,所有频道都是用户费大于广告费,CNN财经频道更是如此。也正是由于这个原因,CNN财经频道才比我国的财经频道办得更专业,观众对象定位才只是投资者而不是一般消费者。

单一盈利模式制约电视媒体做强做大。一个社会的广告总额是与这个国家的GDP互动的。也就是说,在一定时期内广告总额虽有消长,但它是有规律可循的,额度是一定的。所不同的只是这个总额在各媒体之间的分配比例。从这一点看,不管电视台的广告额每年增长多少都只能视其为常规发展。电视媒体的大发展必须摆脱这种单一依靠广告的常规发展模式,而转变为既要掏企业的腰包,也要掏用户(观众)的腰包。这就是所谓的付费电视。这是目前除电视广告市场之外的另一个巨大市场,也是电视媒体实现跨越式发展的一个新的重要增长点。

最关键的问题是:付费看电视绝对不是利用垄断进行无理的索取。对现在的免费电视进行重新收费,唯一的盈利途径只能是提供可令观众自愿付费的节目和服务。按目前我国一亿有线电视用户计算,每个用户每月用十块钱购买一个他所需要的频道,一年就是一百二十亿,两个频道就是二百四十亿。即使按十分之三的用户有此需求计算,效益也相当可观。

有人说电视工业是天然地追求受众最大化的,制作者往往遵守的是"大数法则"。我同意这样的观点,正是这种天性才使诸多的电视制作者成为"收视率主义者",收视率成为调控频道和栏目编辑的指挥棒,成为一个挥之不去的既定标准。这种状态下,虽然精品栏目、节目和频道也不是乏善可陈,但与"收视率主义"相伴随衍生的也有一个必然的问题,这就是浮躁肤浅和庸俗无聊充斥荧屏;而一些有品位和思想,或者说欣赏指数不错但收视率并不高的节目、栏目,甚至是节目品种则遭到冷落、排斥甚至宰杀。纪录片品种在许多电视台的命运就是如此,而纪录片往往是衡量一个电视机构文化和制作水准的重要标志。

从更广的角度看,在西方社会,市场竞争法则与电视文化传播存在着一个"互逆"的关系。一方面,利润的诱惑可导致电视千方百计地追逐收视率,从而使"工业化娱乐"走向低俗,这种"文化堕落"现象被许多西方学者发现并给予了猛烈的批判。但市场竞争法则的另一方面也清晰可见,它使电视文化传播更具个性化和人性化并进而走向高雅。比如,许多国家不是在免费的公共电视台和国家电视台,而是在自己掏腰包的付费电视中才能看到那些卓有品位的纪录片频道,才能看到历史、探索、地理、儿童卡通频道等等。这是一个我们过去很少思考的问题。那么在市场的法则下如何兴其利而避其害,就成为一个新的课题。

十年
Ten
Years

2004年，作者创办中国数字付费电视。为向观众推介付费看电视的理由，作者特地做了一次《实话实说》的嘉宾，当时的主持人是和晶。数字付费电视模式基本是现在互联网视频会员制的雏形。

第九章

时空改版·2001

陈虻曾在一篇文章中回忆说:"当时孙玉胜靠着窗台对我说:'到《东方时空》来吧。'"

艰难调整:定位《生活空间》

> 陈虻还创意了那句由王刚配音的栏目标语"讲述老百姓自己的故事"。正是从这一天开始,《生活空间》终于冲破传统思维的樊篱,从崎岖的山路驶入敞亮的阳光大道。

2001年11月5日,《东方时空》重新改版。这一次改版是低调进行的,事先没有做任何宣传,也没有召开新闻发布会,只是在头一天的《晚间新闻报道》节目中做了简要报道,为的是给观众一个起码的提醒,节目变了,连个招呼都不打是说不过去的。

这次改版是《东方时空》的第三次改版,也是距离上次改版时间最短的一次——还差二十天才满一周年。

十年来,虽然经历三次改版和多次微调,但《东方时空》始终坚持不渝地遵循着两个理念:一是"真诚面对观众",这是栏目坚定不移的态度;另一个就是接近、再接近"电视新闻杂志",这是栏目的目标定位,也是其坚定诉求。

我们为什么要"真诚面对观众"？因为电视的传播始终是观众在家庭并始终处于主动地位的一种信任传播。对观众而言，我们只是众多声音和看点"之一"，观众缺了我们只是缺了一点乐趣，缺了一点丰富性；而对我们而言，观众就是"唯一"，我们失去观众就失去了一切。电视台诸多栏目的改版无一例外的都是想稳定并放大这个"唯一"。

为什么要坚持"打造电视新闻杂志"的诉求？因为早间是人们了解一天新闻的"零起点"，因为我们是国家电视台的新闻中心，为观众提供快捷、深入、丰富多彩并具有吸引力和感染力的新闻性节目是我们义不容辞的责任。对《东方时空》来说，1996年主动放弃轰动一时的《音乐电视》、2001年用《时空连线》置换渐入佳境的《直通现场》，都是为了把《东方时空》打造成中国最权威的"电视新闻杂志"。而就《时空连线》的形态而言，它几乎成了国内电视节目新一轮"克隆央视"的一个模板。顺便一提，电视的克隆现象并不是中国特有的，自从NBC的早间节目《今天》在户外大街上设立了透明演播室之后，现在美国四大电视网的早间节目都有这样一个透明演播室。

2001年7月，在一次由中央领导主持的座谈会上，敬一丹发言。她用一贯沉稳平和的语气说："《东方时空》就像一个母机，不断孵化着新的生命，比如《焦点访谈》就是《东方时空》里头《焦点时刻》的晚间版；作为《东方时空》周日特别提供的《实话实说》，也已自立门户进入晚间。"敬一丹说这话时，《东方时空》还没进行新的改版，也还没有诞生目前在《东方时空》栏目中最具冲击力的子栏目《时空连线》。我相信，而且从理论上和发展趋势上也让人相信：一旦时机成熟，《时空连线》也有自立门户的那一天。

十年前，《东方时空》开播之后，《东方时空金曲榜》迅速打响，当时被称为MTV的音乐电视，在屏幕上以每天一个的频率出现无疑是一件非常新鲜的事情，它前卫、激情、清新，一花独放，引人注目，吸引了很多观众，尤其是吸引了中学生和大学生这个年龄层的观众,这些人进而又构成了整个《东方时空》的观众群。接着《焦点时刻》和《东方之子》也紧随其上,好评如潮。《东方之子》由于在选材上将目光盯在了精英式的人物上,使一大批学界名流、文体精英走进了观众的视野,加之它确定的主题是"浓缩人生精华",所以栏目一诞生就特别抢眼,个性鲜明。而且开播时已经积累了几十个备播节目,有这些压箱底的节目储备,不仅使整个栏目运行从容,有条不紊,同时也使节目形态整齐统一,形成相对成熟的模式。《焦点时刻》开播十来天的时候,记者报道了辽宁大石桥镇一起火车撞车事件。被撞的是一辆巴士车,车上二十多位春游的中学生无一幸免。这个节目可圈可点的一点是:记者们深入到这个事件的细节和过程中,使一个简单的社会新闻变得非常饱满,它是对所有准备去春游的学校、家长和学生们的一个提醒:注意安全。就是由此开始,《焦点时刻》明确了紧紧盯住社会新闻的栏目内容定位。

可以说播出一段时间之后,《东方之子》《音乐电视》《焦点时刻》都相继找到了自己栏目的方位,形成了鲜明而清晰的个性,具有了极大的不可替代性,而唯独《生活空间》还在艰难地寻找着自我。

面对其他三个栏目的声名鹊起,制片人梁晓涛的压力是可想而知的。为尽快摆脱这种状况,他心急如焚,坐卧不安,一会儿教人如何吃早餐,一会儿教人如何美容……但这些努力显然都是徒劳的,从一路低迷的收视率来看,这样的调整无济于事。

为什么《生活空间》跌跌撞撞左冲右突就是无法找到自己准确的定位?现在看来一个根本的原因是那时包括我在内,大家对"生活"这个内涵的理解太过简单了。从栏目设计之初,我们就很直白地把生活注解为"家长里短"和"柴米油盐",对"服务"的理解就更加狭隘:居家过日子需要什么知识?我教你!

因此,最早的《生活空间》是沿着服务性节目的车辙在老路上蹒跚,参照的模式是《为您服务》,它只不过希望把生活服务性的内容通过一种新的形式来表现。而80年代中期出现的《为您服务》这类节目,到了90年代初期就已经走到了它的巅峰,类似的栏目在中国的各个媒体、各个电视频道上至少有一百多个,《东方时空》再播一个《生活空间》版的"为您服务",可想而知它的处境和结局会是什么样子:有它不多,没它不少。齐白石先生有一句名言:"学我者生,似我者亡",我们把这个新瓶装旧酒的栏目办好了,充其量是一个新版的《为您服务》。由于它没有一种存在的必然理由,因而也就成为几个栏目相继成熟之后,《东方时空》大板块中非常棘手的一块内容。

其实这真是难为了梁晓涛,因为当初的定位就是这种狭义的服务,这种传统的定位不打破,即使有三头六臂也难以改变现状。90年代初期,我们对电视的认知是那么的肤浅,传统的定势又是如此顽固地束缚着我们的思维:"早晨的节目就应该有服务性,而服务性就是要教观众做点什么。"我们只是在这个定位下进行改良和调整,而根本没有想到要另起炉灶,全新反思栏目的定位问题,甚至连丝毫的怀疑都没有。

车在老山路上走着,崎岖、坎坷、困难重重。其实,山的另一侧就是阳光大道,但我和梁晓涛都不知道,也没有去想。大约6月初,一纸命令下来,梁晓涛被任命为动画部副主任,为《东方时空》开播做出贡献的梁晓涛虽然匆忙离去,但我深知他是不甘心的。梁晓涛的任命让我措手不及,虽然在此之前我曾见过陈虻,并试探他加入《东方时空》的可能性,但我看他当时没有丝毫的反应,以为他对新栏目不感兴趣,也就打消了这个念头。一时难以找到合适的制片人,我委托《生活空间》的编导卢望平临时代理制片人职责,并让童宁对《生活空间》多加照应。卢望平1984年从广播学院毕业时,分配到中央电视台对外部任编导。《东方时空》开播时他来到《生活空间》。卢望平性格内向,不善言辞,组织管理是他的短项,但是他却酷爱纪录片,一些作品还颇有影响。

一天,卢望平拿着一个与《生活空间》的原始定位毫不相关的节目给我看,这是一个八分钟的小纪录片,说的是北京什刹海附近有三个老人常年在什刹海里游泳,不分冬夏,自得其乐。这个节目完全是纪实风格的,就像《望长城》和《广东行》。我看完以后沉默了片刻说:"这哪是《生活空间》啊?"卢望平说:"这是几个朋友拍的,只是想让你看看,如果不合适就不用了,没关系。"我当时的看法是,这个节目确实不符合《生活空间》的定位与风格,但很好看。久病乱投医,播出一下试试也未尝不可。这么想着,我对一直站在身边的卢望平说:"找个星期天播了吧。"说实话,我当时对这个叫"东方三侠"的节目并没有抱多少期望,我的脑子里仍然是那个小写的"服务"。在此后的一段时间,卢望平又拿了两个类似的节目给我看,由于此前只播出了一个这样的另类节目,还没有得到观众的回应,因此我对卢望平说:"栏目定位和形态要有一个规律,要么就固定下来播出时间,如周日播这样的节目,要么就干脆取消这种样式。"但我当时还是再次允许这两个节目播出了。

《东方时空》的一个优势就在于它的实验性。早间节目影响小,只要没有政治问题就可以实验,播出之后等待观众的反映,观众的反映反过来又可以帮助我们对节目形态和内容作出判断。这两个节目播出后有一些好评,但并不热烈——现在想来,在早晨想靠三个节目获取热烈的反映是不现实的。此后的一段时间,偶尔还有类似的节目播出,但一直没有形成规模和规律。

《生活空间》这辆慢车仍然行驶在崎岖的山路上,当到山麓的转弯处时,远处的阳光、大道其实已经进入视野,但我们却始终没有看清,或者说明明看见了,却熟视无睹。

几年后,每当反思《生活空间》的这段历程,我总有这样的感觉。

在此期间,我仍在物色着《生活空间》的制片人,我再次与陈虻联系,他答应与我详谈。6月中旬的一天,他如约出现在我的面前,我拉着他,走出二楼的玻璃房,在门口的过道上,开始了一次对他和我,以及对《东方时空》都有影响的谈话。陈虻曾在一篇文章中回忆说:"当时孙玉胜靠着窗台对我说:'到《东方时空》来吧。'我回去连续看了二十多天节目,有两点理由，让我决定过来。一是《东方时空》是一个天天播出的节目，天天播出就意味着天天有事干，我不愿意闲着。二是《生活空间》当时是一个服务性的栏目，教给人一些生活技能，我想我在这儿工作，如果干不成什么事，至少不会干对不起老百姓的坏事。我当时真的这么想，就去了《东方时空》。"

正如陈虻所回忆的那样，过了很长时间之后，他才打电话告诉我他决定到《东方时空》来。第二天，我把他送到了位于北京医科大学第三附属医院的《生活空间》栏目组。这个地方离央视本部有十几公里。在一个不到九平方米的办公室里，十七八位《生活空间》的同仁们围坐在周围，椅子不够，有的还坐在地上。我将陈虻介绍给大家，并要求大家支持陈虻的工作。陈虻很快融入了这个对他来说非常陌生而又充满希望的团队里。

陈虻对《生活空间》的第一次调整是在"生活服务"的定位下，使栏目尽量向文化靠近。于是，《生活空间》增加了文化动态方面的节目《红地毯》和通过导游与旅游景点讲述历史故事的《走天下》。此外，他还将那种渐有好评的短纪录片固定在周六和周日播出，取名《老百姓》，从而使其有规律可循，并在选题方向上更注重故事性。几个月下来《生活空间》有所改观，但整体进步不大。而那个叫做《老百姓》的小栏目却渐成气候，有几个节目颇得观众好评，譬如《老两口走天下》等。

传统的定式和习惯就是这样顽固，敞亮的大路已经展现在眼前，但我们仍然熟视无睹，仿佛这样的路与我们毫无关联。其实这个时候的《生活空间》已经从这种新的节目形态中获得效益，此时如果能够远离一点栏目的日常操作，沉静下来分析一下一段时间以来《生活空间》的节目构成及与之相应的观众反映，或许我们能够更早地意识到，我们已经"寻门而入"，但我们却忽略了这个规律性的东西，我和陈虻仍然没有意识到已经到了"破门而出"的时候——应该把这种类型的节目放大，对原《生活空间》的定位进行彻底的革命。

电视栏目的运作有时就是如此,在旧栏目中已经孕育了新栏目的积极因素,合格的制片人应该及时发现并放大这些因素,而不是对此置若罔闻。

1993年9月初,我因胃出血住进人民医院。医院伙食单调乏味,我爱吃的红烧肉一星期也吃不上两次——有钱吃不到想吃的东西,这让我联想到我们的节目:既然观众喜欢看那种平凡百姓的平常故事,我们为什么就不能让人家天天看呢?通过收视率能够明显看出观众表露出来的收视需求,观众已经把宝贵的注意力给了我们,我们为什么就不能正视和重视这样的需求呢?如果换了是一个讲究效益的企业家,面对这样的需求和注意,他难道不会喜出望外趋之若鹜吗?我在病榻上反复思考这个问题。一天,《生活空间》的制片人陈虻来看我,我们谈起了这个问题。陈虻兴奋地说:"我也有这样的计划,就是把每周一次的《老百姓》放大,让它充满整个《生活空间》。"对先天不足的《生活空间》来说,这个思路是革命性的,我们一拍即合。

多年之后,我反思《生活空间》的这段历程,得出一个结论:对一个久治不愈的栏目来说,不要浪费时间、精力和财力,"置之死地而后生"是最好的办法。

经过一段时间的筹备,1993年10月初,《生活空间》彻底改成了老百姓的《生活空间》,陈虻还创意了那句由王刚配音的栏目标语"讲述老百姓自己的故事"。正是从这一天开始,《生活空间》终于冲破传统思维的樊篱,从崎岖的山路驶入敞亮的阳光大道。

一路走来,《生活空间》不断调整着自己的方向和角度,以适应《东方时空》追求"电视新闻杂志"的目标定位,2000年11月,《东方时空》第二次改版时,《生活空间》改为《百姓故事》。

1996年1月26日,《东方时空》千期纪念日,我在其纪念册中曾写过这样的一段话:

> 追求真实是《东方时空》的生命所在。它的存在意义也不仅仅

在于好看，更重要的意义也许在 20 年或 30 年之后。比如《东方之子》栏目中记者采访了众多的三四十岁的各界精英人物，二三十年后，他们中也许就产生了能够左右中国时局的政界人物，也可能产生"诺贝尔奖"获得者。比如《生活空间》和《焦点时刻》的记者们为未来的社会保留下一大批素材资料，让学者们在研究世纪之交的中国时，能够有据可查。这些纪录片记载着社会转型过程中，现时代人们的生活环境、条件、状况、心态和面临的种种问题以及改革进步的努力。这些素材远比文字的记载和个别的回忆更生动、更真实。

真实是一种力量，当这种力量与真诚而平民化的态度，与人文关怀的精神相结合时，它就能深入人心，就能不断引起共鸣，产生震撼，就能接近生命意义中最深层的东西。《生活空间》的成功定位再次说明：电视是大众的而不是精英的，是平民的而不是贵族的。对电视节目一向很挑剔的文化和学术界人士认为："从百姓的故事中看到了人性的光芒。"这种评价应该是准确而真实的，转型期的社会有浮躁，有喧嚣，有名利追逐，有尔虞我诈，但一个个平头百姓的悲欢离合喜怒哀乐能够引起观众的喜爱和专家们的好评，这个结果从一个侧面说明：百姓是电视媒体不能忽视的对象，他们的生活状态是社会变革的缩影。这才应该是电视应当关注的主流。

然而媒体时刻不能忽视的一个问题是认清自己的角色：我们是电视节目的供应者，我们的供应对象对电视节目的要求就跟他们对生活的要求一样，需要不断提高。在电视调查中，对栏目的评价中有"满意度"和"忠诚度"两个指标，这两个指标千变万化，无论一个栏目播出什么节目，观众都坚定不移地守着看，这样的"绝对忠诚"是不存在的。

传播态度的转变曾使《为您服务》红红火火，但当大家都转变态度时，生活服务性节目就不再产生轰动效应。真诚的人文关怀精神也曾使《东方时空》以及《百姓故事》成为一种电视现象，产生影响。但当这种节目越来越多，特别是大家都开始讲故事时，我们的故事品质应该如何提高

十年

Ten Years

《生活空间》在"讲述老百姓自己的故事"。

呢？正像给孩子讲故事一样,随着年龄的增加,我们必须在故事中增加智慧甚至幽默和悬念才能吸引他、启蒙他。我们面对观众讲述"百姓故事"也必须与时俱进,增加卖点,提高其吸引力和关注度。

巴尔扎克说过:"小说是一个民族的秘史。"——正是那些鲜活的民间"秘史"在真实地记录着最基础的社会原生态和最有据可查的个性化的历史。在我看来,《百姓故事》就应该是一部真实的、让观众有阅读兴趣又有阅读乐趣的"电视小说",它记录着一个个当下状态的社会行为和社会生活片断,这里头也许有的只是故事主体人物的段落性的生活体验,但是这些故事堆积起来,积攒下来,那就是一个完整的现时代人们的生存体验。百年之后,他们就是可以还原社会形态的最有价值的素材。

新闻是历史的第一次草稿,作为电视新闻杂志中的一个栏目,《百姓故事》正在把镜头对准那些具有新闻背景甚至是新闻事件中被"主流新闻"所忽略的平头百姓的命运,它将用一以贯之的态度和精神,从另一角度和层面记录历史。

千期改版：打造"新闻杂志"

这句话后来成为《东方时空》每天与观众见面时的一句承诺："东方时空，真诚面对观众。"另一句是"您现在正在收看的是电视新闻杂志《东方时空》"。

电视有时会犯这样的毛病：总是像老师培养学生那样教导观众，而不是首先从文化传媒和新闻传播的角度去考虑观众的需求。电视的服务性不能简单理解为就是教人日常如何料理生活，这个理念在目前已成为业内共识，但《生活空间》走出这个误区，却用了半年多的时间。

《东方时空》在传播的态度和方式上，一直在忠实地贯彻平民化的理念。《生活空间》的改造，使《东方时空》的平民化色彩更趋明显。因为它不仅在传播态度和方式上是平民化的，而且干脆使平民、老百姓直接变为电视传播中的主角，这在电视界是一项创造和发明。几年过去，随着社会的进步和电视文化的进展，尤其是观众收视心理的变化，如果仍然以为仅仅把老百姓作为电视主角就可以满足观众需求，显然已经过时。现在的观众更看重电视的娱乐价值，更关注新闻事件的时代背景和具有社会转型特征的现象，更关心时代背景下人的命运——而这正是1996年《东方时空》重新改版的出发点。

从1993年第三季度开始，《东方之子》《东方时空金曲榜》《生活空间》《焦点时刻》四个子栏目四箭齐发，合力营造着这个栏目的社会影响，以致1993年北京开始流传"吃方便面、打面的、看《东方时空》"的说法。中国人早晨不看电视的习惯不仅被改革了，而且还成为一种时尚。很多人是早晨打开电视，把依次播出的栏目作为自己的报时钟：《东方时空》几点播出什么栏目，看一眼就知道自己今天上班会不会迟到——《东方时空》已经渗透到平民生活中，成为观众生活习惯的一部分。

当《东方时空》家喻户晓并获得广大观众喜爱的时候，一些商人也开始打《东方时空》的主意，长春出现了"《东方时空》购物中心"，西安则有人开了一家"《东方时空》夜总会"。因为我们早已把《东方时空》及其栏目标志在国家工商总局注册，所以当这些商业机构出现时，我让编辑组咨询有关侵权的法律诉讼问题。但得到的答复出乎意料，权威部门解释说，你们的注册只能在文化传播领域具有法律效力，而在商业领域不受法律保护。既然如此，我们也只好作罢。那些购物中心和夜总会就由他们去吧，只要他们合法经营，用我们的名声安置一些就业也不是坏事。

开弓没有回头箭，栏目一旦开播，就好像一场没有终点的马拉松开始了。

1996年1月26日，我们在紧张而有序的忙碌中和观众一起走过了千日。

历经十年再回头看，我认为这是《东方时空》发展的重要转折点，因为经过一千期的积累，《东方时空》的电视理念更成熟更深入了，目标定位更清晰更坚定了，这就是把《东方时空》办成中国最权威的"电视新闻杂志"。为《东方时空》千期的到来，我们在做两件事：一是纪念活动，二是千期改版，这将是《东方时空》第一次正式改版。

几经策划,千期纪念活动最终以《东方时空》观众日的方案确定下来,地点选在北京展览馆。那天的火爆场面至今历历在目。所有门票都是免费的,但那天上午居然有人把票倒到了二十元一张,活动进入高潮的时候,保安人员不得不临时控制观众入场的流量。

观众的入场方式设计得让人难忘:观众一踏入北展广场的入口,就能发现由红、黄、蓝三色构成的脚印,广场上的脚印渐渐由小到大,由无序到有序,直到展厅的入口处。在这里,呈现在观众面前的是一个一米见方的脚印雕塑,在蓝色灯光的映衬下,这个脚印颇有象征意味。

开幕式也是精心策划的,我们的千期纪念活动没有通常仪式上的剪彩红绸布,仪式的开始是由杨伟光台长启动一台录像机上的"播放"按钮。随着杨伟光右手食指轻轻一点,立于现场中央的大屏幕上即刻开始播放1993年5月1日《东方时空》开播时的首期节目录像片段。可以看出,即使在千期改版之前,1996年年初的《东方时空》与其开播时的品质与制作水准相比,都已经有了质的飞跃。

舞台的前方是一个由玫瑰组成的《东方时空》标志,对这个图案现在有不同的解释,但当时设计者的原意是想表现宇宙中的太阳与星云,这与"时空"二字相关联,但在观众看来,这更像是一只关注社会和关心百姓生活、明辨是非而不容沙子的眼睛。在观众日的开幕式上,主持人施翌手里拿着一朵玫瑰说:"我们面前的这个《东方时空》标志是由九百九十九朵玫瑰组成的,现在请中宣部副部长徐光春再为我们插上一朵,象征《东方时空》已经走过一千个日夜。"徐光春面带微笑接过施翌手中那朵玫瑰花,弯腰把它插在《东方时空》的标志上,现场立刻掌声一片(中宣部领导参加一个栏目的纪念活动,这在过去是很少有的)。

观众日持续了一天,到场观众总数超过万人,很多人是从外地赶来的。

每当《东方时空》及《焦点访谈》《新闻调查》《实话实说》遇到重大活动,我都愿意站在一边,从远处望着现场。有很多次,在当时的中央领导李鹏、朱镕基、尉健行、李岚清来视察时,我都如此。所以在评论部的资料中，很多成为同仁们珍藏的领导视察时的合影上，很少能看到我的踪影，其实当时我就在现场，我愿意在不远处静静地看着我的同事们，看他们是怎样激动地度过这一个个"历史瞬间"，我觉得这是一种享受。

俗话说，距离产生美，而我总感觉只有保持距离才能更完整地看到现场正在发生的事件，才能更清醒地判断这个事件对过去、现在和未来意味着什么。"观众日"那天，我静静地趴在北展二楼的扶栏上，望着展厅里发生的一切，望了两个多小时。我在不远处注视着我的同事们，我以这样一种方式与他们共享成功。我看到敬一丹、方宏进、水均益、白岩松、李平、施翌……他们被热情的观众围得水泄不通；我看到观众手里高高举着我们派发的宣传品，在急切地等待主持人签名；我还看到《东方之子》《音乐电视》《生活空间》和《焦点时刻》的展台边，每位编导和记者周围都围着观众，他们在真诚地回答着每位观众的问题；我还看到一些满脸无奈的老百姓，把一份份告状信交到了记者的手中，急切地讲述着他们内心的焦虑……

一曲《大中国》，把展厅的气氛推向高潮："……我们的大中国，好大的一个家，经过多少风吹和雨打，永远永远我要伴随它，中国祝福你，你永远在我心里，中国祝福你，不用千言和万语……"我在二楼看着现场，心中在想：此时此刻如果把"中国"二字换成"观众"好像更贴切。我默默地想着：观众将看到一个全新的、更好的《东方时空》，而且还有《新闻调查》和《实话实说》正在实验之中。

"观众日"只是热闹一时，而要长期经受观众检验的是后来，也就是1996年1月27日开始改版的第1001期《东方时空》。这次改版是经过深思熟虑和全面准备的，策划方案反复修改、持续讨论了将近三个月，总的追求是让《东方时空》定位进一步明确：《东方时空》，中国电视新闻杂志。

新版《东方时空》播出时，我专门写了一句话："您正在收看的是电视新闻杂志《东方时空》"以突出这个定位。在这个框架下，新版《东方时空》壮士断腕,撤下了已经被观众深深喜爱的子栏目《音乐电视》。

"断腕"之痛,是因为这个栏目正处于巅峰时期。制片人王坚平率领《音乐电视》创造的"95 新歌"可谓影响广泛,有的甚至流传至今,如《大中国》《阿莲》等。《音乐电视》在推出新歌的同时,也推出了一批新歌手:高枫最早出道应该是在《东方时空》,罗中旭也因为在《音乐电视》中播出了一首歌而获得一项国际大奖。1994 年,当《音乐电视》推出"中国民族歌曲系列经典"时,当时的总理李鹏还为此题词"高歌民族曲,激荡中国魂"。

在这样一个时刻撤下《音乐电视》无疑是要冒风险的。在征求专家意见时,分歧也很大,反对的意见认为:早晨应该有娱乐,音乐电视的存在可以调节《东方时空》的节奏。这个意见不无道理,但我和袁正明、张海潮及其他几位制片人经过反复策划和讨论,还是坚持取消这个栏目,原因只有一个:它不符合"新闻杂志"的定位。直到今天,《音乐电视》制片人王坚平的豁达和大度让我心存感激,他说:"从个人情感上,我对这个栏目不能割舍,但从《东方时空》整体看,还是应该取消掉。"

还有一个现实的原因是:当时央视文艺部已经开始致力于 MTV 的开发与创造。竞争开始了,迫于压力,王坚平才从战略和策略上调整这个栏目,开始推出新人新歌,并且一炮打响。但新闻中心和文艺中心同处央视内部,从资源上看,如此竞争也的确是一种浪费,这样的竞争是无谓的,不如我们自己割舍,虽然悲壮,但是有价值。

现在看来,在《音乐电视》正轰轰烈烈的时候撤下来是正确的,否则面对央视文艺中心这样专业的队伍、专业的部门和专业的频道,到后来我们只能望其项背,到那时再撤就不是悲壮,而是悲哀了。

"观众日"后的一天,王坚平说《音乐电视》的同事们准备最后一次团聚,他问我参加不参加,我当时答应说一定去。此前,我已决定让王坚平参与筹备未来的《新闻调查》,同时也让坚平做好组里各位同事的工作。栏目虽然取消了,但各位可以来去自愿,想留下来的自愿提出,可以去

《东方时空》的其他栏目,也可以去《焦点访谈》,还可以去即将筹建的《新闻调查》。

最后的团聚其实就是最后一次团圆饭,地点是电视台旁边的一家豆花饭庄,我不知道他们为什么选择这里,也许只是为了就近。我到餐厅时坚平他们都已经坐好了,大约有二十多人,我看得出大家都想营造一种轻松的气氛,都在努力地积极地找话说。但我看得出每个人的脸上都挂着悲伤,年轻人脸上的悲伤掩盖不住。我至今还清楚地记得当时他们许多人复杂的面部表情——他们是那么的可爱。

人的内心世界是掩饰不住的,酒过一巡,悲伤的情绪开始笼罩房间。首先是施翌泪流满面,之后,坚平和其他几位也都热泪盈眶,大家交流着创业的故事和相处千日的友情。我安慰并鼓励他们继续在评论部发挥作用,准备创办更好的栏目。大约四十分钟后,我跟坚平说:"我还有事,提前走了。"大家和我握手告别,很郑重的那种握手。我拖着沉重的脚步离开了他们,没有回头。其实我并没有什么要紧的事,我是有意走开的。我知道如果我在,他们会控制情绪;如果我不在,他们反而可以更自由地宣泄自己对《东方时空》,特别是对《音乐电视》的感情——这些朝气蓬勃的年轻人,他们需要这样的宣泄。

走在街上,冷风吹着我的脸,心灵深处充满内疚,一个红红火火的栏目将要销声匿迹,这对创业者的热情无疑是一种打击,伤心是难免的,但这时我想起凤凰涅槃的故事。音乐电视的前身是《东方时空金曲榜》,它把许多经典的 MTV 奉献给了观众,让无数家庭在清晨里荡漾着优美的歌声,但是我们还是忍痛割爱了。这是《东方时空》第一次撤销一个栏目,后来还有《直播中国》和《直通现场》。

我们为了成长,有时不得不放弃自己的所爱。眼前的破坏是为了长远的建设,局部的否定是为了更坚定地做出全局的肯定。如果说把"音乐电视"作为一种局部的割舍,那么"打造电视新闻杂志"就是我们的长远的未来。在电视节目形态"欠发达"的时期,改版是正常的,而且是必然的。每个台、每个频道、每个栏目都想用更完善和更前卫的方式稳住观众，占据他们的注意力，锁定他们手中的遥控器。但对《东方时空》来说，内容定位在改变，形态定位在微调，而其目标定位则始终没有改变，这个目标就是：打造中国最权威的电视新闻杂志。历经十年，这个目标日渐清晰。

"杂志"是电视节目的一种形态，它是指在一个栏目中由若干个分栏目或分节目构成。由于其栏目结构是板块式的，所以这种节目有时也称为"板块式栏目"。中央电视台20世纪80年代中期的《九州方圆》就是一种板块栏目式的大型杂志性栏目，但不知什么原因这个栏目很快就消失了。而现在看，这个栏目在央视消失之时，国外的"电视杂志"正呈流行和扩张之势。

电视杂志目前在结构上大致分为两类，一类是不同节目形态的组合，如《九州方圆》以及后来的《东方时空》；另一类是相同节目形态的不同节目，目前国外的电视新闻杂志大多属于后一种，如《60分钟》《48小时》和《20/20》等。直到今天，中国电视似乎仍缺少这样一类电视新闻杂志。试想，如果把三期《焦点访谈》组合成一期"新闻杂志"，其影响是可想而知的。当年《新闻调查》在筹备时曾设想创办这种同一形态不同节目组合而成的电视杂志，但由于栏目时长限制，这个尝试没有付诸实施，而是走向了另一条漫漫征程。

栏目时长的确是一个不可忽视的因素，根据目前研究资料，欧美国家出色的电视新闻杂志时长大都是一个小时。时长与节目形态有着密不可分的互动关系。这是一个经常被忽略的问题：时长往往决定栏目的形态。

千期之前的《东方时空》是一本电视杂志，但这本杂志不仅缺少新闻性，而且缺少应有的统一版式。除《生活空间》外，《东方之子》《音乐电视》和《焦点时刻》都各自有若干主持人在轮流出镜。每天四个栏目的主持人都是不同的组合，没有规律，缺少章法。更何况这些主持人每次出镜都是三言两语，只是串串场而已。这种状况不改变是不可能培养出中国

第一代新闻节目主持人的。此外，既然新版《东方时空》已下决心把电视新闻杂志作为自己的目标定位，那么这本杂志就不应该杂乱无序，而必须要有统一的版式、统一的灵魂和标志。这个灵魂和标志就是主持人。

就这样，1996年1月27日，《东方时空》结束了主持人的"普选时代"，开始正式有了自己的总主持人——白岩松、水均益、敬一丹、方宏进。他们每星期轮番出现在观众面前，他们开始成熟、开始出名、开始脱颖而出并很快有了明星效应——这样的结果是双赢的，但更大的赢家还是《东方时空》本身。

与这项改革相关的是，1996年版的《东方时空》开辟了一个《面对面》栏目，每天三分钟左右。开辟这个栏目的目的，是要使第一代新闻节目主持人不能成为报幕员，而要给他们创造一个空间，在这个空间中，他们是有"主持人主权"的，他们要通过一个事件、话题、现象的分析，发挥这个主权并展示个人魅力。

尽管对这个小栏目几年来偶有不同意见，但如果没有它，就不可能造就像敬一丹、方宏进、白岩松、水均益这样的新闻节目主持人。多年之后白岩松说："我今天的成功得益于当年的《面对面》。"

《面对面》的设立不仅在于它给了主持人一个表达的空间，更重要的是，它使得节目向新闻分析和新闻评论迈出了试探性的脚步。反思过去，也许我们还缺少开拓性，也许这些主持人还缺少必要的积累，也许是时间太短，也许是其他原因，总而言之，《东方时空》这试探性的一步并没有产生实质性的结果，我们拥有了第一代新闻节目主持人，却没有造就新一代的新闻评论员。而近一年多来通过对主持人的研究，我却越来越发现，也许"评论员"并不是主持人的下一个角色，而是两个完全不同的发展方向。时任中国国际广播电台台长的李丹曾在美国留学多年，他同意我的分析。出色的电视记者有可能沿着两个方向分化，一部分优秀记者转向了主持人，另一部分优秀记者在某个领域学有所专，成为专家，进而成为这个领域的评论员——CNN的格林·菲尔德就是这样的评论员。在完

十年
Ten
Years

白岩松在病房采访冰心老人。

成评论员的转换之前，记者首先应该先转换为专家。如果缺失了这个环节，就会弱化评论员的权威性。

有人说，让主持人在《面对面》里"说"，不符合电视的特点，因为电视的优势在于画面。但后来当凤凰卫视长驱直入，特别是阮次山与曹景行的"侃"新闻赢得大量拥趸的时候，越来越多的人意识到，电视原来也不忌讳"说"，而在于"说什么"，说得是否有吸引力和关注度。

对中国电视新闻来说，也许评论的时代还没有来临。而这是电视新闻改革走向深化的标志，也是其不可缺少的组成部分。

千期改版方案要求《东方之子》更接近新闻人物，《生活空间》更贴近时代。为解脱《焦点时刻》与《焦点访谈》的相互矛盾，《焦点时刻》更名为《时空报道》，但其宗旨仍然是追踪社会热点，"24小时等着你"。

《东方时空》千期改版前夕的一个下午，刚刚加盟新闻评论部的何绍伟打电话给我说：《东方时空》应该有一句栏目标语，我忘记了何绍伟当时说的一句栏目标语的具体内容，但其中有两个字打动了我，这就是"真诚"。两年多以来，虽然《东方时空》一直秉承真诚的理念与态度，但还从未想过将其公开表达给观众。当时我正在开车，一边注视着前方，一边与何绍伟谈着这句栏目标语的表述。就在那天的电话中，我与何绍伟确定下来一句话，这句话后来成为《东方时空》每天与观众见面时的一句承诺："东方时空，真诚面对观众。"从此，每天播出的《东方时空》都有两句醒目的标语，一句是"《东方时空》，真诚面对观众"，另一句是"您正在收看的是电视新闻杂志《东方时空》"。

千期改版，《东方时空》完成了自己的一次历史性重要转折。

二次改版:"时空"150分

> 很多人一年下来,时差颠倒,生物钟混乱,有的发胖,有的变瘦,有的面如土色。

电视是引人关注的媒体。这种关注不仅体现在其传播效应上,更体现在对电视栏目改版的评价差异上,这种差异有时甚至完全超出改版者自己的想象。

音乐电视栏目化是《东方时空》表达前卫追求的标志之一,这个小栏目曾给早间杂志节目带来清新的空气和活力。但由于音乐电视在其他频道的引进、普及和放大,它的不可替代性降低了。许多观众和专家认为,早间节目应该是快节奏和大信息量的,他们由此得出结论:"音乐电视"在《东方时空》里出现显得很不协调。我们从善如流,将"音乐电视"撤了下来。但后来又不断地有观众来信来电反映说,MTV是他们最喜爱的,纷纷要求恢复"音乐电视"。这种呼吁断断续续大约持续了半年之久,但这些意见终究没有动摇我们"打造电视新闻杂志"的决心和目标定位。

我们是在为观众制作节目,观众是上帝,但观众的需求千差万别,观众的评价也变幻莫测,在这种复杂的关系中,重要的不是让所有人都满意——实际上这也是不可能的,重要的是要明确并坚持自己的定位,最终锁定属于自己目标定位的观众群体。

我们与观众的关系有时可以说是一种"交换关系"。当然电视的交换与其他商品的交换是不一样的,区别在于电视的交换不具有排他性和占有性。一个面包一个人吃了别人就不能吃,而一个节目可以给无数人看。我们拿出的是节目,而观众拿出的是时间,这种时间体现在收视调查中就是收视率、占有率和满意度等指标。一项最新的调查数据显示,中国目前每位观众每天收看电视节目的平均时间是一百七十四分钟,面对全国两千多个电视频道十几万个电视栏目,一个栏目能交换到观众的多少时间呢?当这个时间值日趋缩小时,栏目的定位就必须调整了。如果这种调整不仅涉及栏目的内容定位,而且涉及形态定位和目标定位时,节目的"变脸"就被称为"改版"——改版表面看是栏目"版式"和版面的变化,但其实质并不那么简单。

改版体现了制作者的一种追求以及栏目与时俱进的生命力,它是电视成长的必然过程。但也有专家不断提醒:中国电视的改版过于频繁了,变来变去的面孔使观众发生认读困难,无所适从。此说不无道理,"久病乱投医"虽然也是一种选择,但这种选择不应该是盲目的、不科学的。我认为比改版本身更重要的一个工作,是在改版前要对栏目进行详细的、深入的分析:栏目缺少感召力、失去吸引力究竟是定位问题,还是质量问题?如果是后者,就不要在栏目形态上打主意,而是要重点调整选题方向、制作水平和运作方式。《生活空间》的成功在于栏目的重新定位和栏目的改版,而《焦点访谈》,特别是《新闻调查》《实话实说》则属于后者。

我认为,我国电视频繁"改版",是有其必然性和深刻背景的,其深层的原因就是中国电视特有的"二元结构"现象:一方面是频道和栏目的迅速扩张,另一方面是单一盈利模式导致的内容匮乏和形态欠发达。这种现象使千台一面，其至各台内部各频道之间、各频道内部各栏目之间都会出现形态、内容及目标定位上的"同质现象"。这种趋同性把本已十分激烈的电视竞争推向白热化。残酷的现实迫使处于劣势的（非黄金频道或非黄金时段）的同类栏目为规避风险而不得不重新定位，另辟空间。从这个意义上说，改版就是必然的，因为谁都想用自己的节目从观众那宝贵的一百七十四分钟里交换到属于自己的更多时间。

1996年版《东方时空》一直持续到2000年年底。2000年的11月27日，《东方时空》进行第二次改版。说实话，《东方时空》第二次改版拖到2000年，实在是太晚了。这次改版至少酝酿了两年，但由于1998年突发事件太多，1999年是国庆五十周年和澳门回归，所以改版的正式启动时间是在2000年上半年。

《东方时空》是新一轮电视新闻改革的发端，之所以能产生"《东方时空》效应"，正是因为它的前卫性和实验性。许多栏目在当时不仅是唯一的，而且是不可替代的。但伴随着1994年《焦点访谈》、1996年《新闻调查》和《实话实说》以及其他频道和栏目的相继出台，《东方时空》一枝独秀的局面已经被打破了。尤其到1997年年初，尽管《东方时空》节目的质量在不断提高，栏目在观众心目中的地位依然不可动摇，但日益火爆的《焦点访谈》似乎风头更劲，直接受到冲击的就是《东方时空》里的子栏目《焦点时刻》，两个栏目的名字中，四个字有两个是一样的，这就使观众很难分出两个栏目的区别。1996年改版时，《焦点时刻》更名为《时空报道》，但更名并没有解决根本的定位问题。在《东方时空》的千期观众日上，有人问我们的记者，这两个栏目有什么区别？我看到这位记者在拼命做解释，但观众除了听懂播出时间不一样外，好像其他的什么也没听懂——真是难为了这位记者，其实连我都说不清两个定位相近的栏目究竟有什么区别，这两个栏目本身就是一脉相承的，由于《焦点访谈》的诞生，《焦点时刻》的不可替代性已经被打破了。

这样的状况不能再持续下去，所以从1998年开始，我们就想改造《时空报道》，重新确立它的不可替代性。只是由于一个接一个地应对重大新闻报道，一直没有把改造的工作真正提到日程上来。2000年上半年，当全世界的"千禧热情"一过，《东方时空》便开始正式酝酿改版的问题。这次改版虽然推出了《世界》和《纪事》两个全新的、堪称精品的栏目，但是教训颇多，现在回头看许多策划和创意，也许过于超前和理想化了。这些教训深化了我们对当今中国电视新闻节目的认识。

改版方案首先面临一个重大选择，这就是"小改"还是"大改"。"小改"是指在《东方时空》原时间长度和栏目设置的基础上调整，重点改造《时空报道》，然后加强《生活空间》和《东方之子》的新闻性和时代背景；"大改"就是要利用《东方时空》的品牌效应，创办一个真正的早间节目。直到今天，我仍然认为《东方时空》从一开始就是一个晚间节目形态，只是安排在早间播出而已，许多专家也这么认为。所以在"小改"还是"大改"的问题上，我主张"大改"。

依据主要有三点：

一是节目形态。世界上大的电视传媒没有将电视新闻杂志节目放在早间播出的，《东方时空》在早间推出，是改革和实验的结果，但它并不具有真正的早间节目的特色。纵观世界著名电视机构的早间节目，都具有娱乐性、快节奏、全景式、大信息量的特征，而且表达方式都是轻松的。这些特点与我们的早间节目相去甚远。

二是栏目长度。所谓"大改"的方案就是彻底打破原有的节目板块结构，重新建设并放大《东方时空》，从早晨6:00开始至8:30结束，共播出两个半小时。当时的背景是虽然央视第一套节目早已于1997年5月1日开始由早7:00播出改为6:00播出，但6:00开始之后只有十分钟新闻，其他是旧节目重播。这与十年前早间新闻的原始方案是一样的。再看国外那些世界级传媒的早间节目，都是两个到两个半小时，如ABC的《早安美国》，NBC的《今天》，都是两个半小时，CBS的《早间秀》为两个小时。也就是说，把《东方时空》扩张为两个半小时是符合国际电视媒体对早间节目的设计规律的。

三是以此栏目探索新闻频道的运作。1998年和2000年年初,央视曾两次探讨上马新闻频道,但由于资源和环境条件等种种原因,新闻频道两次与我们擦肩而过。而从世界电视的发展趋势看,新闻频道的开辟只是一个迟早的问题,因为它是电视媒体实力和权威性的重要标志。默多克过去从来不在电视领域介入新闻,但几年前他却断言:"没有新闻频道的电视媒体毫无价值。"于是他继CNN之后建立了福克斯新闻网,目前其收视率已经超过CNN。

经反复讨论,新闻中心将"大改"方案——也就是一百五十分钟的《东方时空》改版方案报呈台里并获得批准。新闻中心成立了以李挺为组长的改版领导小组,副组长为新闻评论部副主任时间。当年10月,《东方时空》从新闻评论部分离出来,成立了《东方时空》工作室。

《东方时空》2000版的具体设计还参考了日本朝日电视台的《新闻站》。《新闻站》于1989年开播,每期一小时二十分钟。主持人久米宏连同他的栏目在日本家喻户晓。我最早看到这个节目样带,是朝日电视台台长来央视访问时送给杨伟光的。杨伟光将带子送给了我。虽然语言不同,但由于日语中许多汉字的使用,加上图像语言的自我解读,职业的电视人都能在风格、形态和内容上,悟出其中的道理。从这个栏目的报道内容、栏目的结构设计和栏目的叙述风格看,这是一个很好的栏目,特别是其中对新闻背景的报道更是一绝。我看到在介绍新闻背景时,久米宏经常使用与八开稿纸大小相当的提示板,为的是方便观众了解新闻事件中当事人与事件本身的关系、当事人之间的关系、事件的发展趋势、与国内已有的类似事件以及国际类似事件的比较等等。受这个节目的启发,不久后我就将这种道具——提示板,引进了我们的直播节目中。我们第一次使用提示板应该是1998年召开的八届人大一次会议的开幕式直播节目。

朝日电视台台长在央视访问期间,与我台达成了一个协议,这就是互派人员进行交流。第二年,张海潮和陈虻作为第一批交流学者去朝日电视台访问三个星期,详细考察了《新闻站》的制作流程。回来时,他们又带回了几期《新闻站》节目,并在评论部例会上,讲了他们对朝日《新闻站》的认识。从那时开始,我们就在考虑,如果时机成熟,就办一个这种量级的栏目。我一直认为中央电视新闻栏目中,至今还缺少一个品种,这就是真正的新闻背景。

两个半小时的《东方时空》初步设想获得台领导批准后,新闻中心任命时间以及赵微和许强为"东方时空工作室"的总制片人,接下来就是具体方案的策划。根据这个具体方案,每整点有新闻和资讯(6:00、7:00、8:00)。6:00至7:00之间,除新闻和资讯外还设计了"传媒链接",目的是将当天早晨其他媒体的消息在这个栏目中汇总;7:00至8:00之间,除整点新闻外,由三个栏目构成,这就是把《东方之子》改为《面对面》,主要采访新闻人物;把《生活空间》直接改为《百姓故事》;将《时空报道》改为《直通现场》,再次强化事件新闻和新闻现场。

当时之所以把原《东方时空》的三个栏目略做调整仍保留下来,是因为这三个栏目在观众心目中还有影响。如果不移植到晚间而在早间就地取消,并非明智之举。而8:00至8:30之间,仍以新闻和资讯为主。此外,《东方时空》还设计了一个周末版,这就是星期日打破正常节目设计了《世界》《纪事》和《直播中国》。

内容设置已定,接下来就是栏目的播出形态和播出方式。2000版的《东方时空》播出形态参考了日本朝日新闻的《新闻站》和美国三大电视网的早间栏目。《新闻站》在演播室内,久米宏主持,另外还有新闻播报员、评论员和嘉宾等;美国三大电视网的早间栏目播出形态也极其相似:两位主持人,即新闻主持人和天气主持人。这些栏目都是在直播状态下的。新《东方时空》一开始,就得到了直播许可,这是很难得的机会,直播是未来新闻频道的正常播出方式,但当时的直播也极大制约了主持人的发挥,后来甚至成为这个栏目的一个桎梏。

按设计，《东方时空》演播室共有四个人：两个主持人，一位新闻播音员和一位资讯播报员。如此设计的出发点是为了增加演播室的活性，增强交流感，创造轻松的氛围。但这一切都只是理想化的。这种理想化不在于主持人的多少，而在于表达的方式。因为我发现，就在《东方时空》重新改为一个主持人之后不久，美国CBS《早间秀》栏目由一贯的双人主持改为了四人主持。一位从国外回来的朋友曾跟我说，他认为这一版的《东方时空》在主持人设计和栏目规模设计上，是符合早间节目国际潮流和观众收视习惯的。

新版《东方时空》于2000年11月27日早晨6:00与观众见面了。当天，十多家媒体做了报道，这足以看出《东方时空》的改版是引人注目的。

电视节目面对观众，就像产品面对市场一样，都有风险。有的节目我们自己认为很好，但观众并不买账。有的产品生产者认为很能赚钱，一旦上市，才发现无人问津。新《东方时空》播出几个星期后，虽然从收视调查的情况看，收视率和占有率都比原来提高了几个点，而且这样的收视状况一直持续到2001年年末，但观众的意见还是源源不断地反馈过来。观众的意见主要集中在三个问题上：一是主持人太多；二是编排太乱，节目太长，看不完；三是《直播中国》有没有直播的必要。

开始时，我们还以为观众不习惯，再过三个月就好了，但遗憾的是这些意见一直伴随着《东方时空》，直到2001年年中依然如此。形势迫使《东方时空》必须第三次改版。反思这次2000年改版的得失，我对中国的电视新闻栏目的认识有所深化。

其一，观众和业内人士都承认《东方时空》改变了中国人早晨不看电视的习惯，但早晨看电视这种习惯一旦形成，要再改变就不是我们想象的那么简单了。原来四十分钟《东方时空》的播出规律经过八年多的强化，已经深入人心了，一旦将其变成两个半小时，观众的第一个反应就是：这么长的栏目怎么能在早晨看全呢？对这个问题我们无法应对，我们自己知道，这个节目从设计时就考虑到了观众的移动性，差不多是以每半个小时为一个单元来设计的,目的就是为了让不同作息习惯的观众都能看到主要的新闻节目,压根儿就没有奢望让观众把150分钟节目全看完——但观众好像更喜欢看完整的《东方时空》,看不见头尾,观众们就认为不完整、太乱。观众的这些意见提醒着我们:一个栏目在改版时,要充分考虑观众已经养成的习惯,否则,宁可另起炉灶,更换栏目名称,也不要试图打破那个"五味瓶",要尊重观众的收视心理和惯性。尤其是当这个栏目还存有活力的时候,这样的动作就更要慎重。

其二,我们的电视新闻节目仍停留在报道阶段,分析评论的时代还没有到来。起用四位主持人的目的,一是要增强一些节目过渡的过程感,强化不同内容的播报特征与个性,更重要的是想在十八分钟的"传媒链接"栏目中增加交流感,让四个主持人在交流中,传播并分析其他媒体的主要版面和内容。但我们对交流感的认识太肤浅,也太理想化了。很多问题在开播前并没有解决,比如交流的主体和客体究竟是什么,是主持人之间互为主客体,还是主持人是主体,观众是客体?如果说主持人之间互为主客体,但他们的角色又是同位的,而不像主持人与嘉宾,或主持人与评论员之间,由于角色的不同可以使交流进行下去。而如果把观众作为客体,又是主持人之间在说话,观众成为第三者和旁听者。从主观设计上说,演播室的设计是要主持人之间进行交流,成功的演播室交流,应该是不同人由于角色、经历、思维不一样,对同一事件和问题有不同判断、分析和评论。但别说在直播状态下这一点我们现在还无法做到,即使在录播状态下,新闻栏目中的分析与评论也难以展开。新闻节目不同于《实话实说》这样的谈话节目,对新闻及背景进行深度报道和分析评论,这在中国仍然是一个缺少的新闻节目品种。由于我们的电视新闻节目不是代表个人,而是代表媒体,大家都代表媒体,这就产生了同角色同观点的对话。而且又是在直播状态下,为了确保播出安全,主持人之间的话是编辑事先分配好的,这就难免使原本通过交流感得以轻松的气氛,变得生硬、做作。这样的交流是不可能成功的。还有一个问题:由于演播室中的每个人都代表媒体,角色和观点相同,不存在交流的空间,那么大家都只能处于报道状态,而报道状态是用不着那么多人的。

这个已不存在的演播室给我们留下的遗憾与反思是最多的。

不管从哪一个角度回顾、总结和评价2000年的时空改版,都不能不谈《直播中国》。

这个备受瞩目又备受质疑的栏目,仅仅走过了一年的历程。一年间,我们就已经对它做出了结论性的判断。

早在1996年年末,在与谭湘江和何绍伟探讨香港回归直播方案时,他们就告诉我,日本NHK有一个栏目叫《日本列岛》,每天中午直播二十分钟,收视率非常高。直播内容就是日本国土上的一些自然风光和名胜古迹,这个栏目已经坚持了十来年。与谭湘江和何绍伟探讨直播问题的起因,是由于他俩刚刚参加完日本NHK在长江三峡进行的连续三天的直播《悠久长江三峡》项目。

当时离香港回归还有半年多时间,台领导让我负责直播方案的节目设计。就中央电视台而言,我们过去只有过实况转播,对大型活动进行现场直播报道没有任何经验。虽然谭湘江和何绍伟当时也没有太多直播经验,但他们毕竟亲眼看到了日本人组织、运作《悠久长江三峡》三天移动直播的全过程。

他们俩都可以称为中国最职业化的电视人之一。谭湘江那次跟我谈起《日本列岛》时,我让他弄一本带子给我,几天之后,谭湘江把一本NHK的录像带给了我,我看到这个节目时,有两点印象很深,一是这是一个非新闻事件性的直播节目,二是直播现场有参与感和真实感,三是这个栏目可以强化观众的国土和文化观念。当时我们连事件性直播报道还没有经验,更何况这种非事件性直播节目了。我们不可能办这样的节目,但它给我的印象很深。

几年之后的2000年下半年,在酝酿《东方时空》第二次改版方案时,我想起了NHK的《日本列岛》,我们想在中国尝试这样的栏目形态,因为以往的直播实践一再提醒我们一个必须立刻改变的现实问题：我们太缺少直播的专业导演、摄像，特别是能在直播镜头前表达流利并沉着应对的"前方记者"，我们太缺少直播的机动性和常规化训练。而这些缺少的原因都是因为我们太缺少直播的机会，而这些都是一个新闻频道必须具备的条件和基本素质。于是，我们将这个实验性节目设计为《东方时空》的周日版，每周一次，每次二十五分钟。这个节目后来取名《直播中国》，由何绍伟任制片人。

在这次改版中，我对《直播中国》抱有很大希望，因为它不仅可以创造一种非事件直播的新形态，而且通过这个栏目我们可以将直播常规化、机动化。

没有想到的是，新版《东方时空》开播后，不断有人质疑《直播中国》的直播必要性，许多专家、学者认为它没有直播的必要，这很出乎我的意料。

直播不是作为一种传播方式，而是作为一种报道方式引进中国电视的时间并不长。更特殊的是我们都是在遇到特别事件时，才使用这种方式，所以中国观众看到的都是重大活动的直播，直播被理解为非常态的，在这样的概念下，非事件性选题就没有直播的必要了，甚至有人说《直播中国》的一些选题，如果录播可能比直播更好看。

但我认为，之所以采用直播，是将其视作了一种表现方式，直播是一种更接近真实的表现手段。我们可以录像表现丽江古城和龙井茶之乡，但如果同步直播，让观众看到现在时的丽江美景和龙井茶的炒制过程，难道不是更真实吗？直播应该是电视的常规表现手段，而非特别的"待遇"。网络媒体发达后，也许我们每个网民都可以让别人看到现场、看到直播。中国的观众对直播是否缺少一种平常心呢？

但不管我们的理念和用意如何，观众还是愿意看《直播中国》里播出的"云南抚仙湖水下考古"这样的探索类直播，遗憾的是，这样的直播是不可能每星期日上午 8:00 都能准时出现的，而"人文地理"才应该是《直播中国》的内容定位。这种定位应该有利于观众认识我们广袤的国土和悠久的历史。

观众是上帝,他们是一个栏目是否有生存价值和存在必要的裁判者。2001年《东方时空》第三次改版时,这个栏目被撤了下来。但也奇怪,虽然观众和一些学者对《直播中国》提出了一些质疑,但在当时《东方时空》各栏目中,《直播中国》的收视率一直名列前茅。新闻中心办公室的韩彪就曾接到过一位美国洛杉矶华侨打来的电话,非要把钱寄来,购买《直播中国》的录像带,说这个节目是让儿女认识祖国的最好教材,比看慢吞吞的纪录片过瘾、真实。

我至今仍无法弄清楚的是,日本NHK为什么能将《日本列岛》办了十多年而且一直有很好的收视率?我们才刚刚走过一年就难以存续?有机会我要与日本同行详细探讨这个问题。这不是一个简单的栏目取舍的问题,而是一个节目形态的成功与这个国家的文化背景和观众的收视心理究竟有着怎样的互动关系的问题。

《直播中国》撤销后,我打电话给央视驻东京记者站的首席记者孙宝印,我请他到NHK去咨询两个问题:一是NHK当年创办《日本列岛》的目的是什么?另一个是这个栏目在日本是否也受到过业内人士对其直播必要性的质疑。几天后孙宝印告诉我,后一个问题不存在,前一个问题也很简单:《日本列岛》创办的初衷是通过这个节目进行国土教育,同时锻炼遍布日本各地记者的直播报道水平和能力,以备突发事件报道之需。孙宝印咨询的结果令我愕然,我们的目的也正在于此,那么究竟为什么《日本列岛》能赢得良好的收视率,而《直播中国》虽然也曾有很好的收视率却却备受质疑呢?

后来,我在网上读到了一篇文章,也许能够解释一些疑问,文章的题目是《排演"直播中国"》。文章批评《直播中国》栏目中的排演痕迹太重,其现场已经不是"没有拍摄者组织的原本现场"。我不完全同意作者的观念,但他给了我一些启发:《直播中国》与《日本列岛》之间的差别,除了文化和时间段的差异外,也许还在于《直播中国》的选题缺少了陌生感和距离感,从而缺少了悬念。另外一个重要原因也许是在操作层面,由于怕出问题,反复排演是必需的,但留有痕迹的排演使直播失去了真实性。就像我们把《幸存者》进行中文译制配音一样,损害了节目的真实,犯了电视的大忌。

直播比录播好看,好看在同步,好看在未知,下一秒将发生什么变化都是不可预知的,观众因而对这样的变化过程充满期待。也许正由于反复的演练使《直播中国》中很多节目控制性增加了而变数下降了;播出安全得以确保,但节目变得四平八稳、循序渐进,直播的"事件化"色彩被淡化,失去了直播应有的悬念和魅力。也不排除另一个原因,《直播中国》也许是放错了地方,它不应该安家在一本新闻杂志里,而应该与新闻保持一些距离。

反思《直播中国》的得失,我想还有一个问题应当被提示,那就是节目的内容是否可以因为有直播方式的出现而弱化?如果撇开播出的方式不论,单就节目本身的内容而言,观众要的是好看,要的是丰富精彩、阅读性强的节目内容。换句话说,在"好看的录播"与"平凡的直播"之间,观众也许更愿意选择前者。反观《直播中国》遇到的一些质疑,比如"直播必要性"和"直播的理由"等等,我们是不是可以分析出这些质疑后面更深一层的批评:不是观众不喜欢直播,而是我们直播的内容不够精彩,不足以打动观众在周日的清晨紧紧跟随我们长达二十五分钟。

《直播中国》的最大收获是经过一年五十多期直播的洗礼,央视新闻中心培养了一支职业化并极具机动性的直播队伍。这班人马在 2001 年上海 APEC 会议期间,为会议新闻中心提供的十几场国际公用信号,受到一些著名电视机构的好评,他们认为这些信号提供得十分专业。此外,这个直播组还在此后相继直播了张健横渡英吉利海峡、粤海铁路正式开通、一年又一年除夕特别节目、关注"非典"特别报道以及三峡工程二次截流和下闸蓄水等项目。但目前看,《直播中国》一年来得到锻炼的人还是太

十年
Ten Years

第二次改版的《东方时空》有许多新面孔加入,包括康辉、张泉灵、李小萌、张宇、方静、天亮等等。

少了，特别是在这些实验中，前方记者没有形成规模和气候——而新闻频道的正常运作是少不了这些人才的。

2001年11月4日，2000版《东方时空》最后一次播出，清晨5点，我来到央视二楼的新闻中心播出机房，我想与值班的同事一起送别最后一期直播状态下的《东方时空》。因为《东方时空》在2000年11月27日改版前，一直是录播的，新的改版也要重新回到录播。

直播是辛苦的，《东方时空》每天早晨6:00—8:30，直播两个半小时，为此几十个人每天加班加点，常常是午夜到岗，编辑、主持人、制片人等在观众睡得最踏实的时候陆续到位，开始紧张筹备当天的《东方时空》。很多人一年下来，时差颠倒，生物钟混乱，有的发胖，有的变瘦，有的面如土色。一年中他们没有出过任何播出事故，我对他们心存敬意，但我知道电视不相信辛苦，观众要看的是好节目，而不是你的辛苦。

当天值班的是总制片人赵微，制片人宋仿，总主持人张羽，新闻主持人李晓萌，资讯主持人尹莉，以及其他导播、编辑、技术、灯光。

5:50，我坐在直播机房的后侧清楚地看着他们每个人的每个动作，听着他们的每个口令，一切紧张有序，忙而不乱，主持人播报清晰，衔接流畅。8:29，总主持人张羽与观众告别，并提醒观众明天与观众见面的将是新版《东方时空》。

显示器跳到"08:29:40"，在悠扬的音乐中，一串职员字幕由下向上移动，消失在屏幕上。就在那一刻，我意识到本次改版的目标之一已经实现了：这就是利用两个半小时《东方时空》的直播，为今后的新闻频道直接积累人才和经验。

"期待这个机遇早日来临。"这是我离开演播室时的一个想法。

三次改版：《时空连线》《面对面》

> 一切优秀栏目的背后都有两个重要的元素——
> "理念"与"激情"。

《东方时空》开播初期,曾有人断言这个栏目的存活期不会超过三个月。然而弹指之间,《东方时空》已经走过十年路程。按当时 31.5 岁的平均年龄计算,当年的创业者目前都已经接近或跨过不惑之年。回首往事,我时常反问自己:《东方时空》一路走过,从前的生命力究竟表现在哪里? 几年前我曾经在新闻评论部一次年会上说:"一切优秀栏目的背后都有两个重要的元素,这就是'理念'与'激情'。"

《东方时空》当然也不例外,但与其他新闻性栏目明显不同的是,《东方时空》具有强烈的"实验性特征"。而正是这种实验性特征才使其生生不息并始终处于电视新闻改革的前沿,成为许多新型节目的孵化器。

1994 年,《东方时空》中一个子栏目《焦点时刻》的实验结果直接体现为《焦点访谈》的开播;1995 年年末,《东方时空》同时在做两项实验,一项是谈话节目,另一项是将"再现"的手法引入纪录片。"谈话"的实验直接催生了中国第一个谈话类栏目《实话实说》;"再现"的实验虽然没有栏目化,但实验的结果是几年后30集系列片《记忆》的出台。

2000年,为探路新闻频道的运作,《东方时空》实验着每天两个半小时的直播及《直播中国》。此外,《东方时空》还实验了"制片人制""招聘制"和"记者主持人制"。

2001年秋天,台里决定对一百五十分钟的2000版《东方时空》再次进行改版,秉承其一贯的前卫理念和探索激情,这一次,《东方时空》将实验什么呢?

1996年10月,我们曾在京郊韩村河主持召开过一次"新闻性节目前瞻座谈会",会议的目的是结合1997香港回归的直播报道及央视在新闻节目形态和报道方式上与世界大台存在的差距征求专家学者的意见。在这次座谈会上,我们与各路传播学专家一起探讨了电视新闻直播和电视新闻频道的许多问题。中国社会科学院新闻与传播研究所研究员闵大洪参加了这次座谈会,我后来曾在他的一篇文章中看到他对这次座谈会的评价:"新闻传播学界对多年来我国新闻改革出现的变化有一种表述:新闻主体意识的回归,此次会议是一个证明。"

1998年年初,央视台领导先是提出要强化第一套新闻节目,而后又提出要创办新闻频道。为迎接新闻频道时代的来临,新闻中心开始做理论和人才方面的准备,并先后在央视顺义培训基地举办了两期业务培训班。在为培训班讲课的时候,我向大家提出了一个问题:在电视新闻改革五年后的今天,我们还缺少什么?我的回答是:第一,缺少一个新闻频道;第二,缺少新闻背景和背景分析;第三,缺少新闻人物的访谈;第四,缺少名记者和名编辑;第五,缺少对新闻的提炼和凸显;第六,缺少新闻发现和策划;第七,缺少新闻包装和制作;第八,缺少直播节目的机动性和控制力;第九,缺少职业化的分工和运作体制。

在此后的五年中,新闻中心一直在试图弥补这九个"缺少",有的已经实现,有的已见端倪,但有的仍需实验、探索和努力。

　　源自1993年的电视新闻改革使央视新闻中心有了十四档新闻节目,有了《东方时空》这样的新闻杂志,有了《焦点访谈》这样的舆论监督节目,有了《实话实说》这样的谈话节目,有了《新闻调查》这样的调查节目。2003年5月1日,一个最重要的缺失也得以填补:央视有了自己的新闻频道,每天二十四小时不间断播出,多档新闻滚动让观众有了更多的收视选择,也使央视的新闻从业者们得到更加广阔的实验和创新的天地……。我一直认为:在我所列举的九个"缺少"中,当时除了新闻频道不能由我们自己说了算之外,其他都是可以有所作为的,而在新闻节目的诸多"缺少"中,到《东方时空》第三次改版时,成为"首急"的就是"新闻背景"。

　　我所说的"新闻背景"是内容而不是一种独立的节目形态。作为内容,它可以出现在整点新闻节目中,也可以出现在深度报道和谈话节目中,甚至还可以出现在直播报道中。北京时间2003年3月20日上午,号称"斩首行动"的空袭打破了巴格达的宁静,第二次伊拉克战争拉开了序幕。3月22日22:30左右,设在卡塔尔的美国中央司令部伊拉克战争指挥部举行记者招待会,伊拉克战争前线总指挥弗兰克斯将军在开战三天后首次公开露面通报战况,包括央视在内的许多电视台在持续的直播中都将弗兰克斯的讲话及回答记者提问的过程做了转播处理。招待会之后,央视和凤凰的主持人均向嘉宾提出同样的问题:为什么弗兰克斯在开战三天后才露面?弗兰克斯说,"萨达姆的生死已不重要"和"美国没有对巴格达发动大规模袭击计划"意味着什么?嘉宾的解释和分析就是观众在这个动态新闻发生之后最想了解的背景和评论。

　　在现代电视新闻节目中,内容的界定日益呈现出"模糊化"趋势,别说观众,就是业内人士有时也很难在新闻节目、深度报道、谈话节目,特别是直播报道中区别什么是新闻主体、什么是新闻背景、什么是新闻评论。作为普通观众,他们只需要节目"好看"和"可信"就行了,但作为职业电视从业者,我们不能不明白我们缺少什么。而"背景"的缺失很可能直接影响节目的"好看"和"可信"。"好看"是指吸引力,而"可信"是指权威性和公信度。

新闻实践者可以不知道"新闻背景"的定义,但却不能不知道新闻背景的作用——为受众准确解读新闻的价值及影响提供帮助。从这个层面说,新闻背景的缺失是传播者缺少"受众本位"意识的反应。对电视来说,新闻背景就是用更多的相关事实为观众做更多的解释。这种解释有时是要说明新闻事件的起因(也就是"五个W"中的"Why");有时是要披露事件背后更多的细节,其中包括事件中诸多事实之间的关系;有时则是同类事件历史与环境性的对比。比如2002年11月14日,中国共产党第十六次全国代表大会通过了新党章,新党章在其总则中对共产党的性质的表述发生了明显的变化。对此,电视节目在新闻背景中就可以将历次党章对共产党性质的不同表述进行对比并加以解释,通过这种对比解释,观众可以了解以下事实:中共"一大"通过的党章目前只有英文版和法文版原件,而没有中文版;党的性质不是在党章中,而是在一条组织条例中表述的;与"十六大"党章对党的性质的表述最相近的是党的"七大"通过的党章,但不完全相同;在"先锋队"的表述上,有时表述为"无产阶级先锋队",有时表述为"工人阶级先锋队",而"十六大"则表述为"工人阶级"和"中华民族"两个先锋队,这种变化的历史原因如何解释都应该是新闻背景。因此,有学者说:"解释,就是新闻报道的深化。"正是从这个角度,我认为中国的电视还缺少一个品种,这就是新闻背景的深度报道栏目。《焦点访谈》可称为深度报道栏目,有时也有这种新闻背景解释类的节目,如伊拉克战争期间播出的《伊拉克战争升级》等节目就属此类。但更多的时候,由于《焦点访谈》特有的"监督性"和"典型性报道"而使其新闻性被弱化了。

因此,早在2000年年初,也就是《东方时空》酝酿第二次改版的初期,评论部就开始实验"新闻背景"节目,以替代已经不能与时俱进的《时空报道》。因为我们常常感觉到,一些重要的新闻事件在新闻中被当做消息播出后,缺少应有的呼应和跟进,缺乏深度。当时曾先后进行过两次实验,但两次实验均以失败告终。现在反思,当初实验失败的原因有三:其一,把"新闻背景"当成专题栏目来运作了,没有找到更新颖而且更新闻化的表现形态;其二,没有发现更机动化的前后期运作模式,从而不能确保深度报道节目的时效性;其三,在理念上不是把新闻背景理解成更多的事实与分析,也就是没有将其理解为一种解释性的深度报道,而是理解为更多的阐述道理和评论。两次实验均失败的教训再次提醒我们:电视新闻深度报道是应该体现为更多的事实背景和观察事实的多种角度,而不是概念铺路、观点先行的连篇累牍的大道理。

实验的失败最终没能用"新闻背景"取代《时空报道》,而是转向以强化新闻现场为目标,将《时空报道》改造成为《直通现场》。

其实,就在2000版《东方时空》开播不久,新闻评论部副主任陈虻和当时退居幕后的白岩松就开始着手实验另一个全新的栏目,陈虻说,这个栏目的目标定位仍然是:"新闻背景",时段是瞄准了"双零"(零收视率、零广告额)的午夜23:00。这是一种前赴后继的实验精神和创新追求。

这次实验从一开始就有了两个重要的进步,一是成本意识,低投入高产出;二是科学意识,在确定栏目内容定位和形态定位之前先搞节目市场调查。2001年年初,栏目样片成型,取名《子夜》,栏目标语为"透明在子夜"。我看过几次样片,感觉节目形态在中国独一无二,而且运作方法已经成熟,我关心的唯一一个问题是:能否批量生产?梁建增和陈虻承诺:没有问题。

但由于央视第一套节目调整难度太大,这个节目一直没有机会出笼,白岩松销声匿迹了近一年。那一年中,我常常为这样一个出色的新闻节目主持人的闲置而焦虑。

2001年秋天,台里决定对《东方时空》再次改版。一天,罗明副台长和我在新闻中心主任李挺的办公室里讨论《东方时空》如何改版。我说这次改版必须要有新举措,是否把《子夜》拿到《东方时空》来,取消《直通现场》？罗明和李挺都说这个主意好，罗明副台长还说："如果这个小栏目时长不够，可以把《东方时空》整体延长。"事后罗明向赵化勇台长做了汇报，建议被采纳了——那个《子夜》就是现在的《时空连线》。新版《东方时空》四十五分钟，比原始版增加了五分钟，这五分钟都给了《时空连线》。

经过八年的实验、探索和改造，由《焦点时刻》到《时空报道》，又由《时空报道》再到《直通现场》，最终是由于《时空连线》的出现，才使《东方时空》这个新闻杂志中的一个板块在形态定位、目标定位和内容定位上彻底走出了《焦点访谈》的阴影，而且在新闻性、背景性和时效性上与其形成了鲜明的互补。

在我看来，虽然《时空连线》已经有了许多背景式的深度报道节目，但它仍然以独立报道新闻事实为主，而不是以展延、说明、解释每天的重要新闻事实为己任。

理想中的"新闻背景报道"应该相当于印刷媒体的"封面故事"，它应该是对当天或当时最重要新闻事件的"链接式"报道，既有该事件更多事实的展示、挖掘，更有深入浅出的对比、说明、解释以及透彻的分析和见解。目前我们还缺少与"重点新闻"互动的深度报道栏目。

《时空连线》的实验性还在于其运作体制。这种运作体制不相信个人水平和智慧，而相信专业化的分工协作，也就是集体的智慧。这种体制将决策核心置于其编委会之下，前方记者只是编委会委派出去的"采购者"。一期《时空连线》是多工种协作的结果，而不再是个人"包产到户"式的作品。由于是一种协作，前方记者只负责将采录的素材转回电视台，而由后期编辑对其进行处理，所以节省了记者的旅途时间，从而大大提高了节目的时效性，大多数的日子是《时空连线》的节目已经播出，而采访的记者还在当地或者旅途中。

《面对面》是《东方时空》里一个独特的栏目名称。这种独特性表现为《东方时空》历时十年仅有的三次改版中，每次都有《面对面》，但每次形态和命运都不一样。1996年第一次改版时的《面对面》只有二至三分钟,主要是以主持人的言论为主,是敬一丹、白岩松、水均益和方宏进与观众"面对面"。2000年《东方时空》二次改版时,用《面对面》取代了《东方之子》,目的是为了弥补电视新闻中的一个缺失——新闻人物,但这次"面对面"是短暂的,三个月后,《面对面》又改回了《东方之子》。"新闻人物访谈"得而又失,再次成为一个缺失的品种。2001年11月《东方时空》第三次改版时曾设立了两个周末版,星期日是继承二次改版时的以本周国际焦点事件和焦点人物为定位的《世界》,以及讲述一个经典的老百姓故事为定位的《纪事》;而星期六则是一部由《东方时空》历时两年拍摄的系列片——《记忆》。《记忆》的创作手法依据的是时任《东方之子》制片人时间几年前在《东方时空》实验的"真实再现"形式,由周兵任总编导和制片人,共拍摄了三十集。按每周播出一集的周期,这个系列片作为新《东方时空》的周末版可持续半年。我曾对新闻评论部主任梁建增说:"要考虑《记忆》播完之后用什么栏目做周末版,可以再实验一种新的节目形态。"

随着梅兰芳、巴金、鲁迅、陈独秀、宋庆龄等百年人物在《记忆》中的依次出现,评论部新的栏目实验也在紧锣密鼓地策划。首先是崔永元的《实话实说》栏目提出要做一个"发明"类的谈话节目,但不知什么原因又终止了。后来他们做了一期《谁赞成,谁反对》的样片让我看。这是一种对抗性的谈话节目,节目主体是由两个队对一个话题进行辩论,之后由观众投票表示赞成谁、反对谁。栏目的形态有创新而且可以进一步完善,但最让我担心的是节目批量化之后如何把握。"拾金不昧要不要回报"的辩论曾一度使《实话实说》险些走到尽头,对此我心有余悸,因此这个栏目我没有同意上马。此时,《记忆》已接近尾声。《谁赞成,谁反对》没有出台,但评论部另有预案,这就是重新实验"新闻人物"。我与梁建增探讨,实验新闻人物的方法很简单,就是将《新闻调查》栏目中的人物访谈类的节目独立出来。2002年5月,评论部决定由《新闻调查》制片人赛纳负责《新闻人物》栏目的实验,其实验的第一个人物就是他们谁都没有想到我能放行播出的《与神话较量的人——刘姝威》。其后他们又实验了闪淳昌。当时正值大连"5·7空难"发生,时任国务院安全生产监督管理局副局长闪淳昌是事故调查组负责人,闪局长面对记者谈了"5·7空难"整个打捞过程和调查过程,他还带着王志看了由打捞出水的残片恢复而成的飞机原型。当2002年5月看到他们的样片时,我的评价是:形态成熟了,主持人成熟了,只待选定时机出台。

2003年1月11日,再次以"面对面"命名的大型新闻人物访谈节目开始于每星期六在《东方时空》播出,主持人固定为王志。王志曾是湖南电视台的记者,1994年加盟《东方时空》,任《东方之子》主持人,后又转移到《新闻调查》。王志的沉稳、老练和质疑的提问风格备受同行称道。与他面对面接触、面对面交流、面对面碰撞的第一个人物是曾为"福布斯"排行"中国富人"的胡润,其次是牛群、刘子亮、章孝严……2003年4月底、5月初,在"非典"肆虐中国的日子里,《面对面》的许多节目,如"王岐山""钟南山"等,都被台领导安排在了黄金时间播出,《面对面》与王志家喻户晓。

第三次与观众见面的"面对面",终于圆了《东方时空》追踪"新闻人物"的一个梦想。为实验这个梦想,不同栏目的不同人共用去了八年的时光。

实验性特征,正是《东方时空》的生命所在。

十年
Ten
Years

《东方时空》每天凌晨开始筹备早间新闻节目时，观众大都还在熟睡之中。当年的《东方时空》及其新闻评论部被称为"创新试验田""品牌孵化器"和"专业人才播种机"。

第十章

检讨十年·2002

在北京发生的新闻,没有中国记者,而只能使用外国通讯社的消息,这不仅是一种渎职,更是一种耻辱。

现在开始播报

> 当我们不仅重视新闻的第一落点,而且要追踪新闻的第二、第三……落点时,我们就会依赖一个智慧的"大脑"给予前期记者及时而强有力的智力支持,这个"大脑"不是一个人,而应是一个稳定运行的、制度保障下的智慧集体——新闻的策划及组织系统。

1999年7月5日,央视第一套节目每晚只有五分钟的21:00简讯式整点新闻改为《现在播报》,时长扩展至二十分钟。这是我任新闻中心主任以来,第一次负责创办一个新闻资讯类栏目。在开播的前一天,我为这个新栏目的播报者海霞设计了一句开始语:"海霞现在为您播报。"这句话看起来仅仅像是与观众见面打招呼的方式变了一个说法,但我当时的真正用意是要强化海霞的个性特征,因为我们正在用《现在播报》进行一次实验——新闻主播制。

电视新闻的播报方式自其诞生以来似乎一直沿着两条轨迹向前推

进:一种是新闻主持人的播报,另一种是新闻播音员的播报。据我观察,前者在欧美电视中流行,而亚洲电视则以后一种为主。产生这种现象的原因一言难尽,但二者的区别一目了然。

在欧美电视中,像克朗凯特、丹·拉瑟等大牌主持人不仅是CBS《晚间新闻》节目的标志,而且是其新闻运作的核心,这种运作机制被称为"主持人中心制"或"明星主持人制"。

主播制(在这里我将"主播"理解为主要播报者)的好处在于它可以使播音员固定为一个新闻栏目的标志,从而使栏目的个性与播报者的个性相互统一和彰显。主播虽然不像新闻主持人那样成为组织新闻的核心"一言九鼎",但他可以通过更多的参与新闻的制作过程从而加深对栏目个性的理解和表达。

粗放的新闻管理是在同一个栏目中几个主持人"轮流坐庄",而一个主持人有时可横跨好几个形态迥异的栏目。虽然他们各具个性,但却难以形成合力,难以塑造品牌。《现在播报》的实验就在于:把过去用散的力量集中起来,通过主播制使播音员和主持人一样成为一个品牌栏目不可或缺的元素。

2001年11月27日,继《现在播报》之后,新开播的《国际时讯》也实行了主播制。《现在播报》主播制的实验似乎没有遇到什么阻力,但其在新闻运作体制上的探索却令我伤透了脑筋,那几乎是一个走不出来的怪圈和误区。

1999年5月,正当全力筹备国庆五十周年直播和澳门回归直播方案时,新闻中心突然接到广电总局和台领导的通知,要把21:00新闻由五分钟扩版为二十分钟,7月1日播出。

央视新一轮新闻改革始于1993年开始的滚动新闻和《东方时空》,1994年4月2日,对22:00新闻进行改革,开播了《晚间新闻报道》。之后是1995年在午间开辟的《新闻30分》。这些栏目都在非黄金时间推出,在黄金时间除了1994年创办的《焦点访谈》之后,就再也没有改革的举措。因此一些敏感的媒体和学者把21:00新闻的扩版称为"央视新闻改革由非黄金时间转向黄金时间的标志"。中国人民大学新闻学院的喻国明教授更将之评价为这是中央电视台"向着建立新闻频道迈出的试探性的第一步"。

学者们的观察也许是敏锐的,因为这个二十分钟的节目一开始就得到上级领导的格外重视,广电总局徐光春局长、吉炳轩副局长及赵化勇台长曾多次审看样片,这是过去没有过的,他们还明确指示这档新闻要贴近社会。我原来曾将栏目取名《全景新闻》,样片审看时未获通过;后来我又将其更名为《21点新闻》或《现在播报》,领导们选择了后者。再后来我发现,不少电视台的新闻栏目名称中"播报"二字明显增多了,其格式大多为:"××播报"。

5月初接受指令,7月1日就要开播,当时感觉筹备时间太短,但现在看来,与杂志类和专题类栏目不同,推出一个新闻资讯类栏目,一个多月的筹备时间并不算紧迫。因为新闻资讯类栏目在目标定位、形态定位和内容定位方面不像前者那样复杂。从台领导那里领回任务没几天,栏目的三项定位已经明朗,即:目标定位是继《新闻联播》之后把21:00新闻办成一档"汇天下大事"的综合新闻栏目;形态定位是每天以二至三个重点新闻为主打,强化组合式新闻和快节奏;内容定位是以社会新闻为主。栏目负责人为李勇。

之所以确立那样的定位,首先是出于对播出时段的分析。在20:00—22:00之间,各卫星电视台主要以娱乐节目和电视剧为主,而21:00虽然是开机率的高峰,但央视第一套节目在此时段的占有份额却相对较少,平均收视率只有3.58%。我们试图通过贴近百姓、贴近生活、贴近社会的态度在群雄逐鹿的21:00高地上巩固央视阵地。四个月后的一项统计表明,在各频道综艺、电视剧等诸多娱乐节目的围堵中,《现在播报》还真是突出重围,使央视在这个时段的平均收视率由原来的3.58%提高到7%,在央视第一套节目中排名第五位。但在我们的目标中，如果没有困难，《现在播报》应该比这样的结果更好才对。

定位不难，主播制的确立也不难，难的是运作体制。

曾在美国的特纳公司管理层工作过的谭亚东和曾在 CNN 国际部任主编的梅燕都告诉过我一个有趣的现象：他们每年都接待不少中国的地方电视台新闻考察团，他们到 CNN 访问时，每个团提出的第一个问题几乎都是一样的："CNN 如何处理前期节目采访和后期节目编辑的关系？"这的确是一个在 CNN 不成问题，而在我们这里却是一个无法捋顺又无法回避的问题。在我国一般的电视机构中，电视新闻的流程大致可简化为明显的两个环节：一个环节是采访部门派记者将新闻采访回来并加以制作，编辑部门则将这些新闻编排成可供连续播出的一档新闻节目。矛盾因此而产生：编辑部门常说新闻做得不到位、不好用，而采访部门则抱怨编辑部门宁可用其他媒体的新闻也不用我们自采的"原创新闻"。这样的前后期矛盾由来已久、根深蒂固。

我国电视新闻的管理一直沿用着采编分离的体制。如果前期记者和后期编辑是两个平行的组，上级管理部门就叫"新闻部"，如果是两个平行的部，上级管理部门就叫"新闻中心"。这种金字塔式的管理方式是典型的行政管理模式的套用，这种模式决定着采访部门和编辑部门之间的关系只能由上一级行政管理者——中心主任来协调，二者之间产生的矛盾也只能由中心主任来裁判和解决。

其实，电视新闻的采访与播出就像生产线一样应该是流水作业的，它有其自身的"业务链"。我们俗称的"前后期矛盾"就是因为这条业务链经常被行政的隶属关系所切断，断了链的这架新闻战车，大部分时候只能依靠行政的力量来推动了。

1995 年 4 月 3 日，央视为了解决采编播分离的矛盾，作为一项改革措施创办了午间播出的《新闻 30 分》栏目。《新闻 30 分》在管理上借鉴了《东方时空》的制片人制，在运作上则集采、编、播一体化，从而解决了原有的矛盾。就《新闻 30 分》而言，这项改革的实验是成功的，因为它使央视第一套节目在午间时段的收视率提高了一倍多,而且目前也已成为央视的一个品牌栏目。《新闻30分》的成功也带来了另外一个问题:随着整点新闻节目的增加,我们总不能把每个栏目都变成"采编播一体化"的体制,否则新闻中心不就回到诸侯割据的战国时代了吗?《现在播报》在实验之初第一个遇到的就是这个问题。

《新闻30分》作为试验田可以继续试验,但《现在播报》必须纳入传统体制而不能成为另一块飞地。但在采编分离的状态下如何调动前后期的积极性,如何确保《现在播报》新闻质量是第二个现实的问题。因为只有这样才能实现设计方案中的目标定位、形态定位和内容定位。

就我国的一些电视台而言,一个新栏目要真正成功首先必须使其具有"单一归属性",也就是究竟由哪一个行政部门来对这个栏目负责。如果归属不是单一的而是多元的,那就只能是表面谁都管,结果谁都不管,谁都不负责任了,其中的问题就只能由具有行政隶属权的上级主管来协调和解决。面对众多的栏目和部门,金字塔顶层的主管又有多少精力投入具体的栏目操作中呢?为了解决这个问题,我试图建立一种机制以确保《现在播报》的运作,并使其具有"单一归属性"。于是我让前后期的几个部门联合成立了一个"《现在播报》编委会",主任是我,副主任是新闻编辑部的李昕。"《现在播报》编委会"下设执行编委会,李昕任执行编委会主任,副主任是《现在播报》主编李勇,以及其他几位前后期部门的制片人。执行编委会的功能就是每天召开编前会,确定重点报道或主打新闻选题及当天的播出计划。但运作半年之后我发现,这种机制是治标不治本的办法,刚开始时还可以,但几个月后就名存实亡了。由此我进一步发现,如果没有行政权是不可能让一个松散的机构具有"单一归属性"的,因为它没有权威,而没有这种归属性就无法建立运作有效、协调有序的大编辑部,新闻就只能在常规体制下运作,而不可能脱颖而出、鹤立鸡群。

当深入分析前后期矛盾时,我们会发现这种矛盾不仅仅来自体制,更来自于前后期的新闻判断标准。如果这个标准不是统一的，不是一以贯之的，那么前期和后期就很难达成共识。其实我们把新闻的流程分为前期和后期两个相对独立的环节是简单化的，如果将其视为一个业务链，其源头并不是记者到现场去采访新闻——也就是通常所说的"前期工作"。在记者去现场之前还有一个"前期工作"，那就是必须有一个已经达成共识的选题价值判断，这是记者进入操作选题时的根据。换句话说，记者出发之前必须明确这条新闻的价值所在，而且其价值判断的标准不是局部的，而是整体的；不是个人的，而是集体的。选题的论证应当在各次编前会上完成。但长期以来，记者往往是按自己的判断标准去采访新闻。有的记者简直就是天马行空，独来独往。我们只有在新闻拿来审看的时候才知道记者干什么去了。我曾说：从这个角度上看，我们的记者是世界上最自由的，出发采访前连选题都不用报。

2000年，利用新闻中心信息计算机管理系统升级改造的机会，我决定建立选题管理系统，通过计算机管理对记者的选题进行控制。一条新闻是否具有采访价值，不应只是由记者个人来判断，而应由编前会集体判断。由此开始，新闻中心第一次将新闻流程中的第一个环节——选题正式纳入管理范畴。新闻中心目前每天在上午9：00、下午2：00和晚上8：00分别召开三次编前会，编前会上受理各部门新闻选题的申报。除特别突发性新闻临时报题外，未经申报并由编前会确认的选题将不予播出。

新闻选题制度的建立是一种进步，但控制选题不是终点而是起点。我们的理念是要通过选题控制提高新闻的质量。当我们把"质量"予以分解时，这个概念是值得中国电视同行深思的，这就是如何理解新闻的"质"与"量"的关系。

国内电视台对前期新闻记者的管理大多实行严格的"行业分派制"，而不是"地域分派制"。所谓的"行业分派制"就是按"分兵把口"的原则将记者功能细化为"行业记者"：有人负责法制、有人负责金融、有人负责工业、有人负责农业……这种分派的好处在于记者对这个行业了解较深、人头很熟,又可能尽早得到消息来源;但这种制度的弊端是,分派记者往往成为自己所"管辖"的行业的"代言人",把本属于"部门行业工作信息"当做"公共信息"予以发布,从而降低了新闻的品质。不是说行业信息都不是新闻,但这些信息必须具有公共性,才能引起电视观众普遍关注和关心。此外,我们在整点新闻的编排中,有时我们对新闻的遴选标准也助长了一些无效信息的播出。比如,现在许多电视台对整点新闻的选择都采用"价值递减"的原则而不是"动态递进"的原则。

"价值递减"是指,诸多新闻依时间段不同确定不同的选择价值标准。上不了19:00新闻就上18:00新闻,上不了18:00新闻就上16:00新闻,价值依次递减。现代社会要新闻节奏快,信息量大是正常的,但对于线性传播的电视整点新闻来说,重点新闻和主要新闻的"动态递进"原则似乎更应被放大。这种递进式包含两层含义:一是新闻事件的动态发展进程,二是不断补充更多的背景和分析。而我们现在所缺少的就是这种递进式的新闻。说是滚动新闻,其实是"滚而不动"的,"质不够,量来凑",是我们过去遇到的问题,说是增加新闻信息量,其实那些"充量信息"中有许多是无效信息。

就一个三十分钟的新闻栏目来说,平均播出二十五条新闻是正常的,国际国内都是如此。但我们与国外不同的是,除一些分类新闻,境外电视机构的新闻是对新闻事件的动态进行滚动递进式报道,国内电视通常是按时段价值播出不同的新闻。因此,如果按天累计,由于非叠加性,我们的新闻吞吐量与境外电视相比就要大得多。所以我们拥有更多的摄像机、编辑机和编辑记者,但我们往往只把信息量理解为新闻条数的增加而忽视了信息的有效性、递进性、公共性和新闻性。

"行业分派制"带来的另一个问题是新闻的遗漏。

1998年4月11日是一个星期六,上午11:00左右,按照值班的惯例是该审看《新闻30分》新闻串联单了,我来到候播间浏览当天的主要新闻内容及其编排顺序。串联单在电脑上由下而上慢慢地滚动着。突然,国际新闻部分一个标题引起了我的注意："朝韩在北京举行新一轮会晤"。我立刻问国际组的编辑,这条新闻的来源是哪里。一位女编辑说是外国通讯社,但是现在还没有新闻内容。"国际社会普遍关注的朝韩会谈就发生在北京,而我们却要用外国通讯社的稿子,这简直是一种渎职。"当时我就这么想,我开始追查责任人,到底是谁把这条新闻漏掉了。但是追查的结果令我尴尬:似乎没有任何人应对此负责,因为朝韩双方的事儿与新闻中心任何一个行业分派记者都没有关系。于是我让人打电话给有关部门,但除了"双方将在中国大饭店会谈"之外,也没有人提供任何新的线索。我再打电话给《新闻30分》的制片人,"你们立即派一组记者到中国大饭店拍'朝韩会谈'!"对方问我在中国大饭店的什么地方,我说:"不知道,你就告诉记者,到中国大饭店去找!哪儿外国记者多,哪儿就是会谈的地点。"被派往中国大饭店的记者高伟强回忆说,他们在饭店里找来找去,终于在地下一层看到了数十位外国记者。令他们庆幸的是:此时朝韩会谈双方代表还未到场。就这样,在接下来的一个星期里,高伟强等人整天蹲在中国大饭店,在各段新闻中共播出了十三条新闻。央视也成为除了韩国媒体外唯一允许进入会场拍摄的电视媒体。

在北京发生的新闻,没有中国记者,而只能使用外国通讯社的消息,这不仅是一种渎职,更是一种耻辱。这件事再次提醒我要有一个机构负责"行业分派制"留下的真空地带的巡逻。今后,像"朝韩会谈"这样的新闻再有遗漏,就将追究这个机构的责任。这个机构就是后来设置于新闻编辑部内的新闻策划组,这个组除了每天巡视那些可能的真空地带的选题计划之外,还负责采访部门的选题管理。我们必须在制度上确保每条重要的新闻都不能被遗漏,尽管每条新闻不一定都能播出。

国内电视机构单一的"行业分派制"的另一个问题是机动性弱。这种体制往往是以电视台为原点对新闻呈放射状做出反应。这种反应即使再快速,也受地理、交通和空间的限制,其结果就是自己的记者不能在第一时间进入新闻现场。随着新闻节目制作量的增大和电视新闻改革力度

十年
Ten Years

节目播出前海霞与栏目编辑讨论和编排稿子。《现在播报》是央视第一次允许主持人每天在节目中自报家门——"海霞现在为您播报";第一次专为主持人制作节目片头;第一次固定用一位主持人、每天固定时间播报新闻。

的加大,单一的"行业分派制"必然要过渡到"行业分派制"与"地域分派制"的有机结合。

当"行业分派制"由于行政隶属权将采、编分成前后期两个平行的部门时,本节开始时叙述的矛盾就产生了,那就是究竟是记者听编辑的,还是编辑听记者的?两个大脑、两种判断标准和评价体系,矛盾由此而生,各有理由和道理,自己解释不清,就到CBC、CNN、BBC等机构去咨询、考察。

虽然国内许多电视台的同行们都知道考察结果都是记者要听编辑的,但这种体制在国内电视机构中却难以推行,而这种体制不改革势必影响整体的新闻品质的提高。

其实,从"需求决定生产"的原理说,前期记者应该听后期编辑的。有人还把编辑称为"厨师",前期记者是"采购员",我同意这种比喻,而如果按照这种比喻,采购员也同样要听厨师的,因为厨师才知道今天要给客人吃什么,客人想吃什么。

如同看一场表演,最前排的人肯定比在第十排的人看得更清楚,但后排的人可以看到表演的整体甚至能体验到全场的气氛,而第一排的人只能看到局部。二者之间在视野上是有差别的。

前期记者也是如此,作为观众深入现场的代表,记者对现场肯定比编辑看得更清楚,但也正如"距离产生美"和"旁观者清"的道理一样,有时记者在现场的发现是有局限性的。比如正在巴格达的水均益肯定比家里的编辑更了解萨达姆的新闻发言人萨哈夫在刚才的新闻发布会上都说了些什么,但水均益很可能不知道美国、英国和俄罗斯、法国、德国对这次发布会的反应有什么不同,或者这些媒体又在巴格达发现了什么新问题……但这些情况后期编辑是清楚的。所以,在国际上的许多电视报道中,有很多线索和背景都是编辑提供给前方记者的。这是一种正常而科学的运作方式,但在国内的新闻报道中我们往往不使用这种方式,所以国内电视同行都面临的一个问题是:在新闻现场,记者总是单枪匹马做报道,而缺少新闻的组合和新闻背景的现场分析——就现实操作的情况看,这样的要求对我们的前方记者来说是太苛刻了,因为由于没有后方的全景式的支持,仅仅依靠自己的力量,他们根本没有可能实现这样的要求。

如果我们把新闻流程(采访、制作、编排、播出)理解为一个单一的过程,现行的体制要保障播出是没有问题的,但现代的电视新闻理念是不能把这个过程理解为一个单一的过程,而是一个循环往复的过程。记得几年前,江泽民总书记到安徽凤阳小岗村视察,《新闻联播》将其作为头条新闻予以发布。当时凤凰卫视的记者也在现场,而凤凰卫视除了发回新闻外,江泽民离开凤阳这个中国改革的标志性村庄时,他们的记者却留了下来,采访了所有与江泽民见过面的凤阳人,从村委会主任到普通农民,他们谈了当时与江泽民见面时的许多鲜为人知的细节。之后不久,这个专题节目就在凤凰播出了,效果很好。正是这个节目之后,《新闻调查》才派出记者赴凤阳做了一个回述式的节目《江总书记在安徽》。但央视《新闻调查》的播出已在江泽民离开安徽一个多月之后了。回头看凤凰这个"得分"的举动,凤凰显然没有将新闻的流程理解为单一的,而明显是理解为一个循环的过程,这个循环过程有时被称为"第二落点"或是"第三落点"。这是我们在新闻运作中一个经常被忽视的问题。

当我们把新闻流程看成一个循环往复的过程,当我们不仅重视新闻的第一落点,而且要追踪新闻的第二、第三……落点时,我们就会依赖一个智慧的"大脑"给予前期记者及时而强有力的智力支持,这个"大脑"不是一个人,而应是一个稳定运行的、制度保障下的智慧集体——新闻的策划及组织系统。

长期以来,这个系统在国内电视机构中难以产生是因为其产生和存在的几个支撑点还不具备,这就是信息资源的占有、足够的新闻敏感和准确的新闻判断。"行业分派制"使大量信息资源垄断在前期记者手中,后期的策划编辑们失去了判断的依据。而长期以来,大量有经验的记者压在前期,后期的大部分人员却是一些从未有过新闻采访经验的年轻人,从而失去了权威的判断能力。正是这种体制和结构上的缺憾,使"智慧之脑"不能后置,从而不能形成"大编辑部"的机制。《现在播报》的实验没能完全走出这个误区,从而没有建立起现代化的电视新闻运作机制,这是检讨十年时的一个遗憾。

评论:内容还是形态

> 他们认为电视评论应有电视的特点,《焦点访谈》
> 的评论就是通过电视的特点来表现的。

2001 年 7 月,第十一届中国新闻奖评奖活动在黑龙江的牡丹江市举行。这是我第三次担任这个奖项的评委了。我们驻地宾馆旁边就是美丽的镜泊湖,日落时分是镜泊湖最动人的时刻,远远望去湖天一色,溢彩流金。

在七天的评奖中有两件事令我难忘:一个是让全中国人喜泪涟涟的"7·13"之夜,我是在这个静谧的市郊度过的,这一夜的心态与情感早已封存在记忆中;而另一件事却是从那个时候开始,一个问题始终困扰着我,时常翻检不得其解,那就是:电视新闻评论究竟是一种形态,还是一种内容?

在中国新闻奖的奖项中,电视节目被分为消息、专题、系列报道、评论、直播和编排等六大类。在看评论节目时,我发现一家电视台送评的是一期谈话节目。看完这期节目,我问其他评委:谈话节目是属于评论节目吗?大部分评委不置可否,只有人民大学的涂光晋教授勉强说:"也可以算。"此后,评委就这个问题进行讨论,没有得出统一的结论,但是评奖总得有一个结果,评选的结果是这期节目只给了三等奖,因为在与《焦点访谈》等其他传统的"评论节目"相比时,这个谈话节目显得非常的另类——其实节目本身质量并不低。

我当时在想:这就像《焦点访谈》和《实话实说》,如果两个栏目各自选出最好的一期节目拿来参评,同在"评论节目"中竞争,会是什么结果呢?评委投票的根据是什么?这种依据和标准本身的科学性又是什么?二者没有质的统一性,怎么可能比较呢?所以在那次中国新闻奖评选的总结会上,我向评委会提出一个建议:应该把谈话节目作为一个单独的类别予以评选,这将有利于全国谈话节目质量的提高。像央视的《实话实说》自1996年4月开播以来,已经播出三百多期节目,但从未参加过中国新闻奖的评选,原因就是没有相应的评选类别,因而也就没有机会。而目前全国谈话类节目已经很成气候,只要是有制作能力的电视台,几乎都有自己的谈话节目,谈话节目的内容也早已遍涉新闻、综艺、体育、经济等各个领域。

谈话节目与《焦点访谈》等节目归于评论类节目进行评选是不公平的,因为它们没有相同的形态和相同的目标追求。而且按照约定俗成的对"评论节目"的理解,谈话节目与焦点节目在一起竞争时,不难想象,焦点类节目肯定是占尽风头。但问题并没有就此打住,这个问题的延伸就是:我们从已经习惯的《焦点访谈》类节目形态出发看谈话节目,认为谈话节目是评论节目中的另类,但全国大大小小的"焦点访谈"们就是正宗的评论节目吗?评论节目如果是一种节目的形态,为什么国外电视节目中见不到"评论节目"这个概念?像《焦点访谈》《新闻调查》这样的节目形态在国外一些著名的电视机构中不难找到同类,然而却很少有将这类节目统称为"评论节目"的。也就是说,在节目形态上我们与国际电视新闻节目是相通的,但在概念上却相去甚远。

这究竟是什么原因造成的?

从镜泊湖畔回到北京直至现在,我一直在思考并与很多人探讨这个问题,试图找到一个有说服力的答案。

在迄今为止能够找到的中文版的有关欧美电视节目的资料中,我没有看到"电视新闻评论节目"的介绍,即使在最新版的、由汪文斌、胡正荣所著的《世界电视前沿》1—3卷中,也没有看到电视评论节目这个概念。在2001年年底广电学会评论节目委员会成立的研讨会上,涂光晋教授说她在欧美考察时未发现有"评论节目形态"。"电视评论节目"难道是一个中国特有的电视专业名词?

1989年版的《辞海》对"评论"做出了这样的解释:

> 评论:①批评与议论。《后汉书·许邵传》:"评论朝廷,虚构无端。"《隋书·杨异传》:"评论得失,规讽疑阙。"②报刊言论的总称。有社论、短评、述评、编后记、编者按和以"本报评论员"名义发表文章等体裁,及时分析社会生活中的重要问题,直接阐述报刊编辑部的观点和主张。③报刊言论体裁之一,评述某一问题或事件的文章。

在这些解释中,第二项和第三项都是明确为报刊特征做出的定义,与其他无关,而将第一项解释与《焦点访谈》这类节目相观照,也不能说明其节目形态。一是这类节目在内容上并不都是批评或议论,即使《焦点访谈》有三分之一的内容是批评的,但是在节目中也是以事实报道的方式和形态表现出来,更何况,这类节目中大量的内容是有关正面和中性的内容。

而在英文中,"评论"一词通常被解释为"带观点的文章和言论"。时任中国国际广播电台台长的李丹在解释英文中的 editorial(社论)和 comment(评论)时如是说。

依据《辞海》的解释和中国电视新闻演化的历史可以看到:"电视评

论节目"这个概念和分类是有其局限性的，它是电视在幼年时期，也就是在电视作为一种独立传播方式的地位确立之前，沿袭纸媒体的传统分类方法形成的一个概念。这个概念延续至今，成为我国电视新闻节目中特有的现象。

庞啸是央视的一位资深记者，也是我很尊敬的前辈之一，据他在其著述的《实用电视新闻理论》一书中记载，中央电视台50年代末和60年代初播出的一些评论性节目就是"图片影像资料配以解说员朗读的述评稿"，或者干脆就是"由播音员在演播室中念报纸的评论文章"。即使到了1979年，央视播出的"三中全会之后第一个本台记者述评：《起飞吧，轻工业》，内容是呼吁摆正工农轻重的位置，对轻工业予以支持，形式仍然是影片加述评文字，由广播员朗读……"追根溯源，早期的电视评论就是评论文字加上画面，而且以文字为主，这与《辞海》中的解释是一致的。对文章和电影的依赖说明当时的电视还没有发现其自身特有的传播手段和优势，在表达自己的主张时，还没有形成成熟的表现方式。

粗观中国电视新闻发展史，有一个现象令人遗憾：这就是中国广播电视在其发展的早期并没有吸纳纸媒体的记者加盟从而改变从业者知识结构（这与国外的广播电视发展历程有很大的区别），而在机构设置及其运作方式上却受纸媒体影响颇深：如报社有理论部，广播电台也有理论部；报社有评论部，电台电视台也依葫芦画瓢地设置评论部……几乎是"复制粘贴"了报社的所有机构。

央视第一个承担评论节目制作的机构是1980年成立的《观察思考》组，亦即评论组。庞啸在其著作中说："……《观察思考》在如何办言论类（评论类）节目上进行了开拓性的实验……"如这个组首先在理念上认为："电视言论类节目无法与党报社论相比，电视言论类节目没有党报社论那样的权威性，不能把自己摆在不适当的位置上"；"电视言论类节目必须坚持以广大电视观众为自己的服务对象，必须针对他们的实际办节目"；"电视言论类节目不能高高在上，以教育者自居，它是观众的朋友，而且是平等的知心朋友"……这些言论说明,前辈们已经深刻认识到电视节目不能是报社的评论文章,他们同时认为:"电视言论类节目要恢复'电视的本性'……要按照电视传播规律办事,再也不能把电视看成是电影的翻版,一切按电影的模式走路。"这说明当时的电视从业者已经看到了所谓"评论文字加影像资料"这种节目类型存在的缺憾并对其进行了反思与探索。

庞啸说:"《观察思考》组提倡记者深入调查,掌握第一手材料,结论只能产生于调查结束,而不能先入为主,带着观点抓材料。像《包干到户以后》,记者行程上千里,进入农户上百家,对赞成包干到户的采访,对不赞成包干到户的,同样进行敞开心扉的交谈。有的节目几次去采访,前后历时两年,这种深入调查、实事求是的作风是《观察思考》认真总结了文化大革命的经验与教训后极力追求的……"依据庞啸的这些叙述,我们可以看到电视调查报道的影子。令人遗憾的是,我们的前辈们当时没有大胆地再前行半步,彻底放弃"评论"这个报纸化的概念,用调查报道确定《观察思考》的节目形态和定位,而是继续沿用了"评论节目"这个概念。

传统的理念并未就此为止,即使到了1993年年底,央视准备在《东方时空》《观察思考》《今日世界》基础上成立一个新部门的时候,这个部门最终还是被命名为"新闻评论部",报纸的影子依然挥之不去。而后,一个奇怪的逻辑左右着许多人的理解和判断:由于这个部门叫做"评论部",所以这个部门制作的节目就被认为是"评论类节目"。《焦点访谈》《新闻调查》,一个又一个形态迥异的"评论类节目"被大家在困惑中接受了,甚至后来的《实话实说》,它在形态上与前面的三兄弟实在是相去甚远,但由于它的产地和出身,它还是被大家迟迟疑疑地当做"评论类节目"接受了。由于这些节目日益强大的社会影响,由于各个地方台"评论部"的相继模仿,这个奇怪的逻辑变得越来越强势:评论部生产的节目,就是评论节目。观众和电视研究者,只能先适应,后接受,再去慢慢理解。

回头看看,即使"评论节目"这个电视术语是科学的,而由于其涵盖着《实话实说》和《焦点访谈》这样的两种形态,又由于这两种节目的形态反差如此巨大,使得这个概念的科学性与准确性也越来越被质疑。

有意思的是,当年把评论部翻译成英文的时候,水均益意识到了应当符合国际惯例,他把"新闻评论部"翻成了"DEPARTMENT OF CURRENT AFFAIRS"(时事部),而不是直接望文生义地翻成"DEPARTMENT OF NEWS COMMENT"(新闻评论部)。由于 comment 指的是"意见、解释、观点和批评",国外同行会误解我们《东方时空》和《焦点访谈》的节目形态,认为这两个栏目应该是纯观点言论性的节目,而不是以报道为主体的。这个问题在一年多以后再次被提出来。1995 年,当《焦点访谈》第一次参加中国电视新闻奖评选时,有不少专家曾提出异议,认为《焦点访谈》不是评论节目。在这些专家们的理解中,"评论"就应该是观点性言论。争论中,持另一种看法的专家意见最后占了上风,他们认为电视评论应有电视的特点,《焦点访谈》的评论就是通过电视的特点来表现的,因此将其划分为评论节目说得过去。从此,《焦点访谈》就被正式确定为"评论节目"了。

其实,这只是当时在评奖竞争中为评论节目找到的一个依据,依然是概念先行,再寻理由为其支撑。十年后,随着对电视新闻节目认识的深化和形态的丰富,我们应该重新检讨:评论,究竟是形态还是内容?对节目的分类应该有一个共识的标准,否则许多节目形态将继续被排斥在专业而权威的评价体系之外,没有渠道参与政府奖和国家奖的角逐,如谈话节目、调查节目等。在 2002 年度中国新闻奖和中国电视新闻奖的评奖会上,我再次向评委会发出这样的呼吁。

我主张将电视新闻节目在大类上分为"报道类节目""杂志类节目"和"谈话类节目",而在这些大类之下又可分为不同的形态,如:"报道类节目"可以分为"新闻(消息)报道""调查类报道(或称深度报道)""专题报道"等。"新闻(消息)报道"包括了《新闻联播》《现在播报》《新闻30

分》这类节目;而"调查类报道"包括了《焦点时刻》和现在的《焦点访谈》《新闻调查》等;"专题报道",如专门的"人物"和"经济""法制"等节目;"杂志类节目"又可分为"新闻杂志""生活杂志""财经杂志"等,如现有的《东方时空》等;《实话实说》《对话》《中国报道》等都属于新闻谈话节目。

中国电视新闻节目如何根据其内容和形态进行科学的分类是我们面临的一个问题,而且是一个十分紧迫的问题。这需要理论专家们的努力,更需要实践者的总结。当然,很有可能电视节目的分类标准不是唯一的,出发点不同,分类标准就有可能不同。但无论如何,我认为"评论"二字主要体现对事实、事件和现象的观念与态度,这种观念与态度可以体现在消息报道中的记者、播音员和主持人的语言中,可以体现在调查类报道的事实展示过程中,也可以体现在专题报道的主持人提问和专家分析中,更可以体现在谈话类节目的嘉宾表达和主持人对现场的调度引导和控制中……总之,评论应该是一种内容,而不应该是一种形态。

目前,凤凰卫视已推出评论员阮次山、曹景行及其相关栏目。我认为,即使这些节目相当不错,但其节目形态却仍然是新闻谈话节目,与"拉里·金现场"属于同类形态的节目,区别只是在于前者的主持人不是谈话核心,只是提问者,而后者却牢牢地把握着谈话的主动权。但即使如此,阮次山和曹景行的语言内容是评论,其节目形态还应是谈话节目。

2003年5月1日,新闻频道开播,其中《央视论坛》这类栏目的形态就应是谈话节目,尽管其内容定位是以评论为主。

不可失落的新闻性

> 别人能做出《风雪夜归行路难》《北京交通经受"雪"的考验》这样的漂亮文章,而我们的屏幕上为什么"大雪无痕"?

2001年岁末,北京入冬的第一场大雪,检验着城市应急体系,同时也检验着北京的新闻媒体(其实是中国主要新闻媒体)面对突发事件的新闻反应意识和快速反应机制。

这场雪并不大,但据有关部门事后的解释:由于下雪的时间不对,由于下雪后天气突然转冷迅速上冻,由于那天拥有一百四十多万辆机动车的北京市有太多的车辆恰好都在路上,由于刚刚入冬很多车辆出了问题……反正鬼使神差地,这场雪一下子造成了北京整个城区的交通瘫痪,办公室的人们回不了家,幼儿园的孩子没有办法接,成百上千的乘客误了飞机误了火车,成千上万的人在雪地上走三四个小时的路程,步行回家……这个事件本身就可以做深度报道,更何况还有它暴露出一个城市在管理及应急能力方面的隐患——在2001年的冬天,这个问题具有格外引人关注的收视需求。

但是,那天下午,我和所有《东方时空》《焦点访谈》的工作人员一样,在按部就班地按照日常工作节奏忙活着,没有意识到要做点什么;那天晚上,我和所有《东方时空》《焦点访谈》的工作人员——我们这些"新闻工作者",竟然也和普通市民一样,在堵得水泄不通的车流中焦急着、烦躁着、打着手机向家人预报要晚归……第二天,当我打开计算机、翻开报纸、打开电视机上别人的频道,羞愧之感油然而生。不仅早晨的《东方时空》没有反应,而且晚上的《焦点访谈》也无动于衷,仿佛那一场大雪就只在别人的视野里下过一样。

遇有突发重大事件,《焦点访谈》是不会缺位的,如小平去世、'98抗洪、中美撞机以及后来的伊拉克战争和抗击"非典"等事件,《焦点访谈》都有出色的表现,但反观其日常节目中的新闻特质,"北京大雪"是一个提醒。

第二天上午,我也在扪心自问:究竟是什么原因使我们这几个曾经被业界称为"经典新闻节目"的、曾经表现出锐气、活力和敏锐判断力的栏目,居然变得如此迟钝?不能跟踪这样的事件是不可思议的,别人能做出《风雪夜归行路难》《北京交通经受"雪"的考验》这样的漂亮文章,而我们的屏幕上为什么"大雪无痕"?中午,我打电话给《东方时空》和《焦点访谈》的主任、制片人们,我要同他们一道反思和检讨:是什么原因使我们这些个正当盛年的栏目在面对突发新闻时表现出一种不合时宜的冷漠和无能?我们如何亡羊补牢?

2001年12月8号,在那个让人坐立不安的下午,当别的媒体、别的栏目热热闹闹地议论着"北京世纪大堵车"这个新闻事件的时候,我们十几个人坐在一起,讨论着另一个沉重的话题:为什么当"焦点"节目的舆论监督功能得到超常发挥的同时,它的另一个特征——新闻性却在弱化?这是一个很耐人寻味的现象。

《焦点时刻》的第一期节目是"影星下海",第二期节目是"部队着装迷彩服",第三期节目是"北京出现女出租车司机"——几乎都是一些社会现象和上不了头版的"软新闻"。

想起来,还是在1993年5月《东方时空》刚刚开播的第三天早晨,张海潮在播出机房贴着我的耳朵小声说:"辽宁营口大石桥发生一起车祸,大客车和火车撞了,大客车上面准备去春游的二十多个中学生死亡,我们已经派记者去现场了……"当时我正在聚精会神地看着《东方时空》的首播,机房里人多,我没有多问,只是对张海潮竖了一下大拇指表示赞许。两天后,也就是《焦点时刻》播出的第六天,关于辽宁大石桥交通事故的追踪采访和观众见面了,记者李媛媛从出发到采访再回到北京,算上编辑、审看、播出,总共只用了六十多个小时,这就是在当时的技术条件和制作水平下,记者尽最大努力追求到的时效。

这期节目对后来《焦点时刻》的整体影响是巨大的,因为仅仅用了几天时间,《焦点时刻》就确定了自己未来成长的方向,这个方向就是——新闻性。虽然现在的电视节目中报道重大事故已经是习以为常的事情,但十年前的中国电视对一起交通事故进行报道还是让不少人感到不可思议。就是这样的交通事故,《焦点时刻》不仅关注了,而且拼时间、抢时效,用十分钟的篇幅,立体地、多角度地报道了这起事故的现场目击、事发经过以及善后处理。

从此以后,《焦点时刻》倾力关注突发事件。1993年6月发生的"6·24"常州至厦门民航客机被劫事件、"7·23"宁夏空难以及8月初的深圳特大储油罐爆炸事件……电视报道的领域被扩大了,一些禁区被突破了。

我始终认为:贴近新闻还是远离新闻绝不是栏目自身兴趣取向的"个人问题",而是这个栏目有没有生存必要的"生死问题"。一个栏目对观众而言是成为其收视的必需,还是堕落成可有可无的东西,关键在于它能够为观众提供多少"急时所需":解惑信息、现场证据、亲历人物、判断依据、观点交流……有的栏目会由于这些元素的丰沛而让观众产生心理上的"与话习惯",产生依恋感,成为事件发生时会主动寻找的第一选择;而大多数栏目对观众而言是边缘化的:遥控器搜索到这儿了,扫两眼也并没觉得有趣有益,错过了也不会觉得有什么可惜——大多数观众成为浏览型收视的"过客",栏目自然就失去立足的基础。

新闻,只有新闻,才是我们安身立命的根本。如果我们不能靠近新闻,就意味着我们在远离观众——这样的远离对栏目来说是危险的。

对国际突发事件的介入也是《焦点时刻》抢占新闻制高点、赢得时效的一个成功的亮点。这个亮点不仅成就了这个栏目,而且成就了目前的央视国际节目的品牌主持人——水均益。

与美国人只关心美国、不关心世界变化的收视心理不同,国际新闻是中国观众喜欢的报道内容之一。这似乎违背了新闻理论中"接近性"的原理,但事实却是这样:《新闻联播》中的国际新闻很受欢迎,而央视第一套节目晚上 22:00 的《世界报道》的收视率也很高,即使收视率排名前十位的《现在播报》,经常是以国际局势为其主打。2001 年中国印刷媒体最火的周刊就是以国际新闻为资源的《环球时报》,当年的发行量为 199.6 万份。后来者《世界新闻报》2002 年每期发行量也超过 30 万份。2002 年年初,《南方周末》再次加入国际新闻资源的争夺战,创办了《21 世纪环球报道》。

《焦点时刻》的第一个国际节目播出于《东方时空》开播后的第五天,也就是 5 月 5 日,节目是"俄罗斯全民公决"。从此以后,《焦点时刻》相继就"波黑冲突""中东局势""柬埔寨大选""新当选联合国秘书长"等选题进行报道,每一次这些"踩着世界脉搏一起跳动"的节目,都在收视率上大有斩获。

《焦点时刻》对国际新闻报道的第一个高潮就是从 9 月 5 日开始的关于"银河号"事件的跟踪报道。当时,美国国防部指责中国远洋运输公司在海湾水域驶向阿联酋的"银河号"货轮上载有违禁化学品,并声称证据确凿，要求上船检查，西方舆论哗然。我国外交部对此予以否认和驳斥。从事件发生到"银河号"回到祖国，在持续二十一天的时间里，《焦点时刻》陆续播出四期节目，其中包括：中美联合调查组登船检查，美国五角大楼面对事实不得不发表声明"中国'银河号'货轮未载有违禁化学品"。

无论是国内报道还是国际报道，《焦点时刻》在中国电视新闻改革中的第一个突破就表现为对一些新闻事件的快速反应，而且是以深度报道和背景展示的方式实现的，当时许多报道在新闻栏目中都没有反映，而在《焦点时刻》中却做了详细的甚至是连续的报道，因此我是从时效性和新闻敏感力方面认为最初的《焦点时刻》和《焦点访谈》更具备新闻深度报道的栏目品质。

但究竟是什么原因使得这种品质在近几年中没有被发扬光大呢？

任何一个大的新闻媒体，特别是电视机构，对新闻事件作出快速反应的深度报道是不可能由新闻消息来替代的，因为面对同一新闻事件，总是有更多的细节和角度值得深度报道栏目去发现和挖掘。现在看来，日常的"焦点"节目在新闻性和时效性上的弱化，主要是主观判断的问题。也就是说，栏目表现出来的新闻迟钝，其实是我们在新闻敏感力上的整体缺失，"北京大堵车"的缺位就是一个证明。

早期的"焦点"节目（统指《焦点时刻》和《焦点访谈》）是一枝独秀，是中国电视新闻快速反应的开先河者，但随着《新闻30分》和《晚间新闻》以及后来的《现在播报》的出现，"焦点"节目原先独占的这方面优势面临挑战，而且整点新闻栏目还具有"就近"及时播出、篇幅长短伸缩自如、全栏目内部调整、多个时段呼应配合以形成报道连续性等多种优势。而《焦点访谈》只能在晚上19:38播出，一方面是黄金时段、高关注度带来的更高的导向要求；另一方面是持续一天的信息披露之后，观众需要新的收视刺激，"焦点"只有更深地进入事实，才能不炒旧饭不落窠臼不让人生厌；《焦点访谈》还遇到很多操作上的困难：十三分钟的时长，我们有多少事实信息可以展示？面对一般性突发事件,我们能获得多少背景信息向观众披露？

这些困难成为"焦点"进入新闻主战场的客观制约因素,但在激烈的竞争中,"焦点"节目越来越愿意选择回避。避战,可以解释为面对现实的无奈,但是竞争是残酷的,避战并不能保全栏目的体面,避战在观众看来就是意味着不战而败——我认为,这是日常的"焦点"节目新闻性和时效性弱化、快速反应能力衰退的主观的而且是主要的原因。

在那天下午的讨论会上,我说:"《焦点访谈》不能放弃对新闻的追求,我们要找回失落的新闻性。"我们达成一个共识:除重大新闻事件要"跟得上"之外,在日常节目中对老百姓关心的新闻事件也要反应迅速,不仅国内新闻如此,国际事件也应如此,"大雪"现象不能重演。从此,《焦点访谈》的"预警"能力明显提升,新闻性开始被强化了。

探讨新闻性的不可失落,不能不关注另一个问题:节目形态与内容的逻辑互动关系。

《焦点访谈》的开播及其强大的晚间效应曾使《焦点时刻》越来越尴尬。1996年《东方时空》改版除了将《焦点时刻》更名为《时空报道》之外,还想进一步强化《时空报道》的新闻性和时效性,以使其能够在功能上区别于《焦点访谈》。但是几年的努力均未实现这个目的。直至2001年11月《东方时空》第三次改版,推出形态全新的《时空连线》时,才使已弱化几年的新闻性和时效性得以张扬和放大。目前《时空连线》在许多事件和背景报道方面又走在了新闻的前面,其中包括国家新出台的几项涉及国计民生的政策以及阿富汗地震、"5·7大连空难""神舟三号"发射等报道,有的还做了连续的跟踪报道。每天十八分钟的《时空连线》仍属于深度报道,但由于与整点新闻中的深度报道在形态上已有明显区别,从而使这个栏目又回归到了一个新闻节目应有的本质追求——靠近新闻,而不是远离新闻。

其实,《时空连线》本身的探索与调整就很能说明形态定位与内容定位之间存在着互动关系。《时空连线》最初的定位是以连线嘉宾和当事人访谈的形式对一些新闻进行分析评论并且明确提出不追求新闻的第一现场,而是踩准所谓的"第二落点""第三落点"。也有不少专家给这个栏目出主意,建议将《时空连线》演播室变成一个"多个人物、多种身份背景、多元观点参与的话语平台",通俗一些解释,就是要将这个栏目变成一个"多头连线"联系起来的、围绕一个核心新闻事件展开的观点大碰撞……

这样的追求会产生一个悖论。

如果坚持在形态上追求多个人物、多个角度的分析和评论,栏目的题材范围就只能选择远离新闻或者是新闻边缘的选题内容,因为这样的题材获得的分析评论空间会大一些,我们"连线"连起来的嘉宾们表现的"平台"更宽敞一些,比如"希望工程:透明的口袋""少年英雄该追认为烈士吗?""明明白白来谈性"……如果坚持在内容题材上走"新闻性"之路,其能获得的分析评论的空间是十分有限的,即使评论,观点和结论也很可能是人所共知、一目了然的。就跟《实话实说》开始遇到的情况一样,要以观点取胜,就要降低内容的"刚性";而要提高内容的吸引力,就只能放弃观点辩论的具体形态。

中间地带也有,一些选题,类似"中国足球黑哨事件""山西繁峙矿难"以及2003年2月中旬在电视新闻节目中率先连续几天跟踪报道的"广东非典型肺炎事件",从开始的事件动态报道到后来的讨论分析,这些节目在形态和内容上都是符合栏目定位的,但是这样的题材首先是新闻性的,其次才是分析与评论。

是为获得分析评论空间放弃新闻性,还是为追求新闻性放弃对话题的评论分析?《时空连线》是逐步选择后者,也就是宁可放弃分析评论,也不放弃新闻,当然还要不失时机地抓住那些"中间地带"的好题材。既有报道,也有分析,但我认为第一位的还是报道而不是分析评论。事实证明,《时空连线》的成功也在于第一时间介入,而不是第二、第三落点。

这样的选择是明智的,因为我们就处在这样一个阶段。《时空连线》栏目关于"阿富汗地震"和"5·7大连空难"报道的成功正是这种调整和选择的结果。

2002年5月7日,大连空难发生,这是中国民航在不到一个月的时间里连续发生的第二次空难,举国震惊。《焦点访谈》于5月9日对空难进行了报道,节目最后,在一个茫茫大海的镜头上打出了遇难者名单,这种处理方式在过去是少有的,它体现了《焦点访谈》对新闻的追踪和对人性的关注。

比《焦点访谈》介入"5·7大连空难"更早的是《东方时空》的《时空连线》。从2002年5月8日开始,《时空连线》连续三天在早晨《东方时空》栏目中向观众报道空难的现场搜救进展和遇难者家属安抚与理赔情况。同时,白岩松还在演播室里连线采访了国家交通部打捞局局长宋家慧、国家安全生产监督局副局长闪淳昌以及国家民航总局副局长等权威人士。这几期节目我都是夜里2:00以后审看、早晨7:15播出。在此之前,《时空连线》对阿富汗地震的报道是这个栏目开播半年来"靠近新闻"的一个转折,当时也是凌晨审看、早晨播出,报道的深度和时效性在同时加强。

远去的"线人"

> 1998年冬天,高勤荣去北京反映情况,被跟踪而去的运城警方连夜带回运城,纪检、公安人员随即搜查了高勤荣在太原的家。

曾有记者撰文感慨:"'线人'是个宝。"

在越来越重视事实证据、越来越讲究在节目中展现调查过程的时代,只有深入事实的腹地,才能拿到最过硬的素材。而如果仅靠我们自己一彪人马,扛着摄像机举着话筒,操着一口外乡人的口音,别说挺进腹地,可能刚刚走到门口就已经被人警觉,将我们期望的证据收拾得干干净净。没有"线人"指路的采访,就像是在陌生的森林里摸黑夜行,重重黑幕难以看见底层的事实,就算看见了、碰到了,也可能熟视无睹,因为不了解而忽视,自己都不知道这就是踏破铁鞋寻找着的至关重要的证据与事实。

"线人"之所以是个宝,因为"线人"往往都是局内人,是那些深谙此中道行的明白人,他们能够引领着调查的方向,绕过林林的障碍,径直走到最核心的事实面前。《焦点访谈》《新闻调查》这些栏目艰难跋涉这么多年,记者们的体会越来越深:找到一个铁杆的"线人",节目就已经成功了一半。所以《焦点访谈》的记者常说:不怕没有选题,最怕选题没有线索。讨论选题时有时手里只有一封没有落款的匿名举报,而如果线索仅仅是一个无人回复的邮箱地址,再好的选题也难以操作。

"线人"本来与新闻行业无关,按照词典里的解释,指的是那些"为警察、侦探充当暗探、提供侦察对象活动情报的人"。但是如果将采访行为与侦察行为做一个比对,就会发现二者之间有太多的相似之处:目的都是取证,手段都是调查和询问。如果将记者喻为侦探,那么警察、侦探所依靠的"线人",当然也可以是我们采访和调查中的合作者。行内有人将"线人""卧底"这些带着一层神秘色彩的人称为"刀尖上跳舞的人",从这个绰号中可以看出"线人"的活跃及其处境的危险。

在《焦点访谈》走过的这九年中,始终都有"线人"的身影,他们在暗处,凭借着个人的力量,较量着比自己强大百十倍的对手。他们与媒体共生,由于自己的弱小,他们需要媒体的介入和支持;而他们掌握的信息反过来支持和帮助着媒体。但也正因为帮助过媒体,他们中的一些人变得命运多舛。

1998年夏天,一个瘦瘦的、说话谨慎而警觉的青年人走进了《新闻调查》在科技情报所租用的办公室。像所有来上访、举报问题的人一样,他手里拿着厚厚的一摞材料,有自己打印的,也有报纸和杂志已经刊登的相关文章;而与其他上访举报人最不一样的是,这个送材料的人不是当事人,也不是当事人的亲戚朋友,他是一位记者。

坐在《新闻调查》人来人往的办公室里,高勤荣显得很局促,但当《新闻调查》的策划和编导们开始听他讲述材料的时候,他的局促一时间荡然无存。他对自己手中这份材料所反映的事实太熟悉了。高勤荣说话很有条理,他先让大家看照片,之后开始一段一段地背在当地老百姓口中流传很广的那些顺口溜:"像炮没有眼,像房没有板,干部升了官,农民得了砖。"然后展示他手中各种各样的数据材料,他一个一个地解释这些数据的由来和数据间的关系……从这些数据中,可以看见一个巨大的骗局:山西运城耗资数亿元修建的渗灌工程是一个毫无用途的虚假工程,而且其虚假的程度让人震惊:就在公路旁边,正面看是像模像样的渗灌池,背面看这个池子只是一个半圆!

1998年8月,《新闻调查》采访小组开赴运城,开始了为期一个月的深入调查;1998年9月,《新闻调查》播出了一期后来成为一种调查范例的节目:《透视运城渗灌工程》,揭开了山西运城这个欺上瞒下、耗资两亿多元建成的"形象工程"的真面目。王利芬真是一个有心的记者,就在节目播出的同时,《新闻调查》的摄制组已经守候在运城,记录下来这个节目播出之后,运城有关官员和老百姓的激烈反应。翌日,《焦点访谈》播出《盖子揭开之后》。这样的调查是需要智慧的,它需要一个记者良好的新闻素质和敏锐的现场发现。

节目播出之后,专家学者对它的反映和观众一样强烈,这期节目为《新闻调查》赢得了荣誉。专家们认为:《透视运城渗灌工程》的调查符合调查性报道的品格要求,它以调查为本,用画面揭秘,展示翔实的、细节化的证据。观众不仅看到了这个盲目上马建设的渗灌工程几乎所有的渗灌渠道自建成之日起就成为"花瓶""摆设",而且看到了当地的官员在千方百计掩盖事实真相,威胁群众不让反映此事。业内给予这个调查非常高的评价:"如果把新闻看成一个三维立体的而不是线性的或平面的简单事实,那么《新闻调查》的脚步不仅走到了新闻事件的侧面,而且展示了新闻事实背面的丰富信息,是《新闻调查》让真相大白于天下。"

而在听着这样的褒奖时,不应当忘记曾经给予过节目帮助的那个"线人"。

《透视运城渗灌工程》中最精彩最有看头的两个片段,一是记者王利芬敏锐地发现了渗灌井后面的秘密,她跳上井台,费力地拔出插在农田里的水管,观众一目了然地看见了什么叫做"造假"——这截水管就像一截木桩一样插在地上,下面哪里有半点水的影子?

《透视运城渗灌工程》这期节目中给观众留下印象最深的另一个段落就是一段同期声对话,一个农民在田头对记者说:"渗灌池建了,但从来没用过,不起作用!"她的话让正在一旁的乡干部听到了,她立即遭到训斥:"胡说什么?谁胡说回头我就收拾谁!"

这些细节都被镜头记录了下来。《新闻调查》记者的敏锐令观众叹服,但其实这个过程是能够预期的,因为它在"线人"的采访阶段就已经发生过。1997年高勤荣写给《人民日报》的内参和向中纪委反映的情况中都曾经提到过运城下面一些乡干部对农民施压的问题,甚至提到了那些具体的语言。

据说,早在1996年,高勤荣去运城采访,在火车上听身边的农民唠起了运城的渗灌工程:他由此开始了为期一年半的对渗灌工程的调查和举报。至1997年年底,他在运城跑了七八个县,拍了一百多张照片,实地录了像。他的材料中写道:"所到之处,尤其是公路两边的渗灌池,几乎没有一个能派上用场的。有的渗灌池中间在虚土上垒了个架子,底部也没有做防渗处理;有的渗灌池里杂草丛生,还长了果树、向日葵什么的;有的渗灌池安了上水管,可那管子是插在土里的,一拔就起来,管口还塞了木桩,怎么蓄水?纯属弄虚作假!更有邪的,很多池子根本没有出水管,就是个摆设,公路边上还居然有'半弧形'渗灌池,远看像池,近看缺一半……"

这些描述和真切的照片录像资料,为日后的调查提供了最有说服力的物证,也成为后来节目策划设计、采访调查时的向导和依据。

这期节目中一个贯穿始终的问题就是:这项耗资巨大的工程到底完成了多少"灌溉面积"?钱都是怎么花出去的?对于这个问题,运城的某些主管领导含糊其词,面对镜头,只是强调"四十天完成五十万亩渗灌田",对于耗资数目和灌溉面积的问题却是东加西减难以自圆其说。而农民们心里却明明白白:"那纯粹是为了应付现场会!"

其实在记者出发前就已经在"线人"的举报材料中看到了诸多被提示出来的疑点:高勤荣提供了一份《运城地区经济工作汇报提纲》,上面清清楚楚地写着:全地区累计投资2.85亿元,完成渗灌控制面积一百零三万亩,配套76.7万亩;而《运城日报》曾报道全地区投资1.7亿元,完成渗灌控制面积六十一万亩;另一份材料上,运城水利局的文件却说是七十万亩……这些自相矛盾的说法本身就是最好的戳穿谎言的证据。

真相大白于天下。中纪委领导当即批示,要求山西省纪委先行查处。山西省领导态度鲜明,当时的省委书记胡富国在"全省加强党建整顿作风工作会议"上说:"运城地区1995年提出要在半年时间内发展一百万亩渗灌,愿望是好的,但缺乏科学依据,头脑发热,盲目决策,在群众中造成不好的影响,这就是思想作风问题的表现。对新闻舆论监督批评,我们的态度是:一是欢迎,二是接受,三是改正。"

《透视运城渗灌工程》这期节目为《新闻调查》赢得声誉,但那个"线人"高勤荣后来的命运却出人意料。

1998年冬天,高勤荣去北京反映情况,被跟踪而去的运城警方连夜带回运城,纪检、公安人员随即搜查了高勤荣在太原的家。1999年4月,运城市检察院以涉嫌受贿罪、诈骗罪、介绍卖淫罪,对高勤荣提起公诉。1999年8月,运城地区中级人民法院以"受贿罪""诈骗罪""介绍卖淫罪"判处高勤荣有期徒刑十三年,决定执行有期徒刑十二年。

对大多数节目来说,那些帮助记者的"线人"都是深藏不露的,他们一般都是在后面指点着采访与调查的着力点。但是在2002年春天央视播出的"共筑诚信,我们在行动""3·15"晚会上,引起观众极大兴奋的一个焦点,就是"神秘的线人"挺身而出走上了前台。

晚会现场设了一个为保护线人而特别制作的毛玻璃小屋子,那些在节目征集线索阶段与节目组接上头的"线人",此时就坐在这个玻璃屋子里,若隐若现地看得不十分真切,但是他们所揭露的行业欺骗手段和损害消费者利益的违法内幕,观众们却听得真真切切。这些线人的真实身份都是这些行业中有着多年从业经历的"资深"从业人员,他们现身说法,披露了桶装水现场卫生条件惨不忍睹的生产过程,披露了桶装水的暴利所在;这位从行业黑幕后面走上屏幕的知情人说:"我从来不喝桶装水,我也劝我的家人不要喝。把这样的水卖给消费者,我从良心上过不去,今天我站出来,希望有益于加大打击力度,整顿市场。"第二个、第三个上场的"线人"都把揭露的矛头直指房地产业,披露了经济适用房的暴利和商品房销售的种种"陷阱"。节目的高潮是一位揭露商品房销售内幕的人,他说着说着竟然从毛玻璃后面走了出来,直面亿万消费者。那一瞬间,全场爆发出掌声。

由于这些"线人"的"行业内人士"的身份,他们的讲述有着一种"证人证言"的力量,他们的挺身而出促动的不仅仅是观众,就在这些行业隐私被抖搂出来之后,查处整顿的力度与速度都在加强。

无论走进这个玻璃屋还是最后走出这个玻璃屋,在节目中讲述这些行业秘密都是需要勇气的,往电视屏幕前一站,轻则得罪了"朋友"与"上司",重则丢了饭碗与生计。这几个"线人"后来的命运我无从知晓,但有一种可能性可以预见:他们可能很难在原来的行业中生存了。

新闻节目,尤其是调查类节目有时需要"线人",需要他们帮助记者从一头雾水中理出头绪,帮助记者将一个个隐藏深处的被遮蔽的事实挖出地面。但是在需要完了之后,如何保护这些帮助过我们的人免受伤害,却是一个对新闻媒体来说过于沉重的话题。

在新闻史上,很多重大的调查报道往往源于知情者提供的线报,如美国著名的"水门事件",《华盛顿邮报》两个记者的消息就是来源于一个神秘的"线人"。如今,匿名向记者透露丑闻和内幕消息的告密者,通常都被叫做 Deep Throat(深喉),而 Deep Throat 这个叫法据说最早就是从"水门事件"开始的。

当年《华盛顿邮报》两位记者卡尔·伯恩斯坦和鲍勃·伍德沃德从一个对内情了如指掌的"线人"那里获取信息,将涉及总统的惊天丑闻曝光在世人面前,他们因"水门事件"而闻名全国,获普利策奖。两人在成名之后被其他记者和新闻媒体问得最多的一个问题就是:"'水门事件'中的告密者究竟是谁?"伯恩斯坦和伍德沃德将这个神秘的白宫告密者称为"深喉",意思是"从事件深处传出的声音"。多年来,虽然媒体和当事人在反复地调查,其中包括当年因"水门事件"而锒铛入狱的尼克松总统前幕僚、当年因在参议院替尼克松做伪证而坐了四个多月牢的前白宫法律顾问约翰·迪安等,他们花了大量精力查阅档案,走访知情者,试图找出这位"深喉"究竟是谁,但是"谁是深喉"今天仍然是一个悬案。在人们的反复追问下,伯恩斯坦和伍德沃德透露了这样一些信息:"深喉"是一个男性,现仍健在,并一直与他们保持联系。他们将这个秘密保守了三十多年。他们多次表示:除非当事人同意或去世,否则他们永远不会说出"深喉"的真实身份。保护这些只能在幕后生存的"线人",成为行业中一种约定俗成的默契。

2000年10月17日,《焦点访谈》以《里应外合闹考场》为题,披露了江西省执业药师资格考试中的舞弊问题。按照国家规定,执业药师资格必须通过全国统一考试,取得《执业药师资格证书》并注册登记后才能取得。然而,在当年的全国执业药师资格考试中,江西南昌考场出现了严重的舞弊行为。手机、寻呼机等严格禁止进入考场的物品不仅公然被带进了考场,而且就在监考者的眼皮底下大模大样地使用着。考生们有的看呼机,有的读短信,有的早退、向考场内公开传送考试标准答案……各种行为明目张胆,比比皆是。这期节目的震撼力也正在于此:通过镜头,观众真切地看到了考场舞弊的过程,看到了考场内的小动作和考场外买答案、复印答卷、打电话通报答案的热热闹闹的动态;而面对如此混乱不堪的场面,教室里的监考者竟然熟视无睹,有的趴在桌上打起了盹,有的踱到窗前看起了窗外的风景;主管部门的某领导对着镜头竟然打着官腔说:"考场井然有序,考试管理井井有条……"

记者拍摄到的事实非常有说服力,但观众也许会奇怪:摄像机怎么能够拍摄到这样鲜活的动态过程？难道有人能够预知考场中的行为？

真的有人预知了考场中将要发生的事情。他是江西某医学院的一名研究生，因为有人想舞弊，想考个好成绩，于是找到了正就读研究生的他。而他早在前两年就听说了不少考场舞弊的事情。自己是一名未来的医师，他为这样大规模的舞弊担忧，却又无能为力，于是一个电话打到了《焦点访谈》。他在通话中留了自己的真实姓名和地址电话。很快，《焦点访谈》记者魏驱虎与摄像朱邦录来到南昌，和他接上了头。魏驱虎后来跟我说，这是一个很有正义感的年轻人，他表示自己可以不当枪手，但是独善其身并不能改变这样的事情，他希望舞弊被曝光，以保证这个神圣职业的纯洁。他协助记者拍摄了自己与舞弊者交易，更换准考证照片，制作假身份证的整个过程，他表示愿意用这些素材成就节目，哪怕自己被发现也在所不惜。

在审看这期节目的时候，这个"换头术"的过程因为真实、完整而极具震撼力，但是也正因为这个过程的完整性，我非常担忧这个年轻人的安全。尽管他曾对记者表示愿意为揭露真相做出牺牲，但我知道，节目一旦播出，他所要面临的处境也许是他一个人难以承受的。血气方刚的年轻人也许还不知道电视的威力，节目一旦播出，他就将被一下子推到一个毫无遮拦的平台上，他对舞弊行为的检举揭发将使整个南昌考区的考卷变成废纸，那些当事人会饶了他吗？其中不会有极端行为发生吗？这些都是我们必须要考虑的问题。魏驱虎有点舍不得这个段落，他说：我们可以想办法，做技术处理。但技术的处理对"线人"的保护是有限的。声音可以通过变速来修改，画面可以采用各种特技来遮盖，但这些技术手段对这样的"线人"来说并没有多大意义，因为当地那个找他当枪手的人，那些居中帮忙的人，那个制作假证件的、换照片的人……都会一眼看出这个"线人"的真实身份。权衡再三，魏驱虎同意我的意见，拿掉了这个精彩的段落——宁可节目受到损失，也不能伤害帮助过我们的人，要对"线人"的安全负责。毕竟，对我们而言这只是一期节目，而对这个充满正义感的年轻人而言,可能就是一个会发生转变的命运与人生。

好在考场舞弊的过程是充分的,这期节目依然精彩纷呈。据魏驱虎说,当地现在还不知道这位"线人"是谁。

节目播出后引起国务院领导的高度重视,批示:"这是一件丑闻",要求将此作为大案严肃查处。节目刚一结束,国务院有关领导就先后给人事部领导打电话和批示,对这一事件的查处提出了重要意见。由人事部与国家药品监督管理局组成联合调查组也立即赶赴江西展开调查。人事部还要求全国各级人事部门要深刻总结,完善制度,堵塞漏洞,加大监督力度,从源头上防止和杜绝此类事件的发生。这一期节目促动的不仅仅是一个行业一个地区的问题,江西执业药师资格考试中的舞弊被曝光,带动了整个社会对各种舞弊现象的整肃和查处,其社会效益是积极的,也是巨大的。

一年之后,当《焦点访谈》另一期重磅舆论监督节目播出之后,我更加庆幸当年我们为保护"线人"而割舍了节目的精彩段落。

河北邯郸宏宝药业股份有限公司是一家有着三十年历史的正规的医药企业,然而长期以来,这家企业却把退货回厂的旧批号药品进行翻新再出售。他们洗掉这些药品原来的日期,打上新批号,经过重新包装后再重新返回市场销售。

2002年初夏,宏宝药业公司的一个业务员给《焦点访谈》打来电话,在电话中他表示:一批批过期的硫酸镁注射液、盐酸利多卡因注射液被洗了瓶子改了批号之后又卖到了市场上。《焦点访谈》记者姚宇军和他见面之后,这个业务员将药业公司洗瓶子、改日期、造假账的"猫腻"和盘托出。他还介绍记者认识了药业公司的另一位业务员,后一位业务员跟厂子里的工人很熟,他带着记者进入现场,拍到了洗瓶子、销字迹、印上新生产日期的全过程。9月中旬,题为《洗不掉的罪恶》的这期节目播出。

《焦点访谈》暗摄拍摄到的这家企业翻新旧药品的全过程让观众震惊,也让各级领导震怒。这个案件被列为《药品管理法》颁布实施的第一个案件，迅速立案侦查；同时被列为"2002年全国整顿和规范市场经济秩序十大案件"之一，重点查处。行政和法律的力量介入之后，更多触目惊心的黑幕浮出水面：该厂从1998年开始就存在更改药品生产批号的行为，1998到2002年更改生产批号的药品就有二十二种之多。9月30日，国家药监局注销了宏宝药业的所有药品批准文号。为避免劣药伤人情况的发生，在全国范围内追缴、查封宏宝药业的药品。宏宝药业更改药品生产批号的行为已涉嫌犯罪，其董事长、副总经理等人已被移送起诉追究其刑事责任，十八名相关责任人分别受到党纪政纪处分。

但是，两个"线人"却从此不得安宁，他们告诉记者，有人打恐吓电话威胁他们。大约两个月后，这两个业务员离开了宏宝药业，不再干业务员了。如今，两个人都已不在当地，一个去了黑龙江，一个跑得更远，去了新疆。

尽管我们为了保护举报者，在节目中也做了很多的努力，用技术手段对图像和声音进行处理，但当地查找"线人"的办法也很多，他们有时候会比对画面，询问在场的其他人，根据以往的一些矛盾和冲突寻找对立面，会用"顺藤摸瓜法""排除法"……千方百计查出这个举报人的身份。

舆论监督面临的困难很多，对"线人"的爱莫能助便是其中之一。现在，很多被监督对象对节目的采制方法越来越熟悉，"反监督"能力很强，常常是记者刚到当地，甚至还在路上，当地已经得到消息，封锁事件现场，清理相关证据，而后追查举报人，报复证人。记者工作的难度不断增加。那些举报线索和帮助提供采访证据的人，往往是一些有正义感、了解事实真相的"内部人"，这些举报人是《焦点访谈》部分选题的来源，也是完成采访、深入调查问题的向导，但是我们越来越经常地遇到这样的问题：节目一播出，提供采访线索的举报人就受到打击，轻则下岗撤职，重则恐吓威胁，甚至流离失所。

举报是我国《宪法》和《刑法》赋予公民的正当权利，是每一个公民的民主权利之一，也是党和国家廉洁政务的有力措施。我国宪法明确规定，公民对于任何国家机关和国家工作人员的违法失职行为,有提出申诉、控告或检举的权利。

关于"线人"的安全保障,最高人民检察院《关于保护公民举报权利的规定》中明确提出:"任何单位和个人不得追查举报人,不得以任何借口对公民的举报,进行阻拦、压制、刁难或打击报复","以各种借口和手段侵害举报人及其亲属、假想举报人的合法权益的,按打击报复论处。"这个条例的第八条规定:"确因受打击报复而造成人身伤害及名誉、财产、经济损失的,举报人可依法要求赔偿,或向人民法院起诉,请求损害赔偿。"《中纪委、监察部关于保护检举、控告人的规定》中第三条第二款也做出过规定:"纪检监察机关对如实检举、控告的,应给予支持、鼓励。对检举、控告有功的,应给予奖励。"

法律是公民最强有力的靠山,但是有时候挡在公民面前的还有权力的大山。某些权力的滥用使得"线人"难以运用法律的武器来保护自己。

线人、证人、举报人,被有的人看做英雄,却被有的人看做叛徒。是英雄还是叛徒?不同的人站在不同的利益立场上,会得出截然不同的结论。分析这个问题,应该进一步看看"线人"究竟是谁的英雄、谁的叛徒,得看他们维护了谁的利益又伤害了谁的利益。判断的依据很简单,而且是唯一的,这就是公共利益。"线人"的行为对谁有利?如果是人民利益、党的利益、社会公利,他当然就是英雄;"线人"的行为伤害着谁的利益?如果是某一个利益集团、某一些违法勾当,那他这个"叛徒"就当得有理。

时值对本书进行校对时,我看到《焦点访谈》记者周学刚写的《"线人"——舆论监督节目不可或缺的角色》。他在文章中说:

"'线人'的成分是复杂的,所以他们给我们提供线索的动机和目的也不相同,有的'线人'是出于公心,出于正义,尽管事件和自己无关,还是提供给我们去曝光;有的'线人'本身就是事件的受害人,也叫'苦主',他们提供线索,既希望能曝光也希望自己的冤屈与不公正的问题能够得到解决;而有的'线人'提供线索,则是掺杂着个人目的,通常是被批评对象的对立面。

"正因为'线人'的成分比较复杂，目的动机不同，因此我们在和他们打交道的时候，就应该掌握一些原则。既要争取'线人'的支持与配合，完成采访任务，又不要被他们利用。"

周学刚对"线人"的分析和把握的原则是《焦点访谈》记者的经验之谈。

直播未来

几乎全美国的观众都看到了高速公路上紧张刺激的、一点不比枪战片逊色的追捕过程。

由于一种长年养成的职业习惯,我一听到直播就会兴奋不已——习惯深入自己之后会变成一种本能。对直播的兴奋一方面是职业的本能,而另一方面则反映出当前电视直播存在已久的一个问题:虽然经过多年探索和实践,但直播对我们来说依然是非常规化运作的特别项目。直播由于稀少而变得时常令操作者兴奋,这不是什么好事,兴奋过度就会失去平常心,而"平常心"是我们在节目制作过程中一种不可远离的心态。

像奥运会、亚运会及世界杯这样的竞赛类直播我们早已经不陌生,因为自1958年建台开始,竞赛类直播就一直在进行,这类直播我们的前人早已操作了几十年。而仪式类直播,像国庆五十年、港澳政权交接仪式及世纪坛新千年庆典等直播项目,我们也已经驾轻就熟了。

对直播具有开拓意义的是,近几年对"发现类"直播的探索。如2000

十年
Ten
Years

本书初版上市几个月后，作者随团在国外考察时接到朋友电话说：清华、北大、人大、传媒大学等高校的许多老师向学生推荐《十年》，有的学校甚至将其列为课外必读书。

十年
Ten Years

2019年9月21日午夜，国庆70周年阅兵和群众游行将进行最后一次彩排，作者正在查看总台设在天安门广场的所有转播系统。这是作者职业生涯中参与策划并实施的最后一次，同时也是截至目前中国电视史上规模最大、机位最多、系统最复杂、技术最先进、设计最专业、呈现效果最震撼的一次重大直播。

年"老山汉墓考古直播""钱江潮直播"以及 2001 年"云南抚仙湖水下考古直播"。这些直播不仅吸引了普通观众的注意力，让观众们看到了难得一见的自然景观，更让我们的科学家们发现了许多自然科学和人文历史中鲜为人知的过程与秘密。2002 年 9 月美国国家地理频道直播的"金字塔探秘"，就应该属于这一类直播。它让我再次回忆起当年那个《直播中国》，如果不是把自己确定为人文地理展示，而是确定为人文地理发现，会不会更好呢？后者可以让观众保持更多的陌生感和新奇性。

　　无论是竞赛类直播、仪式类直播还是发现类直播，我们总是因为其题材重大、节目重要而采取特别节目的运作方式。这是必要的，但是当回首新闻中心近五年来的整个直播历程时，我们不能不直面一个很大的遗憾：直播，作为一种最适合现代电视新闻报道的方式，至今并未常规化。其重要表现就是：在新闻栏目中，我们还缺少对新闻事件现场记者的连线直播报道，更缺少对新闻事件的连续式直播报道。直到 2003 年央视新闻频道开播，这种状况开始有明显改变，但仍需要探索。

　　从直播——这个对电视来说最富表现力的方式中，我们可以解读出多层含义：

　　一是零时差，也就是快捷和同步；这是直播的诸多优势中最显而易见的，也是在电视理念上最具冲击力的，它甚至改变了传统的新闻定义。就在我写着手头这些文字的时候，电视里正在直播"伊拉克战争"，几个频道在同时播出伊拉克新闻部长萨哈夫举行的记者招待会，由于不同电视机构邀请进演播室的嘉宾和翻译不同，在做同声传译的时候，由于嘉宾的听力水平不同、插断讲话进行翻译的习惯不同，所以在解读那个新闻部长讲话的时候，几个频道直播的内容听起来似乎有很大的差别。但很快，记者招待会的翻译稿出来了，屏幕上还在同声翻译，屏幕下方即时滚动字幕已经打出来了，仿佛在帮助观众核对嘉宾们的翻译正误——正是这样的快捷与同步，让观众感受到直播的震撼力。过去，对什么是新闻，新闻学曾经从时间的角度做出这样的定义:"新近发生的重大事件。"但由于直播让观众看到了新闻的最新进展,而且是同步看到正在发生的新闻事件,所以"新近发生"这个定义明显不能科学地概括和解释所有新闻了。过去,新闻时效通常被理解为"TNT"——Today News Today(今日新闻今日报);那么在未来的"直播时代",新闻从业者对新闻时效的理解则应当是"NNN"——Now News Now(现场新闻现在报)。"三N"新闻能够最大限度地满足观众的求知欲。曾有观众在评价《直播中国》时谈到自己对"直播新闻"的理解:将新闻现场的实况同步展示给观众,体现了新闻报道的最高"境界"——看新闻的观众已经在追求最高境界的新闻了,从事新闻的我们没有理由落在观众身后。

二是信息的零损耗,也就是真实。由于记者的报道发自新闻事件的现场,记者的所见即观众的所见,记者的报道路径、节目的走向是由观众的认知习惯确定的,记者对事件的探究过程,就是观众获知新的信息的过程,因而信息的传递是未经剪接、连续完整的,这样的报道是最真实和最少损耗的。与直播对应的概念是"录播",与直播理念对应的新闻观念是"剪辑中的选择、强调与放弃"。我没有将"直播"看做是另一种播出方式,而将之视为另一种报道手段和叙事方法,就是因为直播与录播二者的区别不仅仅在于播出方式,而在于"时差"产生之后所发生的"新闻行为",观众已经越来越感兴趣,在这个时间的空当里,记者编辑们都对新闻做了什么?由于直播中事件的发生与观众的接受同步,"零时差"的情况下,除了镜头的切换,没有什么屏幕之外的行为;而在传统的剪辑录像的过程中,从事件发生到观众看到相关报道的时差里,有了剪辑和筛选,有了选择与放弃。编辑代替记者,成为事件的主要讲述人,"编辑意图"通过编辑过程中对事实信息的强调、放大、忽略、删除等手段实现。我们当然不能说这样的手段就一定不权威,但是在"观众使用媒体"的今天,通过这种手段实现的传播效果,当然比之直播是要逊色一些的。

三是传播过程中,记者与观众之间阅读新闻事件的零误差,也就是权威。为什么直播最具权威感？因为在直播中,记者代替观众走近前方现场,对事件信息的接近、阅读、判断和分析,记者与观众都是同步进行的。如果仍然把记者和观众看做"授受双方",那么这双方在直播状态下,其关系应当是最接近的。对正在发生的新闻事件做出什么样的分析与评价,从新闻事件的人物关系和背景信息中得出什么样的判断与结论,记者与观众的认识过程也是同步的。对今天的观众来说,有过程有现场的直播最权威可信,因为阅读新闻的过程是直接的,而不是通过编辑转述的间接阅读。

我愿意将新闻节目中的记者连线直播和突发事件的连续性直播视为一种节目形态,事实证明,这种形态更能吸引观众。到国外一些著名电视机构访问或跟踪分析 BBC、CNN 的新闻就会发现,如果按照我们习惯的标准衡量,并非每条新闻都有连线前方记者的直播必要——这些世界大台的做法是：即使没有必要也要连线直播,因为这种方式要比主持人在演播室里念导语,然后播放新闻短片更鲜活、更有交流感、更具贴近性和吸引力……而这些因素正是参与电视媒体新闻大战的必备前提。为此,世界级或有意成为世界级媒体的电视机构不惜成本投入重金,在海外和本土设立记者站、办事处。2003 年 1 月,伊拉克武器核查危机事态日趋严峻,新的海湾战争一触即发。箭在弦上之时,记者已在路上。CNN 新闻总裁表示,CNN 已经派出一百多名记者和相关人员进入伊拉克及其周边地区。FOX 新闻网与 MSNBC 新闻网则誓言超越 CNN 的阵容,而如果没有更具规模的前方记者投入,超越 CNN 的誓言就是一句空谈。

竞赛类、仪式类和发现类直播其实都是预发的程序性直播。这种直播可以有充分的准备时间。甚至可以有若干次的演练。所以这种直播在跨部门的合作,甚至倾全台之力进行特别运作时,这种方式颇为有效。但要对突发性事件进行直播,这种多部门的合作就会影响效率。所以对突发性新闻事件直播,将是电视新闻改革十年后需要探索和实践的突破口。如果要与世界级电视媒体竞争,这就是我们不可不跨越的门槛。

要过这一关,首先必须使电视新闻直播常规化和机动化。

直播常规化首先应理解为,它是日常新闻报道中不可或缺的必要组成部分。中国现在的新闻直播大多都是新闻播出环节中的直播,它是相对过去的录播而言的。原来的新闻播出都是把播音员的串词导语先录下来,之后再将其与新闻短片串联,在播出带上进行播出。而现在的方式是:播音员在演播室的播音部分是直播的,当他们口播导语即将结束时,导播会发出指令:"切 X 号录像机",播出编辑听到指令的同时将按下 X 号录像机的 play 键,预先放置的带子开始走动——带子上的新闻内容是事先编辑完成并已审看通过的。目前这种新闻直播中,除播音员的口播段落外,很少有甚至几乎没有来自新闻现场的记者报道的直播。这是我们与国外著名电视机构在新闻报道上的一个重要差别。其实,记者在现场的报道并不都是突发的重大新闻,一些预发的次重要新闻也是可以直播的。如美国各主要电视机构驻白宫的记者经常甚至每天数次在白宫的一块草坪前向电视观众作直播报道。我在澳大利亚参观时曾看到,即使一条略重要的财经新闻和法律方面的新闻,也有记者在法院和股票交易市场出镜直播报道。一般情况下,一档半小时新闻至少要看三至四条是连线前方记者的直播报道。

当我们把直播理解为时效、权威和必要的形态时,直播就会被常规化,但这种常规化需要若干制度及运作模式的保障。

直播的机动性是问题之一。

我所经历的筹备时间最短的迎接新千年的直播,也有一个星期的筹备时间。回忆起来,香港回归直播曾筹备将近一年,澳门回归直播筹备了近半年,国庆五十周年直播曾筹备了三四个月⋯⋯大型直播需要时间筹备以确保万无一失,但如此长时间的筹备就容易使直播失去机动性,而没有机动性就无法将直播常规化。机动性体现着一个电视机构的整体调度能力,也直接影响着新闻时效。

1990 年,美国一个十八个月大的婴儿杰西卡不幸掉入得克萨斯州油井附近一个废弃的矿井里,警察和救助的人赶来时,各家新闻记者也倾巢出动,最快的一家电视台是和警车同时赶到现场的,营救过程的直播也因此是从事件发生的第一时间开始的。观众记住了掘到地下那条二十多米深的通道,也记住了 CBS 的丹·拉瑟手拿一把火钳在洞口比比画画的现场报道。整整两天,电视报道的内容都是关于小杰西卡的营救进度,美国人集体对营救故事着了迷。当被困井里达五十八个小时的杰西卡被营救人员丹尼尔抱上地面时,全美国都为之欢欣鼓舞,随后各种各样欢庆的仪式又成为电视直播的另一个现场,丹尼尔一时间成了英雄……"营救杰西卡"作为头条新闻,一连好几天占去了美国电视五分之一至三分之一的新闻报道时间,成为美国电视史上收视率最高的节目之一,也成为营造"媒体事件"的一个经典个案。

1994 年 6 月 17 日,洛杉矶警察在高速公路追捕 O.J. 辛普森,美国电视用黄金时间全程直播,几乎全美国的观众都看到了高速公路上紧张刺激的、一点不比枪战片逊色的追捕过程——如果运作缺少机动性,可能电视台还没准备好,警察就已经把辛普森抓到了,从而使观众失去了这一场令他们兴奋不已的直播。那一天,至少有三家电视台对追捕的全过程进行了直播。2001 年 9 月 11 日上午,美国各主要电视台均在第一架飞机撞击世贸大楼的二十分钟内开始直播,否则美国以及世界上的许多观众都不可能看到恐怖分子驾第二架飞机撞向世贸中心二号楼的悲剧瞬间……

加强机动性的方法首先是简化直播申请程序和多部门合作的格局,能做到一声令下即刻出发,发之能战,战无不胜。其次是精简机构使直播小型化,尽管机位越多会表现得越充分,但多机位必然使技术和节目操作变得复杂,对新闻直播来说,时效是第一位的。如果只是记者连线直播报道,一个机位足矣,如果是对一个新闻现场的连续报道,两三个机位也可以完成了。第三是要拥有足够的 DSNG 设备。即使像台湾东森这样的电视机构,在台湾这样一个不大的地方,也拥有十六套 DSNG,而我们目前只有六套。

直播常规化的第二个问题是记者网的建设。

这是一个确保第一时间进行直播的空间概念。无论如何我们不可想象，如果我国西北某一个省区不是大城市的地方发生了突发事件，我们能够在两个小时内赶到现场——更不用说世界范围内。国外有实力的电视机构在自己国内和海外重要的地区都有记者站或办事处，从而形成遍布国内和国际的记者报道网，遇有重大突发事件，总部会调动最近的一路记者赶赴现场。是否在现场，以及到达现场的速度，是检验电视媒体实力的标志。

第三个问题就是职业化。

2000年《东方时空》改版设立《直播中国》。这个栏目的设立从一开始就想达到两个目的：一是开辟一个新栏目，另一个就是探索职业化运作模式和职业化的编辑、记者以及工程师，从而为新闻频道将来的直播常规化做人才的储备。因此，《直播中国》的创立并不只是一个简单的节目问题。观众也许并不了解直播的另一面，一场看似极其简单的直播，其实都是非常复杂的，它涉及节目、转播、传送、通信、播出以及动力等多个部门的合作。有些大型直播有时甚至需要上千人的合作。只有在多个部门的合作中探索出迅速调集、快速反应的合作作战模式并将其制度化，才能提高并保障直播的机动性。

主持人、导演和前方记者职业化更需要培训和经验的积累。由于现在缺少常规化直播，记者出镜直播的机会很少，前方记者与主持人如何配合？记者如何应对突发事件？在现场如何发现发掘事实、增加信息？在镜头面前如何表达等等，都需要职业化锻炼。所谓的职业化就是无须任何外在的提醒和督促，而由于长期的职业素养、职业习惯而形成的一种下意识操作。就像足球比赛中那些出色的射手或守门员，控球的时机稍纵即逝，瞬间的迟疑就有可能改变一个球队的命运，优秀的、训练有素的球员不会在赛场上等待教练的指令、等待队友的提醒才做出判断，他们的临门反应是长期训练造就的,那些精确的控制和默契的配合都是在瞬间完成的下意识动作——中国电视走到今天,事业的发展急需一大批经验丰富、有着良好临场反应的职业化"前方记者"。

其实,我国曾发生过一件与美国小女孩坠井事件相类似的事。那是在1995年,河南郑州一位家住建筑工地边的小女孩突然失踪。其父遍寻周围所有地方,最后在一个洞口附近听到了孩子微弱的叫声。这里原来是建筑单位进行地质勘探后没有及时回填留下的一个桩基洞,洞身近十米。这位父亲报警后,郑州有关部门迅速开始营救。一边往桩基洞里送氧气,一边在洞口的旁边另掘一个洞道以便营救孩子。十几个小时后,小女孩获救。整个过程几乎是"杰西卡营救事件"的翻版,但"杰西卡事件"成为举世瞩目的经典,成为美国人用以称道"美国精神"的一个著名案例;而郑州女孩的营救事件在国内除了当事人之外,恐怕已经很少有人记得了。当时《东方时空》报道了这个事件的全过程。今天想来,这个过程更适合直播,但如果要直播,就必须具有机动性很强的职业化力量。

自1997年以来的各种探索和实验,直播的必要性已无须论证,职业化操作水准也正在提高,作为一种快速反应的日常报道形态,直播应该走下神坛,由宫廷盛宴变为家常便饭。

后 记

　　如果真要对读者和自己负责,写作是艰辛的。本书从最初创意到落笔为跋,历时一年多。其间几欲放弃,但终因同事和朋友的激励而得以将诸多探索和实验过程、背景和理念物化为文字,面对读者。

　　本书的一部分写作是在中央党校美丽的校园里完成的,因为自2003年3月1日起,作为中央党校中青班第十九期学员,我在这里接受一年制培训。在此期间,恰逢伊拉克战争、抗击"非典"等事件突发。十年来,我还是第一次以观众的心态观看电视对这些重大事件的报道,加之央视新闻频道的开播,即使非业内人士也能预感到新一轮电视改革的来临,由此研究,才有了前言中的所得和发现——电视改革的季候特征和周期特征。

　　2003年1月,中央领导在一次会议上提出,宣传工作要"贴近实际、贴近生活、贴近群众","要说群众想说的话,讲群众能懂的话。"这既是一个颇具战略眼光的命题,同时也是一个很有专业见地的提醒——群众在日常生活中是用自己习惯的语言来表达情感和思想的,新闻媒体要反映群众的真情实感和他们的所思所想，就应该使用群众自己的语言；如果媒体按照另一套语言习惯说话，说的又是些脱离实际和生活的空话、套话，那么在传播的起点上就已经与受众产生了距离。

多年来，虽然几经改革，但媒体的语言表达方式与群众的语言表达方式有时还是两个系统，媒体的语言表达群众不愿意听，没有吸引力；而群众的语言表达在媒体看来又不符合某种习惯。在这两个系统之间，似乎需要翻译和解释才能沟通和交流。检索过去，自《东方时空》以来，《焦点访谈》《新闻调查》《实话实说》和《面对面》这些栏目中获得影响和好评的节目，每次都是贴近实际、贴近生活、贴近群众的结果。十年前发端于《东方时空》的电视新闻改革，正是从改造我们的语态，或者说是从改变说话的方式开始的。更深一层理解，如果不是贴近而是远离实际、远离生活、远离群众，那么在信息资讯高度发达的今天，我们的文化竞争力和媒体吸引力从何而来？如果缺少这种竞争力和吸引力，又何谈舆论安全、文化安全、执政安全和国家安全中的媒体责任？

刚刚开始的新一轮电视新闻改革进展如何、成功与否，无疑将取决于在电视形态和内容上如何贴近、再贴近实际，贴近生活和贴近群众。

十年后的今天，电视的语态仍然需要我们继续改造，电视新闻改革仍在路上。

谨向本书责任编辑潘振平，插图作者衡晓阳、张亮致以谢意。

2003 年 6 月

修订版后记

2002年,也正是这个季节,有一天我突然意识到:明年的5月1日将是《东方时空》开播十周年,也是电视新闻改革十周年,那是一个应该纪念的日子。自那以后的很长时间,不断有许多记忆深刻的面孔和事件场景在我眼前闪过,更觉得有很多难忘的瞬间和思想的碎片值得记录和梳理,于是就有了这本《十年——从改变电视的语态开始》。

在确定书的副题时,"语态"二字曾使我犹豫很久,原因是在《现代汉语词典》里找不到这个词语,但又没有比这更准确的词能概括我的认识和体会。我至今还觉得,在我们的主流传播文化中,不是缺少好的主张,而是缺少好的表达,特别是具有真情实感和具备创意思想的表达。令我欣慰的是,"语态"这个概念现在经常被同行和业界所引用。

《十年——从改变电视的语态开始》出版后的效果也超出了我的想象,北大、清华及中国传媒大学等许多院校的教授经常向学生推荐这本书,甚至还有一些大学将其列入学生课外必读书目。电视业界的同行目前见到我还经常提及这本书,作为职业的新闻从业者,从他们的表情和表达我能判断出其中的大多数并不是在简单地寒暄和客气。我感谢2002—2003年前后那段宝贵的岁月，它让我有了宁静思考和写作的时间，现在我才能更深刻地体会到有那样一种经历对人生来说是多么的重要。

感谢人民文学出版社，特别是感谢责任编辑杜丽女士，她最先提出要再版《十年——从改变电视的语态开始》并为此做了大量工作。

感谢读过此书的广大读者。

2012年春

典藏版后记

  本书初版上市后不久,我离开新闻中心。先是创办中国数字付费电视,之后历时三年筹备央视2008北京奥运会电视转播和特别报道。2009年5月,重归本行并奉命整合央视全台新闻资源,组建三千人规模的大新闻中心,由此策划推动了新一轮电视新闻改革,先后改版了新闻频道、中文国际频道的《中国新闻》和《今日关注》以及综合频道的《新闻联播》和《晚间新闻》,开播英语新闻频道并创办国际视频通讯社、建成由一百多个记者站组成的央视全球新闻报道网并在华盛顿、肯尼亚和伦敦建立了三个区域制作中心。2012年开启电视新闻融合传播时代,相继上线并开播"央视新闻"微博、微信和客户端。2016年创办中国国际电视台(中国环球电视网CGTN)。2019年组织策划并上线了中国首个国家级5G新媒体平台暨有品质的视频社交媒体——央视频。

  不知是历史的巧合,还是判断的必然,《十年》最后一章的最后一节是《直播未来》,现在可以证明,在2003年成书后的近二十年中,新旧媒体各种直播风起云涌,电视直播也已实现常态化和专业化,我有幸组织策划了新世纪央视几乎所有重大事件和突发事件的直播报道。

以上所述的经历与感悟、成功与教训、观察与思考我将从视频传播的角度在另一部新书——《新十年》中向读者讲述。

感谢人民文学出版社再次再版本书。上次再版的五年后，杜丽女士曾提出最好再修订一版并将合同寄给了我，由于工作繁忙无暇顾及，一直拖到现在。其间总有年轻人跟我反映买不到《十年》，而为了完成老师指定的阅读作业只能到处向别人借阅，这让我感动而又自责。但让我下决心修订本书的真正动力是，在媒体深度融合的大背景下，如何按习近平总书记要求全面提高新闻机构的"传播力、引导力、影响力、公信力"，再版此书从方法论层面还是有些现实价值。采纳责任编辑的建议，本次修订插入了23张图片，以便阅读起来更有年代感。

感谢向学生推荐此书的所有老师和将其列为课外必读书的所有院校。

感谢策划部宋强主任，责任编辑杜丽和温淳女士，他们为本书的修订再版做了大量工作。

2020年夏